Claus-Peter Lieckfeld
Die Flucht des großen Jägers

Claus-Peter Lieckfeld

Die Flucht des großen Jägers

Über das Meer in ein neues Land

Roman

KJM Buchverlag

KJM MARITIM & *Abenteuer*

Oktober 2018

Simrockstr. 9a, 22587 Hamburg
www.kjm-buchverlag.de
ISBN 978-3-96194-053-0

Lektorat: Konrad Weißkopf und Rainer Kolbe
Umschlaggestaltung: Rothfos & Gabler, Hamburg unter
Verwendung zweier Abbildungen von Science Photo Library / akg-images
Herstellung, Satz und Gestaltung: Eberhard Delius, Berlin
Druck & Bindung: CPI, Leck

Mehr zu den Büchern des KJM Buchverlags
www.hamburgparadies.de

Daß sich aus den Traumgestalten
Fliegend weiße Schatten lösen,
Mag sich wunderbar verhalten,
Wie im Guten so im Bösen.

Ferdinand Hardekopf

Atlantik
Seite 11

New York
Seite 181

Cheyenne
Seite 343

Prolog

»Wie kommen Sie darauf, dass ich für Geld jemanden über Bord stoßen würde?«

»Wir wissen, dass Sie Ende des Jahres für immer von Bord gehen wollen. Und wir kennen Ihre Verhältnisse. Die Fischbraterei, die Sie auf Finkenwerder übernehmen wollen, ist bis unter's windschiefe Dach verschuldet. Also …?«

»Ich denk' drüber nach.«

»Die *Ganges* läuft in vierzehn Tagen aus. Wir brauchen ein Ja oder ein Nein. Spätestens heute in einer Woche.«

Atlantik

Kapitel 1

DER ATLANTIK IST SCHULD. WER DENN SONST? Eine alte Regel besagt, dass es beim Weseler Schützenfest regnet. Immer! Dafür sorgt der Atlantik, der im Frühsommer seine Westwinde nass macht, bevor er sie auf Europa-Reise schickt.

Auch im Juni 1834 war das so; alles hatte in Regen und Sumpf geendet. Die Festwiese, flankiert von Wurstbraterei, Esel-Karussell, Zuckerwatte-Buden und Honigplätzchen-Stand, war so glitschig wie ein bemooster Karpfenrücken. Und die Schützen in ihren grüngrauen Uniformröcken glichen während der Königsproklamation verregneten Vogelscheuchen. Den Frauen klebten die Kopftücher wie nasse Buntwäsche in den Haaren. Ihre Kinder sprangen von Pfütze zu Pfütze: die beste Gelegenheit des Jahres, sich straffrei dreckig zu machen!

»So'n Schietwetter«, prustete einer, der in einem Rinnsal ausgerutscht war – ausgerechnet in einem, das braunes Jauchewasser von einem Misthaufen abzweigte.

Hans Eidig sah aus dem Augenwinkel, wie der Unglückliche versuchte, sich den Matsch von der Schützenweste zu wischen, ihn dabei aber nur verteilte. Eidig sah es und lächelte. Aber nicht aus Schadenfreude. Er lächelte über sich selbst, so wie einer aus Freude darüber lächelt, etwas richtig gemacht zu haben. Etwas, von dem man wissen kann, dass es fast jeder andere anders gemacht hätte.

Er hatte beim Preisschießen auf den Vogel im entscheidenden Moment leicht daneben gehalten. Und der kleine Hermann, Hermann, der Dorf-Krüppel, der Krumme Hermann, war Schützenkönig geworden. Hermann Rüters war seit jungen Jahren von der Hüfte an verkrümmt und verkürzt; als Elfjähriger war er beim Heu-Einfahren aus der Bodenluke gestürzt. Es gab sogar ein plattdeutsches Lied darüber, das in Wesel und Umgebung gesungen wurde, meist zu Pfingsten:

»… is mit'n O-as ut'e Luke rutschohtn
Hätt sich Arm un' Been afbroken …«

Und nun war Hermann König. König Hermann. Ein Ereignis, fast so, als wäre der Stern von Bethlehem erneut stehen geblieben, dieses Mal über einem Weseler Schafstall. Oder der Weseler Bach hätte sich – wie damals das Rote Meer für das Volk Israel – für das auserwählte Volk der Heide geteilt.

Ein Wunder zweifellos, denn gegen Eidig gab es eigentlich nichts zu gewinnen. Zumindest nicht beim Wettschießen.

Und dennoch war es geschehen: Der Krumme Hermann hatte gewonnen, hatte den Unschlagbaren bezwungen, als es um den finalen Königsschuss auf die Scheibe ging. Ein Geraune – eines, wie es so noch nie gehört wurde – hatte den Verkrüppelten aufgerichtet, hatte ihn gerade gemacht. Hermann war plötzlich und über Nacht Held und ein ganzer Kerl. War Mann des Abends. König der Heide.

Eidig grinste ein sehr lang gezogenes Grinsen. Dann trollte er sich mit einer Verbeugung Richtung neue Dorf-Majestät. Der Krumme Hermann würde nun ein ganzes Jahr lang den Königsnamen »Hermann, der Eidig-Bezwinger« führen. Eidig schwenkte die Biberfellmütze und verschwand.

Darin war er groß. Er war der beste Verschwinder in den frühen Dreißigern des neunzehnten Jahrhunderts, der einzigartig beste zwischen Ems und Elbe, zwischen Dänisch-Holstein und Harzgebirge.

Als das Weseler Schützenfest ausklang, bezog sich das Himmelszelt dann doch noch neu – und, wie zum Hohn: dunkelblau und trocken. Ein Regenbogen stellte im Osten ein riesiges buntes Tor gegen den Himmel. Und es war, als verschwänden die Regenwolken durch den Bogen hindurch elbwärts.

Nach gut dreihundert Schnellschritten erreichte Eidig den Saum aus Wacholdern, der die Weseler Heide von den Buchweizenfeldern abgrenzte. Die waren, wie jedes Jahr, schütter.

Er schaute in den Himmel: Der starke Regenbogen gab jetzt Raum für einen zweiten, blasseren. »Verdammt«, es wäre schön, sich jetzt in eine Scheune oder einen Schuppen zu verziehen, sich danach mit Schürze oder Unterrock einer Weselerin zuzudecken, einer, deren Namen man nicht unbedingt wissen musste. Aber die Leute, die ihn – besonders gern nach Schützenfesten wie diesem – suchten, wussten auch, wo man ihn nach der Königsproklamation am ehesten aufstöbern konnte … So war es zum Beispiel vor zwei Jahren in Quarrendorf, als er … Eidig wischte die Erinnerung weg, bevor sie seinen schnellen Schritt stören konnte.

In den Wacholdern nistete sich – spät, wie immer im Juni – die Dämmerung ein. Es war so, als entwichen die Nachtschatten aus dem Wacholder-Dickicht, um sich von dort aus über die Heide zu schleichen. Eine schöne Vorstellung, fand Eidig: Die Nacht verschläft den Tag in den vom Wind verrenkten Baumgestalten, um dann leise über die Heide zu wandern.

Als sein Hund plötzlich in der Bewegung erstarrte und sich langsam in den Sand legte, verharrte Eidig. Wenn sich Störtebeker auf diese besondere Weise legte … genau so … dann zeigte er kein Wildschwein an, kein Rotwild, keinen Hasen, kein Reh … Die Heide bewegte sich – nur gerade so, dass ein geübtes Jägerauge erfassen konnte, wie irgendetwas die Heidekraut-Büschel erzittern ließ.

Eidig fasste sein Gewehr, eine Bewegung, die sich nicht unterdrücken ließ, obwohl er – noch während sich seine Hand um das Kirschholz schloss –, wusste, dass er auf diesen Dachs nicht schießen würde.

Zumal für Dachsfelle wenig bezahlt wurde; die Kosten für den Gerber in Winsen lagen höher als der Erlös, den man in Altona, Hamburg oder Lauenburg für so ein rauborstiges Fell erzielen konnte. Und außerdem und weit wichtiger: Sie kannten sich, dieser Dachs und er.

Immer wieder hatte Erdig Gelegenheit gefunden, in Dachshaut zu schlüpfen. Eine seiner Lieblingshäute. Noch lieber schlüpfte er nur in die schwarzen Kleider der Kolkraben.

Der Dachs war spät dran, kaum noch Zeit, um seine Duftspuren an Wacholderstämme und Pfeifengras-Büschel zu reiben. Die Schleiereulen drüben in den Heidschnucken-Ställen waren bereits auf Mäusejagd. Und auch Baummarder und Wiesel waren schon seit ein, zwei Stunden auf den Pfoten. Weniger aufdringlich zwar als Füchse, die bisweilen versuchten, den Dachs aus seinem Bau zu drängen. Aber durchaus störend.

Der Dachs richtete sich halb auf und nahm eine Schnupperprobe: kaum eine Spur von Mäuse-Todesangst in der Luft. Die vierbeinige Konkurrenz war nicht sonderlich erfolgreich gewesen.

Ein jagender Waldkauz hatte die Schleiereule drüben im Schafstall verdrängt. Bei Dämmerung sollte man sich positionieren, wusste der Eisgraue, und das galt für Luft- wie für Stöberjäger.

Der Dachs erwog, ein paar Dachs-Herzschläge lang, hinüber zu dem jagenden Kauz abzuschwenken. Immer dort, wo Eulen Mäuse jagen, brauchte man nur in Mäuse-Fluchtrichtung stehen und zupacken. Das weiß man als Dachs spätestens nach seiner ersten Jagdsaison. Grundlagenwissen.

Aber Mäuse hin oder her, der alte Dachs von der Weseler Heide rollte weiter ins Radenbach-Tal, einem schmalen, feuchten Einschnitt, den die letzten Eiszeit hier in die Geestrücken gekerbt hatte.

Nichts – auch Maus nicht – schmeckt besser als Regenwürmer. Die aber sind nicht immer zu haben; am ehesten noch an Abenden wie diesem, feuchtwarm und mild. Dann konnte man – sofern man Dachs oder Fuchs ist – das Raspeln der Chitinborsten erlauschen, um dann punktgenau die Schnauze in die Erde zu rammen.

Auf dem Weg zum Radenbach streifte den Dachs die Geruchsschleppe eines brunftigen Rehbocks, vermischt mit den Ausdünstungen, die noch vom Weseler Schützenfest herüberwehten. Welch seltsame Nacht.

Kurz vorm Radenbach polterte eine Birkhenne davon, die sich im Ginster einen Schlafplatz gesucht hatte. Der Dachs nieste und erinnerte sich, wie gut Birkhuhn-Eier schmecken. Gut, aber nicht so gut wie Regenwürmer.

Eidig schulterte wieder das Gewehr, schaute dem Dachs nach, war jetzt wieder Zweibeiner. War wieder Flüchter, Verschwinder, war Vogelfreier, Wilddieb. Zum Abschuss freigegeben. War wieder die Legende, die sich für ihre Legendenhaftigkeit nichts kaufen konnte. Nicht mal Schuldscheine, geschweige denn das Leben.

Eidigs vierpfotiges Alter Ego, der mit dem grau-weiß-schwarzen Arbeitsanzug, würde sich heute Naccht irgendwo in Sicherheit zusammenrollen. Er nicht. Verdammt noch mal: er nicht!

Es war ja landauf landab bekannt, dass »düsse Eidig« sich an Sommer-Wochenenden gern auf den Schützenfesten der Lüneburger Heide 'rumtrieb. Gut möglich, dass schon ein Suchtrupp unterwegs nach Wesel war …

Es war an diesem Juni-Abend 1834, dass sich Eidig – nicht zum ersten Mal, aber erstmals in großer Klarheit – sagte:

Ich sollte davon. Sollte weg sein. Möglichst weit.

Hier werde ich nicht glücklich.

Hans ist happy. Eidig betrachtete den Satz, den er nach einiger Überlegung geschrieben hatte, kratzte sich die Stirn, wie um eine Bestätigung hervorzukitzeln, und strich dann das »t«.

Hans is happy.

Damit stand ein einwandfrei englischer Satz zu Papier. Eidigs erster. Er blätterte noch ein paar müde Lidschläge lang in *Meyers hülfreichem Lexikon der englischen Sprache, Zweite erweiterte und verbesserte Ausgabe nebst Dictionaire, Leipzig, anno 1829*, ehe er die Schwarte zur Seite schob und sich in seiner Erste-Klasse-Koje ausstreckte.

Die *Ganges* schlingerte nur mäßig, gerade eben spürbar. Eidig nahm sich vor, möglichen Attacken von Seekrankheit schlafend zu entkommen. Das war ihm in der vorigen Nacht gelungen. Warum nicht auch in dieser?

Aber da war, nach einigen Zügen Tiefschlaf, einer dieser Träume, die sich nicht veratmen lassen und auch nicht abschütteln wie feuchte Spinnennetze, wenn man vor Sonnenaufgang durch die Heide streift. Auch mehrfaches Hochschrecken konnte diese Klebeträume nicht beenden. Wie ein magischer Schleier fügte sich das Traumgespinst nach kurzem Riss wieder zusammen. Nahtlos. Mal, indem das Vorangegangene wiederholt wurde wie für einen leseschwachen Schüler. Mal wie mit heißer Nadel gestrickt, abrupt und mit messerscharfen Kanten. Und unversehens wurden die feuchte Salzwasserküsse auf den Holzleib der *Ganges* zu den kleinen Geräuschen der Heidebäche, zu den Geräuschen, die er kannte.

Den Uferrändern der Schmalen Aue, des Heidebaches, der nördlich von Hanstedt sein Wasser der etwas größeren Seeve zuschiebt, hatte der Frost einen dünnen Eiskragen angelegt. Eidig sah alles wieder so klar vor sich wie damals: Die Strömung bewegte pulsierende Luftblasen unter dem Eis, der Dreiviertelmond gab genug Licht. Er blieb stehen, lauschte, versuchte durch sein Atemrasseln hindurch etwas zu hören.

War da nicht Hundegebell? … Ja, da war das Kopfstimmen-Gejiffe eines Spürhundes, einer Bracke vermutlich. Noch fern … aber wie fern?

Er wischte sich mit dem Handrücken Blut von der Wange, da, wo eine Brombeerranke durch seinen Bart gepeitscht war. Dann stieß er einen plattdeutschen Fluch aus und sprang ins Wasser.

Das Wasser der Schmalen Aue lief in seine Weichlederstiefel. Er blieb mitten im Bach stehen, der an dieser Stelle gut zwei Mannlängen breit war und lauschte: Ja … das Fährtengebell kam näher

… und jetzt auch Menschenstimmen: »Doar, he-i is över de Bultmoorwischn aff …«

Sie wussten also, dass er die Schmale Aue in Höhe der Bultmoorwiese durchqueren wollte. Eidig zwang sich zum Denken, kämpfte die Regung nieder, jetzt nur noch zu rennen.

Die meisten Fluchten zu Fuß scheiterten, weil alles Blut zur Versorgung der Oberschenkel zusammenströmen muss und dem Hirn der Saft ausgeht. Eidig zwang sich stillzustehen; die Aue gluckste und schmatzte unter den Eisrändern; er atmete tief und ein klarer, kalter Gedanke stellte sich ein: Einer stöbernden Bracke kann man nicht davonlaufen – schon gar nicht der des Hanstedter Dorfgendarmen Pommerencke. Auch er nicht, der beste Flüchter zwischen Elbe und Aller.

Dann duckte er sich, so dass ihm das Eiswasser den Bauch einnässte und stolperte gegen die Strömung, Richtung Dorf. Seine Büchse legte er über die Schulter und fixierte sie mit übergeschlagenen Armen. Mit dem Gewehr über eine Schulter gehängt lief es sich schlecht. Das wissen nicht nur die flüchtenden Soldaten aller Schlachtfelder, das wissen auch die Wilddiebe aller Herren Wälder.

Eidig tat das scheinbar Unsinnige. Er durchquerte den Heidebach nicht … denn eines war klar: Die Bracke würde das gegenüberliegende Ufer sogleich winselnd und jiffend absuchen. Und er floh auch nicht in Fließrichtung der Aue, Richtung Asendorf, was geboten erschien, denn beidseits bot die Aue schilfbewachsene Ausstiege und getarnte Auswege in Nebenbäche und Bruchwälder.

Es war ein Gedankenspiel, ein blutig ernstes. Erfahrene Menschenjäger – Leute wie Pommerencke – fragten sich: Was wird der Flüchtige als Nächstes tun? Und sie versuchten, ihm gedanklich und praktisch den Weg abzuschneiden. Eidig ging über diese Frage hinaus: Was werden meine Jäger denken, dass ich denken und tun werde. Und genau das unterlasse ich …

»Dieser scheißhelle Mond«, fluchte er, dieses Mal hochdeutsch: hervorragend bei Saujagd auf weißer Schneedecke, aber wahrlich kein Fluchthelfer.

Er stolperte, eine Welle vor sich her schiebend, durch den Aue-Bach aufs Dorf zu, nur schwach gedeckt durch einen Saum aus Schwarzerlen und Silberweiden. Der hohe Hetzlauf des Hundes war plötzlich verstummt … das hieß? Er würde den Bach queren … und richtig! … Der Hund suchte das gegenüberliegende Ufer ab. Jetzt bekam sein Gejiffe etwas Kurzatmiges … wie lange wohl?

Eidig hatte schon einigen hundert Fährtenhunden bei der Arbeit zugeschaut. Meist war es dabei um Nachsuche gegangen, wenn Jagdgäste ihre ungeübten Finger am Abzug gehabt hatten. Schlimme Gäste! Jagdgäste, die er auf Geheiß irgendeiner Obrigkeit führen musste: Adlige aus dem Braunschweigischen, stinkreiche dänische Kaufleute aus Kopenhagen und Odense, Hamburger Pfeffersäcke. Die meisten waren lausig schlechte Schützen, schossen das Wild eher krank als tot. Und immer wenn das geschah, schlug die Stunde der Spürhunde. Sie schlug unablässig und regelmäßig – gewissermaßen ein Dauergeläut – zumal die Durchschlagskraft der französischen Perkussionsgewehre zwar für einen Soldatenfrack und die darunter befindlichen Jünglingsbrust ausreichend war, aber nicht unbedingt für eine Sauschwarte oder einen Hirsch auf sechzig Schritt Entfernung.

Und jetzt dieser Hund, dessen Hetzlaut wieder bedrohlich anschwoll … Er stand in Diensten der Gendarmerie, geeicht auf menschliche Spuren … und durstig auf Blut.

Eidig hatte die Stelle erreicht, an der die Aue einen scharfen Knick machte. Er mied den Kolk, die Unterspülung des Ufers am Prallhang, drückte sich durch den Eisrand des gegenüberliegenden Ufers. Das splitternde Eis knirschte leise, wohl zu leise, um verräterisch zu sein … hoffentlich.

Er verharrte abermals regungslos. Das Eiswasser, das er bisher kaum gespürt hatte, biss ihn nun bösartig zwischen die Beine. Er fluchte, ermahnte sich – plattdeutsch und in zerfetztem Selbstgespräch – mit dem Schießen ganz aufzuhören … endlich und endgültig aufzuhören.

Da fiel ein Schuss.

»Oaslöckers«, zischelte er. Auf diesen Trick mochte vielleicht ein wildernder Stallknecht hereinfallen, der zum ersten Mal vor Gendarmen, Militär oder Revierförstern flüchtet. Aber doch nicht er, nicht Eidig! Meinten denn diese Schwachmannen, er würde ihnen jetzt zitternd, mit erhobenen Händen und womöglich noch wimmernd entgegen laufen?

Das Heidewasser-Geplätscher war wieder zum Salzwasser-Schwall geworden. Eidig räusperte sich, hielt die Augen noch eine kleine Weile geschlossen. Doch dann erhob er sich von seiner Seegrasmatratze – in der Decksklasse leinenbezogen – und betrachtete durch das Bullauge den halben Mond. Er schien im Begriff zu sein, sich auf das Meer zu legen, mit dem Rücken, mit der runden Seite nach unten.

Er kannte diesen Mond. Es war der Mond seiner Heidenächte. Der Kalte-Wildschwein-Nächte-Mond. Der Hasen-Schrotschuss-Mond. Der Reh-Kugelbüchsen-Mond. Der Gefängniszellen-Gitter-Mond. Und der oft etwas zu helle Mond, wenn man sich – Gesicht an Gesicht und süßen Schwachsinn lispelnd – ins gelbe Pfeifengras bettete, etwa am Rande der Weseler Heide, oder der Regenmond, aufgelöst in Gewölk, während man in einem Heidschnuckenstall bei Bispingen die Tropfen herunterzählt … wie die Wochen seines Lebens.

Und ja, verdammt noch mal, auch das: Es war auch der Mond jener Nacht, in der er sich eine hartnäckige Blasenentzündung zuzog, vom Wassertreten in der Schmalen Aue bei Hanstedt. Im Februar war das.

Als er wieder einschlief, war es ihm fast, als hätte die Aue seinen Unterleib wieder im Griff, wie damals, als Pommerencke …

Pommerencke war kein Dummer. Von allen Verfolgern, mit denen Eidig es zu tun bekommen hatte, war er einer der am wenigsten dummen … nicht irgendwann, vermutlich ziemlich bald … würde Pommerencke bemerken, dass die Bracke am Gegenufer nur noch verwirrt um sich selbst kreiselte. Dann würde er vermuten – richtig vermuten –, dass er, Eidig, trotz oder gerade wegen des eiskalten Bachwassers in Strömungsmitte geflohen war und nicht etwa nur auf kürzestem Wege durch den Bach gestiefelt. Und vielleicht würde er auch die Richtung erraten. Vielleicht …

Eidig hob den Kopf, knautschte seinen Wilddiebhut zu einem Schalltrichter und hielt ihn, rückwärtsgerichtet, an sein linkes Ohr, das etwas feinere. Jemand rief: »De-i kümmt uus nicht ut …«

Der entkommt uns nicht? … Verdammt nah die Stimme! Eine junge Stimme, also wohl die Stimme eines guten Läufers. Ein paar Elstern, die in einer alten Weide am rechten Bachufer die Köpfe zur Nachtruhe ins Gefieder gesteckt hatten, flatterten schimpfend davon, ins Mondlicht-Halbdunkel. Verräter, elendigliche!

Spätestens jetzt würden sie ihre Suche entschlossen in seine Richtung wenden. Wieder ein Warnschuss, dieses Mal aus einer Pistole abgefeuert, vermutlich einer französischen Armeepistole, wie sie die Kavallerie-Soldaten Napoleons bei ihrem Rückzug tausendfach zurückgelassen hatten.

Eidig hob abermals den Kopf. Der Nordrand des Dorfes war noch … geschätzt … zweihundert Meter entfernt. Das war weit. Aber es gab keine Wahl. Zumindest keine Wahl, wenn mit erhobenen Händen »Hier bünn ick« zu rufen nicht in Frage kam.

Er wuchtete sich aus dem Bachbett, zog sich an einem Büschel gefrorener Seggen den kleinen Abhang empor … und rannte, flankte über einen Bullenweidezaun, das Gewehr nun in der Rechten, hörte heiseres Menschengeschrei und sich überschlagendes Gebell.

Als er den Sommerweg erreichte, der Hanstedt vom Auetal trennte und der jetzt im Hochwinter von Schneewehen gesäumt da lag wie ein Hohlweg, warf er sich hinter einen Findling, einen fast mannsgroßen Stein, den die letzte Eiszeit hier abgeladen hatte.

Ohne einen Toten würde es nicht abgehen, das war Eidig schmerzlich klar.

Er lauschte. Das Hundegebell kam näher. Sicher ein guter Hund, sicher einer, der schon manche Jagdgesellschaft zu einem krankgeschossenen Reh oder einem waidwunden Keiler geführt hatte. Aber: Mit so einer Nase im Nacken wäre die Fortsetzung seiner Flucht sinnlos.

Eidig stieß eine Kugel in den Lauf. Keiner konnte das schneller als er. Nicht der Kadetten-Prügler auf dem Lüneburger Exerzierplatz, der ihm den Schweiß in der Arschspalte zum Kochen bringen wollte (was misslang!) und auch nicht die landadeligen Gutsbesitzer und Reserveoffiziere aus dem Sachsenwald, die tagelang übten. Ohne zählbaren Erfolg.

Eidig sprang hinter dem Stein vor. Er spürte den altbekannten Kuss des Kirschholzes, immer wenn er, wie jetzt, den Schaft schnell an die Backe schlug, schneller als irgendein Mann zwischen Dänemark und Harzgebirge, den masurischen Sümpfen und den holländischen Deichen.

Eidig schoss und sah nicht mehr, wie sich der Hund im vollen Lauf überschlug. Er musste es nicht sehen, weil er mit dem Knall wusste, dass er getroffen hatte.

Eidig querte geduckt den Sommerweg, wühlte sich durch eine Schneewehe, stolperte und grätschte über einen Zaun. Ein festgefrorener, vergessener Augustapfel stieß an seine Stirn, fiel in den Schnee. Hinter ihm wurde geschossen. Nicht Pistole ... aus langen Rohren. Er blickte sich im Laufen um, sah Mündungsfeuer.

Dann war da Hundegebell ... Aber es schlug ihm entgegen, kam aus dem Dorf.

Die Dorfstraße hatte am Vortag ein heftiger Wintersturm schneefrei geweht. Also keine Fußabdrücke. Gut so! Eidig blickte in den nächtlichen Winterhimmel: Der Große Wagen balancierte kopfüber auf seinem äußersten Deichselstern, wie seit Anbeginn der Zeit in jedem Winter. Und die Milchstraße war ein weißer, kalter Hauch.

Eidig trank von dem Wasser – es schmeckte nach modrigem Holz –, das er sich am Nachmittag im engen, übervölkerten Salon der Brigg besorgt hatte, und lauschte in die Nacht. In der Kajüte neben ihm – die Wände waren nur ein Gesteck aus dünnen Fichtenholzlatten – sprach jemand zu jemandem im Flüsterton. In deutscher Sprache, aber mit einer Sprachfärbung, die er nicht kannte, einem Deutsch, das vermutlich weit im Süden gesprochen wurde. »… Ja doch, Liebes, die Indianer sind schlimme Kerle … aber keine Bange, da, wo Bruder Herbert lebt, gibt es sie nicht mehr … Glaub es doch, Liebes, mein Bruder Herbert hat es in seinem letzten Brief geschrieben. Er sagt immer die Wahrheit … schon als wir noch Kinder waren …« Eidig musste grinsen. Da haben sie nun offenbar keine Angst vor dem Atlantik, keine Angst vor der Neuen Welt … aber Angst vor exakt denen, die er, der Flüchtling Eidig, nur allzu gerne treffen würde, drüben, in dieser Neuen Welt, in die hinein ihn die Alte Welt gerade ausspuckte. Diese rothäutigen Männer, so hatte er gehört und gelesen, ritten ohne Sättel, und sie schossen im Galopp, die nackten Oberkörper nach hinten gebogen, besser als ein preußischer Soldat mit aufgelegtem Gewehr, angehaltener Luft und einem zugekniffenem Auge …

Eidig verließ seine Kabine, sog die Lunge voll kühler, gut gesalzener Luft, wie er sie daheim nur bei gelegentlichen Ausflügen an die Nordsee geatmet hatte. Die Reling war frei. Niemand, der dort wartete, um ihm ein Gespräch ins Ohr zu drücken. So wie erst gestern. Er blickte zum Orion hinauf, dem Großen Jäger. Orion … wie lange war das her, dass er auf diesen Namen gestoßen wurde. Zwanzig Jahre, nein, länger …

Vollertsen, der bei den Schülern der Kleckener Dorfschule nur Speckschwarte hieß, klopfte an die große Schiefertafel, so dass Kreide zu Boden staubte: »Was stellt das dar?« Er schien keine Antwort zu erwarten, denn er fuhr ohne Pause fort: »Das ist der Orion, der Große Jäger. Das auffälligste Sternbild des Winterhimmels. Der oberste Stern ist der Kopf des Helden, die beiden Sterne darunter sitzen auf seiner linken und rechten Schulter. Die drei Sterne – genau in einer Reihe – markieren seinen Gürtel. Der hängt schief, weil das Schwert so schwer daran zieht. Die beiden Sterne ganz unten zeigen seine Beine. Und wer weiß, wer der Orion war?«

Die Klasse schwieg. Es herrschte allgemeine Unklarheit darüber, wieso acht dicke Kreidepunkte einen großen Jäger darstellen können – Sternbild hin oder her.

Vollertsen blähte die Backen: »Bei den alten Griechen ...«

Ein leises Stöhnen ging durch die Reihen der Schüler: Schon wieder die alten Griechen! »... wurde seine Geschichte folgendermaßen erzählt und aufgeschrieben: Einst schwamm Orion im Meer, der beste und größte Jäger. Orion war der Geliebte der schönen Artemis, der Göttin der Jagd. Aber deren Zwillingsbruder Apollon missbilligte die Liebe seiner Schwester, denn sie war bereit, ihr Keuschheitsgelübde zu brechen und sich mit Orion zu verheiraten. Apollon forderte seine Schwester heraus, sich mit ihm im Bogenschießen zu messen. Würde sie ihm, dem Apollon, unterliegen, müsste sie den geliebten Orion ziehen lassen. Und weil es ein anspruchsvolles Wettschießen sein sollte, schlug Apollon vor, auf Meereswellen zu schießen. Orion aber wurde, als er im Meer schwamm, vom Pfeil seiner Geliebten tödlich getroffen. Und Artemis versetzte, nachdem sie ihren tragischen Irrtum bemerkt hatte, ihren Geliebten an den Himmel. Zum ewigen Angedenken.«

Speckschwarte räusperte sich und blickte in die Runde: »Was sagt uns das?«

Einer meldete sich und sagte: »Mein Vater ist Förster, und er schießt auch. Aber wenn er aufs Wasser schießt, dann nur auf Enten, nicht auf Wellen. Und mein Vater sagt, man schießt nicht auf was, wovon man nur den Kopf sieht oder den Hintern. Und ich glaube, dass die Göttin schlechte Augen hatte, sonst hätte sie ja den Orion nicht erschießen müssen.«

Speckschwarte machte eine wegwerfende Handbewegung. Der Schlag der Glocke, die in einem kleinen überdachtem Häuschen über dem Schulgebäude aufgehängt war, beendete den Ausflug ins Mythische.

Speckschwarte wandte sich der in Papier geschlagenen Gänsesülze zu, deren Ausdünstung ihn die ganze letzte Schulstunde umweht hatte.

Für den zwölfjährigen Hans Eidig war die Begegnung mit Göttern, die ansonsten nicht vorkamen – weder im Gottesdienst noch in der illustrierten Bibel, die im Forsthaus meist aufgeschlagen in der Stube lag –, wenig ertragreich. Sein Olymp lag woanders, um die Ecke.

Er lief gleich nach dem Mittagessen durch den Hittfelder Wald, rastete unter einer Eiche, deren Arme dicker waren als die Stämme benachbarter Bäume. Es galt, die dritte Stunde nach Mittag abzuwarten, die Stunde, in der Pastor Uwe Mahlfeld sich im Schatten einer Linde vor dem Kircheneingang auf einer Bank auszustrecken pflegte, um in der Bibel oder im Katechismus zu lesen. Nur hartes Wetter konnte diese tägliche Begegnung mit dem Wort des Herrn verhindern.

Als der Zwölfjährige den Kirchvorplatz erreichte, fand er Pastor Mahlfeld eingeschlafen, die Bibel saß wie ein zu kleines Dach auf dem Gewölbe seines Leibes. Der Wind, den er aus den Nasenlöchern stieß, lies seine Unterlippe leicht beben.

Eidig blieb vor der Bank stehen, verscheuchte eine Fliege, die Mahlfeld unentwegt anflog, wartete, wartete nur kurz, bis der große schwarze Brummer wieder da war und den Schläfer weckte.

»Guten Tag, Hans. Du hier? Heute ist doch keine Bibelstunde für Konfirmanden. Was gibt's denn heute?!«

Eidig zögerte. Er hatte den ganzen einstündigen Weg lang und in der Zeit der Rast unter der Eiche überlegt, wie er vorbringen könne, was ihn umtrieb. Und jetzt hatte er nur eine Frage parat, die – das jedenfalls befürchtete er – wohl besser im Laufe eines Gespräches, nicht aber am Anfang gestellt werden sollte.

»Herr Pastor, war der Halbgott Orion genau so ein Gott wie Jesus?«

Mahlfeld tatschte nach der Bibel, die noch immer auf seinem Bauch lag, fasste sie fest. So als müsse er sich eines Rückhaltes vergewissern.

»Wie bitte? Wer sagt denn so etwas? Speckschwarte etwa, der alte Grieche von eigenen Gnaden?«

Hans ließ die Frage nach Speckschwarte unbeantwortet und preschte vor: »Jesus … das haben Sie doch im Konfirmanden-Unterricht gesagt … Jesus war halb Gott, halb Mensch. Also ein Halbgott. Und Orion war Mensch und wurde dann nach seinem Tod zu einem Unsterblichen … äh, am Himmel.«

Mahlfeld war aufgestanden, zog den schwarzen Alltagsrock über seinem Oberbauch glatt und schaute den einzigen seiner Konfirmanden, der fragte und nicht nur die Stunden im Pfarrhaus absaß, lange an: Was für ein Kopf, was für ein besonderer Kopf, dieses Hänschen Eidig.

Schließlich sagte er: »Bevor Gott seinen Sohn zu uns auf die Erde schickte, waren die Menschen auf der Suche. Sie haben sich Bilder von Gott gemacht. So wie sich Kinder Bilder machen. Punkt, Punkt, Komma, Strich … noch ganz ungelenk und hilflos. Erst als Jesus Mensch wurde, konnten wir mit Gewissheit Gott erkennen und glauben.«

»Was ist Gewissheit?«

Mahlfeld verschluckte sich, verschluckte sich geistig an dem Gedanken, die Frage einem Elfjährigen beantworten zu sollen, eine Frage, wie sie in seiner Seminaristenzeit in Lüneburg nur gestellt und nie beantwortet wurde. Sollte er von Glaubenswahrheit reden, von der Gnade der Erkenntnis?

Davon, dass Luther den Glauben als Geschenk Gottes erkannt

hatte, als etwas, das man sich nicht mit eigenem Fleiß erwerben kann?

»Warte!«, sagte er schließlich und verschwand im Pfarrhaus.

Eidig wartete, sah den beiden Kirchenkatzen zu, die das Pfarrhaus und wohl auch die Hittfelder Steinkirche mäusefrei hielten und die damit sicherlich zu den wichtigeren Hilfskräften der Kirchengemeinde zählten.

Als Mahlfeld aus dem Pfarrhaus zurückkehrte, warf er der schwarzen und der getigerten Katze mit einer Hand Fischköpfe zu, es war Freitag, im Pfarrhaus hatte es Bachforellen gegeben. In der anderen Hand hielt er einen Brief.

»Für deinen Herrn Vater. Und die Frage nach der Gewissheit werde ich in der nächsten Konfirmandenstunde erörtern! Und was hältst du davon, wenn wir am nächsten Freitag … weiter disputieren. Was disputieren ist, erkläre ich dann.«

Als Eidig auf dem Rückweg wieder unter der fünfhundertjährigen Eiche Rast machte, konnte er der Versuchung nicht widerstehen, den Brief zu öffnen.

Es war einfach. Die Lasche war nicht mit dem Kuvert verklebt, sondern nur eingesteckt.

Er las mit einiger Mühe die schnörkelige Pastorenschrift:

Verehrter Herr Eidig

Ich habe die Antwort, die Sie mir zukommen ließen, lange bedacht.

Und ich habe inständig über der Frage gebetet und gebrütet: Darf ich denn, bei allen Engeln des Himmels, einem Vater bei seiner heiligen Pflicht, für die Seinen zu sorgen, einreden?

Verehrter Herr Eidig, Sie wollen, dass Ihr Sohn Hans den Beruf eines Gärtners erlernt. Und ganz ohne Frage ist der Beruf des Gärtners gottgefällig. Hat nicht der Herr uns die Welt als Garten, den es zur pflegen gilt, gegeben?

Aber der Herr hat uns auch mit Gaben gesegnet, die wir nicht dadurch missachten dürfen, dass wir sie nicht annehmen.

Ihr Hans ist ein ganz besonderer Kopf. Sein Durst nach Wissen ist ein großer. Ich darf sagen, in den 25 Jahren, die ich in unserer Gemeinde den Konfirmandenunterricht und Kindergottesdienst versehen durfte, war keiner, der so wachen Geistes gewesen wäre. Eine Gottesgabe.

Wäre es da nicht der rechte Weg, ihn das Universum des Lebendigen studieren zu lassen, Medizin oder Naturkunde etwa, was zuvor den Besuch einer Höheren Lehranstalt in Hamburg erforderlich machen würde?

Ich würde mich für ein Stipendium bei der Christopherus Gesellschaft verwenden, wie ich Ihnen schon versichert habe. Die Christopherus Gesellschaft fördert nicht nur angehende Studenten der Theologie, sondern auch der Wissenschaft von den Dingen der Natur.

Legen Sie Ihr Herz in beide Händen und befragen es im Gebet: Ist es nicht Gottes Wille, daß wir die Gaben, die Er uns in die Wiege gelegt hat, nutzen, um das Mögliche in diesem Erdenleben zu erreichen?

Gott befohlen, Ihr Ihnen herzinniglich zugewandter
Uwe Mahlfeld, Pastor zu Hittfeld

Hans Eidig, schütteltet sich. Hamburg! Schluchten voller Häuser. Ohne Rehe. Keine überfliegenden Kiebitze im April. Kein Dachs, der in die Farnkrautfelder eintaucht. Und auf Bekassinen zu schießen wäre sicherlich ein Ding der Unmöglichkeit.

Und Gärtner? Immerhin Schmetterlinge und Rotkehlchen. Vielleicht auch Hasen ... die man daran hindern muss, sich im Garten satt zu futtern.

Woran soll man merken, was man ein ganzes Leben lang will? Als Gelehrter in eine Stadt ...? Das jedenfalls drohte nicht, Vater hatte ihn schon lange, lange vor Schulzeitende zur Gärtnerlehre angemeldet.

Er versenkte den Brief wieder sorgfältig im Kuvert und rannte den Weg nach Hause. Er war noch in dem Alter, in dem man rennt, weil man es kann.

Eidig merkte es, ohne zu wissen, woran: Das Stampfen hatte zugenommen. Wenn die *Ganges* in ein Wellental schnitt, rauschte es. Wie der fallende Gebirgsbach, an dem er im Harz-Gebirge gesessen und den Wasseramseln zugeschaut hatte, wie sie im Wellenschaum verschwanden und über die Kiesel am Bachgrund liefen … Menschenleben-Ewigkeiten war das her.

Eidig blickte nach oben in die Segel, die mit seinem Lieblingselement gefüllt waren: Wind.

Wind erlaubt es einem, die feinnasige Hirschkuh erfolgreich anzupirschen, und mit dem Wind im Gesicht konnte man eine ganze Rotte Wildschweine beschleichen. Wind schob die Verzweiflung fort, wenn man auf dem Wilseder Berg stand und in die große Weite schaute, die einen wie ihn nur schlecht verbergen konnte. Oder wenn man an einem dänisch-preußischen Schlagbaum seinen eigenen Steckbrief angeheftet fand … mit einer sehr genauen Beschreibung. Und einer erschreckend großen Zahl darunter: für den, der zur Ergreifung beiträgt … Dann war es gut, den Wisch abzureißen und ihn dem Wind zu übergeben …

Eine kleine Weile erwog Eidig, sich noch einmal in seine Koje zu verkriechen, um den Traum zu Ende zu träumen. Aber er kannte ja das Ende. Und überhaupt, im Augenblick war ihm mehr nach Anfang zumute.

Aber dann … verdammt, kam doch wieder dieser redselige Mensch mit dem Ebenholz-Spazierstock die Reling entlang getackert, rief »Hallo, so ein Schiff ist halt doch keine Kinderwiege, die beim Einschlafen hilft«, schwang den Spazierstock zum Gruß und veranlasste Eidig, sich mit einem flüchtigen »Jo, jo … so is dat wohl« rückwärts in seine Kabine zu verdrücken.

Er trank kalten Tee des Vorabends aus einem Steinkrug mit dem

Insignien der *John Cutler Ramsden Reederei.* Eidig hoffte auf so etwas wie belebende Wirkung. Die blieb aus.

Als schon am Heck das Meer zu glühen begann, dort, wo die Sonne aus den Wogen steigen wollte, rutschte Eidig doch noch in eine Art Wachschlaf. Die Traumbilder waren erst nur blass, konturierten sich aber rasch. Er sah sich wieder am Ende einer Flucht.

Hanstedt, Tal der Schmalen Aue, Januar 1833. Gefrorene Nässe in Hose und Jacke, zusammengerollt wie ein Igel im Winterschlaf, kauerte Eidig in der großen Schublade unter Methas Schlaf-Butze. In den Kissen über ihm lag Stine, die knapp einjährige Tochter der Magd vom Dittmer-Hof.

Eidig hörte Stimmen, hart und klirrend, dann war da Geschurre von Ledersohlen auf Dielenböden, schließlich eine Männerstimme, die er kannte: »Hier mutt he-i dörchwitscht sien … Un du häss nix markt?« Pommerenckes Kommandostimme stach wie ein Trompetensignal ins Schummrige.

Die Tür zur Schlafkammer wurde aufgestoßen, vermutlich aufgetreten. Stine, die eben noch leise gegreint hatte, begann zu weinen.

»Tölpel, ihr habt sie aufgeweckt«, Methas Stimme klang empört und besorgt zugleich. Eidig sah aus dem schmalen Spalt, den die Schublade zur Bettunterkante frei ließ, den roten Rock der Frau und dahinter Stulpenstiefel … die Stiefel von Pommerencke.

»Hier mot he-i dööch we-in!«, wiederholte der Dorf-Gendarm, diesmal lauter und drohend.

»Wie denn? Hier dörch mien Kommer? Dörch mien Schlafkaben is he-i nich dörch«, schmetterte Metha, und es gelang ihr, so etwas wie Empörung in die Stimme zu legen.

Methas Mann, Knecht Heinrich, genannt Hinnark, war plötzlich zu hören: »Rrrut mit jau! Jau häppt kein Recht, anständigen Minschn to molestieren. Rrrrut mit jau!«

Der Knecht vom Dittmer-Hof hatte eine Stimme, mit der er das

Fauchen der langen Sägen durchstoßen konnte, wenn nach Neujahr die Kiefernstämme aufgeschnitten wurden, oder das Prasseln eines Osterfeuers übertönen. Und es hieß, dass er die Orgel in der Hanstedter Feldsteinkirche aus dem Takt werfen konnte, wenn er einen Luther-Choral zu schnell oder zu langsam sang. Hinnark war stark und ausdauernd, nicht überall und nicht immer, aber bei jeder körperlichen Arbeit.

Der vier Mann starke Suchtrupp trat murrend den Rückzug an, verließ die Schlafkammer und das Gesindehaus des Dittmer-Hofes. Eidig hörte noch, gedämpft von Holz und Strohmatratzen, die Stimme des Bauern, des alten Dittmer, der inzwischen, eine dicke brennende Kerze in der Hand, dazugekommen war. »Mannomann, Mannomann« krächzte er, und was er sonst noch sagte, ging in Gelächter unter. Es war ein Befreiungsgelächter der Stärke ›mittlerer Februarsturm‹.

Als Eidig noch im Morgengrauen, mit getrocknetem Rock, sauber durchgezogenem Gewehrlauf und geröstetem Buchweizenpfannkuchen im Magen den Dittmer-Hof verließ, kicherte der Schnee … so jedenfalls klang ihm das Knirschen unter den Sohlen. Die Weichlederstiefel waren noch feucht … leider, da ließ sich erst einmal nichts machen. Aber ein schneller Schritt, das sagte die Erfahrung, würde sie durchwärmen und trocknen. Beim Geidenhof begrüßten Kühe ihren Melker. Lichter waren noch keine aufgesteckt. Aber es lag schon ein erstes, diffuses Morgenlicht auf dem Schnee.

Bekassinen-Licht nannte es Eidig: noch so schwach, dass sich die fluggewandte Schnepfe in schützende Dunkelheit gehüllt wähnte, wenn sie am Waldrand entlang strich, aber schon hell genug, dass ein exzellenter Schütze mit sehr guten Augen eine Chance hatte. Mein Gott … eine Bekassine im Flug zu erwischen, galt als Gnadengeschenk der Jagdgöttin Diana oder des Heiligen Hubertus. Das kam in einem normalen Jägerleben einmal, allenfalls zweimal vor. Und er hatte sie dutzendweise vom Himmel geholt …

Eidig bemerkte zwei Dompfaffen, er erkannte sie am Flug und am einfältigen Flötenton; das Licht war noch immer zu schwach, um die rote Signalbrust des Männchens aufleuchten zu lassen. Die beiden verzogen sich in eine halb offene Scheune.

Zu zweit kommt man besser durch die kalte Nacht, dachte sich Eidig, und seine Gedanken sprangen von dem Vogelpaar zurück in die warme Butze, die er in der vergangenen Nacht mit zwei Menschen geteilt hatte. Glück ist warm und trocken, dachte er, besonders im Winter … und brach den Gedanken, kaum gedacht, wieder ab: Neben der Scheune dampfte ein Misthaufen, und auf und über dem Haufen hüpfte und flatterte ein Pulk von Rabenkrähen.

Eidig hatte es eilig, aber er hielt dennoch inne, um nach der Ursache für so viel morgendliches Flügelflattern zu sehen. Die Rabenkrähen – treffenderweise auch Aaskrähen genannt – stoben zeternd aufwärts und verzogen sich in die umstehenden Eichen und Buchen. Wollte man – und nichts lag Eidig in dieser Stunde ferner – die stärkste Krähe aus dem Schwarm herausschießen, würde man auf diejenige anlegen, die die kürzeste Fluchtstrecke hinter sich gebracht hatte und mit vorgerecktem Schnabel dahockte, abflugbereit zur Rückkehr.

Auf dem Misthaufen lag die tote Bracke. Die Krähen hatten das Einschussloch auf der Stirn genutzt, um an das Innere zu gelangen. Weit waren sie damit nicht gekommen. Eidig hob den halb steifen Hundekörper auf und nahm ihn mit sich fort. »Ein guter toter Hund ist für sie nur noch Kadaver. So sind sie!« Und er meinte nicht die Krähen.

Die Schmale Aue querte Eidig diesmal bequem auf einem der kleinen Überflutungswehre, die sporadisch in den Heidebach eingelassen waren, um die Wiesen zu überstauen und zu befruchten … etwas, das sich die alten Heidjer angeblich von den Nil-Anrainern im alten Ägypten abgeschaut hatten, weshalb auch der westliche Dorfteil von Hanstedt im Volksmund »Ägypten« hieß. Am Postteich – als noch die große Handelsfernstraße von Berlin nach Bremen durch den Garlstorfer Wald führte, wurden hier die Postpferde getränkt – kniete sich Eidig in den Schnee. Rätselhafterweise fror dieser Teich niemals zu.

Ein Stockentenpaar, das die offene Wasserstelle von Dezember bis März nutzte, zog mit scharfem Flügelpeitschen davon. Eidig schaute ihm nach. Er mochte Enten. Ein Hamburger Professor für Naturkunde, Spezialist für Moose und Farne, ein umgänglicher, aber etwas redseliger Kerl, den er gelegentlich auf einen starken Rehbock oder einen Keiler geführt hatte, pflegte Enten »Die Drei-Elemente-Vögel« zu nennen: Sie watscheln über die Erde, schwimmen und gründeln im Wasser und fliegen durch die Luft. Und für das fehlende vierte Element, fürs Feuer, sorge ich, hatte Eidig zum Entzücken des Professors hinzugefügt und seine Gewehr dabei geschüttelt.

Beim nächsten Pirschgang wartete der Professor mit einem kleinen, selbst fabrizierten Gedicht auf, das sich Eidig gemerkt hatte.

Drei Elemente
kennt die Ente.
Auf Erden schreitet
im Wasser gleitet
In Lüften schwebt
so lang es lebt
das brave Tier.
Doch Elemente hat es vier;
drum schickt zum Vierten, forsch und schneidig,
ein Mann ihr Feuer … Johann Eidig.

Der Professor hatte dann noch angemerkt, dass eine Ente eigentlich und bekanntermaßen nicht in Lüften »schwebt«, sie das aber – ausnahmsweise, um des Reimes willen und zu Eidigs Ruhm – schon mal tun dürfe.

»Mein Gott, an was man alles zur Unzeit denkt …«, knurrte Eidig, während er den Hundekörper in den Uferschlamm drückte.

Er schaute auf den Verschwindenden, und ihm war, als hätte der gewehrkugelschnelle Tod den Ausdruck großer Jagdlust nicht gelöscht im Hundeblick. So jedenfalls schien es ihm, als er den Leichnam im Schlamm verschwinden sah.

»Du hättest der berühmteste Hund der Lüneburger Heide werden können. Der Hund, der Eidig gefasst hat. Pech gehabt, mein Freund!«

Er zog den Hut, eine verblichene Filzlandschaft, mit den blauweißen Schmuckfedern eines Eichelhähers verziert, und verbeugte sich.

Ab und zu brauchte er das: kleine Gesten! Winzige Privatvorstellungen mit nur einem einzigen Zuschauer: ihm selbst. Er applaudierte sich mit einem kurzen Husten.

Die morgendlichen Kältenebel hatten sich gehoben, nur noch ein paar Fetzen hingen in den Buchenkronen, und nur im Norden über dem Ahrberg hielt sich noch ein Bausch. Das könnte ein schöner, knackig kalter Wintertag werden, dachte Eidig. Im Weitergehen betastete er die Schramme, die die Brombeerranke gleich zu Beginn seiner Flucht in seine linke Wange gerissen hatte. Die Furche pochte kaum noch; Methas Tinktur, die sie aus drei Fläschchen zusammengegossen und mit einem Kuchenguss-Pinsel aufgetragen hatte, tat offenbar gut. Ach, Metha …

Nach einer guten Stunden scharfen Fußmarsches wurde Eidig langsamer. Es war nicht Atemnot oder gar Erschöpfung, die ihn langsam machten. Es war ein Gedanke, zäh wie Morast, der den Fuß zurückhält … Es war nun wirklich nicht das erste Mal, dass ihm hinterhergeschossen wurde. Aber zum ersten Mal ohne vorherige Warnung.

Das war böse.

Der altvertraute Ruf »Halt, stehen bleiben oder es wird geschossen!« war nicht gefallen. Unwahrscheinlich, dass ihn Eidig überhört hatte. Was hieß das?

Wenn in einem Trupp von Wilddieb-Fängern jemand ohne Warnung auf einen Menschen schießt, muss der Schütze sicher sein, dass die anderen – etwa bei entsprechender Befragung – übereinstimmend schwören, es sei gewarnt worden. Oder aber … und um dieses »Aber« kreiselten Eidigs Fluchtgedanken … oder aber es könnte sich etwas an der Reihenfolge geändert haben. Erst schießen, dann warnen.

Kapitel 2

AN EINEM MORGEN MIT MÄSSIGEM WIND war es Eidig unwohl. Von Seekrankheit war er verschont, und er hatte weder schwer gegessen noch hart gesoffen in der vergangenen Nacht. Aber da war dieses Gefühl von Gefahr. Es war wie ein Geruch von Feuer – Feuer, das sich nicht lokalisieren lässt.

Als er an der Reling stand, war er da, dieser Gefahr-Geruch, unabweisbar, aber unbeweisbar. Mal war es ihm, als stünde jemand hinter ihm, um ihn gegen die Reling zu drängen, womöglich ins Meer zu schubsen. Mal war das Gefühl eingenebelt, ausgefranst und schwach wie Schatten bei Mondschein.

Zu entdecken war nichts. Die Mitreisenden, die vorübergingen, waren harmlos, freundlich, einige abgewandt, einige zugewandt. Dennoch … Eidig nahm von der Reling Abstand.

Die Feuchtigkeit, die auf den Planken lag, besonders am Bug, wo die *Ganges* die Wogen schnitt, ließ beim Abtrocknen große und kleine Salzringe zurück. Eidig rieb mit dem Zeigefinger darin, leckte ihn ab … und hatte wieder den Ebenholz-Spazierstockträger im Genick. Obwohl offenbar gehbehindert, tourte der Mann unablässig auf dem Oberdeck. Man konnte ihm kaum ausweichen.

Ehe Eidig sich noch mit einer Freundlichkeitsfloskel seitwärts verdrücken konnte, war er eingekeilt und wurde Opfer des nächsten Redeschwalls: »Nicht wahr, junger Mann, es ist ein Weltenrätsel, dass soviel Salz im Meer ist. Wie kommt es dorthin? Hat der liebe Herrgott, als er das Meer schuf … am dritten Schöpfungstag, wenn Moses nicht irrt … etwa gesagt: Da muss noch kräftig Salz rein in die Ozeansuppe, sonst schmeckt die Brühe den Fischen nicht? Unwahrscheinlich, unwahrscheinlich. Das Salz im Meer ist wohl eher ein Fingerzeig für den forschenden Geist. In den *Gelehrten Weimarer Blättern* war jüngst nachzulesen, dass ein Engländer ... der Name ist mir doch glattweg entfallen ... errechnet haben will, dass, um soviel Salz ins Meer zu laden, die Erde 185.000 Jahre alt sein muss. Gewaltig, gewaltig. Halten Sie 185.000 Jahre für eine diskutable Zahl ...?«

»Nein«, sagte Eidig.

»Nein? Für eine so feste, kurze Antwort muss es Gründe geben. Ich bin gespannt, junger Mann.«

»Das mit dem Alterschätzen ist schwierig. Sie nennen mich ›junger Mann‹. Ich bin, mit Verlaub, ein paar Wochen, bevor dieses Schiff Hamburg verlassen hat, 31 geworden. Also kein Jüngling mehr. Schätzen hin oder her ... ich darf mich glücklich schätzen, überhaupt so alt geworden zu sein.«

»Holla, das klingt, als hätten Sie mehr Klippen überwunden, als im Meer des Lebens gemeinhin auftauchen. Soldat?« Der Ebenholz-Spazierstockträger hob seine Augenbrauen – eisgrau und buschig – und ließ sie irritierend lange angehoben, so lange, bis sich Eidig zu einer Antwort genötigt sah: »Soldat? Nur kurz und ohne Feindberührung«, sagte er und ärgerte sich, dem Mann womöglich einen Haken geliefert zu haben, an den er weitere, lästige Fragen hängen konnte.

Speckschwartes Einklassen-Schulraum ließ wenig Raum für gedankliche Fluchten. Dennoch war Eidig gedanklich weit unterwegs gewesen, als ihn das »Hans Eidig!« traf. Er hatte die Maserung der Eichenholz-Schreibfläche studiert, die mit den Schulbänken verleimt war, hatte mit dem Fingernagel des rechten Zeigefingers die Jahreslinien im Holz nachgezogen und dabei Eichenblätterrauschen im Sturm gehört.

Sein Vater, Förster Benedix Eidig, hatte ihm erklärt, dass jeder Baum sich Jahr für Jahr mit so einem Zuwachsring umgibt. Nur so, von innen nach außen wachsend, kann er an Umfang zulegen. Aber warum zogen diese Ringlinien so unregelmäßige Muster? Warum waren sie mal dicker, mal dünner? Warum schienen sie mal mit anderen Linien zu verschmelzen, während sie an anderer Stelle leicht auf die Dicke von zwei, drei Linien anwuchsen? Waren die Bäume unordentlich? Konnten sie keine gleichmäßigen Ringe um sich herumlegen? Störte die Bäume jemand beim Dickerwerden ... so wie man einen Kreidestrich auf der Schiefertafel verkritzelt, wenn der Banknachbar einen anrempelt?

Die Bäume taten seltsame Dinge. Sie schoben gegen Winterende aus kleinen braunen Tüten junge, sehr hellgrüne Blätter. Das richtige Wort dafür war Knospe, wusste Eidig, seit ihn sein Vater zum ersten Mal mit in den Wald genommen hatte. Und diese kommenden Blätter waren ... er hatte es herausgefunden, indem er die Blütenkapseln öffnete ... feiner gefaltet als Mutters Taschentücher im Kleiderschrank. Wie kann der Baum seine Blätter da so tausendfach hineinfalten? Und warum werfen Ulmen und Buchen ihre Blätter früher im Herbst ab als Eichen, die sich noch im Januar an ihr braunes Vorjahreslaub klammern? Und keine Fichte, keine Kiefer, keine Weißtanne wirft ihre Nadeln ab. Nur die Lärchen. Warum die Lärchen? Was machten sie anders als die anderen Nadelbäume? Haben sie einen Grund, den die Fichten, Kiefern und Tannen nicht kennen?

Und warum fragte Speckschwarte ihn nicht nach Waldbäumen, etwa nach den Umtriebzeiten von Fichte oder Kiefer oder nach Holzkohle-Schwelbrand in den Koten auf dem Töps bei Dierkshausen oder lieber noch nach Hasen oder nach dem Waldvögelein, das kein Vogel ist, sondern eine Blume, die im Frühsommer leuchtend rosa und weiß blüht? Warum fragte er nach einem griechischen Mann ... Tereus oder so ähnlich ... einem mit schwer merkbarem Namen, der ... ohne Gewehr ... jedenfalls war von keinem Gewehr die Rede ... einem wilden Tier ... einem gefräßigen auch noch ... entgegentreten will ... oder muss. Und musste man wirklich diesen Gottvater Zeus kennen, wenn doch der Pastor

Mahlfeld sagte, der einzige und wahre Gott wohnt in der Dorfkirche und sei dreieinig – nicht dreibeinig, wie Hans anfangs verstanden hatte: ein Drittel Vater, ein Drittel Sohn und ein Drittel Geist … was immer das letzte Drittel bedeuten mochte. Keinesfalls Geist wie die Geister in den Spöken-, den Spukgeschichten: die Kornmuhme, der Sargdeckelkratzer und der Sumpf-Irrlichterer.

Und dieser griechische Zeus wohnte laut Speckschwarte auf einem griechischen Berg, zeugte viele Kinder mit vielen Frauen und tat auch sonst seltsame Dinge. Zum Beispiel besprang er einen Schwan. Davon gab es ein Bild, das Speckschwarte unter Verschluss hielt, dessen Standort in der kleinen Schulbibliothek aber jedem Schüler bekannt war …

»Eidig, Försterssohn, du darfst wählen: drei Schläge mit der Weidenrute oder lieber einen Schlag mit dem Eichenknüppel. Welche Holzart ist dir lieber … mit Hölzern kennst du dich ja aus als Försterssohn? Halt, nein … wir verschärfen die Strafe für Nichtsnutzigkeit und Unaufmerksamkeit: Du schreibst die Geschichte von Theseus und Ariadne nach Schulschluss in Schönschrift auf die Tafel …« Dabei klopfte er mit dem Eichenknüppel, den er schon lüstern in der Hand gewogen hatte, gegen die große Schultafel.

Diese Strafe, die ganze Tafel in Schönschrift vollzuschreiben, war in der Tat härter als kurze Berührung mit Holz; Speckschwarte schlug nie hart zu – sei es, dass er nicht konnte, sei es, dass er nicht wollte.

Als sich Eidig den Kreidestaub von den Fingern und aus den Kleidern geschüttelt hatte, war ihm wohl. Da war diese vorfreudige Erwartung, wie sie sich auf kaltes, klares Wasser richtet, immer nach Durstmärschen. Und die Zeit, um eine Tafel mit Schönschrift zu füllen, bemaß sich schon wie eine Durststrecke der üblen Art. Der Nachsitzer und Strafschreiber Eidig ließ die schwere Eichenholz-Schultür ins Schloss fallen und rannte … rannte, bis der nahe Wald ihn aufnahm. Die Mutter würde schon vergeblich mit dem Essen gewartet haben, da machte es keinen Unterschied, ob er spät oder noch später zuhause eintreffen würde. Also: noch später.

Der Wald begrüßte einen im Hochsommer, wenn die Luft über den Kornfeldern flirrte, immer mit einem feuchten Kuss. Der Wald war gut. So gut wie sonst rein gar nichts.

Über Pfaffenhütchen- und Haselgebüsch gaukelten Brombeerzipfelfalter und Bläulinge, und in der Luft standen Schwebfliegen, die sich als Wespen ausgaben. Eidig konnten sie nicht täuschen. Er kannte sie, kannte sie fast alle, kannte sie besser bei ihren Namen als die Propheten des Alten Testamentes, für deren lückenlose Aufzählung Speckschwarte Fleißkärtchen verteilte. Bei den »vorderen Propheten«, die Speckschwarte besonders wichtig waren, kam er immer nur von Debora – über Elkanah, Hannah, Eli, Samuel, Gad, Natan – bis David. Das reichte nur knapp, um einem Weidenrutenstreich zu entgehen.

Als Eidig den Holzabfuhrweg verlassen hatte, ließ ihn ein lautes Keckern herumfahren. Ein Baummarder jagte ein Eichhorn durch die Kronen der Buchen; der Rotrock peitschte mit dem Schweif die Luft, das Keckern wurde zum Geschrei, je näher die wilde Jagd kam. (»Aber immer noch zu weit zum Schießen«, dachte Eidig.) Schließlich ließ sich das Eichhorn aus oberster Wipfelhöhe bis in die untere Astschicht durchfallen, federte den Sturz auf einem Ast ab, flog, die Schnellkraft des Zweiges nutzend, herüber zum nächsten Stamm und war verschwunden.

Eidig hätte gern in das Gesicht des Jägers geschaut, aber der beste Kletterer unter den vierbeinigen Jägern hielt sich verborgen. »Dann gifft dat hüt Abend wohl wedder nur Müüs!«, sagte er in die Richtung, in der er den Marder vermutete. Mäuse waren Marders Dauerkost. Aber auch die waren keine leichte Beute: Baummarder waren nicht so gute Mäusejäger wie Wiesel und Fuchs. Auch das wusste der Zweitklässler.

Eidigs Sympathie war auf Seiten der Jäger, damals schon. Jagd ist ein ehrlicher Broterwerb, und das Brot der Baummarder ist nun mal Fleisch. Am liebsten gutes Muskelfleisch vom Eichhorn.

Neulich hatte er seinen Vater gefragt, ob ein Fuchs stolz sei, wenn er ein Rebhuhn erwischt hätte, so wie er – der Vater, Förster und Revierjäger in Klecken am Nordrand der Heide – stolz sei, wenn er eine Ricke oder einen Hasen mit sauberem Schuss erlegt habe. »Dumm Tüch!«, hatte der Vater gesagt. Aber warum sollte das »dummes Zeug« sein? Warum sollte man einem Fuchs nicht Jagdfreude und Beutestolz zutrauen? Nur weil er nicht aufrecht geht und eine flache Stirn hat?

Dort, wo das Farnkraut sich mannshoch in den Holzabfuhrweg neigte, bog Hans ab. Er betrachtete die unendlich vielen, braunen, kleinen Höcker an den Farnwedel-Unterseiten. »Sporen« war der richtige Name. Farnkraut-Samen. Ein seltsames Wort, wo doch Sporen die Eisen sind, die man Pferden in die Flanken drückt, wenn man schnell von der Stelle kommen will. Warum können so unterschiedliche Dinge den gleichen Namen haben … Sporen?

Spinnennetze klebten ihm im Haar, ein Eichelhäher polterte mit Warngeschrei davon.

Hans brauchte keinen orientierenden Blick, er hätte mit geschlossenen Augen gefunden, was er suchte: Die mächtige Fichte, die der Novembersturm des vergangenen Jahres geworfen hatte, war vorgestern in mannsgroße Abschnitte aufgesägt worden. Hans hatte zugeschaut, hatte noch das Rauschen der langen Zugsäge im Ohr und die Stimme des alten Holzknechts Oleg, der nur fluchend sägen konnte.

Hans kniete sich über eine Schnittstelle und maß mit einem spitzen Ast die Dicke der Jahresringe. Sie waren mal dicker, mal dünner. Das hatte er erwartet.

Aber warum waren sie so unregelmäßig? Gab es Jahre, in denen ein Baum besser, und andere Jahre, in denen er schlechter wuchs? Gab es fette Jahre und magere, so wie es bei Moses in der Bibel stand: sieben magere und sieben fette Jahre? Gab es kalte und milde Winter? Und wenn ja … dann könnte man ja die Jahre zurückzählen, könnte, die Ringe nachmessend, sagen, ob im Geburtsjahr des Vaters ein fettes oder ein mageres Jahr war, könnte wissen, ob im Hochzeitsjahr des Großvaters ein harter Winter die Buchfinken in ihren Waldverstecken kalt gemacht hat oder ob damals ein Winter wie ein zu langer Herbst nichts als Nebel und kaum Raureif in die Zweige gehängt hatte. Beide Sorten Winter hatte Hans schon erlebt.

Er würde für seine Frage einen Moment abpassen, in dem Vater ruhig und zufrieden vor sich hin rauchte. Am besten ein Sonntag. Das wäre der richtige Zeitpunkt für so eine Frage. Aber der Vater ließ sich nicht gern fragen, auch an Sonntagen nicht, das wusste Hans. Und Speckschwarte ließ nur Fragen zu, die sich auf das bezogen, was er »Aufgabe« nannte.

Ach, Speckschwarte …

Hans hatte oft gesehen, dass der Mann (etwa wenn er, Appetitwasser in den Mundwinkeln, auf den Dorfkrug zuschritt oder wenn er beim Schützenfest in die Tuba blies) durchaus glücklich aussehen konnte. Und er hatte gesehen, wie sich derselbe Mann … irgendwie … mit dem ganzen massigen Körper sträubte, wenn er den Schulraum betrat. Irgendwie konnte Speckschwarte … Eidig hätte nicht sagen können, wie genau … dieses Sträuben körperlich ausdrücken. Aber warum dieser Widerwille?

Speckschwarte hatte keine Stockhiebe zu fürchten. Er selbst teilte sie ja aus. Und er musste auch nicht fürchten, beim Aufzählen der Propheten nicht über David hinauszukommen … ihm stand jederzeit der Blick in seine Bücher frei, falls er die lange Reihe schwieriger Namen nicht auswendig hersagen konnte.

Speckschwarte war, so jedenfalls kam es Eidig vor, ein Mann, der in ein Zimmer eingesperrt wurde: in ein Klassenzimmer. Gefangen, Urteil lebenslänglich! Gezwungen an einen Ort, den er nicht mochte. Womöglich sogar hasste.

Eidig nahm nicht viel aus dem Schulklassenzimmer mit hinaus. Weit mehr dagegen von den Vieraugen-Freitagstreffen bei Pastor Mahlfeld, Treffen, die er, wenn nur irgend möglich, nicht versäumte, Treffen, die sein Vater nicht gern sah, vermutete er doch eine geistliche List, seinem Sohne einer anständigen Lehre zu entfremden. Aber er ließ es geschehen.

»Ach, das Meer … Wissen Sie, junger Mann, den deutschen Dichtern ist es nicht gegeben, das Meer in Worte zu fassen. Ganz anders den Meistern der englischen Sprache. Kennen Sie Lord George Gordon Byron?«

Da Eidig eine Antwort schuldig geblieben war, fuhr der Alte ungebremst fort, dabei den Blick auf den Horizont geheftet: »Sie haben etwas Schönes vor sich, junger Mann: den Ozean der englischen Sprache. Oh ja, das Deutsche hat auch seine Schönheiten. Aber ihm fehlt … Odem!«

Eidig nickte nun doch mit dem Kopf. Wie, bei allen guten Geistern, diesem faltigen Mund entkommen, der unablässig Worte hervorsprudelte?

»… und erst die französischen Sprache. Mon dieux! Sie ist nur gut, wenn man haarscharf an einer Sache vorbeireden will. Diplomatensprache … indéterminée … Und hätte nicht Blücher, unser guter Marschall Vorwärts, Gott hab' ihn selig, hätte nicht Blücher dem Napoleum … wie lang ist das jetzt schon her, gut zwei mal zehn Jahre …? … hätte nicht Blücher dem korsischen Kampfzwerg in Flandern final den Zweispitz von seinem Ungeheuer-Schädel geschlagen, müssten wir jetzt alle ›Pardon‹ statt ›Verzeihung‹ sagen und ›Malheur' statt ›Unglück‹. Aber auch das Spanische ist … ¿cómo se dice? … in gewisser Weise, möchte ich meinen …«

Eidig wurde schwindelig. Aber nicht vom Seegang. Der konnte ihm, anders als den meisten Passagieren auf der *Ganges*, nur wenig anhaben. Aber es beeinträchtigte sein inneres Gleichgewicht, beim Hören auf Durchzug zu stellen, nur um nicht vom Wortgeschwalle erdrückt zu werden.

Doch dann – der Spazierstockträger legte gerade dar, dass die Spanier sich schon vor bald dreieinhalb Jahrhunderten kulturell entmannt hätten, als sie 1492 mit dem Alhambra-Edikt die Juden aus Kastilien vertrieben –, doch dann kam Rettung. Aus unerwarteter Richtung: Die Schiffsglocke wurde geläutet. Mittagessen. Ein guter Vorwand sich abzusetzen.

Menschen der ersten Decksklasse drängten sich zur Schiffsmitte und von dort in den Salon. Für die im Unterdeck – Eidig hatte es mit einer Art inwendigem Protest-Knurren schon vor Tagen registriert – läutete keine Glocke. Ihr Essen wurde in Kübeln untertage gewuchtet und es bestand meistensteils aus zusammengerührten Resten mit Rübenschnitzeln und verkochtem Grieß.

Im Salon gab es mit Salzhering vermanschtes Kartoffelmus, etwas, das der Smutje »Labskaus à l'Altona« nannte. Der Name war erlogen.

Nach einem kurzen Mittagsschlaf, erholsam, traumlos, ohne Übelkeit beim Einschlafen, ging Eidig wieder ans Oberdeck.

Die *Ganges* machte nur langsame Fahrt … so schien es; doch Eidig wusste seit einigen Tagen, dass achterlicher Wind wenig Fahrt vortäuschte. Das kam daher, weil das Schiff – auf Vorwind-Kurs – fast mit der Geschwindigkeit der umgebenden Luft voranglitt und so der Eindruck von Windstille und fehlendem Fahrtwind entstand.

Auf Backbord ritten weiße Vögel – fünf wie auf eine Schnur gezogen – die Wellenkämme ab, gerade hoch genug, um nicht benetzt zu werden. Auf den ersten Blick hielt Eidig sie für Möwen. Aber dann sah er die gedrungene Gestalt – absolut unmöwisch! – sah auch den wuchtigen Gelbschnabel. Wunderbare Gestalten.

Wenn sie vor der Sonne standen, die weiß über dem Meer lag, entstanden schwarze Schatten auf der Netzhaut, sobald man die Lider schloss. Flugschatten, wie er sie oft gesehen hatte. Eidig kauerte sich auf die große Schnecke eines aufgerollten Tampen, blinzelte ins Licht-und-Schatten-Spiel im Besamsegel und war wieder bei seinen Seelenvögeln, den Raben …

Die Tage der tragenden Luft waren da. Leichte Tage für die Raben und alle großen Vögel, die sich vom Aufwind tragen lassen. Hochsommer. An diesen Tagen währte der Hebewind bis kurz vor Sonnenuntergang, es reichte ein knappes Anwinkeln des Handgefieders und die Fallgeschwindigkeit schien sich umzukehren. Man fiel aufwärts, und wenn man dann noch zusätzlich die Schwingen voll in den Strom stellte, ging ein Brausen durch das Gefieder, und schon eine Wende des Schnabels reichte für eine Richtungsänderung. So zu fliegen zehrte keine Kraft. So zu fliegen verstärkte die Kraft.

An den Wiesensäumen, insbesondere dort, wo sie an dunkle Fichtenforste grenzten, kam es leicht zu Turbulenzen, die sich für erfahrende Flieger aber nur in leichtem Zittern der Flügeldecken bemerkbar machten.

»Seine« beiden Kolkraben flogen in den Tagen der tragenden Luft die Wiesenränder ab. Es musste geschehen. Es war jedes Jahr mehrfach geschehen. Und es würde sich auch in diesem Jahr ankündigen, wie in all den Jahren zuvor.

Ein Bussard drehte seine Spirale in ihrer Zugrichtung. Seine Erfahrung schien ihn daran zu erinnern, dass Raben bisweilen Dinge fanden, die selbst seine überscharfen Augen nicht sahen.

Endlich! Am vierten Tag der tragenden Luft kam das erlösende Signal. Ein scharfer Knall, weit schärfer noch, als wenn eine Kiefer unter Schneelast bricht.

Die zwei Raben standen in der Luft, dann drehten sich zwei schwarze Zeiger synchron gegen den Wind. Im halben Sturzflug ging es hinab, die Handschwingen berührten fast die Wipfel eines Erlenbruchwaldes, dann eine Wiese, eine Schonung und wieder eine Wiese. Ihr Schatten flackerten über das Gras, vereinten sich zu einer Gestalt, trennten sich wieder …

Schließlich sahen die zwei, was sie erwartet hatten, seit die Tage der tragenden Luft begonnen hatten. In einer halb abgestorbenen Hainbuche bezogen sie Posten.

Das lange Tier stakste so steif, wie nur die langen Tiere sich bewegen können, über die Lichtung. Seine Beute, das wussten die zwei, würde es nicht mit sich fortschleifen. Das Rabenpaar blieb hocken, nur die schnellen Umgriffbewegungen der Krallen auf dem dürren Buchenholz verriet ihre Erregung …

Als Eidig, über den erlegten Rehbock gebeugt, die zwei im Geäst der Hainbuche erblickte, zögerte er, ließ den Hirschfänger sinken, den er schon zum Aufbrechen des Rehbocks ansetzen wollte. Er konnte nicht davon ablassen, sich in die zwei Schwarzen hineinzuträumen. Gleich, wenn er die Innereien des Bocks zur Seite gewuchtet hätte, würden sie kommen, und ihre Schnäbel würden sich rot und grün färben. Grün vom Pansensaft, rot vom Lungenblut. Er würde ihre Wonne beim Schlucken mitkosten … und dann mit ihnen davonstreichen. Hoch über die Hanstedter Berge, unerreichbar für Gendarmen und Soldaten.

Die Bücherwand, die eine Längsseite des Salons der *Ganges* fast ausfüllte, enthielt zu Eidigs Erstaunen auch ein Buch mit dem Titel *Gethier der Meere – zu Wasser und in der Luft – in getreulichen Bildern und Beschreibungen von Professor Honoratio Randersacker* – mehr abgewetzte Schwarte als Buch.

Pastor Mahlfeld hatte mit ihm Bücher ähnlicher Art studiert … und meist hatte er mehr Fragen, als sein Freitags-Lehrer oder das jeweilige Buch beantworten konnten.

Eidig fand bei den »Gethieren der Luft« die Skizze eines Vogels, der eine gewisse Ähnlichkeit mit denen aufwies, die er als Luft-Wellenreiter gesehen und bewundert hatte.

Er las: »Der Sturmvogel, in Sonderheit der Gelbschnabel-Sturmtaucher, ist ohn jegliches Unterbrechen auf dem Meer. Seeleute gaben glaubhaften Bericht, dass das Weibchen dem Männchen – derweil beide schwimmen – die Eier auf den Rücken legt. Dort werden sie von der Sonne ausgebrütet, bis dann …« Eidig steckte das Werk zurück in die Bücherwand und brummelte »dumm' Tüch!«

Auch für dererlei hatte Pastor Mahlfeld – vor vielen Jahren war das, an einem Tag, an dem der Freitagsschüler wissensdurstig aus der Schule kam – eine Erkenntnis: »Die Naturwissenschaften, die nicht aus der Anschauung und der Beobachtung geschöpft sind, sind Irrlehren. Irren ist zwar menschlich, aber nicht erstrebenswert.«

Eidig ging wieder an Deck: Möglich, dass noch mehrere dieser Sturmvögel unterwegs waren. Ganz sicherlich aber ohne Gelege auf dem Rücken!

Es war wieder stärkerer Wind aufgekommen. Man konnte es wissen, ohne auf die Schiffsbewegungen zu achten, denn es hingen wieder mehr bleichgrüne Gestalten herum, die Gallewasser in Eimer spuckten.

Er selbst war – wundersam, aber höchst angenehm – von Seekrankheit verschont. Appetit gut. Guter Hunger – und das trotz stetig sinkender Qualität der Mahlzeiten.

Hunger war im übrigen etwas, das Eidig fast ohne Anstrengung wegdrücken konnte. Bisweilen eine sehr nützliche Begabung.

In seinen frühen Jahren hatte es Tage gegeben, an denen Eidig Hunger nicht spürte. Weil es einen anderen Hunger gab, den zu stillen vorrangig war. Es war der Hunger auf's Zielen und Treffen!

Eidig war gerade Zweitklässler und konnte trotzdem schon drei Sätze auf Französisch: »C'est extraordinaire! C'est magnifique! C'est incroyable!«

Natürlich waren diese Sätze nicht Lernstoff in Speckschwartes Einraum-Schule. Er hatte sie draußen – im Leben gewissermaßen – gelernt.

Zu den Gästen, die Vater Eidig auf Trophäen tragendes Wild führen musste, zählten auch französische Offiziere, die in Harburg, südlich von Hamburg, die besseren Häuser für sich requiriert hatten. Es hatte sich in napoleonischen Offizierskreisen herumgesprochen, dass man im Klecker Wald leicht und zuverlässig zu Schuss kommen konnte … und es gebe da so ein Enfant Prodige … ein Wunderkind.

Förster Eidig war am Jagen wenig gelegen; hohe Gäste auf Hochwild zu führen war ihm die lästigste unter allen Förster-Pflichten. Und die Beobachtung, dass sein ältester Sohn schärfer sah als er, die Tageseinstände von Wildschwein, Reh und Hirsch besser kannte, die beste Pirschrichtung – immer den Wind im Gesicht! – präziser ansagen konnte als er selbst oder irgendwer sonst, all das führten dazu, dass Förster Eidig, erst probeweise und dann regelmäßig, Jagdgäste mit einem Siebenjährigen in den Wald schickte.

Es gab Getuschel im Dorf, wohl auch unfreundliches Gerede, aber schon bald sprach man südlich der Elbe von dem Wunderknaben, so wie man von doppelköpfigen Kälbern oder zyklopenäugigen Bogenschützen spricht. Aber es geschah in nächster Nähe! Man konnte das Wunder bewundern: Immer dann, wenn so ein »Franzmann« im Schlechtwettermantel der Grand Armee einem Steppke hinterherlief … in den Wald, in ein Randmoor oder auf die Heide.

Klein Eidig hatte schnell bemerkt, dass prompt bezahlt wurde: Mal gab es Pariser Zuckerstangen, mal ein Buch mit Tierbildern, etliche Male gab es sogar schwere französische Münzen.

Und einmal hatte es Klein Eidig fertig gebracht, einen Marquis de … von irgendwoher … auf einen Vierundzwanzigender zu führen, einen Kronenhirsch, wie er nur alle paar Jahre einmal emporwächst. Der Marquis kam zu Schuss und fehlte nicht.

Er weinte vor Glück, als er dem gestreckten Hirsch ins gebrochene Auge blickte, stammelte fortwährend die drei Sätze, die sich Eidig gemerkt hatte. »C'est extraordinaire! C'est magnifique! C'est incroyable!«

Aber er schenkte ihm … nichts. Nichts!

Eidig hatte sich schon entschlossen, die nächste Führung dieses Stammgastes – es sollte auf Birkhähne im Seevenholz bei Hanstedt gehen – erfolglos verlaufen zu lassen, als ein wahres Wunder geschah: Der Marquis händigte ihm eine sehr zierliche Flinte aus, die Eidigs Vater ein Damengewehr nannte. Dazu eine große Menge

Vogelschrot, feinstes Blei, wie man es für Wacholderdrosseln oder Bekassinen verwendete.

Der Marquis radebrechte in einem lustigen Deutsch, dass seine Frau, die dieses Gewehr, eine Spezialanfertigung, bisher benutzt hätte, die Lust am Schießen verloren hätte und dass das gute Stück … unter der Obhut des Vaters … wohl einem so wald- und wildkundigen Knaben große Freude bereiten könnte.

In der Tat. Eidig schoss, verschoss im Laufe seiner Kinderjahre unzählige Mal mehr Schrot als Gleichaltrige Kieselsteine oder Kirschkerne. Die französischen Offiziere, die im Schlepptau des Marquis in das Klecker Wald-Revier kamen, lieferten stets ausreichende Mengen Nachschub an Munition, zumal es sich herumgesprochen hatte, dass L'Enfant Prodige für diese Währung Höchstleistungen ablieferte. Klein Eidigs Wechselkurs für einen Karton Vogelschrot war: ein Rehbock, respektive fünf Rebhühner, respektive drei Hasen.

Und es geschahen seltsame Dinge. Das Gewehr wurde ihm zu einem Körperteil. So treffsicher, wie man sich einen Finger in die Nase stecken kann oder einen Löffel zum Mund führt, so ließ er Feinschrot aus dem Rohr pusten.

Ab und an ließen sich französische, aber auch Altonaer und hanseatische Jagdgäste von Klein Eidig »vorschießen«. Und der Marquis, der sich selbst als Entdecker des »Wunderkindes aus dem deutschen Wald« feiern ließ, machte Vater Eidig den – keinesfalls unernst gemeinten – Vorschlag, seinen Sohn als Attraktion zum großen alljährlichen Preisschießen der Grande Armée nach Hannover mitzunehmen. Der Vater stimmte zu, aber Eidigs Mutter legte unüberwindbaren Widerspruch ein.

Eidig schoss erst auf Baumstämme, dann auf Äste, dann auf Zweige, dann auf windbewegte Zweige, schließlich auf Schmetterlinge und kleine Singvögel im Flug. Schon im ersten Jahr machte es keinen Unterschied mehr, ob er über Kimme und Korn schoss oder aus der Armbeuge in Hüfthöhe.

Im zweiten Sommer schoss er, aus der Drehung, einen Baummarder, der sich gerade springend von einer Birkenkrone zu einer Weide retten wollte. Der Vogelschrot war zu fein und die Entfernung zu groß, um den Braunrock sofort zu töten, aber ehe sich der Moribunde ins Farnkraut retten konnte, saß der Fangschuss.

Eidig stand über dem toten Kletterartisten, sah, wie helles Blut sein Fell rot punktete … und sagte: »Schade um dich, aber die Ameisen und Würmer werden sich freuen.«

Nicht alles Klein-Wild, das er erbeutete, überließ er dem Wald. Als er dem Hittfelder Pastor Mahlfeld einen besonders schönen Eichelhäher – zum Ausstopfen – brachte, änderte der den Lehrplan, den er eigens zur Förderung »des hellsten Schafes in meiner Herde« aufgestellt hatte und an jedem Freitag, Woche für Woche, weiter verfolgte.

»Warum, Hans, meinst du, ist dieser Vogel so schön?«

»Weiß nicht.«

»Es ist doch so: Der Vogel braucht, um satt zu werden, kein so schönes Kleid. Und um fliegen zu können, braucht er keine gefärbten Flügel. Warum also ist er so schön?«

Eidig ahnte, was eine pastorengefällige Antwort sein könnte: »Damit wir uns daran freuen und Gott loben, weil er uns diese Freude macht.«

»Vielleicht … Ich denke, Gott kann gar nicht anders, als perfekte Geschöpfe zu schaffen. Wenn Gott etwas nicht kann, dann ist es das Nichtkönnen.«

Und es entspann sich ein Gespräch über Schönheit, Ebenmaß und Perfektion, das weit über alles hinausreichte, was in jenen jungen Jahren des 19. Jahrhunderts gemeinhin auf Dorfplätzen und unter Kirchenlinden gesprochen wurde.

Eidig musste grinsen, als er mitten auf dem Atlantik daran dachte, wie die Eichelhäher-Lektion zu Ende ging: »Und, Herr Pastor, es ist auch so eingerichtet, dass nur die jungen Eichelhäher gut schmecken. Dieser hier ist ein alter. Nur ausstopfen! Nicht essen!«

Hunger auf hoher See. Das beste daran war, dass der Hunger einen zu Mahlzeiten in den Salon rief und so die aufkommende Langeweile-zur-See unterbrach.

Eidig versuchte es so einzurichten, dass der Strom aus besserem Leinen, Kammgarn, gerüschter Seide und betresstem Wildleder ihn von dem alten Vielredner abdrängte, der ihm seit ein paar Tagen überall aufzulauern schien. Das Manöver gelang.

Eidig sog die Luft ein; der Meersalzgeruch, durchzogen vom Geruch des frisch aufgezogenen Segeltuchs, wurde jetzt überlagert von … wovon eigentlich? Eidig überlegte: War das nicht der Duft von Waldpilzen? Maronen und Birkenpilzen womöglich … Waldheimat? Wie auch immer, es roch gut aus der aufgeschlagenen Messingtür.

Wie es weiter unten im Gekröse der Brigg riechen würde, dort, wo man für den Jahreslohn eines Handlangers in Bretterverschlägen zusammengepresst lag, konnte sich Eidig vorstellen. Er hatte genug Tage und Nächte auf verlausten Strohsäcken in verschiedenen Gefängnissen gelegen. In Winsen, in Harburg, in Bleckede. Nicht, dass er ihn unbedingt wieder riechen müsste, diesen Geruch von Armut und Schmutz. Nein, das nun gerade nicht …

Aber er würde nachschauen. Er würde die Treppe hinabsteigen, vielleicht morgen schon, diese Treppe, die mit einer burgunderroten Quasten-Kordel gesperrt war. Er würde es tun, obwohl »das Interfrequentieren der Decksebenen« unerwünscht war. Ja, verboten.

Die *Ganges* – 1817 als *Frederik den Foerste* in Dänisch-Altona vom Stapel gelaufen – war kein Auswandererschiff im eigentlichen Sinne. Die Reederei hatte den relativ kleinen Segler – zu klein eigentlich für Atlantikpassagen – zur Hälfte umgerüstet: Die obere, die Decksklasse, war großzügig, fast luxuriös ausstaffiert worden; Stau- und Laderäume im Unter- und Zwischendeck hatte man für den Menschen-Massentransport umgebaut. Manchmal quoll ein seltsamer Geruch – wie von nassen Säcken, so schien es Eidig – herauf. Man konnte ihm ausweichen, indem man die Nase aus dem Wind drehte. Die unter Deck waren ihm ausgesetzt.

Ein vierschrötiger Matrose, der meist in Nähe der einzigen Verbindungstreppe zwischen den Decks Stellung bezogen hatte, wachte über Einhaltung des »Interfrequentierungs-Verbotes«.

Der Mann war Eidig eigentlich nicht unsympathisch, dennoch schien es ihm nicht ratsam zu sein, mit ihm Schulter an Schulter an der Reling zu stehen. Warum, hätte er nicht sagen können. Da war nur dieses Gefühl, das ihm schon oft den Hals gerettet hatte. Dieser anonyme Warnruf, der mit den Ohren nicht zu hören war, eher mit dem Zwerchfell.

Kapitel 3

IRGENDWIE, NOCH BEVOR DIE VORSUPPE aufgetragen wurde, hatte es der Ebenholz-Spazierstockträger geschafft, sich in die Lücke zu zwängen, die neben Eidig und einem älteren Fabrikanten-Ehepaar aus München entstanden war, weil jemand vor den getrockneten Pilzen geflohen war, die nach ein paar hundert Seemeilen aufgekocht wie nasses Leder schmeckten. Eidig wollte gerade – zwischen zwei Bissen – seinen Ärger über die Klettenhaftigkeit des Vielredners mit Wasser herunterspülen, als sich alles um ihn herum aufhellte.

»Darf ich Ihnen meine Begleiterin vorstellen: Silvia … Königin des Waldes, wie wir Lateinkundigen den Namen nur allzu gern … und zugegebenermaßen etwas frei … übersetzen. Wobei das gute Kind, Tochter meines verstorbenen Bruders Isaak Grünstern – der andere Grünstern von *Grünstern und Grünstern* – nicht im Wald, sondern an der Elbe lieblichem Strand erblüht ist. Sie werden es an meiner Artikulation gehört haben, dass ich Hamburger bin. Altonaer, genau genommen, diesen kleinen, feinen Unterschied wollen wir nicht verschleifen. Aber: einmal Elb-Anrainer, immer Elb-Anrainer!

Wir Grünsterns waren auch keine Franzosen unter der Besatzung, als alles um uns herum französelte und sogar der Bürgermeister »maire« genannte werden wollte … wollte, nicht musste: wollte! Das nennt man ja wohl: Bückling vor der Fremdherrschaft. Und wenn ich nicht mosaischen Glaubens wäre, hätte ich den feinen Monsieur Maire, damals 1811 im Zollverein, vor den versammelten Senatoren, einen Zu-Kreuze-Kriecher genannt. Aber uns vom Stamme Davids lässt man so etwas nicht durchgehen. Wissen Sie, junger Freund, es ist ein eigen Ding mit uns Menschen, einerlei ob wir nun Juden, Christen, Muselmanen oder Freimaurer sind: Wir wähnen uns erhaben über …«

Den Rest der vor sich hin schwurbelnden Rede hörte Eidig nicht mehr. Die ledrigen Pilze vor ihm erkalteten, während er versuchte, soviel von der Nichte zu sehen, wie man mit den Augen ertasten konnte, ohne visuell übergriffig zu werden.

»Eidig, du süselst djümmers öber mien swatte Oogn und langst mir dabei twischen de Ben. Dscha, watt denn nu? Wi häppt nich äwiglich Tied!«

Eidig zog die Hand zurück und wühlte sie in das Haupthaar der Hauptmagd am Dittmer-Hof. Die schloss die Augen und sagte: »Nu man tau, mach los!«

»So hastig …? Ich weiß, ich weiß … dien Hinnark kommt bald trüch. Und wenn er die Wisch an' Bultmoor schneller rünner sickelt als sonst, kann er schon inne' halben Stunn' wedder trüch wen.«

»Schneller!«

Sie lockerte seinen Hirschledergürtel und zerrte seine Hose kniewärts..

Eidig streckte sich wohlig, als sie ihn am Backenbart packte und über sich zog, wie einen gebrauchsfertigen, weiten Rock.

»Ick bruk nich' noch'n Kind …«

»Aber ich«, sagte Metha.

Als Eidig – mit allen Anzeichen aufschießenden Entsetzens – zur Seite rutschen wollte, presste sie beide Hände auf seinen freigelegte Hintern. Der Griff, fest genug um einen Ziegenbock am Strick einen Heidhügel hinauf zu zerren, war unerbittlich.

»Wir waren uns einig, Eidig! Ich will ein Kind. Aber ein kluges. Mien Hinnark ist das Beste, was ich in ganz Hanstedt und rundherum kriegen kann. Aber er ist dumm. Dumm wie warme Boddermelk … und gut und fleißig. Also: Mach zu!«

»Und wenn das Kind … oooh … wenn das Kleine, dann einen Leberfleck zwischen den Augenbrauen … so wie i… i… ich … oooh …«

»Hinnark hät ok Leberflecken. Und wie die in'n Mutterleib verdelt wer'n, dat weet doch keen Oas …«

Über den beiden war plötzlich Lärm, Lärm von der schrillen Sorte. Die Rauchschwalben, die im Heuboden nisteten, hatten vielköpfige Brut, und um jede Mücke, die eingetragen wurde, entstand Kampfgeschrei. Gut so, seufzte Eidig: So wurden alle Geräusche überschrillt, die sonst noch anschwollen.

Als sich Metha wieder in Unterrock und Rock gewickelt hatte, lachte sie, so laut, dass Eidig besorgt in Richtung Bultmoorwiese schaute, grob in die Richtung, aus der Heinrich mit Sichel und einer großen Kiepe Heu zurückkehren würde.

»Wenn's ein Junge wird, muss er Heinrich heißen. Wenn's een Deern wird, dann Christine … Stine, wie meine Großmutter. Die war eine ganz plietsche.«

»Woher weißt du …« Eidig zog den Gürtel zu und pflückte sich Heu aus Haaren und Hemd, »… dass es eingeschlagen hat?«

Metha bemühte ihr möglichstes Hochdeutsch, um Bedeutsames bedeutsam auszurücken: »Weil ich genau heute der beste Kugelfang bin und weil du immer triffst. Ich hoffe, nicht nur bei Schützenfesten und auf Reh und Hase!«

Eidig seufzte. Ausflüchte galten nicht, auch nicht für einen routinierten Flüchter wie ihn.

Unter anderen Umständen hätte Eidig eine Ausflucht gewählt und wäre nicht der Einladung von Habakuk Grünstern gefolgt, in dessen Kabine noch einen Sherry zu nehmen oder zwei. Eher zwei: »Einen für die Verdauung und einen für den Genuss.« Aber die Aussicht, dabei neben einer Schönheit zu sitzen – einer von der Art, wie sie in der großen Leere zwischen zwei Welten nun wirklich nicht zu vermuten gewesen war –, diese Aussicht ließ ihn dankbar nicken. Und: Sie war da.

Die Kabinen für Vielzahler auf der *Ganges* waren klein, aber aufs Feinste eingerichtet. Grünsterns Kabine – um einiges größer als Eidigs eigene – war mit grüner, bestickter Seide verhängt. Eidig erkannte einen den Dreizack schwingenden Neptun, um den herum spitzbrüstige Weiblein mit Fischunterleib tanzten.

Grünstern, offenbar ein guter Beobachter, war Eidigs Blicken gefolgt und sagte, nachdem er sich mit halb unterdrücktem Stöhnen in einen der drei am Boden festgeschraubten Sessel hatte fallen lassen: »Ich kann nur noch schlafen, wenn ich mich vorne und hinten, unterm Steiß und im Nacken aufpolstere wie eine Odaliske im Topkapi-Palast zu Konstantinopel. Der Rücken! Der große biegsame Knochen … er biegt sich nicht mehr wie bei euch zwei Menschen der Zukunft. Und auch die Beine … ohne den hier geht auch das Gehen nicht mehr.«

Er hielt Eidig seinen Spazierstock unter die Nase. Der nahm ihn, wog ihn in der Hand und sagte: »Ebenholz … vermutlich aus Afrika, wo die Menschen so schwarz sind wie dies Holz.«

»Richtig, richtig«, sagte Grünstern und gab seiner Nichte einen Wink, der sie veranlasste, einen Sherry-Flakon aus dem winzigen Eckschrank neben dem Bullauge zu ziehen und zwei Gläser, die in einem mit Samt ausgeschlagenen Regal bruchsicher gelagert waren.

»Mit Holz kenn' ich mich ein wenig aus …« hörte sich Eidig sagen, dem Drang nachgebend, sich vorteilhaft zu positionieren. Aber Silvia Grünstern kramte sich, nachdem sie die Sherry-Gläser gefüllt hatte, etwas hinter dem grünen Vorhang hervor, das wie ein Stopfpilz aussah. Bunte Fäden zupfte sie aus einem wildledernen Pompadour-Beutel, von der Art, wie sie in der Franzosenzeit beliebt wurden. Bei begüterten Damen … und wohl auch bei den Nichten begüterter Männer. All das erlaubte ihr, mit gesenktem Kopf dazusitzen, ohne den Gast betrachten zu müssen.

Aber auch Eidig war ein guter Beobachter. Und es entging ihm nicht, dass Silvia nur Handarbeit vortäuschte und die langen Wimpern immer wieder hob, um ihn … ja, was eigentlich? … zu taxieren?

Ihr Onkel nippte am Sherry, machte, die Augen geschlossen, ein paar Schmatzlaute, befand den Brand für gut und prostete schließlich seinem Gast zu. All das, ohne seinen Redefluss erkennbar zu unterbrechen: »Als vorletztes Jahr im Hamburger Hafen am Baumwall die große Lagerhalle abbrannte … Sie haben vermutlich davon erfahren … sind etliche hundert Festmeter kostbarster Hölzer in Flammen aufgegangen. Tropenhölzer. Ich habe mir etwas davon gesichert, Holz, das nur mäßige Brandschäden hatte. Dieser Stock hier … tadellos! Hart. Sehr belastbar.«

Eidig nippte nun ebenfalls am Sherry. Der Geschmack lag ihm nicht, aber er zog ein Kennergesicht auf und tat, was er weder mochte noch konnte, er parlierte: »Tropenhölzer haben keine Jahresringe wie unsere Buchen, Birken, Eichen und Fichten. Und das Schwarzholz ist so hart wie unser Spierling.«

»Spierling?« Grünsterns Augenbrauen hoben sich fast bis zum Haaransatz.

»Auch Sporapfel genannt. Man nimmt sein Holz für Wagennaben und den Drehkranz von Windmühlen … für alles, wo Holz eisenhart sein muss.«

Habakuk Grünstern lächelte anhaltend. Schließlich sagte er, nachdem er sein Lächeln ein Stück weit eingerollt hatte wie eine benutzte Signalfahne: »Sie offenbaren sich als ein Mann, der etwas von Holz versteht, von Bäumen. Und sicher auch von Wald. Und … von dem Wild darin. Und wie man es zur Strecke bringt … so sagt man doch? … zur Strecke bringen?«

Eidig suchte nach einem Ausweg. Aber schnelle Beine und der absolute Blick für Verstecke würden hier nichts nutzen. Die Nichte hatte das Stickzeug in den Schoß sinken lassen und schaute den Wildschütz Eidig jetzt ganz ohne Deckung an. Direkt und mit der Schwarzkohlenglut ihrer Augen … so jedenfalls kam es ihm vor.

Habakuk Grünstern wartete einen langen Moment, ob sich sein Gegenüber womöglich erklären wollte. Dann sagte er leise, als müsse man Lauscher fürchten: »Glauben Sie mir, ich will Sie nicht … inkommodieren. Aber es wäre schon ein arges Bubenstück, wenn ich mit meinem kleinen … nennen wir es … Geständnis länger hinterm Berg halten würde. Ergo: Ich habe Sie gleich erkannt, Herr … Eidig. Gleich als wir in Hamburg-Veddel am Amerika-Kai nebeneinander standen und das Verladen unserer Seekoffer beobachteten. Da stand ein Journalist vom *Hansischen Boten* in der Menge, einer, den ich kenne. Der hat es mir zugeflüstert: 'Das ist der Eidig, der berühmte Wildschütz, den sie nicht fassen können.'«

»Sieht man den Leberfleck noch?«

»Nee, aber du siehst elend aus.«

»Ich? … elend?«

»Ja, … blass! Und gehen dir etwa die Barthaare aus?«

»Ich hab' mir den Bart gestutzt. Auf dem Steckbriefen steht: voller roter Backenbart Und blass bin ich nur, weil ich mich mit Mehl und Butter blass gemacht habe. Den Leberfleck zwischen den Augen … also, den sieht man wirklich nicht mehr?

»Nee. Also nur, wenn man dir auf Nasenlänge nahe kommt. Aber wenn du dich das nächste Mal schminken willst, geh zum Theater am Gänsemarkt und frag nach dem alten Theede. Der ist Schminkmeister und Kunde von mir. Zahlt unregelmäßig und ist mir noch was schuldig.«

Eidig strich sich fahrig durch den mehr gerupften als gestutzten Bart und durch sein Haupthaar. Er war unruhig. Elend also sah er aus. Helga Runge, Frau des Wildbret-Händler Joachim Runge, traute er einen klaren, einen unbestechlichen Blick zu. Sie war es, nicht ihr Mann, die mit Auge, Nase und Handflächen die Qualität von Wildfleisch taxieren konnte. Sie war es, die nach einem Strich ihrer flachen Hand durchs Fell eines ausgeweideten Hasen sagen konnte, ob der Dahingestreckte schon tagelang in einem Schuppen gelegen hatte oder frisch-tot über die Elbe geschippert worden war.

Eidig schaute die gewundene Straße hinab, die noch bis vor kurzem den Namen eines napoleonischen Generals getragen hatte. Nichts! Es wurde hell, und der Platz begann sich mit Menschen zu füllen.

Verdammt, noch immer nichts! Über dem Kopfsteinpflaster steckten die Häuser die Giebel zusammen, wie tuschelnde Marktfrauen. Zwei Kater fauchten einander an, Revierstreitigkeiten … beide wussten, wo gleich der Stand mit den Fischen aufgebaut wurde, und beide wussten, was dieser Stand- und Lauerplatz wert war.

Eidig schaute ihnen zu. Stadtkatzen! Weder die rabenschwarze, die etwas größere der beiden, noch die getigerte hatte die Geschmeidigkeit der halbwilden Bauernhofkatzen, die er gelegentlich bewunderte, wenn sie gedankenschnell Mäuse erbeuteten oder nach tief fliegenden Rauchschwalben schlugen.

Die Nervosität pochte ihm jetzt bis zur Halsschlagader hoch, er sah nicht einmal mehr, dass einer der Fischhändler mit einem Holzstück nach den beiden Lauerjägern warf.

Eidig ärgerte seine Unruhe, mehr noch fürchtete er ihre Offensichtlichkeit. Schließlich hatte er es doch in all den Jahren gelernt, Unruhe zu verbergen. Er war mit Unschuldsmiene durch viele Dutzend Razzien gestiefelt. Hatte mit der Gendarmerie, die auf ihn angesetzt war, Skat gespielt und seinen Grand mit zweien dabei nicht verzittert, sondern souverän gewonnen.

Aber an diesem Morgen wollte es ihm nicht gelingen, die Unruhe unsichtbar bei sich zu behalten. Die Lieferung hätte allerspätestens vor Beginn der Morgendämmerung kommen sollen, und es begann bereits zu tagen. Er wippte auf den Zehenspitzen, um die Händler zu überragen, die schon vor Sonnenaufgang begonnen hatten, ihre Stände aufzubauen.

Viele dänische Wortfetzen flogen ihm um die Ohren … die Dänen waren in Ordnung, sie aßen Rehrücken und Hirschkeule genau so gern wie die Hamburger. Nichts gegen dieDänen …

Als sich die Marktwache, zwei Dänen in seltsamen, zottelig betressten Uniformen, an ihm vorbeischob, trat er höflich grüßend rückwärts in den Türrahmen von *Runge – Wildbret und Gewürze* zurück.

Und gerade hatte er begonnen, den Verlust – vermutlich hatte man den Ewer am Anleger Teufelsbrück abgefangen – in Taler hochzurechnen, als er ein Geräusch hörte, das womöglich alles änderte, das Rettung und Auskommen für mehrere Tage bedeuten konnte. Aus einer der Nebengassen, die in den Altonaer Markt mündete, rumpelte und schwankte ein Ochsenkarren heran. Die beiden Zugtiere stemmten sich gegen das Joch, der hoch aufgeladene Wagen schwankte, zwei Torfziegel fielen auf das Kopfsteinpflaster.

Die Torfziegel kamen aus einem Moor, aus dem sich Eidig im Frühjahr manchen Birkhahn besorgt hatte und gelegentlich auch Rehe, die im Moor ganzjährig schwarz gewandet gingen. Auch Lerchen hatte er dort erbeutet, die sich mit Vogelschrot aus den Wacholdern ernten ließen oder ein gutes Ziel boten, wenn sie trillernd senkrecht aufstiegen.

Der Ochsentreiber grüßte Eidig mit kurzem Liften der Peitsche … verdammt, was machte dieser Schwachkopf da! Dann zog er seine Fuhre am Ochsenjoch durch den wuseligen Ameisenhaufen aus Händlern und früh aufgestandenen Käufern.

Falsch! Falsch! Falsch … schlug es Eidig ins Bewusstsein. Ich! … Ja, ich, wer denn sonst? … Ich hätte es wissen müssen: Jeder hier muss sich doch fragen, wieso sich ein voll beladener Torfwagen ausgerechnet zur Zeit beginnenden Gedränges über den Markt quält … durch einen Markt noch dazu, auf dem es Fisch, Fleisch, Honig, Kartoffeln, Gemüse und Mehl zu kaufen gibt. Aber kein Brennmaterial! Die Lagerschuppen für Brennholz, Torf und Holzkohle liegen weiter östlich, im Niemandsland zwischen Altona und Hamburg. Kein Torfwagen-Gespann mit einem auch nur halbwegs vernünftigen Ochsentreiber würde zu dieser Stunde ausgerechnet diesen Weg nehmen, durch Enge und Menschenauflauf …

Ach, verdammt … Es waren zu viele aufgeflogen in letzter Zeit! Freischütz-Banden wie die seine. Und Wildbret-Händler. In Winsen stand gerade einer vor Gericht und log, dass sich die Balken bogen … Und dann erst die Fuhrunternehmer, die sich auf den Transport heikler Waren verstanden! Es wurden nach jeder Verhaftung weniger. Die verbleibenden Transporteure, die sich trotz verschärfter Kontrollen auf den Weg machten, verlangten Risikozuschläge, die den Erlös für die Eidigs, Dahldorfs und all die anderen erheblich schmälerten.

Eidigs Plan war bisher so leidlich aufgegangen: Ware aus dem Sachsenwald über Geesthacht in Ewern, den Transportseglern der Küste, elbabwärts zu segeln. Das gelang nur, wenn einem der Tidestrom von der Nordsee zur Hilfe kam. Auflaufendes Wasser brachte den Elbfluss zum Stehen. Ebbe beschleunigte ihn. Ab Anleger Altona lief, unter Torf oder Holzkohle versteckt, der Weitertransport der Ware auf Ochsenkarren: ins dänische Altona und nach Hamburg. Am riskantesten war das Umladen vom Ewer auf die Ochsenkarren. Eidig war dazu übergegangen, am Anlegesteg eine kleinen Gruppe von Vagabunden zu positionieren, die mit nichts als scharf gebranntem Korn bezahlt wurden und deren einzige Aufgabe darin bestand, lärmend um sich zu schlägern, sobald sich eine Kontrolle näherte. Ablenkung – ein Erfolgsrezept, nicht nur dann, wenn man mit der Kugelbüchse in verbotenen Wäldern unterwegs war.

Es hatte Verzögerungen gegeben. Und das hieß: Die Zeit tickte gegen ihn. Er, Eidig, hätte festlegen müssen, dass die Fuhre nur in den ruhigen Abendstunden oder nachts den direkten Weg durch die Stadt nehmen durfte.

Francke aus Geesthacht, Haupt-Aufkäufer heißer Ware für den Hamburger, den Lüneburger und den dänischen Schwarzmarkt, kam nur für Verlust auf, der bis zur Anlandung in Teufelsbrück geschah. Wenn aber die Karren zur Unzeit unterwegs waren und deshalb aufflogen, gingen Verluste zu Lasten des Lieferanten.

Schlimmer noch war etwas, das Eidig im allgemeinen Geschiebe und Gewirr erst nicht bemerkt hatte: Drei Straßenköter, einer magerer als der andere, umkreisten winselnd und hopsend den Karren, einer versuchte seine Schnauze durch die Leiterwagensprossen hindurch in die untere Torfschicht zu bohren, geriet dabei fast unter die Räder und versuchte es wieder.

Die Händler traten schimpfend und pöbelnd zur Seite, doch die Kunden, die noch vor Marktbeginn das eine oder andere günstig an sich bringen wollten, schien der große, schwankende Wagen nicht zu irritieren. Nur eine junge Frau mit großer Kopfhaube und langem Wollkleid kreischte Verwünschungen, als ihr der Schwertransporter das Wasser eine Pfütze über die Schuhe schwappen ließ.

Es war knapp. Aber es ging gut. Die Fuhre würde genug Geld einbringen, um ihn und die anderen ein paar Wochen ... Monate, wenn man sparsam war ... zu ernähren. Eidig dachte daran, seinem Perkussionsgewehr, Baujahr 1811, einen neuen Schlagbolzen zu spendieren. Zeit würde es! Ein Handwerker muss sein Werkzeug pflegen oder alles missrät.

Eidig schaute in den Himmel. Dorthin, wo gerade ein wildes Rudern begann. Die Möwen zog es von der Elbe herüber zum Altonaer Markt. Die Vögel kannten offenbar – genau wie die Stadtkatzen – die Gunst der Stunde. Und sie wussten, dass die Frauen, die sich jetzt gerade anschickten, am unteren Marktende Fische auszunehmen, nicht nach ihnen schlugen, wenn sie kreischend im Sturzflug Därme und Fischmägen abräumten.

Lachmöwen – die mit den braunen Kopftüchern – kannte Eidig von den Heidetümpeln her, von den großen Moorlöchern bei Schneverdingen, den Fischteichen bei Wörme an der Seeve und den noch größeren Teichen am Sachsenwald. Diese Möwen aber, die mit den roten Punkten am Unterschnabel, blieben an der Küste.

Sie schmeckten ölig, wie Eidig von einer Notmahlzeit her wusste. Kein Vergleich mit Enten und Gänsen.

Kapitel 4

»ICH BEHAUPTE, KEINER UNTER DEN LEBENDEN kann Wasservogel-Getier und Meeresvögel, Schwäne und Reihervögel besser malen als Audubon. Wollen Sie es überprüfen?«

Der Sherry war Eidig zu Kopf gestiegen. Er verspürte wenig Lust zum Bleiben. Die schöne Nichte hatte sich zurückgezogen: in den kleinen Salon zum Bridge-Spielen, hatte sie gesagt.

Grünstern hatte Eidigs Antwort nicht abgewartet und eine großformatige Ledermappe aus dem Eck-Spind der kleinen Luxus-Kabine gezogen: »Schauen Sie selbst! Feinste Aquatinta-Technik aus der Hand von Robert Havel. So gut können derzeit nur die Engländer drucken. Was es zu ändern gilt! *Grünstern und Grünstern* gedenkt es zu ändern … genießen Sie! Ich lasse Sie allein. Ich weiß, ich rede zu viel. Und Kunstgenuss und Wortefluss gehen schlecht zusammen …«

Er erhob sich, griff nach dem Ebenholz-Spazierstock und humpelte zur Tür hinaus. »Ein Drucker also … dieser Habakuk Grünstern …«, murmelte Eidig. Aber dann verschlug es ihm die Sprache, so wie es ihm nur selten zuvor die Sprache verschlagen hatte – die inwendige Sprache des Selbstgesprächs inbegriffen.

Schon das erste Blatt, das eine Taube im Flug zeigte, eine Taube, wie Eidig noch keine gesehen hatte, versetzte ihn in ästhetische Schreckstarre. »Düwel uk!«, kam es ihm über die Lippen: »Düwel uk!«

Er hatte viele Heide-, Landschafts- und auch Tiermaler gesehen: Bei der Arbeit vor ihren Staffeleien in offener Landschaft oder in den Scheunen-Ateliers, die sie den Heidebauern für wenig Geld abgeluchst hatten.

Aber keiner von ihnen hatte etwas Vergleichbares geschaffen!

Audubon, er las den Namen, der in eingesenkten Goldbuchstaben auf dem Mappendeckel stand. Eidig sprach den Namen deutsch, nicht französisch aus.

Schließlich, nach einer knappen halben Stunde, kam Grünstern zurück. Er schwenkte eine übergroße grüne Flasche in der freien Hand, in der Hand, in der er keinen Spazierstock hielt. »Champagner vom Feinsten. Ich denke, Sie wollen auf das Glück trinken, die feinsten Vogelportraits gesehen zu haben, die es auf Erden gibt ... Und ich denke, Sie fragen sich, weshalb ich sie Ihnen offenbare ... immerhin eine Kostbarkeit, ein Geheimnis, möchte ich sagen.«

»Ja«, sagte Eidig, dem nicht mehr einfallen wollte.

Habakuk deutete an, er habe eine gloriose Vision, wie sich Grünstern, Eidig und Audubon zu einer Dreiheit verbinden ließen, die größer sei als alle drei Namen zusammengenommen.

»Ah, ja«, sagte Eidig.

Er quälte sich noch mit einiger Mühe durch ein Gespräch, in dem der alte Grünstern wie ein Jüngling von Superlativ zu Superlativ hüpfte, und verabschiedete sich dann – plötzliche Übelkeit vortäuschend – ins Freie.

Starkwind war angesagt. Nicht Sturm – Eidig hatte nachgefragt – ausdrücklich: Starkwind.

Der erste Steuermann, mit dem er über Wind, Wetter und Amerika ins Gespräch gekommen war, unterschied da sehr klar: »Sturm is Schiete, da mütt wi dat ganze Tüch dahl trecken; aber Starkwind ist gut. Wir machen die Dame oben kahl und lassen nur wenig Tuch stehen. Und wir sind dann trotzdem noch doppelt so schnell wie sonst.«

»Doppelt so schnell heißt ..., dass wir früher in New York sind?«

Der Steuermann, aufgewachsen in einem winzigen Nest bei Kiel und 1804 geboren – im selben Jahr und Monat wie Eidig –, schüttelte den Kopf. »Kann! Muss aber nicht. Manchmal liegt hinter so einem Brausewind dick und behäbig eine Flaute. Und schon ist die Zeit, die man gewonnen hat, schwupp-di-wupp beim Deibel.«

Eidig schaute über die Reling, querab verfärbte sich der Himmel bis zum Horizont: von durchsichtig Blassblau auf tief Tintenblau. »Genau, dahinten kommt er an, unser Starkwind. Wenn es Sturm oder noch schlimmer wäre, dann wäre es da über der Wasserlinie jetzt nicht Dunkelblau, sondern Schwarz.«

Eidig nickte.

»Es wird stinken«, sagte der Offizier und deutete gestisch eine Spei-Attacke an: »Wenn's kräftig schüttelt, kotzen die Leute alles voll. Die Kotze liegt in den Teppichen, oben bei euch. Und unten sabbern sie die Strohsäcke nass.«

Eidig kniff die Augen zusammen und starrte angestrengt: »Man kann die Horizontlinie nicht mehr erkennen«, sagte er.

»Richtig! Und das heißt, er ist in' paar Minuten da, unser kleiner Anschieber. Das Zeug ist ja schon halb 'runter.«

»Und halb 'runter reicht?«

»Unser Kapitän fährt die Route seit Achtzehneinunddreißig. Ich bin seit Frühjahr Dreiunddreißig dabei. Und er hat sich nur selten verschätzt. Wenn er sich allerdings verschätzt, wird es … hektisch.«

»Hektisch?«

»Dann müssen unsere Krabbelaffen hoch und die stehenden Segel bergen. Kannst du dir vorstellen, wie das ist, Segel unter Wind bergen?«

»Nein«, sagte Eidig.

»Ich schon. Ich musste das viermal machen. War allerdings nicht auf diesem Schiff. Dreimal als Leichtmatrose und einmal als Matrose. Neben mir ist mal einer 'runtergefallen. Ein Bayer aus München. Und weißt du warum? Er hat da oben versucht, sich zu bekreuzigen. Bei starker Krängung und ruppiger See. Flutsch! … und weg war er. Aber er hatte sich ja vorher bekreuzigt. Also wird mit seiner Reise zum Meeresgrund und dann wieder nach oben in den Himmel wohl alles gut gegangen sein … bist du gläubig?«

»Mal mehr, mal weniger«, sagte Eidig.

»Da … siehst du die dunklen Streifen auf dem Wasser? Und die weißen Querstriche. Das Weiße ist Schaum. Keine drei Minuten und er ist da. Ich gehe hoch zum Zweiten. Besser wenn wir zu zweit am Ruder sind. Sieht nicht schlimm aus, aber du gehst jetzt besser von der Reling weg. Wenn der Käpt'n dich hier stehen sieht, dann lässt er dich abholen. Wenn du Pech hast von Dunkermann. Wo der zufasst, splittern die Knochen.«

Eidig ließ es drauf ankommen, er blieb stehen. Aber vorsichtshalber zog er seinen Gürtel aus den Schlaufen und fesselte seinen linken Unterarm an die Reling.

Als die ersten Böen den Zweimaster erreichten, legte sich die Brigg mit einem deutlich hörbaren Jammern auf die Seite, die verbliebenen Segel füllten sich mit einem Knall, und der glatte Leib der *Ganges* tat so etwas wie einen Ausfallschritt-zu-Wasser. Eidig klatschte ein salziges Gesprüh ins Gesicht. Aber das störte nicht, streifte nicht einmal sein Bewusstsein: Denn auf selber Höhe wie die Reling flogen plötzlich drei gedrungene Vögel, weiß mit dunklen Flügelrändern und auffälligen Nasenlöchern, die wie aufgepflanzt auf dem Oberschnabel saßen.

Sturmtaucher ... von der Art, wie er sie schon gesehen hatte.

Während die *Ganges* ein wenig zu ächzen begann, spielten die drei ohne Flügelschlag, ja ohne Flügelzucken mit dem Starkwind, schoben ihre Leiber mal dicht zusammen, so dass sie einander mit den Flügelspitzen zu berühren schienen, ließen sich dann in Fallgeschwindigkeit nach oben werfen ... und waren verschwunden.

Eidig sah den Brocken von Mann auf sich zu kommen. Er kam ohne Abdrift breitbeinig über die Planken und brüllte: »Alle Passagiere unter Deck. Order vom Kaptein!«

Immerhin, ich komme ohne gesplitterte Knochen davon, sagte sich Eidig und fügte laut hinzu: »Zu Befehl, Matrose Dunkermann!«

Er band sich los, schob sich gegen den Wind zum Niedergang und bemerkte erst jetzt, als er die Füße auf den abgetretenen Kaschmirteppich setzte, dass ihn die eine Sprühwoge bis aufs Hemd durchnässt hatte.

Silvia kam ihm entgegen, eine schwere, gelbe Schutzjacke unter dem Arm geklemmt. Sie lächelte ihn an und sagte: »Oh, der Herr hat vergessen, sich in der Mikwe zu entkleiden?«

»Mikwe …? Ist das Englisch?«

»Hebräisch.«

Eidig blieb ein paar Herzschläge wie angewurzelt stehen, schaute der Nichte nach, die sich nun tatsächlich die Schutzjacke überzog und ins Freie trat. Streng verboten. Und sie hatte sich noch nicht mal umgeschaut.

Im Salon hockte Habakuk über einem großen Becher Tee. Als sich Eidig zu ihm setzte, deutete der alte Mann mit sorgenvoll geriefter Stirn zur Tür: »Sie wollte unbedingt das Näschen ins Unwetter strecken. Mein verstorbener Bruder, ihr liebender Vater, pflegte zu sagen: Noch so ein Kind, und ich sterbe an seelischem Blutverlust vor meiner Zeit. Silvias älterer Bruder ist schon vor etlichen Jahren ‘rüber … über den Großen Teich. Aber, warum erzähle ich Ihnen das alles?«

»Das weiß ich nicht«, sagte Eidig. Und er wusste es tatsächlich nicht.

Grünstern schwieg, was auffiel, weil er selten schwieg. Er saß nur da und warf besorgte Blicke in Richtung der Bullaugen; man sah nur Wasser, keinen Himmel: Die Brigg musste also mit erheblicher Krängung im Atlantik liegen. Hinter Grünstern und Eidig würgte jemand, griff nach einen Tischtuch und presste es sich an den Mund. Eidig fürchtete, dass es werden könne wie auf den Heide-Schützenfesten, wo nach großem Bier- und Korngenuss sowie anschließendem Durchschütteln auf der Tanzdiele das allgemeine Kotzen umging. Begann nicht auch gerade sein Magen damit, etwas anzumelden …?

Dann aber sah er in das nun gänzlich erstarrte Gesicht Grünsterns, der sich ihm ruckartig zugewandt hatte. »Herr Eidig, würden Sie ablehnen, wenn ich Sie jetzt bäte, meine Nichte reinzuholen?«

»Aber nein … ich versuche es.« Eidig erhob sich und wandte sich Richtung große Deckstür.

Draußen schlug ihm Wasser ins Gesicht. Süßwasser. Der Wind trug Regen übers Meer und schleuderte etwas davon gegen die *Ganges*.

Eidig setzte behutsam Fuß vor Fuß; die Planken waren feucht und fast so rutschig wie die Bohlenbretter im Moor nach zähem Landregen.

Von der Nichte war nichts zu sehen. Eidig spürte einen Stich, als er in Lee in die abwehende Gischt der Wogen blickte. Und in die Leere ringsumher.

Kapitel 5

ES WAR SELTSAM MIT DER WEITE, DIE SEINE HEIDE zwischen Elbe und Weser bot. Wenn Eidig lange durchs Dickicht gestreift war – auf irgendeiner Flucht oder einfach nur so –, dann suchte er die Weite. War er, etwa im August, wenn die Heidsommerglut flirrend und flimmernd über dem großen Lila brütet, lange genug durch die Heide gezogen, sehnte er sich nach den kühlen Blätterdächern der Göhrde oder des Sachsenwaldes oder des Duvenstedter Forstes. Die große Weite zog ihn an und stieß ihn ab.

Am meisten aber liebte er die Kanten, die Übergänge. Da, wo sich die trockene Heide an feuchte Bachtäler lehnte, etwa am Radenbach zwischen Undeloh und Sudermühlen, oder an der Böhme, die abschnittsweise einen Kragen aus Strauchheide trug. Die Grenzen und Übergänge, die Nähte und Säume sind lebendig, sind fruchtbar. Hier standen die Rehe in der Dämmerung, hier warteten der Dachs – ach, der Dachs, kaum einen wilden Vierbeiner liebte er mehr – und der Kauz auf Anbruch der Dunkelheit, hier jagten die Fledermäuse kurz vor Einbruch der Nacht. Hier sah man im Licht der Mittagssonne Zaubergestalten wie den Kaisermantel, den Schwalbenschwanz, den Distelfalter … und manchmal, an Glückstagen, die Gebänderte Heidelibelle. Die Grenzen waren grenzenlos.

»Wenn sie wüssten, wie sehr ich die Grenzsäume liebe, hätten sie mich dreimal so oft erwischt«, dachte Eidig, bevor er sich unter einem Busch fruchtender Pfaffenhütchen den Hut über die Augen zog. Die Fußsohlen brannten vom langen Lauf. Aber wichtiger war, dass Lebenslust in ihm brannte.

Es war eine lange Flucht gewesen; in Salzhausen am großen Honigmarkt hatte ihn ein reitender Gendarm erkannt und per Trompetensignal einen uniformierten Trupp zusammengeblasen. Und wäre nicht einem der Berittenen der Gaul durchgegangen, mit der Folge, dass der ganze Trupp Minuten lang damit beschäftigt war, sich selbst einzufangen, dann …

Wie auch immer, höllisch knapp war's gewesen. Knapp wie so oft, dachte Eidig, schon auf der Schwelle zum Schlaf. Und er spürte, wie es ihn zurückzog. Zurück in die Wälder seiner Kindheit.

Die Bäume waren damals größer. Am größten aber war die Bogenfichte, ziemlich tief im Klecker Wald. Sie wuchs nicht aufrecht und gerade, wie das sonst Fichtenart ist, sie schob sich im großen Bogen über eine Mergelgrube: eine tiefe, damals wassergefüllte Schürfstelle, an der Generationen von Heidebauern Lehm abgegraben hatten. An klaren Tagen konnte man bis zum Grund schauen. Auf mindestens dreimal die Länge seines Vaters schätzte Hänschen Eidig die Tiefe.

Die Mergelgrube war einer der wenigen Plätze, die Hans mit Gleichaltrigen teilte. Teilen musste! Fast jeder, selbst die schnöseligen Jungs aus Hittfeld und Harburg, kannte den Teich.

Dann kam der Tag, an dem sie alle da waren: alle! Auch und besonders Rolf, Sohn des Dorfgendarms. Ferner Olaf, Sohn des Bäckers, Trine, Tochter der Stellmacher-Witwe … und einige andere, die man sich nicht merken musste. Es war der Tag, an dem es geschehen musste. Hans hatte eine der beiden großen Porzellan-Standvasen in der Diele des Forsthauses umgerannt … Totalschaden. Und seine Mutter hatte einen Weinkrampf erlitten »… Brautmitgift der Urgroßmutter … wie oft habe ich dir gesagt: Nicht rennen im Haus …« Dass der Vater kurz und trocken zugelangt hatte, war nicht der Rede wert. Aber das tränennasse Muttergesicht verfolgte ihn, in die Wälder, in die Schule, in den Schlaf. Der Gedanke, ihr eine neue Vase zu kaufen, und die Idee, wie man an Geld kommen könnte, kamen fast gleichzeitig.

Der Tag, an dem es geschehen sollte, war der Sonnabend vor dem Schützenfest-Sonntag. Der Tag war gut gewählt, denn nur zu diesem Zeitpunkt hatten die Dorfjugend »Bickbeer-Geld« in den Taschen: Geld, das es für gesammelte Waldbeeren gab, Geld, das man am Schützenfest brauchte, um Zuckerwatte zu kaufen oder auf dem Rücken bunt geschmückter Esel im Kreis reiten zu können.

Eidig hatte sie alle unter der Bogenfichte versammelt, zeigte in die Baumkrone und sagte, er würde von ganz oben ins Wasser springen und sich dabei mindestens einmal in der Luft überschlagen. Durch diesem Sprung würde er vermutlich sterben, aber das Geld – ein Taler pro Anwesendem – ginge dann gefälligst an seine Mutter, die eine neue Vase bräuchte. Und wenn noch Geld übrig sei, solle es, bitte sehr, für sein Begräbnis bereitgehalten werden. Das Grab solle auf der Heide ausgehoben werden, im unteren Büsenbachtal, vor dem großen Dreifach-Wacholder.

Jung-Eidig hatte nicht vor zu sterben. Aber als er hoch oben in der Fichte hockte – der Mergelgrubenteich weit unter ihm glich mehr einer Pfütze als einem anständigen Teich – hatte er doch das Gefühl, dass sich die Sache womöglich nicht überleben ließe. Für den Fall, dass er nicht spränge, hatte er zugesagt, den väterlichen Hirschfänger – einen mit Elefantenzahn verziertes, beidseitig scharfes Jagdmesser – zu klauen und auszuhändigen. Allein schon dieser Einsatz machte einen Rückzug unmöglich.

Nun stand er da, hoch, viel zu hoch, über einer Meute, die nach oben starrte. Schwindel im Kopf und Windsausen in den Fichtenwedeln, Sonnenlichtreflexe auf dem Wasser, »Spring-doch-spring-doch-Feigling-Feigling«-Rufe von unten … und ein wildes Rauschen in den Ohren vom eigenen Blut. Und er erlebte diesen kleinen Tod, der – einmal überlebt – mutig macht für den Rest der Lebenszeit.

Der neunjährige Hans Eidig hielt den Atem an, löste den Griff, mit dem er einen der oberen, schon recht dünnen Fichtenzweige umklammert hielt, und sprang.

Kapitel 6

DER TAG NACH DEM STURM WAR RUHIG, fast windlos – das war offenbar ein typischer Atlantik-Rhythmus. Doch die Nacht, die ihm folgte, war bewegt. Wenig hätte gefehlt – vielleicht nur die zusätzliche Kraft, die es braucht, um einen Kieselstein aufzuheben – und es wäre Eidigs letzte Nacht geworden.

War es wirklich so … oder doch anders? Die Trübung seiner Erinnerung hatten ganz erheblich mit etlichen Glas Genever zu tun, die im Salon geflossen waren. Was, verdammt noch mal, war geschehen?

Begonnen hatte alles wie ein Militärbesäufnis mit Damen. Einer, der sich – berechtigt oder angemaßt – General nannte, hatte seinen Fünfzigsten begossen und darauf bestanden, dass alle im Oberdeck anhaltend auf sein Wohl und das eines Preußischen Artillerie-Regiments tranken, einer Einheit, von der noch keiner gehört hatte. Schließlich sang er mit Stentorstimme Körners »Wilde verwegene Jagd«, das anti-napoleonische Freiheitslied, das in den Jahren nach der Napoleon-Ära ausgerechnet von denen geschmettert wurde, die mit Bürgerfreiheit nichts am Hut hatten.

Was zieht dort rasch durch den finstern Wald,
Und streift von Bergen zu Bergen.
Es legt sich in nächtlichen Hinterhalt,
Das Hurra jauchzt und die Büchse knallt,
Es stürzen die fränkischen Schergen.
Und wenn ihr die schwarzen Jäger fragt:
Es ist Lützows wilde verwegene Jagd.

Eidig war ins Freie gewankt, das blutschaumige Lied noch im Ohr, geradewegs in ein dunkles Loch, in eine Erinnerungslücke. Sein Bewusstsein setzte erst wieder ein, als seine Hand, die sich auf dem

Achterdeck an einem Want festklammerte, zu schmerzen begann. Warum, verdammt noch mal, schmerzte sie …?

Irgendwas, irgendwer, hatte an seiner Hand gezerrt, gerissen.

Es war Nacht, oder schon erstes Frühlicht. Im Salon wurde noch immer gesungen, nach Lützows wilder verwegener Jagd das Lied vom Matrosen Hein, den keiner totsaufen konnte, nur das Meer dann aber doch.

Wieso stand er an der Reling? Und seit wann? Eidig ließ das Want los und fasste eine Hand, die ihm aufhelfen wollte … aber wollte sie das? Die Hand half nicht auf, sie drängte, glitt ab und streifte sein Gesicht, krallte sich in seinen Hemdkragen.

Eidig schlug zu. Schlug ins Leere. Schlug erneut und traf … traf irgendwas, irgendwen. Und irgendein Irgendwer entfernte sich im schnellen Laufschritt.

Eidig kotzte eitergelben Genever auf die Planken, schlingerte dann zurück unter Deck, fiel in seine Koje, wischte sich Erbrochenes mit dem Leinenbezug der Seegrasmatratze ab. Aus dem Salon drangen immer noch Gesangsfetzen herüber:

Und holt der Dreizack-Neptun mich
zum Meeresgrund hinab,
dann spart mein Lieb den Taler sich
für Blumen auf mein Grab
… hooo rayyy … hooo rayyy …
Ich will ein Grab zur See.

Eine Weile lag Eidig da, zu elend und zu besoffen, um zu begreifen, was geschehen war.

Als er am nächsten Morgen Silvia Grünstern traf, beschloss er, sie und auch sonst niemanden mit dem zu behelligen, was in der letzten Stunde der vergangenen Nacht geschehen war. Aber war es denn geschehen? Wäre nicht die Brandspur in seiner Hand gewesen – entstanden, als er sich am Want festkrallte und mit aller Kraft dagegenstemmte, über Bord gedrückt zu werden –, er hätte beschlossen, alles nur geträumt zu haben.

Silvia sprach mit allen Anzeichen unterdrückten Ärgers: »Mein Oheim hat mir einen einstündigen Schimpf-Vortrag gehalten. Weil ich bei Sturm vorgestern an Deck war. Es wäre mir sehr recht, wenn Sie sich mit Geschimpfe zurückhielten, mein Herr!« Sie hockte da, in eine dicke Kutscherdecke gedreht, vor sich eine Tasse, aus der rumgeschwängerter Wasserdampf aufstieg, und sie schleuderte Schwarzkohle-Augenblitze gegen Eidig. Und sie sah die rote Scheuerspur, die vom Want in Eidigs Hand gerissen worden war, sagte und fragte aber nichts.

Die *Ganges* lief wieder ruhig, die Flaute, die der Steuermann angekündigt hatte, war ausgeblieben. Er zögerte zwei, drei Herzschläge lang, dann gab er sich einen Ruck: »Fräulein Grünstern, es steht mir nicht zu, Sie zu schimpfen, nicht Sie und keinen anderen Menschen an Bord dieses Schiffes. Aber fragen werde ich dürfen. Darf ich?«

»Fragen Sie! Ich behalte mir vor, nicht zu antworten.«

»Warum die Fesseln?«

»Das waren keine Fesseln, das war Sicherung.«

»Sicherung?«

»Als ich nach draußen kam, um mir das wilde Meer anzuschauen, trat mir einer entgegen, so ein … so ein klobiger Mensch …«

»Matrose Dunkermann.«

»Er hat sich mir nicht vorgestellt. Er hat mich aber sogleich am Handgelenk gepackt und wollte mich zurück in den Salon ziehen. Ich habe seine Wange geschlagen. Da hat er losgelassen und gesagt, er hätte Order, während der steifen Brise niemanden an Deck zu lassen. Ich habe ihm gesagt, ich sei kein Niemand, und schlimmstenfalls könne er mich ja einen Moment festhalten, bis ich alles gesehen hätte …«

»… und das hat der grobe Kerl sicher gern getan!«

»Hat er nicht. Er sagte, er müsse patrouillieren, auf dass kein Passagier an Deck käme, solange es braust.«

Eidig schüttelte den Kopf und musste ein Lachen unterdrücken: »Und dann haben Sie sich von ihm an den Fockmast binden lassen und in aller Ruhe in den Regen und über Bord geschaut.«

»Ja, aber es war nicht ruhig.«

»Natürlich nicht … es war ja Sturm!«

»Es war großartig.«

Eidig sah sie an und dachte: Die ist wunderbar verrückt.

Der Salonkellner erschien mit einer riesigen Rumflasche, um nachzufüllen. Eidig dankte und drängte auf Fortsetzung des Berichtes.

Als Silvia Grünstern beharrlich schwieg, sagte Eidig:

»Ich weiß, von wem Sie die Idee haben.«

»Welche Idee?«

»Sich an den Mast binden zu lassen.«

»So, so, das wissen Sie … von wem?«

»Als ich noch zur Schule ging, hatte ich so etwas wie Privatstunden bei unserem Dorfpfarrer. Der konnte nicht nur das Alte und das Neue Testament rauf und runter. Wir haben auch über den Homer geredet. Und über das große Faust-Gedicht vom Goethe. Und über englische Dampfmaschinen. Und wie man Brückenbögen berechnet, damit sie nicht einstürzen. Und auch über Odysseus. Und der hat sich … wenn ich mich recht erinnere … einmal bei Schlechtwetter an den Mast seines Schiffes binden lassen.

»Falsch! Nicht bei Schlechtwetter. Er wollte den Lockgesang der Sirenen hören, der Raubvögel mit Frauenleibern, ohne ihr Opfer zu werden – deshalb ließ er sich festbinden. Und weil er sich nicht die Ohren mit Wachs verschließen ließ wie all seine mitreisenden Helden, konnte er sich betören lassen, ohne anschließend zu ertrinken oder von den Sirenen verspeist zu werden. Man nannte ihn übrigens auch Odysseus, den Listenreichen.«

»Und woher wissen …Sie«, Eidig wäre fast ein »Du«über die Zunge gerutscht, »das alles … mit dem Wachs und den Sirenen.«

»Ich hatte auch einen Privatlehrer.«

»So, so …«

»Was meinen Sie mit: So, so?

»Nichts weiter«

Das Gespräch nahm ein abruptes Ende. Ein Tackern auf dem

Eichenparkett kündigte Grünstern an. Und noch bevor er sich mit diesem immer gleichen Seufzen ins Fauteuil fallen ließ, sagte er. »Ha ja … der Herr Eidig! Sie waren ja so plötzlich verschwunden gestern, am Genever-Abend des Herrn General von Bleicken. Famoser Kerl, und für seine 50 Lenze steht er da wie ein aufgepflanztes Seitengewehr. Sehr famos. War in Leipzig dabei, anno Achtzehndreizehn im Oktober, als sie dem Bonaparte den Rückwärtsmarsch geblasen haben.«

Dann erst fiel Grünsterns Blick auf seine Nichte, und sogleich wieder zurück auf Eidig. »Ich darf hoffen, mein Herr, Sie haben meiner Nichte kräftig den Kopf gewaschen, wegen … Sie wissen schon …?«

Silvia sprang auf, sprang ihren Onkel fast an: »Was willst du, lieber Oheim? Ich bin nicht aus Zucker und nicht regenwasserscheu!«

»Was willst du, Eidig? Warmes Wasser? Dann wärst du der erste Forst-und-Jagd-Eleve, dem mein Weib heißes Wasser zum Waschen hinstellen muss. 'Raus mit dir, Eidig! Du weißt, wo der Brunnen ist.«

»Der ist zugefroren, und auf dem Eis liegt Schnee.«

»Eis und Schnee … davon hat man ja wohl leicht mal was im Februar … Da!«

Förster Georg Friedrich Zechel, Eidigs Lehrherr seit dessen 16. Geburtstag im Januar 1820, warf dem Sohn seines Kollegen einen Schürhaken zu. Eidig fing ihn auf und schlurfte ins Freie.

Der Himmel hatte gerade eine sternklare Frostnacht hinter sich, der Schnee knirschte unter den strohgepolsterten Hausschuhen des Forstlehrlings im ersten Lehrjahr, und ein kleiner Trupp von Seidenschwänzen räumte den Platz in den winterkahlen Fliederbeerbüschen.

Seidenschwänze, das wusste der junge Eidig schon seit Kindertagen, sind nordische Vögel, die nur in sehr kalten Wintern südwärts fliegen. »Seidenschwanz im Weihnachtswald, dann wird der Februar bitter kalt« hatten sie bei Speckschwarte gelernt.

Pastor Mahlfeld, den er an einem ihrer Freitage danach gefragt hatte, wusste zwar auch keine Antwort, aber doch die Andeutung einer Erklärung: »Turmfalken können, wie du weißt, eine Maus aus großer Höhe sehen. Hunde können Dinge riechen, die wir nicht einmal ahnen können. Und so hat es Gott eben gefallen, einen Vogel zu schaffen, der kommende Kälte lange im Voraus spürt.«

Eidig schlug den Kaminschürhaken in die Eisfläche auf dem Hausbrunnen, nachdem er zuvor den Schnee abgeschoben hatte. Das Eis splitterte, zeigte scharfe Kanten und gab dann die Hälfte der Brunnenöffnung frei. Eidig zog sein Schlafhemd aus, stand splitternackt im Schnee, aber so, dass er vom Haus her nicht zu sehen war. Die Förstersfrau hatte das, mit Blick auf die beiden Förstertöchter, elf und sechzehn, dringlich eingefordert. Eidig tauchte den Ziegenledereimer ins Wasser und übergoss sich.

Für einen Herzschlag wurde ihm schwarz vor Augen, er unterdrückte einen Schrei. Dann rieb er sich mit einer Kernseife ein, die angefroren auf dem Wäsche-Schlagstein neben dem Brunnen lag. Die Seife roch ungut wie alter Hirschtalg, aber sie schäumte ausreichend. Er übergoss sich ein zweites Mal, trocknete sich mit seinem Schlafhemd ab und zog es wieder an. Die Seidenschwänze schienen ihm zugeschaut zu haben, steckten die Köpfe zusammen und zogen sich ins Fichtendickicht zurück.

Über dem Eingang zur großen Wohnküche hingen – leicht Schnee gepudert – drei Rehbock-Schädelplatten, jeweils mit Gehörn. Trophäen nannte man das … blödsinnigerweise. Ein Sechser mit doppelt daumendicken Gehörn, ein Spießer mit Stangen so lang wie Zimmermannsbleistifte und ein Kümmerer: ein Knopfbock.

Eidig ließ den Blick einmal mehr über die drei Totenschädel-Scheiben hüpfen: Es ist kein Kunststück, drei Böcke zu erlegen, so etwas konnte einem, der's konnte, auf drei aufeinanderfolgenden

Pirschgängen gelingen. Dem Berufsjäger aus dem Klosterwald bei Verden – davon war viel die Rede in jenen Jahren – soll das mehrfach gelungen sein im Laufe eines langen Lebens im Wald und auf der Heide … Ein Kunststück? … nein, befand Eidig, ein Kunststück wäre es, drei Stück Rehwild auf die Decke zu strecken – an einem Tag, an einem Ort …

Unmöglich! Warum eigentlich?

Eidig pfiff durch die Lücke zwischen seinen Schneidezähnen. Er tat es oft, seit er die Milchzähne gegen größere ausgewechselt hatte. Er pfiff immer dann, wenn ihm etwas einfiel, das einem nicht alle Tage einfällt.

Als er seinen Lehrherrn Förster Zechel am Küchentisch sah, wie er Milchsuppe mit Graupen in Vollbart und Hals schaufelte, musste er grinsen. Nicht über den Anblick – man lacht nicht über einen Mann, dem die Schüttellähmung mehr und mehr in den Arm fällt –, Eidig grinste in Vorfreude auf das Gesicht, das Zechel gleich aufsetzen würde.

»Mit gebührender Hochachtung, Herr Zechel, einen Vorschlag hätt' ich anzubringen: Wir sollten morgen früh nicht ein Stück schießen, sondern deren drei.«

Es tat einen harten Klack. Zechels Holzlöffel fiel auf den Tisch. Und aus dem schummrigen Teil der Stube – wohin das Licht der Kienspanleuchte nicht reichte – war helles Kichern zu hören: Zechels älteste Tochter.

Die beidseitig mit Quasten verzierte Sperrkordel hatte Eidig ausgehängt und mit der Stiefelspitze zur Seite geschleudert. Dann stieg er die Treppe ins Zwischendeck der *Ganges* hinab.

Der Innenraum war niedrig. Eidig konnte nur gerade eben noch aufgerichtet stehen. Es gab keine Bullaugen, sondern nur leicht gegeneinander versetzte Schlitze im oberen Bereich der Außenwände; durch die fiel diffuses Licht. Gerade genug, um den

Schiffsbauch bei tief stehender Sonne ein wenig auszuleuchten. Dicht gehängte Reihen von Wäsche schwankten und zitterten mit der Schiffsbewegung. Irgendwo im hinteren Bauch des Schiffes versuchte eine Frau singend das Geschrei ihres Kleinkindes zu übertönen.

Eidig hatte so etwas wie Gestank von Urin, Erbrochenem oder Schlimmerem erwartet, aber in die Nase stieß ihm etwas anderes, etwas, das an scharfen Essig erinnerte … ein Desinfektionsmittel vermutlich.

Die Menschen – mein Gott, wie viele! – saßen dicht an dicht auf Bänken, die wie eine Reling die Schlafverschläge von der Schiffsmitte abgrenzten. Inmitten des Raumes hatte man die Planken angehoben und in die kleine Höhlung Hühner gepfercht. Eidig sah im schwachen Schimmer der Kienspanleuchten, dass die Hennen fast alle Feder verloren hatten und wohl kaum die halbe Reisedauer überleben würden.

Koffer und Reisekisten bildeten einen Wall, fast rund um den Großmast, der mittig durch das Zwischendeck ragte und aussah wie ein Einzelbaum auf einer Huteweide. Eidig lehnte sich gegen den Haufen aus Lederquadern, Weidengeflecht- und Holzkisten.

Viele Dutzend Augenpaare richteten sich auf ihn, das war mehr zu fühlen als zu sehen. Eidig spürte, dass ihn sein Jackett – englische Schurwolle mit in Hirschleder gefassten Kanten – zum Fremdkörper machte. Er grüßte laut … etwas zu laut wahrscheinlich … und plattdeutsch: »Gau'n Dach uk!«

Einige nickten in seine Richtung, die meisten aber zeigten keine Regung. Ein Kleinkind spuckte Blasen gegen die Milchbrust seiner Mutter. Die sang, was Eidig oft gehört hatte:

De Maand schient in mien Kamer rin;
de Maand, dat is mien Fründ …

Eidig spürte Enge und Beklemmung. Die singende Mutter sang nur die immer gleiche Zeile. Das Kind schien es zu bemerken und zu missbilligen, es spuckte noch größere Blasen und krähte noch durchdringender.

Ein junger Mensch, hager, gekrümmt, rückte ein Stück zur Seite, bot Eidig den knappen Sitzplatz auf der Bank neben sich an und fragte, kaum, dass Eidig saß, nach Tabak. Eidig reichte ihm Kautabak, nicht nur einen Fetzen, sondern einen ganzen Streifen.

»Scheun' Dank uk … ick bün Josef Rahn ut'm Deister.«

»Müller«, sagte Eidig. Sein Fluchtname der letzten Jahre kam ihm schnell und geläufig über die Lippen, und er fügte hinzu: »… du warst also Köhler im Deisterwald bei Hannover.«

Der junge Mann verschluckte sich am Kautabak-Saft und riss die Augen weit auf: »Dat is mi uppe Stirn schräwen …?«

»Nein, etwas tiefer«, sagte Eidig und deutete auf die schwarze Hautverfärbungen um die Nasenlöcher seines Gegenübers.

Eidig hatte in den Wäldern zwischen Weser und Elbe immer wieder Zeit an Köhlerfeuern zugebracht, hatte mit Männern gesprochen, die Holzkohle in Meilern oder einfach nur unter einer deckenden Erdschicht herstellten. Gern, oft und lange hatte er an solchen Feuern gehockt. Gesprochen wurde über Holz, Wild und darüber, was der Wind erzählt. Und fast allen dieser Männer, von denen einige die Wälder nie verließen, hatte der Rauch die Haut schwarz gegerbt, besonders im Bereich der Nasenlöcher.

»Lass dich durch meinen englischen Zwirn nicht kirre machen. Ich habe die Mehrzahl meiner Jahre in Kleidern gesteckt, die nach Wald riechen. Und das hier …« Eidig strich mit wegwerfende Geste über sein Jackett »… trag ich am Leib, weil man nur in solcher Kluft oben einen Teller vorgesetzt bekommt.«

Der Mann, der sich als Joseph Rahn vorgestellt hatte, befühlte Eidigs Jackett und sagte dann: »Du büss een Waldvogt, richtig?«

»Nein, nein«, Eidig zuckte ein wenig zusammen. »Aber ich war mehr und tiefer im Wald als die Herrn Vögte, die dort Holz schlagen lassen. Das walte Gott!«

Eidig erfuhr, dass Rahn und seine Frau in eine Gegend namens Kentucky wollten, wo man – dessen war sich der junge Köhler sicher – auf eigene Rechnung Holzkohle herstellen und von seiner Hände Arbeit sogar Frau und Kinder ernähren konnte. Rahn redete mit schwerer Zunge, aber das Reden schien ihn zu erleichtern. Es gebe verdammt gute Gründe Deutschland zu verlassen, ereiferte er sich in einem kuriosen Mix aus Platt- und Hochdeutsch: Etwa wenn man dat Holt, dat man verkohlt, sülbens verköpen wüllt. Oder weil man dat Wild, dat man scheeten daut, an sich bringen wüll, ohne dafür verfolgt oder doot schotn to weern.

Eidig nickte Zustimmung. Ein Fluchtgenosse, dieser Rahn.

Förster Zechel, Eidigs Lehrherr – Eidigs Berufseinstieg als Gärtner war schon nach wenigen Wochen misslungen – kämmte sich mit den Fingern die Breireste aus dem Bart und machte sich sitzend gerade: »Eidig! Dein Vater hat mir gesagt, dass du schon mit acht Jahren besser schießen konntest als alle Jäger und Förster und adeligen Plaisir-Schützen zwischen Hamburg und Hannover zusammengenommen. Aber dass man drei Rehe auf einen Ansitz erlegen kann, das willst du mir nicht weismachen …«

»Nicht auf einen Ansitz, Herr Zechel! Das nicht. Aber auf einen Pirschgang!«

»Ich höre!«

»Die Ricke, die tagsüber im vorderen Buchwedel steckt, tritt bei Dämmerung genau da aus, wo der Langenbeek die große Schleife zieht. Sie führt zwei starke Kitze, fast schon ausgewachsen. Wenn hinter ihnen ein Lärm entsteht, am besten der Lärm von einem Schrotschuss, werden sie entlang des Bachs fliehen. Sie werden nicht zurück in die Dickung fliehen, weil von dort der Flintenknall kam.«

»Und?«

»Ich stehe mit drei geladenen Büchsen da, wo der Bach wieder in den Wald eintaucht. Genau dahin werden sie flüchten.«

»Und?«

»Mit drei geladenen Büchsen ist es zu machen.«

Zechels Gesicht war plötzlich umkämpftes Gelände: Wut und

Hoffnung rannten gegeneinander an wie brunftige Ziegenböcke. Wut, weil man sich nicht gern von einem Jüngling verhöhnen lässt, noch dazu, wenn einem die Schüttellähmung kaum noch erlaubt, ein Gewehr eigenhändig abzufeuern. Hoffnung, weil sich eventuell doch noch die Möglichkeit ergeben könnte, die Vorgabe zu erfüllen. Graf Diethelm von Thieshope verlangte nach Wildbret, sein Vierzigster sollte mit bestem Rehrücken begangen werden. Und dazu gern auch zartes Fleisch vom Jungreh. Und eine mittleren Sündflut aus Rotwein sollte sich ereignen.

Schließlich hörte sich Zechel sagen: »Ich habe nur zwei Büchsen.« Eidig hatte den Einwand erwartet: »Wenn Sie mir Ihren Witukind leihen, reite ich nach Klecken und leihe mir Vaters Büchse. Ich hätte dann mit Ihren zwei Büchsen und mit Vaters altem Donnerrohr insgesamt drei Schuss.

»Drei Schuss … auf drei flüchtige Rehe?«

»Ja. Der Bachlauf sorgt dafür, dass sie langsam laufen und genau breitseitig zu mir.«

»Ich bin ein Narr, wenn ich mich darauf einlasse. Aber ich will's sehen.«

Zechel sah es nie. Aber er hörte es.

Und zwar kurz nachdem er seine Schrotflinte, tief hinter eine Schneewehe geduckt, abgefeuert hatte. Wenig später fielen drei Schüsse in so schneller Folge, dass der Hall des ersten den Knall des zweiten verschluckte und der dritte wie das Echo der beiden über die Wiese rollte.

Als die Ricke und zwei fast ausgewachsene Jungtiere ausgestreckt im Schnee lagen, geschah etwas Unwirkliches. Zechel beugte sich über die niedergestreckten Tiere, und für eine kurze Weile verließ ihn die Schüttellähmung. So als gebe es für Schüttler den heilenden Schock, ähnlich dem, mit dem man Schluckauf stoppen kann.

Kapitel 7

»SIE WERDEN SICH FRAGEN, WIE AUDUBON all diese wunderbaren Vögel so treulich, so wunderbar und doch so nach der Natur hat malen können.« Grünstern hatte neun Farbtafeln mit überwältigend schönen Vogelportraits gegen die Wand der Kajüte gelehnt und wartete Eidigs Antwort ab. Als keine kam, fuhr er fort: »Als berühmter Schütze hätten Sie darauf kommen können, mein Guter. Audubon hat seine Modelle – piff, paff, puff – heruntergeschossen. Aber seine Kunst besteht darin, dass er die leblosen Bälge mit feinem Draht wieder in natürliche Positionen bringt und sie dann malen kann, als seien die Vögel noch mitten im Leben. Es gibt auf der ganzen Welt keinen Künstler, der ihm das gleichtun kann. Oder sind Sie anderer Meinung?«

Eidig war nicht nach Reden zumute. Er hatte noch das rachitische Husten im Ohr, das ihn im Zwischendeck erschüttert hatte. Und vor seinem inneren Auge stand noch immer das Gesicht des Köhlers, so ein Gesicht, in dem Hunger und Hoffnung Linien gezogen hatten. Ein wüstes Krakelee.

Grünstern ließ sich durch Eidigs Schweigen nicht ablenken, im Gegenteil, er sprach noch eindringlicher, wobei er ein halb volles Weinglas schwenkte, ohne auch nur einen einzigen Tropfen zu verschütten.

»Kann man so etwas üben?«, fragte sich Eidig.

»Natürlich ist es nicht nur Audubons Qualität als Künstler. Es ist ... mir fehlen die Worte ... es ist unfassbar, mit welcher Perfektion die Tafeln gedruckt wurden. Ich darf mich – und das ohne Widerspruch fürchten zu müssen – einen der besten Drucker der Alten Welt nennen. Aber an diese Druckqualität reicht in Deutschland keiner 'ran ... Schau'n Sie nur ... hier: Der Übergang des Halsgefieders in die Flügeldecken. Jede einzelne Feder. Einfach unfassbar!«

»Jou!«, sagte Eidig, der sich – unauffällig, wie er meinte – schon etwas in Richtung Tür bewegt hatte.

»Ich werde Audubon in New York treffen. Und ich würde mich glücklich schätzen, wenn Sie dabei wären.«

»Ich …? Dabei …?«

»Ha! Ist es mir also gelungen, Sie neugierig zu machen! Ich möchte Audubon anbieten, ganz Deutschland zu bereisen, um unsere überaus reiche Vogelwelt auf Papier und Leinwand zu bannen. Von den Steinadlern der Alpen bis zu den Seeadlern auf Rügen. Und ich stelle mir vor, dass es keinen Besseren gibt als Sie, um ihn zu den wunderbaren Kreaturen unserer Wälder, Wiesen, Felder, Heiden, Moore zu führen. Das Schießen könnten Sie ihm dann auch noch gleich abnehmen.«

Eidig konnte so etwas wie interessierte Verwunderung nicht ganz verbergen, sagte dann aber: »Ich bin nicht nach Amerika unterwegs, um gleich wieder umzukehren.«

»Nicht gleich … aber doch vielleicht bald. Ich beabsichtige, das großartigste Buch über unsere Vögel zu machen, das jemals in unserem Vaterland zu haben war. Und Ihr Name würde sich, mit Verlaub, auch gut auf dem Buchdeckel machen: Die Vögel Deutschlands … von John Audubon und Hans Eidig … verlegt bei *Grünstern und Grünstern*. Und für Sie, verehrter Herr Eidig, spränge dabei einiges heraus.«

Eidig lächelte. Nicht, weil ihn die Aussicht lockte, mit einem schießenden Maler oder einem malenden Schießer unterwegs zu sein. Silvia betrat die Kajüte.

Magdalena, Zechels älteste Tochter, schien Eidig im Halbdunkel der Scheune um einiges anziehender als bei Tageslicht. Nicht etwa, dass die Sonne störende Dinge hätte enthüllen können – nein,

Magdalena war die schönste Sechzehnjährige in Stelle und der angrenzenden Elbmarsch. Eidig schob seine Hand unter ihren Rock. Und als er kein Ausweichen spürte, war es wie beim Handhaben von Waffen: Die Hand wusste, was zu tun war, ohne dass ihr Befehle erteilt werden mussten. Sie schloss die Augen und sagte, dass keiner wissen dürfe, dass sie … Eidig schnitt ihr das Wort ab, oder richtiger: Er stopfte ihren Mund mit seiner sehr beweglichen Zunge. Und dabei spürte er – nicht zum ersten Mal, aber zum ersten Mal in großer Deutlichkeit –, dass seine Hand nicht die einzige Extremität war, die begriff: ganz ohne Anweisung.

Als beider Atem wieder zusammenfloss, sagte sie: »Im Dorf hat mich Schmied Beecken gefragt, wie denn einer wie mein Vater, so einer mit Zitterhand, eine Ricke mit zwei starken Kitzen auf einen Sitz schießen kann.«

»Und, was hast du dem alten Beecken gesagt?«

»Nichts.«

Sie schwiegen eine Weile und wunderten sich, jeder für sich, wie so ein Sturm einen von innen nach außen und wieder zurückkrempeln kann. Dann sagte die Tochter des Lehrherrn: »Wenn du es noch einmal willst, musst du mir verraten, wie man so wunderlich genau schießen kann.«

»Man kann es, wenn man es gelernt hat … wenn man es früh gelernt hat.«

»Die Antwort gilt nicht. Ich sehe alle Tage Männer, die doppelt so alt sind wie du und nicht den zehnten Teil so gut schießen!«

»Na gut … es gibt ein Geheimnis.«

»Sag es!«

»Erst noch einmal!«

»Erst das Geheimnis!«

Eidig zierte sich noch eine kleine Weile, musste dann aber mit erhobener Schwurhand versichern, das wahre Geheimnis, nicht etwa eine erfundene Geschichte zu erzählen. Schließlich begann er:

»Als Dreikäsehoch hatte ich ein Damengewehr, aus dem man

Vogelschrot verschießen kann. Ich habe damals, mit sieben, acht, neun Jahren mehr geschossen als die meisten Schützen, Soldaten dazu gerechnet, in einem ganzen Leben schießen. Irgendwann fiel es mir schwerer nicht zu treffen als zu treffen. Es traf. Ich musste gar nicht mehr treffen wollen.

Und dann … ich war wohl so zehn und das Vogelgewehr wurde mir allmählich zu klein … dann hatte es einen furchtbaren Sturm gegeben. Mein Vater hatte am Mittag nach der Sturmnacht eine Depesche von einem reitenden Boten erhalten, dass die Sturmschäden im Wald umgehend zu ermitteln und zu melden seien. Er schickte seinen Forstknecht in den hinteren Teil des Großreviers, er selbst eilte in den vorderen, mich schickte er in den Großen Buchwedel, einen geschlossenen Buchenwald, der durch einen herzöglichen Privatwald von Vaters Revier getrennt war.

Ich sollte alle Buchen zählen, die vom Sturm umgeworfen und mehr als einen Kopfumfang dick waren. Ich rannte los und freute mich auf etwas Spannendes, denn von einem großen Windwurf hatte ich immer gehört, aber noch keinen gesehen.

Ich hatte bis fünfzig oder vielleicht auch bis hundert gezählt, als ich ein Stöhnen hörte. Und als ich mich umschaute, sah ich einen Mann, der unter einer umgeworfenen Buche lag. Der Stamm lag nicht auf ihm – hätte er auf ihm gelegen, hätte er ihn zerquetscht. Ein nicht allzu starker Seitenast und der Stamm hatten den Mann in die Zange genommen, ohne ihn zu zerquetschen. Also … ohne ihn mehr als nur ein ganz klein wenig zu verletzen.

Ich erkannte ihn, noch ehe er mich recht bemerkt hatte. Es war Der Russe. Ein Mann, der fast das ganze Jahr in den Wäldern hauste, sich nur im kältesten Winter in Scheunen und Ställe verkroch … so sagte man jedenfalls … der hier und da als Handlanger arbeitete, oft als Heidehauer und Torfstecher. Viele hielten ihn für verrückt. Oder schlimmer: für gefährlich. Beides stimmte nicht.

Er war nur anders. Er konnte tiefer traurig und fröhlicher fröhlich sein als all die Heidjer um ihn herum. Aber er konnte die Gesellschaft von Menschen immer nur für kurze Zeit ertragen.

Und nun lag er gefangen unter der Buche. Er sagte mir, als er mich sah, ich solle das große Sägemesser aus seinem Rucksack ziehen. Der Rucksack war trotz der gefallenen Buche zugänglich, ich zog das lange Sägemesser heraus und sägte den Ast ab, der ihn daran hinderte, unter dem Stamm hervorzukriechen.

Als er wieder frei war, umarmte er mich, sprach lange russisch mit mir und es störte ihn offenbar nicht, dass ich kein Wort verstand. Schließlich sagte er in seinem wunderlichen Deutsch, er wolle mir zum Dank für seine Rettung ein großes Geheimnis verraten.

Wir gingen – er humpelte ein wenig – eine Viertelstunde durch den Wald und ich zählte nochmals dreißig gefallene Buchen. Schließlich waren wir in einem Abschnitt des Buchwedel, in den ich noch nie vorgedrungen war, und zu meiner allergrößten Verwunderung standen wir plötzlich vor einem kleinen Haus, aus Feldsteinen aufgemauert, mit tief gezogenem, Moos bewachsenen Dach. Über der Tür war in den mächtigen Türsturz ein Signet eingemeißelt.

›Du wiiiißen, was iiiis sich diese Zeichen?‹, fragte der Russe.

Ich schüttelte den Kopf, immer noch sprachlos vor Staunen, dass sich im Buchwedel ein Haus befand, von dem ich – und wohl auch mein Vater, der zuständige Revierförster – nichts wusste.

›Iiiis sich Zeichen von großer Napoleon Bon'naparte, wo sie haben auf italienische Insel gefangen gemacht.‹

Und dann erzählte mir der Russe, wie ihn das große französische Heer auf dem Weg nach Moskau gefangen und mitgenommen hatte, weil er ein paar Brocken Französisch sprechen konnte und als Dolmetscher zwangsrekrutiert wurde. Auf dem Rückzug der Grande Armée plagte ihn ein schlimmes Fieber, so dass er den Zeitpunkt verpasste, davonzuspringen und zurück an die Wolga zu laufen. Hier in der Heide sei er dann hängen geblieben, sagte er. Als die Franzosen noch da waren, also bevor sie von den Preußen verjagt wurden, war dieses Häuschen ein geheimes Munitions- und Waffendepot der Franzmänner. Und er, der erbeutete Russe, musste es bewachen … gegen einen guten Sold. Aber eines Tages waren die Franzosen fort, und er hatte das Haus für sich allein.

Dann winkte er mich hinein, entzündete eine Kienspanleuchte und ich sah unglaubliche Herrlichkeiten. Pistolen, Gewehre, und Kisten, die er für mich öffnete. Mehr Munition als ich mein Lebtag auf einem Haufen gesehen habe!

Er nahm sich eine leichte Pistole, lud, trat ins Freie und schoss einen morschen Ast von einem Baum. Lud erneut und traf einen Klumpen Erde, den er zuvor mit einer Hand hoch in die Luft geworfen hatte.

Ich war entzückt. Vater, der rechtschaffene Förster Johann Eidig, lud umständlich und stöhnte vor Anstrengung, wenn er den Ladestock in den Lauf rammte, ihm war das Schießen lästig. Der Russe lud und schoss mit einer Leichtigkeit und Genauigkeit, die ich noch bei niemandem gesehen hatte. Nur bei mir selbst … allerdings mit dem Damengewehr …

Ich besuchte ihn, wann immer ich mich zuhause davonschleichen konnte. Brachte ihm Brot, Kartoffeln, Eier, Hühner, die ich im Dorf zusammengeklaut hatte. Es wurden im weiten Umkreis ums Dorf Füchse und Habichte geschossen, weil man sich nur so den stetigen Hühnerschwund erklären konnte.

Und der Russe zeigte mir alles, was er mit Pistolen, Büchsen und Flinten konnte. Es war der Himmel … und weiß Gott etwas anderes als das zarte Gepuste mit Vogelschrot.

Ich weiß gar nicht mehr, wie oft ich zu ihm, zum vergessenen Steinhaus, gekommen bin. In der Erinnerung ist es mir so, als hätte ich mehrere Jahre den ganzen Sommer und den halben Herbst da verbracht. Und nach jedem Besuch schoss ich noch etwas besser. Irgendwann war es mir, als suchten sich die Schießprügel, Pistolen und Gewehre ihre Ziele, sobald ich sie gedacht hatte … Was ich mit dem Damengewehr konnte, das konnte ich nur wenige Monate später mit den Militärgewehren, die anfangs noch ein wenig zu schwer für mich waren.

Ich habe das Schießen so gelernt, wie man das Gehen lernt oder das Denken oder das Sprechen. Ich konnte … irgendwann … Kugel und Schrot ins Ziel denken. Treffen, ohne zielen zu müssen.«

»Ohne zielen zu müssen?«

»Also … wenn du rennst … sagen wir, wenn du durch den Wald rennst, und plötzlich liegt ein Baumstamm im Weg, dann kannst du ihn überspringen, ohne lange Maß zu nehmen, ohne dass dein Kopf deinen Beinen sagen muss: Aufgepasst, jetzt springen! Du tust es, ohne vorher zu denken.«

Sie nickte, schien nachzudenken und sagte dann: »Und es hat euch niemand gesehen, dich und den Russen … aber doch wohl gehört?«

»Das Steinhaus steht in einer Senke und im weiten Umkreis steht kein anderes Haus …«

»Und du bist da nie … entdeckt worden?«

»Doch. Der Pastor von Hittfeld – das war mein anderer Lehrmeister, der für den Kopf und für das Herz – der war ein großer Pilzsammler, der hat uns eines Tages entdeckt. Er hat dem Russen heftig ins Gewissen geredet, all die Schießerei könne einen jungen Menschen nur verderben … und so weiter. Aber er hat uns nicht verraten. Aber irgendwann war es mit dem Schießen dann doch vorbei. Der Russe hatte mir eingebläut, nur bei Westwind zu schießen, weil dann der Schall aus der Senke in die Wälder geweht wird und nicht 'rüber zum Dorf. Irgendwann gab es vierzehn Tage lang Ostwind. Nicht auszuhalten! Als ich nach zwei schusslosen Wochen bei starkem Ostwind schoss, war plötzlich die Senke umstellt. Gendarmerie und Forstgehilfen. Gewehre im Anschlag. Sie dachten, sie hätten einen Wilderer gestellt.

Das alte Munitionshaus wurde geräumt, die Waffen unter Polizeischutz nach Lüneburg in die Kaserne gebracht. Und ich bekam eine Haftstrafe. Einen Monat Arrest in Mutters Mostkeller, nur zur Schule durfte ich 'raus …«

»Und der Russe …?«

»Er wurde streng verhört, das Waffenlager, so hieß es, sei vermutlich für feindliche Konterbanden angelegt worden und er, der Russe, hüte es im Auftrag der Franzosen, die Revanchepläne schmiedeten. Aber dann hat man ihn doch wieder laufen lassen. Ich habe ihn noch einmal an dem leeren Haus getroffen. Da sagte er mir, er wolle zu Fuß zurück nach Orenburg in Russland. Und bevor er verschwand, hat er mir noch den Vier-Winde-Gruß gezeigt. Da war ich elf … oder zwölf.«

»Was ist das, der Vier-Winde-Gruß?«

»Später. Jetzt will ich erst was von dir! Psssсht, jetzt nichts sagen …«

Eidig verschlug es die Sprache. Normalerweise behalf er sich mit einem Fluch, wenn es ihn von den Beinen hob … etwa beim nächtlichen Rennen vor einem Suchtrupp Lüneburgischer Grenadiere oder Holsteiner Gendarmen.

Aber dieses hier war so unwirklich, so unausdenkbar, dass er nur ein tonloses »Düwel ok« hervorquetschen konnte.

Er war vor seiner Kajüte ausgeglitten, war gegen die Reling geschleudert, und nur ein gedankenschneller Griff in ein Tau, das aufgeschossen neben der Bordkante lag, ersparte ihm das finale Abtauchen ins Meer.

Als er sich aufrappelte, spürte er Glitschiges an beiden Handflächen: Seife von der groben, tranigen Art, wie sie zum Deckschrubben verwendet wurde.

Das Deck war am Vortag geschrubbt worden und die Seife war sorgfältig abgewaschen worden. Zwei Matrosen und ein Decksjunge waren damit beschäftigt gewesen. Eidig hatte Mithilfe angeboten, nicht aus purer Freundlichkeit, er wollte Bewegung. Seine Mithilfe wurde abgelehnt. Sicherheitsvorschriften.

Ausgerechnet vor seiner Kajütentür musste ein Seifenfilm liegen geblieben sein. Oder doch nicht? Wäre er liegen geblieben, hätte ihm so ein Glitschstreifen schon am Vortag auffallen müssen. Hätte.

Eidig sprach beim Kapitän vor, einem leicht untersetzten Mann mittleren Alters namens Olaf Rollshofen. Rollshofen hörte sich Eidigs Kurzbericht an und grummelte dann eine isländische Verwünschung, die jeder Mann von Ehre, hätte er ihn verstanden, mit einem Faustschlag beantwortet hätte. Schließlich schlurfte er vor Eidig die paar Meter von der Brücke längsschiffs nach achtern.

Rollshofens Unwillen hatte zwei Gründe: Zum einen hatte er Freiwache, der Erste Steuermann tat Dienst. Zum andern hatte starker Regen eingesetzt, der die Decksplanken in Nu nass machte wie die Bretter von Badezubern.

Als sie vor Eidigs Kajütentür standen, wiederholte Rollshofen seinen isländischen Fluch. Isländische Flüche und der schlecht ausgeheilte Bruch eines Mittelhandknochens waren die Dinge, die ihm von fünf Jahren Fahrenszeit auf einem isländischen Walfänger geblieben waren. Schließlich wandte sich der Kapitän der *Ganges* mit provozierender Milde an Eidig:

»Was, mein Herr, könnte ich gerade übersehen haben?«

»Düwel ok. Hier war vor fünf Minuten noch Schmierseife.«

»Kann es sein, dass Sie mich anschmieren wollen?«

Eidig schaute sich um und gestikulierte mit der Hand, die immer noch die Brandspur von seinem nächtlichen Notgriff ins Tau trug: »Da … sehen Sie? Putzwolle … Hier! Verklebt. Das ist Scheuerseife. Jemand wollte, dass ich ausglitsche und … über Bord schlage.«

Rollshofen schüttelte den Kopf und zog sich den irischen Regenmantel über den Kopf, den er bei Schlechtwetter auf Freiwache trug, Dann knurrte er: »Die Jungs bekommen einen Anschiss. Beim Deckschrubben wird anschließend klar Schiff gemacht.«

Eidig stand im Regen, der nun begonnen hatte auf die Planken zu trommeln, und starrte ins Meer. Das war grün, fast wie die Pastorenteiche bei Undeloh zur Zeit der Algenblüte. Grün und abgründig. Und er fragte sich, ob es wohl leichter sei im Salzwasser zu ertrinken als in Fluss- oder Teichwasser. Er wollte es nicht auf einen

Versuch ankommen lassen. Ihm war übel, diese ganz besondere Übelkeit war das – mehr Schwäche eigentlich als Übelkeit –, ein Würgen, das aufsteigt, wenn man sich nicht wehren kann.

Konnte man das Hunger nennen? Oder doch eher Appetit? Im Herbst 1832 schien es, als knurrte ganz Hamburg vor Hunger auf Wildbret der Magen. Aber das machte es für die Lieferanten nicht leichter.

Eidig war ein paar hundert Schritte zurückgeblieben, weil er ein Wildbret-Versteck in einer hohlen Eiche inspiziert hatte. Er befand es für gut, geräumig; und außerdem würde ein Luftzug von oben nach unten dafür sorgen, dass das Fleisch länger frisch blieb als in Räumen mit stehender Luft.

Als er seine Bande wieder eingeholt hatte, sah er, dass die sechs Männer zwischenzeitlich ein kleines Gespann umstellt hatten und dass sein Adjutant Stoffel gerade im Begriff war, den Kutscher durchzuschütteln. »Ruut mit diene Talers!«, brüllte er.

Eidig wechselte von Schritt auf Sturmschritt und schrie: »Lass den Mann los! Wir sind keine Landräuber. Schon vergessen? Wir sind Freischützen. Wir sind eine Bande, aber keine Banditen. Hat sich da was geändert, Stoffel?«

Steppan Varvik, genannt Stoffel, die Nummer Zwei nach Eidig in dessen Geesthachter Bande, ließ den hageren Mann sinken, hielt ihn aber weiterhin fest.

»Lass sofort den Mann los!«, sagte Eidig, und er sagte es leise wie eine letzte Warnung.

Als Stoffel keine Anstalten machte, den zitternden Mann freizugeben, rammte ihm Eidig den Schaft seiner Büchse in die Rippen.

Stoffel ging zu Boden, schrie etwas Unverständliches in sorbischer Sprache und sprang sogleich wieder auf die Füße. Eidig sah etwas aufblitzen und spürte einen Stich unterhalb des linken Auges.

Da schlug er erneut zu, diesmal mit dem Knauf seines Hirschfängers und so heftig, dass Stoffel liegenblieb, sein Messer nur knapp außer Reichweite.

Der Mann, den der Sorbe von seinem Kutscherbock herabgezerrt hatte, versuchte, sich hinter seinem Zugochsen zu verbergen, so als könnte das große, gehörnte Tier ihn beschützen. Die Plane über seinem Karren, die einen Haufen von Töpfen, Schüreisen, Spaten, Moorhacken und Scheren mehr schlecht als recht verdeckte, behielt er dabei im Blick.

Stoffel wollte sich erneut aufraffen, aber Eidig hatte ihm den Fuß auf die Brust gesetzt: »Hör gut zu, Stoffel, und ihr andern auch! Wir sind Freischützen, keine Räuber. Wir nehmen uns das Wild, das keinem gehört außer vielleicht dem Herrgott, und der hat uns noch kein Verbot ausgesprochen. Wir sind keine Räuber.«

Eidig nahm den Fuß von Stoffels Brust. Der erhob sich, sein Gesicht war schmerzverzerrt, seine Lippen bebten, weil Sturzbäche von gemurmelten Flüchen darüber hinweggingen. Das Messer, mit dem er Eidig leicht verletzt hatte, wagte er nicht aufzuheben. Ein anderer tat es für ihn.

Und der Älteste aus Eidigs Bande, Runkel Meyer – so genannt, weil sein Gesicht ein wenig an eine schlecht überwinterte Runkelrübe erinnerte – ließ sich nach einem langen, feuchten Räuspern hören: »Hör mi mal tau, Eidig! Dat is 'n Jude. Ein gottverdammter Krämer-Jude. Juden bescheißen. Dem was abzuknöpfen ist Christenpflicht!«

Eidig wischte sich den Blutstreifen fort, der unter seinem linken Auge zusammengelaufen war und winkte Runkel Meyer zu sich heran: »So! Du und Stoffel hebt jetzt den Mann wieder auf seinen Karren. Dann bittet ihr den Herrn Jesus Christ … und aus gegebenem Anlass auch Moses und Abraham … um Verzeihung. Und dein Messer, Stoffel, bekommt er als Entschädigung für die schlechte Behandlung.«

Stoffel und Runkel Meyer gehorchten. Aber hätte Eidig die Verwünschungen und Racheschwüre verstanden, die Stoffel in sorbischer Sprache murmelte, als das Messer den Besitzer wechselte, hätte er es nicht dabei belassen, das Feuer nur auszutreten.

Als nur wenig später der Ochsenkarren mit dem jüdischen Kleinhändler davonschwankte, so schnell wie ein Ochse laufen kann, fand sich Eidig von Schweigen umstellt.

Seine Männer vermieden Blickkontakt mit ihm und auch untereinander. Einer schnitzte an einem Weidenstecken, um damit Fleisch aus seinen Zahnlücken zu stochern. Ein anderer stopfte sich, etwas zitterfingerig, eine Pfeife.

Und als sich alle eine Weile angeschwiegen hatten, sagte Eidig: »Wir gehen jetzt zurück … alle! … und holen die Wildschweine und die zwei Rehe wieder aus dem Versteck unterm Steinhaufen. Ich habe ein besseres gefunden.«

Als sie auf ihren eigenen Spuren zurückgingen, immer noch schweigend, hatte Eidig ein Gefühl von Schwindel, das sich immer dann einstellte, wenn zu viele Gedanken und Gefühle sich hinter seiner Schädelplatte verknäuelten. Bei allen guten Geistern, was waren das für Zeiten, als er noch allein durch die Wälder zog … Und was hatte ihn, verdammt noch mal, bewogen, im Verbund mit anderen zu jagen, sich mit einer Bande zu umgeben? … Nur die beschissene Notwendigkeit, mehr Beute zu machen … und … ja, auch das! … die Sehnsucht, ein wenig mehr an Sicherheit zu gewinnen. Auf eine kleine, gut bewaffnete Horde macht nicht jeder Dorfgendarm Jagd, auf einen Einzelgänger aber schon … und doch, verdammt noch mal … der Preis war hoch … sehr hoch. Diese hier, die er nur mit belegter Stimme seine Leute nannte, würden jederzeit wieder stehlen, schlagen, vielleicht sogar auf Menschen schießen, sobald er, Eidig, ihnen den Rücken zuwandte. Der erste Tote war vielleicht nur noch die Dauer eines Mittagsschläfchens entfernt oder die Dauer eines Schäferstündchens …

Schweigend schoben sie die Feldsteine fort, die das Wildbret bedeckten, schulterten die ausgeweideten Tiere und trugen sie zu der hohlen Eiche.

Im Eichengeäst hing ein sehr kalter Mond, groß, aber schon ein wenig schwindsüchtig. Das war nicht mehr der Mond seiner früheren Jagd-Nächte. Nicht zum ersten Mal, aber erstmals in sehr großer Dringlichkeit, hatte Eidig das Gefühl, weit fort zu müssen, weit fort von Gefängnissen, von Häschern und von diesen … Kumpanen.

Wann wird einer, fragte er sich, der in Lumpen geht und mit den Lumpenhunden unterwegs ist, selbst zum Lump? Spätestens dann, wenn er für einen lumpigen Teller voll Grießbrei einen Kumpanen betrügt, verrät oder bei der Gendarmerie hinhängt.

Manchmal riss es ihn im Schlaf, im Wachschlaf oder auch mitten am Tag: fort, fort … möglichst weit fort! Und hatte nicht dieser ehemalige Matrose, mit dem er sich bei diversen Heide-Schützenfesten zwischen Egestorf und Harburger Bergen über volle Biergläser gebeugt hatte, erzählt, in Amerika gebe es unendliche Weiten voller Wild, Büffelherden, Hirsche, Antilopen, die keinem gehörten? Keinem, außer dem, der sie erbeuten konnte.

Eidig kniete sich vor die Eiche, deren hölzerner Mantel jetzt viel Fleisch umschloss, zückte einen Kohlestift, breitete ein Papier auf seinem Oberschenkel aus und schrieb. Dann faltete er das Papier auf Daumennagelgröße zusammen und sagte: »Ellert, du bist unser bester Läufer. Lauf zurück zu Grevers nach Geesthacht und gib ihm den Zettel, sonst sucht er übermorgen die Ware am falschen Ort. Wir warten im Fährhaus auf dich. Wenn sie dich fassen, verschluck den Zettel. Und in Grevers' Kate gehst du nur von achterwärts … übern Garten. Der Hund wird bellen, aber nur, solange er nicht frisst … hier!« Eidig warf Ellert das Ohr eines Rehs zu, das er abgeschnitten hatte. Ellert fing es auf, nickte und verschwand.

Eidig kehrte wenig später seiner Geesthachter Bande den Rücken. Ohne Ankündigung. Es war nach dem Zwischenfall am Ochsenkarren zwar nichts Vergleichbares mehr geschehen, aber Eidig spürte, dass er sich in entscheidenden Momenten nicht mehr auf diese Leute würde verlassen können – Leute, die er schon seit Monaten nicht mehr seine Leute nannte.

Der Sorbe würde irgendwann die offene Rechnung zu begleichen versuchen; und Runkel Meyer zerriss sich sein Schiefmaul darüber, dass Eidig nach wie vor darauf bestand »den Fünften« an die Armen zu geben: jedes fünfte Reh, jedes fünfte Jungschwein, jeden fünften Fasan und Hasen.

Eidig hatte es den Kumpanen immer wieder erklärt, mit der Geduld einer Kinderfrau, die einem Zögling erklärt, warum man nicht mit der Zwille auf Legehühner schießt: Jeder Bauer, jeder Heidehauer, jeder Torfstecher, jede Lohnspinnerin, jede Waschmagd … wem immer wir was auf den Teller legen, wird uns verstecken, wird uns nicht verraten, wenn nach uns gesucht wird.

Einmal hatte er es sogar mit einer Bibellektion für Wilddiebe – Speisung der Fünftausend – versucht, hatte aber an der knurrigen Art, mit der sowohl der Sorbe wie auch Runkel Meyer seine Predigt abnickten, gespürt, dass denen alles am Arsch vorbeiging. Und weil Geschichten damals mit der Geschwindigkeit einer fliegenden Wildente die Runde machten, hörte Eidig schon bald eine Geschichte, in der die Geschehnisse aufs Böseste verdreht waren. Er selbst, Eidig, hätte dem Juden dessen prall gefüllten Geldsack abgenommen und zwei seiner Leute zusammengeschlagen, als die einen Anteil an der Beute wollten. Ach, verdammt …

Ein Gefühl wie Sonnenaufgang nach einer Regennacht war das, als er wieder allein durch den Duvenstedter Forst pirschte, wenig nördlich von Hamburg.

Sein Hund Störtebeker – nicht weniger Präzisionshund als Eidig Präzisionsschütze – genoss die Zweisamkeit. Eidig konnte Störtebekers Stimmungs- und Gemütslage zentimetergenau am Ausschlag der langfelligen Rute ablesen. Heute war Maximum: Jagdlust, Lebenslust, Hundehimmel – alles in einem. Eidig behielt den Hund im Blick, schon ein knappes Zucken von Kopf und Hals würde ihm anzeigen, wenn er eine Fährte, eine lohnende, in der Nase hat. Störtebeker machte kein Fährtengebell – ein bellender Hund ist für einen Freischützen bedrohlicher als ein Suchtrupp.

Im Allgemeinen gelang es Eidig auf der Pirsch den Kopf freizubekommen. Aber dieses Mal wollte es lange nicht gelingen, obwohl der Morgen alles tat, um sich selbst zu überstrahlen.

Er war … ja, verdammt noch mal, er war in Lieferverpflichtungen: Abnehmer in Altona, Lüneburg und Hamburg hatten sein Wort. Aber allein würde er die verabredeten Mengen nicht bereitstellen können.

Sollte er andere, bessere Kumpane finden, als die, die er gerade verlassen hatte? In der Heide vielleicht? Aber im Großraum Winsen, Lüneburg und Salzhausen kannte ihn jeder Gendarm. Und am Lüneburger Militärstandort hatte irgendjemand – gerüchteweise ein hochadeliger Offizier – eine unerhörte Abschuss-Prämie auf ihn ausgesetzt. So, als wäre er ein Wolf oder ein tollwütiger Hund.

Störtebeker riss Eidig aus seinen kreiselnden Gedanken. Der Hund stand plötzlich da, wie seine eigene Statue, und deutete mit bebenden Nasenflügeln bachwärts.

Eidig sah silbrige Linien in Wasser, dann den schlanken Dreieckskopf eines Fischotters, gefolgt von zwei runden, glänzenden Köpfchen. Er hielt den Atem an, schaute, vergaß alle Zwänge und die Zeit.

Kapitel 8

SILVIA GRÜNSTERN LAS EIDIGS LISTE und bemühte sich anschließend, ernst dreinzuschauen: »Das sind also die Worte, die Sie auf Englisch wissen wollen: Wild … Reh … Hirsch … Wildschwein … Gewehr … Laden … Ladestock … Zündhütchen?«

»Ja«, sagte Eidig. »In meinem Buch steht unter ›Fragen der umgänglichen Konversation‹: »Gnädige Frau, hätten Sie womöglich noch eine Tasse jenes vorzüglichen Tees für mich?« Ich glaube nicht, dass ich diese Frage drüben stellen werde. Ich bin Jäger. Ich muss fragen können, mit welchen Gewehren man Büffel schießen kann, mit welchem Elche und wie man lädt … damit wäre mir schon sehr gedient.«

Silvia schrieb Eidig in schneller, schwungvoller Schrift englische Übersetzungen diverser Begriffe und Sätze in dessen Vokabelheft, darunter auch Dinge, die sie erraten oder nachblättern musste wie »Schonzeit«, »adelige Jagdprivilegien«oder »Stöberjagd«.

Eidig sprach die Worte nach, ließ die Aussprache von Silvia korrigieren und stellte fest, dass vieles in dieser neuen Sprache dem plattdeutschen Zungenschlag seiner Heimat weit näher war als das Hochdeutsche, das er selbst wie eine Fremdsprache hatte lernen müssen.

Als der Abend länger wurde als es die geselligen Abende zur See meistens waren, sagte sie: »Herr Eidig«, Eidig spürte an der Betonung, dass sogleich etwas Bedeutsames kommen könnte, »eine Frage, wenn Sie gestatten.«

»Jede Frage!«

»Sie sprechen so, so … wie soll ich es sagen? Also, wir hatten in Altona einen Hausgärtner. Einen sehr braven Mann, Gottfried Heinsen. Er wusste viel über Blumen, Rabatten und alle Sorten von

Kohl und Gemüse. Und wenn unser Nachbar … ein Freiherr von Brunnenstein … zur Jagd in sein Revier im Duvenstedter Forst ausfuhr, hat er ihn meistens mitgenommen. Weil er auch ein guter Jagdgehilfe war. Und … also …

»Lassen Sie mich die Fragen stellen, weil Sie, Fräulein Grünstern, womöglich Schwierigkeiten haben, Sie mir passend auf den Tisch zu legen.

Dieser Eidig redet und denkt nicht wie der ehrenwerte Gottfried Heinsen. Obwohl er ein davongelaufener Gärtner ist, ein gescheiterter Förster, einer, der nicht nur einen Kerker von innen gesehen hat, redet er, als sei er …«

Sie nickte heftig.

»Der redet, wie … sagen wir: ein reiches jüdisches Mädchen, das einen vorzüglichen Privatgelehrten als Lehrer hatte.«

»Sie dürfen mich jetzt nicht, bitte nicht, missverstehen …«

»Ich hatte auch einen Privatlehrer. Und ich habe ihn fast totgefragt.

Ich habe mit ihm … ich glaube ich war damals elf … Schelling gelesen. Und ein wenig Fichte. Und er hat mir erklärt, dass das Licht weiß ist und doch aus vielen Farben besteht, einfach indem er ein dreieckiges Glas in die Sonne gehalten hat. Wir haben fast jeden Freitag das Wechsel-Spiel gespielt. Jeder von uns beiden vertritt eine Position im Streitgespräch. Gegensätzliche Positionen. Und wenn die Hittfelder Kirchenturmuhr schlägt, wird gewechselt. Ich musste dann widerlegen, was ich gerade noch entwickelt hatte …«

Silvia schaute ihn an, versuchte in dem bartgerahmten Gesicht etwas Verborgenes zu entdecken und sagte dann: »Du hast einen guten Lehrer gehabt.«

Du.

Endlich: Du. Endlich. Endlich.

Der Kajütenkellner reichte gezuckerte Mandeln und Likör. Als er zum zweiten Mal erschien, schlossen sie, nachdem er einen Bottich mit Tee abgestellt hatte, die Kajütentür. Es wurde ein guter Abend.

Die *Ganges* lag ruhig. Der Himmel-Wasser-Horizont vor den Bullaugen bewegte sich kaum. Als die zwei wieder zu Atem gekommen waren, sagte sie etwas Jiddisches oder Hebräisches, das Eidig nicht verstand, aber der Klang gefiel ihm. So wie einem der Klang einer großen Glocke gefallen kann, ohne dass man etwas von der Kunst des Glockengießens weiß.

Sie aßen von den Mandeln und Silvia sprach leise, so als könnten die Wände Ohren haben: »Onkel Habakuk hat mich mitgenommen, weil ich ihm bei den Verhandlungen in New York übersetzen soll. Sagt er. Aber sein Englisch ist gut, und wenn es um geschäftliche Dinge geht, sicher besser als meines. Ich habe so getan, als wenn ich ihm die Begründung glaube.«

»Und was ist der wahre Grund?«

Eidig fragte mit gedämpfter Stimme, als müsse er Grünstern als Lauscher irgendwo im Hintergrund befürchten.

»Vielleicht weil er ein so guter, ein so generöser Mensch ist, mein Oheim. Vielleicht aber auch, weil er noch ganz andere Pläne hat.«

Sie wandte sich abrupt ab, blickte durch das Bullauge in eine leicht bewegte Unendlichkeit.

Eidig begriff, dass es töricht wäre, weiter zu fragen.

In der folgenden Nacht schlief er unruhig. Als er sich – nach seiner Einschätzung zwei Stunden vor Sonnenaufgangs – an Deck begab, sah er vier Gestalten an der Reling.

Eidig erkannte die viereckige Gestalt des Matrosen Dunkermann, die gedrungene des Kapitäns und die eines Paares, das sich umfangen hielt … nein: Er stützte sie. Zwei aus dem Zwischendeck.

»Ich lese aus der Bibel, Matthäus 19«, hörte er die Stimme des Kapitäns: »Lasset die Kindlein zu mir kommen, spricht der Herr …«

Erst jetzt sah Eidig das kleine, das kleinkindergroße Bündel, das Dunkermann in Händen hielt.

Die Worte des Kapitäns konnte Eidig nicht weiter verstehen, das

Schluchzen der Frau und Wellenschlag an den Planken verschluckte sie.

Als Dunkermann den Kinderleichnam schließlich auf der viel zu großen Rutsche über Bord gleiten ließ, wurde das Schluchzen der Frau laut, lauter als der Wellenschlag an den Planken und die Windgeräusche in den Segeln.

Eidig schlich in seine Kajüte zurück und fand keinen Schlaf mehr. Erst als das Geschurre des Wachwechsels zu hören war, glitt er in einen unruhigen Halbschlaf. Er träumte von einem gesichtslosen Riesen, der ihn auf eine Steilklippe zuschob. Mit der Kraft der Verzweiflung versuchte er, sich gegen den Absturz ins Meer zu stemmen. Der Riese lachte und Eidig sah seine fauligen Zähne, an denen noch Kautabak und rohes Fleisch klebte. Und als er, der Todgeweihte, spürte, dass Widerstand zwecklos ist, brüllte er: »Ich bin der Eidig, ich bin ein guter Mensch!«

Von seinem Gebrüll wachte er auf.

»Das mit der Schlaflosigkeit gibt sich mit der Zeit. Das war bei mir auch so die ersten Tage.« Eidigs Zellengenosse streckte sich auf seiner Pritsche aus und drehte dabei Locken in seinen Bart.

»Warum bist du hier?«, fragte Eidig, der sich schwer damit tat, den Mundgeruch seines Nachbarn zu ertragen.

»Warum? Ich war unvorsichtig.«

»Wobei?«

Der Mann grinste, schnellte von seiner Pritsche empor, und hielt zwei geschlossene Fäuste ausgestreckt in den Raum. »Schau her, Wilddieb!«

»Nenn mich nicht Dieb, wenn dir deine Zähne lieb sind!«

»Pardon! Schau selbst! In dieser Faust ist ein schwarzer Kiesel. Und in der anderen … voilà! … ein weißer.«

Er warf beide Steine gleichzeitig in die Luft und fing sie mit überkreuzten Händen so schnell auf, dass schwer zu erkennen war, welcher Stein in welcher Faust gelandet war. »Und jetzt raten: Welcher Stein ist in welcher Hand?.«

Eidig ließ sich auf das Spielchen ein; alles war ihm recht, was die Langeweile töten könnte.

Eidig kniff die Augen spaltbreit zusammen und sagte die Kieselfarbe – nach einem Fehlversuch – jedes Mal richtig voraus.

Eidigs Zellengenosse stieß einen Pfiff aus, der sowohl Anerkennung wie Verblüffung bedeuten konnte: »Du hast verdammt gute Augen, Herr … Freischütz!«

»Ja. Aber braucht man denn wirklich so gute Augen, um zu bemerken, dass die Finger, die den Stein aus der geöffneten flachen Hand nehmen, zu der Hand gehören, die vorher exakt diesen Stein verborgen hielt?«

Der Mann sah missvergnügt auf Eidig, schwieg und kaute. Er kaute sein Schweigen. Dann sagte er: »Ich habe eine ganze Schützenfestsaison, von Uelzen im Süden bis Harburg im Norden und von der Elbe bis zur Weser gut davon gelebt. Ich habe die angetrunkenen Bauern und Handwerker auf Schwarz oder Weiß wetten lassen und dabei viele Taler gewonnen. Und das waren dann irgendwann ein paar Taler zu viel. Sie haben mich wegen Spitzbüberei, Betrug und Landstreicherei arrestiert. Künstlerpech. Und du?«

»Ich war auch unvorsichtig«, sagte Eidig, der wenig Lust verspürte, seiner Zwangsbekanntschaft viel über sich und sein Gewerbe zu erzählen. Also fragte er: »Wenn das Wetten dein Beruf ist: Würdest du auch mit mir wetten?«

»Was ist der Einsatz?« Eidig hatte sich wieder ausgestreckt: »Wir wetten um die Ehre. Für dich heißt das: Der Einsatz ist gleich Null. Und ich muss irgendwie mit dem Verlust der Ehre fertig werden, wenn ich verliere.«

»Angenommen!«

»Ich wette mit dir, dass ich keine Woche brauche, um diese lausige Absteige hier hinter mir zu lassen.«

»Hä … wie das?«

»Wenn ich dir das verriete, bräuchten wir ja nicht erst zu wetten.«

Der Bärtige, der die verbleibenden Jahre seines Lebens zwischen Jahrmärkten, Kaschemmen und Gefängnissen pendelte, erzählte später die Geschichte unzählige Male. Er erzählte sie noch, als sein Bart weiß und lückig war und seine Finger zu gichtig, um Kieselsteine oder Münzen zu verbergen. Die Geschichte ging ein in den Kanon der Eidig-Legenden, wurde ausgeschmückt, verfälscht, sogar gereimt und zur Drehleier gesungen. Und immer wieder weitererzählt.

Was der Kronzeuge der Flucht nicht wusste und folglich auch nicht berichten konnte, war die Geschichte hinter der Geschichte. Eidig konnte nicht zaubern und auch nicht durch Wände gehen. Aber er konnte Menschen taxieren, weit besser als andere. Er versprach dem Schließer, der täglich zweimal in die Zelle schaute, Essen und Wasser brachte und den Kotkübel davon trug, den Gegenwert von zehn Wildschweinen, wenn er zu einem ganz bestimmten Zeitpunkt den Schlüssel in einem ganz bestimmten Schloss stecken ließe.

Der Schlüssel steckte. Eidig verschwand und hielt Wort.

Der Wärter musste sich Vorhaltungen wegen seiner Unaufmerksamkeit machen lassen, insgesamt aber nur solche, die leicht zu ertragen waren. Besonders deshalb, weil zehn tote Wildschweine, säuberlich aus der Decke geschlagen und zerwirkt, in jenen Tagen deutlich mehr brachten als zwei Jahre Dienst im Winsener Gefängnis unterhalb des Schlosses.

Eidig hatte das Gefängnis kurz vor Morgengrauen verlassen, in der Stunde, in der keine Nachtwächter mehr zwischen Schloss und Schweinemarkt patrouillieren und die Stadt noch nicht erwacht war. Die einzige Stunde, in der alle Augen geschlossen sind, von den Augen der Katzen und Eulen einmal abgesehen.

Er folgte dem Lauf der Luhe aufwärts, wechselte in Luhdorf sein hässliches Gefängnisleinen gegen den abgetragenen Sonntagsanzug eines befreundeten Schmiedegesellen und fiel wieder in den leichten Trab, den er, wenn es sein musste oder geboten erschien, drei, vier Stunden lang durchhalten konnte. Nach vier, fünf preußischen Landmeilen rissen die Nähte seiner Gefängnisschuhe auf. Er warf sie in den Chaussee-Graben und lief barfuß. Keine große Herausforderung für Eidig.

Eidig vermied es, in Luhdorf die Frau aufzusuchen, die er gern, oft und meist unter erfreulicheren Umständen besucht hatte. Man würde zuallererst bei ihr nach ihm suchen, würde sie bedrängen, wenn sie nichts sagte, würde sie vermutlich sogar bedrohen.

Die Versuchung war groß, in die Gegenrichtung zu fliehen, nicht nach Süden in die Heide, sondern nach Norden in die Winsener Elbmarsch, nach Lassrönne, dorthin, wo sich zwei aus seiner Elbmarsch-Bande einen bequemen Unterschlupf in einer Torfbauern-Kate eingerichtet hatten.

Aber die Marsch ist eben, tellereben, kaum Erdbuckel, hinter die man sich werfen kann, wenn man Verfolger im Nacken hat, und wenige Gehölze, in denen man Gendarmen nasführen und abhängen konnte.

Eidig lief. Die Hornhaut unter seinen Füßen war Sohle genug. Die Vormittagssonne hatte schon große Kraft und er schwitzte das Sonntagshemd des Schmiedegesellen bis auf die letzte Faser durch. Sein Gesicht tauchte er immer wieder in die kleinen Bäche, die der Luhe zuflossen. Er lief, lief immer weiter, versuchte dabei den Kreistanz der Gedanken zu durchbrechen. Das gelang nicht gut. Erinnerungsfetzen umschwirrten ihn wie Heidebienen ihren Stülper, drohten zuzustechen und zu verletzen, ließen sich nicht fortwedeln. Lästig!

Erst als er, etwa dort, wo der Schwindebach die Luhe kräftig auffrischt, in einen Schafstall gekrochen war, einen, der ihm schon früher einmal gelegen gekommen war, und erst als er sich dort ausgestreckt hatte, ließen die Gedanken von ihm ab.

Plötzlich war Leere um ihn und in ihm. Nein, kein Triumphgefühl wegen der geglückten Flucht … Nichts dergleichen, keine Vorfreude auf mürbes Heidschnuckenfleisch, auf Heidelbeerwein, Schützenfeste, auf Tanz. Nicht einmal Lust auf Lust. Nichts! Nur Leere.

»Ich schlafe vorzüglich. Die ersten Tage meinte ich noch, ich werde all die Wochen zur See kein Auge zutun. Aber ich schlafe wie ein Igel im Winter.« Habakuk Grünstern strich über sein Dinnerjacket und sah äußerst zufrieden aus.

»Sie sehen nicht nur ausgeschlafen aus, Herr Grünstern, Sie sehen auch glücklich aus!«, sagte Eidig und löffelte ein weichgekochtes Hühnerei.

»Tja … was ist Glück? Für die meisten ist es die große Zufriedenheit über Erreichtes. Das ist das Glück der Trägen und der Allzu-Satten. Mein Glück ist die Freude … die Vorfreude, möchte ich sagen … auf das, was ich womöglich erreichen kann. Sie verstehen? Sie kennen den Unterschied?«

Eidig löffelte und nickte.

»Haben Sie einmal das *Große Buch der Uniformen* in Händen gehalten? Nein …? Das größte und kühnste Buch, das *Grünstern und Grünstern* je verlegt hat. Alle Welt hatte mir gesagt: Habakuk Grünstern, so ein Buch ist nicht machbar! Und wenn doch, dann ist es unverkäuflich. Die Preußen interessieren sich nämlich nicht für die Uniformen des Zaren, die Dänen nicht für die Röcke der Spanier oder die Tressen der Rheinländer. An so einem Buch könne *Grünstern und Grünstern* nur zugrunde gehen, das hat man mir in der Synagoge und in den Weinkellern am Elbufer und an der Alster dutzendfach vorhergesagt. Und was ist geschehen? Unser *Buch der Uniformen* hat ganz Europa erobert, über alle Grenzen und Fronten hinweg. Ohne einen Kanonenschuss. Und wissen Sie, was für mich – ich war jung, ich hatte das Geschäft gerade von meinem Vater und dessen Bruder übernommen – was für mich die größte Freude war? Die Aussicht, nach diesem höchst erfolgreichen

Projekt ein neues, ein womöglich noch besseres zu beginnen. Ich bin ein Mensch der Zukunft.«

»So, so«, sagte Eidig und heftete seine Blicke auf die Menschengruppe, die gerade in den Salon drängte. Silvia war nicht darunter.

»Die Zukunft«, sagte Eidig, nur um etwas zu erwidern »hat einen großen Nachteil. Man weiß erst, wenn sie schon Vergangenheit ist, ob sie was taugt. Ich bin ein großer Freund der Gegenwart.«

»In der Gegenwart steht man. In die Zukunft strebt man. Ein guter Standpunkt ist eine solide Sache. Aber das Streben ist unvergleichlich viel besser … Ich sprach schon von meinem Bestreben, ein unvergleichlich schönes, reiches, künstlerisch wertvolles Buch über die Vögel unserer deutschen Heimat zu machen?«

»Sie sprachen davon.«

»Audubon – Die Vögel Deutschlands«, jubilierte Grünstern.

Eidig hatte mit dem Ei abgeschlossen und strich Honig auf einen hartgebackenen Zwieback, kaute und schwieg.

»Nur wenige außerhalb Amerikas hatten bisher das Glück, Audubons Wunderwelt der Vögel zu sehen.«

»Ja«, sagte Eidig und kaute ein wenig heftiger.

Dann nahte Erlösung, jemand drückte die Klinke. Der alte Verleger schaute zur Tür, erhob sich und versuchte, einen Stuhl zurechtzurücken – seine Nichte betrat den Salon. Er hüstelte und setzte sich wieder.

»Die Herren lassen sich bitte nicht stören«, sagte Silvia, und der aufs Angenehmste gestörte Eidig grinste sie an. Sie trug einen Schleier. Seide …? Eher nicht. Der Hauch von Schleier erinnerte ihn an die feine Struktur von Spätherbst-Laub, wenn der Frost die Adern-Struktur freigehaucht hat. Der Stoff lag auf ihren Schultern.

Eidig plapperte – für die Trinkdauer einer Tasse Tee –, er lächelte, er bestätigte Grünsterns Lobgesänge auf dies und das und er nickte zu dessen Tadel an allerlei Dingen des Lebens.

Etliche Plapperworte später zog sich Grünstern mit den Worten zurück, es sei nun Zeit für seinen Nachmittagsschlaf.

Sie küssten sich, kaum dass Grünstern die Kajütentür geschlossen hatte. Und ehe Eidig vom Küssen zu Weiterem kommen konnte, sagte sie: »So, so … du stimmst also zu: Hamburg, Lübeck und das Herzogtum Lauenburg sollten einen gemeinsamen Topf begründen und aus Neuengland einfach die überzähligen Sklaven kaufen, damit unsere Manufakturen genauso günstig arbeiten können wie die in Amerika?«

Eidig erschrak: »Um Gottes Willen … nein!«

»Aber du hast kräftig genickt, als mein Oheim soeben genau das vorschlug.«

»… ich hab' ihm überhaupt nicht zugehört.«

In derselben Nacht trafen sich zwei Männer im hinteren Zwischendeck der *Ganges*, zwei, die sehr darauf bedacht waren, nicht zusammen gesehen zu werden.

Sie sprachen leise, und nach jedem dritten oder vierten Wortwechsel schob einer von beiden die Eisenblech-Tür auf, um in den Gang zu spähen, der vor ihrem Treffpunkt endete.

»Klar ist doch, so geht es nicht.«

»Wir hätten dabei bleiben sollen. So wie du gesagt hast: Mit dem Enterhaken zustechen und über Bord mit ihm … Ich bin raus!«

»Du bist raus? Und du zahlst dann einfach brav deinen Anteil zurück, oder?«

Der kleinere der beiden stierte an die Decke, so als ließe sich dort im Krakelee der vielen Farbübermalungen eine Antwort lesen, dann hustete er mehr als er sprach: »Was schlägst du vor?«

»Erst mal ruhig bleiben. Wir haben noch nicht mal den halben Törn geschafft. Der Kerl geht auf Grund. Dabei bleibt es.«

Kapitel 9

»DU BLEIBST DABEI? ALLE BEIDEN Fasane treffen? Und das im Laufen …? Eidig, für dumm verkaufen lasse ich mich von dir schon dreimal nicht.« Der Hauptschließer des Zuchthauses Lüneburg zeigte mit dem Finger auf den Gefangenen Eidig, so als brächte er eine Pistole in Anschlag. Eidig rieb sich das linke Handgelenk, da, wo der Eisenring, mit dem er tagsüber an einen Karren voller Kalk gefesselt war, eiternde Schürfwunden gegraben hatte.

»Ich biete dir eine Wette an. Du führst mich auf den Platz hinter der großen Kalk-Scheune, dahin, wo ihr immer eure Schießübungen macht.«

»Woher willst du wissen, Kerl, dass wir dort unsere Schießübungen machen?«

»Weil ich gute Ohren habe. Ich höre sogar, dass ihr dort nicht mit den alten Prügeln 'rumballert, die ihr auf uns richtet, wenn wir am Kalkberg die Karren schieben, sondern mit den neuen französischen Gewehren.«

»Und …?«

»Ihr lasst mich auf den Schießübungsplatz. Da steckt ihr zwei Fasane in einen Kasten. Dann zieht ihr mit einer Schnur den Deckel auf. Im selben Moment lasst ihr mich mit zwei geladenen Flinten aus fünfzig Schritt Entfernung loslaufen.«

Der Hauptschließer stand ein, zwei Herzschläge lang mit offenem Mund da, er versuchte zu denken.

Schließlich kam es eruptiv über seine Lippen: »Ha! Und die zwei Schrotschüsse feuerst du natürlich auf uns ab, um alsbald zu fliehen.«

»Nein, ich schieße nicht auf Menschen. Nicht mit Schrot und auch nicht mit Kugel. Aber zur Sicherheit können ja zwei oder drei von deinen Leuten hinter mir stehen und mich über Kimme und Korn im Auge behalten.«

»Und …?«

»Wenn ich aus dem Laufen heraus beide Fasanen erlege, muss ich nicht länger in Eisen gekettet die Kalk-Loren schieben. Und ich bekomme eine neue Strohmatratze, die nicht stinkt und nicht verwanzt ist.«

»Und wenn du nicht triffst?«

»Hier!« Eidig zog ein dickes, klein gefaltetes Papier aus der einzigen Tasche, die seiner Zuchthausjacke aufgenäht war. »Das ist eine Karte …« Eidig wischte mit dem Finger über das Blatt und ließ es sogleich wieder verschwinden: »Nördlich vom Bardowick macht die Ilmenau eine große Schlaufe. In dem Land, das zu drei Seiten vom Fluss umschlossen ist, liegt ein Findling. Dort habe ich …«, Eidig machte eine Bedeutsamkeitspause, »… dort habe ich beträchtliche Ersparnisse in einem Tonkrug vergraben.«

»Wie viel?«

»Ich habe nicht gezählt. Aber es ist das Geld für fünfzig gut gegerbte Sauschwarten.«

Der Hauptschließer, ein Mann mittleren Alters, dessen Sold ihn und seine vielköpfige Familie nur knapp ernährte, kratzte sich den Schädel: »Und was, wenn wir dir jetzt auf der Stelle deine Karte abnehmen …«

»Ich brauche nur eine Sekunde, um sie mir in den Mund zu stecken, und ich kann schlucken ohne zu kauen.«

»Und du willst … wenn dir zwei Schüsse im Laufen gelingen … nicht mehr als zur Nacht Verschonung von der Kette?«

»Und ein anständiges Strohkissen.«

Der Oberschließer kratzte sich erneut den Schädel. Dieses Mal lange.

Zwei Tage später wusste Eidig, dass die Wachsoldaten die Lockspeise löffeln würden. Jemand mit sehr schriller Stimme hatte es ihm verraten: Ein Fasanenhahn hatte irgendwo bei den Kasernen der Schließer so laut gekräht, dass es gut im Gefangenenverschlag der Kalkarbeiter zu hören war. Sie hatten also Kastenfasane besorgt, die bunten Vögel, die eigens für die Jagd gezüchtet und in Kästen gehalten wurden. Kleine Happen für Schießhungrige. Eidig verabscheute dererlei.

Sie werden die dritte Nachmittagsstunde wählen, die Stunde, wenn an jedem zweiten Werktag auf dem nahen Schießgelände geschossen wird, sagte sich Eidig und behielt recht.

Er wurde freigeschlossen und mit einer Eile, die ihm irgendwie nervös aufgeladen zu sein schien, in Richtung Schießplatz gestoßen. So werden Delinquenten zum Pfahl gebracht, dachte er, aber dergleichen war nicht zu befürchten.

Es war still auf dem Schießplatz, so still wie es nur sein kann, wenn mehrere Menschen gleichzeitig den Atem anhalten. Einige der Uniformierten – mehr als fünfzehn schätzte Eidig im Vorübergehen – verharrten in halber Haltung: halb Stillgestanden, halb ohne Haltung.

Einer der Wachleute trat vor und händigte Eidig zwei Flinten aus. Eidig wog sie in den Händen – sie waren von leichter, neuer Bauart – und während er sie auf Hüfthöhe hob, brachten vier Soldaten hinter ihm ihre Gewehr in Anschlag.

Dann hörte Eidig die schnaubende Stimme des Hauptschließers hinter sich. »Anlegen, den Gefangenen fixiert halten ...«

Da war es wieder, dieses Gefühl, dass einem die verbleibenden Atemzüge abgezählt werden. Eidig sah, dass sich beide Fasane in den Kästen bewegten, gut zwanzig Schritt seitlich vor ihm, so als wüssten sie, dass es jetzt auch für sie drauf ankäme.

Die Stimme des Kommandierenden bekam den bekannten preußischen Signalhorn-Ton: »Aaachtung: Bei ›Jetzt!‹ die Klappe ziehen ...«

»Jetzt!«

Die langschwänzigen, knapp hühnergroßen Vögel flogen auf. Eidig sah, dass sie mit hartem Flügelrattern in fast die gleiche Richtung davonstoben. Das war günstig!

Er rannte im spitzen Winkel auf die beiden Flüchtigen zu, die langsam an Höhe gewannen, schoss, beide Flinten aus der Hüfte ab. Im Sprung. Eidig hatte herausgefunden, dass Schüsse, im scharfen Laufschritt abgefeuert, notwendig und regelmäßig das Ziel verfehlten, schon allein deshalb, weil der Ruck, der sich mit jedem Schritt über die Beine dem Becken und der Wirbelsäule mitteilt, die Gewehrläufe verreißt. Gelingt dagegen der Schuss in der Schwebephase zwischen zwei Bodenberührungen, dann kann auch das Unmögliche gelingen.

Beide Eisenhähne schlugen gleichzeitig zu, so dass sich der Schall, der vom großen Kalklagerschuppen zurückgeworfen wurde, wie ein einziger Schlag anhörte.

Der eine Vogel stürzte jäh ab, der andere kippte im Flug zu Seite, machte heftige Flatterbewegungen und fiel dann ebenfalls zu Boden.

Eidig legte beide Flinten vor sich auf den kalkweißen Boden. Es war nicht abschätzbar, wie nervös die vier Männer waren, die noch immer Gewehre auf ihn gerichtet hielten. Keine Schrotflinten, Kugelbüchsen.

Eidig fasste sich mit der Rechten über die große, eitrige Wunde, die sein linkes Handgelenk bedeckte, da, wo ihm die Handschelle Rost unter die Haut gerieben hatte. Er war sich keineswegs sicher, ob sich der Hauptschließer – kein übler Kerl eigentlich – an die Abmachung halten würde.

»Guten Appetit, die Herren«, rief er, indem er sich nach den anderen Schließern umdrehte. Die hatten mittlerweile die Gewehre auf Hab-Acht-Stellung gesenkt, wie Eidig erleichtert bemerkte. »Aber die Knochen nicht an die Wachhunde verfüttern. Fasanen-Knochen sind bannich spitz. Einem Freund von mir ist ein guter Jagdhund verreckt, weil er sich beim Schlucken aufgespießt hat.«

Eidig nutzte die Verblüffung der Lüneburger Zuchthaus-Gendarmerie, um unbemerkt das Papier zu verschlucken, auf dem nichts zu sehen war außer ein paar lose über das Blatt verteilte Kringel. Und, in flüchtiger Schrift hingekritzelt: Stadt »Bardowick Ilmenau-Fluss«.

Silvia schloss die Augen und sprach als fielen ihr die Erinnerungen ins Wort: »Alle aus der Rue de Napoleon in Altona haben mich das Wolkenmädchen genannt. Weil ich schon als kleines Mädchen manchmal stundenlang auf dem Rücken lag, um mir Wolken anzuschauen. Weißt du, die Wolken können nämlich zaubern, sie können sich selbst verzaubern. Aus einem Gesicht mit einer langen Nase und spitzen Ohren wird ein Baum und aus dem Baum ein Blume, aus einer Blume ein Igel. Und das Zauberische daran ist: Wenn du schaust, bewegen sie sich kaum, die Wolken, aber wenn du nur für kurz die Augen schließt und sie dann wieder öffnest, hat sich alles verwandelt.

Ich bin oft ausgeschimpft worden, weil man sich nicht auf die Erde legt. Die Erde ist schmutzig, sagte meine Tante. Aber Tante, habe ich ihr geantwortet: Die Erde, das Gras, das Moos, all das ist von Gott. Wie kann das denn schmutzig sein? Schau selbst, das Gras auf das ich mich lege, ist rein, reiner als die dicken Teppiche in der Synagoge.

Da hat mir die Tante eine Matte aus geflochtenem Schilf geschenkt und gesagt: Da, zur Unterlage, wenn du wieder in den Himmel schauen musst. Sie hat ›musst‹ gesagt, nicht ›willst‹.

Und dann sagte mir eines Tages meine Freundin Bethesda, als ich auf der Matte lag und mir besonders schöne Wolken anschaute – wunderbar grauschwarze vor einem leuchtenden Himmel – sie sagte, der Herr Jesus wurde von einer Wolke in den Himmel gehoben. Bethesda ist getauft, eine Evangelische. Das einzige Mädchen aus unserer Straße, das mit einer Jüdin spielen durfte. Und sie sagte, es tue ihr so leid, dass der Herr Jesus nicht in Synagogen wohnen könne, weil es in Altona und Hamburg so viele Kirchen gebe und er schon genug damit zu tun habe, in all diesen Kirchen zu wohnen.

Und dann sagte sie mir noch ... am Himmelfahrtstag ... das Wort hatte ich noch nie zuvor gehört ... würde der Herr Pastor in der großen Hauptkirche zu Altona erzählen, wie eine Wolke den Herrn Christus aufgenommen habe, um ihn in den Himmel zu tragen.

Es war gerade zwei Wochen vor dem Himmelfahrtstag, und ich war sehr aufgeregt. Das musste ich hören. Unbedingt! Ich schlich mich, als schon alle Menschen in der Kirche waren und die Orgel angefangen hatte zu brausen, hinein und hockte mich ganz nach hinten.

Der Herr Jesus interessierte mich nicht so sehr. Aber ich wollte wissen, wie es Gott angestellt hatte, dass eine Wolke einen erwachsenen Mann aufheben und forttragen konnte. Darüber steht nämlich nichts im Tanach, in unserem Heiligen Buch.

Und als der evangelische Rabbi nach viel Gesinge und nach vielen Gebeten gerade begonnen hatte, aus dem Heiligen Buch der Christen zu lesen, rief einer, kaum älter als ich, laut und zeigte dabei mit dem Finger auf mich: »Herr Pastor, Herr Pastor, dahinten sitzt eine Gottesmörderin!«

Da war es ganz eisig still. Der Herr Pastor machte eine Handbewegung und zwei Männer, die in der ersten Reihe gesessen hatten, standen auf und gingen den langen Gang ... eure Kirchen sind so entsetzlich groß ... auf mich zu. Aber ich rannte fort, gerade eben, dass ich die schwere Kirchentür schnell genug öffnen konnte. Ich rannte und rannte, bis ich an der Elbe war. Da waren Wolken am Himmel, und ihre Geschwister schwammen auf der Elbe. Und ich schrie die Elbe an: ›Wir sind das auserwählte Volk. Aber wir haben gar keine Wahl‹.«

Eidig hatte, während Sylvia sprach, die Wolken im Blick, wie sie sich auf die Wasserlinie am Horizont legten, müde vom langen Weg zwischen den Kontinenten. »Ich bin Christ«, sagte er, »lutherischer Christ. Dieser Luther aß gern Hasenrücken und gedünstete Waldschnepfe. Genau wie ich. Das einzige, was wir gemein haben. Halt nein, da ist noch etwas: Er war auf der Flucht. Genau wie ich. Wenn sie ihn erwischt hätten, damals nach seinem ›Hier stehe ich, ich kann nicht anders, Gott helfe mir, Amen‹ … dann …«

Sie lehnte den Kopf an seine Schulter, etwa an die Stelle, auf die jahrein, jahraus, Tag für Tag der Gewehrriemen gedrückt hatte. Und ihm war wohl.

Aber dann sagte er etwas, das er gar nicht hatte sagen wollen:

»Es gibt Leute … Leute an Bord, glaube ich … die dafür sorgen wollen, dass ich nicht in New York ankomme, sondern am Meeresgrund ende.«

Sie zuckte zusammen, so heftig war die Bewegung, dass Eidig erschrak, sich unwillkürlich auf die Zunge biss.

»Du meinst: dich töten …?«

»Damit lebe ich seit mehr als fünfzehn Jahren, dass mich wer töten will. Aber hier … tausend Meilen weg von den heiligen Hirschen der Lüneburger Heide? Verdammich! Man will sicher sein, dass ich in New York nicht das nächste Schiff besteige, das wieder nach Hamburg ausläuft. Und Sicherheit bietet denen wohl nur mein Tod.«

Sie sagte nichts, und Eidig liebte sie für ihr Schweigen.

Schweigen.

Pastor Mahlfeld hatte Eidigs Mutter ausgesegnet und den Sarg bis an die offene Grube begleitet. Eidig stützte seinen Vater, der schwer ging; ein herabfallender Ast hatte sein linkes Knie schon vor Jahren angeschlagen.

Am offenen Grab sang eine Mönchsgrasmücke, so laut, dass sie zeitweilig die Worte des Pastors übertönte. Eidig, der schon damals ein Gesuchter war, mahnte der Vogelsang, möglichst schnell zurück in die Wälder zu gehen. Jeden Moment könnte … aber er blieb.

»Wir haben hier keine bleibende Statt, aber die Zukünftige suchen wir«, sagte der Hittfelder Pastor und alle warfen die Lieblingsblumen der verstorbenen Forstmeistersgattin auf den Sargdeckel. Kornrade.

Der Hittfelder Forstgehilfen-Chor sang das Lied vom Guten Hirten, der es uns an nichts mangeln lässt. Dann läutete die große Glocke. Eidig zählte die Schläge. Es waren ihm zu viele.

Als alle gegangen waren und nur Eidig zurückgeblieben war, kehrte Mahlfeld auf den Friedhof zurück und sagte: »Hans, wir haben schon damals darüber gesprochen, als deine Großmutter starb. Der Schlüssel ist Schweigen.«

»Schweigen?«

»Wenn du mit ihr, die jetzt bei Gott ist, reden willst, musst du schweigen. Die Hände falten, die Augen schließen und lange schweigen. Dann wirst du ihre Stimme hören.

Der Wind hatte lange geschwiegen. Dann gab es zwei Tage unter gutem Nordwest; anderthalb Fast-Flautentage später pochte sie an Eidigs Kabinentür.

Eidig öffnete erst nur einen Spalt breit – die alte Vorsicht war zurück – dann aber erfreut und weit die Kajütentür: »Einen guten Morgen!«

Sie sagte nichts, packte Eidig am Aufschlag seines Morgenmantels und zog ihn Richtung Vorschiff. Vor der Pantry – man sah die Schiffsküche kaum, konnte sie aber riechen – drückte sie eine Wandtür auf, die selbst Eidig in all den Tagen an Bord nicht aufgefallen war. Ein kühler Luftzug, schlug ihnen entgegen, der winzige Verschlag – eher ein großer Schrank als ein Zimmer – öffnete sich rückwärtig zum Meer hin. Überlappende Latten verhinderten offenbar, dass anrollende Wellen ihren Weg ins Schiff fanden. Nasskalt war es.

Ehe Eidig etwas sah, hört er es: ein Keuchen, eine Art Rasseln.

In einem Nest aus Putzlumpen lag der »Feudel«, ein Männchen, gerade mal drei Ellen lang. Das Öffnen der Schranktür musste ihn geweckt haben, jedenfalls versuchte der Feudel schnell wie eine Schiffsratte an Silvia vorbei in den Gang zu flüchten.

Eidig packte ihn, hob ihn hoch, sah in das zerknitterte Gesicht mit den panikweiten Augen. Die Augen waren stumpf, der rasselnde Husten setzte ein und endete in einem krampfartigen Würgen.

»Er ist krank. Das sind Fieberaugen! Mein Gott, in diesem Verschlag muss man ja krank werden ... krepieren.« Silvia bedeutete Eidig, den Zwerg wieder in sein Lumpen-Nest zu legen.

Der Feudel ließ es geschehen, sein Gesicht verzog sich, wurde noch blasser und knittriger, und es hatte den Anschein, als versuche er das Atem-Rasseln zu unterdrücken.

Eidig hatten den Feudel nur gelegentlich gesehen, sozusagen im Vorüberwischen ... Der Feudel – keiner kannte seinen Taufnamen – hieß nach dem berühmten Putzlumpen, der auf allen Schiffen der Welt beim Klar-Schiff-machen geschwungen wird.

Der Feudel konnte, sein Zwergenwuchs erlaubte es ihm, auch in Ecken vordringen, die für einen Normalwüchsigen unzugänglich waren. Und seine einzige Aufgabe – von Hilfsdiensten in der Pantry einmal abgesehen – bestand darin, ohne Unterlass Putzlumpen und Putzwolle zu bewegen. Der Feudel sprach nicht. Unklar, ob er nicht sprechen konnte oder nicht sprechen wollte.

Eidig, der einen geübten Blick für Bewegungen hatte, fand etwas Huschendes, Animalisches an seinen Bewegungen. So bewegten sich Kaninchen, wenn sie sich zu weit von ihren Bauen entfernt hatten und Deckung nutzend zurückhoppelten. So schlüpften Wacholderdrosseln durch herbstkahle Büsche, wenn Sperber oder Baumfalken in der Nähe waren.

Eidig ließ den Feudel mit Silvia allein, suchte und fand den Ersten Offizier, der an Bord eine spärlich bestückte Apotheke betrieb. Als er mit dem Mann zurückkehrte, hatte Silvia Grünstern so etwas wie eine Order auf den Lippen: »Der Mann ist heftig erkrankt.

Wenn er weiter in diesem Loch bleiben muss, dann zerreißt ihn der Husten. Wir bringen ihn in die Lazarett-Kombüse.«

Der Steuermann blockierte mit seiner nicht eben schmächtigen Gestalt den Gang: »Über die Belegung des Lazaretts bestimmt der Alte.«

Silvia Grünstern trat ihm auf den Fuß, absichtsvoll und heftig: »Den Kapitänsbefehl bekommen Sie nachgereicht. Worauf warten wir noch?«

Eidig grinste zufrieden: ein gutes Gefühl, ein Leben zu retten! Was er zu diesem Zeitpunkt nicht ahnen konnte, war, dass er mit dieser Rettung sein eigenes Leben rettete.

Der Hittfelder Pastor hatte ihm gesagt, dass es den Zufall nicht gebe, oder: dass sein Reich nur ein kleines, ein sehr enges sei. Das Wichtige und Wesentliche sei nicht »zugefallen« sondern »zugefügt«, nichts geschehe zufällig.

Eidig hatte das damals nicht für sehr überzeugend gehalten – hatte seinem Freitagslehrer heftig widersprochen. Aber dann war die Sache an der Elbe geschehen.

Eidig hatte Reusen gelegt, von Zeit zu Zeit musste es Fisch sein. Er schob, bis zum Bauch im Wasser, ein flaches Korbboot durch den Schilfgürtel bei Fliegenberg an der Elbe, hörte dabei den Rohrsängern zu, denen sein Vordringen in ihre Welt nicht gefiel, sah Mosaikjungfern, die im Zickzackflug übers Wasser huschten und lobte sich dafür, weder Gärtner noch Förster noch – auch das hätte geschehen können – Professor für das gesamte Tierreich geworden zu sein. Der Pastor, der ihn wie der gute Hirte auf alle Kulturhöhen und Wissens-Hochebenen geleitet hatte, wollte nicht ablassen, ihn auch auf Katheder-Höhe zu liften. Und wäre nicht der Wald gewesen und sehr viel trockene Munition, es hätte ihm gelingen können.

Die Fische, die Eidig einsammelte, junge Hechte und Aale, sollten sein Geschenk sein, das er am Abend einer Braut auf den Gabentisch legen wollte. Einer, die gut daran getan hatte, nicht ihn zum Altar zu ziehen, sondern einen reichen Obstbauern aus Jork.

Als er die letzte Reuse erreicht und schon das Seil stramm gezogen hatte, um sie ins Boot zu heben, hörte er Schreien. Erst verhalten, dann gellend und panisch. Durch die vordere Röhrichtreihe, die unmittelbar an den fließenden Strom grenzte, sah er ein kieloben treibendes Boot, ein Bötchen eigentlich nur, und einen Kopf mit Zöpfen.

Der Kopf tauchte unter, tauchte wieder auf. Verschwand.

Eidig warf sich ins Wasser, strampelte sich mit wilden Armschlägen – schwimmen konnte er kaum besser als eine Stubenkatze – in Richtung auf Boot und Zöpfe vorwärts.

Als er die Stelle erreichte, an der eben noch strohblondes Haar auf der Wasseroberfläche getrieben war, tauchte er, fasste blind ins Wasser und hielt etwas in der Hand, ohne danach gegriffen zu haben.

Das Kind, das er an die Oberfläche zog, schrie … welch wunderbares Geräusch! …. und klammerte sich an seinem Arm fest.

Eidig strampelte zurück ins Schilf. Seinen linken Arm blockierte das Mädchen mit unerklärlicher Kraft. Seine Lederstiefel hatten sich voll Wasser gesogen, und doch gelang ihm so etwas wie Schwimmstöße.

Kaum dass er sich und die Kleine an Land gewuchtet hatte, kam eine schreiende Frau über die angrenzende Wiese gestolpert, gefolgt von einem hinkenden Mann.

Den Tag verbrachte Eidig im Kreis einer Fischerfamilie, die um ihn kreiselte – lachend, singend, betend vor Glück – ihn mit Geschenken überhäufte, weinte und lachte. Es wurde spät. Zu spät für die Hochzeit in Jork.

Zwei Tag später erfuhr Eidig, dass die Jorker Hochzeitsgesellschaft am Abend nach dem großen Festmahl von drei Dutzend Gendarmen umstellt worden war, die alle Gäste zusammentrieben und sämtliche männlichen Wesen, die älter als 15 Jahre waren, leibesvisitierten.

Eine kleine Weile grübelte Eidig, wer von denen, die er kannte, der Gendarmerie verraten haben könnte, dass ein gesuchter Wilddieb zu den Gästen gehörte. Keiner, dem er es zutraute.

Aber dass die jüngste Tochter des Fliegenberger Fischers just am Tag der Jorker Hochzeit ins Wasser gefallen war, dass es vor seinen Augen geschehen war, dass er ins Elbwasser gesprungen war, dass anschließend viel Zeit verging, zu viel, um noch beizeiten nach Jork zu gelangen, all das … Zufall?

Er hätte an jedem anderen Tag ein Leben retten können. Aber es war der Tag, an dem er sich selbst rettete – vor Kerker und Schlimmerem.

Fünf Tage und Nächte mit stetigem Wind aus exakt der richtigen Richtung veranlassten Rollshofen, ein kleines »flüssiges Dankgebet« an den Gott der Winde abzuhalten. Ein Ritual nur für die Oberdeck-Reisenden – und eigentlich nur ein Vorwand für ein mäßiges Besäufnis.

Eidig war dem ausgewichen und hatte sich in die winzige Schiffsbibliothek zurückgezogen, die durch eine Kirschholzwand von der Messe abgetrennt war. Er hatte Drucke einer Radierung gefunden, die ihn faszinierte. Eine Landschaft aus gleichmäßig dahinrollenden Hügeln, bedeckt von fast unzählig vielen Büffeln. Dass es Büffel waren, wusste Eidig aus den Erzählungen und von den Skizzen eines Lübecker Jagdherren und Reeders, den er im Sachsenwald verschiedentlich auf kapitale Hirsche hatte führen müssen. Der Mann hatte sich schon mehrmals in Neuengland aufgehalten und dort große Tiere über Kimme und Korn betrachtet.

Die Büffel auf der Radierung standen wie identische Denkmäler da, urig, kraftvoll. Meisterwerke eines Gottes, der sie auf Gras gestellt hatte. Und im Vordergrund des Bildes duckten sich zwei

Männer in Fellkleidung, die aus langen Rohren in das Tiergewoge schossen. Glückliche Männer, vermutete Eidig, obwohl man ihre Gesichter nicht erkennen konnte.

Auf die Rückseite der Radierung hatte jemand etwas geklebt, das wie ein Zeitungsausschnitt aussah. Eidig versuchte zu lesen, scheiterte aber schon an der Überschrift »Where the buffalos roam«.

Eidig sah sich um, fand Silvia, die ebenfalls das »flüssige Dankgebet« nicht mitbeten wollte, schließlich auf dem kleinen Vorderdeck, wo nützliche Deckshände aus Segeltuch einen Sonnenschutz gespannt hatten. Er sah, dass sie ein Büchlein – *Vom Leben in der Neuen Welt. Aufzeichnungen eines Auswanderers* – zur Seite gelegt hatte und in ihrem Deckstuhl eingeschlafen war.

Nur Kinder seien schlafend schön, hatte er irgendwann, irgendwo sagen gehört. Wie unsinnig, wie unwahr! Silvia Grünstern war schlafend schön. Unbeschreiblich schön. Ein Bild fiel ihm ein: In einem Buch seiner Kindertage, das Klein Hans wie einen Schatz von Versteck zu Versteck geschleppt hatte, war von Schneewittchen die Rede, das seiner Schönheit wegen von der bösen Stiefmutter getötet werden sollte. Schwarzhaarig wie eine Zigeunerin und weißhäutig wie die Engel auf den Weihnachtskärtchen, die fleißige Schüler in der Schule bekamen. Damals hatte der Achtjährige sich vorgestellt, wie er die böse Stiefmutter ausfindig machen würde, um ihr mit Vaters Gewehr gehörig vor die Füße zu schießen. Warnschuss … nicht Totschuss! Auf Menschen schießt man nicht. Auch auf die bösen nicht.

Dann war da ein Geräusch, Holz auf Holz. Eine sehr beleibte Dame, die offenbar kräftigst mitgebetet hatte, rempelte auf dem Weg zur Reling gegen Silvias Deckstuhl. Die schlug die Augen auf, und Eidig war der Dicken dankbar. Er hätte es nicht über sich gebracht, die Schlafende zu wecken. So aber stand er wie zufällig in ihrer Blickrichtung.

Sie griff zu ihrem Buch, schwenkte es und sagte: »Das empfehle ich doch sehr. Wer das liest, erwartet drüben keine gefüllten

Fleischtöpfe mehr, sondern weiß, dass man sich die Töpfe selbst füllen muss.«

»Dann ist es das richtige Buch für mich. Ich bin einer, der sich darauf versteht, Fleischtöpfe zu füllen.«

»Das mit den gefüllten Fleischtöpfen ist ein Sprachbild, ein Gleichnis. In Exodus steht geschrieben: Das Volk Israel saß, bevor es von Moses an die Hand genommen wurde, lieber bei den Fleischtöpfen Ägyptens als ins Gelobte Land aufzubrechen.«

»Ich erwarte drüben keine gefüllten Töpfe, keine mit Fleisch gefüllten und keine mit Sprachbildern gefüllten. Aber ich will mein Recht haben, selbst zu fangen, zu fischen, zu schießen. Für meinen Bauch, aber mehr noch für meinen Kopf.«

Sie schaute … spöttisch, wollte es Eidig scheinen … und machte Anstalten, weiter in den Aufzeichnungen eines Auswanderers zu lesen. Da gab sich Eidig einen Ruck, nachdem er eine Weile nach einem brauchbaren Gesprächseinstieg gesucht und keinen gefunden hatte: »Ich habe da in der Bibliothek etwas gefunden, das ich gern verstünde.«

Was Eidig mit Silvia Grünsterns Hilfe über Büffel erfuhr, reichte noch weit über seine schönsten Wachträume hinaus. Die letzte Zeile des rückseitig aufgeklebten Artikels, für dessen Übersetzung Silvia dreifach Anlauf nahm, hämmerte sich Eidig ein, Wort für Wort: »Und wenn unter den viel Tausend Hufen die Erde erzittert, liegen sich der Gott des Weißen Mannes und Manitu, der große Geist und höchste Gott des Roten Mannes, in den Armen und jauchzen wie aus einem Mund: Siehe, o Mensch, dies ist das gelobte Land!«

»Hm …«, sagte Silvia, »mein Rabbi hat gesagt, wer sich den Himmel ausmalt, der lästert und leugnet ihn. Weil ja doch kein Mensch das Reich Gottes sehen und beschreiben kann.«

Als der Abend begann, sich im Takt langer Atlantikwogen in die Nacht hineinzuschaukeln, und als die großen Petroleumlichter im Salon aufflammten, gab Silvia mehr von sich preis. Sie tat es zögernd, so als fürchtete sie Zurückweisung oder Verletzung. In einer vierfach verschnürten Mappe bewahrte sie Zeichnungen auf. Sie öffnete die Bänder und beobachtete Eidig dabei. Eine falsche Regung, das war ihm klar, und es würde keine Enthüllung geben.

Eidig schaute und wieherte fast vor Vergnügen: Das erste Blatt, eine Bleistiftzeichnung, zeigte einen Kerl, der an aufgerolltes Tau gelehnt mit offenem Mund schläft: er selbst! Es folgte eine meisterliche Studie von Habakuk Grünsterns Spazierstock; dann das Portrait des Ersten Steuermanns mit Tabakspfeife; dann die feiste Hand einer Passagierin – leicht am Ring zu erkennen, tief eingefurcht in einen Speckfinger; dann eine Ratte mit zerschmettertem Kopf; schließlich eine Studie der Takelage. Und diverse Wolkenimpressionen … Himmelsschlösser, Rauchfahnen, wehende Schleier … Und ein Bild des Feudels, des Bord-Zwergs, wie er – sein namensgebendes Arbeitsgerät über die Zwergenschulter gelegt – am Eisenfuß einer Winde lehnt. Und lächelt.

»Meisterlich«, sagte Eidig.

»Gut würde mir reichen, gut hört sich nicht so … aufgeblasen an!«

»Einigen wir uns auf: sehr gut.«

Kapitel 10

WAS VOR EIN PAAR TAGEN ALS SCHWACHWIND angefangen hatte, war zu einem böigen Wind aus West angewachsen, packte die *Ganges*, schüttelte sie, drückte sie mit feuchter Pranke in die Wellentäler, schlug ihr, unflätig brüllend, gegen den Holzleib, zerfetzte Tuch, das nicht mehr rechtzeitig geborgen werden konnte, zwang die Menschen unter Deck, als wolle er sie in einer Unterwasser-Kastenfalle ertränken, schleuderte einen bedauernswerten Koch auf seinen heißen Herd, brach einem alten Mann auf dem Oberdeck ein Schlüsselbein, schlug mehreren Menschen im Unterdeck grüne, blaue und blutig-rote Flecken.

Eidig nahm – wohl auch nur deshalb, weil er nicht wusste, dass die Meere bei Wettern wie diesem gerne mal ein Schiff verschlucken – den Sturm als willkommene Unterbrechung des Einerleis an Bord. Erst als ihn ein Doppelschlag von anrennender Wasserwand und Sturz ins Wellental auf die Planken warf, ließ er sich in die Lederschnüre binden, die in aller Eile im Salon angebracht worden waren. Neben ihm – welch angenehme Fügung war das! – hing Silvia in der Sicherheits-Verschnürung.

»Gut so«, feixte Eidig, »so dürfen wir sicher sein, dass du dich nicht wieder an den Mast binden lässt.«

»Shut up, silly bloke!«, zischte sie. Aber um das zu verstehen reichte Eidigs Englisch nicht.

Eidig liebte Wind. Wind hatte ihm im August 1832 geholfen, den Hunden der Gendarmerie zu entgehen. Das war auf der Hohen Heide bei Wilsede, wo ein Sturm den feinkörnigen Heidesand in die sensiblen Hundenasen getrieben hatte. Die Hunde seiner Verfolger waren einfach stehen geblieben, und er war weitergelaufen, hatte den Wilseder Berg überquert, auf dem noch der hölzerne Signalturm stand, den Napoleon hatte errichten lassen, um nachts und bei klarem Wetter Siegesmeldungen aus Russland nach Paris blinken zu können. Siegesmeldungen hatte es nicht gegeben, und in dem Turm, der sich schon gefährlich nach Osten neigte, nisteten Waldkauz und Stare.

Eidig stolperte weiter. Man würde ihn in Wörme suchen; dort gab es keinen Mann, keinen Häusler, keinen Knecht, keinen Greis, der nicht wilderte. Ja, es lag auf der Hand, dass er im Kreise derer Unterschlupf suchen würde, die wie er auf der Pirsch waren. Also schwenkte er, noch ehe er den Gedanken klar zu Ende gedacht hatte, Richtung Wilsede ab.

Er hatte gelernt, dass die klügeren unter seinen Häschern sich immer in seinen Kopf zu versetzen trachteten: Was ist das Einfachste, was das Naheliegende, was das Beste …? Aber sie versetzten sich mit ihren eigenen, schlichten Köpfen in seinen. Ihnen selbst ging die Puste aus und sie vermuteten daher, auch er würde den kürzeren oder leichteren Fluchtweg nehmen. Der Heidesand zerrte an ihren Sohlen und sie vermuteten, auch er würde festeren Grund suchen. Sie waren sich sicher, er würde nie und nimmer in die offene Heide flüchten, in der es kaum Sichtschutz-Gebüsch gab, nur dann und wann Wacholder. Und Eidig wandte sich wie eine Kreuzotter auf dem Bauch in die offene Heide, nur knapp verborgen durch hohes Kraut. Sie mieden Sumpf und Moortümpel, die nach ihrer Vorstellung auch einem flüchtigen Wilddieb den Weg versperren würden. Eidig drückte sich bis auf Kinnhöhe in Moortümpel, wartete … und lachte lautlos, wenn er sie vorüberprusten hörte. Dann kroch er wie ein schwarzes Gespenst aus seinem Moorbad, schüttelte sich wie ein Jagdhund nach Durchquerung eines Baches … und schüttete sich aus vor Lachen.

Und wenn es ihm schlecht ging bei allem Gerenne, Gekrieche, bei nächtlichem Gestolper und unendlicher Hetze, bei Schweißausbrüchen im Mondlicht und Schüttelfrost unter der Mittagssonne, dann dachte er an die Geplagten. An die, denen es wirklich schlecht ging. An die, die nicht einmal flüchten konnten. An die Bauern dachte er, denen die Wildschweine die Ackerfrucht wegfraßen, ohne dass sie sich wehren konnten, weil die Wildschweine zur Hohen Jagd gehörten und nur von Adel, Landesherrn und hoher Geistlichkeit bejagt werden durften. An die kleinen Waldbesitzer dachte er, denen die Rehe den Wald krumm fraßen, weil sie sich im Spätwinter mit Heißhunger auf Knospen stürzten.

Ach, die Rehe … sie waren da, auch wenn man sie nicht sah, weil sie Meister im Sich-verbergen waren. Sie nagten und gnibbelten, ohne dass das Landvolk sie in Schlingen fangen durfte, weil die Herrn mit Parforce-Gedröhn durch prallvolle Reviere reiten wollten. Ach, zum Teufel, wie oft hatte er das Elend gesehen. Wie oft hatte er Wildschwein, Reh und Hirsch bei den Geplagten, bei den Wehrlosen, abgeliefert und gesagt: »Hier, esst eure Feinde; sie sind tot, und sie schmecken gut!«

Und, bei Gott, sie schossen so lausig schlecht, diese Herren rechtmäßige Jäger, die ein verhungertes Bauernkind weniger schmerzte als eine versäumte Gesellschaftsjagd, bei der wieder nur viel geballert und wenig getroffen wurde. Was eine dickbäuchige Kompanie aus Hamburger Kaufleuten, Adelssöhnen, fürstlichen Greisen und verknöcherten Potentaten auf die Schwarte legte, das erbeutete er in drei guten Nächten. Woran ihre schlecht geführten Hunde winselnd vorbeistöberten, das hatte sein Störtebeker noch bei widrigem Regen in der Nase. Trittsiegel im Schnee, die sie so wenig lesen konnten wie ein Heidebauer eine lateinische Epistel, sagten ihnen nichts … nichts über Wilddichte, nichts über die Not der Wälder, die von viel zu vielen Äsern und Mäulern auseinandergerupft fwurden. Wenn Januarschnee und Vollmond die Wildschweine wie Scherenschnitte ins Land setzten, lagen sie in ihren Federbetten oder auf ihren Dienstmägden. Das Jammern der Bauern über vernichtete Ernten übertönten sie mit ihren Jagdhörnern: Tarara tara, Hirsch tot! Nein, nicht ›Hirsch tot‹. Bauer tot! Verhungert. Verhungert, weil Hände fehlten. Zum Beispiel die Hände des Jungbauern aus Stelle, der wegen Wildfrevels hinter die Mauern musste in Harburg.

Wildfrevel?

Nein, Notwehr.

Jeder freie Mann durfte mit dem Prügel Diebe vom Hof jagen. Wer aber mit dem Schießprügel gegen die viel zu vielen Rehe, Hirsche, Sauen vorging, der frevelte. Der Bauer musste Beraubung dulden. Von Gesetz wegen. Und deshalb versteckten sie einen Ungesetzlichen, einen wie ihn, einen, der schoss und der die Beute teilte. Sie versteckten ihn nicht, weil er ein Wilddieb war, sondern weil er etwas tat gegen Verheerung der Flure und gegen Ernte-Diebstahl. Und natürlich, weil er der Eidig war. Einer, von dem man noch seinen Enkeln erzählen konnte …

Als er die Lichter von Wilsede sah, kleine, die wie Glühwürmchen in der Hochsommernacht flackerten, blieb er einen Moment stehen. Eine Erinnerung, eine unverhoffte, war plötzlich da. Als er das letzte Mal hier war – ruhigen Schrittes und keine Verfolgermeute im Rücken – feierte man gerade den 16. Geburtstag der Meiners-Bur-Tochter. Sie musste jetzt 18 sein oder 19. Vermutlich noch schöner als ihre ältere Schwester. Und womöglich noch nicht verheiratet oder versprochen. Welch schönes Alter!

Eidig seufzte und flankte über das Heidschnucken-Gatter, das den Meiners-Hof von den Buchweizenfeldern Wilsedes trennte. Er hatte Durst und Hunger. Hunger in zweifacher Hinsicht. Gegen den brüllenden würde eine Grießsuppe helfen. Gegen den pochenden knapp unterhalb seines Ledergürtels nicht.

Wie ein breiter Gürtel hing ein Lederband (Hirschleder, wie Eidig bemerkte, ohne mit der Hand prüfend drüber hinwegfahren zu müssen) über der Tür zur Kapitänskajüte. Tief dunkelbraun in Hellbraun eingebrannt und kunstvoll verschnörkelt stand darauf zu lesen:

Frederik VI.
1817 ~ Altona
All-time gunstige vind

Eidig war etliche Male an der mit Messing beschlagenen Kajütentür vorübergegangen, ohne dass ihm der Schriftzug aufgefallen wäre. Aber als er an einem düsteren Tag mit tiefgezogenem Seenebel daran vorüberging (… irgendwie auf der Suche nach Silvia, aber das gestand er sich nicht ein), stutzte er: Frederik VI. … Friedrich der Sechste? War das nicht der königlich-dänische Name des Mannes, der höchstselbst in sein Leben eingegriffen hatte?

Eidig suchte und fand Kapitän Olaf Rollshofen auf der Brücke. Er saß über Karten gebeugt, die er mit einen großen Messing-Zirkel durchmaß, quer über den Atlantischen Ozean.

»Aha, der Herr Freischütz!«, grunzte der Kapitän und legte das nautische Gerät aus der Hand. Eidig deute eine knappe Verbeugung an: »Einen guten Tag und eine Frage, wenn Sie gestatten!«

»Nur zu!«

Rollshofen bot Eidig einen der fest verschraubten Sessel an, der, wie sogleich zu spüren, weniger bequem war als er aussah.

»Mit Verlaub, Herr Kapitän: Wie kommt der Name des dänischen Königs über die Kajütentür?«

»Der war schon immer da, seit das Schiff 1817 in Altona getauft und ins Wasser geschickt wurde. Der Altonaer Reeder Ole Koophusen hat das Schiff nach seinem König, Frederik VI. von Dänemark, benannt. Und als dann 1826 die *Frederik VI.* vom Hamburger Reeder John Cutler Ramsden übernommen wurde, einem gebürtigen Engländer, da wollte der einen Namen, der an das Britische Empire erinnert. Seltsamerweise ist ihm nur »Ganges« eingefallen. Es hätte ja auch »India« oder »Bombay« sein können. Und irgendwie hat man dann vergessen, das Lederband über der Kapitänskajüte abzunehmen, nachdem die *Frederik* nun *Ganges* hieß. Das ist die ganze Geschichte.«

Rollshofen bot Eidig eine gestopfte Meerschaumpfeife; Eidig

lehnte dankend ab und nahm sich von den flachen Kümmel-Keksen, die in lockerer Streuung neben Rollshofens Seekarten lagen.

Der Kapitän räusperte sich und sagte: »Falls es Sie drängt, sich zu revanchieren, ich wäre für eine kleine Geschichte aus Ihrem Leben empfänglich. Man hat mir nämlich zugetragen, dass Sie mehr erlebt haben als normalerweise in drei Menschenleben hineinpasst.«

»Das könnte stimmen. Aber ich bin mir nicht sicher, ob ich mich darüber freuen sollte oder eher nicht!« Und dann, nach kurzem Zögern: »Wie, wenn ich Ihnen anvertraue, was mich mit Frederik VI. verbindet? Der ... wenn ich mir das recht gemerkt habe ... gerade sein 50-jähriges Thronjubiläum gefeiert hat.«

»Sie wollen mir nicht sagen, dass Sie zur Feier in Kopenhagen waren?«

»Ich hatte und ich habe keine Sehnsucht nach dänischen Gefängnissen.«

»Wer hat das schon, Herr Eidig!«

»Noch weniger habe ich Sehnsucht, mich an Salzwasser auf den Tod zu besaufen.«

»Bitte ...?«

»Man hat mindestens zweimal versucht, mich über Bord zu komplimentieren. Und es würde meine Stimmung sehr verbessern, wenn Sie mit mir darüber nachdächten: Wer will mir da auf die Sprünge helfen? Gibt es jemanden in Ihrer Mannschaft, dem Sie so was zutrauen? Mord gegen Geld ... etwa ... Mord auf Vorkasse. Vielleicht ja auch jemand, auf den man nicht so leicht kommt.«

Rollshofen machte eine fahrige Bewegung, so dass seine Messing-Manschettenknöpfe gegen den Kartentisch schlugen; seine Stimme hatte plötzlich den Klang einer überblasenen Tuba: »Worauf wollen Sie hinaus, mein Herr?«

»Hinaus ...? Ich möchte 'raus aus diesem schwimmenden Kasten. Aber ich möchte ihn über einen ganz normalen Steg verlassen.

Und nicht mit dem Kopf voran ins Wasser. Keiner weiß sein Ende. Aber ich möchte nicht gern irgendwelche Lumpen darüber bestimmen lassen.«

Rollshofen entgegnete etwas, aber er tat es in einer Sprache, die außer ihm niemand an Bord sprach oder verstand: Isländisch.

Kapitel 11

»UNSER ENDE UND WIE ES KOMMT, bestimmt Gott. Aber du, Hans, du hast gute Aussicht, es selbst zu bestimmen: ein Schuss ins Herz. Oder, wenn du Pech hast, ins Gedärm!«

Eidig nickte, löste seinen Blick vom Gekreuzigten, der hoch über dem Altar der Hittfelder Kirche aufgehängt war und ihn, so jedenfalls empfand er es, unablässig anschaute.

»Ich weiß«, sagte Eidig und legte dem alten Hittfelder Dorfpastor, der ihn vor mehr als zwei Jahrzehnten mit dem Mann am Kreuz bekannt gemacht hatte, der ihm in einer langen Kette von Freitagen mehr über Literatur, Kunst, Wissenschaft vermittelt hatte, als das in einem preußischen Gymnasium hätte gelingen können, Eidig legte dem Alten beide Hände auf dessen blauädrige Greisenhand. »Ich weiß das, lieber Herr Pastor. Ich bin seit anderthalb Jahren vogelfrei. Jeder Lump, jeder Gendarm, jeder Forsteleve kann mich erschießen und bekommt dafür noch seine … dreißig Silberlinge.«

»Dreißig Silberlinge! Du willst dich zum Jesus machen, der für dreißig Silberlinge von Judas verraten wurde?«

»Will ich nicht! Aber ich muss oft daran denken … ans Verratenwerden.«

Der alte Pastor, seit mehr als fünfzehn Jahren außer Dienst, konnte seine Verwunderung nicht ganz verbergen: »Schwindel mich nicht an, Hans! Wenn nicht alles falsch ist, was man von dir erzählt, dann bist du nicht oft zu Besuch im Haus des Herrn. Und dass obwohl ich mir so große Mühe mit dir gegeben habe.«

»Man kann auch auf der Flucht an ihn denken. Im Wald. Oder versteckt in irgendwelchen Heuschobern.«

»Was also denkst du, wenn du an Ihn denkst?«

»Ich denke: Er hätte fliehen können. Damals. Er hätte nur darum bitten müssen und Gott hätte ihm eine Strickleiter aus den Wolken herabgelassen. Und schwupp! Weg wär' er gewesen.«

Der alte Pastor Mahlfeld machte ein großes X mit dem ausgestreckten Zeigefinger: »Und es hätte kein Neues Testament und kein Christentum gegeben.«

Eidig schüttelte den Kopf: »Das mag ja wohl dahinter stehen. Aber Jesus stand davor. Er wusste, was es heißt, gekreuzigt zu werden. Als ich vor … verdammt, wie lange ist das nun schon her? … vor bald zehn Jahren in Lüneburg als Häftling im Kalk war, hat man uns nachts an den Kalk-Loren fest gekettet. Wenn wir schliefen, straffte sich die Kette und das Eisen schnitt in die Haut über dem Handgelenk. Hier … schau her … das ist mein Wundmal … Wenn ich damals nachts aufwachte, weil es entsetzlich weh tat, habe ich oft gedacht, wie schrecklich weh muss es tun, wenn man mir einen Nagel durch die Hand treiben würde und nicht nur mein ausgestreckter Arm, sondern mein ganzer Körper daran hinge.«

»Du hast für deine Sünden gebüßt, Jesus für die Sünde der Menschheit. Also, was willst du mir sagen?«

»Er war Gott. Aber er war auch Mensch. Und Menschen haben Angst vor dem Tod und vor Schmerz.«

»Jesus Christus wusste, dass er Gottes Auftrag erfüllen musste …«

»Genau!« Eidig sprang auf, so heftig, dass der alte Pastor gegen die hölzerne Kirchenbank-Lehne fiel: »Genau das ist es, was mir nicht aus dem Kopf will. Er musste es zu Ende bringen. Obwohl es ihn das Leben kosten würde. Und ich muss es auch zu Ende bringen …«

Eine alte Frau betrat die Kirche. Pastor Mahlfeld nickte ihr zu, sie ging gebeugt, aber sehr flink zum Taufbecken, sprach ein stummes Gebet.

»Da hab' ich dich getauft, Hans. Das war im Jahr, als die Franzosen in Hittfeld ihre Kommandantur bezogen haben. In den ganzen Jahren, in denen die Franzmänner in Hittfeld waren, ist keiner umgekommen. Aber beim Freudenbesäufnis am Tag ihres Abzugs sind gleich zwei meiner Schäfchen umgekommen ... sozusagen im Kümmelschnaps ersoffen.«

Die Frau hatte mit flüchtigem Kopfnicken die Kirche wieder verlassen.

»Da, an diesem Becken, hab' ich auch ihren einzigen Sohn getauft. Sie kommt immer hierher und betet für ihn. Immer am Taufbecken. Er ist vor vielen Jahren zu den Soldaten gegangen, nach Spanien, und seither ist sie ohne ein Lebenszeichen von ihm ... Aber du sagtest gerade: Etwas mit Gottes Hilfe zu Ende bringen ... Willst du damit sagen, du müsstest mit Gottes Hilfe dein Wilderer-Handwerk zu Ende bringen?«

Eidig rang nach Worten. Vielleicht wäre es besser, das Gespräch nebenan, im Wirtshaus »Zum Hundertjährigen«, fortzusetzen und nicht unter den Augen des Schmerzensmannes. Vielleicht ... ja, vielleicht. Doch dann gab er sich einen Ruck und hielt die längste zusammenhängende Rede seines Lebens.

»Ich habe letzte Woche im Raubkammer-Forst gejagt. Alleine. Nicht mehr mit den Holters Bur-Knechten und den Dallmann-Brüdern. Ich habe alles, was ich niederstrecken konnte, abgeliefert. Alles! Und nicht etwa denen, die mir sonst das Wildbret nach Altona oder Hamburg fahren. Ich habe alles an Ort und Stelle verteilt.

Ich habe alles, was mir vor Flinte und Büchse kam, in einem Steinkeller am Ortsrand von Amelinghausen abgeladen. Und wenn ich wieder kam, mit einem Wildschwein auf den Schultern oder einem Reh oder Schnepfen und Fasanen am Gürtel, war das Versteck leer. Und ich habe mich gefreut: wieder ein paar Hungernächte weniger in irgendeiner windschiefen Kate oder einem Häuslingshaus. Aber eines Abends hockte eine Frau da. Ich hab' mich fürchterlich verjagt ... Es war ja abgemacht, dass mich hier niemand sehen oder treffen sollte.

Als ich kam, trat sie aus dem Schatten und ich sah, dass sie ein Kleinkind an der Hand hatte, einen Jungen, der wohl gerade alt genug war, um stehen zu können. Ich wollte sie schon gehörig ausschimpfen, es war ja fest ausgemacht, dass keiner im Dämmern oder im Dunkel da ist, wenn ich Wild ablade. Aber da schob sie den Kleinen vor. Der machte ein paar krummbeinige Schritte auf mich zu, blieb stehen, wackelte, fiel auf seinen Windelpopo … und lachte mich an.

Er hat überlebt, sagte die Frau … ich weiß übrigens ihren Namen nicht und auch den des Kindes nicht. Er wäre mir verhungert, sagte sie, verhungert ohne die Fleischbrühe und die Markklöße von der Wildsau. Und ich will, dass du den Menschen siehst, den du gerettet hast. Ich will, dass du sein Bild mit dir trägst, wenn sie dich doch wieder ins Loch stecken. Ich will, dass du dann ein wenig froh bist, weil du ihn gerettet hast: meinen Sohn.

Die Frau machte einen Knicks, als wäre ich ein Fürst oder Herzog, vor dem man knicksen muss, und verschwand. Noch ehe ich ihr etwas entgegnen konnte. Ich wollte noch hinter her, um ihr den Hasen mitzugeben, den ich auf dem Weg zum Versteck erwischt hatte. Aber sie war fort. Wie vom Erdboden verschluckt.«

Es entstand eine Pause, aber als der Pastor sie nicht nutzte, um etwas zu entgegnen, fuhr Eidig fort: »Ich glaube nicht an Erscheinungen. Allenfalls an solche, die im Traum kommen. Aber es war Abend, nicht Nacht.

Ich habe dann tagelang gegrübelt: Ha! … ich, der gejagte Jäger, ich, Hans Eidig, bin deren Hoffnung. Die Hoffnung von all den armen Kerlen, den Bauern, Knechten, Häuslern, denen das Wild die Felder und Wälder verwüstet. Die nicht dürfen, was Gott uns erlaubt hat: uns vom Fleisch der Wälder zu ernähren. Und uns die Schädlinge vom Leib zu halten.

So viele, die das nicht dürfen … verdammt noch mal … nur weil sie ihren ersten Schiss nicht in Windeln aus feinstem Leinen, sondern aus rohem Nesselstoff gedrückt haben. Ich … verdammt und zugenäht … ich, der wilde, der vogelfreie Eidig, bin die Hoffnung der Betrogenen. Ausgerechnet ich! Ist denn Gott ein Witzbold, dass er einen Flüchtling vor dem Gesetz zum Retter macht?

Wenn sie verzweifeln, weil sie vor ihren Feldern stehen, die von den Sauen umgegraben wurden, sagen sie: Der Eidig wird kommen und alles wird gut! Auch wenn ich nicht komme, weil ich gerade im Lauenburgischen bin oder im Dänischen auf der anderen Seite der Elbe, dann trösten sie sich mit dem Gedanken, dass der liebe Gott eben später einen schickt, der es für sie richtet. Einen wie mich, oder besser noch: mich!

Aber ich bin nicht der Messias der Lüneburger Heide. Mein Steckbrief hängt an jeder Dorfeiche. Wer mich totschießt, bekommt Belohnung. Wo immer Wildschützen nicht nur Wild erbeuten, sondern gleich noch den Brautschmuck der Frauen mitnehmen oder die letzte Rauchwurst des Bauern, da lässt die Obrigkeit verbreiten: Hans Eidig war da!

In Hoopte an der Elbe hat im letzten Herbst einer eine Scheune angesteckt. Man sagte mir: Eine Hilfshand war's, ein Trinker, dem der Lohn nicht vollständig ausgezahlt wurde. Die Balken schwelten noch, da hieß es schon, die abgebrannte Scheune sei die nämliche, in der Eidig schon mal genächtigt hätte. Also läge es auf der Hand, dass … ach, ich scheiß drauf …«

Eidig wollte seine Rede abbrechen, tat es aber nicht; Pastor Mahlfeld hatte Anteil nehmend die Hand auf Eidigs Schulter gelegt und schaute ihn an.

Eidig fand kein Ende: »Vor zwei Monaten wollte ich bei einem Weinhändler in Geesthacht Logis nehmen. Einem Freund aus alten Tagen. Wir waren schon zusammen Soldat und sind über den gleichen Exerzierplatz in Lüneburg gestiefelt. Als ich zu später Stunde auf seinen Wein-Lagerschuppen zuging … es gibt da eine kleine Tür, die man leicht aufdrücken kann … da fehlte etwas. Es fehlte das Hundegebell, das immer zu hören ist, wenn ich den Grund und Boden von … der Name tut nichts zur Sache … betrete. Es war still. Manchmal meine ich, ich könne hören, ob eine Stille eine gute oder eine ungute ist. Diese war ungut.

Ich schlich also um den Lagerschuppen herum und duckte mich unter das Wohnzimmerfenster. Es war einen Spalt breit geöffnet, und ich konnte die Stimme des Weinhändlers hören, die Stimme meines Freundes: »Wenn ich es euch doch sage, Eidig hat sich für heute Nacht bei mir angekündigt. Sobald es dunkel ist … ihr könnt sicher sein. Wenn er im Schuppen ist, hängt er sein Gewehr gleich vorne an den Pfosten, über dem Treppenaufgang zur Kammer. Und die Munition nimmt er 'raus. Das weiß ich genau.«

Ich habe den Freund meiner frühen Jahre, den Weinhändler, dann tags darauf zur Rede gestellt, nachdem die Häscher abgezogen waren. Er hat erst geheult und geschworen, alles sei ein Missverständnis. Und schließlich hat er mich angeschluchzt: Sein Hauptlieferant habe ihn betrogen. Der Wein sei von einer auf die anderen Woche zu Essig geworden. Er sei ruiniert. Und das Geld für meine Ergreifung … da habe er sich keinen anderen Ausweg mehr gewusst …

Ich habe ihn stehen gelassen. Und eigentlich müsste ich ihm dankbar sein: Er hat mir gezeigt, dass die Höhe des Kopfgeldes ja wohl doch früher oder später dazu führen wird, dass ich wieder ins Loch muss. Und dann für lange. Für sehr lange.«

Eidigs alter Freitagslehrer schloss die Augen, ein Zittern erfasste den gebeugten Körper, der nichts mehr von den Rundungen der mittleren Jahre hatte. Als Eidig seinen raschen Abschied anbot, schüttelte der Alte heftig den Kopf: »Nein, nein, sprich! Sprich weiter!«

»Ich musste immer daran denken, was bei der Ergreifung von Heckelmann in der Göhrde passiert ist. Rolf Heckelmann … auch einer, auf den ein Tot-oder-lebendig-Preis ausgesetzt worden ist. Sie haben ihn über einem aufgebrochenen Reh gestellt. Dann hat ihn einer mit vorgehaltener Büchse bedroht und gezwungen, die Arme zu heben. Ein anderer ist vierzig Schritt seitwärts gegangen und hat ihn erschossen. Auf der Flucht erschossen! Ein Holzknecht hat es gesehen. Aber er hat sich nicht getraut, es zu berichten …«

Eidig unterbrach seine Rede. Zwei Halbwüchsige, ein Junge und ein Mädchen, brachten ein Geflecht aus Kornblumen und Mohn in die Kirche und legten es auf den Altar. Der alte Pastor nickte ihnen freundlich zu, und als sie wieder gegangen waren, fuhr Eidig fort: »Wohl überflüssig zu sagen, dass die beiden tapferen Landjäger, die in höchster Lebensgefahr den gar schrecklichen Rolf Heckelmann erledigt haben, viele, viele Taler in die blutbeschmierten Hände gezählt bekamen.

Ich will aber nicht tot sein. Nicht schon jetzt. Aber wovon soll ich leben? Soll ich Gärtner werden? Vater hat mich ja in die Gärtnerlehre abkommandiert, bevor ich zur Forstlehre nach Stelle durfte. Ich mag die Kräuter, Blumen, Stecklinge. Ich mag aber nicht, wenn sie in Reih' und Glied stehen müssen, im Beet. Wie die Soldaten. Ich mag sie wild. Den Seidelbast im Februarschnee, die Wilde Erdbeere im Frühling, den Blutweiderich im Sommer, die Herbstzeitlose im Oktober. Ich tauge zu nichts als zum Jagen. Alles, was ich kann, ist schießen und treffen. Und alles, was ich will, ist Jäger sein. Der Metzger, der ein Schwein schlachtet oder ein Kalb sticht, ist ein ehrenwerter Mann. Aber einer, der ein Reh schießt … eines, das er überlisten, beschleichen, verfolgen muss, eines, das sich besser im Wald auskennt als er … so einer ist ein Lump?

Die Herren ziehen mit Hundemeuten und Jagdhorn-Geschmetter durch Wald und über Felder. Sie verscheuchen weit mehr als sie zur Strecke bringen. Aber wenn ein armer Bauer ein Reh in der Schlinge fängt, dann ist es nicht weit davon entfernt, dass man ihm eine Schlinge um den Hals legt.

Ich bin es leid … ich bin es so unendlich leid …« Eidig fasste sich an die Kehle, er war es nicht gewohnt, so viel ohne Pause zu sprechen.

Der Pastor lächelte, was Eidig ein wenig irritierte. Schließlich sagte der Alte, noch immer lächelnd: »So ist es jetzt hoch an der Zeit, dass ich dir sage, warum ich so dringlich nach dir geschickt habe. Also …«

Der Gottesmann aus Eidigs Kindertagen sprach jetzt mit erhobener Kanzelstimme: »Höre, Hans! Anderthalb Stunden Fußmarsch von hier, in Jesteburg, lebt ein gewisser Arne Soerensen, ein alter Däne, der lange in Diensten für die Hafen- und Lagerrechte Dänemarks im Hamburger Hafen tätig war. Einer, den du – du warst noch Jüngling – im Steller Buchwedel auf einen kapitalen Hirsch geführt hast. Erinnerst du dich? Dieser Soerensen hat Vollmacht der Dänischen Krone und namentlich Seiner hochwohllöblichen Majestät Frederik, dir eine gehörige Summe anzubieten, sofern du nördlich der Elbe keinen Schuss mehr abfeuerst. Und der nämliche Soerensen hat in Hannover an höchster Stelle angefragt, ob nicht Hannover und Kopenhagen gemeinsam die Kosten übernehmen … für deine Überfahrt in die Vereinigten Staaten, zuzüglich einer nicht geringen Summe, die als Ablöse deklariert wurde. Alles jedoch nur für die endgültige und unumkehrbare Überfahrt.«

Eidig starrte blicklos ins Leere, fixierte dann den Schmerzensmann, der über dem Altar schwebte. Aber der blieb stumm.

Kapitel 12

DER KAPITÄN DER GANGES HATTE EIDIG mit einiger Förmlichkeit in seine Kapitänskajüte gebeten. Die war klein – allerdings nur, wenn man die relative Kleinheit der Brigg nicht bedachte – aber sie war vorzüglich eingerichtet. Eidig betrachtete die Intarsienarbeit an Wandschrank und Kojen-Brett; von der Qualität hatte er nur selten Holzarbeiten gesehen, und dann meist in Hamburger und Altonaer Herrenhäusern.

Rollshofen entbot nur einen knappen Gruß und kam fast überhastet zur Sache: »Sie haben mich von dem schlimmen Verdacht wissen lassen, dass Ihnen womöglich Mannschaftsteile – für die Offiziere verbürge ich mich – nach dem Leben trachten. Ich halte das für … ähem … ausgeschlossen. Und ich darf, ohne Sie inkommodieren zu wollen, erwähnen, dass Halluzinationen und milde Formen von Verfolgungsangst zur Seefahrt gehören. Aber ich nehme Ihr … Ihr Befinden zum Anlass, Ihnen etwas mitzuteilen.«

Er schob ein Papier über den kleinen Kartentisch, nahm es dann aber, als Eidig danach griff, wieder an sich und las, las laut und artikuliert wie ein Schauspieler an der Bühnenrampe:

… wird Olaf Rollshofen, Captain der Brigg Ganges, *hiermit dringlich ersucht, am Kontor der Dänischen Speditions- und Commerzgesellschaft, Am Baumwall 13, alsbald nach Rückkehr der Brigg* Ganges *– spätestens aber am 1. Oktober 1835 – schriftlich und eidlich zu versichern, daß der Passagier Johann Christoph Eidig, welcher in der Nacht vom 16. zum 17. May anno 1835 Hamburg an Bord der* Ganges *verließ, besagtem Schiff in Neu York entstiegen ist und es daselbst nicht wieder betreten hat.*

Rollshofen fuhr fort, jetzt wiederum im normalen Mitteilungston: »Ein paar Herrschaften wollen offenbar mit Brief und Siegel versichert sein, dass Sie drüben ankommen und drüben bleiben. Da macht es doch keinen Sinn, jemand dafür zu bezahlen, dass Sie gar nicht erst drüben ankommen.«

»Die mich dafür bezahlt haben, dass ich Deutschland auf Nimmerwiedersehen verlasse, können ja durchaus dieselben sein, die Ihnen aufgetragen haben, meine Ankunft drüben zu überwachen und zu besiegeln. Aber sie müssen nicht dieselben sein, die mich ersoffen wissen wollen. Gegen mich liefen bis vor kurzem ja auch zwei Verhängnisse … nebeneinander her: Belohnung bei Ergreifung und Belohnung bei Totschuss.«

Rollshofen kratzte sich den Schädel, warf sich seufzend in seinen Kommandanten-Sessel, in dessen Leder noch der Sinnspruch eines vorbesitzenden Dänen eingeschnitzt zu lesen stand: »Guds kaerlighed og havet er unendelige« – Gottes Liebe und das Meer sind unendlich.

Rollshofen räusperte sich, wollte etwas sagen, etwas Kraftvolles womöglich. Aber mehr als ein »Schiet ook« brachte er nicht über die Lippen. Bisher war ranziger Wal-Tran seine schlimmste Fracht gewesen. Dieser Eidig war womöglich schlimmer.

Schon bald sollten sich die Vermutung und Befürchtung Rollshofens bewahrheiten. In seinem Logbuch hielt er die Ereignisse so fest:

43. Tag – Vorkommnisse, besondere

Das Abenddinner wurde, nach Reichung einer Hühnerbrühe, unterbrochen. Vier männliche Passagiere aus dem Zwischendeck drangen – unter Anführerschaft eines gewissen Joseph Rahn, vormals Köhler im Südhannöverschen – in die Messe ein und warfen Brot über die anwesenden Passagiere der ersten Klasse, besonders aber über mich und anwesende Offiziere. Es kam zu tumultösen Situationen. Besagter Rahn schrie: »Freßt euer schimmeliges Brot gefälligst selbst!«

Daraufhin gab ich dem Ersten und dem Zweiten Offizier, Jens Boltermann und Ehrenfried von Werder, den Befehl, die Insurgenten zu ergreifen und wieder ins Zwischendeck zu verbringen.

Es kam zu Handgreiflichkeiten. Besagter Rahn warf Offizier von Werder zu Boden, so daß eine blutende Wunde auf dessen Stirn entstand. Ein Passagier, Johann Christoph Eidig (der mir per Handsiegel-Brief der Dänischen Krone zur besonderen Aufmerksamkeit empfohlen war), hob daraufhin einen Brotlaib auf und sagte sinngemäß: Es sei doch wohl kaum zu übersehen, daß so ein Brot nicht mal mehr den Schiffsratten an Bord zuzumuten sei. Und er, Eidig, rege hiermit an, dass die Passagiere des Oberdecks ihr nicht schimmeliges Brot mit denen des Zwischendecks teilten, was sicherlich kein Opfer sei, weil man gegebenenfalls auf Trockenfisch und Kartoffeln ausweichen könne, sofern das nicht schimmelige Brot knapp werden sollte.

Eidig richtete diesen Vorschlag noch einmal ausdrücklich und fragend an mich. Ich stimmte zu, nicht zum wenigsten, um größeren Aufruhr zu verhindern. Besagte Insurgenten zogen sich daraufhin zurück. Eine Passagierin, Ehefrau des Tuchfabrikanten Geheimrat Walthersspiel aus Braunschweig, erlitt einen Schock, der sich durch Geschrei und zuckende Bewegungen bemerkbar machte, jedoch am darauf folgenden Tag abklang. Es kamen keine Passagiere zu Schaden.

Andere hätten das Geschehen anders notiert. Habakuk Grünstern hatte Eidig »ob des kühnen, umsichtigen Eingreifens« gelobt, und das ausführlich und wortreich. Was Eidig weit mehr bedeutete als Grünsterns Wortgirlanden: Seine Nichte hatte zustimmend genickt. Eidig fühlte sich gut. Fast so gut wie nach einer erfolgreichen Pirsch.

In seiner Kajüte hatte er sich dann, einmal mehr, über sein Vokabelheft gebeugt, war aber darüber eingeschlafen. Als es, unbestimmte Zeit später, an seine Kajütentür pochte, rief er, zu seiner nicht geringen Verblüffung »Come in!« statt »Herein!«

Die Tür wurde langsam aufgedrückt und im Rahmen erschien

die hochaufgeschossene Gestalt des Köhlers Rahn. Der Mann schien gedrückt, was, wie Eidig mit einem Blick erkannte, nicht so sehr am niedrigen Türstock liegen konnte. Eidig winkte ihn herein und schloss die Tür hinter ihm.

»Scheun' Dank uk!«, sagte Rahn und fuhr in einem mühsamen Hochdeutsch-Plattdeutsch-Mischmasch fort: »Wenn du nicht doutwischen gahn'n wärst, hätt' dat man bös' en'n kün'n, hätt' dat …«

»Du bist aber nicht hierhergeschlichen, um mir das zu sagen, oder?«

»Nöö … mien Fru …«

»Was ist mit deiner Frau?«

»Sie ist … es geht ihr bannich schlecht. Sie hat von dat schimmlichte Brot äten. Gab ja nix anners. Es geht den meisten schlecht. Aber ihr gaanz b'sünners. Dat gaanze Gesicht … greun und witt und nass. Nicht mit antoukeeken is dat. Ick glöv see …« Rahn schluckte, würgte, rollte die Augen: »Ick glöv, se-e gaht mi noch dot.«

Eidig packte den Köhler an den Schultern, schob ihn zur Kajütentür hinaus, folgte ihm übers Deck, dann die steile Treppe hinab. Beiden schlug ein Gestank aus Moder, Schweiß und Urin entgegen – das scharfe Desinfektionspulver war lange aufgebraucht–. Eidig zwang sich durch den Mund zu atmen. Es half kaum.

Im Zwischendeck herrschte ein tranfunzeliges Halbdunkel, Eidig spürte, wie sich ihm Gesichter zuwandten, kreideweiß die meisten, schweißnass viele.

Rahns Frau lag verkrümmt, weiß-knöchelige kleine Fäuste in das Gesicht gestemmt, auf einem schlecht gefüllten Strohsack. Als Rahn sie ansprach, schüttelte ein krampfiges Zucken den Körper. Rahn flüsterte »Go-ut, go-ut, mien Lewste. All'ns ward go-ut« – aber es klang nicht so, als wenn er sich selbst glaubte.

Eidig überlegte, aber er überlegte nicht lange. Dann hob er die kleine, magere Gestalt auf; die war leicht, erschreckend leicht. Eidig rempelte den Ehemann zur Seite, der groß und zitternd zwischen ihm und dem Bretterverschlag stand. Mit den kraftlos baumelnden

Beinen der Frau schubste er einen älteren Mann zur Seite, der – warum auch immer – den Weg versperrte und einen Brei aus Flüchen und Verwünschungen ausspuckte.

Ein feiner Sprühregen schlug Eidig an Deck entgegen. Gut so, dachte er: Das kühlt. Das Gewicht der Frau spürte er nicht. Es war nicht vorhanden. Er gab Rahn, der ihnen gefolgt war, per Kopfnicken Order, seine Kajütentür zu öffnen. Dann legte er die Frau auf seine Seegrasmatratze, zog eine der Wolldecken bis an ihre Nasenspitze und wies Rahn an zu warten. Aus dem Augenwinkel sah er, dass der Mann zitterte, derselbe Mann, der noch vor wenigen Stunden wie ein Gewitterschlag in die faulbäuchige Essensrunde der besseren Passagiere gefahren war. Rahn zitterte vor Angst, schlotterte am ganzen mageren Körper.

Eidig verließ seine Kajüte, stampfte den engen Gang entlang bis fast in die Bugspitze, schlug mit der flachen Hand an die Kajütentür des Ersten Offizier.

Der Mann war nicht da. Eidig suchte und fand ihn auf dem Achterdeck, im Gespräch mit dem Matrosen Dunkermann. »Komm!«, befahl Eidig. Der Offizier, dem keine Zeit blieb, sich über den Befehlston zu echauffieren, wurde an einer Schulter gepackt und vorwärtsgestoßen. Er fluchte, schlug nach Eidig, widersetzte sich aber nicht ernsthaft. »Kohletabletten und starkes Riechwasser!«, kommandierte Eidig.

Eidig war in einem Tunnel, den er von Land her kannte, ein Tunnel, in den er sich viele Male geflüchtet hatte – diesen Tunnel, den er bei Gefahr durchlief, ohne dass der Kopf den Beinen und Armen sagen musste, wie sie sich zu bewegen hätten. Seine Gedanken folgten ihm wie treue Hunde, holten ihn erst ein, als er wieder seine Kajüte erreichte.

Rahns Frau, die Berta hieß und die kaum ihr zwanzigstes Lebensjahr vollendet hatte, richtete sich auf Eidigs Kajütenbett halb auf und mühte sich, etwas zu sagen. Aber es reichte nur zu einem Glucksen. Dann lief ihr ein dünner Faden grünen Wassers aus den Mundwinkeln.

Kapitel 13

EIDIG BEUGTE SICH VOR, bis sein rechtes Ohr, das feinere von beiden, die Lippen von Heino berührte – Heino, den alle zwischen Winsen an der Luhe und Geesthacht an der Elbe nur den Schieler nannten.

Genau genommen schielte Heino Schlüter aus Hoopte nicht: Sein linkes Auge war von Geburt an unbeweglich, was seine Schießleistungen keineswegs schmälerte, schon deshalb nicht, weil Rechtshänder das Linke beim Anpeilen zukneifen.

Eidig hatte den Schieler fast eine preußische Landmeile durch die nassen Wiesen der Winsener Marsch geschleift, abschnittsweise markierte eine dünne Blutspur ihren Weg. Und immer wieder meinte Eidig, ihm müsse das Kreuz abbrechen: Heino war schwer, gut einen Kopf größer als er selbst, und sein Leibesumfang war nicht unerheblich.

Als sich Eidig aufrichtete und dabei Heino ins Gras sinken ließ, strich ein Schwarm Brandgänse ab. Unter normalen Umständen wären jetzt mindestens zwei Braten fällig gewesen. Aber es waren keine normalen Umstände: Auf sie beide, Hans Eidig und Heino den Schieler, war geschossen worden. Ohne Anruf. Und Heino, der große schwere Heino, war wie ein Taschenmesser zusammengeklappt.

»Laht go-ut wä'n«, flüsterte Heino und hielt dabei die Augen geschlossen.

»Den Teufel werd' ich tun und es gut sein lassen«, keuchte Eidig und versuchte den waidwund geschossenen Kumpanen weiter zu zerren. Aber der hielt sich an einem Grasbüschel fest und stieß dann in Hochdeutsch, einer Sprache, die er kaum beherrschte, hervor: »Wenn du nicht schnell machen tust, erwisch'n sie dir. Lass mich bloß liegen. Vielleicht hab' ich tjoa Glück und sie fin' mir, bevor ich … Schiet … bevor ich dotblutet bin. Oh Mann … daat dat weh!«

Eidig ließ sich neben Heino ins Gras sinken. Die Brandgänse hatten einen großen Zirkel über den Himmel geschlagen und kamen nun in kaum vier Mannslängen Flughöhe zurück.

»Wat me-inst, Eidich? Ich die Leitgans vorne. Du die zwei dahinter?«

»Später, später, Heino!«, sagte Eidig.

Dann war das Flügelpfeifen der großen, schwarz-braun-weißen Vögel nicht mehr zu hören. Nur noch Heinos Atem, der schwächer wurde.

»Sie wird nicht sterben«, sagte Silvia, schob Löffel um Löffel mit Hühnerbrühe über die rissigen Lippen der Frau und fügte hinzu: »Aber so etwas greift das Herz an, sie braucht Ruhe … meinst du, du könntest …?«

Eidig nickte. »Klar! Ich werde die nächsten Nächte bei Rahn unten schlafen. Sie kann in meiner Kajüte bleiben. Was unser Kaptein dazu sagt, schert mich einen Scheißdreck.«

Berta hielt die Augen geschlossen, die Lider zitterten. Silvia schüttelte die Kopfkissen auf, die sie zur Stabilisierung des mageren Leibes aus ihrer Kajüte herangeschafft hatte, und sprach leise mit der Leidenden.

Eidig konnte nicht anders als Silvia anzustarren: »… gütiger Gott, ist sie schön …« Und er gab sich – innerlich, wohlgemerkt! – einen disziplinierenden Stoß. Hier ging es um Nächstenliebe, um Krankenschwesterlichkeit … um nichts anderes!

Über die Lippen Silvias kam ein Lied, das sich wie Deutsch anhörte, aber doch nicht deutsch war.

»Jiddisch«, sagte sie, als sie geendet hatte.

»Jü … disch?«

»Nein! Jiddisch. Jiddisch mit ein wenig Russisch darin. Meine Leute haben es aus dem Ural mitgebracht.«

»Kannst du es auch auf Deutsch singen?«

»Nein … nur den Kehrreim:

Hat der Zar uns arg geschlagen,
zieh'n wir fort mit unsrem Wagen.
Bruder, reich mir deine Hand!
Wir zieh'n in das versproch'ne Land.«

»Und du?«, fragte Eidig, »Ist Amerika das versprochene Land?«

Sie lächelte. Aber das Lächeln schien Eidig keine Einladung zu weiteren Fragen zu sein.

Die Nächte, die Eidig dort verbrachte, wo Rahns – nun hoffentlich genesende – Ehefrau gelegen hatte, waren arm an Schlaf. Es waren nicht die unbequemen Strohsäcke, die eine erquickliche Nachtruhe nicht zuließen, es war der Gestank, der sich aus allerlei schwer zu Definierendem zusammenbraute: Ein Grundton aus faulendem Sackleinen, darüber Obertöne aus Erbrochenem und Urin, dann Abwehung von ätzendem Hühnerkot, leichte Beimengungen von Rattenscheiße.

Auf die Schiffsratten wurde gleichermaßen unerbittlich wie erfolglos Jagd gemacht, besonders seit eine Ratte einem Kleinkind in den Zeh gebissen hatte.

Eine Ratte, eine junge, unvorsichtige, hatte Eidig mit seinem Hirschfänger erledigt, bis vier Meter Entfernung traf er punktgenau.

Selten war – die Klinge des Hirschfängers hatte den Rattenleib fast halbiert – eine Beute, die Eidig irgendwo zwischen Ems und Elbe gemacht hatte, so bejubelt worden wie dieser Rattenkadaver. Eine Bäuerin aus dem Hunsrück wollte die gespaltene Ratte als Abschreckung für all die anderen an den Mast heften, der das Unterdeck halbierte. Eidig lehnte ab.

Dieselbe Bäuerin pflegte im Schlaf laut zu erzählen. Anfangs hörte Eidig ihr zu, erfuhr von eisigen Hunsrück-Wintern, in denen die Krähen erfroren aus den Bäumen fielen und von verhungernden Füchsen, die scharenweise in die Hühnerställe drängten und sogar Menschen angriffen, und wer sich ihnen entgegenstellte und gebissen wurde, starb Monate später einen teuflisch verhexten Tod und schrie, wenn man ihm Wasser reichte.

In den frühen Morgenstunden, immer dann, wenn es am dunkelsten war, kamen die Minuten des ganz leisen Stöhnens; zwei oder drei junge Paare waren mit Vorbereitungen beschäftigt, auf dass ihre jeweils Nächstgeborenen Kinder der Neuen Welt werden würden.

An einem Tag mit mittlerem Wind befahl der Käpt'n »Bettenwechsel«. Bettenwechsel war eine witzelnde Bezeichnung für etwas Erbärmliches. Die Strohsäcke in den Kojen der Unterdeckler hatten unweigerlich und jämmerlich zu stinken begonnen: zu viel eingesickertes Erbrochenes, zu viel von Urin durchweichter Dreck, zu viel Durchfall von Kindern, für die es keine passenden Eimer gab.

All das wäre natürlich kein Grund zu Sonderaktivitäten gewesen. Und wohl nur der Gestank, der bei bestimmten Wind- und Luftzug-Verhältnissen bis in den Salon der erstklassigen Menschen vordrang, zwang zum Manöver »Bettenwechsel«.

Das klebrige Stroh wurde aus den Säcken geschüttelt und verteilte sich mit dem Wind übers Meer. Eine banale Sache, die aber doch viele Zuschauer fand. Matrose Dunkermann hatte die Aufsicht bei der Verteilung von neuem, frischem Stroh, das dicht verpresst in einem Stauraum unter der Ruderanlage lag.

Eidig sah etwas, das nur einer mit Jägeraugen entdecken konnten, mit Pupillen, die auf Bewegungssehen geschult sind. Eine Ratte, die offenbar ihr geschütztes Strohlager unter der Ruderanlage verloren hatte – weit kräftiger als die, die er erlegt hatte – schob sich windend, in nervösen Vor- und Zurückbewegungen über die Planken. Zwei Kräfte zerrten in dem graubraunen Körper. Fluchttrieb: zurück in eine bergende Dunkelheit, die gerade von rupfenden, scharrenden Menschen gesperrt wurde. Und Vorwärtstrieb: Verteidigungs-Angriff, gegen wen oder was auch immer. Dieses gleichzeitige Vor und Zurück schob den Leib in der Mitte bogenförmig zusammen, machte den Rücken zum Fragezeichen. Die Barthaare zitterten und ein epileptisches Zucken durchlief den schwarzen, nackten Schwanz.

Eidig zog seinen Hirschfänger aus dem linken Stiefelschaft. Die Ratte kauerte wie gefangen, immer noch unentschlossen, ob Flucht zurück oder Sturm voraus angesagt sei. Ihren Schwanz hatte sie unter den Leib gezogen, die Krallen ins Holz gestemmt: Flucht voraus also!

Eidig dachte – ein erstaunlich scharfes Bild war das – an die Ratten, die ihn angefallen hatten, als er im Kalkbergwerk zu Lüneburg zu schlafen versuchte, mit einem Arm an eine rostige Lore gekettet.

Diese Schiffsratte hier konnte nichts für das damalige Martyrium. Aber sie war schließlich auch …

Sein Messer stak zitternd im Holz. Die Ratte hatte sich in dem Sekundenbruchteil, in dem er das Messer aus der Hand schnellen ließ, vorwärtskatapultiert.

»Knapp vorbei ist auch daneben!«, grummelte Eidig.

Dann stellte er sich zu den anderen, die dem Strohregen nachschauten, der in Luv über dem Meer niederging.

Silvia war nicht unter den Zuschauern gewesen; Eidig fand sie nach kurzer Suche im Salon, über ein Buch gebeugt.

»Anatomie!« Sie klappte das Buch zu und reichte es Eidig.

»… lauter Nackte«, sagte er blätternd und bemühte sich, nicht sonderlich verblüfft dreinzuschauen.

Silvia nahm das Buch wieder an sich: »Wenn man Menschen oder Tiere zeichnen will, muss man verstehen, wie die Muskeln auf den Knochen liegen und was sie tun, wenn sie etwas tun.«

»Sind in dem Buch auch Ratten ohne Fell?«

»Nein.«

»Und wenn du … nur zum Beispiel … eine Ratte zeichnest, in dem Moment, in dem sie davonspringt, dann müsstest du wissen, welche Muskeln sie anspannt …?«

»Wenn ich es weiß, wird die Ratte eine wirklich springende Ratte. Sonst nur ein Schattenriss … oder ein Rattenschiss.«

»Das heißt, wenn man ein Tier oder einen nackten Menschen zeichnet, muss man vorher wissen, wie sie von Innen aussehen?«

»Du bist mir eigentlich für einen Wilddieb zu klug. Bist du vielleicht in Wirklichkeit ein …«

Eidig stopfte ihr – Lippen auf Lippen – den Mund, nachdem er sich per schnellem Rundumblick vergewissert hatte, dass Habakuk nicht in Sichtweite war.

»In Wirklichkeit bin ich nur ich.«

An einem dieser Freitage – die sich der junge Eidig streng wald- und schießfrei hielt, weder die Schwarzspechte im Steller Buchwedel noch der Russe sahen ihn jemals an einem Freitag – hatte ihn der Pastor gefragt: »Was ist Wirklichkeit?«

Eidig war verwirrt, versuchte es dann aber mit dem Naheliegenden: »Der Stuhl, auf dem ich sitze, ist Wirklichkeit.«

»Nein, der ist real.«

»Das ist dasselbe.«

»Nein, wenn du träumst, du wärest auf dem Rücken einer Elster hier um den Hittfelder Kirchturm geflogen, dann ist der Traum real. Du hast ihn ja geträumt, den Traum. Aber er zeigte nicht die Wirklichkeit.«

»Warum soll ich … so etwas wissen? Wofür ist es gut?«

»Das wirst du erst wissen, wenn die Wirklichkeit dich dazu zwingt.«

Kapitel 14

EIDIG HATTE IHN ERWARTET. EIGENTLICH schon früher. Als Kapitän Rollshofen schließlich kam, stand Eidig an der Reling und sah etwas Seltsames gut hundertfünfzig Schritt querab: einen Springbrunnen mitten im Meer.

»Wal, da bläst er! Wenn ich noch auf'm Walfänger unterwegs wäre, dann wäre ich jetzt sehr kribbelig«, sagte Rollshofen, der sich hinter Eidig aufgebaut hatte.

Eidig ließ sich von Rollshofen dessen Fernrohr aushändigen, suchte eine Weile die Weite ab, bis er schließlich einen riesigen schwarzen Rücken sah, der sich übers Wasser wölbte, verschwand und zuvor noch die Stelle seines Abtauchens mit einem Schlag seiner Fluke weiß markierte.

»Wie groß?«

»Groß genug, um unser Schiff in Stücke schlagen zu können. Wenn er will. Aber sie wollen nicht, obwohl wir sie in Stücke schneiden.«

Eidig gab das Fernrohr zurück, drehte sich um, schwieg dem Kapitän eine kleine Weile mitten ins Gesicht und sagte dann: »Ich vermute, mit allem gebührenden Respekt, dass Sie ein wenig … kribbelig sind.«

Rollshofen hob die Augenbrauen: »Ich …? Wegen der Sache mit dem schimmeligen Brot … meinen Sie?«

»Auch. Aber wohl mehr noch wegen der Frau in meiner Kajüte.«

»Nun, da Sie es selbst ansprechen. Es ist gegen Order und Reglement. Ich bin zweifach darauf angesprochen worden, zweifach … also, dass das eine ungebührliche Vermengung sei, beklagte die Freifrau von … Namen tun nichts zur Sache … und dass womöglich die Krätze … was ich allerdings kaum befürchte …«

Eidig mimte tiefe Besorgnis: »Die Krätze … die ist sicherlich bedrohlicher als Skorbut oder der ansteckende Bluthusten oder das Kalte Indische Fieber. Darf ich erfahren, wer von den hochgeschätzten Mitreisenden diese Befürchtung hegt, jetzt noch, wo doch so hochherzig für noch unverschissenes Stroh gesorgt worden ist?«

»Nein … das ist unwesentlich!«, brummte Rollshofen und machte mit seiner erloschenen Meerschaumpfeife eine vage Kreisbewegung.

»Und was ist wesentlich?«

Der Kapitän seufzte, klopfte die Pfeife auf der Reling aus und sagte dann etwas – etwas für seinen maritimen Normalhorizont sehr Weites, fast schon Ausuferndes: »Wenn wir das immer so wissen täten, lieber Eidig … also was wesentlich ist. Aber was kann der Mensch schon wissen? Das Wesentliche sicher nicht.«

Eidig machte sich mit einem halbwegs freundlichen Nicken davon, ihm war nicht nach Bedeutsamkeit zumute.

Im Abgang zum Salon entdeckte er ein kleines Spinnennetz. Kein Radspinnennetz, eher ein wolkiger, kleiner Schleier. Eidig dachte an die Altweibersommer, wenn bei Sonnenaufgang ein dünngewebtes Tuch aus Spinnseide über der Heide lag … wenn der Tau funkelte und der Tag zu atmen begann. Das war Magie.

Diese Spinne hier – Eidig musterte den mageren kleinen Leib – war sicherlich am Verhungern. Keine Fliegen oder Mücken auf hoher See! … oder doch Fliegen? Hatte er nicht schimmelige Essensreste im Unterdeck gesehen, ideale Nahrung für Fliegenmaden?

Eidig puste den kleinen Leib an, ein Zittern bewegte die acht Beine, ein Zittern der Vergeblichkeit. Diese Passagierin würde die Neue Welt wohl nicht erreichen. War das bestimmt? War es wesentlich?

»Das ist unwesentlich. Das gehört hier nicht zur Causa.« Amtsrichter Gotthelf Fechtner klopfte mit seinem Siegelring auf den Richtertisch Das Bollwerk der amtlichen Gerechtigkeit stand wie eine militärische Schanzwand zwischen der richterlichen Gewalt und dem Angeklagten Hans Eidig sowie einer kleinen Menge handverlesener Menschen im Gerichtssaal. Unter ihnen ein extra aus der nahen großen Stadt entsandter Berichterstatter der *Hamburger Nachtdepesche*. Es roch nach getrocknetem Angstschweiß und mehr noch nach ranzigem Bohnerwachs.

»Herr Richter! Wenn sie mich einen Dieb nennen, so muss ich etwas gestohlen habe, das einem anderen gehört.«

»Sie weichen der entscheidenden Frage aus? Noch einmal: Die vier ausgeweideten Rehe, die am Ort Ihrer Festnahme« … er blickte in ein Protokoll, das mit einem Flintstein beschwert vor ihm lag, und fuhr im Zitierton fort, »die am Ort seiner Festnahme als unzweifelhafte Beweise der Tat sichergestellt wurden … sind diese vier Rehe die einzigen unrechtmäßig gestreckten Tiere, welche im Radbrucher Forst im Mai des nämlichen Jahres unter Einsatz von Munition zu Fall kamen?«

»Herr Richter, ich weiß nicht, welche Tiere im Radbrucher Forst im nämlichen Mai gefangen oder erlegt wurden.«

»So, so, so … er weiß nicht … also … die vier Anklage-gegenständlichen Rehe betreffend leugnet er aber seine kriminelle Tat nicht.«

»Ich leugne keine Tat, aber ich leugne eine kriminelle Tat.«

»So, so, so … er will hier also einen juristischen Diskurs halten. Das können wir uns sparen. Das Jagdrecht liegt – unabhängig von Besitzverhältnissen oder Nutzungsrechten an Grund und Boden – bei denen, denen es kraft Recht und Gesetz zukommt. Das Jagdrecht, den Radbrucher Forst betreffend, liegt beim Geschädigten und Nebenkläger in der Causa gegen ihn, Eidig … liegt bei Gernot von Rautenberg.«

Eidig nickte.

Und sein Richter, der nicht zum ersten Mal über einen Wilddieb zu Gericht saß, meinte schon, aus diesem Nicken eine gewisse Hoffnung für die Abkürzung des Prozesses schöpfen zu können. Ein Schuldeingeständnis … womöglich! Das wäre eine gute Beschleunigung. Der Winsener Groß-Fischmeister, dem auch die Winsener Stadtmühle gehörte, hatte zu einem Forellen-Essen geladen, und das war ärgerlicherweise schon für die späten Nachmittagsstunden angesetzt. Die Standuhr im Verhandlungsraum zeigte schon auf Vorspeise.

Eidig nickte abermals, und sein Richter wollte schon zur finalen Zusammenfassung der »Tat-relevanten« Fakten ansetzen, als der Angeklagte den Raum durchmaß und eine Bibel aufhob, eine ledergebundene, abgegriffene Schwur-Bibel, die auf einem Beistelltisch neben dem Ein- und Ausgang lag. »Sie gestatten, Herr Richter!«

Der Richter gestattete nicht. Sein Verdikt kam aber zu spät: Eidig hatte zu blättern begonnen. Und weil er die Stelle schon mehrfach angeblättert hatte und sie aus seinen Freitagstreffen im Hittfelder Pfarrhaus kannte, konnte er zu lesen beginnen, bevor der Gerichtsbüttel nach der Bibel greifen konnte:

»Psalm 50. Also spricht der Herr: Denn alles Wild im Walde ist mein. Ich kenne alle Vögel auf den Bergen und allerlei Tiere auf dem Feld.«

Eidig ließ die Bibel mit trockenem Schlag zuklappen. Es klang fast wie ein entfernter Schuss aus einer Kugelbüchse.

»Unser Herrgott kennt womöglich nicht die königlich hannöversche Gerichtsbarkeit. Aber hier …« Eidig reckte die Bibel himmelwärts beziehungsweise gegen die Kasettendecke des Gerichtssaales: »… hier in seinem Buch steht nicht, dass seine, also dass Gottes Tiere des Waldes nur dem Adel, der kleinen und großen Herrschaft, den Fürstchen, den Grafensöhnen zukommt. Und wenn es einem erlaubt ist, die Bäume in seinem Wald zu schlagen und die Pilze und Beeren zu essen, die darin zu finden sind, so ist es sicherlich nicht gottgewollt, dass er die Tiere nicht fangen oder schießen darf, die in seinem Wald laufen.«

Der Richter spürte einen Feuchtigkeitsfilm unter dem Rand seiner Amtsperücke. Dieser Dieb sprach nicht wie einer der rohen Kerle, von denen er Woche für Woche vier bis fünf hinter Gitter schickte. Er sprach … irgendwie … er hätte nicht genau sagen können wie.

Der Geistliche aus dem nahen Hittfeld, der ganz hinten im Zuhörerraum saß und sich gelegentlich Notizen machte, hätte ihm das »Wie« erklären können, wenn er denn gewollt hätte.

Der Richter schlug – dieses mal nicht mit dem Siegelring, sondern mit der flachen Hand – auf den Richtertisch vor sich, warf einen Blick auf die Standuhr, die nun schon gefährlich gen Hauptgericht – vermutlich wieder Forelle in Eischaum-Kruste mit glasierten Möhren und Kartoffelgratin à la Duchesse d'Avignon – vorrückte und schnaubte in den Saal: »Verhandlung unterbrochen! Fortsetzung morgen, dritte Stunde nach Mittag! Der Beklagte ist in sicheren Gewahrsam zu nehmen!«

Kapitel 15

DAS ESSEN IN DER OBEREN DECKSKLASSE war mit jeder Woche auf See schaler, flauer und schwerer genießbar geworden. Gemüse hatte es nur in den ersten vier, fünf Tagen nach der Abfahrt von der Auswanderer-Insel Veddel im Hamburger Hafen gegeben. Das Pökelfleisch schmeckte nur noch salzig und nicht mehr nach Fleisch. Mit den eingelegten Heringen war irgendetwas Ungutes geschehen, sie fühlten sich nicht wohl in ihrer Lake und gaben dieses Unwohlsein an alle Esser weiter. Lediglich die Hühner, die inzwischen federlos und blutig gekratzt in einer abgezäunten Ecke der *Ganges* vor sich hin vegetierten, boten etwas Frische, Eier und Fleisch.

Das allgemeine Gefühl der Menschen, die sich zweimal täglich in der Messe über ihre Teller beugten, war: Nur ein Wunder kann bewirken, dass es auf diesem Meer in diesem Schiffsbauch noch zu Gaumenfreuden kommt.

Aber irgendwann geschah dann doch noch ein wahres, ein nicht nur geträumtes Wunder. In den frühen Morgenstunden des 39. Reisetages zog die Mannschaft der *Ganges* ein Netz voll blitzender, vierfach handtellergroßer Fische aus dem Meer. Das Netz war nur an den wenigen Tagen fast glatter See an einer langen Fierstange auf Lee zu Wasser gelassen worden. Fast immer hatte sich nur »Pritzelkram« in den Maschen gefunden: Kleinfische, vereinzelt Taschenkrebse, Quallen. Einmal ein junger Hai. Aber an besagtem 39. Reisetag blähte sich das Netz, von zappelnden Fischleibern überfüllt, und schob eine mächtige Stauwelle an die Oberfläche.

Der Fang wurde eingeholt und es regnete zuckendes Silber auf die Planken der *Ganges*. Makrelen, Makrelen, Makrelen …

Die Ankündigung eines Festessens – für alle, nicht nur für das

Oberdeck – machte sich quasi von selbst. Und der Schiffszimmermann, ein Mann, der durchaus die Feinmotorik eines Kunsttischlers hatte, wurde beauftragt, das Schiffs-Cembalo zu reparieren. Das Instrument hatte sich beim letzten Sturm losgerissen und Schaden genommen.

Eidig freute sich mehr über das in Aussicht gestellte Getränk als über Frischfisch satt. Zur »Fête de Marquereau« – der Name hatte sich schnell herumgesprochen – würde es Regenwasser geben, das in improvisierten Zisternen aus Segeltuch aufgefangen worden war. Nicht das übliche, modrige Wasser aus den großen Holzfässern.

Eidig erzählte Silvia aus Anlass des bevorstehenden Festgetränks seine beste Wasser-Geschichte.

»Weißt du, Silvia … Was mir wirklich fehlt, ist der Geschmack und der Duft von klarem Wasser. In den Hanstedter Bergen, schon nach Undeloh zu, gibt es auf einem Bergrücken eine steingefasste Quelle mit einem sehr besonderen Wasser. Unglaublich, wunderbar! Kühl, frisch. Und wenn man es trinkt, ist es … wie Verzauberung. Wunder-, wunder-, wunderbar!«

Eidig bemerkte … und dieses Bemerken löste wohliges Herzklopfen aus … dass Silvia ihr Ohr dichter an seinen Mund schob.

»Irgendwie und irgendwann war es herumerzählt worden, dass ich, immer wenn ich von der Hohen Heide 'rübergehe in den Garlstorfer Wald, hier Rast mache. An diesem ganz besonderen Brunnen. Sein Wasser fehlt mir … In Wesel sagen die Leute, dass es heilkräftig ist. Die Alten kommen zum Brunnen und beträufeln sich damit die Augen, wenn ihr Augenlicht zu erlöschen droht.«

Silvia lehnte sich an seine Schulter, und das war Eidig weit mehr als nur recht.

»Als ich … ich denke das war vor knapp zwei Jahren … von einem guten Dutzend Gendarmen und Soldaten gesucht wurde, bin ich auf der Flucht an der Quelle vorbeigekommen. Man hatte einen Infanteristen aus Lüneburg an der Quelle postiert. Einen mit Ortskenntnis, einen Bauernsohn aus Ollsen. Irgendwer wird sich gedacht haben: Wenn Eidig hier vorbeikommen sollte, wird er – Verfolgung hin oder her – einen Schluck nehmen. Und schwupp … dann haben wir ihn!

Ich hatte Störtebeker dabei, meinen Hund. Der hat mir schon hundert Schritt vor dem Brunnen mitgeteilt, dass die Luft um das Wasser herum nicht rein ist an diesem Tag. Und so war es denn auch.«

Eidig machte eine Kunstpause und legte dann, mit hoch konzentrierter Beiläufigkeit, seinen linken Arm um Silvias Schulter.

»Da saß nun so ein armer Tropf, Sohn eines Ollsener Bauern. Er hatte sich seine Uniform mit ein paar Fichtenwedeln drapiert, so als wollte er zum Hanstedter Faslam als Nadelbaum verkleidet gehen, und er hatte sich auch noch mit Holzkohle das Gesicht geschwärzt. So hatte er sich unter einer Fichte neben dem Brunnen zusammengerollt. Wie ein Dachshund. Das Gewehr hatte er an den Stamm gelehnt. Und so wartete er, dass die Zeit vergeht. Am wenigsten hat er wohl auf mich gewartet.

Ich trat hinter ihn, nahm sein Gewehr an mich und sagte: Guten Morgen, lieber Freund!

Das Knäblein schreckte hoch, fuhr mit der Hand neben sich ins Leere, sah, dass ich das Gewehr an mich genommen hatte … und begann zu wimmern.

Ich hockte mich neben ihn, tätschelte freundschaftlich seine Schulter und fragte nach seinem Namen.

›Hans Heinrich‹, sagte er, wobei er Schwierigkeiten hatte, den eigenen Vornamen über die Lippen zu bringen.

›Lüllau‹, ergänzte ich.

Er zuckte zusammen … also: Er zuckte noch stärker zusammen als beim ersten Mal.

Ich beruhigte ihn: ›Ich kann nicht hellsehen, ich kann nur scharf sehen, Hans Heinrich. Du bist deinem Alten wie aus dem Gesicht geschnitten. Und mit deinem Vater war ich schon auf Treibjagd, als du noch nicht mal konfirmiert warst.‹

Irgendwann, wir hatten uns eine Weile angeschwiegen, sagte der

Soldatenknirps … also er zitterte es Wort für Wort über seine Lippen: ›Waa's mi nu … dotscheeten …?‹

Ich nahm ihn noch fester bei der Schulter und sagte: ›Das also erzählen sie euch in Lüneburg über mich? Dass ich Menschen totschieße?‹

Er nickte.

›Und du glaubst das?‹

Er nickte erst, schüttelte dann aber entsetzt den Kopf. ›Nee, neei mien Vadder sächt, so een büss du nich …‹

›Aber du würdest mich totschießen?‹

Er schüttelte so heftig den Kopf, dass der Fichtenbusch, den er sich zur Tarnung um den Helm gewunden hatte, zu Boden fiel.«

Eidig machte ein Pause, trank von dem abgestandenen Wasser – mittlerweile schmeckte es nach dem schimmeligen Holz der großen Wasserfässer, die auf den Kiel der *Ganges* montiert waren – schüttelte sich und fuhr fort:

»›Hier!‹, hab' ich dann gesagt und ihm sein Gewehr gereicht. ›Ich gehe jetzt wieder den Hügel ›runter, Richtung Ollsen. Da hast du dein Gewehr. Geladen, wie ich sehe. Du hast alle Zeit der Welt, mir in den Rücken zu schießen. Dann bist du der berühmte Lüllau, der Eidig zur Strecke gebracht hat. Davon kannst du deinen Kindern erzählen und deinen Enkeln, und die können es erzählen, wenn du schon lange unter der Erde liegst. Ist das ein Angebot?‹

Dann stand ich auf, klopfte auf seinen Schießprügel … ein altes Steinschlossgewehr, mit dem wohl schon König Gustav Adolf im Dreißigjährigen Krieg auf Generalissimus Tilly geschossen hat … und sagte: ›Hoch halten, Hans Heinrich, diese Dinger schießen zu tief!‹ Ich ging, sehr langsam. Nichts geschah. Als ich über sechzig Schritt entfernt war, fühlte ich mich sicher, weil: Mit so einem alten Prügel trifft man schon auf vierzig Schritt nicht mehr.«

Silvia rekelte sich unter der großen Karo-Decke, die ihr Eidig um die Schultern drapiert hatte, und sagte: »Du bist also ein Held. Hans, der Held.«

»So, wie du das sagst, meinst du eher das Gegenteil, oder?«

»Das Gegenteil wäre Schuft. Hans, der Schuft? Das meine ich nicht.«

Sie gingen an Deck, suchten Windschatten hinter der Verkleidung der großen Decksluke, hockten sich auf gespleißte Taue. Und beide schauten sie eine kleine Weile in das gut windgefüllte Segeltuch über ihren Köpfen, wie es, einem großen Putzlumpen gleich, über den Himmel wischte. Dann sagte sie unvermittelt: »Dein Hund ... der den Soldaten an dieser Quelle gerochen hat ... der heißt Störtebeker?«

»Hieß. Ich hab' ihn begraben ... letzten Herbst. Ich hatte nie einen besseren ... Hund.«

»Kann man einen Hund genau so lieben wie einen Menschen?«

Eidig zog die grobleinene Verkleidung der Decksluke über sich und die Frau: »Wenn Störtebeker was richtig Schönes in der Nase hatte, war ich ihm total egal ... du riechst wunderbar!«

Zu Beginn der letzten Woche zur See hatte Kapitän Rollshofen ein Gespräch, dessen Untiefe er erst später begriff. Er hatte den Smutje kommen lassen und ihm mitgeteilt, dass zum Fischfestessen die verbliebenen zwei Bierfässer bereitgestellt werden sollten.

»Bier würde ich nicht empfehlen, Käpt'n ...«

»Nicht ...? In Hamburg heißt es: Fisch ohne Bier ist Gift.«

»Ich würde den Roten kredenzen. Unser spanisches Stierblut.«

»Hmmm ... Der Rote ist heftig. Da sind mir die Leute besoffen, ehe sie den Fisch auf den Tellern habe.«

»Wir beginnen mit einem kleinen Schoppen ... Aperitif. Erst wenn die Makrelen aufgetragen werden, schenken wir nach.«

»Meinetwegen. Und was die Makrelen anbelangt, verlange ich Höchstleistung. Wenn da was Ledriges oder Ranziges auf die Teller kommt, lasse ich dich kielholen.«

Der Tag der Makrelen und des Stierbluts hätte Eidigs Abschiedstag von der Erde werden können. Tod auf hoher See. Nicht durch Ertrinken, eher durch eine Todesart, die hinter Palastmauern üblich ist. Tod der römischen Caesare und Päpste.

Kapitän Rollshofen fand einen Anlass – wohl mehr einen Vorwand – um dem Fest der gebratenen Makrelen Bedeutsamkeit zu unterschieben. Er behauptete, heute vor genau zehn Jahren hätte die *Ganges*, die damals noch *Frederik VI.* hieß, in der Biskaya einen Monstersturm abgewettert, einen Sturm, dem an einem einzigen Tag neun Großschiffe samt Besatzung zum Opfer gefallen seien.

Er prostete den Seelen der Ertrunkenen zu, die jetzt – wie an jedem Jahrestag des Monstersturmes – in die Biskaya fliegen würden, um dort in Nebelhemden schaurig und bleich über den Wassern zu tanzen. Dann brachte er einen Toast auf die *Ganges* und ihre »eminenten Segeleigenschaften« aus.

Eidig bemerkte, dass – während Rollshofen noch von brechenden Schotts und kirchturmhohen Wellen in der Biskaya schwadronierte – eine große Blechwanne voller Röstfisch vorbeigetragen wurde: für die Passagiere im Zwischendeck. Immerhin das. Die Elenden würden zwar nicht von Porzellan und mit Silberbestecken tafeln, aber zumindest denen, die nicht von Seekrankheit und Schlafmangel geplagt waren, würde es heute schmecken.

Die Reparatur des Cembalo war nicht vollständig gelungen, und Silvia Grünstern verzog einige Male das Gesicht vor Schmerz, wenn der zweite Steuermann in die Tasten griff. Seine Singstimme allerdings war unbeschädigt:

Lasset uns nun die Gläser heben,
kurz und kantig ist das Leben.
Darum, ohne viel Geschwafel
kommt an diese reiche Tafel.
Greift zu und trinkt die edlen Pfützen.
Wem soll denn schlechtes Leben nützen!

Habakuk hielt einen längeren Vortrag über Gefillte Fisch, eine Köstlichkeit, die nur von einer jüdischen Mamme zubereitet wie Gefillte Fisch schmecke; versuche sich aber dennoch ein Goi an diesem jüdischsten aller jüdischen Gerichte, dann bekämen die gefüllten Fische unweigerlich einen bitteren Beigeschmack.

Mit den Fischen wurde der spanische Wein gereicht. Kapitän Rollshofen klopfte mit einer Gabel gegen ein Weinglas und hielt eine Rede auf »dieses Stierblut, das extra vom Atlantik im Bauch der *Ganges* jahrelang herumgerollt worden ist, nur um heute, am Tag, an dem der Meeresgott uns etwas von seinem Fischreichtum abgegeben hat, getrunken zu werden. Auf die letzte Woche zur See! Möge Amerika all unsere Träume erfüllen!«

Rollshofen war ein annehmbarer Redner, zumindest vor gut belegten Tellern.

Als Eidig nach dem Glas mit dem Wein griff, wurde das Tischtuch samt Glas und wappenverziertem Teller heruntergerissen. Wie von Geisterhand.

Dann sprang etwas unter dem Tisch hervor, stieß einen gurgelnden Laut aus und verschwand auf allen Vieren.

»Der Feudel …« Silvia hatte noch versucht, den Irrwisch von Zwerg an seinem Rock zu packen, aber der Rock aus nie gewaschenem Segeltuch war zu schmierig. Der Feudel verschwand und war für die nächsten Stunden nicht aufzufinden.

Das nachfolgende, anhaltende Getuschel und Geraune lief wellenförmig von Bug zu Heck und wieder zurück, wollte nicht verebben. Rollshofen erklärte beim Abendessen im Salon den mittäglichen Zwischenfall damit, dass der Feudel nicht nur von zwergenhaftem Wuchs sei, sondern auch ein zwergenhaftes, krankhaft verkleinertes Hirn hätte.

Man möge verzeihen! Er, Kapitän zur See, sei der Meinung, zur christlichen Seefahrt gehöre auch ein christliches Herz. Und er, der alle Weltmeere befahren und seinem Herrgott für mehrfache Rettung aus schweren Wettern zu danken habe, er, Olaf Rollshofen, habe sich nun einmal von seinem christlichen Herzen befehlen lassen, dieser armseligen, sprechunfähigen Kreatur an Bord der *Ganges* ein Zuhause zu geben. »Bitte lassen Sie sich durch den Zwischenfall nicht das Gemüt trüben … Sie entschuldigen mich für einen Moment!«

Ehe sich noch Gelegenheit bot, dem Gewäsch zu widersprechen, nötigte Rollshofen Eidig in seine Kapitänskombüse … fast stieß er ihn.

Der Raum war zu Eidigs Verblüffung überfüllt. Auf dem Boden lagen zwei aufwendig gefesselte Gestalten. Eine blutete aus einer Wunde unter dem schwarzen Haupthaar. Den anderen Mann erkannte Eidig als den Smutje, den keineswegs unbegabten Schiffskoch der *Ganges*.

Neben Rollshofen hatten sich noch der Erste und der Zweite Offizier in den Raum gezwängt. Vor dem Raum hatte sich Dunkermann aufgebaut, die bewährte Durchlasssperre.

Der Zweite hatte dem gefesselten Schiffskoch seinen rechten Stiefel ins Genick gesetzt. Auf dem Kartentisch stand ein kleiner Flacon, ein winziges Glasfläschchen, das sich leicht in einer Männerhand verbergen lässt.

Rollshofen stand da wie Odin, der notorisch zornige Gott der Wikinger. Er nickte dem Zweiten zu, woraufhin der den Kopf des Kochs mit der Stiefelsohle fast in die Plankenbretter trat.

»Hör zu, Rullmann, ich sag es nur einmal«, dröhnte nun Rollshofen: »Wenn du lügst, gebe ich dem Zweiten den Befehl, dir das Genick durchzutreten. Und eines musst du wissen, ich merke genau, wenn jemand lügt. Du kannst, um deine Unschuld zu beweisen, den Rest aus diesem Fläschchen trinken. Also, ein paar Tropfen auf unser aller Wohl …?«

Der Zweite nahm etwas Druck vom Hals des Gefesselten. Der rang nach Luft und begann, nachdem er einen Schluck aus dem Fläschchen heftig kopfschüttelnd abgelehnt hatte, kurzatmig, aber erstaunlich präzise zu sprudeln.

Was Eidig erfuhr, verwunderte ihn nicht wirklich. Der Lohn dafür, dass der vogelfreie Freischütz Eidig daran gehindert würde, die Reise mit einem Landgang in New York zu beenden, war um einiges höher als die Summe, mit der man ihn, Eidig, aufs Schiff geködert hatte.

Versuche, ihn im betrunkenen Zustand über Bord zu schubsen, seien gescheitert. Das Arsen, das beim Befüllen von Eidigs Glas aus der hohlen Mörderhand hätte fließen sollen (Arsen, das an Bord als Rattengift verwendet wurde), hätte das Problem lösen können. Es hätte aussehen sollen wie eine heftige, tödliche Attacke von Seekrankheit. Nur leider habe der Zwerg … diese verdammte Küchenschabe … gesehen, wie er, der Smutje, Arsen in den Flacon geträufelt habe. Aber der Aushilfskellner, der den Henkersschluck servieren sollte – der und nicht er! –, habe den Plan zu all dem gehabt. Dieser Heitmann, Leichtmatrose und für das Segeltuch verantwortlich, wenn es nichts zu kellnern gab … dieser infame Heitmann sei die treibende Kraft gewesen. Und er sei es auch, der das Blutgeld in Empfang genommen habe, die eine Hälfte. Die andere sollte bei Rückkehr der *Ganges* und bei beglaubigter Ausführung der Tat ausgezahlt werden …

Der auf diese Art von seinem Spießgesellen Beschuldigte würgte an seinem Knebel und schüttelte den Kopf.

Als Kapitän Rollshofen den Smutje aufforderte, den Auftraggeber für »diese heimtückische Tat« zu nennen, schnitt Eidig beiden – dem Kapitän und dem gescheiterten Mörder – das Wort ab: »Ich will es nicht hören, ich will nicht wissen, wer dahinter steckt. Dunnerlittchen! Ich will drüben ein neues Leben. Will nicht darüber grübeln müssen, wer mich wie und warum an die Fische verfüttern wollte. Ich hab' die Schnauze voll … und die Ohren erst recht.«

Als der Kapitän das Verhör fortsetzen wollte, hinderte ihn Eidig:

»Sie können das vielleicht nicht verstehen, meine Herren. Aber wenn oft auf einen geschossen wird, dann ändert sich was … hier …« Eidig tippte gegen seinen Schädel und fuhr fort: »Von mir kein Wort über die Sache. Aber ich habe eine Bedingung. Das Blutgeld, das Ihr diesen beiden Schiffsratten gerade abgenommen habt, geht an den Feudel. Auf Heller und Pfennig. Hab ich Ihr Wort, Kapitän?«

Eidig hätte für den kleinen Rest der Reise gerne jede Begegnung mit Menschen vermieden. Selbst Silvia wäre er gern aus dem Weg gegangen, Alles was er hätte sagen können, hätte ihre Beunruhigung vergrößert.

Aber die Brigg war klein, es war unmöglich sich abzukapseln. Und Habakuk Grünstern hatte noch zu jeder Tages- und Nachtzeit Gelegenheit gefunden, ein Gespräch zu beginnen.

Grünstern schien die Zeit davonzulaufen. »Hier!«, sagte er.

»Was ist das?« Eidig hob die Augenbrauen, obwohl er nicht sonderlich neugierig war.

»Ein Verpflichtungserklärung. Sie wissen, was eine geldwerte Verpflichtungserklärung ist?« Er nahm Eidig das Papier wieder aus der Hand und las:

»Ich, Habakuk Grünstern, verpflichte mich, dem Johann Eidig, genannt Hans Eidig, zweihundert Taler auszuzahlen, so er den amerikanischen Künstler John James Audubon bei einer längeren Exkursion durch deutsche und angrenzende Lande begleitet, um ihm beim Aufspüren von allerlei geflügelten Tieren behülflich zu sein sowie bei deren Erlegung zum Zwecke der künstlerischen Porträtierung. Die Auszahlung erfolgt zur einen Hälfte bei Beginn besagter Expedition und zur anderen bei deren einvernehmlichem Beschluss.

Gesiegelt und beglaubigt, Habakuk Grünstern«

Noch so ein Auftrag mit geteilter Auszahlung, dachte sich Eidig. Er rieb sich die Schläfen, bröckelte ein wenig an dem Kuchen herum, den Grünstern hatte auftragen lassen, und sagte dann: »Unter Männern, Herr Grünstern, ein ehrliches Wort: Mich zieht es mehr zu den großen Vierbeinern. Den Indianerbüffeln. Vielleicht auch zu den Wölfen. Und den Bären.«

Grünstern war keineswegs entmutigt, nicht einmal angebremst: »Ich rede nicht von morgen oder übermorgen. Denken Sie doch einmal groß, Herr Eidig. Schießen Sie ruhig ihre Büffel und Wölfe in Amerika. Und kehren Sie dann zurück und nehmen viel Geld für eine Arbeit, die keine ist. Für einen wunderbaren Spaziergang vom Großen Belt in Dänemark bis nach Italien, von Danzig bis zum Atlantik. An der Seite des größten Tiermalers aller Zeiten. Kost und Logis frei, also zusätzlich zu den zweihundert Talern.«

Eidig hustete, die zuckerigen Krümel waren ihm im Hals stecken geblieben. Dann sagte er: »Ich würde also für's Schießen bezahlt. Für's Vogelschießen. Das Ärgerliche daran könnte allerdings sein, dass man auf mich schießt, sobald ich wieder einen Fuß auf deutschen Boden setze.«

»Kein Problem, das mit dem deutschen Boden. Sie reisen mit Audubon von New York bis Genua. Erster Klasse. Die erste Klasse ist auf den meisten Schiffen deutlich erstklassiger als auf der *Ganges* hier. Sie schießen und malen die wundersamsten Vögel im Delta des Flusses Po, dann die noch wunderbareren Vögel der Alpen, erreichen irgendwann das Bayernland, wo Sie keiner kennt. Von dort aus hinüber zum Schwarzwald und von dort folgen Sie den herrlichen Ufern unseres deutschen Rheins, bis …«

Eidig suchte nach einer Möglichkeit, Grünsterns Bedrängungen auszuweichen, und er hatte Glück. Ein Herr drängte sich zwischen sie und begann ein Gespräch über das Wetter, gefolgt von einer Klage über zu viel gesalzenen Fisch und über Silberbestecke, die empörend stark oxidiert seien, was auf mangelhafte Pflege und Aufmerksamkeit hindeute. Er selbst sei sehr geneigt, eine Protestnote an die Reederei Ramsden aufzusetzen, und er, der verehrte Herr Grünstern, möge doch bitte der erste sein, der diese »note de protestation« zeichne. Wie auch die Unterschrift … wie war noch gleich der verehrte Name? … die Unterschrift des Herrn Eidig sehr genehm wäre.

Eidig interessierten die diversen Beschwerdegründe des Gehrockträgers noch weniger als die Salzgischt-Flecken, wegen derer der Mann – wie sich gesprächsweise ergab – seine Garderobe unentwegt durchwechselte. Aber Eidig ließ sich auf ein Gespräch ein, heuchelte gar Interesse, allein um Grünsterns Drängelei auszuweichen.

Der Altonaer Großdrucker versuchte drei-, viermal mit großem verbalen Schwung wieder Richtung Audubon abzudrehen. Aber Eidig hielt Kurs im Seichten und Abstand.

Als ihn am späteren Nachmittag ein Unwohlsein ansprang – vielleicht die Folge von zu viel Süßgebäck und Rum – und ganz sicherlich nichts, gemessen an den Todeskrämpfen, die ihm das Arsen bereitet hätte –, erinnerte er sich an seine Fähigkeit, aufkommende Übelkeit einfach wegzuschlafen. Er verkroch sich in die Lagerkammer und streckte sich dort auf den säuberlich aufgeschossenen Seilen aus, denn in seiner Kajüte schlief noch immer Berta, die Frau des Köhlers, einen tiefen Genesungsschlaf.

Ein Traum zog Eidig zurück in das Leben, dem er gerade davonsegelte.

Er hatte ihnen so lange zugeschaut, bis ihm Rabenflügel wuchsen, erst nur die Handschwingen an Zeige- und Mittelfinger, dann die Elle aufwärts, über Ellenbogen bis zu den Schulterblättern. Er war wieder Rabe, Rabe mit allen Sinnen.

Hatte er es sich nur gewünscht oder auch geahnt? Jedenfalls lief vor der Haupteingangsröhre des alten Fuchsbaus jene Vorstellung ab, die nötig war, damit man als Rabe die große Fuchs-Attacke fliegen konnte. Vier graubraune Welpen balgten sich um einen Kaninchenkadaver. Er sah die unökonomischen Bewegungen der Jungfüchse. Großer Krafteinsatz am falschen Ende, die Hinterbeine schoben und die vorderen bremsten.

Gut so, gut für den Beutedieb! Und weit und breit kein erwachsenes Tier.

Er legte die Schwingen an, der Luftstrom riss ab, und schon stürzte er als schwarzer Pfeil abwärts. Unmittelbar über der balgenden Meute fing er den Sturz ab, die Jungfüchse traf gleichzeitig ein Luftschwall und sein röhrender Rabenschrei.

Mir scharfem Knicks – dem eleganten Abschluss seines Sturzes – stand der Rabe auf dem zerfledderten Kaninchen, wippte mit dem aufgefächerten Keilschwanz und schleuderte einen Kontrollblick in die Runde.

Er riss einen Streifen aus dem geöffneten Kadaver. Alles sollte jetzt schnell gehen. Doch eine Sehne hielt den Fleischhappen fest.

Er zerrte … und es zerrte an ihm … man sollte jetzt schnell sein, sehr schnell.

Da flog etwas sturzflugschnell, rot und rasend heran. Er ließ den Fleischhappen fallen und etwas Heißes schloss sich um seinen Hals … Die Füchsin …

… Eidig erwachte und fasse sich an den Hals.

Kapitel 16

»DIESMAL ZIEHT ER SEINEN HALS nicht aus der Schlinge! Eidig, ich habe ihn als Berufsjäger eingestellt! Nicht als Liquidator in Feld und Flur. Ich habe zuverlässigen Report, dass er mehr schießt als ich ihm auftrage.«

Freiherr von Luhmühlen wartete, bis sich Eidig gesetzt hatte. Gondrian von Luhmühlen war von sehr kleiner Gestalt, was ganz wesentlich an sehr kurzen Beinen lag; sein Oberkörper dagegen hatte die Länge eines Normalwüchsigen. Im Sitzen war seine naturgegebene Erniedrigung nicht vorhanden. Und weil einer Strafandrohung – von unten nach oben gesprochen – die passende Körpersprache fehlt, wartete von Luhmühlen, bis die Höhendifferenz nicht mehr vorhanden war. »Eidig, nehme er Platz: Dieses ist die letzte Ermahnung im Guten …«

Eidig, zweiundzwanzigjährig und noch nicht »der Eidig«, hatte zu dieser Zeit schon eine solide Grundschulung als Freibeuter in norddeutschen Wäldern. Und er hatte auch schon einige Routine darin, bei Bedarf ein wenig an der Wahrheit zu biegen: »Ich habe in unserem Forst kein Tier über die Zahl hinaus geschossen, die Sie mir aufgetragen haben.«

Das war so etwas wie eine wahrhaftige Unwahrheit. Weniger bei von Luhmühlen, seinem damaligen Arbeitgeber, mehr haarscharf außerhalb von dessen Gemarkungs- und Reviergrenzen hatte Eidig niedergestreckt, was immer sich mit Erfolg anpirschen ließ.

Und Eidig hatte dabei das beste Gewissen, das sich seinerzeit zwischen Elbe und Weser finden ließ. Von Luhmühlens Wälder barsten vor Schalenwild, das in die angrenzenden Felder und Wälder der Bauern und Bürger drängte. Geschädigte Bauern und sogar ein Ratsherr aus dem nahen Lüneburg waren mit Protesten und Bittschreiben bei von Luhmühlen vorstellig geworden. Der hatte sie nicht mal vorgelassen, hatte einen seiner livrierten Büttel den Schrieb entgegen nehmen lassen, hatte sich alles – er selbst war Analphabet – vorlesen lassen und das Papier ins Kaminfeuer geworfen.

All das war Eidig von einer Stubenmagd, mit der er auch sonst regen Austausch pflegte, berichtet worden. Und von ihr erfuhr er auch, dass von Luhmühlen zur Hochzeit seiner Schwester ins ferne Nürnberg aufzubrechen gedenke. Gut zehn Tage würde ihn die Reise von seinem Stammsitz bei Salzhausen entfernen.

Und weil Eidig am selben Tag, an dem von Luhmühlen eine Reisekutsche vorfahren ließ, durch ein Feld gegangen war, das von mehreren Wildschweinrotten bis zur Unkenntlichkeit umgepflügt worden war, kam ihm ein Gedanke. Einer, der unmittelbar zur Tat drängte. Er überredete zwei Bauern aus Amelinghausen, nachts ihre Hausschweine in den großen Obst-, Gemüse- und Lustgarten des Freiherrn von Luhmühlen zu treiben, nachdem die Tiere zuvor zwei Tage gehungert hatten. Der Plan ließ sich leicht ausführen, weil in der Tatnacht sämtliche Bedienstete des Adligen zum Schützenfestball nach Salzhausen unterwegs waren. Nur ein alter, kreuzlahmer Gärtner war geblieben, den Eidig mit Bier und Korn in Tiefschlaf versetzte.

Die Schweine leisteten schweinemäßig gute Arbeit, standen ihren schwarzborstigen wilden Verwandten in nichts nach. Alles was nach dieser Nacht der weißen Schweine zu tun blieb, erledigte Eidig in den frühen Morgenstunden. Er sammelte den Hausschweine-Kot ein und streute Wildschwein-Kot, den er tags zuvor in Luhmühlens Wäldern eingesammelt hatte.

Eidig erhielt, eine knappe Stunde nachdem von Luhmühlen aus Nürnberg zurückgekehrt war, Befehl, die Ländereien vor der Schweineplage zu schützen. Und unter Strohdächern und in den Hütten armer Leute wurde mehr Wildschwein eingekocht und geräuchert als jemals zuvor.

Silvia Grünstern und Eidig hatten sich unter ein Sonnensegel auf dem Vordeck zurückgezogen, das auch den Sprüh abhielt, den die stampfende *Ganges* auffliegen ließ. Und nachdem sie eine Weile über Belangloses geredet hatte, sagte die junge Frau – übergangslos und fast überfallartig: »Was mich daheim am meisten gestört hat ist das, womit man sich lieb Kind machen konnte. Man musste nur das sagen, was die, die über einem sind, hören wollten.«

»Was du sicher nicht getan hast …«

»Ich weiß noch genau, wie ich herausfand, dass es die Großen tun … dieses Nach-dem-Mund-reden, auch wenn der Mund, dem man zuredet, einer ist, der Schlechtigkeiten ausspuckt.«

»Erzähl!«

»Es war gut ein Jahr nach dem Tod meiner Eltern. Ich war elf Jahre alt und gerade zu Oheim Habakuk und Tantchen gezogen in das große Haus an der Elbe. Habakuk hatte zu einem Fest an der Elbe geladen – anlässlich seines vierzigsten Geburtstages. Alle waren sie da. Ratsherren, Kaufleute, Reeder. Es gab Koscheres und Schweinernes. Bier, Wein vom allerbesten. Es gab ein ganzes Streichorchester, ein junger Hamburger Künstler dirigierte ein neues Werk, für seine Vaterstadt. Und Habakuk zahlte. Und nachts wurde das Elbufer mit bunten Fackeln erleuchtet.

Aber mich hat damals am meisten interessiert, was die Erwachsenen reden, wenn sie meinen, dass kein Kinderohr in der Nähe ist. Ich bin unter eine Bank gekrochen und habe gelauscht. Über mir saß Habakuk und neben ihm ein Leimlieferant aus Uelzen.

Der Leimlieferant sagte … ich habe die Worte nicht mehr ganz genau im Ohr, aber der Ton, in dem er es sagte, so ein Ton wie Trompetengeschmetter war das: »Deutschland hat die französische Krätze überwunden, wir werden wieder gesunden an Haupt und Gliedern. Hurra Deutschland!«

Und dann überboten sich die beiden in Schimpf- und Hassgesängen auf Napoleon und die Franzosen: Gott sei Dank habe das starke Preußen den Franzos' zum Teufel gejagt … Hoch, hoch und Gloria! Die schimmernde Wehr der teutschen Waffen – tschingdebumderassassa …! Sie lebe hoch … hoch … hoch! Noch einen Toast auf Blücher, unseren Helden von Leipzig und von Waterloo!

Und ich wusste doch von meiner Mutter, dass wir freie Bürger waren, als noch die Napoleonischen in Altona und Hamburg das Sagen hatten. Die Juden durften Ratsherren sein. Die Juden durften jeden Beruf ausüben, den sie wollten. Die Juden durften ihre Feiertage in aller Öffentlichkeit begehen. Mit all dem war Schluss, als die Napoleonischen wieder davonwaren.

Und mein Oheim, mein geliebter Habakuk saß da auf seinem jüdischen Hintern und wetteiferte mit einem Goi … pardon, mit einem aller-christlichsten, aller-preußischsten, lutherischen Lieferanten für Bücherleim … wetteiferte mit ihm, wer nun die gröbsten Flüche gegen die Franzosen vorbringen konnte. Muss man denn den Knebel auch noch abschlecken, bevor er einem in den Hals gestopft wird?«

Eidig nickte, merkte aber noch schnell genug, dass es angezeigter war den Kopf zu schütteln.

Silvia fuhr fort: »An jenem Abend habe ich heimlich … heimlich, denn das war nichts, was Kinder allein taten bei uns daheim … im Heiligen Buch gelesen. Und es war Zufall … oder ein Zufall, der auf mich fallen sollte … also, ich blieb an dem Gotteswort hängen, das der Allmächtige an Abraham richtete: ›Zieh in ein Land, das ich dir zeigen werde!‹

Am Tag darauf ging ich in Habakuks Raucherzimmer und sagte: ›Nun gut, Gott, zeig es mir!‹ Und ich drehte mit beiden Händen den großen Globus auf dem Mooreichen-Schreibtisch; ich schloss die Augen und berührte die drehende Kugel mit dem Zeigefinger. Als sie stillstand, öffnete ich die Augen und mein Finger lag … hörst du mir überhaupt zu?«

Eidig, der zugehört hatte, aber nicht mit Konzentration, versuchte ihren Hals zu streicheln, sie ließ es erst geschehen, macht sich dann aber mit einem Ruck gerade, so dass Eidigs Hand abglitt.

»Ich habe später mit einem Verwandten gesprochen, dem Bruder meines Großvaters, einem alten Juden, der seit seinem achtundzwanzigsten Lebensjahr in der Stadt Boston in Amerika gelebt hat und der zum Sterben in seine Heimat zurückkam, zu uns nach Altona. Er sagte, da drüben sei das Leben auch nicht leichter als hier. Aber keiner würde wegen seiner Religion benachteiligt, bedrängt oder verfolgt, geschmäht oder gescholten. Man betet unter der Menora oder unter dem Kreuz. Man lobt Jesus oder Jehova. Man heiratet unter dem Baldachin oder unter dem Hochzeitskranz. Man legt Blumen oder weiße Steine auf das Grab der Eltern. Einerlei. Man bestraft Diebe, aber man bestraft nicht die, die beim Beten mit dem Kopf nicken ... oder die, die nicht mit dem Kopf nicken. Es ist in Amerika einerlei, ob Kinder mit Wasser besprenkelt werden, wenn man sie Gott anempfiehlt, oder nicht. Egal ob beschnitten oder nicht. Und es ist drüben ganz und gar in jedes Menschen Belieben gestellt, wann man Chamez isst und wann Alt-Lüneburger Buchweizentorte, die mir übrigens besser schmeckt als Chamez.

Das muss ein freies Land sein ... wo sich Jud' auf gut reimt und nicht auf Blut!«

Eidigs feines Gehör kündigte ihm Habakuks Annäherung an – unverkennbares Tackern des Stockes auf den Schiffsplanken – so rechtzeitig, dass er noch unbemerkt die Hand heben konnte, die in Silvias Schoß gesunken war.

»Gute Kunde allerseits!«, stieß der Oheim hervor: »Kapitän Rollshofen sagte mir soeben, noch knapp eine Woche, wenn die Winde stetig bleiben.«

Habakuk hatte so etwas wie ein Hurra oder sogar ein dreifaches Hoch erwartet; als es ausblieb, fuhr er fort: »Habt ihr den Viermaster gesehen, der uns heute Morgen auf Backbord passiert hat? Welch ein Anblick! Die *Battle of Trafalgar* aus Liverpool. Fährt schneller, als eine Möwe fliegen kann. Und wir krebsen da auf so einer Nussschale durch Hunderttausend Wellentäler. Hungeraufstände von unten wegen Schimmel am Brot und harte Wetter von oben. Da möchte man doch gleich meschugge werden … oder ein Fisch sein, der den weiten Weg unter Wasser hinter sich bringt. So wie die Walfische, von denen ich gelesen habe, dass sie den ganzen Erdball schwimmend umkreisen und nur ab und zu auftauchen, um nachzuschauen, ob sie nicht am Ziel vorbeigeschwommen sind.«

Habakuk versuchte seiner Nichte einen unauffälligen Augenwink zu geben, aber die dachte nicht daran, sich zu entfernen und rückte nur ein Stück zu Seite.

»Eidig, Freund, neu gewonnener Seelenfreund, Reisekumpan … Sie haben sicherlich meine Offerte überdacht. Nicht, dass ich schon jetzt eine Antwort erwarte. Es wird früh genug sein, wenn … sagen wir, wenn wir die amerikanische Küste sehen werden. Ach, ist das nicht eine herrliche Sache: vor uns eine neue Welt! Wir, die wir Jahrhunderte unter norddeutschen Strohdächern oder Ziegelpfannen gehockt …Mein Urahn, er hieß Habakuk wie ich, sagte noch auf dem Totenbett: 'Junge, sagte er, das Sterben ist keine leichte Sache. Weil das Leben ja doch zu lebendig ist. Aber besonders arg wird einem der Abschied von der Welt, wenn man nichts von ihr gesehen hat. Nichts gesehen als seine Hände, die unter Arbeit immer krummer und gichtiger geworden sind.' Und dann hat er mich mit diesen krummen, gichtigen Händen berührt. Und ich … ich bin nun fast so alt wie er war, als er ging …«

Habakuk fiel sich selbst ins Wort: »Aber was rede ich von Tod. Das Leben, das Leben! Amerika ist ein junger Kontinent. Dahin geht, wer sein Leben in Freiheit begründen will. Ja, und auch das: Dahin geht, wer Großes will. Aber haben wir den Mut, Großes zu wollen, Eidig … haben wir ihn …?«

Die Flut aus Habakuks Mund stoppte, weil eine andere einsetzte: Der leichte Sprühregen der letzten Stunde ging in schlagenden Starkregen über. Deckstühle klapperten. Eine fein bestickte Kopfhaube wehte ins Meer, ein Jammerschrei folgte ihr. Man flüchtete in die Messe. Eidig schickte noch einen Dankesblick in die Wolken. Auf den Himmel war Verlass. Manchmal.

In dieser Nacht pochte Silvia an Eidigs Kajütentür – Kapitän Rollshofen hatte ihm ein Notquartier zugewiesen, solange sein Bett noch von der kranken Frau des Köhlers belegt war –, wartete nicht, bis er schlaftrunken im Türrahmen erschien, rannte barfüßig den Gang entlang. Eidig warf sich eine Decke über und folgte ihr.

Wenig später standen sie beide an Habakuks Pritschenbett. Der Erste Steuermann hielt Habakuk, der halb aufgerichtet in den Kissen hing, ein Riechfläschchen unter die Nase. Habakuk wedelte mit den Armen und rief, fast in Befehlston: »Alles in Ordnung! Abmarsch in die Kojen, allerseits. Kleine Schwäche. Mein Herz ist nämlich etwas älter als ich und manchmal neigt es dazu, mir das mitzuteilen. Aber alles in bester Ordnung. Geht schlafen, Kinder.«

Eidig ging, hegte ein, zwei Sekunden lang die Hoffnung, Silvia könnte sich entschließen ihm in zu folgen … Aber Silvia war verschwunden.

Er rollte sich in seine Koje und sah den Traum kommen, sah ihn, noch ehe er richtig eingeschlafen war. Da war wieder dieser Tag: Das bisherige Ende und der Anfang.

Kapitel 17

»MANCHMAL IST DER LETZTE AUGENBLICK noch früh genug. Ich denke, dies ist so ein Augenblick!« Otto Speckter, so alt wie Eidig, sah, dass der Mann, dem er mit Zeichenblock und -stift in den Weg getreten war, unwillig schien zu warten. Zu viele drängten sich, um von ihm Abschied zu nehmen. Zu viel riss an ihm, vor und zurück. Und an der Seilbrücke zum Schiff mit dem seltsamen Namen *Ganges* stand schon jemand und schüttelte eine schwere Messingglocke.

»Eidig, Sie sind der schnellste und trefflichste Schütze in Deutschland. Und ich bin der Schnellste mit dem Zeichenstift. Fünf Minuten nur! Für die Nachwelt.«

Eidig räusperte sich und spuckte ins Wasser: »Für die Nachwelt? Der gefürchtete Wilddieb Eidig im englischen Reise-Tweed und mit gestärkter Hemdbrust?«

Aber Speckter, deutschlandweit berühmt durch seine Illustration von Luthers *Kleinem Katechismus* und die Gestaltung eines Fabelbuches, das in keinem besseren Kinderzimmer fehlte, trat ihm in den Weg. »Keine Bange. Ihre Otterfellmütze setze ich Ihnen später auf, und das Gewehr kriegen Sie auch erst, wenn Sie schon auf See sind. Wenn Sie jetzt nur bitte eben den rechten Arm so anwinkeln, als trügen Sie das Gewehr im Ellenbogen eingeklemmt … So, gut so, danke! Und den Blick seitwärts … vielleicht so ein wenig in die Ferne gerichtet. Danke! Hervorragend.«

Die drei Minuten, in denen Speckters rechte Hand über das Zeichenpapier wieselte, dehnten sich wie eine kleine Ewigkeit. Zumal Eidig sich vorgenommen hatte, schnell davonzugehen. Ohne Zögern. Ohne Geste. Ohne Winken. Einfach nur fort. Er war dieses Landes müde.

Man hatte ihn fast zu Tode gehetzt. Ihm war Blei um die Ohren geflogen, ihm war das Blut eines Kumpanen über die Hände geflossen, eines Mannes-der-Wälder, eines Kerls, der beim Flüchten nur etwas weniger Glück gehabt hatte als er.

Eidig war müde. Es war eine Müdigkeit, die man nicht wegschlafen kann, die ins Rückenmark kriecht und einen Mann bricht. Langsam, wie auf der Streckbank.

Irgendwo in der Menge, die sich längsseits der *Ganges* auf dem Kai drängte, hielt eine Frau ein Kind über die Köpfe der Gaffer. Sein Kind. Drei Bremer Goldtaler hatte er der Frau aus Hanstedt dagelassen. Das reichte nicht, um eine kleines Mädchen bis zur Heirat durchzufüttern. Nein, beileibe nicht …

Über ihm schrien Möwen. Ach, diese Möwen … Sie hatten ihm manches Mal den Weg zur Elbe gezeigt, wenn der Nebel alles verschluckte. Wie damals, als er mit einem Ochsenkarren voller Wildbret fast im Glindemoor versunken wäre und dann orientierungslos umhergeirrt war. Ein Nebel war das: wie Eiswolken, an einer Bergflanke gestrandet. Er war herumgeirrt, gestolpert … bis er auf die Idee verfiel, den Möwenrufen zu folgen. Immer in die Richtung, in der die Schreie lauter wurden. Bis schließlich die rettende Straße vor ihm lag, breit und bleich: die Elbe.

Und die Elbe, sein Fluss, würde ihn nun gleich in die Nordsee tragen. Und von dort durch den Ärmelkanal hinaus in den Atlantik. Auf Nimmerwiedersehen.

Wäre ein anderer Weg möglich gewesen, ein Ausweg? Und was könnte es heißen zu bleiben? Schwere Eisentüren, die sich hinter einem schließen. Eine Kugel am Bein in irgendeinem Steinbruch oder Salzbergwerk … oder gleich eine Kugel zwischen die Augen …

Flucht wird Fluch, wenn sie andauert.

Nein, nein, nein … es war hoch an der Zeit. Und dies war vielleicht die einzige Möglichkeit für einen Flüchter, das alte Leben hinter sich zu lassen ohne zu sterben.

Als Speckter fertig war und Eidig in sein eigenes, gestricheltes Gesicht schauen ließ, konnte sich der Porträtierte einen anerkennenden Pfiff nicht verkneifen »Nur gut, dass Sie nicht all die Steckbriefe der letzten Jahre gezeichnet haben. Dann wäre ich schon lange in irgendeinem Loch verschimmelt!« Er kritzelte seinen Namen unter die Zeichnung und nickte Speckter zu, »nicht unfreundlich«, wie dieser später versicherte.

Als Eidig die Seiltreppe emporgestiegen war und seinen Stiefel auf die Planken der *Ganges* setzte, hörte er Kinderweinen. Er drehte sich um, aber ein Leiterwagen mit hoch gestapelten Überseekoffern versperrte ihm den Blick.

»Ein Testament? Hast du vergessen, drüben etwas zu vererben? Warum ein Testament?« Silvia blickte Eidig, den sie seit etwa dreitausend Seemeile – und nach einigen Rückfällen ins förmliche Sie – nun dauerhaft Hans und du nannte, ins Antlitz und musste lachen. Eidig hatte so etwas wie ein Stammeln im Gesicht: den Ausdruck, den jemand zwischen Stirn und Kinnspitze trägt, wenn ihm die Worte fehlen, aber Ungesagtes den Hals heraufdrängt, wie saure Luft nach zu viel Grünkohl.

»Nein … äh, nein … nicht sooo ein Testament. Eher so etwas wie … wie Gebote …«

»Gebote? Die zehn Gebote? … aseret ha-dibberot! Soll ich sie dir in Stein meißeln?«

»Nein, es genügt, wenn du sie aufschreibst. Meine Schrift ist … na ja … nicht eben schön … sagt man.«

Eidig reichte ihr einen Zettel, fast vollständig mit seiner Handschrift bedeckt, und sie las:

Die Regeln der gerechten Jagd

~ Die Kreaturen der Wälder gehören sich selbst, gehören ihrem Schöpfer und schließlich dem, der sie fängt oder schießt. ~ Es gibt kein Recht an ihnen als das Recht, welches ein Mann mit einem guten Schuß erwirbt. ~ Nimmt das Wild dergestalt an Zahl zu,

dass der Unterwuchs der Wälder verbissen ist, daß also dem Wald die grüne Jugend stirbt oder daß den Bauern die Felder verheert werden, darf ein jeder, der einen Schaden trägt, mit Gewehr oder Schlinge Abhilfe schaffen. ~ Ein Mann der Wälder und ein Ehrenmann ist nur der, der das Wild nicht nur schießt, sondern auch zur rechten Zeit schont. Das gilt auch für die Kreaturen, die man leichthin schädlich nennt, wie den Fuchs, den Marder und die Krummschnäbel, den Habicht, den Sperber, den Bussard. ~ Es kann kein Jagdherr – sei er adelig oder sonstwie von hohem Stand – Rechte in Wald, Wiese und Feld ausüben, so diese nicht die seinen sind. ~ Ein jeglicher Mann, der nicht auf vierzig Schritt Entfernung einen Hut, gemacht für einen Männerkopf mittlerer Größe, vom Pfahl schießen kann, soll des Rechtes auf Jagd verlustig sein. Das ist, damit nicht all überall Wild krankgeschossen wird von denen, die ungeübt sind mit Pulver und Blei. ~ Die üble Lustjagd mit Hundemeute und berittenen Schützen darf nicht mehr sein. Wie auch das Zusammentreiben des Roten Wildes, auf daß es wie in einem Römischen Circus zum Pläsier geschlachtet wird, darf nicht länger geschehen. ~

Sie reichte Eidig den Zettel zurück, schüttelte den Kopf und sagte: »Das wird nicht gehen.«

»Nicht …«

»Ich kann dir das alles mit meiner schönsten Schönschrift zu Papier bringen. Ich kann auch noch eine Girlande aus Heidekraut und wilden Rosen drumherum zeichnen. Aber ich werde das nicht abliefern können. Tut mir leid.«

Eidig hatte etwas dieser Art erwartet, aber als Silvia ihm ihre ganze Geschichte erzählte, war er doch überrascht.

»Onkel Habakuk sagt, er brauche mich als Übersetzerin, für das Gespräch mit diesem Audubon und seinem Agenten. Nebbich! Ich spiele mit, tue so, als glaubte ich ihm diesen … kleinen Schwindel. Sein Englisch ist vielleicht ein wenig krächzend, aber sicherlich gut genug für jedwede Konversation.

Ja, es stimmt, er will dieses große Vogelbuch. Aber es geht ihm vor allem um etwas anderes … Es gibt da einen Bocher, einen angeblich klugen, in erster Linie aber sehr reichen jungen Mann. Den soll ich heiraten. Er mag schöner sein als Adonis, klüger als Immanuel Kant und reicher als alle Rothschilds in der Alten und in der Neuen Welt zusammengenommen. Aber ich werde mir selbst einen Ehemann aussuchen, wenn ich denn jemals einen will. Und ich denke, ich will keinen.«

»Ich verstehe nicht, was …«

»Dieser junge Mann ist der alleinige Erbe der größten Druckerei von Neuengland, *Sweetwater and Cohen*. Der einzigen Druckerei, die bessere Drucke abliefern kann als *Grünstern und Grünstern* in Altona. Und das auch noch preisgünstiger. Und mein Oheim Habakuk Grünstern sagt sich, da ließe sich doch wohl ein Band über den Atlantik knüpfen. Eines, das sich fest um viele Geldsäcke schlingen ließe. Und dass es mein Hochzeitband ist … nun gut … soll sein. Stört nicht. Stört ihn nicht. Aber ich werde stören.«

»Du wirst diesen … Bocher … einfach stehen lassen …?«

»Ich werde schon vorher verschwinden. New York … oder Boston. Da sind viele von uns.«

Eidig verschluckte sich, verschluckte sich an seinem eigenen Speichel und machte hustend und würgend eine komische Figur. Wie ein Konfirmand nach seinem ersten Schluck Branntwein.

Er hatte nicht gefragt, aber man hatte Eidig wissen lassen, dass die beiden gescheiterten Auftragsmörder unten im Schiff im Bilgenwasser lagen. Angekettet für die Rückreise nach Hamburg. Dort, so hatte es ihm der Kapitän der *Ganges* geflüstert, würde es Anklage und Verurteilung geben.

»Das bezweifle ich«, hatte Eidig entgegnet und sich dann auf keinen Wortwechsel mit Rollshofen mehr eingelassen.

Der Feudel war größer geworden. Nicht wirklich in Zoll oder Inch gemessen, aber etwas Größeres als zuvor strahlte er aus. Eidig sah das gern. Und er dachte sich: »Das Schicksal ist doch ein Spaßvogel! Ich habe vor rund einem Jahr einen Krüppel beim Weseler Schützenfest glücklich gemacht und für ein ganzes Jahr geadelt, einfach indem ich knapp unter die Zwölf gehalten habe. Entschluss – Schuss – und Schluss! Und gut ein Jahr später rettet mir ein Zwerg das Leben. Der liebe Gott hat eine saubere Buchführung.«

An dem Tag, an dem Matrose Dunkermann behauptete, er könne schon Land riechen, flogen Eidig die Beweise zu: Möwen! Möwen von der Art, wie er sie über der Elbe gesehen hatte. Sie umspielten die *Ganges*, die unter vollem Tuch lief, umkreisten die Brigg in aufwendigem Ruderflug, ließen sich auf die Rahen fallen und ordneten ihr Gefieder. Der Feudel warf Essensabfälle über Bord und das weiße Begrüßungs-Komitee bildete eine lärmende Wolke.

Eidig freute sich: Die ersten Tiere der Neuen Welt waren die, mit denen er schon gelebt hatte, in warmen, kalten, nassen und hochsommerlich heißen Elbtagen. Und vielleicht würden ja auch seine Seelentiere in der neuen Welt sein: die Raben. Seelentiere wechselt man nicht aus, so wenig, wie man sich das Herz herausreißt.

Am vorletzten Tag der Schiffsreise wurde Eidig bei erstem Frühlicht von Böllerschüssen geweckt, die Dunkermann, der viereckige Vollmatrose, auf dem Hauptdeck zündete. Als Eidig ins Freie stolperte – Schüsse, sofern nicht von ihm selbst abgefeuert, alarmierten ihn stets aufs Äußerste! –, schoben sich rechts und links von ihm Menschen durch den Gang. Viele im Nachthemd. Silvia Grünstern hatte sich in einen Bettvorleger gehüllt. Nur Habakuk Grünstern, der die ganze Nacht rauchend und schreibend in der Messe verbracht hatte, war vollständig bekleidet.

»Land in Sicht!«, brüllte Dunkermann. Aus dem Zwischendeck quollen die grauen Menschen, mischten sich unter die bunten. Und einige graue umarmten einige bunte, die es geschehen ließen. Alle schrien, einige küssten andere, die gerade in Griffweite waren, Kinder begannen wilde Tänze. Ein Matrose presste Musik aus einem seltsamen, noch nie gesehenen Instrument, das man Schifferklavier nannte. Silvia tanzte, hielt sich etwas abseits von der Menschentraube und drehte sich um eine Mitte, die irgendwo unsichtbar auf den Planken der *Ganges* lag. Eidig schaute ihr zu und sagte (leise und nur zu sich selbst) etwas, das er schon oft in seinem Leben gesagt, aber sich noch nie geglaubt hatte. Bisher. »Ich heff di bannich geern«.

Die Menschen verknäuelten sich schließlich an der Backbord-Reling. Man starrte und sah nichts. Die Wo- und Ich-seh-nichts-Rufe wurde lauter. Das Schifferklavier wimmerte. Und der Viereckige brüllte, brüllte tatsächlich lauter als die hin- und herwabernde Meute lärmte: »Ihr Blindschleichen! Ihr Maulwürfe! Der dunkle Streifen auf'm Wasser. Das ist Laaand! A – me – ri – ka!«

Habakuk Grünstern hatte es schließlich nach zwei gescheiterten Versuchen und unter Stockeinsatz geschafft, sich an die Seite Eidigs durchzurempeln. Seine Stimme schnappte wie die eines stimmbrüchigen Knaben: »Wohlan, geschätzter Freund Eidig! Gibt es eine Entscheidung? Ich sage nur: Audubon!«

New York

Kapitel 1

EIDIG HATTE IN TAG- UND NACHTTRÄUMEN seine Ankunft in der Neuen Welt vorausshalluziniert. Immer war der erste Schritt in Amerika einer auf grasigem Land, immer war der Schattenfall freundlicher Riesenbäume seine wortlose Begrüßung. Immer der Himmel unbegrenzt.

Aber Schatten warfen jetzt nur die sehr großen Häuser, zwischen denen man sich eher verirren konnte als in den Wäldern der Göhrde oder dem großen Raubkammer-Forst. Und das erste Neuland, auf das er trat, lag unter grauen Steinplatten.

Natürlich hatte er gewusst, dass die Brigg *Ganges* die Stadt New York anlaufen würde und nicht etwa die Prärien der großen Mitte. Natürlich wusste er seit den Tagen, in denen Pastor Mahlfeld mit ihm den großen Globus im Pfarrhaus gedreht hatte, dass New York eine Stadt ist, eine sehr sehr große Stadt.

Und dennoch spürte er einen ziehenden Schmerz, der sich von den Augen übers Herz bis in die Magengrube ausbreitete, als er erstmals wieder festen Boden unter den Füßen hatte. Der Boden war viel zu fest.

Eidig zog die flache Trinkflasche aus der Westentasche über seinem Herz, wog sie in der Hand und betrachtete einmal mehr die feine Gravur des Orion-Sternbildes sowie die Umrisse eines springenden Keilers.

Aber ja doch! … einen Schluck wollte er nehmen beim ersten Schritt auf amerikanischem Boden und dabei den hochprozentigen Heidjer-Kümmelschnaps in alle vier Winde sprühen. So wollte er die Neue Welt begrüßen.

Diesen Vier-Winde-Gruß hatte er von dem Russen gelernt, damals am versteckten Munitionslager der Napoleonischen.

An einem Juli-Sonntag des Jahres 1835 also sprühte Eidig den Vier-Winde-Gruß in den New Yorker Morgenhimmel, just in dem Moment, in dem er Amerika betrat. Stein unter den Füßen, nicht Waldboden.

Dann schraubte er die Flasche wieder zu, strich erneut mit den Fingerkuppen der rechten Hand über die Orion-Gravur und schaute zurück aufs Meer, über das Deck der vertäuten *Ganges* hinweg.

Da lag nun, weit, weit am anderen Ende des Atlantik all das, was abgelebt war. Da lag das Zu-Vergessende. Wobei die Sache mit dem Großen Jäger sicherlich nicht so bald vergessen sein würde in einer kleinen Stadt an der Ilmenau. Da war sich Eidig fast sicher.

»Ich möchte den Tag jetzt schon vergessen, bevor er noch richtig begonnen hat«, sagte Bruns, der seit Menschengedenken Bürgermeister in Bardowick an der Ilmenau war, der kleinen, älteren Schwester des großen Lüneburg.

»Warum? Warum willst du ausgerechnet das Schützenfest vergessen?« Eidig war erstaunt.

»Darum!«, sagte Bruns und sein von Falten und Runzeln zerfurchtes Gesicht wurde noch eine Spur knittriger. Er zeigte mit einem Schwenk seines Schädels auf eine Gruppe lüneburgischer Soldaten, die einen Belagerungsring um die Bierbude gelegt hatten.

»Die da drüben? Hast du Bedenken, dass sie zu viel saufen und euch die Festwiese vollkotzen?«

Bruns spuckte aus: »Das wäre noch leicht zu ertragen.«

»Und was ist nicht leicht zu ertragen?«

Bruns warf dem Soldatenhaufen noch einen Blick zu, der eine Kriegserklärung hätte auslösen können, und zog Eidig an der Schulter mit sich fort: »Ich zeig' dir mal was!«

Im offenstehenden Tor der Zehntscheune blieben sie vor einem Dreibein stehen, das wie eine übergroße, verhüllte Staffelei aussah.

Bruns löste eine Kordel und enthüllte eine fast mannsgroße Scheibe.

»Düwel uk!«, entfuhr es Eidig. »Was für eine Scheibe!«

»Und nicht eben billig. Daran hat de Bruycker … das ist der Kunstmaler, der den gesamten Lüneburger Rat abgepinselt hat … eine Woche lang gemalt. Jede Bardowicker Familie hat für diese Prachtscheibe Geld in den Hut geworfen. Und ich besonders viel.«

Eidig betrachtete die Scheibe: Ein Keiler bricht durch eine Schneewehe; der Keiler wird von einem halben Mond beleuchtet, drei Viertel des Himmels sind nachtschwarz.

Nachdem Eidig die Meisterhaftigkeit gelobt hatte, mit der der Künstler den Keiler auf lasierten Untergrund gesetzt hatte, wandte er sich dem Bürgermeister zu: »Lass mich raten, Bruns! Die adeligen Lümmels aus der Lüneburger Garnison sind hier, um das Preisschießen zu gewinnen und die Pokalscheibe mitzunehmen?«

»So isses. Sie kommen jedes Jahr die paar Meilen aus der Lüneburger Garnison zum Bardowicker Schützenfest 'rübergeritten. Sie haben die besseren Gewehre und immer ein, zwei Leute dabei, die den ganzen lieben langen Tag nichts anderes machen, als sich im Schießen zu üben.«

»Übel«, sagte Eidig, »das ist ja so, als wenn ihr mit Ackergäulen gegen Kavalleriepferden um die Wette reiten müsstet.«

»Genau so!«

»Und wie sind die Regeln?«

»Wir Bardowicker Schützen schießen in vier Gruppen jeweils auf die kleinen Vogelscheiben. Die Soldaten nehmen sich danach das Recht, unseren besten Schützen herauszufordern. Geschossen wird dann auf die große Scheibe … und du hast sie ja gesehen, die große Scheibe. In diesem Jahr ist sie besonders prächtig; weil wir in diesem Frühjahr den hundertsten Geburtstag unseres Schützenvereins feiern.«

»Der Sieger bekommt die Scheibe …«

»… und fünfzig Glas Heidehonig und zwei geräucherte Schinken.«

»Dann bin ich dafür, dass heute ein Zivilist gewinnt«, sagte Eidig.

»Dafür bin ich auch.« Bruns strahlte, und wie durch ein Wunder entfaltete sich dabei sein Faltengesicht.

»Aber was, wenn mich einer der livrierten Kerls erkennt?«

»Da wüsste ich Abhilfe«, grinste Bruns, »es sei denn du fürchtest dich vor etwas Tuschfarbe im Gesicht und hast was gegen die Kluft der Ilmenau-Schiffer.«

»Nöö, häw ick nich'«, sagte Eidig.

Zwei Stunden später begann das Ausscheidungsschießen und drei Stunden später standen zwei Männer fünfundzwanzig sauber ausgemessene Meter vor dem kreisrunden Bild eines Keilers, der eine Schneewehe durchpflügt. Einer der beiden sah aus wie ein Schiffer, der ohne Kleiderwechsel mehrere Wochen auf Flüssen und dem Elbstrom unterwegs gewesen war, der andere trug Offiziers-Ausgehuniform. »Fähnrich Friedrich von Perleberg legt vor. Nur ein Schuss! Ich gebe das Kommando. Der Schuss muss binnen zehn Sekunden erfolgen. Auf! Es gilt!«, sagte Bürgermeister Bruns und gebot mit einer energischen Armbewegung Schweigen.

Das wäre nicht nötig gewesen, denn ganz Bardowick hatte bereits damit begonnen, kollektiv den Atem anzuhalten.

Ein hagerer junger Mann, knapp Zwanzig, trat vor, zog sich den Uniformrock glatt, obwohl er glatt saß, warf seinem Gegner einen Blick zu, der irgendwo zwischen abschätzig und abschätzend lag, salutierte und schnarrte: »Ich widme meinen Siegesschuss dem hochwohlgeborenen Herzog Christian zu Braunschweig und Lüneburg und … einer Bardowicker Dame, deren Namen ich in meinem Herzen trage.«

Der zweite Teil der Widmung löste Raunen aus. Mehrere Frauenköpfe wandten sich gleichzeitig in Richtung einer hochgewachsenen Dunkelblonden, die in einem nach französischer Mode geschnürten, buchenlaubgrünen Halbmieder steckte. Die übliche Verdächtige.

Der Offiziersanwärter hob ein Perkussionsgewehr neuester Bauart, schlug den Schaft gegen seine Wange und atmete hörbar ein.

»Gut Schuss!«, rief Bruns und hielt seine geöffnete Taschenuhr in die Höhe, so als würde der Allmächtige von oben die Zeit nehmen.

Der Schuss fiel schnell. Der Schmied, der damals im Bardowicker Schützenverein für alles Offizielle zuständig war, lief vor, inspizierte den Treffer und stieß ein lautes »Jouhuuu!« aus: »Optimal! Blatt des Keilers mitt'n mang getroffen!«

Von Perleberg machte eine sehr zackige Wende, salutierte in Richtung Bürgermeister, warf seinem Gegner einen Blick zu, der wohl so etwas wie Mitleid ausdrücken sollte, aber den Adressaten verfehlte.

Der Schiffergehilfe, der zuvor das Ausscheidungsschießen der Bardowicker Schützen gewonnen hatte, trat vor. Etliche im Publikum, die sich durch das grob gestreifte Schifferhemd, die dunkel gepinselte Gesichtsfarbe und die schlecht sitzende Pluderhose nicht hatten täuschen lassen, machten Geräusche, wie sie entstehen, wenn eine Menschenmenge vielstimmig versucht, Gelächter zu unterdrücken.

Eidig wartete Bruns Kommando nur knapp ab und schoss, schoss noch schneller als der Fähnrich. Der Schmied preschte vor, fast stolperte er in den Knall hinein, den das große Kirchenschiff des Doms zurückwarf. Dann suchte er die Scheibe mit fliegendem Blick nach einem zweiten Einschuss ab und rief: »Verfehlt! Kein Treffer!«

Für die Dauer von drei, vier Herzschlägen war es still.

»Falsch!« Eidig klemmte seine Büchse in die linke Armbeuge, ging zur Scheibe vor und legte seinen rechten Zeigefinger in das einzige vorhandene Einschussloch:

»Twee in een«, rief er.

Daraufhin lösten sich die Reihen der Zuschauer auf: Erst die militärische der Lüneburger Offiziersanwärter, dann die lockeren der Bardowicker Bürger. Alles stürzte nach vorn, rempelte, stolperte, grölte, wühlte sich zu einem Menschenknäuel vor der großen Schießscheibe zusammen, die dabei fast von ihrem Dreibein gestoßen worden wäre.

Nach einer weiteren Weile – das Getümmel wurde von Kindergeschrei übertönt, ein Kleinkind war, zum Glück ohne ernste Folgen, buchstäblich in den Staub getreten worden – trompetete Bürgermeister Bruns das Stimmgewoge nieder: »Zwei Schüsse, ein Einschussloch … beides optimale Treffer, Blattmitte Keiler!«

Eidig hatte sich unter die ehemalige Gerichtslinde gesetzt und schaute den Dohlen zu, die, irritiert durch den Lärm, um die wuchtigen achteckigen Türme des Doms flatterten. Als sich die Menschenmenge etwas entknäuelt und das Militär wieder Aufstellung bezogen hatte, stand Eidig auf und rief so laut er konnte: »Lüüt! Hört mi mol tau! Der Herr Fähnrich hat exquisit getroffen. Bardowick nicht minder. Kein Gewinner. Also bleibt die Scheibe hier, und auch der Honig und der Schinken. Honigdrops für alle Kinder und Schinken satt am nächsten Erntedankfest! Und ab jetzt schießen zu Schützenfest nur noch Bardowicker auf Vogel und Scheibe! Dafür bekommen wir sicherlich hier auf der Stelle ein großes Offiziersehrenwort …?«

Eidig machte eine kleine Pause und fuhr dann fort: »Ich möchte aber noch einen kleinen Beitrag zur Verschönerung machen. Der Himmel über dem springenden Keiler ist nachtschwarz. Kein Stern. Mit Verlaub, das ließe sich ändern.«

Einer, vermutlich der Ranghöchste der Militärs, winkte die anderen Soldaten zu einem Halbkreis heran, Eidig sah ihn gestikulieren und dann mit gestrecktem Arm auf ihn zeigen. Jetzt war es wichtig, das alles schnell ging und noch wichtiger: die Bardowicker zwischen sich und die Soldaten zu bringen.

Eidig schoss erneut, schoss schnell und lud mit einer Geschwindigkeit nach, die bei mindestens drei der Lüneburger Offiziersanwärter eine mittlere Unterkiefersperre auslöste.

Er schwang sich das langläufige Perkussionsgewehr über die

Schulter und sagte, schon im Gehen: »Der Orion. Das große Winter-Sternbild. Wenn ihr die acht Einschüsse mit Silberfarbe ausmalt, sollte es stimmen. Der linke Schulterstern und der rechte Fußstern sind die hellsten. Beteigeuze und Rigel. Die drei Gürtelsterne sind gleich hell.«

Die Offiziersanwärter versuchten noch so etwas wie Aufstellung zum Sturmangriff, blieben aber im Menschengewühl stecken.

Eidigs nächster und letzter Bardowick-Besuch war flüchtig. Notgedrungen flüchtig. Als er an einem vernebelten Novembertag des Jahres 1832, zweieinhalb Jahre nach jenem denkwürdigen Schützenfest und zweieinhalb Jahre vor seiner Abreise nach Amerika, für ein paar Stunden in Bardowick Unterschlupf fand, steckte ihm Bürgermeister Bruns eine silberne Trinkflasche in den Mantelsack, einen sogenannten Flachmann, in dessen Vorderseite säuberlich das große Winterhimmel-Sternbild eingraviert war. Der Orion. Und unter dem Großen Jäger die Umrisse eines springenden Keilers.

Eidig wunderte sich. Die Einreiseformalitäten – immerhin in eine neuen Welt! – waren kaum umfangreicher als beim Schritt von Preußen ins Braunschweigische oder von Hamburg ins Dänische.

Man hatte seine Seekiste, die auch eine Flinte, seine Büchse und eine französische Militärpistole nebst Munition enthielt, mit einer Nummer beklebt und ihm die gleiche Nummer auf ein Papier geschrieben. Dieses Papier listete exakt 31 Fragen auf – zu Eidigs Erleichterung wahlweise auch in deutscher Sprache –, darunter Fragen nach Krankheiten, Schulden und: Gefängnisstrafen.

Was diese Frage anbelangte, schrieb Eidig ein großes, Spalten füllendes Nein. Bei Beruf setzte er ein schwungvolles »hunter« auf die gestrichelte Linie. Seine mitgeführten Barschaften gab er korrekt an, was sich als klug erwies: Unmittelbar vor ihm wurden einem Mann zwei Hände voll Goldmark aus dem Rockfutter geschnitten. Bei ›Adresse in den Vereinigten Staaten von Amerika‹

nannte er – so wie es ihm Habakuk Grünstern empfohlen hatte – *Sweetwater and Cohen / Publisher / Broadway 201*, was der prüfende Clerk mit einem anerkennenden Lächeln und der Frage quittierte: »So you will be working in the printing business, won't you?«

Eidig verstand die Frage nicht, nickte aber, was den Prüfenden zu der Bemerkung veranlasste, wie sich »publisher« denn zu seiner Berufsangabe »hunter« verhielte.

Es wurde ein Übersetzer herangewinkt, ein grauhaariges Männchen, dessen Deutsch schon etwas gelitten hatte, aber für den Schalterdienst noch ausreichte. Nach einigem Hin und Her gelang es Eidig darzustellen, dass er an einem Buchprojekt über europäische Jagd beratend mitarbeiten werde. Für den Anfang.

Das entsprach nicht ganz den Tatsachen oder Plänen, war aber dicht an den Wünschen von Habakuk Grünstern, der als Geschäftsreisender und Nicht-Immigrant samt Nichte in einem kleinen Segment des Saales abgefertigt wurde, das mit schwerem Tuch abgeteilt war.

Man winkte Eidig an einer Reihe wartender Menschen vorbei, die meisten kannte er von Bord der *Ganges*. Schließlich stand er vor einem Berg aus Seekisten, Riesenkoffern und verschnürter Habe. Er nannte seine Gepäcknummer und wurde zu seiner geöffneten Seekiste dirigiert.

Ein hünenhafter Kerl mit pockennarbigem Gesicht hielt ihm sein Gewehr vor die Brust. »I am hunter«, sagte Eidig, und zu seiner großen Erleichterung warf der Hüne das Gewehr wieder in die Seekiste zurück. Waffen waren offenbar kein Problem in diesem Land.

Probleme bereitete Eidig sein Kopf. Es schien, als hätte der sich an das Rollen und Schwanken der letzten Wochen so gewöhnt, dass ihm der feste Untergrund nun Schwindel bereitete.

Eidig packte seine Seekiste, zog sie – wobei das Schwindelgefühl in seinem Kopf noch an Heftigkeit zunahm – über die Dielenbohlen der Immigration Hall, die zu einer ehemaligen Befestigungsanlage noch aus der Holländerzeit gehörte. Hinter ihm drängte ein

Pulk junger Männer – alle in schwere Cordmäntel gehüllt, die Füße in Nagelstiefeln, auf den Schädeln knittrige Filzhüte – an die flachen Tische, hinter denen Offizielle hockten. In gespreizter Langeweile, ja, fast abweisend, wollte es Eidig scheinen.

Als der erste Cordmantel-Träger ein Bündel mit Papieren überreichte, drehte sich der Uniformierte zu seinem Nebensitzer um und sagte etwas, das Eidig annähernd verstand, obwohl sein Englisch eigentlich für wörtliches Verständnis nicht reichte: »Noch zehn irische Hurensöhne mehr an diesem beschissenen Tag und ich kotze dem elften mein Frühstück vor die Füße!«

Die Antwort des Kollegen, auf dessen Uniformjacke ein aufgenähter, flügelspreizender Adler prangte, fiel noch heftiger aus: »In Five Points haben sie damit begonnen, das Kopfsteinpflaster 'rauszureißen und dafür die Schädel dieser verdammten Paddys einzuhämmern!«

Das wenige Tageslicht – die Halle wurde überwiegend von Petroleumlampen beleuchtet – fiel durch Schießscharten. Es roch dumpf, lederig fand Eidig, und nach feuchtem Sackleinen.

An der Stirnseite der Halle hing ein mehrere Meter hohes und wagenlanges Gemälde, das Eidigs Aufmerksamkeit auf sich zog: Es zeigte Männer mit seltsamen langen Gehröcken, um die sich ein Halbkreis halbnackter Männer geschart hatte. Rothäute. In Mitte der Versammlung steckte ein gerupfter, großer Vogel auf einem Spieß – wohl ein Truthahn, schätzte Eidig. Einer der Rothäute reicht eine Pfeife, lang wie eine ausgezogene Posaune und behängt mit Bändern, an einen der Gehrockträger weiter. Im Hintergrund ankerten zwei bauchige Schiffe, von der Art, wie Eidig sie von Darstellungen alter Hanse-Koggen im Lübecker Rathaus kannte. Unter der Szene prangte ein gemaltes Pergament mit dem Schriftzug: »Come in Peace!« Der Maler – Künstler wäre eine Übertreibung gewesen – hatte es so eingerichtet, dass Sonnenlicht durch ein Wolkenloch hindurch genau die drei Worte ausleuchtete: »Komm in Frieden!« Eidigs schmaler, aber im Wachsen begriffener Wortschatz reichte aus, um die mottohafte Aufforderung zu verstehen.

Im Ausgangsbereich traf er auf den Köhler aus dem Deisterwald und seine Frau, die vollends genesen war und einen erheblichen Teil des Gepäcks über die Dielen zog. »Väln Dank noch mol, mien Fründ … und bliff 'n go-uden Kerdel«, sagte der Mann, dem eine seltsame, fast kindliche Freude im Gesicht stand. Möge sie dort lange verweilen, diese Freude, dachte Eidig.

Hinter dem Ausgang, gesichert durch zwei Uniformierte und eine kniehohe Schranke, wartete eine flache Kutsche. Aus dem halb offenen Verschlag winkte ihm Habakuk zu: »Gepäck aufladen und tief durchatmen«, schmetterte er und wirbelte mit seinem Ebenholz-Spazierstock.

Neben Habakuk saß Silvia, das blauschwarze Haar zu einer Art Haube geflochten und aufgesteckt, was Eidig an die Lüneburger Stülper denken ließ, die geflochtenen Bienenkörbe der alten Heimat. Silvia blickte nicht auf das Tor, das Menschen aus der Alten Welt in die Neue spuckte, sie blickte stadteinwärts. Richtung Amerika.

Kapitel 2

DIE LETZTE WOCHE ZUR SEE hatte Silvia hin- und her-, vor- und zurücküberlegt: »Was wird das für ein Gefühl sein, was werde ich denken, wenn ich den ersten Fuß auf Amerika setze? Wie fühlt sich Freiheit an? Ich hatte ja noch nicht viel davon …«

Und als es soweit war, waren es andere Bilder, unerwartete, sieben Jahre alte.

»Warum nach Amerika, David?«, fragte die vierzehnjährige Waise Silvia Grünstern ihren einzigen Bruder.

Anstelle einer Antwort hielt der schlanke junge Mann mit dem schwarzen Haar seiner acht Jahre jüngeren Schwester die rechte Hand vor die Augen.

Sie nahm sie, umschloss sie mit ihren Händen wie ein frierendes Katzenjunges und sagte: »Es ist nicht besser geworden, oder?«

Sie fragte, obwohl sie die Antwort kannte.

»Keinen Deut besser! Den Daumen kann ich bewegen, die vier anderen Finger nicht. Ich bin ein Krüppel.«

»Aber … meinst du denn, mit einer … mit einer schlechten Hand ist es in Amerika leichter als in Altona?«

»Darum geht es nicht. Ich möchte in ein Land, in dem man nicht die Hand zerquetscht bekommt, weil man ein Jud' ist und nicht Goi, weil man am Sabbat in die Synagoge geht und nicht am Sonntag in die Kirche.«

David Grünstern lenkte das Gespräch, als er die Besorgnis im Gesicht seiner kleinen Schwester sah, schnell in eine andere Richtung: »Na ja … ich kann jetzt alles mit der linken Hand, was ich zuvor mit rechts gekonnt habe. Nur mit dem Breithobel und der groben Holzfeile geht es schlecht.«

Silvia Grünstern überlegte, überlegte schnell, ob sie das Gespräch fortsetzen sollte, wusste sie doch, dass ihr Bruder zu einer gewissen Ruppigkeit neigte, wenn ihn Ärger und Wut würgten. Schließlich sagte sie: »David, sie haben dir nicht die Hand zertrampelt, weil du ein Jud' bist, sondern weil du die Ordnung verletzt hast, die Handwerksord ..«

Weiter kam sie nicht. Es kam zu einer dieser Reaktionen, die sie von Klein auf fürchtete; ihr Bruder stieß sie mit der linken, mit der gesunden Hand, vor dem Kopf, nicht brutal, aber heftig, und seine Stimme – eigentlich ein schöne Stimme, ein runder Tenor – schnappte über.

Es sprudelte, quoll, zischte, brodelte aus ihm hervor: Die ganze böse Geschichte von dem jungen Mann aus Altona, der Holz liebte. Die Geschichte, die Silvia kannte, besser als ihr lieb war. Die Geschichte von dem Knaben, der schon mit sechs Jahren Flöten aus Weißdornstecken schnitt, der mit neun fast ohne Hilfe und Aufsicht Erwachsener ein Standuhrgehäuse baute, das ein alter Schreiner ein Meisterstück nannte. Der mit zwölf ein acht Meter langes Ruderboot baute, das ein Fischer von der Elbinsel Finkenwerder gegen sein altes Arbeitsboot eintauschte und dafür den Habakuks eine erkleckliche Summe zahlte.

Als der junge Mann, der nichts besser konnte als mit Säge, Leim, Zollstock und Winkeleisen zu hantieren, beschloss, nicht den Weg zu gehen, den Juden gehen durften, den Weg in die Pfandleihen, die Anwaltskanzleien, die Goldschmieden … auch nicht den Weg an die elterliche Druckerpresse … da geriet er auf Abwege. Er verschwand und verdingte sich in Bremen, wo ihn niemand kannte, auf einer Schiffswerft, arbeitete erst als Ungelernter, begann dann eine Lehre, überragte schon bald Gleichaltrige und Gesellen an Fertigkeit, Fähigkeit und Umsicht, entwarf mit 19 Jahren eine verbesserte Ruderanlage für Küstensegler und mit 21 ein Verfahren, wie man das Kielschwein für Schiffe, die bei Ebbe flach aufs Watt fallen, mit weit weniger Material als üblich – und dennoch fest und strapazierfähig – einrichten konnte.

Und dann geschah es. Nach einem Stapellauf wurde wie immer bei solchen Anlässen hart gesoffen: Korn, Kümmel, sogar ungarischer Tokajer-Wein, den man Türkenblut nannte. Und Unmengen von Bier. Irgendwann, als ein Teil der Werft-Belegschaft schon nicht mehr stehen konnte, kam einer der Gesellen auf die Idee, ein Wettpinkeln zu veranstalten.

Man legte kleine Birkenrindenstücke in Mannesbrusthöhe auf die obere Latte eines Zaunes und lobte einen Preis aus. Wer fünf Rinden mit seinem Urinstrahl nacheinander zu Boden pinkeln könnte – so die Wette –, der bekäme ein neues, spezial gehärtetes Winkeleisen englischer Bauart ausgehändigt.

Und dann war es ein Weniges, ein Zipfel – ein fehlender genaugenommen –, der den Mann verriet, der bisher unter den Werftzimmerleuten als gut lutherischer Sohn eines Altonaer Buchdruckers gegolten hatte.

»Da schaut hin, ein Beschnittener. Ein Einschleicher.«

Die Zunftordnung für Zimmerer, Tischler, Windmühlen- und Schiffsbauer (letztere die Crème des Holzhandwerks) verbot es Juden, in diesen Berufen zu arbeiten.

Was folgte waren Schläge und viele gezielte, harte Stiefeltritte auf die Hände des Mannes, der sich in Bremen als Johann-Peter Grüntgens in die Arbeitsrolle der Weserwerft eingetragen hatte, und der in Wahrheit David Grünstern hieß. Einer, der zu Ostern und Pfingsten lutherische Choräle mitgesungen und der zwei Wochen vor Heiligabend einen Weihnachtsbaum am Tor der Werft aufgestellt hatte. Einer, der extra dicke Schinkenscheiben aufs Roggenbrot legte. Einer, der immer ein wenig lauter über Judenwitze lachte als die anderen.

Und alles nur, um Schiffsbauer sein zu dürfen.

Er verließ Altona wenige Wochen, nachdem er ein letztes Mal jemandem – in diesem Fall seiner einzigen Vertrauten, seiner kleinen Schwester – sein Elend an den Kopf geworfen hatte. Auch einen Brief hatte er ihr, und nur ihr, hinterlassen. Der schloss mit den Worten:

Wenn es Dir zu bunt wird, Schwesterlein,
oder nicht bunt genug, und wenn Du mir nach
Amerika folgen willst: Du findest mich wahrscheinlich
auf einer Werft. Vermutlich einer New Yorker Werft.
Frage nach der besten Werft am Ort.
Sei umarmt, und bete
an jedem Jom ha-Kippurim für mich!
Dein Dich liebender Bruder David!«

Kapitel 3

ALS DIE KUTSCHEN SICH IN BEWEGUNG setzte – eine kleine mit Eidig und Gepäck, eine größere mit den beiden Grünsterns – schaute Silvia über die Schulter und ließ den Blick über den Mastenwald des New Yorker Hafens gleiten. Dann wandte sie sich an den Kutscher, einen Chinesen oder Halb-Chinesen im Livree des *Old Lexington Hotels*: »Wie heißt die beste Werft von New York?«

Der Mann parierte die Pferde durch – zwei kleine Apfelschimmel, denen man Bänder in den Farben der Vereinigten Staaten in Mähne und Schweif geflochten hatte –, so als könne er nicht gleichzeitig kutschieren und parlieren: »Die größte oder die beste Werft, Ma'am?«

»Die beste.«

»Eisen oder Holz, Ma'am?«

»Holz.«

»Schwer zu sagen, hmm ... wirklich schwer. Vielleicht *Morton and Sons*? Oder *Viking Shipbuilders* ...«

Silvia schrieb beide Namen in ein Notizbuch und überhörte die Frage ihres Onkels, woher denn ihr Interesse für New Yorker Werften rühre.

Der amerikanische Chinese geriet ins Plaudern, er schien darauf geeicht zu sein, dass Passagiertransport mit Konversation einher zu gehen habe. Er hüpfte von den Werften im Besonderen zur Schifffahrt im Allgemeinen, verkündete dann, dass der New Yorker Hafen die Häfen von London und Genua bei Weitem überholt hätte, schwenkte übergangslos zu Immigration und der anschwellenden Flut irischer Hungerleider: »... wenn Sie, meine Herrschaften, eine Woche früher gekommen wären, hätten Sie eine Demonstration der *Native American Democratic Association* erlebt.

Die reinsten Immigranten-Fresser sind das. Diese True Americans haben die ganze Spitze von Manhattan abgeriegelt und gebrüllt »Paddies go home!« und »No more Irish thieves and drunkards!« Da war was los! Hundert Cops oder mehr … nur, was die Sache so schwierig macht: Jeder dritte Cop hat irisches Blut in den Adern. Und die Jungs in Uniform waren nicht dazu aufgelegt, ihre Cousins aus Derry, Cork und Dublin zurück auf die Schiffe zu prügeln.«

An einem Sammelplatz für Kutschen wechselte Eidig samt Gepäck in die große Kutsche der Grünsterns. Er ließ sich den Redefluss des kleinen gelben Mannes schluckweise übersetzen, schüttelte sich dann und fluchte auf Plattdeutsch: »… Himmel, Oas un Schiet inne Büx …«

»Das übersetze ich nicht, sonst werden wir noch ausgewiesen, bevor wir angekommen sind!«, sagte Silvia und versuchte Eidig, dem der Kopfschmerz das Gesicht verzog, ein wenig aufzuheitern.

Habakuk Grünstern war überschäumend guter Laune, ein Gefühl, das aus seinem üblichen Wortschwall eine Wortkaskade machte: »Pflücke den Tag – carpe diem! Also pflückt ihn, Kinder! Pflückt euch ein Sträußchen Träume aus dieser unvergleichlichen Luft. Pflückt euch euer Amerika! Und lasst mich euren Josua sein, der euch ins Gelobte Land führt.«

Habakuk Grünstern hatte sich im Fond der Kutsche aufgerichtet und machte eine feldherrenhafte Umfassungsbewegung mit seinem Spazierstock. Eine Bodenwelle zwang ihn unvermittelt wieder Platz zu nehmen. Für eine kleine Weile war er still; der harte Stoß hatte ihm die unteren Schneidezähne in die Zungenspitze getrieben.

Die mehrstöckigen Häuser links und rechts der Straße – im Stil römischer Prächtigkeit gebaut, wie Oheim und Nichte erkannten – wurden mit jedem gefahrenen Yard prächtiger, wuchtiger, ausladender. Einige füllten den ganzen Zwischenraum zwischen zwei einmündenden Straßen. Von irgendwoher wehten Klangteppiche herüber. Blasmusik, schnell, rhythmisch … zu schnell, um dazu zu marschieren.

Der Kutscher nutzte Grünsterns kurze Sprachlosigkeit und deutete mit seiner Peitsche in eine Nebenstraße, die breiter war als alle Hauptstraßen Altonas. »Sie spielen den *Yankee Doodle*«, verkündete er und sang mit hoher Kopfstimme:

»Und da kam Käpt'n Washington
auf seinem Hengst geritten
und warf Befehle kurz und klar
in seiner Männer Mitten …«

Eidig hielt die Augen geschlossen. Irgend etwas schleppte er mit sich. Und was immer es sein mochte, es schmerzte.

Kapitel 4

SILVIA HATTE DIE WARTEZEIT VOR AUDUBONS Eintreffen genutzt, um sich im großen Konferenzzimmer des Verlags umzuschauen, Sweetwater junior hatte ausdrücklich dazu eingeladen.

Auffällig waren drei Portraits von George Washington, Drucke nach Ölgemälden. Eines hatte sie vor drei Jahren als Original in Hamburgs großer Kunsthalle gesehen: Der Vater der Nation in lockerer Haltung auf einer Felsplatte stehend, neben ihm hält ein Mohr Washingtons offensichtlich erschöpftes Pferd. Unterhalb der Dreiergruppe gähnt ein Abgrund, durch den sich ein Fluss windet.

»Trumbull?«, fragte Silvia Grünstern.

»Ich bin entzückt. Sie kennen unseren großen John Trumbull?« Sweetwater junior hatte Obertöne von Begeisterung in der Stimme. Und Eidig, der sich unwohl fühlte und Rückendeckung vor einer Bücherwand genommen hatte, fragte sich, ob es sich bei diesem Süßwasser womöglich um jenen Bocher handeln könnte, den der alte Habakuk Grünstern als Heirats-Geschäftsverbindung zwischen Altona und New York auserkoren hatte. Habakuk jedenfalls saß mit gefalteten Händen im Ledersessel und lächelte … einnehmend.

Als sich gerade ein Geplänkel entwickeln wollte – Fragen und Antworten zu diversen Druckverfahren – betrat Audubon den Raum.

Kann es sein, dass Maler irgendwann selbst zum Gemälde werden … so wie ein großer Schauspieler zum Hamlet? Ungefähr das war es, was Silvia Grünstern dachte, als John James Audubon – der vor wenigen Wochen seinen Fünfzigsten mit einem Kostümfest auf einem Floß, den Hudson River hinuntertreibend, gefeiert hatte – das große Konferenzzimmer von *Sweetwater and Cohen* … füllte.

Jedes andere Wort als ›füllen‹, so jedenfalls empfand sie es, wäre unpassend gewesen. So wie auf Eugène Delacroix' Jahrhundertbild »Die Freiheit auf den Barrikaden« das Bild füllt und es zugleich beherrscht – und das obwohl sie in Frauengestalt nur einen kleinen Teil des Gemäldes ausmacht –, ungefähr so füllte Audubon den großen Bibliotheksraum. Der Meister des Vogelportraits war da, und alles andere war auch noch da.

Audubon absorbierte alles. Von der Fensterfront, die Aussicht auf den Broadway gewährte, zur gegenüberliegenden großen Bibliothekswand mit der schweren Hickory-Eingangstür, von der Stirnseite mit den drei Washington-Darstellungen zur gegenüberliegenden Wand, die im Blockhausstil als Bar eingerichtet war.

Und seine Stimme kam wie von einer Bühnenrampe: »Pardon, die ehrenwerten Herrschaften, ich bin verspätet. Egal wie breit der Broadway ist, es gibt zu viele Idioten auf dem Kutschbock, für die die Straße nicht breit genug ist. Achsenbruch! Ich bin die letzte halbe Meile gelaufen. Nehmen Sie den original New Yorker Schmutz an meinen Stiefeln als Beweis!«

Die Stiefel glänzten – wie die gesamte Erscheinung. Ein grauweißer Backenbart modellierte eine Doppelwelle über Audubons Wangen, unter den ebenfalls grauweißen Brauen stachen wasserblaue Augen hervor.

Der Mann, hochgewachsen, kein Anzeichen von Altersbeuge, steckte in Leder – Hirschleder, wie Eidig sah –, allerfeinstem Leder, das sich an den Ärmeln und den Hosennähten in dunkelgrün gefärbte Fransen verzipfelte. Ein gleichfarbig grünes Tuch floss locker um seinen Hals. Und die Stimme … Bariton, eine Singstimme wie für Schubert-Lieder … sagte: »Pardon … Sie hatten den wesentlich weiteren Weg und sind dennoch pünktlich!«

Eidig verstand wenig, las aber umso genauer die Körpersprache. So standen und sprachen die, die nur an einer speziellen Kundgebung interessiert waren: der eigenen. Er mochte den Mann nicht.

Sweetwater junior wedelte einen dunkelhäutigen Jüngling zur Tür, der sofort mit einem Flacon und etlichen Gläsern zurückkehrte. Dann nahm der Bocher – Eidig war sich inzwischen sicher, den designierten Heiratskandidaten vor sich zu haben – eine quasioffizielle Haltung ein, faltete sehr schmale, sehr lange Finger vor seiner Brust, befahl per Kopfnicken, dass die inzwischen verteilten Gläser gefüllt würden, und begann eine Rede, die mehrfach von Kopfnicken in Richtung auf einen der Anwesenden getaktet war. Die jeweils Vorgestellten – offenbar viele Honneurs der Stadt – traten, sobald sie erwähnt wurden, in die Raumesmitte vor und nickten verbindlich in alle Richtungen.

Als die Rede auf Eidig kam, hätte der gern seine Position mit Rückendeckung beibehalten; das aber war schon deshalb schwer möglich, weil ihn Audubon und der Bocher gleichzeitig mit einladender Geste in die Raumesmitte baten.

Silvia stellte sich direkt neben ihn und flüsterte ihm Brocken zu, Stichworte aus der Vorstellungsrede, die der Bocher nun offenbar auf ihn hielt: … bester Schütze in ganz Deutschland … Wildschütze … will in den Weiten Amerikas jagen …

Eidig warf einen gequälten Blick in Richtung Habakuk. Ohne Zweifel hatte der den jungen Sweetwater instruiert. Ganz auf seine Art. Wie auch sonst?

»Poacher?«, sagte Audubon, nachdem Sweetwater geendet hatte.

Eidig schüttelte den Kopf, er kannte das Wort: »No no, not Wilderer … not poacher! Free hunter.«

Audubon lächelte, und das Lächeln gefiel Eidig nicht.

Poacher. Wilderer … oder schlimmer noch: Wilddieb. Das waren Worte für Steckbriefe, Schmähworte. Verleumdungen. Dieb … das vor allem. Dieb! Wem hatte er denn drüben in seinen Wäldern, auf seiner Heide ein Stück Wild diebisch entwendet? Wem denn, Himmeldonnerwetter? Doch nur denen, die es sich unrechtmäßig angeeignet hatten.

Und das erste, war er in den Häuserschluchten dieser großen Stadt dachte, war: Wohin laufen sie, diese hohlen Rinnen? Nach Westen? Dahin wo die freie Jagd ist? Sollte ich nicht einfach nur diese Straßen zu Ende laufen und nicht eher mit dem Laufen aufhören, bis ich sie sehe: diese wogende Decke, diesen zweiten Himmel aus Büffelrücken, der sich unter dem blauen Himmel dehnt? Im Westen. So hatte es ihm einer geschildert, einer, der selbst da war in den Prärien. »Ein wogendes Meer aus Tausend zotteligen Leibern«, hatte der Mann gesagt. Eidig hatte sich die Worte gemerkt, manchmal hatte er sie beim Tagträumen im Schatten einer Buche oder eines Wacholders vor sich hin gesprochen.

Und nun nannte ihn dieser Vogelmaler poacher. Wilddieb.

Noch während sich Eidig überlegte, ob er dem Mann den Rücken kehren sollte, setzte Habakuk Grünstern zu einer Rede an, die er offenbar Wort für Wort vorbereitet und auswendig gelernt hatte. Eidig verstand genug, um zu begreifen, dass Grünstern, sein Projekt »Die Vögel Europas« – und zwar »aus der Hand des großen Audubon« – vorstellte. Ab und an wurde er, Eidig, in den Redefluss eingeschlossen. Ab und an warf ihm Silvia ein Wort oder einen Halbsatz zu: … kein Zweifel, gewaltiger Bucherfolg im deutschen Land … kein besserer Kenner des wilden Waldes und der Heide und all seiner gefiederten Schätze als dieser Mann dort … jede gewünschte Druckqualität … gerade auch mit Hilfe der neuen Sweetwater-Cohen-Technik … Erfolg garantiert … große Möglichkeiten … der Atlantik trennt uns nicht mehr … wäre überglücklich, wenn wir meinen Traum gemeinsam weiter träumen … danke!«

Applaus! Habakuk hätte ihn sich heftiger gewünscht, aber immerhin: Applaus. Habakuk sog die Lunge voller Luft und stand einen kleinen Moment wie aufgeblasen da, dann tönte er: »Zugegeben, eine Vision, aber ich befinde mich ja im Land der großen Visionen!« Dann hob er sein Glas so impulsiv, dass ein wenig von der goldbraunen Flüssigkeit über seinen Anzug schwappte.

Eidig trank. Es war sein erster amerikanischer Whiskey. Gut!

Er ließ die folgenden Wortkaskaden – Audubon, ein Verkaufsleiter, Sweetwater junior, drei bis vier New Yorker Notable, dann wieder Sweetwater junior und schließlich abermals Habakuk – an sich vorbeiplätschern. Nichts anderes blieb ihm übrig, die neue Sprache war noch zu fremd. Er schaute in sein Glas, das sich, kaum halb geleert, wieder füllte, und nahm erst dann wieder Anteil am Geschehen, als der dunkelhäutige, livrierte Boy ihm einem Teller, beladen mit dünn geschnittenen dunklen Fleischscheiben, unter die Nase hielt.

»Iss! Nicht essen ist unhöflich hierzulande!«, wisperte Silvia, die – das einzig Erfreuliche an dieser Zusammenkunft – Schulterkontakt zu ihm hielt.

»Welches Tier?«, flüsterte er.

»Büffelzungen! Du musst jetzt: *O, how delicious* sagen.«

Eidig sagte: »Oh, hau delisch-zz!«

Er hätte sich eine andere erste Begegnung mit seinem Sehnsuchtstier gewünscht.

Der Mann am dampfenden Großküchenherd lächelte. In Altonas *Möwennest*, dem besten Esslokal an der Elbe zwischen Dresden und der Nordsee, stand er am Herd und war sehr guter Dinge. Und es schien, als freute er sich auf seine eigene Pointe: »Den Schweinen, die sich im Stall den ganzen Winter lang die Schwarte wund scheuern und nur ein paar Wochen im Jahr zur Eichelmast in die Wälder dürfen, denen schmeckt man doch geradezu die Unfreiheit an. Das Schweinefleisch schmeckt nach Gefangenschaft. Man muss den Geschmack mühsam wegkochen, wegbraten, wegwürzen. Aber nimm das Fleisch von einem Wildschwein, das Nächte lang voll Wonne vom Wald, vom Feld, von den Wiesen gefressen hat. Das sich voll Wonne wälzen durfte im duftenden Dung. Da schmeckst du das Glück. Ich nenne es den Geschmack von Freiheit. Der geht ins Fleisch.«

Der Koch reichte Eidig eine krustige Scheibe, von der Bratensaft troff.

»Herrlich!«, lobte der, der tags zuvor Wild in Altona abgeliefert hatte, sieben Wildschweine und fünfzehn Rehe, zugestellt unter einer Tarnschicht aus Torfziegeln.

Der Chefkoch legte nach, tupfte Eidig einen Klecks herbsüßer Waldbeeren auf eine Fleischscheibe und geriet ins Plaudern: »Wenn die reichen Juden von der Alster zu mir ins Lokal 'rüberkommen oder unsere hier aus Altona … all diese Goldmanns, Grünsterns, die Heines … und wenn sie dann nach Koscherem fragen, lasse ich immer Wildschwein auftragen. Beim Servieren stelle ich mich an den Kopf der Tafel und sage: ›Meine hoch verehrten Herrschaften, liebe Gäste, diese junge Hirschkuh, mit aller Liebe und Kunstfertigkeit zubereitet, ist das Feinste und Beste, was unser deutscher Wald uns geben kann. Ich wünsche einen gesegneten Appetit‹.«

»Du betrügst Juden?«

»Aber nein! Ich beglücke sie.«

Kapitel 5

EIDIG WAR DIE KALTE PRACHT DES HOTELS, benannt nach einer Stadt, bei der irgendeine wichtige Schlacht geschlagen worden war, unangenehm in die Knochen gefahren. Habakuk hatte ihn, generös und mit großer Selbstverständlichkeit, hier einquartiert, zwei Stockwerke unter dem Flur, in dem er je eine Suite für sich und Silvia angemietet hatte.

Der große Gebäudekomplex – Eidig hatte nie ein Haus vergleichbarer Größe gesehen – war eingefasst von einer Vielzahl hoher Säulen. Die trugen nichts außer kleinen Bögen, die sich an das Dach lehnten; etwas dümmlich, weil sie nur so taten, als seien sie tragende Teile.

Den Eingang, ein Tor durch das drei Pferdegespanne gleichzeitig und auf gleicher Höhe hätten einfahren können, flankierten zwei vielfach überdimensionierte Tiergestalten: ein Adler, der seine Krallen geradewegs in den Fels schlug, auf dem er saß – »... welche Greife tun das?«, fragte sich Eidig, »und warum?« – und dem Vogel vis-à-vis ein Büffel.

Der Büffel hatte Eidigs volle Aufmerksamkeit. Das Tier war – so jedenfalls wollt es der Bildhauer – nur an der Körpervorderhälfte behaart, dort aber übermäßig. Das Hinterteil war glatt wie das Fell einer Deutschen Dogge. Eidig umrundete den steinernen Koloss, während er noch an einem etwas zähen Frühstücksbrot kaute; er versuchte, sich das Tier, von dessen Zunge er gestern gegessen hatte, in Fleisch, Fell und Blut vorzustellen: ein Koloss ... sicherlich. Und diese Muskel- und Fellberge wogten zu Tausenden durchs menschenleere Land, hatte er gelesen und sich erzählen lassen.

Wegen dieser braunen Wogen – nicht nur, aber auch nicht zum

Wenigsten – hatte er deutsche Hasen, Rehe, Hirsche zurückgelassen. Diese Wogen wollte er wogen sehen. Und so ein Urvieh sollte mit sauberem Blattschuss vor ihm in den amerikanischen Staub sinken. Alles andere als ein sauberer Blattschuss wäre schmachvoll.

Sein Freitagslehrer, der Hittfelder Pastor, war es, der ihn gefragt hatte: »Was ist es denn, mit dieser Lust am Töten, mein Sohn?«

Eidig war unter der Wucht der Frage erstarrt. Und der Pastor, der Eidigs heftige Reaktion bemerkte, fuhr fort: »Gott der Herr hat es den Menschen erlaubt, sich vom Fleisch der Tiere zu ernähren. Aber ist es das, was dich mit Flinte und Büchse in den Wald treibt?«

»Nein, das ist es nicht«, hatte Eidig geantwortet. Und er musste lange nachdenken, ehe er mehr als dieses »Nein« über die Lippen bekam.

»Es ist … die Lust daran, dass ich so leise gehen kann wie ein Hirsch. Und dass ich so leise gehen muss, weil er sonst über alle Berge ist, bevor ich in Schussnähe bin. Und es ist … wie soll ich das nur sagen … der Morgennebel, wenn er sich auflöst und ich den Hasen sehe, der bisher in seinem Schutz gemümmelt hat. Und dass ich weiß, dass meine Kugel schneller fliegt als der Wanderfalke. Und dass ich besser treffe als sein Schnabel und seine Krallen treffen. Und manchmal ist es auch der Duft von geröstetem Rebhuhn in einer Spätsommernacht oder die Farbe von der blühendem Waldvögelein-Blume im Juni. Oder der Duft von Birkenpilzen im Septemberwald.«

»Du liebst, auf was du schießt.«

»Ja, und ich freue mich auch, wenn ich nicht treffe. Aber das ist selten.«

»Kennst du die fromme Mär vom Heiligen Hubertus?«

»Nein.«

»Als er einen Hirsch schießen wollte, erschien ein strahlendes

Kreuz zwischen den Geweihstangen. Hubertus fiel auf die Knie und schoss nie wieder auf ein Lebewesen … Aber Luther aß nichts lieber als Rebhuhn und Fasan.«

Ein Mann in hellbraunem Tweed blieb neben Eidig stehen, deutete auf den Koloss von Büffel und sagte: »They call him John Bull!«

Das war offenbar lustig, denn der Mann lachte wie über einen Witz. Als Eidig hilflos mit den Schultern zuckte und mit stark deutschem Akzent radebrechte, dass er leider nicht firm in der Landessprache sei, lachte der Mann, dieses Mal laut, und sagte mit schwyzerischem Akzent, John Bull sei »die Karikatur des Briten schlechthin«.

Und seit die Briten den Krieg gegen die Freiheitlichen in ihren nordamerikanischen Kolonien verloren hätten, gehöre es in New York zur patriotischen Pflicht, über John Bull zu witzeln und zu lachen. Besonders an Gedenktagen wie dem 5. Juli, wenn der Schlacht bei Chippewa, im Siegesjahr 1814, gedacht würde.

Eidig nickte und betrachtete den Bullen namens John noch einmal genauer. Auffällig war, dass die Hoden so groß und tief hängend waren, dass ein Galopp nur schwer vorstellbar erschien. Aber, sagte sich Eidig: Das Tier ist ja hier Symbol, und ein Symbol muss sich bedeutsam zeigen, muss sich nicht bewegen.

Eidig nutzte die Gelegenheit, den Herren, der sich als »Urs Fellner, Graubünden« vorstellte, nach einem Bäcker zu fragen: »Ich habe sieben Wochen nur schreckliches Brot gegessen … und das Brot, das es hier zum Frühstück gab, war kaum besser.«

Der Schweizer lachte abermals, er lachte offenbar sehr gern, und sagte dann: »Es gibt hier italienische, russische, französische Bäcker. Und auch deutsche. Warnen möchte ich nur vor den irischen. Die backen mit Kalk, weil das Mehl zu teuer ist.«

Wieder Gelächter, dieses Mal heftiges. Ob Iren hierzulande gern beschossene Zielscheiben für Witzemacher seien: Das hätte Eidig gern gefragt, aber der Schweizer zog den Hut und kurvte um den Adler – »… vielleicht doch ein Steinadler, weil er sich in den Fels krallt?« – in die Hotel-Lobby.

Eidig sog die Luft ein, diese Luft, von der man ihm gesagt hatte, sie sei eine sehr freiheitliche. Er schaute in den Himmel, von dem man ihm gesagt hatte, er sei grenzenloser als der deutsche … und er machte unwillkürlich einen Schritt rückwärts: Donnerwetter!

Über ihm standen, etwas höher als eine deutsche Feldlerche fliegen kann, zwei Heißluftballons in der Luft, ein rotblauweißer und ein grüngelber. Zwischen beiden war ein riesiger Schriftzug aufgehängt. Eidig kniff die Augen zusammen und las: »Read *The Sun*: Human Life on the Moon«.

Als er noch über die himmelhohe Schlagzeile rätselte, hörte er eine vertraute Stimme, die in diesem Moment nicht sonderlich vertraut klang. Habakuk stand vor dem Haupteingang und rief, nein, er schrie, den Spazierstock schwingend: »Herr Eidig, kommen Sie, kommen Sie schnell … ein Unglück!« Zwei, drei Sekunden meinte Eidig, Habakuks Schrecken beziehe sich auf die Himmelserscheinung. Doch dann sah er das Gesicht und die tiefe Verstörung darin. Habakuk Grünstern öffnete den Mund, versuchte abermals etwas zu artikulieren, aber das Ganze geriet zu einer krampfigen Grimasse. Dann schlug er beide Hände vors Gesicht, zuckte, schluchzte.

Ein Frühstückskellner, der eben noch bräunliches, kanonenkugeliges Gebäck durch den Raum getragen hatte, blieb erschrocken stehen und fragte, ob er einen Doktor rufen solle. Die Frage blieb unbeantwortet. Schließlich – der Zimmerkellner hatte den Hotel-Manager geholt, der in knapper Entfernung Aufstellung genommen hatte und hilfsbereit dreinsah – fingerte Habakuk mit zittriger Hand ein Papier aus seiner Rockinnentasche:

»Bitte lesen Sie! Der Brief lag in Silvias …« – heftiges Schlucken – »… lag in ihrem leerem Zimmer!« Habakuk tastete nach einem Stuhl, ließ sich fallen, verfehlte fast den Sitz, krampfte beide Hände in die Sessellehnen. Dann flüsterte er fast tonlos und mit geschlossenen Augen: »Donnai … Donnai.«

Eidig entfaltete das Papier, sah die Schrift, die er kannte und las:

Geliebter Oheim,

schwer, ach so schwer, fällt es mir, Dir zu sagen, warum ich fort bin. Ich habe mich schon vor mehr als einem Jahr entschlossen, Altona, Deutschland, unser altes Europa zu verlassen. Ich ertrage es nicht, geduckt und gebückt zu gehen. Als Du mich fragtest, ob ich Dich zu Sweetwater and Cohen *begleite und bei den Verhandlungen unterstütze, habe ich zugesagt. Bei Gott, wie hüpfte mein Herz in der Nacht vor Kippur, als Du mich batest, Dich nach New York zu begleiten.*

Wohl habe ich bemerkt, dass sich für Dich damit mehr verband als Unterstützung bei Gesprächen mit einem großen Naturmaler. Ich bin Dir nicht gram. Deine List ist ein geringes Fehl, gemessen an meiner vorgespielten Ahnungslosigkeit.

Ich will in diesem großen Land das finden, was ich brauche, um ein glücklicher Mensch zu sein. Das ist nicht die Ehe. Was es aber ist, weiß ich nicht genau. Ich weiß aber, dass dieses Etwas für mich nicht in Altona und in Deutschland, ja nicht einmal in Europa zu finden ist.

Im Berliner literarischen Salon der Rahel Levin, wo ich im Mai 31 dank Deiner Güte weilen und lauschen durfte, traf ich eine Frau Bettina, mit adeligem Namen von Arnim, glaube ich mich zu erinnern. Sie sagte mir, der noch nicht flüggen Waisentochter aus reichem jüdischem Hause: »Ein Vogel, der nicht versucht, vor den Krallen der Fänger davonzufliegen, hat die Freiheit nicht verdient!«

Aber meine Flucht ist nur zu einem Teil Flucht. Zum anderen ist es Aufbruch. Ich gehe weg, um anzukommen.

Wünsche mir Glück, sage den Lieben daheim, ich trage sie im Herzen, solange es schlägt.

Wir werden uns wiedersehen, in dieser oder in einer anderen Welt.

In ewiger Liebe, Silvia

Dem Brief beigelegt war eine Skizze, flüchtig aber sehr gekonnt hingeworfen: Ein alter Mann, erkennbar Habakuk Grünstern, steht den Spazierstock schwingend an der Reling eines Schiffes – der *Ganges* zweifellos. Neben ihm eine Frauengestalt: sie selbst, ein geniales Selbstportrait mit wenigen Strichen – leicht geduckt, wie um dem Stockgefuchtel auszuweichen. Über ihnen zwei Möwen, die im Flatterflug eine entrollte Banderole halten: »America – Land of the Free«.

Eidig kniff die zwei Papiere zusammen und schaute betroffen drein. Er war indes nicht wirklich betroffen oder gar erschüttert – der Brief besagte nichts, was er nicht erwartet hätte. Nur eben nicht so früh, nicht schon nach der zweiten Nacht auf neuer Erde. Aber ehe sich noch Trennungsschmerz einstellen konnte, streifte Eidig eine ziemlich klar konturierte Ahnung, wo die Flüchtige zu suchen und zu finden sein würde.

Habakuk zitterte zu sehr, um Brief und Zeichnung wieder an sich nehmen zu können. Seine Lippen zuckten. Dreimal setzte er an, bevor ihm Worte gelangen: »Es ist ein Fluch! … Es ist genau wie bei ihrem Bruder David. Die Grünsterns unter bösem Stern …«

Die zur Flucht entschlossene Silvia hatte ihn nicht – und schon gar nicht ihren Onkel – informiert oder um Hilfe gebeten. Sie hätte, sagte sich Eidig, befürchten müssen, dass er oder der Oheim alles unternommen hätten, um sie zu halten. Dass sie sich aufmachen würde, ihren Bruder zu finden, von dem sie mehrfach berichtet hatte, schien Eidig eine ausgemachte Sache zu sein. Aber von diesem David Grünstern gab es, soweit Eidig bekannt, eigentlich nur eine – inzwischen viele Jahre alte – Nachricht, dass er sich in New York dem Schiffbau zuwenden wollte. Und *wollte* bedeutete ja nicht zwingend, dass er sein Vorhaben auch ausgeführt hatte.

Eidig fiel ein, wo und wie er Silvia zuletzt gesehen hatte: Im Gespräch mit dem Etagenkellner … und sie hatte das Gespräch abgebrochen, als er, Eidig, sich hinzugesellte … fast so, wie Zwiegespräche bisweilen ersterben, wenn einer dazutritt.

Eidig befragte ihn. Der Etagenkellner gab vor, Eidigs holperiges Englisch nicht zu verstehen, eine Ausweichbehauptung, die Eidig sofort abschnitt, indem er den freundlichen Schweizer – Dauergast im *Lexington*, wie Eidig mittlerweile wusste – als Übersetzer dazuholte. Der Graubündner übersetzte Eidigs Fragen nicht nur in ein perlendes Englisch, er verstand sich auch auf »Bescheinigungen«, indem er Eidig zuraunte, er möge doch ein paar Dollarnoten vorzeigen.

Der Etagenkellner strich die Scheine mit einer eleganten Bewegung ein, sonderte ein paar nichtssagende Redewendungen ab und sagte dann im Ton gepflegter Beiläufigkeit, er habe der schönen Lady aus Germany ein Register aller New Yorker Werften besorgt, sie hätte die Zusammenstellung studiert und die Liste schließlich mit dem Ausdruck großer Zufriedenheit zurückgegeben. Worauf sich die Zufriedenheit der Lady gründete, wisse er jedoch nicht … »awfully sorry«.

Eidig schob eine weitere Dollarnote nach und erlangte ohne weitere Verzögerung Einsicht in die Liste.

Die war lang. New York hatte in jenen Tagen mehr Werften als England, Deutschland und die Niederlande zusammengenommen.

Aber schließlich fand Eidig etwas, das schon nach mehr als nur nach einer Spur aussah: Unter »G« – zwischen *Globe Shipyards* und *Grey and Sounders Shipbuilders* – las er:

Greenstar – Ships and Stearing Gears
Owner: Gruenstern, David
Adr.: Blackwell's Nose / The New Shipyards

Was man sich unter Blackwell's Nose vorzustellen habe, war leicht zu ermitteln: Die Blackwell-Insel teilte den East River zwischen New York und dem Queens County in zwei Flussarme. Die Nordspitze der gut zwei Meilen langen Insel hieß Nose – und sie gab den gegenüberliegenden neuen Werften am New Yorker Ufer des East River den Namen: *The Blackwell's Nose Shipyards.*

Eidig war sich sicher, die richtige Fährte gefunden zu haben. Er dankte dem Schweizer, dem es erkennbar Freude machte, beim Spurensuchen behilflich zu sein.

Eidig beschloss, Habakuk vorerst nichts von der Spur zu erzählen. Oder gerade genug, um ihm etwas Ruhe und Hoffnung zu geben.

Kapitel 6

ERST WAR DA NUR DIESES LICHT, das schon vor der aufgehenden Sonne da ist. Aber dann wurden die Schatten schwarz und hart, weil die ersten Strahlen des neuen Tages in die Häuserschluchten fassten.

Silvia Grünstern hatte kaum Augen und Ohren für den schwarzen Mann, der ihr eine Sonderausgabe der Sun entgegen reckte.

»Entscheidet sich das Schicksal der Menschheit auf dem Mond? … neue Enthüllungen von Professor Bertini«, rhapsodierte er in einem seltsam gesungenen Englisch – phonetisch sehr weit entfernt von dem Englisch, das gebildete Töchter gebildeter Stände in teuer bezahlten Einzelunterrichtsstunden an der Elbe lernten.

Sie hatte ihren schweren, rindsledernen Reisemantel übergeworfen – viel zu warm für die Jahreszeit. Aber er hätte auf der Handkarre, die sie hinter sich herzog, sonst keinen Platz mehr gefunden. Die Karre, die sie am Vorabend ihrer Flucht in den unterirdischen Stallungen des *Lexington Hotels* erstanden hatte, war gerade geräumig genug, um ihren Seekoffer zu tragen. Die Zugriemen, eigentlich für ein Pony oder einen starken Hund gemacht, hatte sie verkürzt und daraus ein Zuggeschirr gemacht, dass sich über ihren Schlüsselbeinen straffte, wenn sie sich vorwärtsstemmte.

Der frühe Morgen versprach einen warmen Tag, aber in ihr waberte eine Art Finsternis, zerrten Nebel, knäulten sich Wolkenfetzen.

Sie weinte. Und senkte den Kopf, um keinen Frühaufsteher dazu zu verleiten, sie in tröstender Absicht aufzuhalten.

Ihr Tränenfluss wurde nicht bemerkt. New York schaute nicht in Gesichter, sondern nur voraus oder sich selbst auf die Füße. Wie schnell die Menschen hier gingen! Aber gingen sie wirklich schneller als in Hamburg oder in Altona? War es vielleicht so, dass sie so langsam ging, schleppenden Schrittes, so als wäre sie sechzig und nicht dreiundzwanzig. Und deshalb alles um sie herum ihr schnell erschien?

Sie schaute sich um. Die Karre machte seltsam ruckelnde Bewegungen; Silvia realisierte etwas, das sie gestern übersehen hatte: Jemand musste, wohl schon vor Jahren, das linke Hinterrad ausgewechselt und dabei ein etwas kleineres verwendet haben; mit jedem Zug machte das Wägelchen eine leichte Schlingerbewegung.

Der Wagen forderte ihre ganze Aufmerksamkeit, eine zu heftige Bewegung und er würde womöglich über die Seite mit dem verkleinerten Rad kippen. Der Wagen – so schäbig er auch war – hatte sein Gutes: Ihn vorwärtszuziehen forderte Konzentration, und diese Forderung stoppte schließlich ihren Tränenfluss.

Der Broadway lag jetzt noch knapp zur Hälfte im Schatten seiner Häuserschluchten, die Sonne hatte den Horizont handbreit überklettert. Einige der großen, der riesigen Gaslaternen brannten noch, an andere wurden gerade grob gezimmerte Leitern gelehnt. Es war die Stunde der Lampenanzünder, die auch das Ersticken der weißen Flammen in den frühen Morgenstunden besorgen mussten.

An einem Bordstein, der an einer einmündenden Straße nicht abgesenkt war, geschah es. Die Karre schwankte, die eiserne Befestigung der Deichsel tat einen Seufzer, und Karre und Koffer legten sich auf die Seite. Silvia stieß einen kleinen, einen nicht allzu lauten Schrei aus.

Karre und Last lagen kaum auf dem Trottoir, als schon Passanten hinzu sprangen. Ein Herr mit Zylinder, Gehrock und Gamaschen und ein junger Mann mit Ballonmütze und Grobwolle-Pullover. Beide fassten sie, wie auf Kommando, zu und wuchteten die Karre wieder auf die Räder. Der Pulloverträger packte den Seekoffer und schaffte das, was sie am Vorabend alle Kraft gekostet hatte: Mit einem einzigen Ruck hob er das sperrige Teil wieder auf die Ladefläche des Wägelchens. Der Gehrockträger lupfte den Zylinder, der Pulloverträger seine Ballonmütze. Dabei schenkte ihr der Junge ein sehr breites Grinsen und die Worte: »Gottes Segen auf den Weg und den Wind immer in Ihrem Rücken!« Silvia bedankte sich und zog weiter.

Mit Karren wie diesen – vielleicht etwas größer, aber kaum besser – waren ihre Altvorderen aus dem Ural gekommen. Und mit so einer Karre begann jetzt ihr zweites Leben. Sie konnte nicht anders – und sie wehrte sich auch nur kurz an diesem New Yorker Morgen – als an die alte Geschichte zu denken. Die am häufigsten erzählte Geschichte ihrer Kindertage.

Die Geschichte von dem Wägelchen und den Schühchen gehörte zum heiligen Bestand der Familie Grünstern. Hinter den jüdischen Familien, die im Herbst 1751 das brennende Schtetl an der Westflanke des Ural verließ, rannten losgebundene Kettenhunde her; und die Orthodoxen feuerten aus altertümlichen Gewehren über ihre Köpfe hinweg. Sie waren gnädig und schossen nicht auf die Flüchtigen, wie es die Kosaken taten, wenn sie auf Geheiß des Zaren oder der Bojaren ein Schtetl niederbrannten und die Juden vertrieben.

Die Grünsterns und die anderen Familien aus dem Schtetl waren Stunde um Stunde gezogen, Schneetreiben setzte ein, Sterne, die den Weg hätten weisen können, waren am Himmel nicht mehr zu sehen. Der Himmel hatte sich abgewandt. Und irgendwann – so jedenfalls ging die Geschichte, die jedes Grünstern-Kind an die hundert Male gehört hatte – irgendwann war da ein alles durchdringender Jammerschrei in der Luft: »Mein Kindl, mein Sohn!«

Olga, die Witwe eines Mannes, der sich zu Tode gehustet hatte, bemerkte, dass ihr Kleinkind, das sie, fest in Lumpen verschnürt, auf einer Karre gebunden hatte, nicht mehr da war. Olga schrie und stürzte in die Richtung, aus der der Zug der Flüchtlinge gekommen war. Ephraim, Vater aller Familien und Rabbiner, hielt sie zurück: »Nicht, Olga! Es sind Wölfe unterwegs. Du darfst nicht dem Leben deines Kindes dein eigenes hinterherwerfen.« Olga schrie und zappelte und drei Männer hatten alle Mühe, sie zu halten. Schließlich musste man sie fesseln und auf einen der Wagen binden.

Als man, das Schneetreiben war dichter geworden, endlich in einem Birkenwäldchen Rast machte, fehlte auch noch Lea, die elfjährige Tochter der unglücklichen Mutter. Olga schrie, schrie bis man ihr einen Lumpen in den Hals steckte.

Am Morgen, als der Zug sich anschickte, den Weg nach Westen weiter zu ziehen, geschah das Wunder, das zum Grünstern-Familienmythos werden sollte. Zu einem Mythos, der, sich von Generation zu Generation vergrößernd, fortlebte wie die großen Geschichten der Thora. Lea kam aus der Nacht, die sich noch nicht ganz verzogen hatte, in das Lager der Flüchtlinge gewankt. Mund und Nase waren vereist, ihr Haar zu einem Hauch aus Raureif gefroren. Das Bündel mit ihrem fest verschnürten Bruder hatte sie sich vor die Brust gebunden.

Sie war die Nacht hindurch in den Spuren des Trecks zurückgelaufen, bis sie das Bündel im Schnee fand. In dem Bündel steckte, ohne das Kleinkind verletzt zu haben, ein morscher Ast, der den Bruder beim Unterfahren eines Baumes vom Wagen gehoben hatte.

Die Leder-Wickelschuhe, mit denen Lea viele Stunden durch Nacht und Schnee gelaufen war, wurden aufbewahrt, wurden so heilig, wie profane Dinge nur heilig werden können.

Der Knabe aus dem russischen Schnee heiratete neunzehn Jahre nach seiner Rettung und hatte sechs Söhne. Einer der Söhne war Silvias und Davids Großvater. Und jedes Mal, wenn Silvia die Schühchen betrachtete, die gleich neben den Gebetstüchern einen Ehrenplatz im großen Haus an der Elbe hatten, sagte sie sich: Ohne die Trägerin dieser Schuhe gäbe es mich nicht. Lea hat nicht nur ein Leben gerettet, sondern viele. Auch das meine. Und sie betete, dass etwas von Leas Stärke in ihr sein möge, damit auch sie weite Wege gehen könne … dann, wenn die Zeit dafür gekommen wäre.

Als die so oft geträumten Bilder verflogen waren, lag der Broadway schon eine gute Gehstunde hinter ihr und der Wind in ihrem Gesicht roch nach Meer. Diejenigen, die sie jetzt fragte, bekundeten, dass sie auf dem richtigen Weg zu den neuen Werften von Blackwell's Nose sei. Und endlich sah sie einen Wald aus Masten und Takelage und eine verwirrende Vielzahl von Lagerschuppen: ein breiter Saum aus Holz und Teerpappe entlang des Ufers des East River. Darüber ein Himmel wie Rauch, auf dem Mittagssonnenlicht liegt.

Möwen waren über ihr, Kopfsteinpflaster unter ihr. Dem Herrn sei Dank, nicht alles war fremd: Der Breitwegerich, der hier in den Fugen zwischen den Steinen wuchs, sah aus wie der Breitwegerich zwischen den Kopfsteinen am Altonaer Grünstern-Haus. Und eine Ratte, die in Höchstgeschwindigkeit die Straße querte, schien ihr exakt so rattig zu sein, wie daheim die Ratten der Altonaer Unterstadt.

Aber wie in all diesem Gewirr die Werft ihres Bruders finden? Die Adresse, die sie sich von der Liste der New Yorker Werften notiert hatte, verriet nichts, was an eine ordentliche Adresse preußischer oder hanseatischer Art denken ließ. Sie zitterte ein wenig, und als ihr klar wurde, dass es nicht die Kühle war, die sie zittern ließ, sondern Angst und Schwäche, zitterte sie heftiger.

Doch schon ihre erste Frage, gerichtet an einen Halbwüchsigen, der eine zu große Sackkarre schob, brachte Aufschluss: Ja, da drüben, man könne die Greenstar-Werft schon sehen …

Kapitel 7

ES WAR EIN SINGEN IN DER LUFT. Ein Gesang, den Eidig schon einige Mal gehört hatte. Das Lied des Windes, wenn er durch die Wanten großer Segelschiffe fährt. Im Hamburger Hafen hatte Eidig dieses Lied gehört, immer wenn der West die große Windharfe spielte.

Und nun hörte er das Lied im unfassbar großen Hafen von New York, der sich wie ein riesiges U um die Stadt legte.

Eidig hatte sich einige Worte und ein paar vollständige Fragesätze auf einen Zettel geschrieben. Der freundliche Schweizer, der sogar für einen aus Stein gehauenen Büffel einen englischen Namen wusste, hatte ihm dabei geholfen. Ganz oben auf Eidigs Liste stand: Werft = shipyard. Gleich darunter: Lebt hier ein gewisser David Gruenstern? = Does a certain David Gruenstern live here?

Eidig ließ seinen Blick über die Wanten der vertäuten Großsegler hüpfen, ließ ihn sinken und schaute dem Menschengewimmel an den Piers zu: so viele gebückte Gestalten, etliche mit viel zu großen Gebinden aus Sackleinen im Genick …

Vor ihm atmete ein riesige Maschine Dampf aus, röchelte dabei asthmatisch, während sie eine Eisenkette aufwickelte, deren Glieder armdick waren und von Öl troffen. Das Öl war schwarz und die Winde, die die Kette aufwickelte, schrie … wie ein Schwein, das man vors Messer zerrt.

Eidig fiel ein, dass ihm sein Hittfelder Pastor an mehreren Freitagen erklärt hatte, wie Dampf Räder drehen kann. Er hatte Zeichnungen an die große Schiefertafel im Konfirmandenraum geworfen, hatte seinen Privatschüler Hans aufgefordert, die Kraft zu spüren, mit der kochendes Wasser den Deckel nach oben stemmt und dann gesagt.: »Keiner, nur Gott weiß, was kommt. Aber mich sollte es nicht wundern, wenn Dampfmaschinen irgendwann die schwere Arbeit tun, für die wir uns heute noch krumm machen müssen. Und wer weiß, vielleicht wird Dampf auch die Kutschen schieben, in denen wir reisen. Und vielleicht wird der Dampf den Pferden das Futter stehlen ...«

Aber es gab noch genügend Pferde. Eidig sah überall im Dockland schwere Kaltblüter, die man daheim Belgier nannte, und magere Zossen mit gescheckttem Fell, dazu hochbeinige Rappen, wie sie von der preußischen Kavallerie bevorzugt wurden, und Ponys, die – klein wie sie waren – gleichgroße Karren zogen wie sehr viel größere Pferde.

An die Piers führten Schienen, auf denen eiserne Wägelchen liefen, einige beladen, einige leer, einige überladen. Die Wägelchen wurden von dürren, gelbhäutigen Männern geschoben oder vorwärtsgezerrt.

Eidig fiel ein Mann auf, ein fetter Hüne mit rotem Bart, der mit zwei Fahnen hantierte, Signalflaggen ... soviel war klar. Aber Eidig konnte nicht erkennen, wer die Signale las, ob, wie oder wo sie befolgt wurden.

Ein junger Schwarzhäutiger, mehr Kind als Jüngling, hielt ihm eine Zeitung ins Gesicht und brüllte etwas von »Moon«. Eidig erkannte eine Strichzeichnung, die in etwa das zeigte, was er gestern – wirklich und real – gesehen hatte: Zwei Heißluftballons tragen eine große Banderole über den Himmel. Darunter eine zweite Zeichnung: Ein vollbärtiger Mann richtet ein riesiges Fernrohr gen Himmel, auf einen überdimensionierten Mond. »There is life on the Moon!«, buchstabierte Eidig ... verzichtete aber darauf eine Zeitung zu kaufen, deren Entzifferung ihm, wenn überhaupt, nur mit großem Zeitaufwand gelungen wäre.

Von irgendwoher roch es scharf. Wie Qualm aus einer Kokerei ... so wollte es Eidig scheinen, aber es war weder Qualm noch offenes Feuer auszumachen. Sich durch eine Landschaft zu bewegen, in der man Ursache und Wirkung nicht erkennen konnte, machte Eidig unsicher.

Als vor ihm ein vierachsiger Wagen hielt, gezogen von zwei besonders kräftigen Apfelschimmeln, stutzte er. Auf der knallrot gemalten Flanke des Wagens stand in fetten grünen Buchstaben ein Wort, das er kannte: *shipyard … Herb Miller's Shipyard – Blackwell's Nose.*

Er stellte sich neben den Kutscherbock, auf dem ein Kerl saß, der nur eine Hose trug. Die allerdings reichte von seinen Knöcheln bis zum Hals. Eidig wedelte mit zwei Dollarnoten, davon hatte er viele, nachdem er sein deutsches Abschiebe-Geld gegen das Geld der Neuen Welt eingetauscht hatte. Er deutete auf den Schriftzug, hämmerte dann mit dem Zeigefinger, gegen das Wort Shipyard … und wurde verstanden.

Der Kutscher winkte ihn auf den Bock, griff sich die beiden Scheine und ließ sie in seiner blauen Ganzkörperhose verschwinden. »You're lucky, man. We got the same way!«, sagte er.

Wenig später ruckte das Gefährt an. Auf der Ladefläche klirrte Eisen gegen Eisen. Eidig schaute sich um und sah riesige, ineinandergeschobene Ringe. »Sheffield stuff«, sagte der Kutscher, »Ain't no better stuff in the world, amigo!«

Eidig stimmt zu, ohne zu wissen, wem oder was er zugestimmt hatte.

Der Kutscher schlug … nein, er streichelte die Rücken der Pferde mit einer sehr großen Peitsche (… mein Gott, war hier eigentlich alles groß?«). Die Tiere fielen in einen klappernden Takt, das Eisen hinter ihnen schürfte dissonante Akkorde.

Der Kutscher wiederholte noch einmal, dass der beste Stoff aus Sheffield käme, und tat dann etwas, das Eidig nicht erwartet hatte. Er sang. Nicht in Englisch. Eidig verstand »Juanita« und »corazon« … ein Liebeslied vielleicht. Der Melodieführung nach zu urteilen ein Liebesleid-Lied.

Nach gut zehnminütiger Fahrt parierte der Kutscher durch und machte eine weitläufige Armbewegung: »All you can see is shipyard, man, comprende? We call it *The Blackwell's Nose-Shipyards.*«

Eidig stockte der Atem: horizontweit Schiffsleiber … in allen

Fertigungsstadien, vom nackten Spantengerippe, bis zur schimmernden Neugeburt aus Holz und Farbe.

»Vaya con dios, amigo!«, sagte der Kutscher, als Eidig sich vom Bock gleiten ließ.

»Danke«, sagte der und verbesserte sich sogleich: »Thank you!«

Eidig hatte erwartet, vier, vielleicht fünf Werften zu finden. Aber was sich vor ihm erstreckte, war eine Uferlinie, die sich am Horinzont verlor, ohne ein paar Yards unbebauter Fläche freizugeben. Eine Werft wucherte in die nächste hinüber, riesige Kräne überspannten gleich mehre Schiffsleiber. Von den Werften, auf denen Großschiffe mit eisengefassten Masten auf Kiel gelegt wurden, stob Funkenregen herüber, und dumpfer Hammerschlag teilte sich nicht nur den Ohren, sondern dem ganzen Leib mit.

Eine Brigg – offenbar kein Neubau, wohl ein Schiff zur Reparatur – zog Eidigs Aufmerksamkeit auf sich. Der Zweimaster war fast baugleich mit der *Ganges*, und Eidig fühlte seine Vermutung bestätigt, als er am Achtersteven die Flagge der dänischen Krone sah. Auch die *Ganges* war ja ursprünglich ein dänisches Schiff gewesen. *Edderfugl*, Eidig las den Namenszug am Bug: Eiderente.

Zwei seiner Jagdkumpane, mit denen er noch im Dezember des vergangenen Jahres im Dänischen auf Wassergeflügel unterwegs gewesen war, hatten den Namen oft erwähnt. Die Ente mit den weichsten Daunen der Vogelwelt. Und weil ihn der schöne Vogel so fasziniert hatte, hatten die beiden dänischen Jagdkumpane ihn eine ganze Woche lang »Edderich« genannt.

Eidig schaute genau; irgend etwas störte das Bild. Und als er sich noch wunderte, dass zwei große Schwenkkräne Stoffballen, jeder so groß wie eine Bauernstube, in den geöffneten Bauch des Schiffes balancierten, drängte ihn die Beobachtung zu einer präzisen Frage: Seit wann werden auf Werften Schiffe beladen?

Er fragte aufs Geratewohl – und einfach auf Deutsch – einen Mann, der die Arbeit der Schwenkkräne beaufsichtigte, nach der Art der Ladung. Aber der Mann schaute ärgerlich abweisend und gab ihm unmissverständlich zu verstehen, dass er sich gefälligst trollen solle: »Mach, dass du Land gewinnst!« In fließendem Hochdeutsch mit dänischem Akzent.

Eidig wollte es auf keinen Streit ankommen lassen, schon gar nicht auf einen, bei dem es nichts zu gewinnen gab. Im Weitergehen stieß er fast gegen einen Ballen, dessen Umwicklung aufgeplatzt war, offenbar die Folge von zu tief einschneidenden Tauen.

Er fuhr mit der Hand in den Riss und stieß unwillkürlich einen Pfiff aus: Donnerwetter, Felle! ... Biberfelle. Ein einziger dieser Ballen musste Hunderte Felle enthalten, schätzte er. Der Däne, der ihn nicht aus den Augen gelassen hatte, drohte ihm mit erhobener Faust. Eidig machte eine ironische Verbeugung und ging weiter.

Die *Eiderente* mit der anwachsenden Bauchfülle lag schon ein paar hundert Schritte hinter Eidig, als ihm eine Idee kam, ausgelöst durch einen Pinsel, der im Weg lag. Er griff sich den Pinsel, mit dem orangefarbene Schmiere auf Metall-Spundwände aufgetragen wurde. Eidig fand nur wenige Schritte weiter ein Brett, das vielleicht einmal Teil eines Ruderblattes gewesen war. Und mit Sorgfalt und einiger Mühe schrieb er den Namen »David Gruenstern« auf das Holz. Während er weiter ging, hielt er es über seinen Kopf.

Es dauerte keine Tausend Schritte, bis ein Mann auf ihn zukam. Der sah nicht unangenehm aus, schien etwa sein Alter zu haben, war etwas größer und kräftiger, tief schwarze Haarsträhnen fielen über seine Wangen – schwarz mit einem leichten Blauschimmer. »I'm David. You are looking for me?«, sagte er und lächelte.

Kapitel 8

EIDIG LECKTE SICH DIE FINGER und verdrehte die Augen: »Unglaublich, so was habe ich noch nie gegessen!« Die junge Frau mit der schwarzen Haut und dem krausen Haar lächelte und sagte in einem singenden Englisch, das ihr Mann für Eidig übersetzte: »Okra, Süßkartoffeln und marinierte Putenstreifen. So schmeckt der Süden.«

Zu seiner Frau gewandt fügte Gruenstern hinzu: »Schmeckt wunderbar, Darling.« Und zu Eidig: »Lydia macht das einfach ... wie sagt man noch gleich in Altona auf gut Küchenfranzösisch: *délicieux!* Aber im Süden dürfen Schwarze sowas nur kochen, nicht essen. Sklaven essen in Carolina und Alabama Maispampe, nicht so was ...«

Sie setzten sich zu dritt an einen Tisch, den Eidig als Kartentisch – als ehemaligen Schiffs-Kartentisch – erkannte. Ein edles Stück mit Hellholz-Intarsien, das sicherlich einige Hunderttausend Seemeilen über alle Weltmeere gesegelt war. Unter den Tisch hatten sich zwei Jungen verzogen, die dreijährigen Zwillinge der Gruensterns. Einer trommelte auf Eidigs Stiefelspitzen, der andere zupfte an seinem Beinkleid. Eidig ließ sich das gern gefallen.

Das Deutsch, das Gruenstern junior sprach, war noch flüssig, hatte aber einen englischen Farbton angenommen. Gruenstern sprach von Lydia, »... meiner Frau, die nicht meine Frau sein darf, nicht vor dem Gesetz. Ich könnte hier, wo es nach dem Gesetz keine Sklaverei mehr geben soll, eher eine Ziege oder eine Gans heiraten als eine Frau mit schwarzer Haut. Wir haben heimlich und vor Gott geheiratet, vor Jahwe und Christus. Übrigens vor beiden gleichzeitig, damit keine Reihenfolge entsteht. Hier in Dockland sind wir ... nicht immer und nicht überall ... geschützt. Sagte ich geschützt …? Aber wehe, ich würde mit Lydia und den Zwillingen Seite an Seite in der Kutsche 'rüberfahren, in die großen Straßen …«

Eidig nickte ungläubig; hatte nicht alle Welt drüben von der unendlich großen Freiheit gesprochen? Er erzählte von einem Jagdkumpan, der in Bispingen der freien Jagd den Rücken gekehrt hatte, ehrbar geworden und das Stellmacherhandwerk erlernt hatte und der, nachdem er eine Zigeunerin geheiratet hatte, verfemter war, als er es als Wilddieb je gewesen war.

Sie aßen eine kleine Weile schweigend. Schließlich schob Gruenstern seinen Teller zur Tischmitte, hob ein Glas mit Sirup-Gin und prostete Eidig zu. Dann sagte er mit erhobener Stimme, so als wolle er eine Tischrede halten: »Damit Sie sich nicht noch lange das Hirn zermartern, wie Sie die Frage am geschicktesten vorbringen, lieber gleich die Antwort: Ja, meine Schwester Silvia war da. Und sie sagte, es sei sehr gut möglich, dass ein Deutscher mit Backenbart und anständigen Manieren vorbeikommen und nach ihr fragen werde.«

Eidig schluckte Süßkartoffelbrei und wischte sich den Mund: »So … und wo ist sie?«

»Das hier hat sie hiergelassen, für den Fall, dass Hans Eidig ihr auf den Fersen ist. So sagt man doch … auf den Fersen sein?«

Eidig entfaltete ein geknifftes Papier, dass Gruenstern ihm über den Tisch schob, und las:

Lieber Hans,

Du ahnst sicherlich, warum ich mich heimlich davongemacht habe. Mein geliebter Habakuk oder Du, ihr hättet mich sonst aufgehalten.

Bitte tröste ihn, sag, daß ich glücklich bin. Sag, dass ich sie alle liebe, ihn und die Lieben daheim.

Ich werde Habakuk schreiben, schon bald. Und wenn es gut und an der Zeit ist, werde ich Dir Nachricht zukommen lassen, wohin es mich geweht hat. Versprechen kann ich das nicht.

Umarmung, Silvia

»Umarmung …«, murmelte Eidig. Gruenstern lächelte und beobachtete Eidig, wie er den Brief fast zärtlich zur Seite legte. Dann sagte Gruenstern: »So ist sie, meine Schwester, schwerer aufzuhalten als eine Wolke voller Hagelkörner. So war sie schon als kleines Mädchen. Und jetzt muss sich Amerika vorsehen, dass es nicht über den Haufen gerannt wird von ihr.«

Eidig überlegte, wie viel Silvia ihrem Bruder über ihrer beider Nähe an Bord verraten haben könnte, dann sagte er: »Ihre Schwester erzählte mir … an Bord der *Ganges* …, dass sie hier drüben Freiheit sucht.«

»Freiheit …«, Gruenstern spuckte das Wort aus, so als gälte es, etwas Klebriges von den Lippen zu speien. »Freiheit …? Die gibt es. Aber, verdammt noch mal, nicht für alle. Lydia, meine Frau und die Mutter dieser schönsten Kinder von ganz New York, ist die Tochter eines Freigelassenen. Freiheit von Amerikas Gnaden … Tom und Digger! …« Er fasste nach seinen beiden Söhnen, die unter dem Tisch eine kleine Rauferei begonnen hatten und trennte sie mit freundlich energischem Griff seiner gesunden Hand »… Tom und Digger werden vielleicht einmal Bürger in Freiheit sein. Vielleicht. Wetten würde ich nicht drauf.«

Eidig stand auf und ging auf die Veranda der massiv gebauten Holzhütte, die wie ein vertäutes Floß hart am Wasser lag: »Das also ist Ihre Werft?«

»Meine und die meines Kompagnons, Gotthelf Schildt … Amerikaner deutscher Abstammung. Sein Großvater stammt aus dem Hunsrück, war dort Mühlenbauer … Wir sind keine normale Werft. Wir bauen Ruderanlagen, fast nur Ruderanlagen. Für Segler und für Dampfschiffe. Ruderanlagen sind den meisten Schiffsbauern … wie sagt man … zu viel Fummelkram. Sie bestellen sie bei uns und bauen sie ein.«

»Sie bauen …? Ich meine, Ihre Hand … Silvia hat mir davon erzählt.«

Gruenstern verschwand kurz im hinteren Teil der Wohnküche.

Zurück kam er mit einem erstaunlichen Gerät. »Das ist meine Arbeitskralle. Ich schnalle sie um …« Er befestigte zur Demonstration das Eisenteil mit schnellen Bewegungen und mit Hilfe zweier Lederbänder über seiner steifen rechten Hand »… und schon bin ich der perfekte Götz von Berlichingen. Mit dieser Eisenplatte hier vorn kann ich nageln, ohne einen Hammer in die Hand zu nehmen … mit diesem Dorn in der Mitte steche ich genauer zu als jeder andere mit einem Dorn, den er erst umständlich ansetzen muss … so!« Eidig betrachtete anerkennend das Wunderwerkzeug, der Bruder von Silvia schien ebenso wie seine Schwester mutig und entschlossen zu sein.

Nach einer kleinen Weile, angefüllt mit Nettigkeiten und freundlichen Erklärungen, stellte Eidig die Frage, die ihn umtrieb:

»Kurz bevor Sie mir am Kai entgegen gekommen sind, habe ich gesehen, wie ein Schiff im Dock mit Biberfellen beladen wird. Seltsam! Auf Werften wird doch keine Ladung übernommen … oder?«

Gruenstern junior lachte: ».. Silvia hat mich schon vorbereitet: Dieser Eidig, der hat den Kimme-und-Korn-Blick, hat sie gesagt. Der zielt beim Hinschauen. Sie haben recht, normalerweise wird in den Docks keine Ladung übernommen. Aber was ist schon normal? Alle Waren, die nach Europa oder Asien gehen, müssen erst mit Ausfuhrzoll belegt werden. Das kann ganz schön happig werden. Für wertvolle Felle kann das so viel sein, dass der Export kaum noch lohnt. Aber dann gibt es schlaue Kerle, die wissen, dass die Schiffe, die hier die Werften verlassen, nicht kontrolliert werden. Schiff sind ja zur Instandsetzung hier und sollen erst künftig wieder Ladung fassen. Die Harbour Authority deklariert sie als leer. Sie weiß es nicht besser … oder sie will es nicht besser wissen. Oder sagen wir mal so: Sie will es solange nicht besser wissen, wie für ihre Ahnungslosigkeit gezahlt wird.«

Gruenstern junior stopfte sich eine Pfeife und eine zweite, die er Eidig anbot, und sagte dann durch einen Virgina-Tabak-Rauchvorhang hindurch: »Eidig, ich habe gesehen, dass Sie an der *Edderfugl* stehen geblieben sind, dieser dänischen Brigg. Keine gute

Idee! Wenn Leute von den Forty Thieves da gewesen wäre, hätte das übel ausgehen können.«

»Wer sind die … Forty Thieves?«

»Iren. Die wollen Sie nicht kennen.«

»Forty Thieves?«

»Ja, Vierzig Räuber. Ryan und die 40 Räuber. Wobei es leider nicht nur vierzig, sondern um die vierhundert sind. Man kann nicht durch den Distrikt Five Points gehen … was man übrigens nicht ohne guten Grund tun sollte! …, ohne etlichen von denen zu begegnen.

Wieso nicht, hätte Eidig fragen wollen. Aber Lydia servierte gerade Tee, der nach Aprikosen duftete. Eidig nippte, schlürfte, zog dann an der Pfeife, in der ein Tabak glomm, wie er ihn aus der Heide nicht kannte. Lydia lächelte. Sie lächelte nicht ihn an, es war eher ein menschenfreundliches Lächeln für alle.

Wenn er noch Schuljunge gewesen wäre, hätte er es sich, versteckt hinter unschuldiger Kleinjungen-Neugier, vielleicht erlauben dürfen, der schwarzen Schönen über die Haut zu streicheln. Irgendwer – wer hatte Eidig vergessen – hatte behauptet, die Haut schwarzer Frauen sei weicher als die weißer. Samtig. Wahr oder nicht? Es gab noch so unheimlich viel, was zu erforschen sich lohnte.

Am seinem zweiten Abend bei den Gruensterns fragte ihn Gruenstern, wie ihm Amerika, wie ihm New York gefiele. Eidig überlegte, ob es die Höflichkeit und die Landessitte geboten, alles *wonderful* zu finden, sagte dann etwas Unverfängliches und verbrachte die halbe Nacht in Grübelei. Da war zum einen die Frage, ob oder wo sich Silvia finden ließe. Zum anderen trieb ihn die Frage um: Was tue ich hier?

New York. Alles versteinert! Ich, Eidig, einer aus den Wäldern, einer von der offenen Heide, ich hier, wo die Häuser höher sind als in Hamburg oder Hannover, hier, wo die Kutschen schneller rasen als auf der großen Heerstraße zwischen Berlin und Bremen. Ich hier, wo Bäume nicht Eiche oder Birke heißen, sondern *oak* oder *birch*. Oder *hickory* …

Eidig hatte seinen dritten Tag bei den Gruensterns mit kleinen Erkundungsgängen im weiten Umfeld der Werft verbracht. Anfangs waren es die neuen Geräusche, die ihn anzogen, Hammerschläge, Fauchen von dampfgetriebenen Sägen, das Kreischen von Loren, die in engen Kurven ihren Schienen durchs Gelände folgten.

Dann aber waren es die Vögel, Kormorane vor allem, die seine Blicke auf sich zogen, Gestalten so schwarz wie die Krähen der alten Heimat, die wie an der Schnur gezogen übers Wasser zogen.

Eidig erkannte den Pfeifton der Greenstar-Werft, die den Feierabend ankündigte, ging hinüber zum Haupttor und passte Gruenstern ab, der gerade damit beschäftigt war, eine schwere Eisenkette zu verschließen, nachdem die letzten Arbeiter die Greenstar-Werft verlassen hatten.

Sie setzten sich auf einen der Länge nach halbierten Baumstamm und David fragte unvermittelt und sehr direkt: »Du willst wissen, wo sie ist, richtig?«

»Jou!«

»In Sicherheit … und nicht allzu weit weg.«

»Gut. Was kann ich … was darf ich dem Onkel sagen? Dass sie bei dir … also in der Nähe hier irgendwo … untergekommen ist?«

David winkte ab: Nein, nein … es müsse für Onkel Habakuk reichen, dass es Silvia gut gehe und dass sie sich melden würde. Nicht schon gleich, aber doch bald. Im Übrigen wolle er sich übermorgen, spätestens aber in drei Tagen, selbst aufmachen, um »den geliebten Oheim« in seiner Hotelsuite zu treffen. Ein Wiedersehen nach so vielen Jahren …

Die Stunde bis zum Einbruch der Nacht verbrachte Eidig auf einer der Liegen in der Gruenstern'schen Dachkammer. Vor hier aus konnte er einen Ausschnitt der Docklands überblicken. Ein leichter Schiebewind von See ließ die Masten schwanken, eine Dampframme, zum Glück weit entfernt, stampfte einen Dauer-

Rhythmus aus Zischen und Schlagen (»... Dunnerlittchen, wird denn hier auch nachts gearbeitet?«). Von irgendwoher kam Teergeruch herangeweht. Eine Dampfpfeife gab – wem auch immer – Signale.

Tags darauf sprach Eidig mit David bei einem Glas Rum über Schiffe. Über solche, die meist in der Dämmerung in bestimmte Bezirke der Docklands einliefen und immer schon Stunden später wieder verschwanden. Geisterschiffe und immer ohne Flaggenkennung des Herkunftslandes am Heck. David sagte, wenn Schiffe vom Atlantik her, von Stürmen zerzaust oder sogar schwer angeschlagen, den New Yorker Hafen anliefen, gab es für sie die Möglichkeit, der Hafenautorität bei Clintons Castle, an der Südspitze der New York-Halbinsel, über Semaphor-Flaggensignal dringende Reparaturbedürftigkeit mitzuteilen. Dann wurden sie, ebenfalls per Semaphor, durchgewinkt und erreichten unkontrolliert die Shipyards weiter nördlich. Das geschah eigentlich nur dann und wann, aber seit zwei, drei Jahren immer häufiger. Und ... fügte David hinzu: Diese Schiffe hätten alle eine sehr spezielle Fracht.

»Und die wäre?«, wollte Eidig wissen.

»Wir haben übermorgen Neumond, die ganzen Yards sind dunkel. Das sind die Nächte für frisches Fleisch. Wie schnell kannst du laufen?«

»Für die Gendarmerie rechts und links der Elbe hat es immer gereicht und für die preußische Infanterie auch.«

»Na gut, dann wird es wohl auch für irische Totschläger reichen.«

Am darauf folgenden Tag machte Eidig eine Entdeckung. Vor einem Schuppen, unter dessen überhängendem Dach er bisweilen und aus Langeweile Ratten mit dem Wurfmesser erlegt hatte, verluden Männer, die bis zur zerlumpten Hose nackt waren, Felle. Biberfelle. Sie zerrten aus dem Schuppen große verschnürte Stapel, wo sie von jeweils vier Männern erst auf Hüfthöhe gehoben und dann auf eine schiefe Ebene gekippt wurden. Von dort rutschten sie in den Bauch eines großen Lastenseglers, der allem Anschein nach hochseetauglich war.

Eidig ging auf einen der Männer zu, der sich etwas abseits ausruhte und den Nacken massierte.

»Woher … die Felle?«, radebrechte er.

Der Angesprochene wischte sich den Schweiß von der Stirn, musterte Eidig und sagte: »Dutch Man?«

»Nein, äh … no, German … Hamburg!«

»Von woher … die Felle?«, setzte Eidig nach und beging dabei den Fehler aller, die sich aus Mangel an Worten schlecht verständigen können: Er sprach lauter.

Der Mann – er hatte sich jetzt voll aufgerichtet und überragte Eidig um gut einen Kopf – machte eine wegwerfende Handbewegung Richtung untergehende Sonne: »Von dort …«

»Wer sie …« Eidig, dem das englische Past Perfekt zu *»to shoot«* noch nicht geläufig war, stellte gestisch einen Schießenden dar und versuchte es weiter: »Oder … Falle … äh, trapp?«

Der Mann wandte sich ab, und es schien, als wäre er für weitere Auskünfte nicht zu haben. Doch dann griff er neben sich auf eine Kiste, auf der mit einem Stein Papiere befestigt waren.

»Du kannst lesen?«

Eidig nickte heftig und las:

– Beaver/ 1834 –
– traded by Ashley's Rocky Mountain Fur Company –
St. Louis and New York

Eidig las die Zeile mehrfach, prägte sich Namen, Firmennamen und Städtenamen ein. Wer Felle erbeuten will, einerlei von welchem Tier, sollte wissen, wohin damit … *Fur Company* … das war womöglich der Anfang des Pfades … des Pfades in seine Richtung. In seine Zukunft.

Kapitel 9

DAS HAUS, IN DAS DAVID SEINE SCHWESTER vorübergehend einquartiert hatte, gehörte einem Freund, einem Hersteller von Flaschenzügen. Und es lag fast in Sichtweite zu seinem eigenen.

Silvia musste – fast Stunde für Stunde – die Regung niederkämpfen, die paar hundert Yards zum Gruenstern-Haus hinüberzulaufen. Sie war sich sicher gewesen, dass Eidig sie suchen und finden würde, war dann aber doch erschrocken, wie schnell alles geschah.

Davids Frau Lydia hatte ein blaues Tuch ins Wohnzimmerfenster ihrer Holzhütte gehängt, das verabredete Signal um anzuzeigen, dass Habakuk oder Eidig eingetroffen waren.

Doch als drei Stunden vor Mitternacht der letzte Rest von Tageshelle verschwunden war, wagte sie sich aus ihrem Ausweichquartier hervor, in einen unförmigen Schafwoll-Mantel gehüllt, der ihre Gestalt zur Unkenntlichkeit verwischte.

Im Haus des Bruders brannte Gaslicht, das neue Licht ... nicht mehr die gelblichen Petroleumflammen oder der fahle Schein, den brennender Waltran entstehen lässt. Sobald ihr die Dunkelheit ausreichend erschien, wollte sie unter dem geöffneten Wohnzimmerfenster lauschen. Und ihre Hoffnung war, etwas über den Oheim zu erfahren, etwa darüber, wie er die Flucht aufgenommen hatte. Eine schwache Hoffnung, aber eine Hoffnung.

Doch nur ihr Bruder war zu erkennen und zu hören; der, mit dem er sprach, befand sich im toten Winkel.

Ja, ihr Bruder hatte es geschafft. Nicht, dass sie jemals daran gezweifelt hätte. Aber es war wunderbar zu sehen, wie sich Davids Lebenstraum erfüllte: Schiffe bauen. Diverse Konkurrenten – das hatte ihr David feixend gleich am ersten Abend ihres Wiedersehens anvertraut – lungerten, oft unter Vorspiegelung geschäftlicher Absichten, auf dem Gruenstern'schen Werftgelände herum, um auszuspähen, wie der Mann mit der Forken-Hand seine Ruderanlagen so exakt zusammenfügte, dass sie sich fast ohne Reibung bewegten.

David hatte seine Schwester mit Bedacht bei Ron Hardey einquartiert. Ein kauziger Kerl – Amerikaner seit der Zeit der Pilgerväter, wie er bei jeder passenden und unpassenden Gelegenheit herausposaunte, unverheiratet, trinkfest, grobknochig und etwas schwerhörig. Ein guter Handwerker, der außerstande war, auch nur eine Schlacht auf den Feldern des Papierkriegs zu gewinnen. David hatte seine Schwester dem Nachbarn und Freund als perfekte Buchhalterin angepriesen.

Das war frei erfunden, aber immerhin hatte Silvia Grünstern gelegentlich bei *Grünstern und Grünstern* in der Buchhaltung ausgeholfen. Und das Prinzip, wie man hierzulande Geldein- und -ausgänge verbucht, unterschied sich nicht von dem, das sie aus Altona kannte.

Und noch etwas half. Ein jüdischer Geldverleiher von der Lower Eastside hatte Ron Hardey vor etlichen Jahren durch ein kurzfristiges, günstiges Darlehn vor dem Bankrott gerettet. Seither ließ er nichts auf Juden kommen. Und einer Jüdin Geldangelegenheiten anzuvertrauen, schien ihm nachgerade genial.

Auf Iren schimpfte er wortreich und ausdauernd. Abfällige Bemerkungen über Schwarze verkniff er sich … meistens. Mindestens dann, wenn sein Nachbar David Gruenstern zugegen war. Und der wusste genau, dass der leutselige Flaschenzug-Hardey hinter seinem Rücken von »bedenklicher Ungesetzlichkeit und Sünde gegen Fleisch und Geist« sprach, obwohl ihm die »schöne Schwarze eine Augenweide« sei.

Der geliehene Schafwollmantel, auf den etwas Licht aus dem Gruenstern'schen Wohnzimmers fiel, ließ Silvia einen monströsen Schatten werfen. Als die Stimmen im Haus verstummten und sich die Haustür öffnete, trat sie rasch aus dem Lichtkegel.

David und Eidig schienen es eilig zu haben. Silvia folgte ihnen in einigem Abstand. Um die Straßenlaternen zuckten Fledermäuse, die im Lichtkegel Motten jagten. Und in den Dachsparren der Iron Fist-Lagerhäuser jagten sich Katzen – viel Lärm, Gerenne und Gefauche.

Als sie die letzte Laterne passiert hatte – dort, wo die Schuppen nicht mehr allzu dicht beieinander lagen und wo sumpfige Tümpel im Sommer Öl und Pech ausschwitzten –, hätte sie die beiden Männer fast aus den Augen verloren. Nur um dann fast in sie hineinzulaufen: Die beiden hatten sich hinter einen kieloben auf Land liegenden Holzrumpf gedrückt. Silvia bemerkte Eidig und ihren Bruder im letztmöglichen Moment, sie schritt geistesgegenwärtig und mit ausladenden Schritten an den beiden Dahingekauerten vorbei.

Eidig bemerkte die Gestalt, erkannte Silvia aber nicht in ihrem Mantel und unter einem Lederschlapphut, der ihr Gesicht fast verhüllte und beide Schultern bedeckte.

Hinter einer Pyramide aus geschichteten Torfbriketts machte Silvia kehrt und schlich sich zurück. Sie sah, wie ihr Bruder aufs Wasser deutete, auf einen Dreimaster, der, umringt von kleinen Positionsbooten, in ein Dock bugsiert wurde. Das Schiff war unbeleuchtet, auch auf den Bugsierbooten glomm kein Licht.

Bruder David und Eidig unterhielten sich jetzt halblaut. Silvia meinte das Wort »Sklavenschiff« zu verstehen.

Kapitel 10

»HALLELUJA, ES IST DER TAG DES GERICHTS!« Donovan Ryan, Kopf der Forty Thieves und Beherrscher des Five Points-Distrikts, reckte seine Rechte mit dem Dolchfinger gegen den New Yorker Himmel, der an diesem Morgen grau und schmutzig aussah, so als hätte er sich passend einkleiden wollen.

Wenn es im schrecklichsten menschengemachten Sumpf, den Groß New York bis zu diesem Zeitpunkt tragen musste, wenn es im Königreich des Terrors, des Mordes, des Suffs, der Gier und der Gemeinheit einen Superlativ des Horrors gab, dann war es dieser: drei Inches lang und messerklingenfarben. Dieser Superlativ steckte auf Ryans rechtem Zeigefinger, immer dann, wenn es in die Schlacht ging. Etwa gegen die Kerryonias, der zweitgrößten Iren-Gang, die sich an den Rändern von Five Points auszubreiten versuchte. Ein Gebiet das von Anthony, Orange, Cross, Little Water und Mulberry Street umschlossen wurde.

Ryan konnte mit einem Schlag seiner Dolchfinger-Pranke eine Wange vom Mund bis zum Jochbein aufschlitzen oder ein Auge herausreißen oder einem die Halsschlagader zerfetzen. Der Horror spritzte, wenn das geschah, weiter als das Blut, der Horror schlug auch nach denen, die Dolchfinger Ryan nur vom Hörensagen kannten.

Es gab aber noch einen zweiten Anlass, die Kralle aufzustecken, eine Waffe, von der die meisten Thieves meinten, sie bestünde aus reinem Silber. Ryan, der natürlich wusste, dass eine Waffe dieser Art stählern sein muss – Silber lässt sich fast mit bloßer Hand verbiegen –, widersprach nicht. Blut und Silber gingen irgendwie gut zusammen, meinte er …

An diesem Augustmorgen des Jahres 1835 war keine Hinterhofschlacht angesagt. Also konnte nur Judgement Day sein.

Ryan stand auf einem grob gezimmerten Podest, das stark an den Unterbau eines Galgen erinnerte. Am Querbalken, doppelt mannshoch aufgestellt, hing allerdings keine Schlinge. Das Podest teilte sich Ryan mit einem Mann, der mit breiten Lederriemen an einen Stuhl gefesselt war. Es handelte sich um Hirschlederriemen, die nass um Arme, Hände und Leib geschlungen worden waren, damit sie beim Trocken ins Fleisch schnitten. Die Riemen waren an den Rändern schwarz von getrocknetem Blut.

Ryan gebot der rund hundertköpfigen Menschenmenge, die sich im Hof der *Old Brewery* eingefunden hatte, Ruhe, indem er mit der Kralle dreimal durch die Luft schlug.

Das Gemurmel erstarb fast augenblicklich.

»Es ist der Tag des Gerichts, Brüder. Hallelujah! Ich klage an Liam O'Flaherty. Ich klage ihn an des Verrats mit Todesfolge zu Lasten der Bruderschaft der Forty. Ich klage ihn an, den Schlafplatz von Paul … der Herr sei seiner Seele gnädig, Amen! … und seinen fünf Adjutanten verraten zu haben. Wir alle haben die Nachricht mit bebenden Herzen vernommen: Paul und seine Adjutanten sind in der Nacht zum vergangenen Sonntag in der Mulberry Street im Schlaf überwältigt und erschlagen worden. Die Mulberry wird, wie ihr alle wisst, von den Kerryonias beidseitig beansprucht.«

Ryan spuckte aus, was allgemein als Kommentar zum Anspruch der Kerryonias verstanden wurde.

»Nun gibt es da allerdings etwas, das uns alle nachdenklich stimmen sollte. Neben Paul lagen nur vier seiner Five in ihrem Blut. Der Fünfte …«, Ryan stach mit seinem Killerfinger in Richtung des gefesselten Mannes »… der Fünfte ist hier vor uns erschienen. Unverletzt, gesund, nur ein wenig eingeengt durch Hirschlederriemen. Und noch etwas sollte uns zu denken geben. Paul … der Herr möge ihn gnädig aufnehmen … Paul hatte in jener Blutsonntagnacht die Wohnung, in der die gottserbärmlich feige Tat stattfand, zum allerersten Mal aufgesucht. Wer kann von dieser Wahl des Schlafplatzes gewusst haben, wer … wenn nicht … aber wir wollen nicht vorgreifen.«

Es wurde wieder lauter, die Menge, die einen Halbkreis um das Podest gebildet hatte, rückte ein paar Schritte vor, einige Männer schüttelten Fäuste, einige spuckten aus. Einer rief: »Den Haken, Ryan, den Haken!«

Der Angeklagte versuchte etwas zu sagen, aber er brachte nur so etwas wie abgewürgte Schreie hervor, ein Hirschlederband schnitt beidseitig in seine Mundwinkel.

»Ruhe, Männer! Dieser da … und ich weigere mich, ihn bei seinem guten irischen Namen O'Flaherty zu nennen … dieser da, behauptet, er sei in besagter Nacht bei einer Hure namens Fiona Ramsgate gewesen. In der Warburton Street. Die liegt, wie wir alle wissen, in Kerryonian-Gebiet.«

Erneutes Anschwellen von Kollektivzorn, das Ryan zuließ.

»In der ersten Vernehmung erklärte … dieser da … nennen wir ihn für die nicht mehr allzu lange Dauer der Verhandlung doch einfach Judas … dieser Judas also erklärte den seltsamen Umstand seiner Abwesenheit zur Stunde der Bluttat damit, dass er zum Vögeln den Distrikt gewechselt hat … gerade so, als gebe es nicht Huren genug in Five Points.« Glucksendes Gelächter.

»Dieser da begründet seinen Besuch bei einer bepissten Hure anderthalb Meilen von hier entfernt damit, dass er ein armer Mann sei und besagte bepisste Hure es für einen halben Dollar macht. Da frage ich mich … und ich frage euch … kann es in ganz New York eine Hure geben, die es für fünfzig verfickte Cents macht?«

Fast ohrenbetäubendes Gebrüll, das von den Hofwänden der alten Brauerei zurückgeworfen wurde: »Nein … Lüge … nie und nimmer …«

Ryan zog die Verhandlung – eine Verhandlung mit nur einer handelnden Person und nur einer Sprechrolle – sogleich wieder an sich. »Was also lernen wir, ihr noblen Herren, ihr Söhne Erins? Dieser da wird sehr wohl drüben bei den Kerryonias gewesen sein. Aber nicht um seinen stinkenden Schwanz dort einzuschieben, sondern … ich denke, die Sache ist klar. Judas führte die Häscher an den Ort, den nur er kennen konnte.«

Die Besucher des hohen Gerichts hatten sich bis zum Gerüst vorgedrängt, einige schlugen mit der flachen Hand auf die Bretter und skandierten im Takt »Den Haken, den Haken, den Haken!«

Ryan nickte, schaute … seltsamerweise … traurig. Traurig für vielleicht die Dauer von fünf, sechs Herzschlägen. Dann fasste er sich, straffte sich, so als hätte er gerade eine krisenhafte Anfechtung überwunden.

Drei Männer hatten sich, einer nach dem anderen, auf das Gerüst geschwungen. Einer trug einen riesigen Fleischerhaken, zu groß für Schweine oder Rinder, ein Haken, wie er in den Büffelfleisch-Lagerhäusern von St. Louis gebräuchlich ist. Ein anderer Mann warf ein Seil über den Querbalken. Der dritte knotete den Haken ins Seil. Die Thieves hatten aufgehört, rhythmisch auf die Bretter zu schlagen. Es wurde still, nur das Würgen des Mannes war zu hören, der es plötzlich – irgendwie – fertig brachte, halbe Sätze hervorzuquetschen: »Unschuldig … war bei Fiona … holt sie … bitte … Zeugin …«

Ryan hatte sich hinter einen der Adjutanten gestellt und hielt mit beiden Fäusten den Haken umklammert. Er holte aus, die Spitze des Haken zielte auf das Schulterblatt des Gefesselten. Mitten im Schwung bremste er ab. Wieder schien ihn ein Anfall von Traurigkeit zu erschüttern: »Männer, ihr seid hier, um Gerechtigkeit zu sehen. Gerechtigkeit und Rache für Paul und seine Fünf … ich korrigiere: für Paul und seine Vier. Ja, ihr werdet Gerechtigkeit sehen … aber auch Gnade.«

Er machte eine kurze Pause.

»O'Flaherty ist ein guter Name. Es war ein O'Flaherty, der vor mehr als hundert Jahren auf heiligem irischen Boden den Aufstand am Upper Lake Earne gegen die englischen Blut-Barone geführt hat. Ein O'Flaherty hat in der ersten Five-Point-Schlacht, genau hier in der Alten Brauerei, vor nunmehr 15 Jahren, meinem Vorgänger, dem unvergessenen Crossbone Joe, das Leben gerettet. Um dieser Männer willen, um dieses Namens willen, zeige ich Gnade. Dieser da wird den Haken nicht mehr spüren!«

Er machte mit dem Dolchfinger eine knappe, fast nicht erkennbare Geste. Der Mann, der das Seil über den Querbalken geworfen hatte, trat hinter O'Flaherty. Der hatte aufgehört zu würgen und hielt die Augen geschlossen.

Ryans Mann für besondere Aufgaben packte O'Flahertys Kopf, es gab einen scharfen Ruck und einen Knacks, der nur in den ersten Reihen zu hören war.

Erst jetzt führte Ryan den zuvor abgebrochenen Schwung mit dem Haken zu Ende.

O'Flaherty hing drei Tage. So lange dauert die nach katholischem Ritus vorgeschriebene Trauerzeit für Verstorbene. Drei Tage, in denen fünfzehn Kerzen brannten, drei für jeden der Toten aus der Mulberry Street. Keine für Liam.

Kapitel 11

AM MORGEN NACH IHREM NÄCHTLICHEN AUSFLUG im Schafwollmantel wartete Silvia, versteckt hinter einem Maulbeerbusch, bis Lydia das Haus verließ. Ein Flechtkorb verriet, dass sie zum Fischmarkt wollte, der sich ein paar hundert Yards entfernt, eingeklemmt zwischen Docks und Lagerhäusern, in den Hallen einer ehemaligen Bleigießerei ausgebreitet hatte.

Einer der Zwillinge hopste vor seiner Mutter her und legte mit einem sauber gesägten und lackierten Holzgewehr, ein Chanukka-Geschenk aus väterlicher Produktion, auf allerlei Feinde an: Schmetterlinge und Wanderdrosseln.

Als er Silvia erblickte, blieb er stehen und ließ das Gewehr sinken.

Seine Mutter drehte sich um und lachte: »Nanu, Miss Gruenstern, wolltest du nicht versteckt bleiben? Aber ich bin mir fast sicher, dass du wissen willst, wie es diesem Hans geht. Richtig?«

Silvia überhörte die Frage, legte einen Arm um die Schulter ihrer Schwägerin, die gut eine Handlänge größer war als sie, zog ihr Ohr an ihren Mund und flüsterte: »Ich habe Schreckliches gesehen, gestern Nacht …«

»Gestern war Neumond …«

»Ich bin den beiden Männern heimlich gefolgt und …«

»Oh je … du hast die Ankunft der *Danish Mermaid* gesehen … hast du?«

»Ja.«

Lydia gab dem Holzgewehrschützen, der seine Attacken jetzt in Nahkampf vortrug, einen kleinen Klaps auf den Po und schickte ihn zurück zum Gruenstern'schen Haus.

»Und es hat dich … erschüttert?«

Silvia nickte.

Lydia verlangsamte den Schritt, um nicht ins Gedränge zu geraten, das sich vor der Eisenrohr-Pforte gebildet hatte, durch die man in die Fischmarkthalle gelangte. Die hieß immer noch Lead Hall.

»Als ich das … ich glaube vor zwei Jahren … zum ersten Mal gesehen hatte, da habe ich eine ganze Nacht lang geheult.«

»Was passiert mit all den schwarzen Männern, die sie von Bord geholt … gestoßen haben?«

»Sie werden als Sklaven verkauft.«

»Als Sklaven … ich dachte, in New York ist …«

»Seit Anfang des Jahrhunderts ist es im Staat New York verboten, Menschen aus Afrika hierher zu bringen und sie in die Sklaverei zu verkaufen.«

»Und die … also die Regierung … und die Polizei …«

»Der Staat und die Polizei sind weiß.«

Silvia überlegte kurz: »Dein Mann ist auch weiß.«

»Aber er hat eine schöne schwarze Seele.«

Silvia nickte, obwohl sie den Sinn dieser Seelen-Farbbestimmung nicht ganz verstand. Noch ehe sie nachfragen konnte, fuhr Lydia fort: »Wäre es dir recht, wenn's Heilbutt gibt? Solange dieser … dieser Hans bei uns im Haus ist, kann ich dich ja wohl nicht bei uns zu Tisch bitten, aber ich kann die Zwillinge mit einem Lunch-Paket zu Hardey 'rüberschicken … aber sag, wie geht es mit den Rechnungen? Ich habe gehört, der alte Hardey benutzt schon mal Mahnungen wegen Steuerschuld, um Fisch darin einzuwickeln.«

»Der Alte ist gut zu mir. Mit ihm kann ich es eine Weile aushalten. Und er hat mir mehr Lohn angeboten als ich verlangt hätte.«

»Mir hat er gesagt, meine Ehe mit einem Weißen sei illegal, ungültig und eine Sünde. Aber ich sei jede Sünde wert und er werde Gott bitten, uns nur bei finsterer Nacht zu betrachten, wenn alle Menschen schwarz sind.«

Sie gingen durch das Markttor, in dessen Torbogen ein lateinisches Motto über ein ausladendes Emailleschild gehängt war: Mare vindicet vitam. Der Lateinunterricht, den man einer höheren Tochter aus jüdischem Haus angedeihen ließ, war nicht besonders tiefgründig. Aber es reichte für eine Übersetzung: Das Meer gewährt Leben.

Der Stau am Markteingang hatte sich aufgelöst und Silvia setzte das Gespräch fort: »Eine Frage! Wo kann ich hier Zeichenblöcke, Aquarellfarbe, Pinsel und Kohlestifte bekommen?«

»Das bringt dir Digger mit dem Heilbutt. David hat davon im Haus. Er hat mir übrigens schon vor langer Zeit gesagt, dass seine kleine Schwester eine große Zeichnerin und Malerin ist.«

»Da hat er wohl übertrieben.«

»Was willst du zeichnen?«

»Was ich gesehen habe … letzte Nacht.«

Silvia sah, dass die schwarze Frau erschrak, sie sah aber auch, dass sie ihr Erschrecken mit einem Lächeln zudeckte.

Eine Weile gingen sie schweigend von Stand zu Stand, dann sagte Silvia: »Du bist Christin, Presbyterianerin, du glaubst an Jesus, und David ist Jude …?«

»Das ist kein Problem. Tom und Digger feiern immer doppelt: Weihachten und Laubhüttenfest, Ostern und Pessach. Was David und ich manchmal überlegen, ist, ob es getrennte Himmel gibt, einen jüdischen und einen christlichen, oder nur getrennte Eingänge für ein und denselben Himmel. Jedenfalls werd' ich in keinen Himmel bleiben, in dem er nicht ist. Und wie das dann später mit dem Nachzug unserer Kinder und Enkel sein könnte … ha, wer weiß das schon!«

Sie lachten, und Lydia beschnüffelte den Fisch, bevor sie ihn kaufte.

Kapitel 12

DIE BESTE NASE – zumindest wenn es darum ging, zu erschnüffeln, was verborgen bleiben sollte – hatte in jenen New Yorker Tagen ein Deutscher.

Diesem Ferdinand Hofstetter, geboren in einer deutschen Stadt, von der noch kein New Yorker gehört hatte, war es gelungen, seinen Namen zum Aushängeschild zu machen: Hofstetter, der Aufdecker.

Zugegeben, sein Englisch war nicht das eines James Fenimore Cooper, aber gewisse knarzige Germanismen und der teutonische Hang zu Schachtelsätzen ließen sich aus seinen Zeitungsartikeln herausbürsten. Dafür gab es Redakteure.

Als er an einem sommerlichen Vormittag des Jahres 1835 das Chefredakteurszimmer der *Sun* betrat, hatte man den besten Whiskey bereitstellen lassen, der in New York für Geld zu haben war (und das war ein Whiskey, den es legal nicht zu kaufen gab). Der Herausgeber der *Sun* hatte für original französisches Brot (aus Maine) und französischen Käse gesorgt (der mit gefälschtem französischem Siegel vom Lorenzstrom in Kanada kam). Und er hatte beiläufig, noch vor der eigentlichen Gesprächseröffnung, erwähnt, dass im Tenton-Varieté-Theater gerade eine Truppe akrobatischer Tänzerinnen aus Spanien gastierte, die für freundliche Leute von der Presse, besonders aber für solche von der *Sun*, sehr spezielle Vorführungen in petto hätten. Auf dem Tisch lagen Freikarten.

Hofstetter war fast Fünfzig, etwas dicklich, hatte sich mit Geld, das er eigentlich nicht hatte, von einer Ehe mit einer ungeliebten Frau freigekauft, war nicht zuletzt deshalb in permanenter Geldnot und … ungemein fleißig. Für ihn sprach, dass er – einerlei wie angespannt seine Finanzlage war – nicht der Versuchung erlag, gut verkäuflichen Schwachsinn abzuliefern oder das Lied der Reichen und Mächtigen zu singen.

Er hatte kein Hehl daraus gemacht, dass er die frei erfundene Artikelserie über Leben auf dem Mond nicht gerade für »ein Ruhmesblatt« hielt.

Der Herausgeber widersprach nicht, was Hofstetter verwunderte; schließlich hatte das große Mondmärchen für Gesprächsstoff in allen Staaten der Union gesorgt.

Der Herausgeber wartete, bis Hofstetter Weichkäse, Hartkäse und Schimmelkäse verkostet hatte und kam dann zur Sache: »Mister Hofstetter, ich neige nicht zu Lobhudelei. Aber Sie sind der Beste. Sonst säßen Sie nicht hier. Wenn Sie nicht diesen … nennen wir es … Ruf hätten, dann hätte ich die Sache nicht mal erwogen. Sie sagen … also, mir ist berichtet worden, dass Sie sagen … am Sklavenschmuggel von den Kapverdischen Inseln nach New York seien … höchste New Yorker Kreise beteiligt …?«

»Exakt das sagte ich, weil ich es weiß.«

»Höchste Kreise?«

»Sehr hohe.«

»Und Sie können da nicht etwas genauer werden?«

»Ich könnte, aber ich werde nicht. Täte ich es, könnten Sie einen Schnellschreiber in Bewegung setzen, der mir die Geschichte vor der Nase wegschnappt. Ich weiß, das würden Sie als Ehrenmann nie tun … aber man hat ja … mit anderen Zeitungen, möchte ich betonen … man hat ja so seine Erfahrungen gemacht.«

»Ich verstehe.« Der Herausgeber, dem diese Gesprächseröffnung nicht behagte, spülte einen Anflug von Verärgerung mit Whiskey hinunter.

»Es ist schön, verstanden zu werden«, sagte Hofstetter und fügte hinzu, dass er trotz der hervorragenden Whiskey-Qualität in New York gelegentlich deutsches Bier und Frankenwein vermisse, das sei …

Der Herausgeber schnitt ihm das Wort ab: »Wie können wir uns … einer Zusammenarbeit nähern?«

»Eine gute Basis wäre ein gutes Honorar.«

»Gut. Betrachten Sie die Basis als tragfähig.«

»Dann brauche ich einen langen Stock mit einer harten, am besten einer eisenharten Spitze.«

»Bitte?«

Hofstetter lächelte und ließ sich mit der Antwort Zeit, pickte mit den letzten Brotkrümeln den Edelschimmelkäse auf, lobte ihn, genehmigte sich eine kurze Abschweifung über den Zusammenhang von Regen, Weide, Milchqualität und Käse und kam dann unvermittelt zum eigentlichen Thema zurück: »Das mit dem langen Stock und der harten Eisenspitze ist … eine Metapher, wie Sie sogleich erkannt haben. Dahin, wohin man gehen muss, um die Fäden genau zu entwirren … ich habe heute meinen Metaphern-tag, sorry … dahin kann ich nicht selbst gehen. Ich bin etwas zu korpulent und zu alt … und, wenn Sie mir die kleine Eitelkeit durchgehen lassen …, auch etwas zu bekannt. Ich brauche jemanden, der strikt nach meinen Anweisungen an der richtigen Stelle sucht. Und findet. Er muss eisenhart sein, intelligent, wendig. Und so einer arbeitet nicht für ein Nasenwasser.«

»Und Sie werden mir vermutlich nicht verraten, wo dieser Kerl mit langem Stock und Eisenspitze in der Glut … oder im Blut 'rumstochern soll?«

Hofstetter tat, als müsse er über die Frage nachdenken und sagte dann: »Ich denke, das kann ich riskieren. In den Five Point. Also in der Hölle, am besten da, wo sie am heißesten ist, im Umfeld von Donovan Ryan.«

»Ryan? Dolchfinger Ryan? Sie wissen, dass unter den fünfhundert Toten, die auf sein Konto gehen sollen, mindestens dreißig Journalisten sind?«

»Das ist einer der Gründe, warum ich gern einen langen Stock mit Eisenspitze einsetzen würde. Wissen Sie, mein Großvater in Regensburg hatte, als er sich schon nicht mehr ohne Hilfe aus seinem Sessel erheben konnte, so einen Stock, mit dem er vor dem Kamin saß und stundenlang in der Glut stocherte. Ich fand das als

Kind ungemein inspirierend. Mit dem Feuer spielen ohne sich dabei selbst zu verbrennen.«

Der Herausgeber wünschte keine weiteren Metaphern und keine Abschweifungen. »Mister Hofstetter, ich schreibe jetzt eine Zahl auf ein Stück Papier. Sie tun das gleiche. Dann vergleichen wir die Zahlen. Wenn sie weit auseinanderliegen, lade ich Sie noch auf eine Creme mit Himbeerkompott ein und wir trennen uns freundlich grüßend. Wenn sie dicht bei einander liegen, dann … sehen wir weiter.«

Hofstetter ließ sich den freudigen Schauer nicht anmerken, der ihn durchlief, als er die Zahl des *Sun*-Chefs las. »Schlecht daran ist nur, dass ich jetzt wohl keine Creme bekomme.«

»Die bekommen Sie trotzdem. Also: Suchen Sie sich ihre Eisenspitze und dann auf ins Feuer!«

Es gab eine Handschlag und eine Freikarte für die Show mit den spanischen Damen, die dem Vernehmen nach in durchscheinenden Kleidern auftraten, in einer Vorstellung, die nicht öffentlich beworben wurde.

Kapitel 13

EIDIG HATTE HABAKUK GRÜNSTERN VERSPROCHEN, in drei Tagen zurück zu sein, andernfalls aber Nachricht zu geben. Die drei Tage waren lange überschritten. Eidig war fest entschlossen, den alten Mann nicht länger warten zu lassen. Er hatte sich eine Kutsche kommen lassen und dem Kutscher eine Adresskarte des *Lexington Hotels* in die Hand gedrückt.

Die Fahrt hätte vielfache An- und Einblicke geboten, aber Eidig war umstellt von Bildern, die sich in seinem Hirn übereinanderschoben. Die Nacht am Wasser, niedergekauert hinter einem Bootsrumpf … die Gestalten, die von Bord wankten, die gingen, als schleppten sie sich vor ein Erschießungskommando … die sparsamen Andeutungen von David über den Verbleib seiner Schwester … und die schwarze Lydia, der Eidig ansah, dass sie mehr wusste, als sie bereit war mitzuteilen … die braunen Kinder, die ihm ihre Lieblingsverstecke rund um die Werft zeigten … die einäugige Katze, die täglich eine Ratte ablieferte und dafür gestreichelt wurde … der Gesang, fremd und schön … Lydia sang bei fast jeder Tätigkeit, und sie sang gut …

Und dann waren da wieder diese Bilder, die kein Links und kein Rechts, kein Oben und kein Unten hatten. Norddeutsche Heidehasen im Spätsommerlicht, Keiler, die zu Neujahr den Boden nach Eicheln durchpflügen, der Dachs, sein Dachs von der Hohen Heide, die Raben vom Ahrberg, wie sie liebestrunken durch den Februarhimmel trudeln … die Raben, immer wieder die Raben.

Und plötzlich ein Donnern von Abertausend Hufen, eine Herde von Büffeln ohne Anfang und Ende. Deutscher Dachs und deutscher Hase versuchen zu flüchten, kommen unter die Hufe amerikanischer Bisons, nur die Raben können sich rechtzeitig davonmachen, rudern aufwärts, unter ihnen der tiefgezogene, braune, wogende Himmel. Büffelhimmel.

Eidig erwachte aus seinem Verwirrtraum, als die Kutsche mit dem schmirgelnden Geräusch zupackender Bremsbacken zum Stehen kam.

Er zahlte, ließ den steinernen Büffel links, den Adler mit der Schnabelsperre rechts liegen und betrat die Lobby des *Lexington Hotels*.

Über dem gewaltig überdimensionierten Tresen aus rosa geädertem Marmor hing das Bild des Mannes, an dessen Anblick sich Eidig, seit er wieder festen Grund unter den Sohlen hatte, gewöhnt hatte. George Washington schaute von jeder öffentlichen oder halb öffentlichen Wand, mal hoch zu Ross, mal im Schlachtengetümmel und mal wie einer, der herumsteht, weil er gerade Modell stehen muss.

»Vater der Nation« … stand unter einem der Portraits, das zwei Straßen weiter an einer kleinen Kirche hing, so als zeige das Bild einen neuen Christus.

Eidig überlegte, wen man daheim – mit Recht und ohne sich lächerlich zu machen – Vater der Nation nennen könnte. Die Auswahl war wahrlich nicht üppig. Eigentlich war sie unmöglich. Ein Lauenburger Fürstchen oder ein Herzoglein von Osnabrück hielten sich für den Nabel der Welt und war doch nur ein Pickel auf Deutschlands Rücken. Man musste wohl bis Kaiser Barbarossa zurückgehen, um einen deutschen Riesen, einen deutschen Washington zu finden. Aber von Barbarossa gab es keine Bilder in Öl, und er hatte auch keinen Unabhängigkeitskrieg gewonnen.

Eidig musste an das Bildchen denken, das dieser Speckter von ihm auf der Hamburger Veddel-Insel gezeichnet hatte, als die *Ganges* schon mit gelockerten Tauen am Pier lag. Nichts Besonderes. Schon gar nichts für Galerien oder irgendwelche Ewigkeiten. Aber wohl doch das einzige Bild, das von ihm bleiben würde.

Halt, nein! Silvia hatte ihn irgendwo auf dem Atlantik gezeichnet, schlafend an eine Trommel mit Tauen gelehnt. Meisterlich!

Und diesen viereckigen Matrosen hatte sie mit wenigen Strichen aufs Papier geworfen. Auch eine ganz besondere Skizze war entstanden, mit wenigen Kohlestift-Strichen: das Gesicht des Smutje, wenige Tage nach dem vereitelten Mord zu See. Die Zeichnung zeigte nicht das Gesicht eines gescheiterten Giftmörders, sondern das eines Verzweifelten.

Eidig schritt die mächtige Wendetreppe empor – weißer Marmor, rostroter Läufer, arabeskenhaft verschlungene Messingstäbe, auf die sich das Treppengeländer lehnte.

Es war wenig, was er dem Oheim an Beruhigendem – an Tröstendem gar – von seiner Nichte Silvia würde berichten können. Aber immerhin: Davids Versicherung, dass es ihr gut gehe, das wollte er ausrichten. Und womöglich sollte er dabei mehr Gewissheit und größere Zuversicht ausstrahlen, als er hatte.

Als er vor der Ebenholztür zu Habakuks Suite stand, trat ein Livrierter an seine Seite, derselbe, der ihn die Liste der New Yorker Werften hatte einsehen lassen: *»Mister Eidig? May I please ask you to follow me!«* Das Wort *»follow«* verstand Eidig. Sie wendelten die große Treppe wieder abwärts, durchschritten einen Gang, lang genug, um darin ein Pferderennen veranstalten zu können.

Am Ende des Gangs erreichten sie eine scheunentorgroße Mahagonitür. Der Livrierte zog an einer Quastenkordel, jemand öffnete von innen. Eidig hatte den Raum, der gut die Grundabmessungen eines niedersächsischen Bauernhauses hatte, kaum betreten, als ihm ein Mann mittleren Alters im schwarzem Gehrock entgegen kam, begleitet von einer älteren Dame in plissiertem, hochgeschlossenen Kleid.

Der Gehrockträger, der sich als Direktor vorstellte, sprach und die Dame übersetzte in blütenreines Deutsch: »Wir haben Sie erwartet, Herr Eidig. Unserem Haus obliegt es, Ihnen eine traurige Mitteilung zu machen. Herr Grünstern ist gestern früh von uns gegangen. Ein sehr plötzlicher Tod. Wir hatten bis vor kurzem noch Cholerafälle in der Stadt, aber es ist ärztlicherseits gesichert, dass der bedauerliche Herr Grünstern nicht an der Seuche dahingeschieden ist. Herr Grünstern befand sich kurz vor seinem Dahinscheiden in einem Zustand äußerster Erregung und Anspannung, eine Erregung, die sich in Krämpfen entlud. Wir können mit absoluter Sicherheit ausschließen, dass unbekömmliche Speise oder verdorbenes Wasser sein Dahinscheiden bewirkt haben. – Herr Grünstern ist in der Hauskapelle aufgebahrt. Ein Rabbiner ist zugegen, er ist schon heute früh eingetroffen und hat den Kaddisch gesprochen. Wenn Sie es wünschen, werde ich Sie begleiten …«

Eidig nickte. Aber er begriff nicht.

Als er, eine gute Stunde später, wieder vor dem Hotelportal stand, sah er Krähen, die kleinen Verwandten der Raben. Seiner Raben. Sie hatten sich in Truppstärke auf Adler und Büffel gesetzt, schrien, schimpften, krächzten, hüpften flügelschlagend vom Adler zum Büffel und vom Büffel zum Adler. Eidig erkannte, dass sie etwas erwarteten, dass ihre lärmigen Positionswechsel offenbar dazu dienten, aus bester Position starten zu können. Aber wohin?

Der Grund für den Auftritt von gut einem Dutzend Krähenfüßen offenbarte sich schließlich. Halb unter überhängenden Sumach-Sträuchern versteckt presste sich ein offener, meterbreiter Kanal gegen die Flanke des Hotels. In dieses Wasser stürzte sich der Trupp, eine wirbelnde Wolke aus blauen Federn. Mit Fettstücken und Darmabrissen in den Schnäbeln stob sie davon.

Silvia nutzte jede freie Stunde, in der sie sich nicht durch Rechnungen, Korrespondenzen und Kalkulationen der Firma Hardey wühlen musste, um zu zeichnen.

Die nächtliche Begegnung aus der Erinnerung auf Papier zu bannen war gelungen – Davids Kohlestifte waren von ausgezeichneter Qualität. Gut gelungen … sie hätte dieses Urteil nie eingefordert, es genügte ihr, es zu wissen. Das Blatt, das sie, kaum fertig gestellt, unter anderen Skizzen versteckte, zeigte schwarze Männer, die über eine steile Rampe von Bord wanken, alle an eine Kette gehängt; der erste in der Reihe richtet den Blick in den Himmel …

diesen Himmel, der das tut, was der Himmel immer tut: Er deckelt, was unter ihm ist.

Als sie, kurz nach Ausgestaltung der Skizze zu einem fertigen Blatt, das Schiff noch einmal aufsuchen wollte, war es verschwunden. Das Dock war leer. Eine dünne Spur von Teergeruch lag in der Luft. Silvia schaute einer Katze zu, die sich mühte, eine sehr fette, tote Ratte unter einen Maulbeerbusch zu zerren, just den Busch, hinter dem sie sich versteckt gehalten hatte, als das Sklavenschiff anlegte und sie Eidig und Bruder David beim Beobachten beobachtete.

Der Himmel wollte sich abregnen, aber ein Wind kam ihm in die Quere und verhinderte den Landgang der blaugrauen Wolkenwalze. Silvia zeichnete das leere Dock … und, ohne dass sie es geplant hatte, gelang ihr eine Impression, die an einen geöffneten Mund erinnerte. Ein Gähnen zahnloser Kiefer.

Sie hatte sich gerade wieder dem Abgleich von Zahlenkolonnen zugewandt, als ein Kurierreiter – zu erkennen an der limonengelben Uniform – vor dem Gruenstern'schen Blockhaus abstieg. Der Bote übergab ein gesiegeltes Kuvert, salutierte und schwang sich wieder in den Sattel.

Wenig später sah Silvia durch das Büro-Fenster ihren Bruder, wie er in fast gerader Linie den Weg vom Gruenstern'schen Haus zum Hardey'schen Büro nahm. Und sie meinte, an der Schwere seiner Schritte ablesen zu können, dass schlechte Nachricht unterwegs war.

Als sie wenig später den Zettel mit Eidigs Schrift in Händen hielt, erriet sie den Inhalt, noch bevor sie eine Zeile gelesen hatte.

Und wäre es ein anderer Brief, wäre es eine andere Nachricht gewesen, hätte sie über den ungelenken Einstieg gelacht: »Ihr Lieben all, fasst eure Herzen mit beyden Händen. Fasst sie fest, Eure Herzen, auf dass sie nicht zerspringen. Euer geliebter Oheim Habakuk ist verblichen …«

Kapitel 14

DEM DEUTSCHSTÄMMIGEN NEW YORKER Journalisten Ferdinand Hofstetter gelang es bisweilen, das Angenehme mit dem Nützlichen zu verbinden.

Das Nützliche: Sein informelles Treffen mit den Tappan-Brüdern – den führenden, berühmtesten und den am heftigsten von Mord bedrohten Abolitionisten Amerikas – hatte er mit Bedacht ins *Jolly* verlegt. Abolitionisten nannte man jene, die die Sklaverei ohne Wenn und Aber abschaffen wollten. They wanted to abolish slavery for good.

Das Angenehme: Das Restaurant *The Jolly Fisherman* rühmte sich zu Recht der besten Meeresfrüchte-Zubereitung außerhalb Italiens; und Hofstetter spekulierte darauf – keineswegs unbegründet, wie sich zeigte –, dass die Tappans die Rechnung übernehmen würden, die im Jolly nur hoch oder sehr hoch ausfallen konnte, keinesfalls nur mittelhoch.

Während er noch in der in Büffelhaut gebundenen Menue-Karte blätterte, sich für einen Burgunder, Jahrgang 1829, entschied und zwischen »Meerbrasse à la Jolly Fisherman« und »Scholle à la New Brunswick« schwankte, trafen die Brüder ein. Das erste, was Hofstetter an ihnen bemerkte, war der beinahe synchrone Suchblick, den sie über die Reihen mit schon besetzten Tischen schweifen ließen. Das zweite, was er sah, war Erleichterung im Blick des älteren Tappan. Erleichterung wohl auch darüber, dass er, der Journalist, einen Tisch im Eck gewählt hatte. Also einen Platz, der zu zwei Seiten Deckung bot.

Arthur Tappan setzte sich ohne Umschweife und sagte mit gedämpfter Stimme: »Sie müssen entschuldigen, Mr. Hofstetter. Aber eine Bürgerwehr von New Orleans hat gerade 20.000 Dollar auf meinen Kopf ausgesetzt. In Charleston und South Carolina sind seit zwei Wochen Puppen ausverkauft: Arthur und Lewis Tappan-Puppen. Ein Verbrauchsartikel, die Dinger werden verbrannt. Und ein nobler Landlord aus Norfolk, Virginia, ein sehr gewissenhafter Besucher jedes Gottesdienstes im Umkreis seiner Großfarm, hat dem – wörtliches Zitat – ›von Gott gesegneten Patrioten‹ eine Unsumme versprochen, der meinen – noch ein wörtliches Zitat – ›bluttropfenden Schädel‹ vor dem Altar der St. Paul's Episcopal Church abliefert.«

Hofstetter schluckte, schob die Menue-Karte von sich. Eine vergleichbare Gesprächseröffnung war ihm in zwanzig Journalistenjahren noch nicht vorgekommen, doch dann – die Tappans hatten, wiederum fast synchron, Platz genommen – wandte er ein: »Meine Herrn, wir sind hier in New York, und nicht bei den Negerfressern im Süden!«

»Das heißt für einen Abolitionisten, besonders wenn er Tappan heißt, nicht besonders viel«, sagte Lewis, der jüngere Tappan, und entblößte seinen rechten Unterarm: »Ich habe eine gute Heilhaut, dem Schöpfer sei Dank.«

Hofstetter hatte sich ein paar Notizen gemacht, nicht um sie zu verwerten, sondern um den Eindruck zu vermeiden, er interessiere sich nicht.

Man bestellte und verkostete Wein, lobte ihn, spekulierte, wann endlich Amerika solche Weine hervorbringen könne, streifte Fragen des Atlantik-Handels, der Geschäftsbasis der Tappans, die eine große Varietät von Kurzwaren aus Deutschland, Frankreich und England importierten und sehr gewinnbringend an der amerikanischen Ostküste verkauften. Schließlich wurde ein sehr guter Sherry getrunken, und Lewis Tappan sagte etwas, das Hofstetters Aufmerksamkeit augenblicklich wieder bündelte:

»Die Forty Thieves und ihr Chef, ein gewisser Ryan, könnten den illegalen Sklavenimport nach New York natürlich nie und nimmer abwickeln, wenn da nicht auch Leute parat stünden, die mehr können als Augen ausstechen und Kehlen durchschneiden. Es braucht jemanden, der die Übersicht behält und der genau weiß, wann das Auge des Gesetzes gerade geschlossen ist.«

»Und diesen Jemand kennen Sie?«

»Ja, jeder in New York kennt ihn. Aber nur wenige wissen, dass er es nicht bei Pro-Sklaverei-Kampagnen und Gebrüll belässt, sondern seinen Freunden im Süden Monat für Monat den Beweis liefert, dass er ein guter, ein praktischer Vertreter der gottgewollten Sklaverei ist. Er liefert Menschenfleisch wie andere Rindfleisch. Und Menschenhaut wie andere Biberfelle.«

»Und Sie kennen … den Namen?«, bohrte Hofstetter.

»Ja. Aber wir haben keine Beweise. Wir, mein Bruder und ich, knüpfen an dieses Treffen mit Ihnen die Hoffnung … nein mehr, die Erwartung … dass Sie der richtige Mann sind, sie zu finden, die Beweise. Wir haben ein paar Unterlagen für Sie …«

Arthur Tappan griff in eine Ledertasche und förderte ein Bündel verschnürter Papiere zu Tage: »Ein Haufen Zeugs. Abschriften. Die Originale sind sicher verwahrt. Achten Sie bei Durchsicht – das jedenfalls wäre unsere Empfehlung – auf die genauen Aufzeichnungen eines D.G. Das sind die Insignien eines gewissen David Gruenstern. Der Mann ist mit der Tochter eines freigelassenen Sklaven verheiratet … nicht offiziell natürlich, versteht sich …, hat eine kleine recht profitable Werft draußen in den Docklands und ist Mitglied des von David Ruggles' *Committee of Vigilance to aud runaway Slaves and to resist Slave Catchers* – Wachsamkeits-Komitee, um flüchtigen Sklaven zu helfen und sich gegen Sklavenjäger zur Wehr zu setzen.«

Arthur Tappan versicherte sich, dass Hofstetter seinen Ausführungen folgen konnte, soweit sich das aus dessen Gesicht ablesen ließ, dann fuhr er fort: »Gruenstern hat die Tage – richtiger: die Nächte – notiert, in denen sich Schiffe, den Bauch voller schwarzer Männer und Frauen aus Afrika – in die Docks geschlichen haben. Und er hat versucht, den Weg der illegalen Fracht von dort aus zu verfolgen. Dabei ist er aber leider nicht sehr weit gekommen. Die Ryan-Gang – also, wir können sicher sein, dass die Forty Thieves zumindest den ersten Teil des Transportes in den Süden abwickeln – die Gangster haben ihn zusammengeschlagen und ihm gedroht, seine schwarze Frau zu fangen und auf Nimmerwiedersehen in den Süden zu verkaufen. Gruenstern ist vorsichtiger geworden, aber er ist nicht eingeschüchtert. Wir schätzen, dass er Ihnen weiterhelfen wird … trotz der Drohung, die sicherlich fortbesteht. Es sollte nützlich sein, wenn Sie sich bei diesem Gruenstern – einem nicht besonders frommen Juden – auf Arthur und Lewis Tappan berufen.«

Hofstetter nickte: »Und dieser Gruenstern … er weiß auch den Namen des Drahtziehers in höheren Kreisen?«

»Er hat ihn sogar zur Rede gestellt. Was ihm schlecht bekommen ist. Nur zwei Tage später waren drei stinkende Iren auf seinem Werftgelände und haben ihn vor den Augen seiner Frau zusammengeschlagen. Die zwei kleinen Söhne der Gruensterns waren Gott sei Dank nicht zugegen. Und der Frau haben sie zugerufen, dass sie demnächst in New Orleans oder in Alabama eine Handvoll Dollars bringen werde.«

Ferdinand Hofstetter seufzte unauffällig; ohne den langen Stock mit Eisenspitze würde er nicht in diesem Glutnest stochern wollen. Er war sehr fürs Aufspießen – mit spitzer Feder, wohlgemerkt. Und von diesem Ryan erzählte man sich schlimme Dinge. War nicht vor zwei Jahren sogar ein Kollege, der sich in die Points vorgewagt hatte, Gesicht nach unten im Hudson treibend, aufgefunden worden …? Hofstetter schnitt sich selbst den Gedanken ab und griff nach der Dessert-Karte.

Zum Beschluss des Fisch-Mahls gab es Blaubeertörtchen, hauchfeines Backwerk, wie es sie von dieser Art nur im *Jolly* gab.

Kapitel 15

DAVID HATTE EINE GUTE, FESTE STIMME. Und Trauer und Schmerz weichten sie nicht auf: »Mein Oheim, geliebter Habakuk, Vater an meines Vaters statt. Du starbst allein, auf fremder Erde. Wir konnten deine letzten Atemzüge nicht mit dem Psalm 121 begleiten, wie es unserer Väter Sitte ist. Und zur Totenwache standen Männer an deiner Seite, die nicht an der Elbe, sondern am Hudson aufgewachsen sind. Und die Frauen, die das Fenster öffneten, auf dass deine Seele entschwebe, wussten nicht, wer du bist.

Wir haben dich hier in den Gebetsmantel gehüllt, den uns Freunde aus der Jerusalem-Synagoge von der Lower Eastside gebracht haben. Dank dafür, Brüder, und Dank, dass ihr mit uns trauert.«

Er macht eine kleine Pause und fuhr dann fort:

»Dieser Abschied ist wie ein Abschied für die, die auf der Flucht sterben müssen. Doch die Tonscherben, die ich auf deine erloschenen Augenlichter lege, sind aus der Heimat. Ich habe die Vase zerbrochen, die ich mitnahm, als ich Deutschland verließ; getöpfert wurde sie aus Elbufer-Lehm. Und so sind wir denn still und fassen uns an den Händen! Mnukh in fryedne, Habakuk!«

David hatte deutsch gesprochen, und den letzten Gruß auf Jiddisch. Als er die Tonscherben auf die geschlossenen Lider seines Onkels gelegt hatte, begannen die Männer, die den Gebetsmantel gebracht hatten, zu singen.

Eidig hatte, so weit wie es Örtlichkeit und Ehrfurcht erlaubten, von dem sehr schlichten Holzsarg Abstand genommen, so weit, dass er die Worte Davids nur ungefähr verstand, das Schluchzen von Silvia indes war deutlicher zu vernehmen.

Eidig konnte nicht verhindern, guter Dinge zu sein. Die schnelle, unerwartete Wiederbegegnung mit Silvia machte ihn froh. Und er musste befürchten, unangemessen froh über den Sarg hinwegzublicken: Etwas Abstand schien ihm daher geboten.

Silvia hatte sich vor Schmerz in die Hand gebissen und darauf beharrt, dass ihr plötzliches Verschwinden ihrem Oheim das Herz gebrochen habe. Hans und David hatten sie abwechselnd in die Arme genommen und darauf bestanden, dass es Habakuks angegriffenes Herz war, das sein Leben begrenzt hatte. Ein Herz, dessen Schläge gezählt waren, schon als er von Bord der *Ganges* ging.

Silvia bestand darauf – obwohl es dafür keinen Ritus gab –, eine Totenwache zu halten. Sie sang für ihn, erzählte ihm von ihrer Hoffnungen auf ein gutes Leben in Amerika, sie erflehte seine Vergebung und sein Einverständnis, weinte, lachte, weinte.

Schließlich legte sie ihm eine Zeichnung unter die Hände, die gelb und wächsern waren.

Die Zeichnung war nur für Habakuks tote Augen bestimmt, aber Eidig hatte heimlich einen Blick darauf werfen können, bevor das Blatt übergeben wurde: eine Schiffsreling, sicherlich die der *Ganges*, im Vordergrund eine tanzende, Spazierstock schwingende Gestalt, sicherlich Habakuk, im Hintergrund eine Küste, sicherlich die von Amerika. Im Wolkenhimmel, über der amerikanischen Küste, stand:

Schalom – Peace – Friede

Und es war dieses Bild, das Eidig in der folgenden Nacht vor Augen stand – das dort stehen blieb und verhinderte, dass er Schlaf fand … Wolkenhimmel … westwärts ziehende Wolken, Wegweiser, Vorausabteilung … Ja zum Teufel! Was hielt ihn denn noch hier, wo der Horizont von Häusern verstellt war? Wollte er nicht fort, in die großen Weiten? Und jetzt war der Sommer schon fast zum Spätsommer geworden. Viel zu spät, um aufzubrechen. Das hätte ihm niemand sagen müssen, das wusste er. Man zieht nicht dem Winter entgegen, man zieht dem Sommer entgegen.

Aber im Grunde stand die Antwort auf die Frage – Warum, Eidig, bist du überhaupt noch hier? – ja auch auf dem Bild. Rechts unten im Eck hatte Silvia ihr Signet gesetzt: ein großes »G«, das sich um einen grünen Stern rankt.

Kapitel 16

RYAN TAT DAS, WAS ER HÄUFIG UND IMMER dann tat, wenn es in ihm brodelte. Er ließ ein gut halb armlanges Wurfmesser durch die Luft flutschen, wartete kaum ab, dass es zitternd im Holz stecken blieb, zog es heraus, ging fünf Schritte rückwärts und warf erneut.

Wer diese leerlaufende Endlosbewegung nicht schon etliche Male gesehen hatte, hätte sich darüber gewundert, dass Ryan mit jedem Wurf fast exakt die Spalte traf, die das Messer mit dem ersten Auftreffer gerissen hatte.

Seine Adjutanten hüteten sich, auch nur ein Wort zu flüstern. Ryan beim Denken oder Werfen zu stören, was in diesem Moment eins war, hätte zur Folge haben können, dass das Messer in solchen Momenten gefährlich schnell die Flugrichtung wechselte.

Schließlich – irgendwo zwischen dem fünfzigsten und dem sechzigsten Flutsch – rammte Ryan das Messer in die Holzdielen. Die waren grau, weil sie die Farbe des Drecks angenommen hatten, der üblichen Bodenbedeckung von Five Points: »Ich hab's!«

Ryans Ausruf war zugleich Signal und Erlaubnis für seine Adjutanten, ihm näher zu rücken.

»Es kann nur einen Grund haben, dass de Breuyn uns für den Transport der Schwarzärsche den Stücklohn kürzen will. Na, welchen wohl …?«

Ryans Adjutanten schwiegen, denn auch wenn einer seiner Leibwächter den Grund gekannt oder erahnt hätte, wäre sie schlecht beraten gewesen, Scharfsinn zu zeigen. Scharfsinn war Ryan vorbehalten.

»Der Grund, sage ich euch, sind die Kerry Boys. Diese rattengesichtigen Hosenpisser, die meinen, mit Whiskey-Schmuggel nicht mehr genug zu verdienen. Die haben de Breuyn angeboten, Negerärsche für den halben Preis abzutransportieren. Kennt einer von euch jemanden von den Kerries?«

»Ich kenne keinen«, sagte einer, fügte aber sogleich hinzu: »Aber ich kenne Leute vom Sweetwater Pond, die mit den Kerrys zu denselben Huren gehen.«

»Gut«, sagte Ryan, verschwand für ein paar Augenblicke hinter einem Vorhang, hinter dem er Teile des Nachmittags zu verschlafen pflegte, und kam mit einem Bündel Dollarnoten zurück.

»Wirf mit den Grünen nicht um dich, Pete. Ich will eine Zahl. Ich will wissen, für welchen Stückpreis die Kerrys liefern. Verstanden?«

Ryan zog sich hinter seinen Vorhang zurück, warf sich auf eine Matratze, die er erstaunlich sauber hielt, weder Kotze noch Pisse noch Ejakulat waren darauf zu finden. Er trank und dachte dabei. Seine Entscheidung, den Whiskey-Schmuggel eine Weile aus der Hand zu geben, war möglicherweise ein Fehler gewesen. Es gehörte zu den ungeschriebenen Five-Points-Gesetzen, dass jemand seine Rechte – an was auch immer – verwirkt, wenn er sie nicht wahrnimmt. Und er hatte das Whiskey-Geschäft schleifen lassen, weil der Sklaventransport mehr brachte, leichter war und weil es keine Konkurrenz gab. Ryan zählte nicht zu den Sinnsuchern: Aber der Sklaventransport brachte neben Geld das gute Gefühl von Sinn; es war gut, es diesen Schwarzhäuten zu zeigen, die – sofern sie nicht Sklaven waren – für weniger arbeiteten als ein anständiger Ire.

Aber alles auf eine Karte zu setzen machte angreifbar. Preisschwankungen schlugen durch wie ein Schlachtermesser auf den Knochen. Es wäre gut, den Anfängen zu wehren. Die Kerrys durften keinen Boden unter die Füße bekommen in den Five Points und im Sklaventransport.

Als einige Tage später *The Sun* per Kurzartikel meldete, dass es am Nordrand von Five Points zu einer Straßenschlacht zwischen Thieves und Kerrys gekommen sei mit bescheidenen vier Toten – drei tote Kerries, das Gesicht eines vierten war nicht mehr zu erkennen –, wäre auch diese Meldung wegen ihrer Beliebigkeit kaum ihre fünf Zeilen wert gewesen. Eigentlich.

In der New Yorker Polizeipräfektur gab es nur einen kurze Eintrag in der »Ungezieferliste« und kaum verhohlene Befriedigung darüber, dass sich ein paar Ratten gegenseitig totgebissen hatten. Ein Rätsel blieb: Thieves und Kerrys waren sich bisher noch nie in die Quere gekommen. Es hatte sogar geheißen, sie machten immer wieder mal gemeinsame Sache. War da neuerdings etwas in Gange, von dem man auch außerhalb des Iren-Ghettos wissen sollte?

Aber es gab auch eine inoffizielle Börse, an der der Fünfzeiler in der *Sun* zu Ausschlägen führte. In diesem Fall nach unten. Wer auf höhere Gewinne beim Schmuggel von Menschen auf der Route von Liberia über die Kap Verden nach New York gewettet hatte – höhere Gewinne wegen gesunkener Transportkosten –, der sah sich getäuscht.

Und in einer Villa mit perfekt kopierten korinthischen Säulen – Säulen, die den Blick auf den großen, frei atmenden Atlantik rahmten – schrieb ein Mann mit geschliffenen Umgangsformen eine Notiz. Eine Notiz für einen Mann, der ohne fremde Hilfe nur mit Mühe lesen konnte. Die Notiz endete mit den Sätzen:

… bedauere ich ganz außerordentlich, dass haltlose Gerüchte dazu geführt haben, dass meine Lauterkeit in Geschäftsdingen in Zweifel gezogen werden konnte und versichere hiermit, dass die gültigen Geschäftsgrundlagen und Preisgarantien aus meiner Sicht selbstverständlich unangetastet bleiben.

Mit vorzüglicher Hochachtung
Cedric de Breuyn

Kapitel 17

DAVID GRUENSTERN HATTE EIDIG fürs erste angeboten, ebenfalls in den Docklands unterzukommen. Einen Job für ihn, so meinte er, ließe sich wohl nicht so leicht finden, denn dafür, dass man Möwen abschießt, auf dass sie nicht frisch gestrichene Schiffsrümpfe bekleckern, würde nicht gezahlt. Den Job erledigten für Candies und Zuckerstangen die kleinen Jungs mit ihren Zwillen.

Eidig hätte noch genug Reserven gehabt, um eine Weile ohne Job und ohne Logis bei den Gruensterns in New York über die Runden zu kommen. Aber es war abzusehen, wann seine Barschaft aufgezehrt sein würde. Seine Ablöse, wie er sie nannte.

Es gab nur einen Grund – … einen …? Silvia einmal ausgeklammert – … einen sehr banalen, aber unabweisbaren Grund, nicht sogleich gen Westen zu ziehen: Er würde Geld brauchen, mehr Geld als den Rest des Betrages mit dem man ihn anBord der *Ganges* verfrachtet hatte. Und Geld, so hatte man ihm gesagt, ließe sich in New York eher verdienen als irgendwo da draußen, im Staub der Unendlichkeit.

Die Unendlichkeit würde noch etwas warten müssen …

Silvia schleppte sich in diesem Spätsommer Tag für Tag hinter den Schreibtisch des Flaschenzug-Fabrikanten, sah abgemagert aus, hatte eingefallene Wangen, machte fahrige Bewegungen. Kaum, dass es für einen flüchtigen Gruß reichte, wenn Eidig ihr – auffällig zufällig – in den Weg trat.

Es war, als läge ein Toter zwischen ihnen. Eidigs Versuche, sie von Schuld freizusprechen – »… jedem schlägt die Stunden und ein schwaches Altmännerherz braucht keinen Anlass, um aufzugeben …« – quittierte sie mit Unwillen. Sie wollte ihre Trauer, ihre

Schuld, ihre Schuldtrauer. Eidig erinnerte an die Herzattacke, die ihr Oheim auf der *Ganges* erlitten hatte: »… da hat der Tod doch schon angeklopft.« Sie sagte etwas Jiddisches, das Eidig nicht verstand, das aber nur eine dringende Aufforderung sein konnte, den Mund zu halten.

Eidig nahm Gelegenheitsjobs in umliegenden Werften an, erstaunlich gut bezahlt die meisten. Am besten gefiel ihm die Arbeit in einer Beschlägerei: In einer kleinen Hütte wurden, meist kunstvoll verziert, Beschläge für Passagier-Segler aller Klassen hergestellt. Der Graveur, ein ausgewanderter Franzose, konnte arabeskische Verschnörkelungen aus der freien Hand mit heißer Nadel zeichnen. Und als Eidig ihm einen Greifvogel im Sturzflug – eine Silvia-Skizze – mitbrachte, kopierte er die Umrisse in Dutzend Varitionen.

Wenn es nichts zu arbeiten gab, ging Eidig viel spazieren, suchte die wilden Ecken, in die sich die Docks und Schuppen noch nicht vorgeschoben hatte, sah den Enten beim Gründeln zu, den Stoßtauchern beim Tauchen, den Möwen beim Flatterflug, begann, sich von Tag zu Tag mehr nach Weite zu sehnen, nach einem Horizont ohne Häuser. Und manchmal, wenn er sich so lange gelangweilt hatte, dass er müde davon wurde, sehnte er sich nach dem Wilseder Berg, der großen Weite, zwei Tagesmärsche südlich von Hamburg, nach seinem Revier, das Ende August heide-lila gegen den Horizont stieß.

Dann, keine zwei, drei Gedankenminuten später, verfluchte er sich. Warum hatte er all das zurückgelassen? Und noch während er sich diese und ähnliche Fragen stellte, war ihm klar, dass er drauf und dran war, die eigentliche Begründung seiner Flucht zu vergessen, zu verdrängen: Er hätte sich daheim keine zwei, drei weitere Monate länger vor den Kugeln irgendwelcher Totschießer in Sicherheit bringen können. Man bleibt nicht lange vogelfrei ohne Vogelschrot-tot zu sein. Und ja, auch das: Die Büffel und die geborenen Jäger mit roter Haut, die von galoppierenden Pferden besser schießen als ein deutscher Stutzer mit aufgelegtem Gewehr, sie hatten ihm gut zugeredet, sich doch endlich einzuschiffen. Dann dieser Sog der Unendlichkeit, der Weite. Und ja, Himmel auch … ein Land, in dem keiner nach Jagdberechtigungsscheinen fragt.

Und so hatte er sich auf die Flucht begeben, auf die letzte, die hoffentlich letzte Flucht seines Lebens. Und jetzt lag unter ihm das öde Pflaster einer zu großen Stadt.

Das – im übrigen recht unpräzise – Angebot Audubons, ihn auf seiner nächsten Expedition die Küste abwärts bis zum Golf von Mexiko zu begleiten, hatte er ausgeschlagen. Falsche Himmelsrichtung! Außerdem hatte der Mann keinen besonders guten Eindruck auf ihn gemacht, schwer vorstellbar mit so einem auch nur ein Nachtquartier im Freien zu teilen …

Ihn zog es nun mal nicht südostwärts. Eher in die unergründliche Mitte: zu den Büffeln, Bibern, Elchen. Und gern auch zu denen, die man in New York nur »Rote« und »Wilde« nannte.

Es hieß, auf sie würde geschossen. Aber nicht, weil sie vogelfreie Wildschützen waren, sondern weil man auf sie schoss wie auf wildernde Hunde. Und weil man toten Indianern kein Land zurückgeben muss, dass man ihnen gestohlen hat.

An Tagen, an denen er sich weit von den Shipyards entfernte, machte er Schießübungen mit seinen aus Deutschland mitgebrachten Gewehren. Die Prophezeiung, dass das bissige Seeklima die Läufe angreifen würde, hatte sich nicht erfüllt – zumal Eidig nicht an Waffenfett gespart hatte.

An manchen Tagen ruderte er von Gruensterns Gelände hinüber zur Nordspitze der Blackwell-Insel, die manche noch mit ihrem alten indianischen Namen Minnehanonck nannten. Er zog das Boot ins Schilf, durchmaß die Insel auf dem schmalen Landrücken der Länge nach von Nord nach Süd, sah knapp mannshohe Fischerhäuser, aus denen würziger Rauch aufstieg und zwischen denen Netze zum Trocken aufgehängt waren, stieg an der Südspitze in ein Ruderboot, dessen Versteck ihm David genau beschrieben hatte und setzte zum Westufer des East River über. Dem Ufer folgte er eine knappe Meile südwärts und dann dem Newtown Creek, der sich in herrlich versumpften Windungen landeinwärts zog. Der Hauptlauf des Creek markierte die Grenze zwischen Queens County im Norden und Kings County im Süden. Wobei die eigentliche Grenze nur zu ahnen war; im Gewoge von Schilf und hinter wehenden Vorhängen aus Weiden und Erlen war der Wasserlauf nur schwach auszumachen.

Eidig ging das Herz auf, wann immer er in die Feuchtwiesen, ins Schwemmland und das Schilfmeer beidseits des Newtown Creek eintauchte.

Einen Vogel, der den Schnepfen der Lüneburger Heide sehr ähnlich sah, schoss er zur Übung im Laufen und aus der Hüfte. Nichts verlernt!

Er röstete den mageren Körper auf einem kleinen Feuer, pflückte sich rote, wohlschmeckende Beeren und schlief … schlief sich über etwas hinweg, das Heimweh zu nennen er sich nicht erlaubte.

Die Stadt scheuerte ihn wund. Es sollte, es musste endlich Wald und Weite geben, besser unendliches Grasland und noch unendlicheren Himmel. Es sollte schwingen unter seine Sohlen und nicht knirschen.

Eidig hatte Erkundigungen eingezogen, hatte sich mühsam durchgefragt, hatte jeden, der ihm fähig erschien, ein Gewehr zu tragen, gefragt, was es mit der *Rocky Mountain Fur Company* auf sich habe. Konnte man sich dort als Pelz- und Felljäger bewerben?

Schließlich geriet er an einen, dessen Bruder »auf Büffel« unterwegs gewesen war. Er kritzelte Eidig eine rohe Skizze in dessen Notizheft, die den Wohnort seines Bruders markieren sollte. Ihn solle er fragen, mit Gruß von Samuel.

Eidig bedankte sich mit Handschlag und Händedruck.

Als er sich – nach zweifacher Ruderbootfahrt und Durchmessung der Insel – wieder dem Gruenstern'schen Holzhaus näherte, glaubte er, einen Faden in der Hand zu haben, den aufzuwickeln sich lohnen könnte. An dessen Ende lag vielleicht die Tür in den Westen. Mal um Mal betrachtete er die Skizze und sprach die

Worte »Rocky Mountain Fur Company«, so als gälte es, eine Zauberformel zu intonieren ... ja, verdammt noch mal! ... der Zauber sollte wieder beginnen. Neu und größer und weiter und schöner als je. Endlich wieder unter Tieren, unter Blätterschatten. Endlich wieder er.

Nicht, dass eine Kutsche vor dem Gruenstern'schen Haus stand, war auffällig, dort kamen im Laufe eines Tages mehre Kutschen an und fuhren auch wieder ab. Meist waren es Kunden oder Inspekteure, die den Einbau von Ruderanlagen in Schiffsrohbauten überprüfen wollten.

Es war die Art der Kutsche, die Eidig irritierte, und ihre Bespannung. Die Kutsche war klein, dreifach gefedert und wurde trotz ihrer Leichtigkeit von zwei Pferden gezogen. »Das nennt man ja wohl überpferdet«, grummelte Eidig, dem es nicht einleuchten wollte, warum jemand zwei Rösser vor ein vergleichsweise winziges Gefährt spannt.

Er tat das, was er auf der anderen Seite des Atlantik in einer vergleichbaren Situation getan hätte. Er näherte sich dem Haus so, dass sein Kommen von keinem Fenster aus wahrnehmbar war und hockte sich dann unter das mittlere, geöffnete Wohnzimmerfenster.

Er hörte Davids Stimme und die eines Fremden, der – Eidig riskierte einen schnellen Blick – ungefährlich aussah.

Er entschloss sich einzutreten. David bot Eidig einen der freien Ledersessel an und rückte Wein-Karaffe und Glas in seine Richtung.

»Mr. Hofstetter hat die ersten zwei Jahrzehnte seines Lebens deutsch gesprochen, in Regensburg an der Donau ... richtig?« Hofstetter nickte: »Wir können also gern deutsch sprechen!«

Hofstetter nickte abermals und begann impulsiv: »So also sieht ein Mann aus, dem die dänische Krone, der Fürst zu Lauenburg und die Hannoverschen Hochherrschaftlichkeiten einen Batzen Geld in die Hand drücken, damit er übers weite Meer entschwindet und ja keiner deutschen Wildsau mehr eine Borste krümmt.«

Eidig verneigte sich knapp und sagte: »Ah ja … also hat der Herr Gruenstern schon einen Steckbrief von mir verteilt.«

»Einen freundlichen und einen spannenden, wie ich meine!«, sagte Hofstetter, der ein gewinnendes Lächeln aufgesetzt hatte und sich dabei im Sessel zurücklehnte, wie um ein Vollbild seines Gegenübers zu bekommen.

Nach ein paar weiteren freundlichen Unverbindlichkeiten knüpfte Hofstetter das Gespräch wieder da an, wo es bei Eidigs Eintritt geendet hatte. Er rückte zwei Notizseiten, beide mit Uhrzeit- und Datumsnotierungen übersät, nebeneinander: »Auffällt der Zusammenhang zwischen Ankunft der Schiffe mit Sklaven an Bord hier bei uns in den neuen Werften und den Fehlzeiten der Dampffährboote, die zu den Inseln, nach Brooklyn und den Counties fahren.«

»Ja«, bestätigte David knapp.

»Immer dann, wenn die Fährboote – plötzlich und unangemeldet – nicht fahren, läuft so ein Sklavenschiff ein. Und kurze Zeit nachdem es verschwunden ist, fahren auch die Dampffähren wieder.«

»Fein beobachtet!«, sagte David.

Hofstetter überging den sanften Spott und fuhr fort: »Es spricht also einiges dafür, dass die Dampffähren zum Weitertransport der … der Fracht eingesetzt werden.«

»Ich habe es beobachtet. Es gibt eine knappe Meile flussabwärts von hier ein altes Hafenbecken. Da hat es vor zehn Jahren gebrannt, und man hat alles, was nicht verbrannt war, ins Becken geschoben. In das Becken fährt nur noch ein, wer sich genaustens auskennt, wer präzise weiß, wo noch genug Wasser über dem Schutt steht. An gewissen Tagen sind es vier bis sieben Dampffähren, die aber nicht unter Dampf einlaufen, sondern gestakt werden. Und das Ganze geschieht so leise, als wenn's um Seebestattung ginge. Dort, in diesem Müllbecken, warten die Dampfbarkassen, bis ein großes Schiff, randvoll mit Sklaven vor dem Stichkanal zum Becken festmacht. Die Barkassen warten gut getaktet, ich würde sagen, nie länger als drei, vier Stunden. Und was dann von den Großseglern auf die Barkassen umgeladen wird, wissen wir ja.«

Eidig nickte und sprach dem Wein zu.

Hofstetter, der immer wieder ins Englische fiel, das er mittlerweile geläufiger schrieb und sprach als seine deutsche Muttersprache, fuhr fort: »Zwei Fragen stellen sich: Wem gehören diese Dampffähren? Und wo werden sie entladen?«

»Zwei Antworten: Die Fähren gehören der *New York Steamboot Company*, und die Company gehört zu Dreivierteln einem gewissen Cedric de Breuyn, der in der Stadt jeder Pro-Sklaverei-Vereinigung, die mehr als drei Mitglieder hat, sein Geld aufdrängt und der sich Politiker kauft wie andere reiche Leute Hausangestellte oder die italienischen Zuhälter aus der Spindle Street Huren. Zweite Antwort: Ich weiß nicht, wo entladen wird. Als ich dabei war, es 'rauszufinden, geschah das hier ...« David zeichnete mit dem Zeigefinger eine gut vernarbte längliche Wunde nach, die seine linke Wange kreuzte.

Hofstetter betrachtete das Mal und sagte: »De Breuyn hat Sie erwischt?«

»Leute wie der stechen nicht selber, die lassen stechen. Mein Fehler war, dass ich mich auf Leute wie ... die den gleichen Beruf haben wie Sie, verlassen habe. Ich bin davon ausgegangen, dass die Presse die Sache aufgreift, nachfragt, sich wenigstens anschaut, was ich herausgefunden habe. Aber es ist fast nichts geschehen. Nur die Tappan-Brüder haben das ihnen Mögliche versucht. In ihrem Journal stand eine Notiz unter der Überschrift: ›Sklavenschmuggel in New York?‹ Ansonsten musste ich lesen: De Breuyn sei ein ehrenwerter Mann. Ein Retter und Wohltäter. Seine Dampfboote hätten Tausenden das Leben gerettet, als die Cholera in der Stadt wütete, und jeder, der es sich leisten konnte, sich nach Queens County oder Brooklyn übersetzen ließ ...«

David winkte ab, fast so als wolle er die Angelegenheit ein für alle mal wegwischen.

Hofstetter aber stieß mit dem halb gefüllten Glas zu, als gelte es eine These einzurammen: »Und genau da müssen wir weitermachen!«

»Wer ist wir? … Sie?«

»Ja, ich. Nur kann ich mich schlecht unter Ryans Leute mischen und sagen: Hochverehrter Mister Ryan, ich hätte gern ein Gespräch über den, der euch Forty Thieves, euch Aasgeier und Augenausstecher dafür bezahlt, dass ihr Sklaven ins Land schmuggelt. Gebt mir doch bitte ein Interview für die *Sun*!

Das wird so nicht klappen; zumal: auch da, wo nur Urin und Blut durch die Gassen rinnen, kennt man mein Gesicht.«

Eidig, der mittlerweile sein zweites Glas geleert hatte, mischte sich ein: »Was müsste denn einer tun, damit mehr Klarheit in die Sache kommt?« Hofstetter reckte den Kopf ein Stück in die Höhe, wie ein wie ein Jagdhund, der das Futter riecht, das ihm die Lefzen feucht macht: »Gute Frage, sehr gute Frage! So einer müsste herausfinden, wie die Aufträge zum Sklavenschmuggel an die Thieves gebracht werden. Wie und von wem und wo genau.«

Eidig schwieg eine Weile und sah, dass Hofstetters Augenlider zu flackern begannen. Dann sagte er: »Ich will morgen in die Stadt …« Er entrollte eine Skizze »… hier hin! In diese Avenue. Da wohnt einer, der mir etwas über diese Rocky Mountain Fööör … dingsbums … sagen kann … auf dem Rückweg kann ich ja mal bei diesen … Aasgeiern vorbeischauen. Obwohl Geier nicht meine Lieblingsvögel sind.«

Hofstetter war beglückt. Er reichte Eidig die Hand und schüttelte sie ausgiebig. »Wie sagt ein deutscher Mann von Ehre: Handschlag ist mehr als Vertrag und Versprechen!«

Kapitel 18

KAUM WAREN ÄRGER UND STRESS mit den Kerrys überwunden und die alten Preise pro abtransportiertem Sklaven neuerlich garantiert, da drohte schon neues Ungemach. Ryan fluchte in einer Lautstärke und Widerlichkeit, die selbst für irische Ohren schmerzhaft waren. Wer ihn heranpoltern hörte, drückte sich in einen Winkel, trat dabei lieber in Kloake und Sumpf als Ryan unter die Augen.

Eine Razzia war angesagt. Außerplanmäßig. Völlig zur Unzeit.

New Yorks Polizei bestand zu mehr als der Hälfte aller Mannschaftsdienstgrade aus Iren. Und auch die Gangs der Five Points waren in der Mehrzahl mit Iren aufgefüllt. Die irischen Uniformträger hatten weder Lust, sich in den Five Points rostige Nägel in die Sohlen zu treten, noch Neigung, ihre Landsleute zu bedrängen.

Die öffentliche Meinung – der ewigen Mordgeschichten aus den Points müde – verlangte aber, dass der Arm des Gesetzes auch in die schlimmste Pestbeule unter der Sonne drücken müsse. Es musste also so getan werden, als würde etwas getan.

Ryan, der mächtigste Mann in den Five Points, wurde – normalerweise – zeitig über eine bevorstehende Razzia informiert. In den Points sagte man »Besuch«, nicht »Razzia«. Ryan sorgte dafür, dass die irischen Cops einiges Vorzeigbares fanden. Schlechten Whiskey, von dem immer hundert Fässer in Reserve lagen, damit sie gefunden wurden. Ein paar lang gesuchte, lebendige Schießscheiben mussten her, Leute, die man sowieso loswerden wollte. Den einen oder anderen steckbrieflich gesuchten Mörder hielt Ryan an Tagen, an denen er es gut mit den Cops meinte, als Zugabe vorrätig. Das alles zu organisieren brauchte Zeit und Umsicht. Man durfte nicht übertreiben. Fanden die Cops zu viel oder Dinge, die sie nicht finden sollten, regte sich Unmut in den Points. Fanden sie zu wenig, stand schon bald ein weiterer Besuch bevor.

Was Ryan in diesen Frühherbsttagen rasend machte, war die Kürze der Lunte. Die Vorbereitungszeit, die man auf zwei Tage verknappt hatte, war ein Witz, aber kein guter. Eine Zumutung, das Ganze.

Allein die Entscheidung, wen man den Cops zum Fraß vorwerfen sollte und wen man ihnen wo und wann zur Erschießung-auf-der-Flucht oder zur Erschießung-in-Notwehr anbieten würde, brauchte Muße und Feingefühl. So etwas ging nicht in zwei Tagen, selbst dann nicht, wenn man in diesen 48 Stunden auf Schlaf verzichtete.

Ryan hatte herauszufinden versucht, warum sich dieses Mal die Anmeldefrist so dramatisch verkürzt hatte. Die Hinweise waren unklar, undeutlich, unbefriedigend. Ein Constable – ein zuverlässiger Melder mit reichlich Familienbande in den Points – hatte etwas von »versteckten Sklaven« und von »illegalen Afrika-Importen« gemurmelt, sich dann aber strikt geweigert, Details preiszugeben.

Ryan hatte daraufhin einen Kurier in eine Villa am Meer geschickt, eine mit korinthischen Säulen und einem Besitzer, der in jenen Tagen häufig an der Seite eines gewissen Wilder gesehen wurde, des führenden New Yorker Hasspredigers gegen Abolitionismus und Negerfreiheit. Ryans Kurier kam mit einem Vermerk zurück, der nichts erklärte: »Macht es wie immer! Keine Gefahr im Verzug. Sicherstellen, dass beim Erscheinen der Cops kein Schwarzer in den Points ist.«

Ron Hardey war zufrieden, nein, mehr als das: Er war hoch erfreut von seiner neuen Mitarbeiterin, einer jungen deutschen Frau mit possierlichen Englisch. Seit sie seine Bücher führte und seinen Schriftverkehr abwickelte, ging es besser.

Silvia hatte offene Rechnungen nach Datum und Zahlungsdringlichkeit sortiert, hatte Mahnschreiben an säumige Kunden entworfen, hatte sehr brauchbare, praxisnahe Vorschläge zur Umgestaltung der Lagerhallen für Taue, Holzrollen, Eisenspangen gemacht, hatte Hardey überzeugt – eine Idee, die ihn erst befremdete, nach einer Erprobungsphase aber begeisterte –, seine Arbeiter über ein Prämiensystem am Erfolg der Firma zu beteiligen. Es funktionierte, quasi aus dem Stand: Seit dem Tag der Prämien-Ankündigung gab es keine Fehl-Chargen mehr und es verschwanden auch keine Flaschenzüge mehr, ohne eine Geldspur zu hinterlassen.

Was Silvia Grünstern schon in der ersten Woche im Kontor von *Ron Hardey's Pulleys and Tools* bemerkte, bescherte ihr einen kleinen Anflug von Heimweh. Die besten Taue und Zugseile waren Import aus Deutschland. Hergestellt in Hamburgs Reeperbahn. Als kleines Mädchen war sie gelegentlich durch die Straße längsseits der Elbe gelaufen und hatte sich über die Männer und Frauen gewundert, die dort Hanf zu schierer Endlosigkeit zwirbelten.

Ihr Chef, Ron Hardey, war die Leutseligkeit in Person, sprach mit allen, meist länger als es zu Geschäftszeiten förderlich und wirtschaftlich war, drängte darauf, dass Essenspausen eingehalten wurden und sorgte persönlich dafür, dass in der Tabakhütte – aus Feuerschutzgründen ein Stück abseits der Fertigungshalle, hart am Wasser gelegen – immer ausreichend Virginia-Tabak vorrätig war.

Die Mitarbeit freigelassener Schwarzer lehnte er ab, ihr Schweißgeruch an heißen Tagen sei den bewährten weißen Arbeitern nicht zuzumuten, bemerkte er, als Silvia ihm eine entsprechende Frage stellte. Die Begründung war offensichtlich dummes Zeug; Silvia fragte nicht weiter.

Auf seine feinste Seilqualität war Hardey stolzer als ein Uhrmacher auf eine sekundengenaue Taschenuhr. »Schauen Sie, Miss Gruenstern«, dabei legte er sich eine weiße, fast samtweiche Seilschlinge um den Hals. »Wenn ich jemals gehenkt werde, dann, Gott verdammt, nur mit so einem Hardey-Seil. Ein Schmuck für jeden Hals!« Silvia lächelte so schmallippig es ihr möglich war. Hardey fuhr unbeirrt fort: »Vor drei Monaten haben sie das öffentliche Hängen in der Stadt und im ganzen Staat New York abgeschafft.

Fehler! Wie sollen denn die kleinen rotznäsigen Bullies wissen, wie das Bösesein endet, wenn sie nicht ab und an eine Lektion anschauen können? Und für mich war es immer wie eine Verkaufsausstellung. Immer die besten, weißen Seile! Come and see: Hardey-Quality! Well, alles hat mal eine Ende …«

Die Wand hinter Silvias Schreibtisch hatte sie selbst gestaltet, sie glich einer der Wände, vor der sie als Kind im Altonaer Kunsthaus gestanden hatte: Zeichnungen, Aquarelle, Kohlestift-, Rötelstift-Impressionen – allerdings alle Blätter ungerahmt und damit eine gewisse Vorläufigkeit ausstrahlend. Ein Portrait Habakuks, freundlicher Aufwärts-Blick in gebauschte Segel, bildete die optische Mitte. Unter der Zeichnung zwei Jahreszahlen und zwei Städtenamen in arabeskischer Verschlingung: Altona 1771 – New York 1835.

Links davon ein schlafender Eidig an Bord der *Ganges*. Katzen aus den Shipyards, mit Fisch, mit Maus, mit Ratte im Maul oder zwischen den Vorderpfoten. Studien von Flaschenzügen verschiedenster Größen und Bauart. Die technische Zeichnung einer Winde, jeder Zahn des Eisenkranzes exakt ausgemalt. Ein Wolkenhimmel über der Insel. Eine Serie: spielende Kinder – die Gruenstern-Zwillinge, an einem Tuch zerrend, Hütten aus Bretter bauend, mit allerlei hölzernen Spielzeugwaffen hantierend. Erinnerungen: Der große Altonaer Garten der Grünsterns mit seinem terrassierten Abstieg zur Elbe, im Vordergrund der Flöten blasende, aus schwarz-geädertem Granit gehauene Pan, ziegenbocksbeinig, aber mit dem Oberkörper eines klassisch griechischen Olympioniken. Und immer wieder Wolkenhimmel: verblasene Schleier, Burgen auf Felskegeln, Fabeltiere …

Manchmal blieben Arbeiter auf dem Weg in die große Fertigungshalle stehen, betrachteten die wechselnde Ausstellung, stellten Fragen. Einen Mann mit einem Gesicht, in dem nichts zueinander passte – die kurze Nase nicht zu den gewaltigen Nasenflügeln, die Riesenohrmuscheln nicht zu dem fraulich kleinen Mund – bat sie, kurz stehen zu bleiben. Sie skizzierte ihn in einer Schnelligkeit, die Fred, genannt Punch Fred, in freudiges Erschrecken versetzte: »*Incredible, it's me!*«

Mindestens einmal am Tag kam Eidig vorbeigeschlendert, angeblich um neue Bilder in Augenschein zu nehmen. Silvia tat so, als durchschaue sie sein Kunstinteresse nicht. Es war gut, Eidig in der Nähe zu haben. Er tat gut.

An manchen Tagen – Festtage für Eidig – verkrochen sie sich in einem Lagerraum für Matten und Taue. Die Tür verschlossen sie von innen. Eidig hatte ein goldgelbes Schmierfett von der Greenstar-Werft besorgt, um das verräterisches Schließgeräusch des Schlosses zu unterdrücken. Und als Silvia bemerkte, dass heftige Bewegungen ihrer Körper den Staub durch die Ritzen zwischen den Bodenbrettern rieseln ließen, direkt in das darunter befindliche Büro von Hardey, wischte sie die Diele – so gründlich, dass Ratten, Mäuse und Spinnen den Ort als nicht mehr bewohnbar empfanden.

Manchmal nahm Silvia Skizzen mit in »das Nest«. Dann hoben sie drei, vier Dachpfannen aus den Sparren, um genug Licht für Kunstbetrachtungen zu haben.

Eidig betrachtete eine Skizze, die einen Singvogel zeigte: »Das könnte eine Nachtigall sein. Ob es hier Nachtigallen gibt? Für ein Nachtigallen-Konzert habe ich einmal geschätzt zwei Jahre Kerker riskiert. Das war im Luhetal bei Sodersdorf, eine wunderschöne Juninacht. Ich hab' mir in der Luhe die Füße gewaschen, weil ich sie mir blutig gelaufen hatte und nicht wollte, dass meine alten Lederstiefel Dreck in die Wunden massieren. Ich saß da, wusch und drückte mir gepflückten Beinwell auf die wund gescheuerten Stellen. Es war halbes Mondlicht und eine sehr sanfte Nacht. Da begann über mir eine Nachtigall zu singen. Nur wenig weiter eine zweite. Ich hielt den Atem an. Es war ein einziger großer Zauber. Sie schluchzten sich an, tschickerten, jauchzten, weinten, jubilierten, oktavierten, flüsterten, beteten. Ich habe nichts dergleichen wieder gehört.

Aber ich musste weiter. Landjäger aus der Winsener Garnison

waren mir auf den Fersen. Scheißkerle! Aber ich konnte nicht weiter. Ich war gefangen von diesen Wunderstimmen. Ich saß da und wusste genau, noch eine halbe Stunde hier hocken bleiben und irgend so ein Arschloch hält mir seine Kugelbüchse an die Schläfe. Aber ich blieb sitzen und lauschte.

Ich hatte Glück. Der Suchtrupp hatte sich verirrt und war in ein Bauernhaus eingefallen, um sich, wenn sie schon keine fette Beute machen konnten in dieser Nacht, wenigstens am fetten Speck des Bauern schadlos zu halten.«

Silvia hatte, während Eidig sprach, die Skizze koloriert: »Richtig so?«

»Fast … Nachtigallen haben etwas dunklere Flügeldecken … also unsere Nachtigallen.«

»So …?«

»Richtig.«

»Wenn es möglich wäre … ich würde sofort loslaufen und suchen, ob es hier Nachtigallen gibt. Die Büsche und das Grasland stimmen. Das Land hinter den Docks ist Nachtigallenland.«

Er schwieg eine Weile, sah den Stift über die Seite huschen schnell wie der Schnabel eines Säbelschnäblers, der Linien ins Watt zeichnet.

Gern hätte er ihr die Stifte aus der Hand genommen und eine Rückkehr zum eigentlichen Zweck des Rückzugs unters Dach in die Wege geleitet. Aber er blieb – vorerst – beim nachgeordneten Thema: »Und wenn es sie hier gibt, die Nachtigallen … ich könnte mir vorstellen, dass sie eine andere Sprache singen als unsere. Englischer vielleicht. Wie heißt Nachtigall auf Englisch?

»Nightingale.«

»Klingt gut.«

Eidig nahm ihr nun doch den Stift aus der Hand und küsste ihre Finger. Küsste sie so gründlich und intensiv, dass die Kunst eine weitere Viertelstunde warten musste.

Als sie schließlich »das Nest« verließen – barfuß, die Schuhe pflegten sie an der Treppe zum Boden abzustellen – sagte sie: »Du würdest nicht hier bleiben, um das mit den Nachtigallen zu erkunden?«

»Du weißt genau, warum ich nicht schon lange weg bin.«

»Weiß ich das? Ich schätze mal , auch dahinten, bei den Büffeln und den Bären und Bibern gibt es Menschen, die Röcke tragen.«

Bruder David hatte dem »Schützen«, wie er Eidig nannte, eine »summer residence« besorgt, eine, die schon bald zu zugig sein würde; ein verfrühter Herbst hatte schon einige Ahornblätter gelb gefärbt. Auf einer Werft unweit des Gruenstern'schen Blockhauses war vor einem Jahr ein Dampfkran buchstäblich explodiert. Geblieben war von dem Eisen-Ungetüm nur der runde, feldsteinerne Unterbau, in den ein fensterloses Zimmer eingelassen war. Eidig hatte das rostige Bettgestell hinausgeworfen und sich von David drei Büffelfelle besorgt, die man hierzulande »Roben« nannte. Darauf schlief es sich gut, und er ließ es sich – die Nase in Fell seiner Sehnsuchtstiere – gefallen, wenn sich auf der Kippe zum Schlaf Fernwehgefühle anschlichen. Bisweilen war es aber auch Heimwehleidiges: … am Wilseder Berg würden jetzt die letzten Spinnfäden des Altweibersommers ziehen und die Birkhähne würden, satt von all den Beeren des Frühherbstes, in den Wacholdern hocken und auf ihn warten, auf ihn, der nicht mehr kommen würde.

Eidig revanchierte sich für die kostenlose Logis mit Gänsen, Enten und unbekannten Felltieren, die ihn an die Darstellung von Alpen-Murmeltieren erinnerten und die man hierzulande »Woodchucks« nannte. Meist begegnete ihm ehrliches Staunen, wenn er, bepackt und behängt mit allerlei Beute aus dem Marschland und den Wäldern der Umgebung zurückkehrte.

Einmal schoss er, angeregt durch die Audubon'schen Schieß- und Maltechnik, einen Vogel mit Namen Roter Kardinal, den er Silvia zum Zeichnen ins Fensterkreuz hing. Und er konnte sich nicht genug wundern, wie der Balg auf dem Papier wieder zu Leben erwachte.

Eidig war drauf und dran, gewesen den Five Points einen ersten Besuch abzustatten. Aber als er in der Bridgewater Street stand, von wo aus man in die Points blicken konnte wie durch ein Tor in einen Hinterhof, bemerkte er, dass etwas fehlte. Es fehlte die Möglichkeit des sicheren Rückzugs.

Zu so einem sicheren Rückzug hätte zwingend eine Legende gehört: eine Erklärung, warum einer, der nicht aussieht wie ein gebürtiger New Yorker oder ein strubbeliger Ire, durch die Straßen streicht. Öfter und länger womöglich. Es würde ihm zweifellos gelingen, sich umzuschauen, ohne sich dabei umzuschauen, aus den Augenwinkeln zu beobachten, ohne einen verräterischen Lidschlag. Er würde vielleicht auch Dinge erkennen, die den allermeisten verborgen geblieben wären. Aber all das würde nicht reichen.

Wenn die Five Points wirklich – und es gab ja keinen Grund, daran zu zweifeln – eine Räuberhöhle waren, bräuchte man eine gute Erklärung, warum man durch diese Höhle striche, warum man immer wieder an bestimmten Ecken auftaucht.

Und als Eidig sah, dass sich plötzlich in einer Fensterhöhle, in der noch gerade eben ein einzelnes, hageres, bartumkränztes Gesicht gehangen hatte, drei Gesichter versammelten und drei Augenpaare in seine Richtung starrten, war ihm klar: Ohne einen selbst erklärenden Grund für einen Aufenthalt – am besten einen Grund, den man ohne viel Worte mit sich führen konnte – wäre hier nichts zu machen.

Er kehrte den Points den Rücken, ohne sie betreten zu haben, und suchte die Straße, die ihm ein freundlicher Zeitgenosse auf einem Papier skizziert hatte. Sie lag eine halbe Gehstunde entfernt am Hudson-Fluss, auf einer Aufschüttung, die man, vermutlich schon vor vielen Jahren, in den schlammigen Ufersaum getrieben hatte. Eidig sah Möwen, die auf den Flachdächern der fünfstöckigen Häuser hockten als wären es Küstenfelsen. Er grüßte unwillkürlich nach oben, es wurde zurückgekrächzt.

Eidig hatte Glück. Der Mann, den er treffen wollte, war zu Hause. Eidig hatte kaum die lange eiserne Kette gezogen, die eine Glocke in Bewegung setzte – eine angelandete Schiffsglocke, wie es aussah – als jemand aus dem dritten Stock den Kopf über die Balkonbrüstung schob.

»Grietinks … von Bruder … Greetings from brosser Samuel«, rief Eidig, Der Kopf wurde zurückgezogen und wenig später wurde ihm die Haustür geöffnet, eine schwere Tür mit Eisenblech beschlagen, das sich rostig ins Holz gefressen hatte.

Der Mann, der sich Donald Hook nannte, hatte das Jäger- und Trapper-Dasein schon vor zehn Jahren aufgegeben und betrieb seither ein Eisenwarengeschäft im geräumigen Keller unterhalb seiner Wohnung. Und er sprach, nachdem er sich kurz und knapp nach seinem Bruder erkundigt hatte, zu Eidigs Entzücken Sätze, die wie Wegweiser im Raum standen: »Wenn du zu den Büffeln willst oder zu den Bibern, dann geh zu Ashley und seiner *Fur Company*. Nach St. Louis. Das ist weiter weg als nur um den nächsten Block. Von St. Louis den Mississippi ein kleines und den Missouri ein großes Stück aufwärts. Dann bekommst du den Beutel voll Geld. Oder einen Pfeil durch den Hals.«

Das mit dem Pfeil ließ Eidig nicht an sich herankommen; den zweistündigen Fußweg zurück in die Docks ging er beschwingt. Er sang, freute sich dabei über seine wohltönende Singstimme. Und als er sicher war, dass ihn niemand hören konnte, deklamierte er einen Kinder-Abzählvers.

Ehne Mehne, komm mal her!
Folg mir übers große Meer
Folg mir bis Amerika.
Du bist 'raus und ich bin da.

In der folgenden Nacht waren sie wieder alle da: der Uhu aus dem alten Steinbruch bei Lüneburg, die Raben vom Ahrberg, die Hirsche aus der Göhrde, die sich ihre knöchernen Weihnachtsbäume schon im Herbst aufs Haupt setzen, die Hasen, die berauscht von Wollust über die Äcker federn, kaum dass der Schnee verschwunden ist, die Birkhähne, die verzückt von ihren eigenen Balzgesängen die Nickhäute über die Augen ziehen, die Heidelerchen, die singend in den Himmel steigen, die Libellen, die im Flug Sonnenstrahlen fangen …

Und die Neuen waren auch da: die Büffel aus der nahen, aus der nun endlich nahen Unendlichkeit.

Die Büffel, die durch Eidigs Gemüt stürmten, waren noch zweidimensional, waren Papiergeburten, waren den Illustrationen entsprungen, die er Zentimeter für Zentimeter mit den Augen abgetastet hatte. Sie waren so wenig körperlich, wie die Bilder von Giraffen und Elefanten, die er in Hamburg im Privat-Bilderkabinett eines Reeders gesehen hatte.

Und doch waren die Büffel Zugtiere. Zum einen zogen sie – daran glaubte Eidig fester als an den lutherischen Katechismus – durch die unendlichen Weiten, zum anderen zogen sie ihn. Zogen ihn an. Zogen ihn fort. Fort in das gelobtes Land.

Kapitel 19

ES HATTE SICH HERUMGESPROCHEN, dass die Schöne mit den blauschwarzen Haaren Jüdin war. Allerdings keine von der Lower Eastside. Das wurde, so jedenfalls schien es Silvia Grünstern, immer besonders – und offenbar zu ihren Gunsten – vermerkt.

Man musste hier offenbar nicht beweisen, dass man gut war, obwohl man jüdisch war. Das hatte sie sich erhofft. Das schien sich zu erfüllen.

Mit den Schwarzen war es offenbar anders. Ihr Bruder David, Ehemann der Tochter zweier Freigelassener, Vater zweier braunhäutiger Jungen und Mitglied einer Vereinigung zum Schutz entlaufener Sklaven, hatte gesagt: »Hier sind die Neger die Juden.«

Sie hatte nicht weiter gefragt, weil Lydia, die etwas Deutsch verstand, auf Hörweite am Herd stand. Aber sie würde es wissen wollen, wie sie alles wissen wollte, was sich an Neuem auftat … oder versteckte.

Und klar war auch, dass sie sich nicht mit diesem Zipfel Amerika begnügen würde. Ihre Wolkenhimmel legten beredtes Zeugnis ab: Sie begannen weit vorn und verloren sich in der Ferne.

Am Globus, der in Altona im Habakuks Herren- und Raucherzimmer stand, hatte sie ausgemessen, wie oft das Deutsche Reich in Nordamerika hineinpasst. Und ihr war schwindelig geworden bei der Vorstellung, einmal in dieses unendlich große Land aufzubrechen.

Der »Besuch« war – trotz der widrigen Umstände – reibungslos verlaufen. Und Ryan wusste, wem er das zu verdanken hatte. Sich selbst.

Die Cops hatten ihre übliche »üble Kreatur« zum Totschießen

bekommen. Mehrere Gazetten berichteten über einen tapferen irischen Cop – noch in Ausbildung, Sohn irischer Einwanderer aus Dingle, County Kerry –, der die Messerattacke eines notorischen Killers in letzter Sekunde mit einem mutigen Schuss verhindert hatte. Bravo! Portrait auf der Titelseite.

Die Sache mit dem Whiskey war gerade noch gut gegangen: Der schlechte Stoff steckte in einem zu guten Versteck, und um ein Haar hätte es der Cop, dem der Ort beschrieben worden war, nicht entdeckt. Die fehlende Beute hätte ein kostenloses Besäufnis ausfallen lassen; etwas, das die Irish Cops sehr krumm genommen hätten. Aber es hatte ja schließlich noch alles geklappt.

Und eigentlich wäre der Tag nach dem Besuch ein wohlverdienter Feier- und Ruhetag gewesen. So wie eben Menschen feiern, wenn sie das schwer Machbare doch noch hinbekommen haben.

Aber es gab neuen Ärger. Der trat in einem maßgeschneiderten blaugrauen Anzug und Wildlederschuhen auf, die allerdings beim Fußmarsch durch die Points ein wenig die typische Farbe des Gestanks angenommen hatten. Der Mann hatte einen Namen, den sich keiner merken konnte, er duldete es aber, dass man ihn »Nimble« nannte – den Flinken. Nimble war in der Tat so schnell durch die Five Points geflitzt, dass Ryan von seiner Ankunft erst erfuhr, als de Breuyns Bote schon auf der Türschwelle zum Versammlungssaal der Forty Thieves in der Alten Brauerei stand.

Nimble reduzierte die Begrüßung und die sonst üblichen einleitenden Floskeln auf ein Tippen mit dem linken Zeigefinger gegen die Hutkrempe. Und er begann zu reden, bevor ihm Ryan einen Stuhl anbieten konnte. Ryan spürte Erniedrigung und Beleidigung, und er beschloss, dass Nimble dafür irgendwann würde zahlen müssen. Irgendwann, aber nicht jetzt.

»Ryan, wir hatten uns darüber verständigt, dass 127 Schwarzhäute abgeliefert werden. Als wir unsere Boote entladen haben, waren es 126. Und falls du jetzt behaupten möchtest, dass wir uns verzählt hätten, dann rate ich dringend dazu, uns nicht zu unterstellen, dass wir nicht bis 127 zählen können. Wo ist Nummer 127?«

Ryan dachte in einer Geschwindigkeit, die ihn – zu anderen Zeiten, unter anderen Umständen und an einem anderen Ort – für eine Karriere als Schlachtenlenker, Ingenieur oder Dirigent großer Orchester oder Geldflüsse qualifiziert hätte. Und trotz hohen Innendrucks sprach er leise, fast gelangweilt: »127 ist tot. Er ist durchgedreht, als wir ihn vorn im Dampfboot Nummer Fünf anbinden wollten. Er hat sich losgerissen, hat versucht einem von unseren Männern die Pistole zu entreißen. Einer meiner Männer ist ihm mit 'ner Eisenstange zuvorgekommen. 127 liegt bei den Fischen.«

In Nimbles Gesicht ließ sich nicht ablesen, ob er glaubte, was er soeben vernommen hatte. Schließlich sagte er: »Bei den Fischen also. Da wird er aber wohl kaum liegen bleiben. Wer vor der Küste über Bord geht, wird angespült. Wie sah denn dieser 127 aus … bevor er über Bord ging?«

»Groß, gesund, kräftig.«

»Geht es etwas präziser?«

»Ich war nicht in Boot Fünf. Man hat ihn mir als groß und kräftig geschildert. Höchstens Mitte Zwanzig.«

»Kleidung?«

»Das übliche blaue Leinen, das sie in der Quarantänestation auf den Kap Verden verpasst bekommen, nachdem man sie gewaschen und geschoren hat.«

Nimble machte eine Pause, drehte seinen steifkrempigen Hut in den Händen … und Ryan wollte es schon scheinen, dass seine schnell improvisierte Geschichte verfangen hatte. Aber dann sagte Nimble, und er grinste dabei: »Also werden wir erwarten können, dass in den nächsten Stunden – wir haben stark auflandigen Wind – ein ehemals gesunder, großer kräftiger Neger in blauem Leinenzeug angespült wird.« Ryan tat so, als müsse er überlegen und sagte dann im Ton der Nachdenklichkeit: »Ich kenne die Strömungsverhältnisse da unten am Pebble Beach nicht. Aber Sie, Mr. Nimble, werden wohl recht haben. Am Pebble Beach sollte er ankommen, oder das, was die Haie von ihm übrig gelassen haben.«

Immerhin, der Hinweis auf Haie und deren Appetit bewirkte ein

Zucken um Nimbles Mundwinkel. Schließlich sagte er: »Wir erwarten Meldung. Sollte 127 aber leben, sollte er entkommen sein, sich irgendwie durchschlagen und dann zu plaudern beginnen, in welcher Sprache auch immer, dann wäre das für dich und für unsere Geschäftsbeziehung nicht besonders gut.«

Ryan überhörte die Drohung und sagte fest: »Er ist tot. So tot wie einer nur tot sein kann. Und die Leiche wird gefunden werden. Vorausgesetzt, dass sie angespült wird.«

Als Nimble – grußlos und türschlagend – gegangen war, brüllte Ryan eine Mischung aus Flüchen, Verwünschungen und Jammergeschrei heraus: Ja, verdammt noch mal, es war ein Fehler – sein Fehler! – ein besonders schönes Exemplar für das Privatbordell eines Senators und Im- und Exportkaufmanns abzuzweigen, eines Mannes, der seinen Gartenpark mit Kopien klassisch griechischer, männlicher Nacktheit so gut wie zugestellt hatte. Aber 500 Dollar schienen ihm das Risiko wert.

Ryan ließ einen seiner Adjutanten kommen, einen Mann mit einem roten Vollbart, der wegen der geringen Körpergröße seines Trägers gewaltig groß erschien.

Ryan fixierte den Mann und flüsterte im Ton äußerster Bedrohlichkeit: »Hör genau zu, Red! Eine Frage und eine genaue Antwort, wenn ich bitten darf: Kannst du dir einen nackten Neger vorstellen, dem ein großes Tier … ein Hai zum Beispiel … den Kopf abgebissen hat?«

Red fasste sich beidhändig in den Bart, so als müsse er seine Gesichtszüge am Entgleisen hindern, doch ehe er noch dazu kam, etwas zu antworten, legte Ryan nach: »Er sollte auf den großen Kieseln von Pebble Beach liegen. Gern auch noch etwas zerrissenes blaues Grobleinen am Körper. Und er sollte möglichst schnell dort liegen.«

Red nickte, nickte zweimal, entschloss sich dann aber doch zu einer Frage grundsätzlicher Art: »Woher soll ich 'nen Neger nehmen?«

»Gibt es denn nicht genug davon?«

Red nickte ein drittes Mal und wand sich aus dem Bannkreis von Ryans Dolchblicken.

»'N nackter Nigger … ohne Kopf und auf'm Pebble Beach«, grummelte er und nickte ein viertes Mal.

Kapitel 20

ES WAREN NICHT DIE KRANICHE, die Eidig aus den Sumpf-Seen am Rande der Lüneburger Heide kannte. Diese Vögel der Neuen Welt waren ein Stückchen kleiner als die großen, grauen Vögel der Heimat. Aber es waren zweifellos Kraniche. Er hatte sie im Sumpf, im Ästuar des Newtown Creek, entdeckt. Sie waren braun gefiedert. Mit roten Kippas auf den Köpfen – darin wiederum den vertrauten Vögeln jenseits des Atlantik ähnlich.

Eidig hatte im Lüneburgischen die Hochzeitstänze von Grus grus bewundert, hatte im November das große »V« gesehen, das sie über den Himmel zogen, das Zeichen der Weitwanderer. Es wäre ein Leichtes gewesen, wenigstens einen der beiden Amerikaner zu erlegen. Aber zum einen schmeckte Kranich allenfalls mäßig gut, zum anderen schien es ihm sündhaft, auf das Wunderbare zu schießen. Eidig hätte nicht sagen können, was Kraniche zu Tabu-Vögeln, zu Nicht-Schießbaren machte. Es war einfach so, es war zu spüren, nicht zu wissen.

Die braunen Kraniche wandten die Häupter in meditativer Ruhe. Eidig bog die Schilfrohre ein wenig auseinander, um sie genauer beobachten zu können. Sie schienen es zu bemerken, waren aber nicht beunruhigt. Dann geschah etwas, das Eidig nicht verstand: Er musste weinen vor so viel Schönheit.

Und als er sich die drei, vier Tränen abgewischt hatte, fluchte er ausgiebig: »Ich bin ein Narr, dass ich den Schnüffel-Auftrag angenommen habe. Ich sollte hier sein. Hier! Und weiter draußen im Land. Ich sollte, verdammt noch mal, mit den Kranichen nach Süden oder Westen ziehen.«

Dann wandte er sich ab, entschloss sich auf dem Rückweg zu den Nose-Werften noch bei den Woodchucks vorbeizuschauen, von denen er inzwischen wusste, dass sie mit deutschem Namen Waldmurmeltiere hießen.

Sie waren da, wo er sie vermutet hatte. Eidig schoss zwei, ein altes und ein junges Tier, weidete sie aus, schulterte sie und genoss es, mit den Schüssen keine Treibjagd auf sich ausgelöst zu haben. Vielleicht war hier ja doch das Ende der Jagd auf den Jäger, das Ende aller Fuchten. Und der Beginn neuer Jagden. Freier, größerer, schöner.

Als er einige Meilen zurückgelegt hatte – die zusammengebundenen Waldmurmeltiere machten sich gerade ordentlich schwer – und als er schon den Geruch des East River in der Nase hatte, rauschte es über ihm. Die beiden Kraniche von vorhin ruderten über den Himmel, genau da, wo er sich etwas mühsam durch Schilf und Büsche schob, die kleine, knollige Früchte trugen. Eidig betrachtete Baumrinden, fand keine rechte Entsprechung zu den Mustern, die er kannte. Aber ein schneller Laufkäfer glich denen, die er stundenlang am sonnigen Elbe-Hochufer beobachtet hatte. Und kleine Singvögel turnten wie deutsche Meisen oder Grasmücken durchs Gebüsch.

Eidig sagte im Gehen englische Vokabeln auf, die er am Vorabend gelernt hatte, und bemerkte, dass ihm Worte für Lebendiges, für Tier- und Pflanzenwelt leicht haften blieben.

Über ihm schwenkten die Kraniche landeinwärts. Und er dachte: So schön sie auch sind, ich würde sie jetzt durchaus gegen Heidelerchen eintauschen … und das hiesige Firmament gegen den Septemberhimmel über blühender Besenheide … bei Haverbeck … oder auf dem Hanstedter Töps mit seinen Hügelgräbern …

Es war ein seltsames Ziehen und Schieben. Zum einen schob es ihn vorwärts, zu all den Tiergestalten, die er sich erträumt hatte, zu den großen Weiten, in denen sich keine soldatischen Suchtrupps verbergen konnten, wo keiner ein Dieb ist, der nimmt, was allen gehört. Zum anderen sehnte er sich zurück: zu deutschen Hasen und den Birkhühnern am Wilseder Berg.

Eidig hatte einige Nachtstunden in einem Unterstand verschlafen, den sich Fischer aus geflochtenen Schilfmatten und Weidenruten am Ufer des Hauptarms des Newtown Creek errichtet hatten. Es war nicht Müdigkeit oder gar Erschöpfung, die ihn zur Nachtruhe gebracht hatten; er war 31 Jahre alt, sehr gut bei Kräften und lange Fußmärsche gewohnt. Es war eher der Wunsch, nicht zur Schlafenszeit am Gruenstern'schen Blockhaus einzutreffen, sondern mit der Sonne im Rücken. Eidig schlief traumlos und fest.

Als er im ersten Dämmerlicht erwachte, sah er am gegenüberliegenden Ufer des gut dreißig Meter breiten Wasserlaufes eine Reihe schmaler Hütten – Schuppen, bei genauerem Hinsehen – mit vorgebauten Stegen. Auf dem vorderen Steg lehnte ein Mann an einer Tonne. Als Eidig freundlich grüßend die Fellmütze schwenkte, griff der Mann neben sich, zog ein Gewehr auf seine Knie, grüßte dann aber doch zurück.

»Bewachen Sie die Fische?«, rief Eidig. Aber entweder war sein Englisch noch zu deutsch oder der Mann verweigerte schlicht jede Antwort.

Eidig überlegte, ob das vom Meer her auflaufende Wasser es ermöglichen könnte, mit dem Ruderboot den East River aufwärts zum Gruenstern'schen Anwesen zurückzukehren, entlang der Insel und auf direktem Weg. Das würde es ihm ersparen, seine Jagdbeute über lange Strecke schultern zu müssen.

Auf einem kleinen Felsrücken, der sich trocken und kahl aus dem Sumpfland erhob, entdeckte er den Leib einer aufgerollten Schlange – ockerfarben mit braunroten breiten Querbändern. Vor dieser Schlange, die David »copper head«, Kupferkopf, nannte, war er mehrfach gewarnt worden. Sie sollte hochgiftig sein und sehr dazu neigen anzugreifen, bevor man sie angriff.

Eidig betrachtete sie aus gut drei Manneslängen Abstand, sah ihre Schönheit, legte seine zwei zusammengebundenen Chucks, Gewehr und Jagdtasche beiseite, um die Kupferköpfige genauer betrachten zu können. Sie hob den Kopf, züngelte in seine Richtung, wiegte den Dreieckskopf. Es wäre ein Leichtes, dachte Eidig, jetzt den Kopf vom Rumpf zu schießen, zumal er wusste, dass Männer der offenen Landschaft, sofern sie bewaffnet einher gingen, Klapperschlangen und ähnlich giftige Kriechtiere töteten, wo immer ihnen das möglich war. Es gab gute und schlechte Landessitten.

Eidig musste an seine Schlangen denken, die Kreuzottern der Lüneburger Heide, die, wenn sie sich fast schwarz gewandet zeigten, Höllennattern genannt wurden. Von einer war er gebissen worden. Es hatte geschmerzt, ihm war übel geworden, aber er war nicht gestorben. Das Gerede von tödlichen Kreuzotter-Bissen hatte er immer für »dumm Tüch« gehalten.

Aber mit dieser amerikanischen Schlange sollte es sich anders verhalten. Sie wurde – das jedenfalls hatte man Eidig berichtet – auch die »Eine-Nacht-Schlange« genannt. Eine Nacht lang müsse man nach einem Copperhead-Biss mit dem Tode ringen, um dann eventuell knapp zu überleben. Oder auch nicht. Darauf wollte es Eidig nicht ankommen lassen.

Er ließ den Auwald hinter sich und wandte wieder den Murmeltieren zu. Das letzte Murmeltier, das er abgeliefert hatte – und das war leider nicht zu leugnen! – hatte nicht das ergeben, was man im Lüneburgischen einen guten Sonntagsbraten genannt hätte. Vielleicht lag es am Alter des Tieres. Und weil Eidig die beiden bisher erlegten, mit einen Strick verbundenen Chucks doch sehr in die Schulter sägten, ließ er das ältere Stück in einen Apfelbeeren-Strauch fallen. Das junge band er sich vor die Brust. Und es sollte, verdammt noch mal, gefälligst zart sein.

Eidig erinnerte sich an ein Rezept, das man ihm in Wilsede, dort, wo die Lüneburger Heide am heidigsten und schönsten ist, verraten hatte. Buchweizen wässern, Wacholderbeeren hinzugeben und mit dem Sud einen Hasenrücken beträufeln, während er in einer Kasserolle gart. Himmlisch! Aber amerikanische Chucks waren keine deutschen Hasen. Und von Wacholder und Buchweizen kannte er nicht einmal die englischen Namen.

Dann wieder – so als könne es kein Ja ohne ein Aber geben – schienen ihm die Wunder, die in Richtung untergehender Sonne lagen …oder doch wohl liegen sollten … sehr viel verlockender als alles, was hinter ihm lag.

Am Ufersaum eines Nebenbaches, der sich in gleichmäßigen Schlenkern dem Newtown Creek zuschob, entdeckte er eine Orchidee, wie er noch keine vergleichbar schöne gesehen hatte. Er pflückte sie, befestigte sie an seiner Jagdfellmütze. Diese kleine Schönheit würde Silvia Modell stehen. Und Silvia würde ihn, den Überbringer des Motivs, anlächeln. Und mehr! Eidig war plötzlich sehr guter Laune.

Er versuchte die Rufe eines blauschopfigen Hähers zu imitieren, der ihn – ähnlich wie daheim sein deutscher Vetter, der Eichelhäher – an die umgebende Tierwelt verriet. Es misslang. Und Eidig fragte sich, ob sich fremde Vogelstimmen genauso schwer erlernen lassen wie eine fremde Sprache. Ob die Stimmen, die um ihn waren, als die Mutter sein Lauflern-Ställchen in den Garten des Forsthaus brachte, ob diese Stimmen anders und tiefer ins Gemüt gingen als fremde Gesänge späterer Jahre. Die Frage begleitete ihn tausend Schritte lang. Er mochte Fragen, die Tore zu Welten aufstießen, in die man wahrscheinlich nie vordringen konnte. Tausende solcher Fragen hatte er in jungen Jahren in seiner Freitagsschule mit Pastor Mahlfeld hin- und her gewendet. Er mochte solche Fragen mehr als Antworten, die Tore schlossen.

Es waren diese Gedanken, die Eidig für kurze Zeit von allem abschotteten. Gedanken, die der eigene Schritt in Kreiselbewegungen versetzt, Gedanken, die verhinderten, dass etwas, das er schon eine Weile gesehen hatte, in sein Bewusstsein vordrang. Da waren Rauchsäulen, grauschwarz, die sich über dem Horizont zu einer Wolke zerstäubten, doppelt Handbreit hoch am Himmel. Schlagartig war er hellwach und zurück in der Gegenwart. Er rannte im gestreckten Dauerlauf über den schmalen Insel-Grat aus Sand und Gras, der den East River in zwei gleich starke Arme teilte, sah Feuerschein auf dem Wasser. Und als er die Nasenspitze der Insel erreichte, den Platz, an dem, auf Land gezogen, sein Boot zum Übersetzen lag, war es eindeutig. Was da brannte, war das Gruenstern-Haus.

Kapitel 21

SIE HATTEN ARTHUR, DEN ÄLTEREN DER TAPPAN-Brüder, im Garten hinter der Zentralbibliothek schlafend erwischt. Arthur Tappan hatte sich auf einer Bank ausgestreckt und sich eine Ausgabe des von ihm edierten *Journal of Commerce* als Sonnenschutz über die Augen gefaltet.

Normalerweise wäre es selbst im New York jener Tage nicht leicht gewesen, einen Menschen unbemerkt und ohne Zeugen in einem Park zu überfallen. Aber die Bank – auf der New Yorks bekanntester Abolitionist schon einige hundert Nachmittagsstunden verschlafen hatte – lag, abgetrennt von einer Doppelreihe hoher Zierhecken, in einem Winkel, der nur von Wenigen besucht wurde.

Was Tappan aus dem Schlaf riss, war ein Faustschlag in den Unterleib. Als er schrie … nein: als er den Mund zum Schreien aufriss … presste ihm jemand einen Pflock zwischen die Kiefer.

Wer es war, konnte er später nicht sagen. Seine Peiniger, wohl drei oder vier an der Zahl, trugen spitztütige, weiße Säcke über den Köpfen. Einer – einer mit einer unangenehm hohen Stimme, von der Tappan später meinte, sie zuvor auf Kundgebungen der Wahren Amerikaner gehört zu haben – fistelte: »Verfluchter Abolitionist! Hier, friss dein eigenes gottverdammtes Geschreibsel!« Ein anderer stopfte daraufhin seitenweise das *Journal of Commerce* in Tappans gewaltsam aufgesperrten Rachen. Der Pflock machte es dem Wehrlosen unmöglich, den Mund zu schließen.

Was Tappan vor dem Tod durch Ersticken rettete war die Liebe. Oder, genauer: Ihn retteten die Wege, die Liebende suchen und finden, wenn sich hinter geschlossenen Türen und auf weichen Kissen gerade kein Platz für sie auftut. Ein Liebespaar kannte und schätzte, schon einen Sommer lang, den versteckten Winkel und die Bank.

Die Frau schrie, als sie die Männer mit ihren Tütenmasken erblickte.

Die gestörten Gewalttäter erstarrten in der Bewegung. Dann machte einer Anstalten, das Paar, Fäuste schwingend, zu vertreiben. Aber ein anderer packte ihn an der Schulter und zog ihn zurück. Der mit der Fistelstimme kreischte, rückwärtsgehend und schon aus einiger Entfernung: »Nieder mit den Abolitionisten! Gottes Strafgericht über alle, die Nigger zu Amerikanern erklären!«

Die Frau zog den eingeklemmten Holzpflock aus Tappans Mund, riss zerknüllte Journalblätter aus seinem Hals, klopfte auf seinen Rücken. Tappan hustete Blut, aufgeweichtes Papier und einen Zahn hervor.

Kapitel 22

LYDIA KNIETE NOCH IMMER VOR DEN SCHWELENDEN Trümmern ihres Hauses, als die Freiwillige Feuerwehr der Docklands schon lange wieder abgerückt war. Sie sang. Silvia stand hinter ihr, beide Hände auf den Schultern ihrer Schwägerin. Eidig, David und die Zwillinge standen abseits. Gut zwei Dutzend Menschen, Nachbarn, Arbeiter aus den umliegenden Werften hatten einen äußeren Ring gebildet, das Leid der Gruensterns gebot Abstand.

Die Gruenstern-Kinder weinten. David und Eidig versuchten sie abwechselnd zu trösten. Eidig hatte eine Holzente unter einem verkohlten Trägerbalken hervorgezogen, die, von ein paar Brandblasen abgesehen, unverletzt geblieben war. Er reichte sie Digger, aber der weinte nur noch heftiger und wollte sie nicht sehen.

Allen war kalt. Nicht, weil es wirklich kalt war, es war ein milder Frühherbsttag, aber nach der großen Hitze des Brandes erschien der Morgen kühler als er war. David versuchte, seine singende Frau an sich zu ziehen. Aber sie ließ sich nicht von der Stelle bewegen, sang weiter.

»Lass sie, David!«, sagte Silvia, und David zog sich unter das Vordach des angrenzenden Schuppens zurück, der von den Flammen nur leicht angenagt worden war. Er hob ein Brett, auf das jemand mit roter Farbe geschrieben hatte: *All abolitionists will be abolished. This is your purgatory!* »Alle Abolitionisten werden beseitigt. Dies ist euer Fegefeuer!«, las David für Eidig.

Der ballte eine Faust, schwieg, schaute in die Glut und sagte dann nach einer kleinen Weile leise, so dass nur David ihn hören konnte. »Ich habe noch nie Menschen gejagt. Nicht mal die, die auf mich geschossen haben. Aber die das hier getan haben, die werde ich jagen.« Und noch während er es sagte, fiel ihm auf, dass er noch vor wenigen Stunden vom Ende der Jagd geträumt hatte. Vom Ende der Jagd auf Menschen.

Kapitel 23

DER HERBST HATTE FAST ÜBER NACHT sein Gesicht gewechselt. Hatte gestern noch Indian Summer eine Nachfeier für den Sommer veranstaltet, fand die polare Luft in nur einer Nacht den Weg von Neufundland nach New York und weit darüber hinaus nach Süden.

Eidig hatte die Zeit zum Aufbruch in den Westen verpasst.

Die Luft biss. Der Himmel war von Vögeln freigefegt, sie hatten die wandernde Kälte kommen gespürt, lange bevor sie da war, und sich nach Süden abgesetzt. Und Eidig hatte sich einen Wolfs-Fellmantel zugelegt, nebst weiten Hirschlederstiefeln, weit genug, um dicke Socken darin tragen zu können.

Die Blockhütte wurde, fast am alten Ort, neu aufgerichtet. Es hatte mehr freiwillige Helfer und Bauleute gegeben, als sich auf der Baustelle unterbringen ließen. Jeder Werftarbeiter, jeder Halbwüchsige wollte zumindest einen Balken tragen, den Farbtopf halten oder gerösteten Fisch zur Baustelle bringen. Flaschenzug-Hardey hatte für die Dauer der Bauarbeiten einen seiner Lagerschuppen räumen lassen und als Notbehelf-Wohnraum für die Gruensterns zur Verfügung gestellt.

Hofstetter, wie immer mit gespitzten Bleistiften und einer Rolle Schreibpapier in der Brusttasche seiner Weste, war eines Tages aufgekreuzt, machte unpräzise Andeutungen darüber, wie weit der illegale New Yorker Sklavenschmuggel sich dieser Tage entfaltete, winkte dann, fast schon aufdringlich, mit Dollars. Der eigentliche Grund seines plötzlichen Erscheinens in den Shipyards war: zu erforschen, ob oder besser wie Eidig in den Five Points seine Spähertätigkeit fortsetzen wollte. Eidig ließ den Mann im Unklaren darüber, wie weit er sich schon in die Points vorgewagt hatte, sprach allgemein von düsterer Stimmung, Dreck und seltsamen Gestalten. Hofstetter aber schien zu spüren, dass sich die Erkundigungen, für die immerhin schon etliches an Vorschuss geflossen war, nicht recht entwickelten. Er versuchte es mit Emphase; diese Story, die es ans Licht der Öffentlichkeit zu heben gelte, sollte sich auch mit seinem, mit Eidigs Namen verbinden. Die große Hofstetter-Eidig-Reportage! »Aber bitte schön, Herr Jäger, die Zeit drängt …«

Eidig knurrte, er brauche noch ein passendes Tarnkleid. Und das würde ihm David auf den Leib schneidern. Es gebe auch schon einen Plan: Am Nordrand der Points hatte ein Eisen- und Lumpensammler, Enkel jüdischer Einwanderer, eine Sammelstelle eingerichtet. David kannte den Mann und nannte ihn eine »ehrliche Haut«. Aber die Sammler, die für ihn in den Points und angrenzenden wohlhabenden Distrikten unterwegs waren, gehörten nicht zu den ehrlichen Häuten und neigten dazu, die besten Fundstücke auf eigenen Rechnung zu verscherbeln. Ein Kontrolleur und Aufseher, der – für die Sammler unberechenbar – durch die Points patrouillierte, könnte und sollte Abhilfe schaffen. Und diese leichte Arbeit würde es Eidig ermöglichen, kreuz und quer durch die Points zu streifen und Erkundigungen einzuziehen … Soweit der Plan.

Aber David kam nicht dazu, die nötigen Absprachen mit dem Alteisenhändler zu treffen. Der Brand hatte den Werftbesitzer verändert. Er lachte nicht mehr, arbeitete länger auf seiner Werft als nötig, so als ob er das neue Blockhaus nicht betreten wollte, fand nur gelegentlich tröstende Worte für seine Frau, die mit ihrem ewigen Singen nicht aufhören wollte. Ein Singen, wie es Kinder in der Nacht auf den Lippen haben, wenn sie sich vor der Dunkelheit fürchten.

Eidig hatte für Digger die leicht verletzte Holzente neu lackiert und für seinen Zwillingsbruder Tom einen Hirsch geschnitzt, einen sehr deutschen.

Die Gruensterns bezogen das neue Blockhaus schon etliche Tage und Nächte bevor es bezugsfertig war. Als schließlich die letzten

Arbeiten – Bretter aufnageln gegen Schlagregen und rutschende Schneebretter – getan waren, lud David zu einem Fest für alle Freunde und Helfer.

Auf einem mächtigen Eisenspieß drehte sich ein ganzes Rind über Holzkohle, Brandresten aus der schrecklichen Nacht. David hatte etliche Fässer Bier kommen lassen aus einer Brauerei, deren Betreiber den deutschen Namen mit über den Atlantik genommen hatte: »Bierblume«. Silvia hatte mehrere Bleche mit Ma'amouls gebacken, einer süßen jüdischen Köstlichkeit mit krustig gebackenen Waffeln in Muschelform. Als die Ma'amouls zum Verzehr freigegeben wurden, gab es einen kurzen, aber heftigen Kampf der Dockland-Kinder.

Irgendwann, noch bevor allgemeine Sattstarre einsetzte, stellte sich David auf sein neues Dach, klatschte in die Hände und sagte:

»Freunde, Nachbarn, New Yorker, Menschen der Docklands, Schwarze, Weiße, Kinder, Alte. Ich habe zu danken. Es hat dieses schreckliche Feuer gebraucht, um mir zu zeigen, wie groß das Herz Amerikas ist. Danke!

Ihr seid, wir sind Amerika. Nicht die verblendeten Hetzer, die ihre Totschläger und Brandstifter schicken. Nicht die, die sagen, ein guter Kerl, eine gute Frau kann nur in weißer Haut stecken. Nicht die, die sagen, Sklaverei sei ein von Gott verbrieftes Recht. Die das sagen, kennen die Thora nicht, kennen die Bibel nicht. Kennen nicht Recht noch Gesetz. Sie hetzen und lassen ihre Mörder von der Kette. Bevor man künftig das Lied vom Land der Freien singt, soll man vor denen ausspucken, die für sich alle Freiheiten und für andere Menschen Ketten wollen.«

David machte eine lange Pause, fasste die Hand seiner Frau, die neben ihn getreten war und fuhr fort: »Sie brennen die Hütten schwarzer Menschen nieder und die Häuser derer, die sich dagegen stellen, dass man Hütten oder Häuser ansteckt. Wir werden widerstehen. Wir haben dieses Haus größer und fester gebaut, als es war. Das walte der eine Gott! Danke. Danke Amerika. Und nun wird gefeiert. Musik!«

Als alles aufgegessen war und der Fiedler sein letztes Lied gefiedelt hatte, nahm David Eidig zur Seite: »Du hast gesagt, dass du all die jagen willst, die unser Haus angesteckt haben.«

Eidig nickte, und David sah ihn durchdringend an: »Weißt du überhaupt, wer … die … sind?«

»Anti-Abolitionisten!«

»Richtig. Aber nicht präzise genug. Es gibt Anti-Abolitionisten unterschiedlicher Sorte. Es gibt solche wie meinen freundlichen Nachbarn, Flaschenzug-Hardey. Der sagt, meist nach dem dritten Bier oder dem zweiten Whiskey, er habe nichts gegen Neger. Meine Frau nennt er – und das nicht nur hinter vorgehaltener Hand – ein Prachtweib. Und die freigelassenen Neger sollen, wenn es nach ihm ginge, gerne frei bleiben. Aber ohne Sklavenarbeit würde dieses herrliche Land nicht gegen das mächtige Europa bestehen können. Darum müsse jeder Patriot auch für Sklavenarbeit sein. Und meistens fügt er dann noch hinzu, dass George Washington selbstverständlich Sklaven für sich arbeiten ließ. Tja … und dann gibt es die 'True Americans', die Eisenkanten an ihre Bibeln legen, damit sie nicht nur nachschlagen, sondern auch zuschlagen können. Die Katholiken unter ihnen würden den Papst in Rom gerne überreden, einen Schutzheiligen der Sklavenhalter zu benennen. Und es gibt jede Menge Brandredner wie diesen Wilder mit der Fistelstimme. Hassprediger. Und es gibt die Schlimmsten: die gesitteten Bürger. Viele reiche darunter, die sich nie dort sehen lassen, wo »Tod den Abolitionisten!« gebrüllt wird. Leute sind das, die Geld und Einfluss spielen lassen, damit weiterhin angekettet, gepeitscht, verkauft und geknechtet wird. Und …«

David zog ein längliches Eisenstück aus der Tasche, »… und es gibt deren Höllenhunde, deren Schlachtermesser und Augenausstecher!« Eidig ließ sich das Eisenstück aushändigen. Ein konisch geformtes Stück, hohl, einem Finger nicht unähnlich, auslaufend in einer Kralle. Er wog die Fingerwaffe auf der flachen Hand und nickte anerkennend. »Einige von den Ryan-Leuten haben sich aus Eisen Imitate der Kralle anfertigen lassen. Das Rattenpack will immer so sein wie die Oberratte. Und so einen Fingerdolch … schau ihn dir genau an . . lag unter einem verkohlten Balken. Ich weiß nicht, wer den Befehl gegeben hat, mir … mir, dem gottverdammten jüdischen Abolitionisten von den Nose Yards … mir einen Wink mit der Brandfackel zu geben. Aber ich weiß, wer den Befehl ausgeführt hat: Ryans Schergen, die Forty Thieves.«

Eidig zog die flache Metallflasche mit dem eingravierten Orion-Sternbild aus der Brusttasche seiner Jacke, trank scharfes Zeug, leckte sich die Lippen und sagte dann: »Hast du mit dem obersten Lumpensammler geredet, damit er mich einstellt? Wir sprachen ja drüber: Wenn ich mich in den Points umhören soll, muss ich einen Grund haben, da 'rumzustöbern. Also …?« David überhörte die Frage und sagte mit einer Stimme wie aus großer Entfernung: »Dieser Ryan, weißt du … der ist austauschbar. Irgendwann werden seine eigenen Ratten ihn fressen, spätestens dann, wenn er ihnen nicht mehr genug Aas 'ranschaffen kann. Und noch ehe er ganz verblutet ist, werden sie sich einen neuen Ryan wählen. Nein, es geht nicht um Ryan, es geht um die Leute weit oben, um die, die alles ins Bewegung setzen. Du verstehst?« Eidig nickte.

Eine Weile saßen sie schweigend, schauten den Katzen zu, die einander durch die Stapel geschichteter Plankenhölzer jagten. Dann sagte Eidig: »Wir suchen die Drahtzieher. Richtig? Drahtzieher sind Drahtzieher, weil sie von fern die Drähte ziehen. So wie Vogelfänger in ihren getarnten Verschlägen. Aber dann sollten wir nicht in den Points suchen. Wir müssten da suchen, wo die Drähte zusammenlaufen.«

Kapitel 24

ES GAB FÜR EIDIG VIELE GRÜNDE aktiv zu werden: Rache für den Brandanschlag, Einsatz für die gute Sache der Abolitionisten. Oder: Die Zeit totschlagen, bis man mit dem aufziehenden Frühling nach Westen ziehen konnte.

Konnte oder würde …? Eidig konnte die Frage nicht denken, ohne an die Frau zu denken, die sich nicht wegdenken ließ. Nicht mehr. War es denkbar, dass sie gemeinsam …?

Und es gab noch einen Grund, eine Verzögerung des Aufbruchs nach Westen, die sich schwer von der Hand weisen ließ: Eidigs Geldreserven schwanden. Die Dollars, die er gegen das Hand- und Ablösegeld eingetauscht hatte, mit dem ihn Hannover, Dänemark und Lauenburg ins Exil geschoben hatten, wurden schneller weniger, als er sich das hätte vorstellen können. Und er würde Geld brauchen, um den ersehnten Weg einschlagen zu können. Den Trail in den tiefen Westen, zu den Büffeln, in die unendlichen Weiten. In das Land, wo man Beute machen konnte, ohne selbst zur Beute zu werden.

Eidig hatte in Erfahrung gebracht, dass etliche Trapper und Büffeljäger im Westen ein gutes Auskommen hatten. Von der Jagd leben, ohne befürchten zu müssen hinter Eisengittern zu vergammeln oder gleich mit Blei im Leib zu sterben – das wär's! Das sollte es sein.

Die Summe, die ihm Hofstetter »im Erfolgsfall« in Aussicht gestellt hatte, würde schätzungsweise für eine Reise bis zum anderen Ozean reichen. Für Munition für hundert Büffel. Und für eine dieser Schnellkutschen samt Pferden.

Aber dann war da ja noch das Versprechen, das er sich selbst und David gegeben hatte: Die Mordbrenner nicht ungeschoren zu lassen. Wie nun, wenn ihm die Jagd auf diese Unmenschen (und von Menschenjagd verstand er, eingestandenermaßen, nichts) weitere Monate, Jahre gar, in New York festhielte?

Und Silvia …?

Er stellte sich vor, wie er ihr, schon auf dem Kutschbock sitzend, mitteilte: Wir sehen uns wieder. Aber wohl nicht mehr in dieser Welt. Farewell!

Würde das gehen? Nein! Er würde wieder absteigen und … sie auf den Kutschbock zerren. Was sie sich nie und nimmer gefallen lassen würde! Sie war ja nicht weggegangen, um sich mitnehmen zu lassen.

Aber … Eidig versuchte einen vergangenen, schönen Moment klar vor sein Erinnerungs-Auge zu stellen … aber hatte sie nicht mal in einer der Stunden im Nest gesagt, sie wolle all das Unbekannte sehen und zeichnen und hatte sie dabei nicht mit dem freien Arm, mit dem, den sie nicht um ihn geschlungen hatte, irgendwie westwärts gewunken. Einbildung? Wunschdenken? Oder doch …

In den Points lief es nicht gut. Der Chef der Lumpensammler, der Eidig auf die Lohnliste nehmen sollte, um das Stöbern im Dreck zu tarnen, hatte sich abrupt aus den Points zurückgezogen, nachdem zwei seiner Leute nicht aus der »irischen Hölle« zurückgekehrt waren. Eine Leiche, zur Unkenntlichkeit verkohlt, hatte man knapp außerhalb der Points in einer Bauruine gefunden, neben einer Handkarre, auf der Eisen und Lumpen lagen. Mehr wusste man nicht, mehr wollte man nicht wissen.

Hofstetter, mit dem David mindestens einmal in der Woche Rücksprache hielt, willigte ein, von gefährlicher Recherche in den Points abzusehen. Der Journalist verlangte seine Anzahlungen an Eidig nicht zurück, sprach aber, genauso vage wie eindringlich, von Gartenarbeit. Es sei doch richtig, bedrängte er David, dass »der Galan der Schwester in jungen Jahren Gärtner gewesen sei? Und … es gebe da vielleicht die Möglichkeit, ihn in einem parkartigen

Garten anzustellen zu lassen, in dem ein gewisser de Breuyn anzutreffen sei, … Namen tun nichts zur Sache …, der in seinen Dampfbarkassen womöglich nicht nur freie New Yorker Bürger transportiere sondern auch Menschen für Sklavenmärkte.

Es wurde viel geredet, laut und leise gedacht, es wurde geplant und verworfen in diesen Tagen. Und es wurde von Tag zu Tag kälter.

Eidig hatte sich gerade eine weitere Büffelrobe besorgt, um damit die Eingangstür zu seinem Kranzimmer zu verhängen, als ihm David in den Weg trat: »Es kommt wieder was«, sagte er, »wahrscheinlich morgen Nacht.«

»Ein Sklavenschiff?«

»Die *Rosa de Toledo* – der größte Sklaventransporter, der auf der Nordroute unterwegs ist.«

»Wie groß?«

»Die *Rosa* ist ein Vollschiff, Großsegler, drei Masten. Wenn die nichts als Sklaven gebunkert haben, dann sind da um die zweihundert schwarze Menschen an Bord.«

Eidig dachte an das Zwischendeck der kleinen Brigg *Ganges* und stellte sich ein maßloses Gedränge vor.

»Sie pferchen die Menschen so eng, dass Schwund entsteht. Ein Teil der Leute kommt nicht lebend hier an. Das ist aber offenbar kein Problem. Der Schwund ist einkalkuliert. Das Problem für die Schmuggler ist der Weitertransport. Wenn Vollschiffe wie die *Rosa* kommen, gibt es nicht genügend Dampfboote, um die Menschen an New York vorbei ins Land zu schaffen, den Hudson aufwärts. Die Sklaventransporteure müssen dann zweimal fahren, was heißt, dass sie einen Teil der Menschen hier bei der Nose für rund zwei Tage verstecken müssen. Solange bis sie die erste Fuhre abgeliefert haben und mit den leeren Barkassen zurück sind. Wo sie sie verstecken, weiß ich nicht.«

»Wäre es nicht klüger, sie an Bord zu lassen, bis die Dampfboote wieder leer zurückkommen?«

»Wäre es, ja. Aber die Schiffe, die an der Hafenkontrolle vorbei direkt ins Gebiet der neuen Werften einlaufen, dürfen das nur, wenn sie akute Reparatur-Bedürftigkeit geflaggt haben. Der Kapitän muss damit rechnen, dass jemand von der New Yorker Hafenverwaltung vorbeikommt und die Reparaturbedürftigkeit überprüft. Dann wäre es dumm, wenn er den Schiffsbauch zur Hälfte voller Schwarzer findet, die nicht aussehen, wie Passagiere mit gültigen Papieren. Das Risiko werden sie nicht eingehen.«

»Wir sollten 'rausfinden, wo das Zwischenlager ist.«

»Das sollten wir.«

Kapitel 25

HOFSTETTER WAR ES NICHT SCHWER gefallen, eine Einladung zur feierlichen Begrüßung von Peter Paul Rubens zu erhalten. Zwar überprüfte Cedric de Breuyn die Einladungslisten zu seinen Veranstaltungen in aller Regel höchstselbst. Aber es blieb ein Kontingent an Einladungen, das pauschal an die New Yorker Presse ging. *The Sun* hatte zwei Eintrittskarten erhalten, und Hofstetter hatte keine Mühe, sich eine davon zu schnappen. Die andere erhielt ein Schnellzeichner in Diensten der *Sun*, dessen Aufgabe es sein sollte, eine sehr besondere Szene festzuhalten.

Das Rubens-Gemälde, das es in New York zu begrüßen galt, war eine Leihgabe aus Wien. Es zeigte zwei hingegossene, nackte Frauen, die von einem Schäfer begutachtet werden, der sich beim Begutachten ein wenig verrenkt, so als müsse er eine Erektion verbergen.

Cedric de Breuyn, mindestens unter den drei großzügigsten Kunst-Mäzenen der Stadt New York, hatte den Transport zur See und die Versicherung des Meisterwerkes übernommen. Er stand auf einer kleinen, fahnengeschmückten Empore neben dem Direktor des Museums und dem stellvertretenden Bürgermeister der Stadt. De Breuyn trug eine kecke, flache, von Goldbändern durchzogene Mütze, die veredelte Variante eines Mützentyps, den die Bootsführer seiner Dampfbarkassen trugen. Das zeigte Verbundenheit mit hart arbeitenden guten Amerikanern, seinen Leuten, aber eben auch Stilgefühl: Sinn für Verfeinerung.

Der zentrale Raum des Kunstmuseums war mit dem neuesten, hochmodernen Gaslicht fast taghell ausgeleuchtet. Hofstetter sah sehr teure Kleider an sehr hochgestellten Frauen, erkannte etliche Senatoren, eine Handvoll Konsuln, darunter den der Stadt Bremen, einen Mann mit einem gewaltigen Kugelbauch, auf dem ein halbes Dutzend Orden mehr liegend als hängend Platz fanden.

Es gab Musik, vorgetragen von der *Haendel and Haydn Society* aus Boston und Hummerhäppchen, serviert von ausgesucht hübschen jungen Frauen, die in einheitlich rot-weiß-blaue Samtkleider gehüllt waren.

Hofstetter war nervös. Dieser Abend würde mehr Mut von ihm erfordern, als er in zwanzig Berufsjahren insgesamt aufgebracht hatte. Einmal im Leben will ich Held sein, hatte er sich aufgemuntert, als ihn am Vorabend der Ausstellungseröffnung der Mut zu verlassen drohte.

Die Worte des stellvertretenden Bürgermeisters, der irgendwie versuchte, den flämischen Maler dicker Frauen zu einem Mann amerikanischen Geistes zu machen, rauschten an ihm vorbei. Und der deutschstämmige Journalist stand … einem guten Beobachter wäre es aufgefallen … sehr steif da, so als hätte er einen Stock verschluckt. Es war aber kein Stock, sondern eine Eisenstange, die Hofstetter unter seinem Gehrock versteckt hielt.

Als der stellvertretende Bürgermeister mit einem dreifachen Hoch auf die die schönen Künste, »die uns alle zu besseren Menschen machen«, geendet hatte, sprang Hofstetter auf die fahnenbehängte Bretterbühne, sprang so gut es seine leicht amphorische Gestalt und die Eisenstange unter seinem Gehrock gestatteten.

Hofstetter zog die Eisenstange hervor, schlug damit gegen die Bretterwand hinter der Bühne, so dass einige patriotische Papierrosen herabfielen. Es wurde augenblicklich still.

»Freunde der Kunst, New Yorker, Amerikaner! Was ich hier in Händen halte, ist ein sogenannter Niggerstoßer, eine Eisenstange, mit der Sklavenhändler bedauernswerte schwarze Menschen vorwärtstreiben. Dieses Stück Schande ist auf einer der Dampfbarkassen des Kunstfreundes de Breuyn liegengeblieben. Versehentlich sicherlich. Die Barkassen, werden immer wieder als Transportschiffe eingesetzt, um illegal angelandete …«

Weiter kam Hofstetter nicht. Zwei Kerle, einer sehr groß, der andere sehr breit, drängten auf die Bühne und rissen ihn zu Boden.

Das Letzte, was Hofstetter sah, bevor ihm ein Faustschlag die Besinnung nahm, war dass der Schnellzeichner der *Sun* den Tumult nutzte, um das Gartenfest zu verlassen. Hoffentlich mit Bild!

Hofstetter, der das Bewusstsein noch auf dem Weg in eine Krankenstation zurückerlangte, hatte sich Anzeige, Anklage und einen Prozess gewünscht.

Er hatte sogar schon zwei, drei Enthüllungsreden vorformuliert und dazu ein paar Anleihen bei Benjamin Franklins berühmten Reden über das Gemeinwesen gemacht.

Aber nichts geschah. Nur knappe Artikel in der *Sun* und anderer New Yorker Blätter, die von »einem missglückten Beitrag zu Ehren Peter Paul Rubens«, »einer rätselhaften Anschuldigung« oder nur von einem »Zwischenfall« berichteten. Auch für die Impressionen des Schnellzeichners wurde keine Spalte frei gemacht-

Silvia Grünstern fürchtete sich vor dem Moment, an dem sie das Bild würde zur Seite legen müssen, an dem es fertig, an dem keine Entwicklung mehr möglich sein würde. Das Doppelportrait ihrer Neffen, Digger und Tom, war ihr leicht von der Hand gegangen. Es war ihr gelungen, auch das einzufangen, was ihr Hamburger Kunstlehrer »Das Lachen der Seele« genannt hatte. Was sie Abende und Nächte an ihren improvisierten Zeichentisch zog, waren die Landschaften oberhalb der Augenbrauen. Sie hatte die beiden krausen Schöpfe in Landschaften verwandelt, in denen sich Träume und Visionen umranken. Da hockten Adler und Tauben im gleichen Nest, da jagten Kinder auf Steckenpferden eine Schwere Kavallerie in die Flucht, da lag ein Moses im Schilf und eine schwarze Mama barg das Büdel, da schwebten Wolken durchs Kraushaar, aus denen Blumen regneten, amerikanische Indianerlilien von den Ufern des Long Island Sound und Schachbrettblumen vom Elbufer, da liefen ein Rabbi und ein Pastor auf Stelzen um die Wette, beide in großer Schieflage und fast schon im Absturz begriffen, während Kinder die Arme reckten, um sie aufzufangen. Und wo sich die Locken wie Wellen rundeten, sprangen Fische aus dem Wasser, Fische, die zu jauchzen schienen.

Als sie fast fertig war, wuchs ihre Traurigkeit, legte sich wie ein kratziges Wolltuch auf ihr Gemüt. Dieses Bild würde tot sein, sobald es nicht mehr weiter wuchs. Das war klar. Aber es konnte kaum weiter wachsen, weil ein Bild eine endliche Größe ist.

Schließlich verbrannte sie das Blatt und sah den Ascheflöckchen hinterher, wie sie durchs offene Fenster meerwärts flogen. Das schien ihr die einzige Möglichkeit, das Bild weiter wachsen zu lassen. In ihrem Kopf.

Kapitel 26

»WOHER WEISST DU, DASS DIESE ROSA in genau diese Bucht einlaufen wird?« Eidig spähte ins Fastdunkel, das nur hier und da von flackernden Tranfunzeln durchpunktet wurde. »Weil die *Rosa de Toledo* wegen ihrer Länge nur an diesen einen Anleger vor der Bucht passt. Dort, genau vor uns!« Sie lauschten, spähten; David bat Eidig, aufs Pfeiferauchen zu verzichten: »Die haben gute Augen, die sehen auch Glutpunkte!«

Nach einer knappen Stunde war ein Tuckern zu hören, ein vielstimmiges. »Sie kommen!«, flüsterte David, obwohl fürs Flüstern kein zwingender Grund vorlag. In kurzen Abstände schoben sich Dampfbarkassen in die Ausbuchtung. »Siehst du den Kerl auf der vorderen Barkasse, der gerade Zeichen mit den Armen gibt?«

»Ja, der ist nicht zu übersehen.«

»Das ist Ryan, der Mann mit dem silbernen Fingerdolch.«

»Aus der Entfernung sieht er nicht sehr fürchterlich aus.«

»Glaub mir. Der Teufel kommt regelmäßig in die Five Points, um sich bei Ryan Nachhilfestunden geben zu lassen – in Teufelei, in Mord, Augenausstechen und Totschlag.«

Die Barkassen reihten sich an der flussseitigen Außenflanke des Piers auf. Alles geschah mit eingeübter Exaktheit.

»Jetzt fehlt nur noch die Rose«, raunte David, und er hatte den Satz kaum beendigt, als Ruderschläge zu hören waren. »Schau da, schon blüht sie uns, die große Rose!«

Drei auffällig lange Ruderboote, jedes mit zehn Ruderern besetzt, zogen ein Großschiff langsam vor die mit Naturstein ummauerte Bucht. Ein weiteres Ruderboot hing an straffem Tau am Heck der *Rosa*, bereit, bei Bedarf den leichten Schub abzubremsen, gegenzurudern.

Eidig konnte nicht umhin, Bewunderung für die Präzision zu empfinden, mit der manövriert und bugsiert wurde. Die *Rosa* mit ihren turmhohen Masten, glitt metergenau vor die schmale Öffnung der Bucht, wie ein großes Insekt, das, Beine nach oben, von Ameisen Richtung Haufen gezogen wird. »So wie das abläuft … das machen die nicht zum ersten Mal«, raunte Eidig, der sich – aus Gewohnheit, nicht aus Schusshitzigkeit – an den Knauf seiner französischen Jagdpistole klammerte.

Schließlich hörte man Schritte, Stimmen, metallische Geräusche – vielleicht von Ketten – und das Fauchen von Dampf. Die Kessel auf den Barkassen machten sich Luft. Wie halb unterdrücktes Stöhnen klang das. Aus ihrem Versteck heraus konnten die beiden mehr ahnen als erkennen, wie die Barkassen mit Menschen beladen wurden.

Dann – bisher war die Verlade-Crew ohne Kommandos ausgekommen – war ein Ruf zu hören: »Stopp, nicht mehr! Die letzten zehn zurück! Die anderen alle auf den lighter!«

»Was ist ein lighter?«, wisperte Eidig. »Eine Schute. Flaches, langes Teil um Ladung von Schiffen zu holen, die auf Reede liegen.«

»Warum das?«

»Ich weiß es nicht. Wir werden sehen.«

Ein längliches Schiff, einem Floß ähnlicher als einem Boot, wurde herangeführt, von Männern, die offensichtlich in der Lage waren, das klobige Stück Holz mit Hilfe überlanger Staken exakt zu dirigieren. Die Schute landete breitseitig an, genau da, wo noch eben die Dampfbarkassen gelegen hatten, die inzwischen mit Menschenfracht und mäßiger Geschwindigkeit Richtung Südspitze New York abgeschwenkt waren.

Es dauerte abermals nur Minuten, bis schwarzhäutige Menschen – an die hundert schätzte Eidig – aus dem Bauch der *Rosa* auf den Ponton getrieben wurden und von dort auf die Schute. Einige fielen, einige stützten andere, einer stürzte ins Wasser, schrie, und wurde über den Rand der Schute ins Trockene gezogen.

»Jetzt müssen wir nur noch brav und möglichst unsichtbar hinterherschleichen, um zu sehen, wo die zweite Hälfte versteckt wird, bis die Dampfbarkassen wieder zurück sind. Das könnte übermorgen sein …« Eidig starrte auf die Schute, die jetzt langsam von der Pier abgestoßen wurde: »Kann so ein Ding überhaupt im offenen Wasser fahren? Also da, wo man nicht staken kann?«

»Nein. Sie können damit nur am Ufer manövrieren. Und eigentlich auch nur da, wo's flach ist und der Sumpf bis ans Ufer reicht.«

Beim Wort »Sumpf« schoss Eidig eine Idee unter die Haarwurzeln: »Ein Stück südlich von hier geht ein Wasserlauf ins Land.«

»Stimmt. Der Newtown Creek.«

»Bei Flut schiffbar für Dampfbarkassen?«

»Auf jeden Fall! Bis Newtown. Woher kennst du den Creek?«

»Weil ich schon an diesem Newtown Creek geschlafen habe. In der Nacht, als euer Haus brannte.«

David blickte Eidig eindringlich an: »Was denkst du?«

»Ich habe … na ja … so eine Ahnung, wo sie die eine Hälfte der Schwarzen gefangen halten, so lange, bis die Dampfbarkassen leer zurück sind, um die zweite Gruppe zu holen.«

»Jägergespür?«

»Nein, weniger … leider nur so 'ne Ahnung. Da gibt es, gut zwei Stunden creekaufwärts, mehrere Schuppen, alle mit breiten Anlegeplattformen …« David pfiff durch die Zähne: »Die ehemaligen Torfschuppen. Moment, du meinst …«

»Als ich da vorbeikam, saß einer auf der vorderen Plattform mit Gewehr, so als wenn er Wache schiebt.«

Kapitel 27

RYAN WAR WÜTEND. MEHR ALS WÜTEND aber war er über die Tatsache, dass er wütend war. Die Erfahrung der letzten Jahre hatten gezeigt, dass ihm seine Arbeit – Mord, Erpressung, Einschüchterung, Schmuggel, was auch immer – stets dann missglückte, wenn ihn Zorn oder Wut anfielen. Dinge dagegen, die er kaltblütig und konzentriert in Angriff nahm – das galt ebenfalls für Mord, Erpressung, Einschüchterung und Schmuggel – gerieten zu großer Zufriedenheit.

Er hielt die Ruderpinne, die an einem mächtigen, mit Eisenblech beschlagenen Ruderblatt befestigt war, sah über die Köpfe der schwarzen Männer hinweg, die dicht gedrängt im Bauch der Schute hockten, sehr stumm, sehr unbewegt … und er konnte sich kreiselnder Gedanken nicht erwehren. Verdammt, was wäre, wenn man …?

Aber immerhin das: Seine Männer brauchten nicht unentwegt zu staken; die auflaufende Flut drückte Wasser in den Newtown Creek, schob die Schute langsam aber stetig landeinwärts.

Ryan wurde von sich jagenden Gedanken heimgesucht: Ja, ja, ja doch! … bei allen Heiligen Irlands, er hätte aus dem Sklavengeschäft aussteigen sollen, als für Ausstieg noch der richtige Zeitpunkt war. Jetzt auszusteigen, wo sich die Schwierigkeiten aneinanderhängten wie Raureif-Kristalle an kahlen Zweige, jetzt auszusteigen wäre rufschädigend. Jetzt hinzuwerfen hätte ihm den Ruf eingetragen, kein Mann fürs Schwierige zu sein.

Er, Ryan, hatte davor gewarnt, die Ware mit immer größeren Riesenschiffen in großer Stückzahl anzuliefern. Er hatte darauf gedrungen, nur so viele Schwarze anzulanden, wie schnell und in einem Zug mit den de Breuyn'schen Dampfbooten abtransportiert werden konnten, die Küste südwärts bis Clintons Castle, dann den Hudson flussaufwärts, bis zur großen Sammel- und Verladestelle, dem Anfang des Black Skin Trail.

Jetzt aber waren nicht nur die Transatlantik-Sklaventransporter größer geworden, obendrein hatte de Breuyn die Umlade-Kapazität verringert: Statt der erforderlichen sieben oder acht Dampfboote standen oft nur drei, vier, maximal fünf bereit.

Es war – auch Ryan hatte davon gehört – in der Stadt der Verdacht laut geworden, de Breuyn hätte den Fährverkehr immer dann ausgedünnt, wenn er seine Boote für »dunkle Zwecke« brauchte. Und dieser Zwischenfall, bei dem ein irrer Journalist einen Niggerstoßer vorgezeigt hat, der auf einer der Barkassen liegen geblieben sein musste, wurde an allen öffentlichen Plätzen der Stadt herumerzählt.

Um jedem Verdacht sichtbare Anhaltspunkte zu entziehen, zweigte de Breuyn nur noch kleine Schiffskapazitäten aus dem normalen Fährverkehr ab.

Und hätte nicht einer von den neuen Werften – ein Ire, der mal bei den Forty Thieves in den Points als Whiskeyschmuggler tätig war – die Lösung mit dem Zwischenlager in den alten Torfschuppen ins Spiel gebracht … ja wären nicht diese lausigen Schuppen irgendwann aus Vergessenheit und Sumpf aufgetaucht … dann wäre die ganze gottverdammte Massen-Anlandung von beweglichem Fleisch schon vor Monaten ins Wasser gefallen.

Ryan rotzte ins Wasser, in der Stille des Morgens ein sehr lautes Geräusch. Er betrachtete die Ware, die die Schute füllte. Muskulöse, meist junge Schwarze. Man würde sie etwas päppeln müssen, bevor man sie auf einer der großen Märkte im Süden zu gutem Geld machen könnte. Aber das war nicht sein Geschäft. Er wurde im Stücklohn bezahlt.

Alles in allem ein mühseliges Geschäft.

Dann überlegte er, nicht zum ersten Mal, aber zum ersten Mal während der Arbeit, ob ein Umstieg in die Prostitution leichtere Arbeit bieten könnte … bei womöglich gleich guten Gewinnmargen! Die Huren, zumindest die etwas besseren, liefen alle für die Italiener. Aber die Italiener waren schlecht organisiert, ihre Gangs nicht sehr kopfstark. Sie feierten viel und oft, und man musste sich nur die frühen Morgenstunden nach einer durchsoffenen, durchsungenen, durchvögelten italienischen Nacht aussuchen, wenn man sie dezimieren … oder auch nur ihre schwarzen Haare ins eigene Blut stippen wollte. »Strenge Ermahnung« war das Wort dafür, eines, das ein Vorgänger Ryans für Aktionen dieser Art geprägt hatte.

Ryan schüttelte sich: Warum jetzt wieder diese Fluchtgedanken? War es nicht vor allem aktueller Ärger, der ihn an Ausstieg und Umstieg denken ließ? Da war die Sache mit der schlampig ausgewählten Leiche … Red hatte zwar einen kopflosen Schwarzen in passendem blauen Leinen auf die Pebbles gelegt, also dahin, wo ein entsprungener, ertrunkener und von Haien angefressener Schwarzer hätte antreiben können. Und ja … der Tote hätte auch durchaus als Hai-Opfer durchgehen können. Wenn nicht de Breuyns Prüfer – ein ausgewanderter Flame, den allein schon seine lange Nase als Schnüffler kenntlich machte – bemerkt hätte, dass der Kopflose eine verkrüppelte Hand hatte … eine Hand, die in einer Weise verkrüppelt war, wie eine Hand nur von Geburt an verkrüppelt sein kann. Kein Sklavenverkäufer, der auf seinen guten Ruf bedacht war, verkaufte solche Ware. Peinlicher Fehler! Peinlich und schwer auszubügeln. Nur gegen Sofortzahlung einer schmerzhaft hohen Summe – cash auf die Faust – hatte sich der Flame bereit erklärt, de Breuyn nichts von seiner Entdeckung zu sagen. Ryan rechnete: rund 500 auf die Hand für diesen Adonis, rund 300 Schweigegeld für den Flamen, per saldo 200 Bucks Gewinn. Wenig Geld für hohes Risiko und viel Ärger.

Er betrachtete die schwarzen Männer vor sich im Bauch der Schute: breite Rücken, muskulöse Körper. Aber gesenkte Köpfe.

Es waren viele, und er war nur mit zwölf Thieves unterwegs. Die zwölf waren zwar schwer bewaffnet … aber auf jeden Thief würden fünf Schwarze kommen, falls sie den Mut zum Kampf fänden.

Aber den Mut hatten sie nicht. Es hieß, man hätte jeden von denen in der Quarantäne- und Umschlagstation auf den Kap Verden zerbrochen … zerbrochen im Kopf und im Herzen, bevor sie für den US-Markt freigegeben wurden. Die wenigen Unzerbrechlichen – auch darüber gab es Berichte – wurden in Ribeira Grande de Santiago erdrosselt. Das machte die anderen folgsam und mutlos.

Nach einer 320-Grad-Schleife des Creek kamen die Torfschuppen in Sicht, flache, reetgedeckte Bretterschuppen, die noch vor wenigen Jahren bis unters Dach vollgestapelt gewesen waren mit Torfbriketts. Das war, bevor die Kohle aus West Virginia die Torfstecher brotlos machte.

Ryan hielt nach dem Posten Ausschau, den er auf dem Steg am vordersten Schuppen installiert hatte. »Verdammt, wo ist der Kerl?!«

Er nahm sich vor, der nicht auf Posten befindlichen Wache – wegen Unzuverlässigkeit – mindestens einmal die Fingerkralle durchs Gesicht zu ziehen.

Kapitel 28

EIDIG SAH MIT SCHAUERN AUF DIE BEWAFFNUNG des Gruenstern'schen Trupps. Da war alles vertreten, von schweren Steinschlossbüchsen, wie sie die königlich britische Kolonialarmee schon gegen Franzosen und Spanier in Anschlag gebracht haben könnte, bis zu neuen Perkussionsgewehren, seinem eigenen nicht unähnlich, von Pistolen, flach, leicht und von einer Bauart, die Eidig noch nie gesehen hatte, bis zu klobigen Handfeuerwaffen, die schwerlich aus der Hand abgeschossen werden konnten, ohne dass der Schütze dieselbe einzubüßen drohte.

Die meisten Männer hatten sich Kurzbeile in die Gürtel gesteckt. Einige trugen machetenartige Schlagmesser, wie man sie in den Docks zum Aufschlagen von Teerblöcken verwendete.

Eidig schätzte den Ältesten, der zugleich der Größte war, auf Anfang 50 – ein sehniger Kerl mit Pranken, in denen er einen gefüllten Pulverbeutel leicht verstecken konnte. Den Jüngsten taxierte Eidig auf deutlich unter zwanzig. Der Halbwüchsige hieß Robert und war ein Cousin von Davids Frau Lydia. Eidig hörte, wie David auf den Jungen einredete, aber Robert ließ sich offenbar nicht davon abbringen, seine Kampfkraft einzubringen – oder was immer er dafür hielt.

David inspizierte die Bewaffnung und fand noch Zeit, Eidigs unausgesprochener Frage zuvorzukommen. »Das sind alles ›Committee-Männer‹, Mitglieder des *Committee of Vigilance to aid runaway Slaves and resist Slave Catchers*«.

Schließlich gebot David Schweigen und sprach halblaut aber klar: »Hört zu! Es ist wichtig, dass alle alles genau verstehen. Ich gehe davon aus, ganz sicher kann man nicht sein, dass die Ryan-Leute die alten Torfschuppen bei Toll Bridge im Newtown Creek ansteuern werden. Sie sind mit schätzungsweise 70 bis 80 Sklaven unterwegs, alles Männer. Bis zur Mündung des Creek werden sie nur langsam vorankommen, die Flut drückt schon gegen die Flussströmung. Im Creek geht es dann schneller. Holborn …« David deutete kopfnickend auf den Mann mit den Riesenpranken »… schätzt, dass sie fünf oder sechs Stunden bis zu den alten Torfschuppen brauchen. Falls ihnen die Schaluppe irgendwo ins Reet rutscht und sie feststecken, kann es auch länger dauern. Aber darauf können wir nicht rechnen.

Wenn wir jetzt gleich mit dem Lastensegler übersetzen, können wir in einer Stunde an Powells Steg festmachen. Jeder weiß, wo das ist …? 'Ne halbe Stunde Fußmarsch nördlich der Creek-Mündung. Von dort aus sind wir auf dem Landweg schneller bei den Torfschuppen als die Thieves, die müssen ja jede Creek-Windung ausfahren.«

David schaute in die Runde, bemerkte, dass alle konzentriert zuhörten, und fuhr fort: »Wie wir vorgehen, entscheide ich, wenn wir da sind. Keiner schießt, bevor nicht ich geschossen habe.«

Die Männer schwangen sich an Bord des Lastenseglers *Rusty Maid*, die an normalen Werktagen die Werften mit Eisenkrampen versorgte.

Alles ging reibungslos. Aber dann ergriff einer das Wort, ein hagerer Mann Mitte Vierzig, den sie Tomahawk nannten, weil er sein Teermesser wie einen Tomahawk schleudern konnte und dabei sogar traf. Manchmal.

»Wir müssen sie alle totschießen, bevor sie begreifen, wie ihnen geschieht!«, haspelte er hervor.

David, der gerade die Leinen losgeworfen hatte, wurde scharf: »Was wir tun, sag ich, wenn's soweit ist.«

Aber Tomahawk ließ sich nicht das Wort abschneiden: »Totschießen und sonst nix! Was passiert denn, wenn wir sie gefangen nehmen und am Jailhouse abliefern? Sie sind schneller wieder frei, als wir bis hundert zählen können. Die haben Freunde und Leute mit Verbindungen ganz nach oben. Und falls sie doch nicht gleich freikommen, werden die Thieves Geiseln nehmen und die Geiseln werden sie in die Five Points verschleppen und mit den Geiseln werden sie ihre Leute freipressen. So seh' ich das! Das ist doch nicht erst einmal passiert. Klapperschlangen muss man totschießen, nicht einfangen und irgendwo abliefern.«

David entgegnete und ließt dabei den Blick von einem zum anderen wandern: »Tomahawk hat Recht. Es ist gut möglich, dass die Mörderbande nur zwei, drei Nächte hinter Gittern zubringen muss. Aber was ist, wenn wir einige oder alle erschießen? Sie werden uns vor Gericht zerren. Sie werden sagen: ›Ha, diese dreckigen Abolitionisten beklagen die Mörderjustiz gegen Schwarze und bringen selbst Menschen um, die nicht verurteilt wurden.‹ Und viele, die helfen, befreite und entlaufene Sklaven zu schützen, werden sich abwenden. Wir würden nicht nur Ryans Mörderbande abschießen, sondern auch uns selbst.«

Eidig hatte nicht alles verstanden, denn Tomahawk sprach sehr schnell und vernuschelt und David leise. Sorge machte ihm aber weniger mögliche Uneinigkeit im Trupp als die Waffentauglichkeit der Committee-Männer. Einer trug sein Gewehr wie einen überschweren Holzklotz, zwei andere hatten ihre Kurzbeile so in die Gürtel gesteckt, dass unmittelbare Selbstverletzungsgefahr drohte. Der Jüngling trug einen Schießprügel der Sorte, die dem Schützen beim Abfeuern womöglich die Hand abreißen könnte. Eidig wandte sich ab; Nachdenken über die Kampfstärke der Gruenstern'schen Truppe hätte nur in Resignation enden können.

David ließ die Leute tuscheln. Das Raunen erstarb, schließlich war nur noch das Knarren der Decksbohlen zu hören und der Lärm eines Möwenschwarms, der der *Rusty Maid* in einigem Abstand folgte.

Das Rostige Mädchen glitt durchs Wasser des East Rivers, umkurvte mit fast elegantem Schwung die Nase der Insel und schmiegte sich dann eng ans Queens County-Ufer. Es brauchte nur noch eine beherzt und eng gefahrene Wende, um das Frachtschiffchen an Powells Steg zu drücken. Ein paar Enten, die unter den

Holzplanken Quartier genommen hatten, fühlten sich belästigt und suchten schimpfend das Weite.

»Wir brauchen einen Scout«, sagte David, während zwei seiner Männer das Rostige Mädchen an einen Anlegerpfahl fesselten, »und ich habe ihn extra aus meiner alten Heimat kommen lassen.«

Eidig grinste, legte seine Büchse ab und drückte sich ins Schilfgras.

Er war oft zur Jagd aufgebrochen. Als Wildjäger. Manchmal wurde aus dem Jäger ein Gejagter. Nie war er aufgebrochen, um Menschen ins Visier zu nehmen.

Die, die es zu fangen galt, waren übel. Das machte es leichter. Sie schmuggelten Sklaven, was nicht nur unchristlich, sondern auch ungesetzlich war ... zumindest im Staate New York. Und es handelte sich, nach allem, was sich sagen ließ, wohl auch um Leute aus jener Gang, die Gruensterns Haus abgefackelt hatten. Für die Täterschaft der Forty Thieves sprach der eiserne Dolchfinger, den David in der Glut gefunden hatte. Gut wäre es zu wissen, wer den Brandanschlag veranlasst hatte. Wenn es eine Gerichtsverhandlung gebe, würde vielleicht der eine oder andere gegen Straferlass plaudern. Immerhin denkbar.

Als Eidig das offene Wasser des Creek riechen konnte, duckte er sich instinktiv auf die Höhe eines stehenden Erpels; er sicherte und bewegte sich so langsam, dass nur das Schilf wie windbewegt schwankte. Ein Moorfrosch flüchtete desorientiert, platschte Eidig direkt ins Gesicht, das er nur flach übers Wasser hielt: Brackwasser, wie Eidig mit der Zunge erschmeckte.

Eidig schüttelte sich. Kann man überhaupt Totschläger ergreifen und festnehmen, ohne dass es Tote gibt? Es wäre gut gewesen, mehr über diesen Ryan zu wissen. Schoss er gut, schoss er schnell? War er in der Lage, den Überblick zu wahren auch in hitziger Situation?

Und die vielen Schwarzen! Würden sie im entscheidenden Augenblick nicht alles blockieren? Und vielleicht würden sie sogar von diesen Thieves als lebende Schutzschilde genommen. Es ließen sich einfach keine Strategien entwickeln, ehe man nicht mehr über die Umstände und Besonderheiten des Ortes wusste.

Eidig schob den Schilfvorhang auseinander, der ihn vom freien Wasser des Creek trennte, der hier eine große, fast geschlossene Schleife zog.

Die Sonne stand schon hoch genug, um den ganzen Wasserlauf, fast ohne Uferschatten, auszuleuchten. Eidig sah die Plattform, die alle drei Schuppen gegen das Wasser abgrenzte, schätzte ihre Länge und Breite, kalkulierte, von wo man kommen müsste, um die Sonne im Rücken zu haben.

Auf der Plattform saß ein Mann, tief in einen Filzmantel gesunken, den Kopf vornübergebeugt, schlafend. Er saß fast exakt an der Stelle, an der Eidig vor einigen Wochen einen anderen Wächter gesehen hatte. Das Gewehr lehnte außerhalb seiner Griffweite an einem Fass, das offenbar als Tisch diente. Eine Kerze stand darauf und eine große Flasche. »So wachen schlechte Wächter«, kicherte Eidig. Es wäre gut, wenn diese Thieves mehr von dieser Sorte hätten.

Als er genug gesehen hatte, wandte er sich zurück, flach wie ein Fischotter im Schilf. Das erste, was geschehen müsste, wäre, den schlafenden Wachposten in Tiefschlaf zu schicken. Wohl nicht allzu schwer …

Dann würde es darauf ankommen, Gruensterns Männer im vorderen Torfschuppen zu platzieren, bevor die Thieves dort aufkreuzten … sofern sie denn aufkreuzten. Eidig erinnerte sich an einen Trick, den er vor etlichen Jahren an der Ilmenau ausprobiert hatte.

Unweit seines Beobachtungsposten lag ein kleines Ruderboot, eines der Art, wie sie von Reusenfischern benutzt werden, wenn sie ihre Fangröhren kontrollieren. Er sprang hinein und ruderte, geräuschvoll hustend und rufend auf den Creek hinaus. Der Wachposten erwachte, zog sein langläufiges Gewehr an sich und rief Unverständliches, sicherlich Unfreundliches.

Eidig peitschte abwechselnd das Wasser mit den Rudern und die

Luft mit den Armen, dabei schnaubte er: »Help … water in boat … cannot swim … help … help!«Der Wachmann – nicht besonders kräftig, nicht besonders jung, wie Eidig mit Erleichterung erkannte – legte die Büchse zur Seite und ließ es geschehen, dass Eidig prustend und brabbelnd anlegte.

Nun musste alles schnell gehen, wusste Eidig. Der Wachmann würde schnell erkennen, dass das Reusenfischerboot keineswegs leck war. Und es sollte ihn auch stutzig machen, mit welcher Präzision der Ankömmling plötzlich anlegte, nachdem er noch gerade eben wie ein hilfloser Schiffbrüchiger übers Wasser geschlingert war.

Dann ging alles sehr schnell. Viel zu schnell für den Posten, der nicht zu Ryans besten Leute zählte.

Nur wenige Stunden später bezogen Gruensterns Trupp und Eidig Position im Schuppen, in dem gefesselt und geknebelt ein Ryan-Mann lag.

Einer hatte sich eingeschissen. Nicht aus Angst, wie er fast flehentlich, aber wenig überzeugend beteuerte, es sei wegen des Genusses unreifer Äpfel am Vorabend geschehen. Es wurde gelacht.

Dass auch unter äußerster Nervenanspannung noch so etwas wie Gelächter möglich war – in diesem Fall gedämpft und hinter vorgehaltenen Händen –, hätte Eidig nicht unbedingt erwartet.

Der Raum roch nicht nach den Abscheidungen der Angst, er roch nach Moor. Im rückwärtigen Teil lagerten noch immer einige Reihen aufgeschichteter Torfbriketts. Das Kichern verstummte und es wurde so still, dass einige den eigenen Herzschlag hören konnten.

Gruensterns Leute spähten durch die Spalten zwischen den Latten des Torfschuppen auf den Creek, der sich hier zu einer Art Teich geweitet hatte. Eidig achte auf die Möwen, die über dem Schilf standen, sie würden ihm einen Wink mit den Flügeln geben, wenn sich ein Wasserfahrzeug näherte.

Als die Sonne schon tief stand, trieb die Schute mit den Iren und Sklaven – angekündigt durch heftiges Möwenflügelgeflatter – ins Blickfeld des Gruenstern-Trupps. Die Männer zählten, jeder für sich. Der Gefesselte versuchte laut zu werden, indem er Anstalten machte, mit den Stiefelabsätzen auf die Holzplanken zu hämmern.

Eidig konzentrierte sich auf Ryan. Wie agierte er, wie bewegte er sich? Verrieten seine Bewegungen Ruhe. Behielt er alles unter Kontrolle? Ryans Anlegemanöver schien Eidig, soweit er es beobachten konnte, perfekt. Und das, obwohl das klobige Boot wegen der großen Menschenlast zusammengepferchter Sklaven schwer im Wasser lag. Der Ire ließ die Schute bis auf Höhe der Plattform treiben, riss dann das Ruder ganz herum, so dass der Bootsleib einen Halbkreis schlug, gegen die Strömung aufschoss und, sich an den Holzplanken reibend, zum Stehen kam. Eidig erkannte, wie einer der Thieves auf die Plattform sprang und die Vorderleine an einem Pfahl befestigte, der einmal das Rückgrat eines Torf-Verladekrans gewesen war.

»Ruhig, keiner rührt sich, bevor ich es sage!«, flüsterte David, direkt neben Eidigs Ohr, »wir lassen die Herrn Sklaventreiber erst mal in Ruhe aussteigen …«

Dann hörten sie Ryan, der als zweiter auf die Plattform gesprungen war, einen Namen brüllen; der Gefesselte in hinteren Schuppenabschnitt versuchte vergeblich, eine Antwort hervorzuwürgen.

Die Stimme des Iren war jetzt noch lauter: »Beagle, Hurensohn! Komm 'raus, oder soll ich dich holen!« Als Eidig durch ein Astloch in der Tür sah, wie der König der Diebe, steifhüftig vom langen unbequemen Stehen an der Ruderpinne, auf die Schuppentür zuhielt, wurde er sehr ruhig. So ruhig wie vor einem Schuss. Trotz der Schnelligkeit, mit der der Ire die Bewegung ausführte, erkannte er, dass er etwas Silbriges, Spitzes auf seinen rechten Zeigefinger steckte.

Eidig nickte David zu, der nickte Einverständnis. Dann zog er seine französische Jagdpistole, spannte beide Hähne. »Was heißt ›Hände hoch oder ich schieße!‹ auf Englisch?«, flüsterte Eidig.

»Hands up and deliver!«, zischelte David.

Eidig sprach die Worte erst tonlos vor sich hin, dann trat er die Tür auf. »Hands up and deliver!«

Eidig hatte auch das Unerwartete erwartet. Aber was dann geschah, überstieg sein Erfahrungswissen, das immerhin über die Jahre an der Reaktionsgeschwindigkeit von Baummardern, Bekassinen und Rehen geschult war.

Ryan flog auf ihn zu, den Fingerdolch vor gereckt. Eidig schoss, sah, dass der Schuss den Mann in Körpermitte traf. Ryan stolperte nur ein, zwei Schritte ohne zu fallen und ohne die Richtung zu verlieren.

Eidig spürte einen Stich gegen sein Herz. Das Letzte, was er sah, war ein aufgerissener Mund.

Kapitel 29

»DAS IST DOCH UNSINN!«, SAGTE SILVIA Grünstern und ließ die Zeitung sinken. »Unsinn?«, fragte Eidig und hob, so gut ihm das möglich war, den Kopf von seinem Leinenkissen. Seine Stimme war noch immer dünn. Seit der Perforation seines linken Lungenflügels und dem atemlosen, dreitägigen Ringkampf mit dem Tod, fiel es ihm schwer, genügend Stimmdruck aufzubauen.

Silvia schüttelte den Kopf und las. »Hier steht …« – sie las mit kurzen Pausen, um zu übersetzen – »… der deutsche Auswanderer und Förster, Hans Eidig, der den tapferen Abolitionisten um D.G. bei der Überrumpelung und Festnahme der Sklavenschmuggler-Gang aus den Five Points behilflich war, erlitt einen Stich mitten ins Herz, den er jedoch wundersamerweise und dank seiner gesunden Konstitution überlebte.«

Sie schüttelte die Zeitung, so als ob sich dadurch solidere Fakten herausschütteln ließen: »Blööödsinn! Kein Mensch überlebt einen Stich ins Herz. Auch der berühmte deutsche Wildschütz Eidig nicht!«

»Richtig«, sagte Eidig, dem Einwortsätze derzeit die liebsten waren.

Langsam – der Druckverband, durchfeuchtet von einer Kräutersalbe, erlaubte keine anderen Bewegungen – hob er etwas Silbernes von Beistelltisch neben seinem Krankenlager auf und reichte es Silvia.

»Was ist das …? Eine Trinkflasche?«

Eidig nickte. Das Nicken tat weh. Er versuchte so flach und erschütterungsfrei wie möglich zu husten. Husten ging immer noch nicht unblutig ab.

Silvia wendete die Trinkflasche in der Hand. Sie war sehr leicht.

In eine Flachseite des polierten Silbers war ein springendes Wildschwein eingraviert und darüber das Sternbild des Orion. Außerdem bemerkte sie eine tiefe Kerbe, beginnend an den Gürtelsternen des Orions bis an den Flaschenhals.

»Du siehst die große Schramme?«, hauchte Eidig.

»Du meinst diesen … diesen krummen Strich …?«

Eidig nickte und zeigte auf seine dick bandagierte Brust.

Silvia schaute erst fragend, dann sagte sie: »Ich verstehe! Ryan hat die Flasche getroffen mit seinem Dolchfinger. Die Kralle ist abgeglitten und nicht in dein Herz gefahren … sondern daneben. Richtig?«

Eidig lächelte und nickte. Die Nähe der Geliebten tat ihm gut. Er hätte gern eine Hand ausgestreckt. Aber das war unmöglich. Schließlich flüsterte er: »Lies bitte!«

»Alles, den ganzen Artikel?«

Eidig nickte abermals und Silvia breitete die Zeitung am Fußende von Eidigs Krankenbett aus.

Die ganze Wahrheit zum Fall de Breuyn – Abolitionisten befreien 76 illegal eingeführte Neger, die als Sklaven verkauft werden sollten.

Ein Originalbericht von Ferdinand Hofstetter

Wie The Sun *vor zwei Wochen berichtete, sah sich Cedric de Breuyn, den meisten New Yorkern als Eigner einer Dampfschiffflotte und als Mäzen und Förderer der Schönen Künste bekannt, seit einiger Zeit Vorwürfen ausgesetzt, die er alle auf das Heftigste zurückwies. Die Vorwürfe (der Autor dieser Zeilen durfte ein paar Beiträge zur Wahrheitsfindung leisten) bezogen sich insbesondere auf den Transport illegal eingeführter Sklaven mit Hilfe der de Breuyn'schen Dampfbarkassen.*

Nun ergaben Nachforschungen der Polizeipräfektur, dass Cedric de Breuyn Mitglied einer Geheimloge namens »The Honorable True Americans« ist. Es handelt sich um eingeschworene Anti-Abolitionisten. Die Männer dieser Loge betreiben allerdings nicht nur Agitation gegen Sklavenbefreiung und gegen die Befürworter einer umfassenden Abschaffung der Sklaverei, sie verdienen auch am Sklavenhandel. Im Falle Cedric de Breuyns scheint es so zu sein, daß besonders kräftig verdient wurde.

Der Sklavenhandel – im Staate New York bekanntlich seit 1827 verboten – wird über bestimmte Werften abgewickelt. Von dort werden die bedauernswerten afrikanischen Menschen mit kleinen Booten – häufig den Dampfbarkassen unseres Kunstliebhabers – den East River abwärts und den Hudson stromaufwärts gebracht.

Die Ermittlungen sind noch nicht abgeschlossen, aber es scheint so zu sein, daß der Zielpunkt der de Breuyn'schen Dampfboote stets ein bestimmter Anleger namens Miller's Rest war, etwa 50 Meilen von der Hudsonmündung entfernt.

Von Miller's Rest führt der sogenannter »Trail of Lost Souls« erst nach Westen und dann nach Süden zu den großen Sklavenmärkten in West Virginia. Die Tatsache, daß diese Verbindung solange betrieben werden konnte, liegt – so ergaben Erkundigungen der Sun *bei der New Yorker Staatsanwaltschaft – wohl nicht zum Wenigsten daran, dass der Transport zu Wasser auf dem Hudson erfolgte, also von New York aus nordwärts und damit erst einmal entgegen der erwartbaren Richtung. Der kurze Umweg nach Norden erwies sich offenbar als wirksame Irreführung der Autoritäten.*

Die Entlarvung und letztlich auch die Überwältigung der Five-Points-Gangster, die für de Breuyn den Transport der Sklaven von den East-River-Werften bis in den Hudson abwickelten, verdankt das freie Amerika einem engagierten Abolitionisten von den neuen Werften bei Blackwell's Nose (Name des Mannes ist der Redaktion bekannt), der im übrigen schon mehrfach Opfer anti-abolitionistischer Anschläge, einschließlich eines Brandanschlages, war.

Die Überwältigung von Five-Point-Gangstern – alle Mitglieder der gefürchteten Forty Thieves – in den Sümpfen des Newtown Creek ist eine wahre Heldentat. Der deutsche Auswanderer und Förster Hans Eidig, der den tapferen Abolitionisten bei der Über-

rumpelung und Festnahme der Sklavenschmuggler-Gang half, erlitt einen Stich mitten ins Herz, den er jedoch wundersamerweise und dank seiner gesunden Konstitution überlebte.

Nehmen wird das als Zeichen dafür, daß Mut und Einsatz gegen das Böse belohnt werden.

Von dem ehrenwerten Mister de Breuyn fehlt seit Bekanntwerden der Ereignisse und einiger höchst bemerkenswerter Zusammenhänge jede Spur. The Sun *geht Hinweisen nach, denen zufolge Mister de Breuyn von höchster Stelle gewarnt wurde, bevor die Staatsautorität ihn vorladen konnte. Ryan, gefürchteter, vieler Morde bezichtigter Anführer der Forty Thieves, verstarb an den Folgen eines Bauchschusses, den ihm besagter Eidig in Notwehr antrug. Ryans Spießgesellen konnten allesamt überwältigt, entwaffnet und festgesetzt werden. Ob der Arm des Gesetzes ihnen Schlingen um den Hals legen, sie hinter Gitter drängen wird oder sie … auch das geschah nur allzu oft! … nur mit erhobenem Zeigefinger verwarnen wird, war zur Zeit der Drucklegung noch nicht bekannt.*

Ryan wurde mit großer Anteilnahme und mit allen Segnungen der katholischen Kirche am vergangen Freitag auf dem Sweetwater-Friedhof, am Rande der Five Points, beerdigt. Es wurde ›Bis wir uns wiedersehen, halt' Gott dich fest in seiner Hand‹ gesungen, und manch einer mag dabei gedacht haben: ›Dear God … halte ihn bloß fest in deiner Hand, damit er nicht wieder zu den Lebenden zurückkehrt, um weiter zu morden!‹

Die bei der Befreiungsaktion unverletzt gebliebenen Neger, in ihrer Gänze für die Sklaverei bestimmt, befinden sich in der Obhut des David Ruggles-Committee zur Unterstützung entlaufener Sklaven.

The Sun *berichtet weiterhin fortlaufend. Schon in der nächsten Ausgabe: ›Die Helfer des ehrenwerten Mister Cedric de Breuyn‹«.*

Silvia setzte sich auf Eidigs Bettkante, schwieg eine Weile und sagte dann: »Wenn man schon fast tot war, so wie du … und wenn man dann doch wieder zurückkommt, hat man dann etwas von der anderen Welt gesehen?«

Eidig nickte. Er hatte sich in sehr hellen Wäldern gesehen, war ohne Ermüdung einem Rudel Rotwild hinterhergelaufen. Dann wieder war er ein Dachs, der mit schwarz glänzender Nase bei Wesel das Heidekraut durchpflügte, dann eine Kreuzotter, die sich im Pietzmoor auf schwarzer Erde sonnte. Mal war er einer der Raben vom Ahrberg und ließ sich vom Nordwest in den Himmel heben. Mal folgte er nackt einer nackten Frau ins hohe Farnkraut … Und immer wieder stand er vor einer Mauer von Büffeln, aus deren Nasenlöchern es nebelgrau wölkte. Die Mauer, das wusste er, würde sich öffnen, würde ihn aufnehmen, einlassen. Und er war Büffel und Büffeljäger zugleich … war etwas, das man nicht erklären, nur träumen kann.

Als Eidig, gut drei Wochen später, kleine, gestützte Gänge durchs Zimmer und vor die Holztür machen konnte, schien es plötzlich, als wollte der Tod noch einmal nachfassen, wollte den, der ihm knapp entkommen war, doch noch herüberziehen.

Eidig überkamen Wellen von Schwindel, und er rettete sich – wie er es häufig getan hatte – in den Schlaf. Der aber war kein sicherer Hafen.

In Träumen, die sich ohne Anfang und Ende in seine Fiebernächte hängten, war er wieder der halbwüchsige Gärtnerlehrling, der ein riesiges Beet mit endlosen Grünkohl-Reihen von Raupen frei suchen musste. Und jede Kohlweißlingsraupe, die er zwischen den Fingern zerquetschte, färbte ihn ein Stück grüner, bis er von Kopf bis zu den nackten Füßen fahlgrün war wie ein Grasfrosch. Und der Gärtnerlehrling, der immer nur in die Wälder wollte, heulte nachts, heulte wie ein verwundeter Wolf, der zum Sterben zurück will in die Wildnis.

Dann wieder saß er zu seinen Freitagsandachten unter der großen Kirchenlinde seines Pastors und sie lasen mit verteilten Rollen Mephisto und Faust. Und der Pastor sagte: »Wenn man den Teufel mit der eigenen Stimme nachsprechen will, muss man zuvor spüren, wie ein Teufel denkt.«

In einem kurzen Moment von Klarheit hörte er das Wort »inflammation« am Kopfende seines Bettes … Inflammation? … innere Entflammung …? Er erriet die Bedeutung: Entzündung, wusste, dass ein fast auf den Tod geschwächter Körper eine Entzündung nicht überlebt, dachte daran, zu gehen. Aber wie?

Wusste nicht, ob es leichter wird, wenn man entschlossen selbst geht, als wenn man auf den großen Abräumer wartet, der ungeduldig im Türrahmen steht und die Knochenfinger knacken lässt. Und er dachte, dass es besser gewesen wäre, sich einen gut gezielten Schuss einzufangen, irgendwo zwischen Aller und Elbe. Weit besser jedenfalls als hier am Rand einer zu großen Stadt zu warten, dass sich fremde Erde für einen auftut.

Gelegenheiten zu einem schnellen Tod hatte es ja doch reichlich gegeben. Ja, das wäre besser gewesen als hier zu liegen und zu warten, dass das Licht ausgeht.

In drei aufeinanderfolgenden Nächten traten Frauen und Kinder an sein Lager. Er wollte sie berühren, aber sie ließen sich so wenig fassen wie Rauch. Die Frauen und die Kinder, all die, die er verlassen hatte, sagten kein Wort, schauten ihn an, wie man auf einen schaut, den keine Worte mehr erreichen können.

Die Fragen, die sie nicht stellten, die sie nicht aussprachen und die doch in den Raum fielen, blieben wie abgewehter Raureif auf der Bettdecke liegen. Er schlug danach und spürte, wie seine Arme an seinen Leib gedrückt wurden. Eine der Frauen – er versuchte ihr auszuweichen, aber es war keine der Rauchfrauen, es war Silvia – presste Stunde um Stunde feuchtkalte Tücher gegen seine Stirn.

Davids Frau sang Psalmen. Im Fastdunkeln sah er nur sehr weiße Zähne und schwache Reflexe, die das Tranlicht auf ihr Haar warf. Eidig verstand etwas, das auf Deutsch wohl »… er weidet mich auf grüner Aue« heißen konnte. Er versuchte, sich die schweren Kühe der Winsener Elbmarsch vor sein inneres Auge zu treiben, versuchte ihnen zu befehlen, gefälligst Büffel zu werden.

Büffel sollten es sein, hier und jetzt, wenn er schon nicht mehr auf eigenen Beinen zu ihnen gelangen konnte. Aber das Milchvieh starrte ihn nur aus feuchten, halbkugeligen Augen an, und der Saft wiedergekäuter Gräser troff aus den Mäulern.

Und immer wieder trat der Russe an seine Seite, reichte ihm eines der Gewehre, die von den Napoleonischen im Wald bei Stelle zurückgelassen worden waren, und sang dabei in seiner Sprache, die ihm nicht verständlich, aber doch vertraut war.

Das Schlimmste seiner letzten Stunden würde die Ahnung sein, dass ihm die große Stunde nicht mehr schlagen würde: der Anblick des tief gezogenen, wogenden, stampfenden Himmels. Des Himmels auf Erden. Die Büffelherden würden hinter dem Horizont bleiben, unerreichbar wie das Kalb aus seinem Kinderbuch, das auf der Rückseite des Mondes weidet.

Die Flucht übers Meer hatte ihm das Leben gerettet, ihn aber nicht ankommen lassen.

Und dann wurde – unbegreiflich und unerwartet – aus dem Rückfall wieder Vorfall. Eidig erwachte nach einem Zwanzigstundenschlaf, war stark genug, sich neben das Bett zu stellen, atmete tief – tief und kontrolliert. Und als Silvia ins Zimmer gestürzt kam und ihn wieder aufs Bette drücken wollte, war er kräftig genug, sie sanft zur Seite zu schieben.

Kapitel 30

DER WINTER IN NEW YORK – das jedenfalls hatte man Silvia Grünstern gesagt – macht im späten Oktober und frühen November immer zwei, drei vorbereitende Höflichkeitsbesuche, ehe er sich im Dezember gewaltsam einquartiert. Aber in diesem Jahr, ihrem ersten Jahr in der Neuen Welt, war es anders. Der Winter kam schon am vorletzten Oktobertag, um zu bleiben, schlug erst mit Schneemassen und dann mit arktischer Kälte zu, beides mit einer Wucht, die ihr aus der alten Heimat unbekannt war.

Sie nähte sich mit einer Fischgräten-Ahle einen Wintermantel aus leichtem Fell und eine doppellagige Bluse, in die sie Entendaunen einnähte.

Die Arbeit in den Docks und auch in den Hallen von Hardeys Flaschenzug-Manufaktur war zum Erliegen gekommen. Der Fischmarkt war leer, denn die Fischer konnten die Eispanzer nicht durchbrechen, die das Meer vor ihren Booten aufgeschoben hatte.

Man schmolz Schnee, um Trinkwasser zu haben, denn die Brunnen waren eingefroren, die Straßen für Kutschen unpassierbar. Wer unbedingt Dinge transportieren musste, behalf sich mit Brettern, die wie Schlitten an Stricken gezogen wurden.

Die Obdachlosen durften in Kirchen unterkriechen, in denen man – keine ungefährliche Sache! – die Sitzreihen zur Seite gerückt hatte und kirchenmittschiffs offene Feuer unterhielt. Man sah Kirchen, aus denen es zu den Türen herausqualmte … wie aus den Koten der Heide-Köhler.

Eidig hatte noch einen weiteren, allerdings nur schwachen, Rückschlag erlitten – weil er »zu früh mit dem Gehen begonnen« hatte. Silvia und Lydia hatten im Duett gewettert. Nach einwöchiger strenger Bettruhe, von zwei jungen Frauen beinahe lückenlos überwacht, ging es Eidig wieder gut. Dauerhaft und ohne weitere Rückschläge gut.

An einem Morgen lagen tote Krähen vor dem Haus. Eidig konnte sich nicht erinnern, in den Wintern der Heide schon einmal erfrorene Krähen gesehen zu haben. Er hob sie auf und Silvia zeichnete sie. Erweckte sie zum Leben, zu flügelschlagenden, schwebenden, schnäbelnden Vögeln der Lust.

Eines Tages stand Hofstetter vor dem großen Ledersessel, in den sich Eidig zurückzog, wenn die Tage zu lang wurden, um sie durchzustehen. Er kam mit einem Korb voller Delikatessen, Bruchwabenhonig, eingelegten Pilzen, Räucherlachs, Ahornsirup. Sein Interesse galt aber, wie unschwer zu bemerken war, nicht so sehr Eidigs Auferstehung von den Fast-Toten, sondern mehr der Frage, ob *The Sun* auch weiterhin und »trotz des bedauerlichen Rückschlags auf den mutigen deutschen Gangster-Töter« rechnen könne. Es gebe noch viel aufzudecken in dieser Schattenwelt des Sklavenschmuggels. Ersatzweise könne er, Hofstetter, auch Prostitution empfehlen. Ein hoch spannendes Recherchefeld, und auch da gebe es aufregende Verbindungen in höchste Kreise.

Hofstetter ließ – wohl auch um eine gewisse Köderwirkung zu erzielen – mehr Dollars auf dem Beistelltischchen neben Eidigs Krankenbett liegen, als für die Zusammenarbeit in Aussicht gestellt worden war; und er sagte im Vollton geschäftsmäßiger Leutseligkeit: »Wir Journalisten sind ja auch Jäger, gewissermaßen. Jäger auf Hochwild. Auf Homo sapiens corruptus … ha, ha, ha … Sie wissen, was ich meine! Wir spüren auf und zielen gut. Waidmanns Heil!«

Eidig behauptete, er läge quasi immer noch mit einer halben Arschbacke auf dem Totenbett – er sagte es im Plattdeutsch der Nordheide: »mit halbichten Oas« –, und das sei eine schlechte Lage für eine weitreichende Entscheidung. Hofstetter signalisierte alles Verständnis der Welt, und ja … er würde sich wieder sehen lassen, um den Vorrat an Ahornsirup – »ein erprobtes Kräftigungsmittel übrigens!« – wieder aufzufüllen.

Eidig sah ihm nach, wie er sich in eine Schlitten-Kutsche wuchtete, sich umständlich in mehrere Lagen Felle eindrehte, eine Biberpelzmütze bis zur Nasenspitze zog, das halb eingeschneite Pferd in Bewegung setzte und dann im Schneetreiben verschwand. Ein Jäger, zweifellos …

Eidig hätte dieses Bild des Verschwindens wohl nicht so klar im Gedächtnis behalten, wenn nicht, nur Stunden später, an diesem 18. Dezember 1835 das größte Gemälde in Rot an den Nachthimmel gepinselt worden wäre, das jemals in den Städten der Neuen Welt zu sehen war.

Kapitel 31

SIE HATTEN GEPLAUDERT UND ERZÄHLT, an diesem Dezemberabend 1835. Und sie hatten sich dabei um eine Riesenschüssel mit geröstetem Mais versammelt. Eidig hatte diese Erzählabende im Haus der Gruensterns lieb gewonnen, besonders seit seine Genesung Fortschritte machte. Die Stunden erinnerten ihn an die »Klöön-Abende« an den offenen Feuern im Heide-Sommer und an die Kaminstunden in Herbst und Winter, wenn der Frost draußen mit den Flammen drinnen um die Wette knackte.

Erzählt wurde in Englisch, und man hatte sich darauf geeinigt, dass Eidig bei Verständnisproblemen den Finger heben sollte. Wie damals in Speckschwartes muffigem Schulraum. Immer dann solle er sich melden, wenn seine fleißig gesammelten Englischvokabeln nicht ausreichten.

Für diesen 18. Dezember hatte man sich auf Weihnachtsgeschichten geeinigt, ein Thema, das in jüdisch geprägten Haushalten nicht zu den gängigen zählt. Aber Lydia hatte es sich gewünscht. Und sie hatte erzählt, wie ihr in der Kirche der Schwarzen, der Episcopal Zion Church ihrer Heimatstadt, in der Kinderbibelstunde ein buntes Bild gezeigt wurde: die heilige Familie nebst Ochs und Esel sowie drei prunkvoll gekleidete ältere Männern, die Heiligen Drei Könige. Einer, der am prächtigsten gekleidete, hatte ein kohlrabenschwarzes Gesicht. Sie hatte den Pfarrer und Vorbeter ihrer Gemeinde gefragt, ob es sich bei diesem Herren um einen Freigelassenen handle. Und der Pfarrer hatte ihr gesagt, dass der Name des prächtig Gekleideten Caspar laute und dass dieser Caspar in seinem Land ein König und keinesfalls ein Sklave sei. Da habe sie sich zum Weihnachtsfest, direkt beim lieben Gott, gewünscht, dass auch in Amerika ein schwarzer Mann König würde. Und alle hatten sie gelacht.

Eidig erzählte, gestenreich und etwas holperig, von Weihnachten in einer Köhlerhütte, im tief verschneiten Garlstorfer Wald, östlich der Schmalen Aue. Der Fahndungsdruck war damals zu groß geworden, um ihm und seinen Leuten zu gestatten, irgendwo besinnlich zwischen vier Wänden die Heilige Nacht zu verbringen. Und als man bei Einbruch der Dunkelheit Dörrfleisch kaute, und etwas beklommen das Glockenläuten zur Christmesse vom Hanstedter Kirchturm hörte, kamen drei ältere Frauen – »unsere Heiligen Drei Königinnen« – aus dem nahen Nindorf und brachten Gänsebraten und Quetschkartoffeln. Was sehr viel willkommener war als es Weihrauch und Myrrhe hätten sein können.

Silvia war gerade bemüht, »Quetschkartoffeln« ins Englische zu übersetzen, als so etwas wie Flammenschrift auf den Vorhängen des Wohnzimmerfensters erschien. Dann waren Schreie zu hören, gedämpft von einer dicken Schneedecke.

Eidig stürzte ins Freie und prallte buchstäblich zurück. Der Himmel über dem nahen New York brannte, brannte glutrot.

Das Feuer begann in der ersten Etage eines fünfstöckigen Warenhauses der Firma *Comstock and Andrew* in der Merchant Street 25, Ecke Pearl Street.

Nach einer Serie wilder Spekulationen – von Brandstiftung und ausgelaufener Petroleumlampe war die Rede – erkor man ein überhitztes Heizungsrohr zum Brand-Nukleus. Vielleicht zu Recht: Es war der kälteste Dezember seit Menschengedenken, und es wurde seit Tagen auf Teufel komm 'raus geheizt.

Als die Feuerwehrleute gerade anfingen, das Richtige zu tun – alle Türen und Fenster in der Brandetage zu verschließen, um die Flammen zu ersticken –, brach das Dach ein. Der Brand, der schon begonnen hatte, an seinem eigenen Qualm zu verröcheln, konnte plötzlich tief durchatmen und räkelte sich mit infernalischem Fauchen zur Riesengestalt. Glühende Asche wurde gegen die Speicher auf der anderen Seite der Pearl Street geschleudert, und in nur wenigen Minuten standen mehr als ein Dutzend Häuser in Brand.

Die Feuersbrunst traf die Freiwillige Feuerwehr von New York in einem Zustand der Schwäche; die Cholera-Epidemie des Vorjahres hatte ihre Reihen gelichtet. Außerdem waren die übrig gebliebenen Männer völlig abgekämpft, weil sie noch in der Nacht zuvor am East River einen Brand hatte bekämpfen müssen. Der neue Alarm riss sie aus ihrem Erschöpfungsschlaf, einige wankten mehr zum Einsatz als dass sie gingen. Und wie schon am Vorabend – dem Prelude des Großen New Yorker Feuers – rächte sich, dass die Stadtverwaltung seit Jahren nicht mehr in Ausrüstung und Fuhrpark der Feuerwehr investiert hatte.

Der überaus eisige Dezember hatte Brunnen, Zisternen und Feuerlöschteiche versiegelt, fast alle Hydranten waren eingefroren. Und als es schließlich doch gelang – das Feuer war längst zum Flächenbrand geworden – die Eisdecke auf einigen Löschteichen aufzuhacken und die Handpumpen in Betrieb zu nehmen, bildeten sich Eisblockaden in den Schläuchen. Einige platzten, als die Männer versuchten, die blockierenden Eispfropfen zu zerschlagen.

Das wenige Wasser, dass schließlich doch noch aus den Düsen schoss, gefror in der Luft und fiel als Hagel zu Boden.

Die Starkwinde der letzten Tage hatten nicht nur Schneebarrieren aufgehäuft, sie hatten auch das Wasser des East River soweit zurückgedrängt, dass die Schläuche der Wehren nicht bis zum Wasserspiegel hinab reichten. Die Firefighter hatten zwar richtig kalkuliert, dass das Brackwasser des East River weniger schnell gefrieren würde als das Süßwasser der Teiche, aber dann mussten sie mit ansehen, wie die Schläuche mit den Saugstutzen über dem Wasser endeten. Immerhin: Die preiswürdige Eingebung eines Feuerwehrhauptmanns, mit Schwarzpulver Brandschneisen in die Häuserreihen zu sprengen, stoppte die Feuerwalze bei ihrem Anlauf auf das Finanzzentrum südlich des Hannover Squares.

Siebzehn Blocks, 993 Gebäude – über die Hälfte mehrstöckig – brannten nieder, der Schaden wurde auf gut 20 Millionen Dollar beziffert. Die städtische Feuerversicherung meldete Konkurs an, Banken schlossen, blieben geschlossen, auch als händeringend nach schnellem Geld für den Wiederaufbau verlangt wurde. Das Feuer von Ende 1835 war ein Menetekel – so hieß es schon bald –, ein Vorschein auf die erste, große landesweite Finanz- und Wirtschaftskrise. Die von 1837.

Aber der New-York-Brand forderte, anders als die Cholera-Epidemie von 1832 und die Banden-Kriege in den Five Points, keine Todesopfer. Ein Wunder. Und ein Ruhmesblatt für die New Yorker Feuerwehr, die, als sie die Aussichtslosigkeit ihrer Löschbemühungen erkannte, alle noch vorhandenen Kräfte zur Evakuierung einsetzte.

Die Menschen waren zu Tausenden vor der vorrückenden Feuerwand geflohen, und etliche strandeten in dünner Schlafkleidung an den Ufern des East River, und das Grauen stand in ihren Gesichtern.

Kapitel 32

LYDIA UND SILVIA LEGTEN DEN BODEN des Hauses mit Decken und Fellen aus, um möglichst vielen Menschen Schutz vor der Kälte zu bieten. Eidig und David öffneten etliche Lagerhäuser an den Kais, schlugen mit Äxten und Brechstangen die Schlösser auf, um den anbrandenden Flüchtlingen ersten Schutz zu bieten, denn zu allem Unglück setzte auch noch Schneesturm ein, während der Himmel über New York glühte.

Als Eidig vor Schwäche einknickte – der nur knapp überlebte Stich in die Lunge lag zwar Wochen zurück, hatte aber gewaltig an seinen Kräften gezehrt –, spürte er Silvias Hand auf seiner Stirn: »Ich lass dich fesseln, mein Lieber, wenn du dich nicht augenblicklich ausruhst …«

Eidig wollte etwas entgegnen, fiel aber, noch ehe er ein Wort über die Lippen bringen konnte, in einen einer Ohnmacht ähnlichen Schlaf. Das letzte, was er hörte, war Kinderweinen.

Mit dem ersten Februartag hörte der Wind auf, alles zu vereisen, was er mit seinem Atem streifte. Zwar blieb der Schnee, zu gefrorenen Wellen aufgestaut, zwischen Lagerschuppen und Werfthallen liegen, aber um die Mittagszeit leckte die Sonne an den Eiszapfen, die baumstammdick an den Holzkränen der Trockendocks hingen. Eidig hörte Vogelstimmen, vereinzelt zwar, aber es waren lebendige Stimmen; die Vögel hatten während der Eiseskälte geschwiegen. Selbst die Krähen.

Die Brand-Flüchtlinge, die in Schuppen und sogar den zwei kleinen Holzkirchen am Nose einquartiert worden waren, strömten zurück in die große Stadt.

Es gab herzzerreißende Abschiede, und in den beiden sich leerenden Kirchen fanden jeden zweiten oder dritten Tag Dankgottesdienste statt.

Einer blieb. Er hatte sich häufig an Eidigs Seite gedrängt, um sein etwas eingerostetes Deutsch wieder blank zu bürsten. Ehrenfried Rungholdt, ein Mann zu Beginn seines vierten Lebensjahrzehnts, war als Elfjähriger an der Hand seiner Eltern in die Neue Welt gekommen. Die Eltern waren fromme Anhänger einer Glaubensgemeinschaft, die – so jedenfalls hatte es Eidig verstanden – irgendwo in Kurhessen in große Bedrängnis geraten war, weil sie sich mit den Lutherischen wie mit den Katholischen gleichermaßen angelegt hatte. Wohl deshalb, weil sie »Destinationisten« waren, Gottgläubige, die alles, alles, wirklich alles für vorherbestimmt hielten: den Tag, an dem man Zahnweh bekommt, genauso wie die Anzahl der Scherben, die man einsammeln muss, wenn einem ein wertvoller Teller zu Boden fällt, die Größe des Loches, das ein Herbststurm ins Schindeldach reißt, genauso wie die Stelle auf der Nase, an der einem ein Pickel blüht … und die großen Dinge des Lebens sowieso: Geburt, Krankheit (… welche und mit welchem Ausgang?), Reichtum oder Armut, Todesstunde.

Irgendwo in Amerikas leerer Mitte hatten sie eine Kirche gegründet, die sie »In-Gottes-Hand-Gemeinde« nannten. Den ältesten Sohn der Rungholdts, Ehrenfried, hatte es im Alter von 19 Jahren zurück an die Ostküste gezogen, erst nach Boston, dann nach New York, wo er als »Zweisprachler« und als gut bezahlter Angestellter in einem Büro für Überseehandel Arbeit fand. Auch das natürlich vorherbestimmt. Denn seinen Glauben daran, dass alles schon lange feststeht, bevor es geschieht, hatte Ehrenfried aus dem Westen mit an die Ostküste genommen.

Ehrenfried Rungholdt – im Englischen war sein Vorname zu »Fred Hold« geschrumpft – sagte, für ihn und über ihn sei beschlossen worden, dass er am Nose bleibe und das Handwerk eines »Messing-Mannes« erlerne: die handwerkliche Kunst, Beschläge für alle Schiffstypen mit Holzrumpf herzustellen.

Eidig schaute auf Ehrenfrieds Hände, sehr schmale, weiße, blau geäderte Frauenhände, und fragte erst sich und dann Ehrenfried, ob diese Berufswahl denn wohl auch »oben« – er deutete gen Himmel – in Kenntnis aller Umstände beschlossen worden sei.

Ehrenfried brach in eine Reihung gesanglich vokalisierter »Ja, ja, ja, ja …« aus. Das große Feuer sei die Flammenschrift gewesen, aus der klar zu lesen war: »Gehe dahin, wohin dich der Rauch des Brandes treibt, und tue das, was dort getan wird. Und hier ist Schiffsbau-Land … gelobt sei der Herr!«

Eidig erwog die Frage, ob Fred der Meinung sei, Gott der Herr würde halb New York anzünden, um ihm, Fred Holt, eine Erleuchtung zuteil werden zu lassen? Aber er fragte nicht. Die Antwort hätte nur gleichermaßen klar wie unklar sein können.

Eidig mied Gespräche, in denen man zwischen jedem Wortwechsel seinen Zorn hinunterschlucken musste. Alles vorbestimmt …? Dann war ja wohl auch Dolchfinger Ryan nur ein unschuldiges Werkzeug, weil auch seine Taten und die Tatsache, dass er sie tat, vorbestimmt sein mussten. Er ging Ehrenfried aus dem Wege, was bei der Weitläufigkeit der Docklands leicht war.

Aber … seltsam! Die Frage, ob man denn eine Wahl hatte oder ob alles fest- und vorgeschrieben sei, ließ ihn nicht los, folgte ihm auf seinen länger werdenden Streifzüge, die er, sobald der große Fluss wieder eisfrei war, auch auf das gegenüberliegende Ufer ausdehnte. Die Frage war hartnäckig wie die Krätze – und je mehr man kratzte, desto schmerzhafter blühte sie auf.

Am letzten Februartag – die Frage nach der Vorherbestimmung hatte sich mittlerweile zu einem »Was-wäre-gewesen-wenn?«-Format abgeflacht – fiel Eidig etwas ein. Ein Erinnerungsfetzen. Einer, der es vielleicht wert war, sorgfältig betrachtet zu werden.

Er borgte sich von Silvia Papier und Bleistifte. Ihre amüsierte Nachfrage beschied er mit dem Hinweis, er wolle nun endlich auch das Zeichnen versuchen. Dann verzog er sich hinter den großen Ofen, der das ganze, neu errichtete Gruenstern-Anwesen beheizte.

Eidig wollte etwas ausprobieren: einen Trick. Einen, der es womöglich möglich machte, sich selbst den Weg abzuschneiden: den bequemen Fluchtweg.

Sein alter Pastor aus Hittfeld hatte ihm gesagt, und Eidig erinnerte sich fast an den Wortlaut und zur Gänze an die Stimme: »Hör gut zu, Hans, mein Lieber: Wenn du den großen Fragen, den wirklich wichtigen, immer wieder ausweichst und wenn du verhindern willst, dass du ihnen auch weiterhin ausweichst, dann schreibe sie auf, diese wichtigen Fragen! Schreibe sie auf! Und wenn sie dann vor dir stehen, die Fragen, dann wird es so sein, als stündest du vor einem heiligen Gesetz, das in Erz gegossen ist. Dann kann es nicht geschehen, dass du dich davon stiehlst mit einer Halbwahrheit oder einer ganzen Lüge.«

Eidig versuchte es.

Warum bin ich hier, schrieb er und setzte ein sehr großes Fragezeichen dazu. Er schloss die Augen und sprach tonlos in sich hinein: »Weil es nicht anders ging«. Und weil ich nur noch die Wahl hatte, mir morgen oder übermorgen eine Kugel einzufangen?

Das war eine leichte Frage, fand Eidig: einfach und deshalb gut für den Anfang.

Wärest du auch hierhrgekommen, wenn du dir keine Büffel und keine freie Jagd versprochen hättest? Eidig fand die Frage – unbeschadet der Tatsache, dass er sie sich selbst gestellt hatte – zu schwer, wollte sie ausstreichen. Aber der alte Pastor fiel ihm, über den Atlantik hinweg, in die Schreibhand. Die Frage blieb stehen und der Pastor ermahnte ihn – über Zeit und Raum hinweg – ehrlich zu bleiben. Die Stimme hatte etwas Unerbittliches, so wie in den Fegefeuer-Predigten, die der Gottesmann gelegentlich von der Hittfelder Kanzel herab hatte niedergehen lassen, kraftvoll und in plattdeutsch eingefärbtem Hochdeutsch: »Wo kein sich sülbens belügen deit, der belügt auch Gott, der die Wahrheit liebt. Mark di dat, mien Dschung!«

Eidig grübelte. Er wusste, dass er ohne Jagd nicht würde leben können. Existieren eine Zeit lang? Ja, das schon. Schließlich hatte er auch diese Stadt überlebt … wenngleich wohl nur wegen der kleinen Fluchten zu Waldmurmeltieren und Schnepfenvögeln.

Aber leben? Das war etwas anderes. Leben war: leiser gehen als eine Hirschkuh, so leise, dass ein Waldtier einen nicht erlauschen kann; sich gegen den Wind anpirschen; den Eichelhäher rechtzeitig sehen, der einen verraten würde, wenn er einen erblickt; den Hund mit einer Armbewegung, die nur ein guter Hund erkennen kann, in die Dickung schicken, in der sich die wilden Schweine zusammengerottet haben. Sonnenaufgang auf der Heide; den Birkhahn foppen, weil man genauso gut kollern kann wie er. Sich darüber freuen … diebisch, wilddiebisch! Den Sonnentau am Rande der Torfflächen mit selbst gefangenen Fliegen füttern. Die Neunaugen im Mühlbach fragen, ob ihnen das frische Wasser, das ihnen mit dem großen Mai-Regen zufloss, gut getan hat. Der Libellen-Geburt am Stängel eines Rohrkolbens zuschauen und dazu den Sommer-Choral »Geh aus mein Herz und suche Freud« summen, das einzige Kirchenlied, das auch einem Schwach-Gläubigen wie Eidig aus dem Herzen kam. Und es gab noch Berauschenderes: Das lange stählerne Blasrohr auf die Bekassine richten und wissen, dass ihr auch der rasanteste Zickzack-Flug nichts nützen wird. Peng … und Halleluja!

Ob es all das auch hier geben würde? Ja, nur anders, hoffte Eidig. Es sollte sich finden lassen, das neue Leben. Und vor allem: Schüsse ohne Echo vor Gerichten und in verlausten Gefängniszellen!

All das, und wenn möglich noch dies und das dazu.

Bist du ein guter Mensch?

Bei »guter« glitt ihm der Bleistift aus, so als verweigere sich das Schreibgerät einer Lüge, die sich gerade in Stellung bringen wollte.

Eidig versicherte sich, dass er allein hinter dem Ofen saß und weit und breit niemand Anstalten machte, ihm über die Schulter zu schauen. Er sprach (inwendig) ein hartes: Nein! War dann aber geneigt, es etwas aufzuweichen, das Nein.

»Manch ein Hase, den ich an die richtige Stelle gelegt habe, hat verhindert, dass ein Kind vor Hunger nicht einschlafen konnte.«

Nach einer kleinen, geistigen Atempause wurde er grundsätzlicher: »Ich habe nur die Gesetze gebrochen, die ungerecht und schlecht sind. Wer das Wild denen nimmt, die es sich angemaßt haben, der ist kein Dieb. Ich bin kein Dieb.«

Mit dieser Verteidigungsstrategie gedachte er, auch vor dem Jüngsten Gericht (unterstellt, dass es eines gibt) auf Freispruch zu plädieren. Das sollte klappen, sofern Gott keine adeligen Schöffen und Beisitzer hatte.

Aber, die Frage war nicht beantwortet. Bist du ein guter Mensch?

Die Antwort war schmerzlich: Ein guter Mensch schlägt sich nicht in die Büsche, wenn die Frau, mit der es gerade lustig war, fragt: »Wie soll es heißen, wenn es ein Mädchen wird?«

Glaubst du an Gott?

Schwierige Frage. Eidig trat – gedanklich, aber entschieden – aus dem Gesichtsfeld des Pastors und versuchte, seine Gedanken zusammenzufügen: An Gott glauben …? Eher dann, wenn in einem Buchenwald hinter den hohen, grauen Säulen die Sonne aufgeht, als wenn der Frost durchs unverglaste Gefängnisfenster kriecht. Eher wenn ich den Hummeln zuschaue, wie sie besoffen vor Glück von Glockenblume zu Glockenblume bummeln, als wenn ich auf die eiternden Wunden schaue, die mir die Fußfesseln im Lüneburger Knast gescheuert haben. Aber wenn ich sehe, wie Halsabschneider und Potentaten in Saus und Braus leben, mit dem Segen der Kirche, und wie sie vielleicht sogar noch am Ende mit einem milden Tod beschenkt werden, und wenn ich dann sehe, wie gute, arme, ehrliche Leute ihr Leben lang vor dem Hungertod auf der Flucht sind, humpelnd vielleicht und auf Krücken, dann möchte ich beten: »Lieber Gott, ja was denn nun …?«

Eidig knüllte das Papier zusammen, warf es in den Ofen und wartete, bis es die Flammen verzehrt hatten.

Kapitel 33

HOFSTETTER HATTE DIE ZEIT SEINES LEBENS. Er war einer der wenigen Profiteure des Großbrandes. Er füllte – dank seiner enormen Schreibgeschwindigkeit – Seite um Seite der *Sun* mit Berichten über »The Hell Fire«, befragte die Helden und die Opfer, die, denen die Flammen alles genommen hatte, kochte den Zorn der Menschen auf, die sehr wohl bemerkt hatten, dass die Feuerwehr mit stumpfen Waffen kämpfen musste, deckte einen Skandal auf, als ein angesehenes Mitglied der höheren Gesellschaft nur Stunden vor dem Bankrott seines Brandversicherungsunternehmens die Konten abräumte und verschwand.

The Sun verkaufte nach dem Jahrhundertfeuer fast so viele Exemplare wie im Sommer zu Zeiten der Menschen-auf-dem-Mond-Schwindel-Artikelserie und sogar noch mehr als mit Hofstetters glut- und blutvollen Schilderungen der Ryan/de Breuyn-Story.

Als das große Feuer im Frühjahr 1836 aufhörte, die Auflagen hochfliegen zu lassen wie heiße Luft die Ascheflocken, besannen sich Hofstetter und der Herausgeber der *Sun* auf den seltsamen Deutschen, der New York vom Satan befreit hatte. Hofstetter plante ein exklusives Interview mit Lebensgeschichte. Arbeitstitel: Der Mann, der Dolchfinger Ryan erschoss. Und er fasste den Entschluss – wenn es denn der Stoff hergäbe – ein Buch zu schreiben. Alle großen und kleinen Journalisten wollen irgendwann ein Buch schreiben.

Hofstetter ließ sich vom Herausgeber der *Sun* eine Summe genehmigen, schwang sich in eine Kutsche neuester Bauart, die er sich dank diverser Extra-Honorare der letzten Wochen leisten konnte, und fuhr zu den Blackwell's Nose-Werften.

Was Hofstetter erfuhr, missfiel ihm. Eidig war fort.

»Nach Westen …«, sagte David.

Das war ungefähr so hilfreich wie der Hinweis, der letzte Regen sei von oben nach unten gefallen.

Cheyenne

Kapitel 1

ES WAREN DIE FALSCHEN SÄNGER. Nicht etwa, dass sie falsch sangen. Das nicht. Aber es waren nicht die, deren Lieder und Strophen sich Eidig eingeprägt hatten wie die Mutterstimme dem Kleinkind. Es waren nicht die Stimmen, die ihn zu seinen heimlichen Schießübungen im Klecker Wald begleitet hatten oder später bei seinen nicht minder heimlichen Pirschgängen in die Wälder der Lüneburger Heide.

Eidig vermisste die helle Flöte des Kleibers im Vorfrühling, das Meisengewisper im Mai, das Lachen des Schwarzspechts und seines grünen Vetters, ihm fehlten die musikalischen Miniaturen der Singdrossel, die Crescendi der Nachtigall, die Soli von Mönchsgrasmücke und Rohrsänger. All das und mehr.

Hier gab es andere Sänger, objektiv betrachtet keineswegs schlechtere als die europäischen. Aber Eidig erging es mit ihnen wie mit der englischen Sprache: Die richtigen Zuordnung von Lauten und Bezeichnung gelang nur langsam. Das hatte zur Folge, dass er sich in den Wäldern der Neuen Welt anfangs nicht so aufgehoben und willkommen fühlte wie in den Schwarzen Bergen bei Harburg, den Wäldern der Lüneburger Heide, den Elbuferwäldern des Drawehn und den Waldungen der Göhrde.

Aber das sollte sich ändern. Und sofern es sich nicht von selbst ändern würde, wollte Eidig alles daran setzen, es eigenhändig zu ändern.

Ein schmächtiger Mann half ihm ein wenig dabei, mit der amerikanischen Vogelfauna vertraut zu werden, einer mit einem spanischen Lippenbärtchen, das so sauber ausrasiert war, als gälte es einem Hofmaler in Madrid Modell zu sitzen. Die Erscheinung, die Eidig seit Beginn der Reise von New York aus westwärts in einer

Abbot&Downing-Kutsche – einem wahren Wunderwerk an Leichtgängigkeit – neben sich hatte, legte den Skizzenblock auch während der Fahrt kaum aus der Hand. Am liebsten skizzierte und zeichnete sie Vögel.

Eidig und die feingliedrige Erscheinung an seiner Seite hatten sich die Technik des großen Audubon zu eigen gemacht. Eidig schoss Vögel mit feinem Schrot – aus einer zierlichen Flinte, die er in New York erstanden hatte. Das Gewehr erinnerte ihn ein wenig an die »Damenflinte«, mit deren Handhabung er als Kind seine ballistische Laufbahn begonnen hatte. Und der lippenbärtige Mensch erweckte die Bälge auf Papier zum Leben – mit Blei-, Kohle- oder Rötelstift.

»Meinst du nicht, Geliebter meiniger, ich kann wenigstens hier draußen diese peinliche Klebrigkeit aus dem Gesicht nehmen …? Weit und breit kein Mensch zu sehen …?« Silvia Grünstern packte mit der Linken ihr Klebebärtchen und machte mit der Rechten eine große Überstreichbewegung über die augenscheinlich menschenleere Weite. Eidig grinste, zog die Zügel straff, die stämmigen Zugpferde hielten die Kutsche, ohne dass er die Handbremse betätigen musste. Er bemühte sich um einen strengen Ton mit ironischer Grundierung: »Mister Stellario! Ich dachte, wir sind mit dem Thema durch? Du willst nicht als Ehefrau Eidigs mitreisen. Na gut. Und du willst dich nicht von Säufern, Raubeinen und sonst noch wem bedrängen lassen. Auch gut. Du willst auch kein Gefrage, wie denn ein lediges Weib malend durch die Wildnis ziehen kann. Verstanden! Was also bleibt? Maskerade und Mummenschanz!«

»Aber hier ist weit und breit keine Menschenseele zu seh…«

»Wirklich nicht?« Eidig deutete mit der Peitschenspitze auf eine entfernte Hügelkuppe, über der sich Rauch kräuselte: »Irgendwer macht dort ein Feuer.«

Silvia ließ das dünne Lippenbartende los und fluchte. In Eidigs Nähe fluchte sie in jiddisch gefärbtem Hochdeutsch. Eidig schüttelte den Kopf und sagte im Ton ironisch-theatralischer Besorgnis:

»Miss Gruenstern, Sie müssen – besonders beim Fluchen – tiefer intonieren, männlicher, sonst nimmt ihnen den Kerl keiner ab!« Silvia kicherte. In ihrer Normalstimmlage. Dann sang sie, so tief sie konnte:

»Ein Bocher wollte freien gerne,
saß traurig lang uff einem Stein:
Die scheenen Frau'n sind ach so ferne.
Kommt Brieder, fangt mir eine ein.«

Eidig hatte ihrer Stimmübung kaum Aufmerksamkeit geschenkt, denn da war etwas, das eigentlich unbemerkbar war, das er aber gleichwohl bemerkte: Die dünne Rauchsäule über dem Hügel war abrupt verschwunden. Nicht dass sie verschwand, war auffällig, sondern die Plötzlichkeit, mit der das geschah. So wie Lagerfeuer-Rauch nur dann verschwindet, wenn einer das Feuer austritt und die Glut unter Sand erstickt.

Eidig parierte die beiden Zugpferde durch, griff seine Büchse, bedeutete Silvia, sich nicht vom Kutscherbock fortzubewegen, glitt zu Boden, ging auf den Punkt zu, an dem der Weg den Fuß des Hügels berührte. Silvia rief, nun wiederum mit hoch angesetzter Frauen-Altstimme: »Was ist los, Hans …? »Das wird sich zeigen!«, grummelte Eidig, fiel in seinen Dauerlauf-Trab, der ihn kreuz und quer durch norddeutsche Heide und Marsch getragen hatte, und ließ die beiden Schlaghähne seiner Büchse knackend einrasten.

Eidig hatte sich der Stelle auf zwanzig Schritt genähert, an der der breit ausgefahrene Weg den Waldsaum des Hügels berührte, als jemand hinter dem Stamm einer Weihrauch-Kiefer hervortrat.

Eidig taxierte den Mann auf gut einen Meter achtzig – ohne den altenglischen Bowler-Hut. Und er sah, dass die rechte Hand, die ein langläufiges Gewehr hielt, behaart war, fast wie die Pranke eines Bären.

Vor allem aber sah er, dass sich die Mündung des Schießprügels zentimeterweise hob, während der Hüne ihm Worte und Satzfetzen zuwarf, die er nicht verstand.

Als der Stutzen annähernd die Waagerechte erreicht hatte und fast auf Eidigs Leibesmitte zielte, schoss er. Dem Bowler-Hut-Träger peitschte es die Kopfbedeckung vom Schädel und etwas – vermutlich so etwas wie schlagende Panik – fegte ihn von den Beinen. Der Mann gurgelte, versuchte auf dem Rücken liegend das Gewehr und den Hut zu greifen, und weil er beides gleichzeitig versuchte, misslang beides; er raffte sich auf, stolperte erneut, weil er sich mit einem Bein im Gurt seines Büchse verfangen hatte. Dann tauchte er wie ein brechendes Wildschwein ins Unterholz ab. Eidig hob das liegen gebliebene Gewehr auf, ein Perkussionsgewehr, wie es die US-Kavallerie benutzte, feuerte aus beiden Läufen in die Baumkronen. Ein Ast schlug zu Boden. Fernes Wutgeheul eines Davonlaufenden. Dann war es still.

Eidig blickte noch eine kleine Weile in die Richtung, in die der Bowlerträger verschwunden war; aber es gab kein Anzeichen, dass der Wegelagerer einen zweiten Versuch unternehmen würde.

Schließlich fragte Eidig Silvia: »Was heißt Wegelagerer auf Englisch?«

»Highwayman … Was meinst du, ob es davon viele gibt im Westen?«

»Schwer zu sagen, dies war nach anderthalb Monaten Highway der erste, der mehr gemacht hat als nur am Wege zu lagern. Wäre mir recht, wenn es bei dem einen bliebe.«

Eine Weile schwiegen sie, dann fragte Eidig: »Was hat er gesagt?«

Silvia überlegte einen Moment: »Hab' ich nicht richtig verstanden, das war mehr gekaut als gesprochen. Ich glaube er meinte, dass wir ihm die Kutsche überlassen sollen, dann kämen wir beide mit dem Leben davon.«

Ein Vogel zirkelte über der Kutsche. Größer als ein Mäusebussard, dunkel, elegant. Der Lärm schien ihn nicht erreicht zu haben. Eidig erinnerte sich, dass David Gruenstern diesen Vogel Truthahn-Geier genannt hatte. Er schaute ihm nach, wie er mit Leichtigkeit an Höhe gewann, ohne jeden Flügelschlag.

Und während Eidig noch das erbeutete Gewehr in der Hand

wog und den Kreisen des Vogels mit den Augen folgte, hörte er Silvias Stimme: »Kannst du einen Moment so stehen bleiben, ich würde dich gern zeichnen!«

Kapitel 2

SIE WAREN EINE GUTE HALBE STUNDE im mittleren Reisetempo weitergefahren. Eidig hatte Silvia die Zügel überlassen und das erbeutete Armeegewehr eingehend untersucht; es war keineswegs neuwertig, aber in gutem Zustand. An einer lang gezogenen Anhöhe verlangsamten die Pferde ihren Zug. Silvia zog die Zügel straff und brachte die Kutsche zum Stehen, so als brauche ihre Frage Ruhe: »Er hätte geschossen, wenn du ihm nicht …«

»… den Hut abgesetzt hätte. Es ist unhöflich, wenn man nicht grüßt und nicht den Hut zieht.«

»Du hast kaum gezielt.«

»Ich habe mir das Zielen abgewöhnt. Seitdem treffe ich.«

Silvia wollte widersprechen: Sie glaube nicht, dass man ohne zu zielen treffen kann, schluckte den Einwand aber hinunter. Was sie gesehen hatte, stand ja keineswegs im Widerspruch zu dem, was Eidig gesagt hatte. Er hatte geschossen und getroffen, ohne dass so etwas wie Zielen zu erkennen gewesen war.

Sie fuhren lange schweigend. Nur einmal unterbrachen sie: Silvia skizzierte einen alleinstehenden Baum, den ein Blitzschlag gespalten hatte. Aus der Spalte, die fast zum Boden reichte, quoll ein rot blühender Busch hervor. Aus der Ferne sah es aus, als blute der Baum aus einer großen Wunde. Sie ließ den Bleistift über den Skizzenblock fliegen und Eidig stellte eine Frage, die ihm schon eine Weile auf der Zunge lag: »Wenn du langsamer zeichnest, wird es dann genauso gut?«

»Skizzieren muss ich schnell, zeichnen nicht unbedingt.«

Nach einer Wegstrecke durch sanft ansteigendes Gelände hielt Eidig an, um die Pferde aus einer Felstasche trinken zu lassen, in der sich Wasser gesammelt hatte. Silvia schaute ihnen zu … die

Tiere mussten sehr durstig sein und tranken doch ruhig, beinahe meditativ. Sie machten es richtig; Silvia wusste, dass Pferde in krampfiges Würgen verfallen, wenn sie sich verschlucken. Und sie ärgerte sich, weil sie die letzte Viertelstunde an einer Frage gewürgt hatte; sie zu stellen fiel ihr deshalb so schwer, weil sie nur allzu leicht nach Bewunderung klingen konnte.

»Ich verstehe nicht, wie man so … so schießen kann.«

»Zeig mir die Skizze noch mal!«

»Den gespaltenen Baum?«

»Nein, die Skizze davor.«

Die Skizze zeigte ohne Zweifel ihn. Eine Rückenansicht, und doch: präzise er. Leicht geduckt und dabei zur Hälfte einen Schattenriss abdeckend, den eines fliehenden Mannes. Ohne Bowler. Der Bowler lag, erkennbar durchschossen, im Bildvordergrund. »Und ich verstehe nicht, wie man so … zeichnen und treffen kann … so schnell«, sagte Eidig.

»Ich habe mit dem Zeichnen angefangen, als ich vier Jahre alt war.«

»Eben!«, sagte Eidig und klopfte dabei auf die Büchse, die er jetzt sicherheitshalber über die Oberschenkel gelegt hatte: »Genau wie ich. Mit vier oder fünf Jahren!«

Nach weiteren drei, vier Meilen blähte Eidig die Nasenflügel, wie es ihm eines der Zugpferde vorgemacht hatte. »Riechst du das auch, Signore Stellario?«

»Nein.«

»Wasser. Das muss der große Strom sein. So riecht meine Elbe an manchen Tagen.«

Kapitel 3

IM SEPTEMBER GAB ES TAGE, an denen die Elbe den Herbst verfrachtete, ihn aus dem Erzgebirge viele hundert Kilometer nach Norden trug und bei Geesthacht und Lauenburg ablud.

Da lag er dann am Ufer, nass und etwas müde, und wusste nicht, ob er sich noch den kurzen Wasserweg über Hamburg bis zur Nordsee nehmen lassen sollte, um vielleicht von dort mit den Knutts, Austernfischern und Rotschenkeln weiterzureisen, ober ob er sich doch lieber landeinwärts auf die Heide begeben sollte, die gerade ihre lila Prachtrobe abgelegt hatte und wieder den rostroten Alltagsmantel trug.

Eidig hatte dem unschlüssigen Herbst oft zugeschaut, wenn er sich spielerisch noch etwas wie ein Sommer aufführte, aber schon heimlich mit den Nachtfrösten klirrte. Die Rothische in den Elbauen hatten ihn kommen gehört, den Herbst, und begrüßten ihn röhrend. Herbstgesänge.

Eidig liebte die Heidsommerglut, aber auch den Herbst, und eigentlich waren Frühling, Sommer und Herbst nur deshalb so wunderbar, weil es Winter gab … Schneewinter, aber auch das Schmuddelwetter im November und im März.

Schiere Magie aber waren die frühen Herbsttage Ende September – besonders die an der Elbe. Die Tage, an denen der Nebel mit dem Fluss angereist kam, sich gegen Mittag aus dem Wasser erhob und mit den Wolken über Land zog.

Silvia hatte so lange an ihren Klebe-Lippenbärtchen herumgezwirbelt, bis es erst ausdünnte und dann abfiel.

»Ich sehe, dass die Manneszier auch eine Bürde sein kann«, sagte Eidig grinsend und wühlte in seinem roten Bart.

Silvia fluchte – und wie immer, wenn sie fluchte und dabei nicht wörtlich verstanden werden wollte, fluchte sie jiddisch. Kraniche zogen ein großes, unregelmäßiges V über das Firmament. Eidig zügelte die Pferde und schaute aufwärts.

»Göttervögel«, sagte Silvia und fügte hinzu: »Viel zu hoch, als dass du mir einen zum Skizzieren ‘runterschießen kannst …«

»Auf Götter und Göttervögel schießt man nicht«, sagte Eidig und setzte die Pferde wieder in Trab.

»Glaubst du an Gott, Hans?«

»Immer mal wieder. Aber ich bin mir nicht sicher, dass Gott an mich glaubt.«

»Warum glaubst du, dass er nicht an dich glaubt? Also: Einen halb fingerlangen Riss in der Lunge kann man eigentlich nicht überleben … ohne Gottes Hilfe.«

»Vielleicht hat es ja genügt, dass Gott nicht auf meinem Tod bestanden hat. Vielleicht war ja auch nur der Weg verstopft, der zur Weggabelung Richtung Himmel und Richtung Hölle führt. Oder die Engel und Teufel sind mit den Einreiseformalitäten nicht hinterhergekommen …«

»Wenn du gestorben wärst, hätte es dir passieren können, dass du von David und mir jüdisch beerdigt worden wärst.«

»Das hätte ich überlebt.«

»Hattest du nicht doch ein bisschen, als dieser Highwayman das Gewehr gegen dich gehoben hat?«

Eidig überlegte drei, vier Pferde-Trabschwünge lang, dann sagte er: »Auf mich ist oft geschossen worden. Wenn ich Angst gehabt hätte … also richtige Angst, so eine Angst, die einen ans Herz fasst und die Beine weich macht … dann wäre ich schon mindestens fünfmal tot. Und fünfmal tot … das überlebt keiner.«

»Du nimmst meine Frage nicht ernst.«

»Doch! Aber bei Fragen nach dem Tod kann ich nicht ernst bleiben … Da ist er!«

»Der Tod?«

»Der Strom.«

Die Kutsche hatte eine Kuppe genommen, und vor den beiden lag der Mississippi. Das gegenüberliegende Ufer war nur schwach als Farbverlauf von Graublau auf Graubraun zu erkennen. Jenseits einer Bucht, die zur Hälfte mit Röhricht zugewachsen war, sahen sie Rauch, der aus dem Wasser aufzusteigen schien.

»Dampfboote«, sagte Eidig, und für einen Moment musste er an eine der Freitagslektionen unter der Hittfelder Kirchenlinde denken. Wie hatte Pastor Mahlfeld noch gesagt: Die Zeit wird kommen, in der Dampf die Arbeit der Menschen tun wird … wohl auch die Arbeit des Windes. Und die der Treidel-Pferde, die Kähne gegen die Strömung ziehen.

»Fünfmal breiter als die Elbe«, sagte Silvia.

»Eher zehnmal. Man kann das Ufer drüben kaum sehen. Vielleicht mehr als zehnmal.«

Kapitel 4

WOHL AN DIE DREISSIG KINDER waren in weniger als fünf Minuten zusammengelaufen, alle ziemlich ungewaschen und alle neugierig. Und es hatte keine drei Stunden gedauerte, bis Silvio Stellario alias Silvia Grünstern zum ersten Mal bedauerte, sich dieses Lederband mit der Vier-Buchstaben-Aufschrift »mute« aufgenäht zu haben: stumm.

Eidig hatte darauf bestanden, nachdem schon der erste Stimmtest negativ ausgefallen war. Als sie die Außenbezirke von St. Louis erreicht hatten, war eine ältere Frau mit einem vorgeschnallten Tablett voll kleiner Röstfische an ihre Kutsche getreten und hatte die fingerlangen Bissen mit viel Singsang in der Stimme angepriesen.

Silvia hatte mit gepresster Stimme »Nein, danke!« gesagt: »Wir suchen erst mal nach einem guten Schluck Whiskey!« Die Frau hatte daraufhin die Straße abwärts gedeutet und gesagt: »Zweite Kreuzung links, *Richard's Place*. Der Whiskey dort ist nicht der beste, aber trinkbar, Ma'am.«

Beim Wort »Madam« war Silvia zusammengezuckt und hatte sich mit der Hand auf das Theaterbärtchen geschlagen, was Eidig in ein nur schlecht verschlucktes Gelächter getrieben hatte. Was die beiden vorher nur erwogen hatten – Silvia als stummen Maler Silvio durch den Mittleren Westen reisen zu lassen –, war plötzlich beschlossene Sache.

Die Kinder, die sich um sie versammelt hatte, konnten nicht oder noch nicht lesen. Einige in Lumpen gewickelte würden wohl auch nie lesen lernen. Wie auch immer … der Hinweis »stumm« auf der Weste des Malers hinderte keines der Kinder an ungestümer Fragerei: »… Mister, schenkst du mir das Bild? Kannst du auch große Schiffe malen? Kannst du auch mich malen … Ich habe zuhause eine Katze, die hole ich, dann kannst du sie malen.«

Silvia musste mit einer Hand die Staffelei festhalten, die sie hart an den Rand der Hafenkante gerückt hatte, dorthin, wo ein Lastkahn dreiviertel abgesoffen im Wasser lag und einigen Dutzend Kormoranen als Hausboot diente. Es war nicht daran zu denken, ihr Bild »Wrack mit Vögeln« zu beenden, Zigdutzend kleine, meist schmutzige Hände griffen nach dem Papier, ruckten am Dreibein, ahmten sie nach, wie sie gestisch versuchte, ihre Stummheit begreiflich zu machen.

Schließlich kam ein Mann in schwarzem Gehrock herzugeeilt, machte Zischgeräusche, so als gelte es Hühner zu verscheuchen und trat sogar einige Kinder mit der Stiefelspitze in die Flucht, als sie nicht von Silvias Seite weichen wollten.

»Sorry, Mister! Schreckliche Blagen das! Geborene Taugenichtse.« Er las den Ein-Wort-Hinweis auf ihrer Weste und fuhr fort: »Und Sie können noch nicht mal um Hilfe rufen … Herr Jesus, Barmherzigkeit! Grausame Welt! Ich bin ein Freund der Kunst. Wenn Sie wollen, halt ich Wache. Bis Sie … oh, wunderbares Bild das … bis Sie fertig sind. Rowling mein Name, Jeff Rowling, Lagerist … mir gehören die beiden grünen Schuppen da drüben.«

Silvia nickte. Dankbar war sie vor allem für die Anrede »Mister«. Einer spontanen Eingebung folgend reichte sie Rowling die dreiviertel fertige Skizze und machte dazu zwei, drei Krächzlaute, von der Art, wie sie sich die Versuche von Stummen vorstellte, sich bemerkbar zu machen. Rowling verneigte sich, hielt sich das Blatt vor die offenbar kurzsichtigen Augen und sagte: »Marvellous!«

Wunderbar war ihre erste Begegnung mit einem Bleistiftartisten gewesen. Der Zirkus war in der Stadt. Kurz vor der Vorstellung waren Menschen, bunt wie Papageien, durch die Straßen Altonas gezogen, führten Dromedare und Bären an Zügeln und Ketten, machten melodischen Lärm mit Trompeten und Trommeln, eine sehr schlanke Frau wirbelte per Überschlag rückwärts durch die Luft, ein Riese mit nur einem Auge stampfte röhrend einher und verbog ohne Unterlass Hufeisen, die ihm ein Liliputaner reichte, eine Kinderfrau verrenkte sich auf einem Pferd, das über und über mit bunten Tressen geschmückt war, und ein Mann mit Zylinder und glitzerndem Gehrock schrie in eine Blechtüte, wie sie beim Kommandorufen im Hamburger Hafen verwendet wurden: »Heute in einer Stunde Vorstellung am Place Napoléon. Kommen Sie, verpassen Sie nicht die größten Sensationen der Welt!«

Aber das kleine Mädchen aus wohlhabendem jüdischen Haus hatte wenig Interesse an Eisenbiegern, galoppierenden Pferden und prustenden Clowns. Da war etwas anderes, da war ein Mann, unscheinbar, klein, fast glatzköpfig, der durch das große Rund mit den Zuschauerbänken turnte und in aberwitziger Geschwindigkeit Portraits aufs Papier warf, witzige Bilder von Zirkusbesuchern. Als die Zuschauer am Ende der Vorstellung unter Trompetengeschmetter wieder ins Freie gespült wurden, stand er unter einer kopfhoch gespannten Leine, an die er all jene Witz-Portraits gehängt hatte, die er während der Vorstellung skizziert hatte. Einige waren koloriert, andere mit schwarzer und blauer Tinte konturiert.

Die Menschen lachten, staunten, applaudierten, und einige kauften. Silvias Vater kaufte ein Portrait, das sie, die Fünfjährige, mit übergroßen blitzenden Kinderaugen zeigte. Ein Wunder! Etwas Unbegreifliches. Weit mehr als altersschwache Löwen und tapsige Bären … Das eigene Gesicht.

Sie hatte gesehen, dass der kleine Mann nicht länger an einem Portrait gestrichelt hatte als ihre Köchin brauchte, um ein aufgeschlagenes Ei zu braten. Und doch waren alle Abgebildeten auf das Witzigste und Genaueste getroffen.

Und immer wieder, auch als ihre Kleinmädchenzeit schon ein paar Jahre hinter ihr lag, wurde ihr erzählt, wie sie daheim das Bild über ihrem Kinderbett bejubelt habe: »Das kann ich auch, wenn ich groß bin.«

Eidig war von seinem Erkundungsgang zurückgekehrt und fand Silvia in gestenreichem Austausch mit einem Mann in schwarzem Gehrock. Silvia nickte Eidig zu und dann dem Mann, der sich als Jeff Rowling vorgestellt hatte. »Ah, die Herrschaften gehören zusammen. Neu in der Stadt? Mein Name ist Rowling … aber alle nennen mich ›Jeff the Storeman'‹ Der Herr hier hat mir ein wunderbares Kunstwerk verehrt, fast wäre es von einer Kinderhorde zerrissen worden. Erlauben Sie, dass ich Sie auf einen Drink einlade? Da drüben, die beiden großen Schuppen gehören mir. Und in meinem Kontor gibt es … aber schauen Sie selbst. Tun Sie mir die Freude!«

Eidig schaute Silvia fragend an. Sie nickte. Jeff the Storeman legte daraufhin einen Arm vertraulich um die schmalen Schultern des Künstlers. Gefährlich, das! … fand Eidig. Aber Silvia ging fest, fast so eckig wie die Kerle, die durch die Straßen am Mississippi-Hafen stromerten, auf der Suche nach Arbeit oder dem Gegenteil.

Und es war gut, befand Eidig, dass sie gestern vor Erreichen der Stadtgrenze den zu dünnen spanischen Lippenbart fünffach verstärkt hatten – zwei Marderhaar-Pinsel waren dafür draufgegangen – und dass sie die Weste mit eingenähtem Moos so präpariert hatten, dass womöglich irritierende Wölbungen kaschiert wurden.

Kapitel 5

ES GAB ETWAS, DAS EIDIG nicht bedacht hatte, als sie beschlossen hatten, als Mister Silvio Stellario, von Geburt an stummer Sohn italienischer Einwanderer, und Mister Hans Eidig, kürzlich eingewanderter Deutscher, in den Westen zu gehen: Er musste – wie löchrig sein Englisch auch immer sein mochte – die Konversation allein bestreiten.

Er tat sein Bestes: »Wir wollen den Fluss rauf, erst Mississippi, dann Missouri. Viele Tiere jagen und zeichnen. Büffel! Ich bin guter Schütze … er … guter Künstler aus Italien.«

Der Raum, in den sie Jeff the Storeman gebeten hatte, glich mehr einem Saloon als einem Kontor. Die Wände waren überall da, wo nicht Regale mit Flaschen und Geschirr standen, von Fellen verhängt. Im Hintergrund türmten sich Stapel, an einigen lehnten Leitern. Eidig erkannte Büffelhäute, zu Lederteppichen freigeschabt und vernäht, und er sah pelzige Roben. Außerdem Biberfelle, Bärenpelze, braune und schwarze. Sogar das Fell eines Berglöwen schimmerte samtig im Licht der Petroleumlampen.

Ein fast lebensgroßes Bild hinter der aus Teilen einer Spundwand zusammengefügten Theke erregte Eidigs Aufmerksamkeit, das Bild eines Mannes in Trapperkleidung, der einen Hut schwenkt und dabei von seinen drei Hunden umringt wird, so als gelte ihnen der Gruß.

Jeff stellte ihn vor: »Davy Crockett. Ist Anfang des Jahres von Mexikos Präsident und General Antonio Lopez de Santa Anna ermordet worden. Unten in Texas. Aber wir haben trotzdem gewonnen. Mit Texas legt man sich nicht an … Crockett ist unser Held!«

Ob nicht Washington der Held sei, wollte Eidig wissen, in New

York sei es ihm so vorgekommen. »Ja und nein«, sagte Jeff, dies sei ein großes Land und es sei Platz für viele Helden. Aber was den Tod anbelangt, da hätte Crockett gewisse Vorteile. »Ol' George« sei schließlich in Virginia an Altersschwäche gestorben, kein Heldentod wie Crockett in Alamo. Und zu einem wahren Helden gehöre nun mal der Heldentod wie Pulver zur Kugel.

Als sich Eidig für die Felle zu interessieren begann, sich dieses und jenes erklären und bewerten ließ, begann Jeff eine vielminütige Darlegung, von der Eidig nur soviel verstand, dass die Rowling'schen Lagerhäuser zu bestimmten Jahreszeiten bis unters Dach voller Felle seien, die hier für den Transport – den Mississippi abwärts bis New Orleans – gesammelt, verschnürt und verpackt wurden.

Eidig musste an sich halten, um den Mann nicht zu umarmen: Was seine dreistündige Suche in der Stadt nicht erbracht hatte, präsentierten ihm hier Glück und Zufall: die erste Spur der Büffel.

Er trank seinen vierten Whiskey – der italienischstämmige Künstler nippte stumm an seinem ersten – und spürte eine leichte Weichheit in den Knien.

Jeff hatte Essen kommen lassen: Rabbit – Mountain Men Style. Kaninchen – die Eidig daheim nicht wegen des Geschmacks geschossen hatte, sondern meist nur deshalb, weil sie im vollen Lauf als untreffbar galten, und »nicht treffbare Objekte« hatten ihn schon immer gereizt – Kaninchen schmeckten hier anders. Ungleich besser, wie er lobend anmerkte.

Jeff nahm, nach kurzen Ausführungen über Wildfleisch-Qualitäten und einer kurzer Abschweifung Richtung Fischreichtum des Mississippi, das Thema Helden wieder auf und pries – vielleicht um dem deutschen Gast eine Nettigkeit zu erweisen – General Steuben: »Ich schwör's: Ohne diesen deutschen »Master of War« wären die USA nie und nimmer die USA geworden. Washington war Ende der Siebziger ganz gefährlich auf der Verliererstraße. Die englischen Rotröcke hatten schon ein großmeisterliches Musikwerk für ihre Siegesfeiern in London in Auftrag gegeben. Ha ha …

nix da! Dank General Steuben haben wir den Krieg gewonnen. Steuben, der Held von Monmouth, 1778. Was für ein Jahr! Mein Großvater war dabei, ganz vorne dran!«

Eidig nahm das kopfnickend zur Kenntnis und bemühte sich, das Gespräch wieder auf Felle und ihre Träger zu lenken. Er zog einen zerknitterten Zettel aus der Brusttasche auf dem noch immer *Rocky Mountain Fur Company* zu lesen war. Jeff las, liftete die Augenbrauen und lobte: »Great! Beste Adresse in der Stadt! Hier in St. Louis ist Pegleg der Mann der Company. Der kennt die besten Truppführer und weiß von allen fünfzig Millionen Büffeln zwischen Rockies und Appalachen auf den Tag und auf die Meile genau, wo sie gerade grasen. Kleines Problem: Der saufende Hurenbock hat keinen festen Wohnsitz ...«

Silvia stocherte derweil missmutig in ihrem halben Rabbit. Eidig bemerkte per Seitenblick, dass sie mit ihrem selbst auferlegten Schicksal der Stummheit haderte. Nach einem Dessert, einer Art Früchtemus auf Mürbeteig, bestand Jeff the Storeman darauf, seinen Zufallsgästen das »Allerheiligste« zu zeigen.

Er öffnete eine geheime Tür, die, unter einem riesigen Bärenfell versteckt, in die Wand eingelassen war, und bat den Zeichner und den Jäger einzutreten. Es war sehr hell, obwohl kein Fenster den Blick hinaus auf den Hafen. Doch die Decke war fast zur Gänze verglast, so dass der Raum – etwa sieben Meter im Quadrat – von Licht überflutet war. An den Wänden hingen Öl-Bilder, dicht an dicht, so dass sich die Rahmen berührten. An einigen Stellen waren sie aus Platznot überlappend gehängt, was zu bizarren Ausstülpungen in den Raum hinein führte.

Wäre Jeff the Storeman nicht erneut und wie immer überwältigt gewesen von der Wirkung seines Schatzes, hätte er die Irritation von Zeichner und Jäger bemerken müssen. So aber begann er, ohne den Blick auf seine Gäste zu richten, mit einer Art Vortrag: »Dieses mein Land ist groß, ist weit, ist unendlich. Aber unsere Wurzeln stecken erst wenige Jahrzehnte lang in dieser Erde. Was wir brauchen, ist etwas von der Kultur Europas. Ich kann nicht die Säulen

Griechenlands zu uns herüberholen und auch nicht die Pyramiden vom Nil-Strom. Aber ich habe die feinsten Malereien erworben.

Alle zwei Jahre bietet in Boston ... im fernen Boston, wo meine liebe Schwester lebt ... *Prince and Sons* das Beste, was Europas Künstler geschaffen haben, zum Verkauf an. Und ich kaufe jeweils etwas ... und immer nur das Beste vom Besten.«

Silvia fielen handschriftliche Papieranhänger mit Zahlen auf, die an den meisten der Rahmen hingen. Preisschilder, ohne Frage. Und ihr fiel auf, dass ein Großteil der Bilder – Landschaften, Stillleben, Porträts – fraglos unter demselben Pinsel entstanden sein mussten. Die Signets allerdings unterschieden sich: zwar immer der gleiche Pinselschwung, aber unterschiedliche Namen und Jahreszahlen. Die älteste Jahreszahl, neben einen Phantasie-Namen gequetscht, war 1502. Die Jahreszahl befand sich unter dem Bildnis einer Dame, die eine geflochtene Haube trug, wie sie um 1800 von Paris aus die Häupter hochgestellter Damen eroberten.

»Die Ältesten sind die Wertvollsten«, flüsterte Jeff. Wäre Silvio nicht stumm gewesen, hätte Silvia einen Kommentar nicht unterdrücken können: »Mein Herr, Sie sind einem Betrüger aufgesessen. Da hat einer alte europäische Meister kopiert – auch noch schlecht – und hat sie dann als importierte Originale an Gutgläubige wie Sie verkauft. Für Preise, die in Hamburg oder Kopenhagen kaum für Originale gezahlt werden.« Aber natürlich schwieg sie.

Eidigs Aufmerksamkeit hatte ein Bild auf sich gezogen, das nicht nur signiert und datiert war, sondern auch knapp oberhalb des unteren Bildrandes einen Schriftzug trug: gepinselt auf eine Pergamentrolle, die links von einem Kiebitz und rechts von einer Bekassine gehalten wurde. Deutsche Vögel, deutsche Aufschrift:

»Die Göttin der Jagd besucht huldvoll die Jagdgesellschaft
*von Fürst Leopold von der Lippe * Anno 1799«*

Jeff nutzte die Gelegenheit: »Sie verzeihen meine Neugier! Was da steht, ist Deutsch ... oder? Sagen Sie mir doch bitte, was es heißt!«

Eidig versuchte sich an einer Übersetzung, fand aber nicht die passenden Worte in englischer Sprache, ließ sich von Silvio schriftlich aushelfen: »The Goddess of the hunt pays a visit to a hunting party of Duke Leopold in 1799.« Jeff strahlte. Nahm die von Silvia hingekritzelte Zeile und befestigte sie am Band des Preisschildes, das an dem Werk hing.

Das Bild zeigte eine Hofjagd. Durch ein Labyrinth von gespannten Seilen, in die Lappen und Fahnen geknotet waren, wurden Hirsche, Sauen, Rehe und allerhand Kleingetier gehetzt, von Männern zu Pferde und rennenden, bäurischen Gestalten. Einer schwang eine Forke, ein anderer einen Dreschflegel. Die vordersten Tiere, zwei Hirsche mit überbordendem Geweihschmuck, hatten schon fast eine mit Fahnen behängte Empore erreicht, von der herab prächtig herausgeputzte Kerle aus Steinschloss-Gewehren feuerten. Lediglich eine weibliche Gestalt, die antik gewandet und noch um eine Körperlänge erhoben über den adeligen Jägern stand, schoss mit Pfeil und Bogen.

Eidig schüttelte sich innerlich. Es gab diese Jagden. Immer noch. Ritualisierte Schlachtfeste für Fürsten, Adelige, Potentaten, hohe Geistliche, die allesamt erbärmlich schlecht schossen. Für ihr Pläsier mussten die Wälder prall voll mit Wild sein. Wild, das die Bauern, denen es die Felder kahl fraß, nicht selbst erlegen durften. Und die, die es trotzdem taten … die Dahlmanns, die Völsch-Brüder vom Seevetal und die Eidigs … verschwanden in Gefängnissen … oder über den Atlantik. Jeff der Kunstfreund, der gern Erklärungen gehört hätte, die zur Wucht seines Bildes passten, musste sich mit einem Satz zufrieden geben, den er nicht verstand: »Ich bin vor diesen Jägern geflohen. Ich bin nämlich der Hirsch, vorn im Bild.«

Kapitel 6

IM CENTRAL STORE, ZIEMLICH GENAU im Zentrum von St. Louis, wartete schon seit gut zwei Wochen ein Brief von David Gruenstern auf »S. Stellario / general delivery«.

Sie zögerte einen halben Tag, eh sie ihn öffnete. Wie wenn etwas Schreckliches passiert wäre? Erneuter Brand. Anschlag auf den Bruder, auf Lydia, auf Davids Söhne … Und als sie schließlich doch das Schreiben aus dem Kuvert gezogen hatte, las sie hastig mit flatternden Lidern:

New York, 6. Mai 1836

Liebe Schwester,

mein Brief wird vor Euch in St. Louis eintreffen. Ich hoffe und wünsche mir, daß Ihr beide unbeschadet den weiten Weg hinter Euch gebracht habt. Hier liest man immer: Mit jeder Meile weiter nach Westen verdoppele sich die Zahl der Wegelagerer. (Das kann ja wohl nicht ganz stimmen …)

Lydia und den Zwillingen geht es gut. Mir auch. Flaschenzug-Hardey jammert jedesmal, wenn er mir unter die Augen kommt, daß ihm die wunderbare deutsche ordnende Hand fehlt und daß ihm das ganze Papierzeugs um die Ohren fliegt.

Wir hatten mit Racheakten der Thieves gerechnet, es hatte sich ja 'rumgesprochen, daß der Deutsche, der Dolchfinger Ryan getötet hat, bei uns wohnte. Aber bisher ist, Thank God!, nichts dergleichen geschehen. Digger hat sich viele Stifte gewünscht und gesagt, wenn er groß ist, wird er genauso schöne und viele Bilder malen wie Aunty Silvia. Aber nicht so viele Tiere, sondern mehr Schiffe. Unserem Mitbruder David Ruggles ist es gelungen, 21 geflohene Sklaven aus Louisiana nach New York zu bringen. Unser Job ist es nun, sie so un-

terzubringen, daß sie nicht gleich wieder von den Pro Slavery Hunden verbellt, gejagt und wieder zurückverfrachtet werden. So was ist schon mehr als einmal passiert.

Wie lebt es sich, Schwester, als »Mister« Stellario? Lydia und ich haben uns noch, als Ihr schon lange unterwegs wart, die Köpfe darüber heißgeredet, ob Du nicht doch besser als Mrs. Eidig mitgereist wärst – sozusagen als malende und zeichnende Ehefrau. Aber was soll's, Du hast Dich entschieden. Nur eines mußt Du wissen: Vorsicht beim Pinkeln. Du weißt, daß es mich eine Hand gekostet hat, als ich mal beim Pinkeln unvorsichtig war.

Hofstetter war noch zweimal hier bei uns draußen am East River, dieser Journalist. Komischer Kerl. Er wollte alles über Eidig wissen. Auch die alten Geschichten aus Deutschland. Plant wohl immer noch die ganz große Story. Ich habe ihm – nur um ihn loszuwerden – ein paar von den Geschichten erzählt, die Hans an unseren Kaminabenden erzählt hat.

Von de Breuyn keine Spur! Es gibt Gerüchte, daß er nach Europa geflüchtet ist. Und eine Handvoll Abgeordneter mußte Rede und Antwort stehen, weil ihre guten Kontakte zu de Breuyn stadtbekannt sind. Einem konnte man direkte Beteiligung an Sklavengeschäften nachweisen. Es gab Anklage, aber nur Anklage … kein Urteil.

Eine Werft aus Liverpool hat mir viel Geld angeboten, wenn ich ihnen die Konstruktionsunterlagen für meine Ruderanlagen überlasse. Lydia drängt mich einzuschlagen, damit ich weniger arbeiten muß und mich mehr um die Söhne kümmern kann. Sie sagt: Du baust Ruderanlagen und Little Tom läuft uns aus dem Ruder. (In der Tat, er ist sehr ungezogen, hat neulich in einer Nachbarwerft eigenhändig die Spanten eines halbfertigen Lastenseglers angebohrt.) Wie gerne hätte ich deinen Ratschlag, Schwester!

Erinnerst Du Dich an die Geschichte, die man uns als Kindern erzählt hat, die Geschichte, daß der Mond Ohren und Mund hat? Mit dem Ohr hört er alle gerechten Wünsche der Menschen, und mit dem Mund sagt er die Antworten weiter, in die Träume guter Menschen hinein.

Also, beim nächsten Vollmond, das ist übermorgen, werde ich mal hinhören, was Du mir in der Liverpool-Sache rätst.

Wie ich Dich kenne, hast Du schon ein paar hundert Skizzen gemacht … hast Du?

Umarmung, Bruder

P.S. Lass den Wildschütz nicht zu weit von der Leine und pass auf, daß er nicht in irgend so einer Tingeltangel-Schießtruppe landet, wo sie zu Musik und zu Besäufnissen schießen.

Ach so: In Downtown New York tritt seit gut einem Monat ein gewisser Willy Sloan auf, ein Freigelassener aus Ohio. Er singt und fiedelt. Ich hab' es noch nicht gehört, aber man sagte mir, sein Erfolgslied heißt »The Man who shot the King of Thieves«.

Kapitel 7

EIDIG HATTE FAST ALLE STRASSEN VON ST. LOUIS abgelaufen, in jeder Kaschemme und jeder Bar gefragt, hatte sich von einem Hund mit verklebtem gelben Fell in die Wade beißen lassen, hatte den Faustschlag eines betrunkenen Indianers – der erste Indianer, den er traf, war betrunken – pariert und erwidert, wusste inzwischen, wo der Whiskey teuer und schlecht, wo gut und teuer und wo preiswert und gut ist, hatte unter mindestens zehn Schattenbäumen die Mittagshitze verschlafen … und war kurz davor aufzugeben: Fast jeder, den er fragte, kannte Thomas Long Smith, die meisten unter seinem Spitznamen Pegleg. Aber die Antworten auf Eidigs Fragen waren immer in etwa gleich: Pegleg komme und gehe, es sei mal hier, mal dort, immer mal wieder in St. Louis … und ja, er sei der Beste unter all den Mountain Men, die hier im Pelzgeschäft unterwegs waren. Aber nein, wo er jetzt sei, ließe sich nicht sagen …

Am vierten Tag seiner Suche bekam Eidig einen Tipp, der ihm erfolgversprechend schien. Pegleg würde immer, sobald er St. Louis betrat, auf dem kürzesten Weg in die Muddy Creek Lane gehen, eine Straße, die Männer nur in ganz bestimmter Absicht aufsuchten. Dort gebe es ein Haus, so rot wie das Gefieder des Rotkardinals, in dem eine gewisse Rose del Monte ein Arbeitszimmer habe. Eidig fragte sich durch und bemerkte sehr wohl, dass die Kommentare, die den Wegbeschreibungen angehängt wurden, amüsiert klangen.

Das rote Haus stach aus einer Reihe baugleicher hervor, die – das zumindest ließen die Kranbalken unter den Dächern ahnen – einmal Lagerschuppen gewesen sein mussten.

Rose und etliche Kolleginnen hatten Freischicht. Sie wippte auf der Veranda des Roten Hauses in einem mit Kissen gepolsterten

Schaukelstuhl, als Eidig ihren Namen rief. »Hier, Cowboy! Aber vor meiner Siesta geht nix. Verreib es dir und komm in zwei Stunden wieder.« Eidig fixierte einen sehnigen, ziemlich langen Neger, der scheinbar unbeteiligt und schläfrig zwischen den Frauen – alle in Siesta-Schaukelstühlen – hockte und an einem Stock herumschnitzte. Und Eidig bemerkte auch, dass der Mann ungerichtet, fast unbeholfen schnitzte: Also ging es nur darum, ein Messer griffbereit in der Hand zu haben …

Eidig kramte nach Worten und spielte zugleich mit Dollarscheinen. Rose richtete sich im Schaukelstuhl ein wenig auf und unterbrach Eidigs noch immer ziemlich holpriges Englisch; sie rief in Richtung der Kolleginnen, die ebenfalls Freiwache hatten:

»Gertrud! Ein Deutscher. Den überlass ich dir.« Eine Frau, die Eidig zu dick und zu alt für ihren Beruf erschien, stemmte sich aus ihrem Schaukelstuhl, baute sich vor ihm auf, starrte ihm ins Gesicht und sagte in kratzigem Deutsch: »Du kennst die Regeln und du kennst die Preise? Jetzt gleich? Oder später?«

Eidig räusperte sich; nach zwei, drei Anläufen gelang es ihm – in einem Gemisch aus Deutsch und Englisch – darzulegen, dass er gerne benachrichtigt würde, wenn ein gewisser Pegleg hier auftauchte. »Ich wohne im *Steamboat Hotel.* Hans Eidig mein Name.«

Zu Eidigs Überraschung schnellte Rose jetzt aus ihrem Liegestuhl empor – die Siesta war damit unterbrochen –, ließ Eidigs fünf Dollar dort verschwinden, wo ihr Busen heftig gegen eine Haltevorrichtung drängte, wie sie Eidig von dieser Art noch nicht gesehen hatte. Sie sagte mit fast angenehmer Stimme: »Der Deal gilt, Deutscher. Aber wenn da ein übler Trick dabei ist, schießt Pegleg dich über den Haufen.«

»Dat glöv ick nich'«, sagte Eidig – vorsichtshalber auf Plattdeutsch –, bedankte sich, ließ eine Adresskarte des *Steamboat Hotels* zurück und die Muddy Creek Lane hinter sich.

Was er über Pegleg bisher erfahren hatte, war nicht viel, aber genug, um ihn als Wegweiser und Einstiegshelfer akzeptabel erscheinen zu lassen. Pegleg – also Holzbein – war einer der bekannteren, einige sagten: einer der berüchtigtsten – unter den Mountain Men. Wilde Kerle allesamt, die als Jäger, Fallensteller, Händler und Büffeljäger den Fellhandel entlang des Missouri bis hinauf zu den Großen Seen betrieben. Von Pegleg hieß es, dass er außerhalb der Fellsaison als Pferdedieb sein Geld verdiente und dass er auf der Flucht vor bestohlenen Pferdezüchtern mit vereiternder Schusswunde im linken Unterschenkel so lange geritten sei, bis der zur Hälfte abgesägt werden musste. Seither steckte ein Holzstumpf in seinem linken, extra-hochschaftigen Stiefel, den er nie auszog. Es hieß ferner, man könne den Verlust nicht sehen, aber riechen.

Kapitel 8

SILVIO STELLARIO HATTE SEINEN ERSTEN AUFTRAG. Jeff the Storeman erschien in einem maßgeschneiderten Anzug mit breiten Ledertressen und einem texanischen Hut im *Steamboat Hotel*, um für ein »repräsentatives Portrait« Modell zu sitzen. Der stumme Künstler hatte einige Mühe gehabt, in St. Louis Tempera, geeignete Pinsel und gute Leinwand aufzutreiben. Aber schließlich war es gelungen.

Jeff wollte sich mit »siegessicherem Blick in die Zukunft« verewigt sehen, war sich aber nicht sicher, wie er seinem Gesicht einen entsprechende Ausdruck auferlegen könnte, und schon gar nicht, wie dieser Ausdruck für die Dauer der künstlerischen Arbeit aufrecht zu halten wäre. In jedem Fall aber sollten im Hintergrund Büffel, Dickhornschafe und wenn möglich Biber zu sehen sein. Falls nicht für alle drei Arten Platz sei, würde er am ehesten auf die Dickhornschafe verzichten. Als Jeff bemerkte, wie leicht und treffend ein frontal anstürmender Büffel aus Silvios Hand auf den Skizzenblock drängte, erhöhte er die Zahl seiner Wünsche noch um einen Berglöwen.

Jeff sprach girlandenreich. Dass der Künstler nur zuhörte, ab und an nickte, verlangsamte seinen Redefluss keineswegs. Er flocht französische Passagen in seine Rede – in New Orleans, verkündete er, habe er diese wunderbare Sprache ein wenig erlernt –, machte ausufernde verbale Ausflüge in die Küchen des Südens, sprach beiläufig vom Pelzhandel, ließ durchblicken, dass er zu den gut betuchten Bürgern der Stadt gehöre und sein Haus, außerhalb dieser staubigen Stadt mit überragendem Blick auf den Fluss der Flüsse, immer Zimmer mit frisch bezogenen Gästebetten habe. Und wann immer sein Wortschwall an etwas stieß, das er bekräftigen wollte, legte Jeff eine Hand auf das Knie des stummen, schönen jungen Künstlers. Es war Eidig, der die Gefahr bemerkte und der für die Dauer der Sitzungen keine Zweisamkeit von Künstler und Modell mehr zuließ.

Nach dem vierten Sitzungstag glänzte ein etwas verjüngter Jeff the Storeman im lackierten Hickory-Rahmen von der Leinwand herab, den Blick, wie gewünscht, kühn, fast heldisch irgendwohin nach links oben gerichtet, während ein anstürmender Büffel sich anschickte seine rechte Schulter zu rammen, ein Berglöwe sich hinter seiner Linken zum Sprung zusammenkauerte und ein Biber im Hintergrund sich an einem Baum zu schaffen machte. Der Baum, den Silvia ohne Vorlage frei aus der Hand ins Bild gepflanzt hatte, glich sehr einer norddeutschen Birke. Aber das fiel allenfalls Eidig auf. Jeff weinte mindestens drei Freudentränen, als er das fertige Bild sah, und Eidig ließ es zu, dass er den Künstler umarmte. Lange umarmte.

Zu Eidigs – freudiger – Überraschung überbrachte am Tag, als das Porträt fertig wurde, jemand die Adresskarte, die Rose del Monte an sich genommen hatte. Auf der Rückseite des Kärtchens stand in krakeliger Schrift:

»Find me in THE NET, any day sundown, TLS.«

Kapitel 9

THE NET SCHWANKTE AUCH DANN, wenn seine Besucher noch nüchtern waren. Schon vor etlichen Jahren hatte ein findiger, handwerklich geschickter Mississippi-Schiffer einen alten Lastkahn zum schwimmenden Saloon umgebaut. Bei der Einweihungsfeier, so war zu hören, habe sich der Mann mit derartiger Unerbittlichkeit über seinen eigenen Whiskey hergemacht, dass er noch in derselben Nacht an einer akuten Alkoholvergiftung starb. Sein Sohn, den er mit einer Indianerin gezeugt hatte, übernahm. Der Mississippi umspülte seither einen engen, aber gut besuchten Ort, an dem es neben Whiskey auch Bier und Trockenfleisch mit scharfer Soße gab.

Man hatte Eidig gesagt, dass jeder, der sich ins »Netz« begab, bei Betreten der schmalen Gangway zwischen Ufer und Schiff eine Glocke läuten und den Ruf »Enter!« abwarten müsse, ehe er einen Fuß auf die Bohlen des Saloons setzen dürfe.

Das »Enter!« rief eine helle Stimme und Eidig erkannte die dazugehörige Frau, sobald sich seine Augen an das Halbdunkel an Bord gewöhnt hatten. Sie hockte – jung, sehr blond, sehr lange Beine in durchscheinenden grünen Strümpfen – auf dem Tresen; und wenn sie da nicht hockte, spülte sie Gläser oder unterhielt sich mit einem Mann indianischen Aussehens, der hinterm Tresen Gläser füllte. Hinter der Theke hing eine steckbriefartige Zeichnung, die ganz offensichtlich die grün bestrumpfte Frau darstellte; darunter ein Schriftzug: »Erste und letzten Warnung: Flirten Sie nur mit mir, wenn mein Mann nicht im Saloon ist!«

Eidig schaute sich um. Der Raum war gut gefüllt, zumindest die Hälfte, die er einsehen konnte; die heckseitige verschwand hinter einem Tabakrauch-Vorhang. Fast an jedem Tisch lehnten Gewehre

– es war offenbar nicht üblich, Waffen während des Saloon-Besuches außer Griffweite zu deponieren.

Pegleg hatte man ihm als einen dunkelhaarigen Mann Mitte Dreißig beschrieben, mit zwei ungleich langen Stiefeln; der mit dem längeren Schaft – in dem das Holzbein steckte – überragte das Knie um gut eine Handbreit. Als Eidig den Mann erkannte – zu erkennen glaubte –, hatte er das Gefühl, Pegleg habe ihn schon vorher bemerkt … vermutlich am Sucherblick.

Pegleg tat etwas, das Eidig noch nicht einmal daheim im berühmten Hanstedter *Heidekrug* gesehen hatte: Er packte den Stuhl neben sich und kippte ihn kurz nach vorn, so dass ein dünnes Männchen, das darauf mehr hing als saß, zu Boden ging. Dann machte er eine einladende Handbewegung, begleitete von einem freundlichen Grinsen: »Take a seat!« Der grob Entstuhlte wankte Richtung Ausgang. Eidig nahm etwas verdattert Platz.

»My name is Eidig. I am a hunter!«, sagte er. »Fast alle, die hier sitzen und saufen, sind hunter«, sagte Pegleg, schob Eidig sein eigenes, kaum angetrunkenes Bier über den kleinen Tisch und murmelte: »Smith! Angenehm … Rose hat dich angekündigt. Ein Deutscher mit einem rötlichen Bart. Was will denn Rotbart von mir?«

Eidig nahm all seinen Mut und all seine Vokabeln, soweit sie gerade greifbar waren, zusammen und erklärte, dass er als Jäger in den Westen wolle, vorzugsweise um Büffel zu erlegen, und dass er ein recht ordentlicher Schütze sei und damit wohl für den Beruf eines Büffeljägers geeignet.

Pegleg grinste, etwas abschätzig, so wollte es Eidig scheinen.

»Weißt du, mein deutscher Freund: Den Missouri ziehen täglich mehr Kerle als Lachse flussaufwärts, Typen, die alle meinen, sich ein Vermögen zusammenschießen zu können. Und bei jedem dritten muss man Angst haben, dass er sich versehentlich in die eigenen Füße schießt. Das Gefährlichste da oben sind nicht Indianer und Berglöwen, sondern Kerle, die nicht schießen können und trotzdem schießen.«

Eidig hatte Pegleg nicht zur Gänze verstanden, aber immerhin so viel, dass seine Schießfertigkeit – vorab auch noch! – bezweifelt wurde. Er forderte sein Gegenüber gestisch auf, ihn nach draußen zu begleiten.

Dort, wo sich das Saloon Boat an den moosigen Kaimauern rieb, hatte jemand ausgediente Kochkessel über die Spundwand-Pfähle gestülpt, wohl, um so das Eindringen von Regenwasser und Fäulnis in die Pfähle zu verhindern. Eidig nahm einen Kessel, wog ihn in der Hand, befand ihn für leicht genug und schleuderte ihn hoch in die Luft. In dem Sekundenbruchteil, in dem der Topf auf dem Höhepunkt seiner Flugbahn bewegungslos in der Luft stand, traf ihn eine Kugel und bevor er den Boden berührte eine zweite. Pegleg trat einen Schritt zurück und stierte Eidig an, als sei er ein doppelköpfiges Kalb: »Womit hast du geschossen?« Eidig öffnete seinen leichten Cordmantel einen Spalt weit, die zweischüssige französische Armeepistole steckte wieder in ihrem Futteral.

Pegleg erzählte später die Geschichte immer unter Berufung auf den Höchsten: »Ich schwöre bei Gott, dem Allmächtigen und bei meinem Holzfuß: Ich habe nicht gesehen, wie er die Pistole gezogen hat, und ich habe auch nicht gesehen, wie er sie wieder in den Holster gebracht hat. Und ich schwöre bei meiner ewigen Seligkeit, der ich sowieso schon lange verlustig bin: Der Pott hatte zwei glatte Durchschüsse.«

Kapitel 10

IN DEN FRÜHEN MORGENSTUNDEN, in denen das Land noch kalt war und der Große Fluss sein wärmeres Wasser südwärts schob, hatte Eidig Gesichte: Er saß am Ufer des Mississippi und schaute in die Nebelschwaden. Wenn man lange genug starrte und sich dabei nicht vom eigenen Herzschlag oder Atem ablenken ließ, formten die Nebel Gestalten. Etwa seine Sehnsuchtstiere, die Büffel, denen er nun bald begegnen würde … hoffentlich. Aber auch rückwärtige, entlegene Gestalten traten vor. Einmal war es ihm, als liefen Kinder übers Wasser, Kinder die er in der Lüneburger Heide zurückgelassen hatte, bei den Frauen, die er verlassen hatte.

Silvia hatte, nicht nur einmal, nach diesen Frauen und Kindern gefragt. Und er hatte jedes Mal entschieden und entschlossen drauflosgelogen: Sie seien alle wohl versorgt, seine drei Kinder, und alle hätten sie Väter … »Väter ohne jedes schädliche Wilddiebblut«. Er hätte sie zurückgelassen … so seine Lüge zum Eigengebrauch …, weil er den Frauen und Kindern keinen Vater hinter Gittern zumuten wollte. Krasse Lüge! Er hatte sie für Hirsche, Hasen, Rehe und … immer wieder für andere Röcke verlassen. Immer verhältnismäßig leicht. Und wenn es doch einmal schwer zu werden drohte, verließ er sie unter Zuhilfenahme von Korn und Bier. Manchmal musste es sogar scharfer Kornbrand sein, um Skrupel und Reste von Gewissen wegzuätzen. Seine älteste Tochter müsste jetzt … er zählte nach, war sich unsicher, verscheuchte sodann die Bilder, die in ihm aufstiegen. Dabei half ihm ein Trupp tief fliegender amerikanischer Kormorane, der den Nebel durchruderten – angestrengt, so als sei er dickflüssige Sauce. Die Kunstfischer im schwarzen Anzug glichen denen, die er von der Elbe kannte.

Kapitel 11

ALS DIE MORGENSONNE SCHON fast damit fertig war, alle Nebeltücher einzusammeln, erhob sich Eidig und schlenderte Richtung Hotel. Schon von weitem sah er die vertraute Gestalt Silvias vor einer Staffelei hockend. »Verdammt, könnte ich zeichnen wie sie, hätte ich jetzt vielleicht ein Bild der Kinder, die drüben nun das bannich große Glück haben, ohne einen gesuchten Vater aufzuwachsen.«

Er machte sich nicht bemerkbar, schlug einen Bogen um die Zeichnerin und drückte sich in den Schatten einer Kirche: eines Schuppens, den nur ein gepinseltes Kreuz als Kirche auswies.

Den Nachmittag verbrachte er damit, mal im Schatten eines Lagerhauses liegend, mal in ziellosen Streifzügen durch die ufernahen Distrikte von St. Louis, seinen Erinnerungen auszuweichen. Was nur zum Teil gelang.

Warum fielen sie ihn jetzt an, die Erinnerungen? Jetzt, wo endlich, endlich, endlich der Aufbruch ins Gelobte Land bevorstand?

Und würde er nicht auch diese da – Eidig sah aus einiger Entfernung wie sie den Skizzenblock einrollte und sich zeichensprachlich mit einer Passantin verständigte – würde er nicht auch sie verlassen?

Hätte er sie nicht längst verlassen … für Büffel, freie Jagd und die großen Weiten … wenn sie sich nicht entschlossen hätte, Amerika zu zeichnen?

Der Hittfelder Pastor hatte nicht wenige seiner Freitagslektionen mit dem Satz abgeschlossen: »Dem Sucher aber sei gesagt: Misstraue deinen Augen und folge deinem Herzen!«

Den eigenen Augen zu misstrauen bot sich nicht an. Die Zeichnerin war schön, eindeutig schön, womöglich schöner noch als ihre

Bilder. Und das mit dem eigenen Herzen? Das schlug keine anderen Töne an. Sie hatte Stunden, Tage, Wochen an seinem Krankenbett gewacht. So etwas tun nur Mütter. Und Liebende.

Eidig fluchte einen seltsamen Fluch, einen, den er schon oft geflucht hatte: »Verdammt, ich habe zu viel Wald und zu viel Pulver und Blei im Herzen!« Wie soll in so ein Herz noch Liebe hineinpassen?

Als die Sonne sich im Westen – also da, wo er hinwollte – senkte, schaffte er es schließlich doch, aus dem Gedankenstrudel aufzutauchen. Rechtzeitig.

Der spätere Abend brachte eine Überraschung. Pegleg hatte verfügt, dass alle Passagiere der *Darter* schon in der Nacht vor der Abreise an Bord zu sein hätten. Und zwar nicht früher und nicht später als Mitternacht, wenn die Gaslaternen am Ufer gelöscht waren, und nach Möglichkeit sollte niemand sonst an den Kais zu sehen sein.

Und das Dampfboot solle man nur in Kleingruppen betreten, keinesfalls mehr als vier Männer gleichzeitig.

»So stelle ich mir die heimliche Bemannung eines Sturmbootes vor, wenn sich der Feind am anderen Ufer eingegraben hat …«, maulte Eidig, konnte Silvia damit aber nicht beeindrucken. Sie lächelte nur – … wenn sie lächelte, sah sie gefährlich unmännlich aus, bemerkte Eidig, und das nicht zum ersten Mal – und machte gestisch klar, dass sie stumm sei und deshalb an dem Ärgernis keinen verbalen Anteil nehmen könne.

Von den Männern, die nach und nach das Dampfboot füllten, sprach keiner, und es spuckte auch keiner ins Wasser. Pegleg selbst stieg als letzter ein. Er hatte – Eidig hatte es, vermutlich als einziger, bemerkt – im Schatten eines Lagerschuppendaches ausgeharrt und beobachtete, wie sich die *Darter* langsam mit Menschenleibern füllte.

Die *Darter* wurde losgemacht, abgestoßen und drehte sich langsam in die schwache Strömung. Etwa fünfzig Meter vom Ufer entfernt wurde sie erneut festgemacht: an einem klobigen, von Algen überwachsenen Dreibein, das im Wasser stand wie die Kirchturmspitze eines untergegangenen Gotteshauses.

Pegleg sagte, jetzt laut: »Nachtruhe, Männer. Morgen geht's früh los.«

Kapitel 12

DIE MORGENDÄMMERUNG HATTE GERADE begonnen, als Pegleg den Kessel anfeuern ließ. Die schweren Holzbrocken waren teergetränkt und brachten schnell genug Hitze, um das Wasser zum Kochen zu bringen. Plötzlich wurde es laut am Ufer. Stimmen. Dann zwei Gewehrschüsse. Dann Wutgeheul. Dann eine Salve von Schüssen, flach übers Wasser geschossen. Ein Schuss schlug gegen den Rumpf der *Darter*.

Eidig ahnte erst jetzt den Grund für die nächtliche, heimliche Einschiffung und den frühmorgendlichen Aufbruch. Hätte die *Darter* zu früher Morgenstunde direkt vom Ufer abzulegen versucht, hätten sich Dutzende von Passagieren ins Boot gedrängt – womöglich so viele, dass die Gefahr des Kenterns bestanden hätte. Pegleg stellte sich an das runde Heck der *Darter*, formte die Hände zum Trichter und brüllte: »Go home, gentlemen. Maybe next time!«

Dann gab er dem Maschinisten ein Zeichen, indem er mit einer Zange hart gegen die eiserne Reling schlug.

Die ölgeschmierte Welle der *Darter* begann sich zu drehen, erst quietschend und röchelnd, dann schneller, schließlich fast lautlos. Dafür war jetzt das Wummern des Kolbens dröhnend laut zu hören, aber auch das wurde rasch übertönt vom Platschen des Schaufelrades, das die *Darter* gegen die Strömung schob.

Pegleg hockte sich zwischen Silvio und Eidig: »Eine Erklärung gefällig?« Silvio nickte und strich erwartungsfroh ihren Lippenbart.

»Da wollten doppelt so viele Greenhorns mit, wie die *Darter* tragen kann. Alle wollen sie Mountain Men sein, nur weil sie auf einem Pferd sitzen können, solange es Schritt und geradeaus geht, und wissen, wo bei einem Gewehr vorne und wo hinten ist. Wenn wir die mitgenommen hätten, dann wären bis Kanada im Norden und Mexiko im Süden alle Büffel davongelaufen. Und erst die Indianer …«

»Was ist mit den Indianern?«

»Im allgemeinen sind sie friedlich. Die noch umherziehen, gehen uns aus dem Weg. Und wir ihnen. Einige jagen neben uns, einige jagen sogar für uns. Aber vor zwei Jahren hat so ein Möchtegern-Mountain-Man einen von denen abgeknallt. Einfach so. Der Mann, so ein bleiches Bürschchen aus Philadelphia, hing zwei Tage später kopfunter in einem Baum, und sein Schädel tropfte. So was will ich nie wieder sehen!«

Als die Sonne am folgenden Tag aus dem Mississippi-Wasser stieg, wurde gesungen. Silvia, die sich mit Eidig in die Bugspitze gedrückt hatte, außer Hörweite der übrigen Passagiere, übersetzte die Songs, soweit sie verständlich waren.

»Wo die Büffel ziehen …
da will ich hin …
da ist ein Mann noch ein Mann …
die wilden Gänse schreien mir zu …
der Winter ist nicht weit … der Winter ist schon nah …
die Gänse blasen die Trompete:
Auf, Männer, auf zur Büffeljagd.«

Ein Pistolenschuss ließ alle verstummen. Pegleg hatte sich mittschiffs aufgerichtet und deutete mit rauchender Pistole gen Himmel: »Ich habe es schon mehrfach gesagt … aber offenbar gibt es Leute unter uns, die nicht hören wollen: Während wir fahren, wird kein Tropfen Alkohol getrunken. Jake, gib deine Flasche ab. Bill Coleman, auch deine Flasche zu mir! Okay: Weitersingen!«

Doch nur wenig später lockerte Pegleg seinen Alkohol-Bann. Der Abschied vom Mississippi und die Einfahrt in den Missouri, den kräftigeren der beiden Flüsse, wurde mit Whiskey gefeiert.

Eidig störten die Feierlichkeiten, zumal sie laut vonstattengingen: Sie störten den Anblick eines großen weißköpfigen Greifs, der über dem rauchenden Schiffchen schwebte wie ein Gott über Gewürm.

»Woran denkst du«, raunte Eidig Silvia zu, ohne den Blick von dem schwebenden Kreuz zu lassen. »An Habakuk«, flüsterte sie im Schallschatten der rotierenden Kolbenwelle und des Dampfzischens »Ich denke, wenn er uns so sehen könnte und wenn er sehen könnte, wie glücklich mich macht, was ich hier sehe, dann würde er mir …«

»… verzeihen?«

»Ja!«

Sie zog ein auf eine dünne Holzscheibe gespanntes Blatt Papier aus der Innentasche ihrer Weste und skizzierte den Weißkopfseeadler.

»Besser als Audubon«, sagte Eidig.

»Spinner!«

»Ich meine es, wie ich es sage. Audubons Vögel sind starr. Starr, weil sie fertig ausgemalt sind. Dieser Adler fliegt, weil man das Wesentliche erkennt, auch das, was noch nicht auf dem Papier ist. Weil jeder, der weiß, wie ein Adler fliegt, das Bild im Kopf zu Ende zeichnen kann.«

Sie verstummten beide, weil einer der Mountain Men mit unverhohlener Neugier zu ihnen in die Bugspitze drängte. Auf diesem Schiff war wahrscheinlich noch nie gezeichnet worden.

Kapitel 13

ZWEI TAGE SPÄTER – übernachtet wurde jeweils am Ufer unter der großen Segeltuchplane, die sonst während der Fahrt und bei günstigem Wind für zusätzlichen Antrieb sorgte – gab es Unruhe. Es bildeten sich Gruppen – was bei aller Enge an Bord des Dampfbootes nicht ohne Gerangel vonstattenging –, die gegeneinander Position bezogen, aber alle dasselbe Argument in Anschlag brachten: Es seien jeweils die Falschen an Bord und viele der Richtigen seien zurückgeblieben.

Ein eisgraubärtiger Kerl namens Cheek, dem das Pulver von vielen Schüssen die rechte Wange geschwärzt hatte, war Sprecher der lautstärksten Gruppe, und er verlangte so etwas wie Rechtfertigung von Pegleg: Das Boot sei übervoll; gute Mountain Men – nicht nur Greenhorns – seien zurückgewiesen worden. »Nur zwei Beispiele: Ein Kerl, der seltsames Englisch spricht, und so ein Dünnhemd, durch das der Wind pusten kann, haben zwei Plätze bekommen.«

Pegleg wusste, dass man bei Rebellion, den lautesten Rebellen knicken muss. Er beorderte Eidig und den Protestierer an die Backbord-Reling, deutete auf einen Baumstamm, der knapp drei Bootslängen entfernt vorübertrieb. »Treff ihn, Cheek!«, kommandierte Pegleg. Black Cheek feuerte seine Langbüchse ab, die Kugel schlug knapp vor dem Holz ins Wasser. Eidig zog seine Pistole und sagte – und er sagte es versehentlich auf Deutsch –: »Achte auf die Baumwurzeln!« Mit dem ersten Knall knickte die größere Wurzel ab, mit dem zweiten die etwas kleinere.

»Bist du der Meinung, Cheek, wir hätten …wie sagtest du noch eben? … ein rotbärtiges Greenhorn zu viel an Bord?« Pegleg hatte die Frage so laut gestellt, dass sie jeder an Bord hören konnte. Cheek grummelte irgendetwas vermutlich Unhöfliches in Richtung Silvio. Pegleg packte Cheek daraufhin am Aufschlag seines Mantels: »Hör genau zu, Cheek! Mister Stellario ist ein Künstler. Er reist im Auftrag der Company mit, weil er uns Plakate von Büffeln, Bibern und anderen Tieren malen soll, damit wir unsere Verkaufsstände in New Orleans damit 'rausputzen können. Aber davon versteht so eine Dumpfbacke wie du nichts. Hock dich wieder hin, furz nur, wenn der Wind seitlich kommt, und halt's Maul!«

Je weiter die *Darter* den Missouri hinaufdampfte, desto häufiger musste sie riesigen Flößen ausweichen, Baumstämme, die den großen Fluss abwärts trieben und nur von Tauen zusammengehalten wurden. Die viereckigen Holzinseln wurden mithilfe riesiger Steuerblätter im Strom gehalten, die jeweils von mindestens drei Männern bewegt wurden. Eidig bemerkte, dass fast alle Flößer schwarzhäutig waren und Fußfesseln trugen. Auf seine Frage, was es mit den eisernen Fesseln auf sich hätte, sagte Pegleg: »Damit sie nicht an Land schwimmen.«

Am vierten Tag schlug die *Darter* gegen treibende Baumstämme, was das Boot leicht verkraften konnte. Aber einer der Stämme verkeilte sich im Antriebs-Schaufelrad, das schrill kreischend blockierte. Die *Darter* wurde mit einiger Mühe ans westliche Missouri-Ufer manövriert, wo sie in einem Schilfgürtel stecken blieb.

Glück im Unglück: Einer der mitreisenden Mountain Men hatte einige Jahre lang in Ohio Kutschen montiert und repariert, verstand sich auf Holz und auf Eisen und erwies sich als geschickter Schiffs-Doktor. Es gelang ihm an einem einzigen Nachmittag, das angeschlagene Schaufelrad zur reparieren. Zur Belohnung wurde ihm von Pegleg in Aussicht gestellt, am Ende der Reise sein Ticket erstattet zu bekommen.

Silvio skizzierte den Mann, wie er – strahlend wie ein beschenktes Kleinkind – neben dem Schaufelrad im Schilf stand; er kolorierte das Bild vielfarbig und überreichte es dem Retter. Tusch und Ausbrüche in Gesang! Dazu ruhiger, mittlerer Whiskey-Fluss.

Eidig sonderte sich ab, nachdem er seine zweiläufige Flinte geladen hatte. Bevor er ging, ermahnte er Silvia, nicht zu lächeln: »Wenn du lächelst, nützt die ganze Verkleidung nichts, mein Herz!«

Eidig suchte nach Buchten. Entenvögel rasteten gern im strömungsfreien Wasser; das würde hier nicht anders sein als an Aller und Ilmenau. Die erste Bucht war verkrautet, die zweite war frei und größer … allerdings schien sie ihm von Baumstämmen zum Fluss hin abgeriegelt zu sein. Vielleicht, so vermutete er, Stämme aus dem zerbrochenen Floss, das ihnen die eintägige Verzögerung beschert hatte. Näherkommend hörte er scharfes Flügelklatschen, gleich darauf sah er auffliegende Raben. Raben … leider keine Enten!

Und dann sah er es. An einem der Stämme hing eine Kette. An der Kette ein Fuß. Und im Wasser ahnte Eidig die Umrisse eines Körpers. Irgendetwas machte in Höhe des Ertrunkenen scharfe Schlagbewegungen im Wasser. Eidig schlug den Rückweg ein, fragte in die Runde der abendlich gelagerten Männer nach Säge und Stemmeisen und erntete ungläubiges Staunen, als er den Grund nannte. Einen toten Nigger könne man nicht befreien, sagte einer, das könnten nicht mal die verdammten Abolitionisten.

»Verdammt sind nur die, die nicht anerkennen, dass Jesus der Herr ist und unser Erlöser«, verkündete der Pastor von Hoopte, des Dorfes hinterm Elbdeich. Zur Beerdigung von Heino dem Schieler waren nicht viele gekommen. Es gab im Dorf die Furcht, dass, wer sich an Heinos Sarg stellte, der Obrigkeit nur allzu leicht als Freund oder Unterstützer der Wilddiebe verdächtig werden könnte.

Heino war auf der gemeinsamen Flucht mit Eidig tödlich verletzt worden. Eidig hatte ihn, auch das war haarklein berichtet worden, gut zwei Kilometer durch Sumpf und feuchte Wiesen getragen und geschleift, obwohl ihn der Schieler an Körpergröße deutlich überragte.

All das war bei Lassrönne in der Elbmarsch geschehen. Aus wessen Gewehr der tödliche Schuss kam, blieb unbekannt – gemunkelt wurde allerdings, dass der Obrigkeit der Schütze wohlbekannt sei.

Die Orgel, ein altersschwaches Instrument, das mehr pfiff als tönte, spielte »Oh treue Seel', nun scheide denn …«, und ein altes Weib, wohl die Mutter des Toten, kniete vor dem sehr schlichten Kiefernholzsarg und nickte unter ihrem schwarzen Tuch mit dem Kopf, so dass immer wieder eine rote Locke in ihr Gesicht fiel, eine Locke, die sie mit fahrigen Handbewegungen zurückstopfte.

Die wenigen Trauergäste senkten die Gesichter, einige sahen nicht sehr ernst aus dabei. In der letzten Bankreihe standen – sie saßen und knieten nicht, sie standen! – zwei Männer in schwarzen Gehröcken, Männer, die in Hoopte, Winsen und Lassrönne eigentlich nur in preußischer Gendarmerie-Uniform bekannt waren. Sie sahen, obwohl bürgerlich gekleidet, sehr amtlich aus. Trauer war in ihren Gesichtern nicht die Spur zu erkennen.

Amtspersonen waren bei der Beisetzung von steckbrieflich gesuchten Männern eher die Ausnahme. Und es gab in Hoopte keinen Zweifel, dass die ungebetenen Trauergäste vor allem deshalb »vor Ort« waren, weil der Verdacht nahe lag, dass Eidig seinen besten und treuesten Jagdkumpan nicht unter die Erde entweichen lassen würde, ohne ihm die letzte Ehre zu erweisen. Welch eine Gelegenheit für einen Zugriff! Der Ältere der beiden starrte unentwegt von einem Trauergast zum anderen, der jüngere hielt sich in Höhe der Kirchentür, um gegebenenfalls amtlich zugreifen zu können.

Der Pastor sprach von der Liebe zu Gottes Geschöpfen, die der »von kaltem Blei so jäh aus dem Leben Gerissene« so sehr gepflegt habe, erwähnte auch seine feine Singstimme zu Knabenzeiten und seine gute Hand für Gartengemüse und Blumenbeete. Nicht unerwähnt blieb auch, dass Heino, obwohl Nichtschwimmer, eine vom Tod durch Ertrinken bedrohte Katze aus der Elbe gerettet hatte, ausgerechnet am Tag seiner Konfirmation, was seinen ersten feinen Anzug ruiniert und ihm gehörig Prügel eingetragen habe. Und die

Alte, die unentwegt vor Heinos Sarg kniete – einem Sarg, auf dem Schachbrettblumen, Rosen und Nelken verflochten lagen –, nickte mit dem Kopf und betupfte ihre Augen.

Als sich die Trauernden hinter dem Sarg auf den Friedhof bewegten, knickte die Alte mit leisem Wimmern ein, ließ sich vom Sargtischler, der schon aus Geschäftsgründen bei jeder Beisetzung anwesend sein musste, beiseite führen, stand noch eine kleine Weile gebeugt und zitternd, wartete, bis die Gendarmerie durch die Friedhofspforte entschwunden war.

Dann zog Eidig sich das Kopftuch aus dem Haar, ließ den Rock fallen, unter dem er eine lederne Wilddiebhose trug, und grüßte in Richtung der kleinen Trauergemeinde, die gerade den Sarg einsenkte: »Mach's gut da drüben, Heino! Und schieß nicht auf Geflügelte. Es könnten ja Engel sein!«

Kapitel 14

SIE HATTEN SICH, GUT HUNDERT SCHRITT ABSEITS des Nachtlagers, über dem Gesang und Rauchschwaden lagen, in den Tiefschatten eines Gebüsches zurückgezogen, das sich durch erfreulich dichtes Blattwerk empfahl. »Wenn man uns so sieht, wird man uns teeren und federn«, flüsterte Eidig. Silvia kratzte ihren Lippenbart ab und sagte: »Küssen! Nicht mehr reden!«

Am späteren Abend kam Pegleg zu Eidigs und Silvias Lagerfeuer herüber. Eidig erkannte ihn am harten Tritt des Holzbeines. Ob es recht sei, dass er sich die Zeichnungen von Mr. Stellario mal anschaue, fragte er und griff nach einem Stapel von Skizzen, noch ehe Silvio eingewilligt hatte.

Pegleg betrachtete Skizzen der *Darter*, eine Folge von Bildern, die den Fortgang der Reparatur nach der Havarie mit dem Baumstamm erfassten. Lange betrachtete er eine düstere Bleistiftzeichnung – einen Fuß mit Eisenkette, die sich um einen behauenen Baumstamm windet. Schließlich sagte er »Respekt, Mister Stellario. Wer so mit dem Zeichenstift sprechen kann, der braucht keine Stimme im Hals!«

Silvia lächelte mit gequälter Höflichkeit und deutete mimisch an, dass sie mit dem Ergebnis nicht sonderlich zufrieden sei.

Pegleg lächelte zurück und schob noch ein Kompliment nach: »Dieser seltsame Bart stand Ihnen nicht. Ohne gefallen Sie mir besser. Oder muss man in dem Land, aus dem Sie kommen, Schnurrbart tragen?« Silvia erschrak und schlug sich auf die – kahle – Oberlippe. Pegleg ging lachend davon und Silvia zitterte, fast unkontrolliert: Hatte dieser Kerl, der seine Augen überall hatte, ihre Maskerade durchschaut? Und wenn ja, dann …?

Einige der Mountain Men rasierten sich mit eigens erhitztem Wasser, Seife und überscharfen Messern gründlich, ihre Haut wies nicht die Spur von Stoppeln auf. Anderen sprossen strubbelige Bärte. Die gründlichen Rasierer hatten meist gerötete Hautpartien an Hals, Backenknochen und Schläfen. Manchmal auch kleine Schnittwunden. Silvia beschloss, sich rötliche Rasierspuren zuzufügen. Eidig fand das eine gute Idee und unterstützte sie tätlich. Und so liebevoll wie möglich.

Wenig später entdeckte sie eine fast natürliche Schminke: Fettete man die Gesichtshaut leicht ein und ließ das Fett mit feinen Aschestaub vermengt eintrocknen, bekam das Gesicht einen dunklen Teint, eine Art Schmutzbräune. Keine rabiate Veränderung, aber eine deutliche Entweiblichung. Und auf verklebtes Haar und schmutzige Finger achtete Silvia von nun an nachdrücklicher als eine höhere Tochter aus Altona auf Haarglanz und Elfenbeinfinger achtet.

Die Reise den Missouri aufwärts, für den es mehr Namen gab, als man sich merken konnte – darunter viele indianische –, führte bei Eidig zu wechselnden Seelenbeben. Mal schoben sich Wälder, dicht und grünschwarz, bis an die Ufer, mal rückten Felsen bis in die Flussmitte vor und zwangen das Dampfschiffchen zu gefährlichen Passagen. Mindestens jeden zweiten Tag musste der Bootsleib mit Hilfe von Rollen über Land gezogen werden. Dafür gab es an Bord eine sinnvolle, recht stabile Klappeinrichtung mit Rädern, die dem Rumpf untergeschoben werden konnte. Wenn die Ufer bei diesen Weißwasser-Umgehungsmanövern felsig und weglos waren, geriet der Überlandtransport zur Tortur, zur Schinderei. Silvia beteiligte sich am Ziehen und Zerren nur soweit, wie es ihr geboten erschien, um Verdacht zu vermeiden. Die Flüsse und Bäche, die Big Muddy – dieser Zweitname gefiel Eidig am besten – ihr Wasser übergaben, waren braun, grün, blaugrau, aber fast nie trübbraun wie der Strom selbst.

In der dritten Woche sahen sie Bären, die sich offenbar die Sommerhitze aus dem Fell badeten. Gelegentlich kamen ihnen Kanus entgegen, manche fellbeladen. Gesteuert wurden sie von rothäutigen Männern, die sich Eidig gern aus der Nähe betrachtet hätte. Aber ihm fiel auf, dass die Kanulenker mit schnellen Schlägen der Stechpaddel ihre schlanken Boot auf Abstand zur *Darter* brachten. »Sie wissen genau, auf welche Distanz unsereiner gezielt schießen kann«, gackerte einer, den die anderen Rufus the Rat nannten. Eidig lag die Frage auf der Zunge, weshalb denn die Indianer annehmen sollten, dass auf sie geschossen würde. Aber er fragte nicht.

Viel Zeit verging mit dem morgendlichen Holzschlagen, um den Brennstoff für eine Tagesetappe bunkern zu können. Eidig hatte als Forsteleve südlich von Hamburg genug Bäume gefällt und Äxte geschwungen, um künftigen Trappern und gammeligen Glückrittern zeigen zu können, wie man effizient zu Werke geht. Pegleg befahl: »Ab jetzt fällen und schlagen wir deutsch!« Black Cheek hörte es und warf gallige Blicke in Eidigs Richtung.

In der vierten Woche, nach einer durchregneten, schlafarmen Nacht in unwirtlichem Ufergelände, ließ Pegleg einen Kerl zurück, der – auf höchst ungeschickte Weise auch noch – andere bestohlen hatte. Man fand in seinem stinkenden Ledersack zwei Taschenuhren, ein fein ziseliertes Klappmesser, außerdem lose Dollarscheine und Kleingeld. Als er gegen die Härte der Strafe protestierte, ließ ihm Pegleg lediglich die Wahl, mit oder ohne Gewehrkugel im Bein den Rückweg zu Fuß anzutreten. Er entschied sich für ohne. Pegleg nutzte den Zwischenfall für eine bemerkenswerte Kurzrede über Diebstahl und die passenden Umstände: »Ich als in drei Staaten gesuchter Pferdedieb und Falschspieler muss darauf achten, wer wen beklaut. Und ich dulde keine Erschütterung, die uns zum Kentern bringen kann!«

Kapitel 15

DIE LETZTE NACHT VOR ANKUNFT in Point Fork war vollmondhell. Pegleg ließ durchfahren. Auch deshalb, weil der Kessel einen Riss bekommen hatte und unablässig heißer Dampf entwich. Den Kessel über Nacht abkühlen zu lassen und am Morgen neu zu befeuern, hätte den Riss womöglich noch vergrößert und die Kraft verringert, die die Schraube drehte.

Es herrschte Feierstimmung an Bord. Die Männer warfen leere kleine Tonkrüge über Bord, in denen sich versiegelt Corned Beef befunden hatte, und schossen auf die kleinen treibenden Ziele. Moonlight shoot out nannten sie die Übung.

Eidig schoss nicht mit. Er erinnerte sich an Hass- und Neidattacken, die er zwischen Elbe und Weser auf dörflichen Schützenfesten ausgelöst hatte, wenn er mühelos traf, wo andere trotz größter Mühe nichts trafen. Er ließ sich auch nicht provozieren, als Cheek laut brüllte, das mit den abgeschossenen Wurzeln an dem treibenden Baumstamm sei nichts als Greenhorn-Glück gewesen. Oder beschissener Zufall.

Pegleg teilte Rotweinflaschen aus, die er auf halbem Weg in einem Nest namens Anchor unbemerkt gebunkert hatte, und öffnete eine Kiste mit geräucherten Büffelzungen. »Männer, was flüstern uns diese Zungen?«, brüllte er in die Nacht. »Sie sagen uns: Holt mehr davon! Die Plains und die Berge sind voll davon. Zwischen den Lakes und der Mississippi-Mündung darf es keine Hütte ohne Büffelrobe geben. Das ist ein Auftrag. Das ist eine Mission.«

Silvia skizzierte ein Bild, das sie später zu den drei, vier besten zählen würde, die ihr jemals gelangen: bildmittig der Schattenriss eines Dampfbootes, dessen Rauch den Vollmond verschleiert. Im Unbestimmten und Ungewissen eine Uferlinie mit niedrigen Dächern. Die Spur des Mondlichts tanzt über den Missouri, und – mehr zu ahnen als zu erkennen – der Schatten einer Eule verstärkt die Magie. Eule …? Vielleicht auch der Schatten eines geflügelten Engels ohne Beine.

»Mame, die Christa hat gesagt, dass der Herr Jesus, der in den großen Kirchen wohnt, auch die Juden liebt.«

»Wer sagt so was, Silvia, Tochter meine?«

»Die Christa, Christa Burmeester, die den gleichen Gesanglehrer hat wie ich.«

»So, sagt sie das? Mag ja sein. Aber die Christen lieben uns nicht.«

»Aber der Herr Jesus …?«

»Er war selbst ein Jude.«

»Aber wenn er selbst Jude ist, dann liebt er uns ja sowieso. Oder ist es nicht so?«

»Ich glaube, das wissen nicht mal die Christen. Sie reden viel davon, dass Jesus die Menschenliebe in die Welt gebracht hat. Wenn er das wirklich getan hat, dann haben die, die ihn für den Messias halten, die Menschenliebe einfach liegen gelassen.«

»Und die Rabbis der Christen …?«

»Die heißen Pastoren und Priester, und die sagen wenig Gutes über uns.«

»Was sagen sie, Mame?«

»Der Prophet der Evangelischen, der Luther, hat gesagt, man soll unsere Synagogen verbrennen.«

Eine Weile war Schweigen, dann sagte Silvia: »Mame … du bist so dünn geworden.«

»Das bin ich, Kind. Und ich werde bald noch dünner werden, so dünn bis man mich nicht mehr sehen kann und ich verschwinde.«

»Das will ich aber nicht.«

»Ich will es auch nicht. Aber wenn es geschieht, darfst du nur eine Woche weinen. Danach musst du laut lachen, und wenn du groß bist, musst du weit in die Welt hinaus laufen. Versprochen?«

Silvia klappte die Leinenhülle über ihre Staffelei und sah Eidig zu, wie er seine französische Pistole zerlegte, reinigte und wieder sorgsam zusammenfügte. Dann sagte sie: »Eigentlich habe ich mit der Reise an diesen Ort nur ein Versprechen eingelöst.«

»Deiner Mutter?«

»Woher weißt du?«

»Weil ich meiner Mutter das Gleiche versprochen habe. Kurz bevor sie starb, sagte sie, sie wäre einmal, nur ein einziges Mal, als junges Mädchen in Hannover gewesen und einmal, an ihrem vierzigsten Geburtstag, in Hamburg. Weiter ist sie nie gekommen. Und das mache ihr das Sterben so schwer. Klecken – Hannover und Klecken – Hamburg … legt man es auf eine Strecke zusammen, ist es nicht der zehnte Teil der Strecke, die wir in der Kutsche gereist sind …«

Eidig wechselte übergangslos das Thema: »Übrigens, du bist genau der Typ … Mann …, dem ich gern das Schießen beibringen würde. Es könnte leicht für dich sein, du hast sehr bewegliche Finger und den schnellen Blick.« Silvia kicherte, wollte etwas sagen, verstummte aber, denn Pegleg kam heran geschlendert. Er trug etwas schwer Begreifliches vor sich her. »Was ist das?« Eidig beugte sich vor als wäre er kurzsichtig. »Das sind Elchschaufeln. Solche Elche gibt es im Norden. Und nur im Norden.«

»Unglaublich. Wie groß ist das Tier?«

Pegleg zeigte ein Stockmaß etwa in Höhe seines Scheitels.

»Unglaublich«, wiederholte Eidig. »Wenn du so einem mit deinem deutschen Gewehrchen weh tun willst, musst du ihm die Büchse mit der Mündung direkt aufs Fell setzen.«

»Unglaublich«, sagte Eidig zum dritten Mal und befühlte die schlachtfestschüsselgroßen Schaufeln. »Unglaublich.«

Silvia bat Pegleg gestisch, stehen zu bleiben und die beiden engelsflügelartigen Geweihteile vor seine Brust zu halten. Finger und Bleistift flogen über den Skizzenblock. Und dann war es an Pegleg sich zu wundern.

Er setzte sich schließlich neben Eidig auf eine roh gezimmerte Bank und sagte: »In drei, vier Tagen, mein lieber deutscher Shootist, sind fast alle Mountain Men dieses weiten wunderbaren Landes hier. Und mehr Gewehre als die US-Armee hat ... na ja, wohl nicht mehr, aber bessere. Morgen kommt schon der erste Trupp Mountaineers aus dem Nordwesten, von den Großen Seen. Wilde Hurensöhne. Wenn sie Kojoten jagen, beißen sie ihnen die Kehlen durch, um Munition zu sparen. Und du wirst so viele Felle sehen, wie du dir nicht vorstellen kannst. Nirgendwo auf der Welt liegen an einem Tag mehr Felle auf einem Haufen als hier in Point Fork. Ist es das, wofür du gekommen bist?« Eidig schüttelte den Kopf: »Mich interessieren die Felle mehr, wenn sie noch angewachsen sind.«

Pegleg verschluckte ein Gelächter: »Damit kann man aber nicht reich werden.«

Pegleg stopfte sich eine kleine, dreieckige Pfeife und paffte eine dünne Rauchsäule zwischen sich und Eidig. »Ein guter Rat, mein deutscher Freund: Zeig nicht jedem, wie gut du schießen kannst! Es gibt mehr Arschlöcher als Menschen Ärsche haben. Und hier kannst du schnell an jemanden geraten, der sich und dir beweisen will, dass er schneller schießt und besser trifft. Und diese Leute sind es gewohnt, auf schlagende Herzen zu schießen. Nicht auf Baumwurzeln oder alte Töpfe.«

Eidig nickte. Aber eigentlich hatte er nicht zugehört; sein Auge hing noch immer an den Elchschaufeln, gegen die der Vierundzwanzigender, den ein dänischer Offizier im Herbst '32 mit seiner Hilfe im Duvenstedter Forst erlegt hatte, wie ein schwindsüchtiger Knopfbock wirkte.

Pegleg erhob sich und sagte im Weggehen: »Legt euch aufs Ohr. Dies ist die letzte ruhige Nacht, danach gibt's sieben Tage und sieben Nächte Lärm. Beautiful Noise! … und ich werde tanzen, bis mein Holzbein qualmt«!

Kapitel 16

SILVIA WECKTE EIDIG MIT GEFLÜSTERTEN WORTEN: »Riech mal! Findest du, dass Schweißgestank mich männlicher macht?« Eidig grinste noch mit geschlossenen Augen, zog sie dann einarmig über sich und per Rolle um die Längsachse unter sich. Sie schützte ihren Bauch und kicherte: »Vielleicht bin ich ja auch der erste Mann, der ein Kind austrägt …«

Eidig schlug die Augen auf und schaute ein wenig entsetzt drein: »Du meinst …?«

»Keine Bange … es geht mir seit gestern nach der Frauen Weise.«

»Wie …? Nach der … Frauen Weise?«

»Genesis, 3. Buch Mose, Kapitel 15, Verse 19–35. Monatsblutung. Die Bücher Moses hast du nie gelesen?«

»Doch, ein wenig. Jetzt wäre mir zum Beispiel nach dem Hohelied Salomos zumute. Das mit den beiden Rehbergen, links und rechts. Kannst du nicht wenigstens diese schreckliche Weste ausziehen? Ich war fast mein ganzes Leben im Wald, aber noch nie haben mich Moospolster so gestört.«

Erst jetzt drang es in Eidigs Bewusstsein, dass es keineswegs still war. Da war so etwas wie Geschurre in der Luft. Die ersten Strahlen der Morgensonne fingerten durch den Verschlag, hinter den sich Schütze und Zeichnerin zurückgezogen hatten. Eidig schaute durch eine Bretterspalte hinaus und bemerkte fast nur Stiefel und Pferdehufe. Dazu einen feinen Staub und Stimmengebrodel. Und fast schien es so, als wenn die Stimmen die Staubschlieren aufrührten.

»Das müssen diese Mountain Men von den Großen Seen sein,

von denen Pegleg gestern gesprochen hat …« Silvia brachte die moosgepolsterte Weste wieder in Form, so dass sie alle Formen nivellierte, und erhob sich als Silvio, als der seltsame, zartgliedrige, stumme Künstler, der den Westen zeichnen will.

Sie traten gemeinsam ins Freie und gemeinsam einen Schritt zurück. Point Fork hatte sich über Nacht in einen Marktplatz verwandelt. Einen Marktplatz, wie ihn weder Hans Eidig noch Silvia Grünstern jemals gesehen hatten. Die turmhohen Hickorys und Ahorn-Riesen standen noch da, wo sie gestern standen, aber im weiten Umkreis hatten Männer mit Stricken Gevierte abgezäunt, in denen gewuchtet, gezimmert, geschoben, gezerrt wurde. Und auf einer roh aus Latten und Balken zusammengehauenen Empore stand Pegleg, dirigierte die Neuankömmlinge mal nach links mal nach rechts, warf ihnen kleine Holzscheiben zu, auf die Zahlen gekritzelt waren. An Stecken befestigt fanden sich entsprechende Zahlen im weiten Umkreis im Schatten der hochstämmigen Bäume.

Peglegs Stimme hätte eine rasende Büffelherde dazu gebracht abzuschwenken – oder sich zu ordnen: »Fallen und Ausrüstung ganz nach hinten … gegerbte Felle links, rohe Felle ganz nach links außen, noch hinter dem Schuppen mit dem Vorbau … Pökelware gleich hier vorn … Haaalt! … halt deinen Gaul gefälligst an, Idiot, ohne Nummer kommst du mir hier keine Wagenlänge weiter … und kein Claim größer als die Stricklängen … die Stricke gibt es da drüben, bei dem mit der Biberfellmütze … Ayyy, Arschloch, ja, du mit den gelben Hosenträgern, wo willst du eigentlich hin … und merkt euch, geschissen wird nur in die Grube, ganz hinten, unterhalb der zweistämmigen Tanne … wenn ich jemand mit nacktem Arsch anderswo erwische, putze ich ihm die Kimme mit Schrot …«

Als Pegleg Eidig und Silvio erblickte, machte er, seinen zerknitterten Hut schwenkend, eine annähernd französische Theater-Verbeugung: »Willkommen, die Herrschaften, in der größten Büffel-, Biber- und Falschspieler-Börse zwischen den Missouriquellen und den Sümpfen der Mississippi-Mündung. Und wenn der Herr Künstler das Bild seines Lebens malen will, bitte sehr, hier oben ist noch Platz neben mir!« Silvia sah Eidig fragend an. Der nickte und knurrte: »Steifbeinig gehen, nix sagen und die Moosweste flach halten!«

Wenig später bedauerte Eidig, nicht selbst die Fähigkeit zu besitzen, mit schnellem Bleistiftstrich das Besondere festzuhalten. Aber er würde das Bild inwendig aufbewahren: eine wilde Gestalt auf einem Feldherrenhügel aus Brettern und Balken, gestikulierend, befehlend, Menschenströme teilend; und in Höhe seiner Stiefel eine zusammengekauerte, sehr schmale Gestalt mit Zeichenbrett, Papier und Stiften. Und als er die Silvio-Darstellerin so sah, etwas entfernt – das Adjektiv »entrückt« stand ihm nicht zur Verfügung –, dachte er an die Worte eines gelehrten Jagdgastes, eines Hamburger Professors und Werft-Anteilhalters, der am Ende einer geführten, erfolgreichen Pirsch im Lauenburgischen geseufzt hatte: »Ich könnte weinen. Weinen, weil sich dieser Moment nicht festhalten lässt. Dieser Moment will Ewigkeit.«

Eidig wischte sich die Gedanken von der Stirn und schnupperte. Von irgendwoher kam Kaffeeduft. Das Gewusel und Gewimmel unter den Bäumen war enervierender als das, das Eidig an der Nordspitze von Manhattan gesehen hatte, wenn sich Menschen am Spätnachmittag zu den Dampffähren drängten.

Eidig floh schon am zweiten Tag. Und er tat, was er in jungen, unbeschwerten Jahren häufig getan hatte: Er folgte dem Häher, der hier kräftiger gefärbt war als sein europäischer Vetter, der Eichelhäher. Der blauweiße, beschopfte Vogel turnte mit kurzen Flughüpfern durchs Unterholz, krächzte ab und an Unwillen heraus, meist dann, wenn er seinen ungewohnten Verfolger spürte, ließ sich aber ansonsten nicht von seinem Tagwerk abbringen.

Eidig sah, wie er sich an einem Singvogelnest bediente und dabei die Notschreie der Eltern ignorierte, folgte ihm durch einen wilden Verhau aus Farn und mannshohen, scharfkantigen Gräsern, erstarrte zu absoluter Bewegungslosigkeit, wenn sich der Verfolgte nach ihm umschaute, und … er bedauerte ihn. Denn eines schien ihm sicher zu sein, über kurz oder lang würde der Häher als lebloser Balg vor Silvias Zeichentisch enden, den sie sich abseits des Marktes unmittelbar am Missouri-Ufer zurechtgerückt hatte.

Eidig hatte seine Flinte mit Vogelschrot geladen, von dem er in St. Louis eine erstaunliche Auswahl an Körnigkeit gefunden hatte. Bezahlt hatte er mit dem Geld, das ihrer beider Lebensunterhalt seit dem Abschied vom East River sicherstellte: In unregelmäßigen Abständen zog Silvia blassblaue Opalsplitter aus einem Ledersäckchen, das ihrem Vater als Tabakbeutel gedient hatte, und tauschte Splitter gegen Scheine und Münzen. »Meine Brautmitgift«, hatte sie kichernd verraten, »die bekommt man als jüdisches Mädchen, wenn man zum ersten Mal mit selbst gemachter roter Tinte beweisen kann, dass man Frau ist …«

Eidig wusste, dass er dem Häher ziemlich nahekommen musste. Zum einen streute der feinkörnige Schrot schon nach wenigen Metern stark, zum anderen war die Durchschlagskraft der Kügelchen gering.

Als sich der Blauweiße in einem Gebüsch an der Grenze zu einer Rodung niederließ, wusste Eidig, dass nun der Jetzt-oder-garnicht-Moment gekommen war: Wenn der Vogel die Freifläche überflog, würde er ihm nicht weiter folgen können, wäre abgehängt. Abgehängt wie ein Entenjäger in der Winsener Marsch, dem seine Beute per Wechsel der Elbuferseite entkommt.

Eidig legte an, hielt etwas über Kopfhöhe des Jays, der sich gerade mit einer Nuss oder einem Kern abmühte … und setzte wieder ab.

Wenig über seiner Huthöhe wischte ein grauer Schatten vorbei, ein feines Fauchen war in der Luft, gefolgt von so etwas wie einem dumpfen Schlag.

Ein Hawk – Eidig hatte rasch bemerkt, dass hierzulande Greife umgangssprachlich in Eagle und Hawk aufgeteilt wurden und man sich mit der Unterscheidung von »Weihen«, »Habichten«, »Bussarden« und »Falken« keine Mühe machte – ein Raubvogel also griff sich den Jay, wurde von der Härte des Anpralls ein wenig aus der Bahn geworfen, fing sich, dabei den Häher im Griff und gewann schwer rudernd wieder an Höhe. Dann war da ein weiteres Fauchen, eher ein Zischen, in der Luft und Jay und Hawk trudelten abwärts.

Neben Eidig stand jemand, den er weder kommen gehört noch gesehen hatte. Er hatte sein Gewehr geschultert und hielt einen Bogen von geringer Größe aber ansehnlicher Stärke in der linken Faust. Und der Mann lächelte. Eidig erkannte einer der Indianer-Scouts von denen mehrere im Lager eingetroffen waren.

Kapitel 17

DIE EINZIGEN INDIANER, die Eidig jemals aus allernächster Nähe gesehen hatte, waren keine. Er war neun Jahre alt, und zum Dorf-Schützenfest kamen Indianer angeritten. Die Rothäute waren Kavalleristen auf Urlaub, von irgendeinem Standort nördlich von Hannover, Soldaten, die sich die Gesichter schreiend rot angemalt hatten und mit großem Gejohle an einer Galerie von Büffeln vorbeiritten. Die Büffel waren unbeweglich, weil auf Großleinwände gemalt. Die preußischen Indianer schossen Pfeile im Vorbeiritt – gern leicht nach rückwärts gebeugt und unartikuliertes Kampfgeschrei absondernd – auf die Büffel, die ein wenig so aussahen, wie hochträchtige Mutterkühe, denen man braune, fusselige Decken übergeworfen hatte. Und alle trugen – aufgemalt – das Herz auf dem rechten Fleck.

Hans hatte, nachdem er sich die Sache kurz betrachtet hatte, mit heller Kinderstimme gekräht: »Dee betrücht, kiekt mol doar röber!«

Aber von »Betrug« und vom »Nach-darüber-Gucken« wollte keiner was wissen. Und so war es nur ein Neunjähriger, der bemerkte, dass kein Indianer aus vollem Galopp schoss, sondern stets ein Spezialist, der gut getarnt im Hintergrund Pfeile im exakt richtigen Moment und aus kurzer Distanz in die gemalten Büffelherzen schoss.

Silvia übertraf ein weiteres Mal Eidigs Erwartungen. Aus dem pfeildurchbohrten Greif, dessen linke Kralle einen Schopfhäher hält, machte sie einen furiose Flugstudie. Der Pfeil – die Unschärfe im hinteren Bereich deutete seine Geschwindigkeit an – trifft den Beutemacher in einer angedeuteten Steilkurve; der Fahrtwind spreizt die Federn seiner Handschwingen. Die zupackende linke Kralle löst eine Feder aus dem Nackengefieder des Jay, der in Todesnot den Schnabel aufreißt, wie zum Schrei. Silvia hatte das fertige Bild an ihrem Zeichentisch befestigt und zeitweilig bildeten sich kleine Trauben von Männern davor. Es gab Kommentare, in Englisch, in Frankokanadisch und in Indianersprachen von hoher Klangkraft.

Als sich schließlich eine Besuchergruppe fast prozessionsartig näherte – alle schienen bemüht, einem einzigen den Vortritt zu lassen, was einen Stau bewirkte – wurde es Silvia mulmig. Was konnte das bedeuten? Der Mann, hinter den sich viele scharten und der offenbar ebenso wenig überholt werden durfte wie ein siegreicher Feldherr bei der Siegesparade, hieß William Ashley. Eidig schätzte ihn auf knapp sechzig Jahre, und er hatte genug an den Lagerfeuern der vergangenen Nächte aufgeschnappt, um zu wissen, wer da auf sie zukam.

Ashley war Erfinder und Begründer der »Rendezvous«, der alljährlichen Treffen von Trappern, Händlern und Jagdgesellschaften am oberen Missouri. Sie fanden Jahr für Jahr in Point Fork, statt. Der Name hatte Bedeutung: In den ersten Jahren stand hier eine – inzwischen vom Wind gefällte – Hemlocktanne, deren Stamm sich in gut dreifacher Mannshöhe in drei forkenartige Arme geteilt hatte.

Ashley hatte schon in den Zwanzigern junge Männer per Zeitungsannoncen in die Wildnis gelockt, sie mit Gewehren und Fallen ausgestattet und teils sogar zu Büffeljägern und Fallenstellern ausbilden lassen. Diese Fork-People oder Mountain Men wurden als »Ashley's Hundred« bekannt … und ein wenig berüchtigt, weil sie sich nur ungern an Abmachungen und Verträge hielten. Ashley gelang es, den Handel mit Fellen, Pemmikan und Büffelzungen fest in die Hand zu bekommen. Im Jahr 1831 wurde er demokratischer Abgeordneter des Bundesstaates Missouri im US-Repräsentantenhaus. Und es hieß: ein guter. Und nun, im Sommer 1836, wollte er, so wurde es schon Tage vor seiner Ankunft herumgetragen, noch einmal da sein, wo für ihn alles begonnen hatte. Es wurde gewettet, ob es der Alte noch mal hierher schaffen würde, an den Ort, den er legendär gemacht hatte. Die meisten wetteten pro Ashley.

Pegleg war – trotz seiner höchst zweifelhaften Reputation – ein Ashley-Man; das jedenfalls sagte man. Aber er hütete sich, diesen Orden offiziell mit sich herumzutragen. Pegleg war in einigen anderen Staaten ein gesuchter Pferdedieb und als solcher nicht gesellschaftsfähig. Und er war klug genug, sich nicht an Ashleys Seite zu drängen.

Ashley kam. Er trug Gehrock und Zylinder, was im Umfeld von zerschlissenen Trapperhosen und fadenscheinigen Hemden, die oft nur von einer talgigen Schutzschicht zusammengehalten wurden, einigermaßen deplatziert wirkte. Aber er hatte das, was man ein gewinnendes Lächeln nennt. Seine Gesichtshaut spannte über den Wagenknochen und war gelbbraun wie alte Schiffskarten.

Ashley verstand sich auf hochherrschaftliche Zeichen. Es gelang ihm, seine schubsende und drängende Begleitung mit einer einzigen Handbewegung zum Stehen zu bringen, um die letzten Meter zu Silvios Malerwinkel allein abzuschreiten. Er grüßte durch kurzes Antippen des Zylinders, Silvio grüßte zurück und machte die ihr nun schon sehr geläufige Geste, die Stummsein bezeichnet.

»Stumm, aber nicht taub …?«, Ashleys Stimme hatte etwas Gewinnendes. Silvio nickte, um freundlichen Ausdruck bemüht.

Ashley baute sich in ganzer Länge – eine nur knapp mittlere Manneslänge – vor dem Bild mit dem Pfeil und dem gespießten Jäger auf. Den nachdrängenden Hofstaat knurrte er zurück auf Abstand.

Und dann sagte er: »Wunderbar getroffen. Die Vögel. Und ich sehe die tiefere Bedeutung. Wir, die wir Jäger sind, sind doch auch Gejagte. Wer sich seiner Beute sicher ist, muss wissen, es gibt nur einen Jäger, der seine Beute immer bekommt. Der Tod.«

Eidig, der Ashleys Bildbeschreibung so in etwa verstanden hatte, schob den Sioux-Indianer Two Leaves, den er tags zuvor getroffen hatte, vor und sagte: »Dieser Mann hat den Pfeil geschossen. Ein …« Eidig suchte nach der englischen Entsprechung für »Meisterschuss«, fand sie nicht und fuhr fort »… grrreat shot.«

Ashley ließ den dunkel-rothäutigen Mann namens Two Leaves unbeachtet stehen, was Eidig missfiel, und setzte seine Bildbetrachtung fort: »Und es gibt noch etwas, was mich berührt, wenn ich dieses Bild sehe. Ich wünsche mir, wenn's mit mir zu Ende geht, einen so raschen Tod, wie er diesen beiden Kreaturen hier zuteil wird.«

Eidig war ziellos durch das Fork-Gelände gestrichen. Hatte sich bei einem von weither angereisten Waffenhändler ein Büffel-Gewehr gekauft – vom Silvias Opal-Splittern, mit denen er die Waffe vermutlich überbezahlte –, hatte, Peglegs Rat folgend, beim Probeschießen keine überragende Figur gemacht und einfach das angegebene Ziel um die Abweichung verfehlt, die er sich vorher gesucht hatte, hatte sich nicht genug über die turmhohen Säulen aus Biberfellen wundern können – wundern auch deshalb, weil es hieß, der Biberfellmarkt breche gerade zusammen –, hatte sich die unterschiedlichen Qualitäten von Büffelfellen erklären lassen und die Gründe, warum man welche Altersgruppen wann schießt und wann nicht, hatte hier und da von Büffelzungen und Pemmikan gekostet – beides hatte keine Chance, zu seinen Leibspeisen zu werden –, hatte sich hinreißen lassen, an den Lagerfeuern, die bis zur Morgendämmerung brannten, deutsche Lieder zu singen, war mit dem Sioux Two Leaves auf Waldmurmeltierjagd gegangen, hatte sich eine unüberblickbare Vielzahl unterschiedlicher Schlingen und Schlagfallen erklären lassen … und hatte einen Entschluss gefasst: Er würde nicht mit dem Großtrupp von Ashley-Leuten, unter Führung von Pegleg, losziehen ins Büffelland. Eher schon mit einer der kleinen freien Gruppen, deren Mitglieder auf eigene Faust und eigene Rechnung jagten und nur einige unerlässliche Dinge der

Logistik teilten. Vor allem die erforderlichen Nachtwachen ließen es geboten erscheinen, nicht gänzlich allein unterwegs zu sein.

Die Entscheidung, wem er sich anschließen würde, fiel schließlich leicht. Two Leaves – obwohl weit unten in der Hierarchie der überwiegend weißen Männer – hatte das Recht aller Scouts, über die Zusammensetzung »seines« Trupps mitzubestimmen.

Es gab für Eidig eine gute und eine schlechte Nachricht. Die gute: Two Leaves akzeptierte ihn mit einem Lächeln, einem kaum erkennbaren, aber immerhin mit einem Lächeln. Die weniger gute: Der Truppführer war Black Cheek, der Mann mit der Schmauchspur-Backe, den Eidig auf dem Missouri gedemütigt hatte und der seither nicht müde wurde, von diesem »Bastard« zu erzählen, der einen treibenden Baumstamm aus mäßiger Entfernung verfehlt habe und dann frech und lügenhaft behauptete habe, auf die abstehenden Wurzeln gezielt zu haben.

Eidig hatte Cheeks diverse Schmähreden ohne Entgegnung gelassen, hatte das Angebot ausgeschlagen, sich mit ihm, mit »the invincible Black Cheek«, im Eichhorn-Schießen zu messen, hatte nur ins Leere geschaut und sich einen Feigling schimpfen lassen.

Ein Fehler, womöglich.

Kapitel 18

EIDIG MUSSTE ES SICH IMMER WIEDER leise vorflüstern, wie früher die Gedichte, die man sich einprägen musste, um nicht von Speckschwarte bestraft zu werden: Die Jagd ist frei. Es gibt hier niemanden, der Anspruch auf hohes Wild und exklusives Schussrecht hat. Was man erbeutet, gehörte einem. Es gab keine Reviergrenzen. Es gab überhaupt keine Grenzen. Das Land endete da, wo einen die Füße nicht weiter trugen. Dort endete es aber nur für Fußschwache oder schlechte Reiter, andere zogen weiter und kamen doch auch an kein Ende. Und es sollte, ein paar Tagesreisen entfernt, am Rand der großen Berge – von allen nur »The Rockies« genannt – Büffelherden geben, die, wenn sie in Bewegung gerieten, den Blick auf das Gras unter ihnen nicht freigaben, einfach weil es zu viele waren. Unzählbar wie Pusteblumensamen im Wind. Wie die Sterne der Milchstraße.

Die Chancen, einer Verfolgermannschaft aus sehr guten Läufern, zu entkommen, sind nicht wirklich gut. Sie sind bei hohem Neuschnee noch schlechter. Und sie sind ganz besonders schlecht, wenn der Verfolgte hungrig ist. All das kam zusammen: dort, wo die Heide horizontweit daliegt und dem Wind lange Anläufe bietet. Dem Schneewind.

Eidig hatte die kurze Tageslichtspanne, die der späte Dezember bietet, ausnutzen wollen und sich keine Zeit zum Essen genommen. Ein Butterbrot steckte halb zerkrümelt und unberührt in seiner Manteltasche. Zwei Füchse hingen, durch ein Lederband verbunden, über seiner Schulter. Dem dritten war er hart auf der

Spur. An den kahlen Ginsterbüschen klebte sein Geruch. Und Störtebeker, Eidigs Hund, winselte seine Vorlust in die kalte Dämmerung.

Es war nicht die schiere Jagdlust, die Eidig trieb; es war auch eine Art von Erwerbssinn: Drei Fuchsfelle – plus die, die er schon im letzten Winter eingelagert hatte – wären genug für einen Mantel der ganz besonderen Art.

Durch das Halblicht ruderten Krähen. Eidig kannte ihren Schlafbaum, eine halb kahle Kiefer, in der sich die Schwarzen vor dem Einschlafen von Aas und besseren Tagen erzählten. Er hatte ihnen oft zugehört und er konnte aus der Kakofonie ihres Krächzens heraushören, wer das größte und gewichtigste Wort führte.

Als er die frische Fuchsfährte vor sich sah, offenbar die eines alten, starken Rüden, entsicherte er die Büchse. Der Schnürspur zu folgen und den Fuchs womöglich einzuholen, bevor er seinen Bau erreichte, war aussichtslos. Eidig tat das, was ihm schon mehrfach Erfolg gebracht hatte: Er schickte Störtebeker mit kurzem Wink seines linken Armes auf Umgehungskurs. Mit etwas Dusel konnte Eidigs Jagdhelfer den Rotrock auf seiner eigenen Fährte zurücktreiben, ihm vors Rohr.

Es war kein Mond am Himmel. Und wäre er da gewesen, hätte er in der nebeligen Dämmerung nicht viel genutzt. Wenn nur dieser Hunger nicht wäre! Hunger führte dazu, dass einem die Hand zitterte. Die wenigen Fehlschüsse, die ihm in all den Jahren unterlaufen waren, waren fast allesamt »Hunger-Zitterer« gewesen.

Eidig lauschte. In dem Moment, in dem Störtebeker damit beginnen würde, den Fuchs auf ihn zuzutreiben, und keinesfalls früher, würde er bellen. Das Restlicht, das sich jetzt an Wacholderspitzen und kahle Birken klammerte, würde spätestens in fünf Minuten von der aufziehenden Nacht verschluckt sein: kein verantwortbarer Schuss mehr möglich. Auch ein Fuchs war einen guten Schuss wert. Eidig fingerte nach dem Brot in seiner Rocktasche.

Aber plötzlich war da Licht, ein Streifschuss von Licht, rötlich. Und dann Stimmen: »Da drüben, das muss er sein. Das ist er. Wir haben ihn!« Eidig sah fünf … sechs … sieben Fackeln. Er ahnte die Umrisse der Männer, die sie hielten. Es wurde in die Luft geschossen. Wilddieb-Jäger schossen immer in die Luft, um die Gejagten einzuschüchtern. Geübte Flüchter wie Eidig fanden das hilfreich: Aus Knall und Echo ließ sich sehr gut die Entfernung abschätzen, die Jäger und Gejagte noch trennte. In-die-Luft-Geballer war nicht bedrohlich. Bedrohlich war etwas anderes: diese Hunger-Schwäche, die ihm im Gedärm wühlte und die Beine weich machte.

Um einen von Hunger geschwächten Mann im fast kniehohen Schnee einzuholen, brauchte es keine besonders guten Läufer. Ein paar satt gegessene Treiber reichten. Eidig wusste das.

Als der erste Fackelläufer schon die Heidekuppe überrannt hatte und sein lautes »Da, da … das isser« brüllte, wählte Eidig die einzig verbleibende Option. Er warf sich zu Boden, schaufelte beidhändig Schnee über sich, was gut gelang, weil der Schnee jung und pulverig war. Es bestand allerdings die Gefahr, dass Störtebeker durch die Reihen des Suchtrupps hindurch angestürmt käme, um ihn auszugraben. Aber Störtebeker hielt sich zurück, bellte in großer Entfernung und verwirrte den Suchtrupp.

Eidig lag unter der kalten Decke, atmete durch ein winziges Loch im Schnee, hörte Stimmen, spürte einen Stiefeltritt auf seiner Hand, hörte Fluchen »… Düwel uk! Der ist mit'm Teufel im Bund, der hat sich in Luft aufgelöst«, hörte, wie sich die Stimmen entfernten, wartete, und war schließlich fast zu schwach, um sich aus dem kalten Bett zu erheben. Über ihm stand der Orion, groß und unnahbar. Und er hatte das Gefühl, es sei besser, sich bei ihm zu bedanken, dem Großen Jäger und Liebling der Jagdgöttin, als beim Zimmermannssohn aus Bethlehem, der, soweit bekannt, keine Sympathien für Jäger hatte.

Kapitel 19

HOFSTETTER HATTE ABGENOMMEN. Die dreiwöchige Überfahrt war ihm mächtig auf den Magen geschlagen; das Essen konnte er an jedem dritten oder vierten Tag nicht bei sich behalten. Aber Gliederzittern und Schwächegefühl konnten ihn nicht hindern, am letzten Reisetag winkend auf der Bugplatte der *Belle Hélene* zu stehen, einer der ersten Dampfsegler, die im Linienverkehr den Atlantik überquerten.

Hofstetter hatte sich vorgenommen, die Elbe winkend zu begrüßen, da, wo sie sich breit und grenzenlos der Nordsee mitteilt. Er winkte, ein paar Möwen winkten zurück und er hielt einen kurzen inneren Monolog: »Altes Haus, du bist auf den Tag Fünfzig, schon etwas baufällig und die wichtigen Sachen sollten alle getan sein …«

Hofstetter hatte nur ein einziges Mal Hamburger Boden unter den Füßen gehabt, vor mehr als einem halben Menschenleben, kurz bevor er Deutschland mit Kurs auf New York verlassen hatte.

Er hatte seit Passieren des Ärmelkanals unter Dampf – Wind und Strömung waren ungünstig – darüber spekuliert, wie ihn die alte Heimat aufnehmen würde. Die Antwort fiel eindeutig aus und sie war banal: mit Regen. Es war ein dünner Regen, eigentlich mehr ein Gesprüh – so als stünde man neben einem Wasserfall.

Das Zweite, was Hofstetter beschäftigte, war die Frage, ob das deutsche Bier wirklich so unnachahmlich gut sein würde wie in seiner Erinnerung. Als er vor einer Menschenewigkeit amerikanischen Boden betrat, hatte er sich ohne zu zögern und im Vollrausch seiner Anpassungsbegeisterung auf die Seite der Whiskeytrinker geschlagen und die Seite auch nicht wieder gewechselt. Jetzt aber wäre ein Bier gut, ein Geburtstagsbier. Ein Prosit auf das knappe letzte Lebensdrittel, das womöglich noch vor ihm lag.

Hofstetter ließ sich durch die Grenzkontrolle treiben, einen windschiefen Schuppen, hart an die Hafenkante gesetzt, und probierte sein etwas rostig gewordenes Deutsch an jedem Uniformträger aus, den er passieren musste.

Am Ausgang des drahtgezäunten Ganges durch die Grenzkontrollhütte erwartete ihn eine Überraschung. Jemand hielt einen Schild empor, auf dem sein Name stand. »Ja bitte, mit wem habe ich die Vergnügung?«

»Schmidt, Peter Schmidt. Ich bin der Schwager von Walter Hofstetter, Ihrem Cousin in Regensburg. Walter hat sich ein Bein gebrochen, die Reise in der Kutsche von Regensburg bis Hamburg hätte er nicht gut überstanden. Er bat mich brieflich, Sie hier in Empfang zu nehmen.«

»Oh, ist es eine schlimme Bruch oder nicht so sehr?«

»Halb so schlimm, aber mit einem Beinbruch ist nicht zu spaßen.«

»Nein, ist nicht spaßig. Noch weniger als Nasenbruch, den ich nehmen musste.«

»Sie haben schon ein Hotel?«

»Nein.«

»Das ist gut. Sie sind mein Gast, wir haben ein Haus an der Alster.«

»Was ist der Alster?«

»Die Alster. Etwas Wunderbares … da drüben steht meine Kutsche. Und hier ist ein Schirm, wir haben mal wieder dieses Wetter.«

»Dieses Wetter …?«

»Ja, in Hamburg sagen wir zu Sprühregen: dieses Wetter.«

»Mein Gepäck … nicht viel. Aber ich kann es nicht hier lassen.«

»Schauen Sie selbst!« Hofstetter schaute in die Richtung, in die der Cousin wies und sah, wie sein Überseekoffer in einem Handwagen Richtung Kutsche gezogen wurde.

Als das Gefährt stadteinwärts rollte, platzte der Schwager des Cousins mit einer Frage heraus, die er nur mühsam zurückgehalten hatte: »Walter schrieb mir, Sie haben die weite Reise auf sich genommen, um über einen … Wilddieb zu schreiben. Einen deutschen?«

»Nein, über einen amerikanischen Helden. Aber weil es sich so befindet, dass der amerikanische Held eine deutsche … wie sagt man? … eine deutsche Vorweg-Geschichte hat, will ich das alles in meine notebooks sammeln, alles, was ich finden kann.«

Kapitel 20

»DIESER MANN IST NICHT GUT«, sagte Two Leaves. »Ich weiß«, sagte Eidig und schickte einen verdeckten Blick in Richtung Black Cheek, der am Nachbarfeuer saß. »Vor vielen Monden war ein Bruder, Lone Cloud, Scout für Cheek. Cheek hat ihm ein Goldnugget ... so groß ... versprochen und ein junges Pferd, wenn alle Männer zurück mit mehr als drei Stapel Buffalo Robes. Es waren vier Stapel. Aber Bruder bekommt nur ein Nugget, sehr kleines, und kein Pferd. Und als er sagt, dass ist schlecht, Schüsse immer vor seine Füße, so dass Bruder muss tanzen vor Cheek wie Verrückter. Cheek ist kein guter Mann.«

Eidig ließ sich Tabak reichen, fand ihn zu stark, aber dennoch rauchbar, dachte eine Weile nach und sagte: »Ich begleite dich, morgen, wenn ihr über die Bezahlung sprecht. Ich bin dein ... verdammt, wie heißt das ...?«

»Zeuge.«

»Ja, ich bin dein Zeuge.«

»Du bist guter Zeuge, weil guter Mann.«

Ein Eulenruf zog Eidigs Blicke in die Baumkronen, die Halbschatten vor den mondhellen Himmel stellten. »Wie heißt der Vogel?«

Two Leaves sagte ein Wort, das wie ein Stimmstoß aus einer tiefen Flöte klang und ergänzte: »In eurer Sprache heißt das: ›Der-zu-den-Sternen ruft‹.«

Am Nachbarfeuer hatte sich Cheek zum Vorsänger eines Liedes gemacht, das nicht gesungen, sondern gegrölt und geschnaubt wurde. Eidig und Two Leaves erhoben sich und rückten zwei Feuer weiter Richtung Fluss. Hier lagen nur vier schlafende Männer in Decken gewickelt. Ihr Schnarchen störte nicht.

Der Rauch vertrieb die Mücken und Eidigs Fragen die Zeit. Schließlich, Eidig wollte sich gerade zurückziehen, sagte der Scout: »Warum trägt deine Squaw Kleidung wie ein Mann?« Eidig verschluckte sich am Tabakrauch und starrte den Sioux an, als wäre er ein Berglöwe in Angriffshaltung.

Two Leaves machte eine beschwichtigende Handbewegung und sagte: »Das Auge eines Sioux kann man nicht täuschen. Wenn ich dir dieses Stück Holz …«, er ergriff einen handlichen Holzscheit, »… zuwerfe, fängst du es, so wie ein Krallenvogel zuschlägt, von oben nach unten. Eine Frau fängt mit Händen von unten nach oben, so wie man ein Kind fängt, wenn es fällt. Dieser Maler fängt Becher, den du wirfst, so … wie Frau fängt.«

»Hast du jemandem … gesagt, dass …«

»Die Worte, die jeder Mensch sprechen kann in der Zeit, in der er Zähne hat, sind vom Großen Geist gezählt. Darum nie Worte, die unnötig sind. Wenn doch, muss man als alter Mann ohne Zähne und ohne Worte sein.«

»Es weiß also … nur du …?«

»Außer mir sind noch sechs Scouts hier, von meinem Volk. Mit keinem habe ich gesprochen. Aber sie alle sind nicht blind wie die Würmer der Erde.«

Eidig war aufgesprungen, erwog Silvia zu wecken, die hinter dem Holzverschlag schlief, setzte sich wieder, stopfte versehentlich mit dem Zeigefinger die Glut in seine Pfeife, fluchte … und schaute den Indianer so durchdringend an, wie es ihm möglich war. Two Leaves versiegelte gestisch seine Lippen und lächelte.

Die beiden rauchten schweigend. Schließlich sagte der Amerikaner: »Auch weiße Männer sind nicht alle blind wie die Würmer der Erde. Ich habe welche geführt, die genauso schnell und so scharf sehen wie die Krieger meines Volkes.«

»Und du meinst …«

»Wir werden den Weg der Sicherheit und der Klugheit finden. Morgen.«

Kapitel 21

AM FOLGENDEN MORGEN überraschte Silvia Eidig mit einer Mitteilung: »Ich habe geträumt, dass der ganze Wald brennt und ich dich ins Wasser retten muss. Aber du warst zu schwer …«

»Du mich retten oder ich dich? In den guten Märchen müssen immer die Männer die Frauen retten.«

»Falsch! Es gibt ein jüdisches Märchen, in dem die Frau eines Kriegers ihren Mann rettet, indem sie …«

Eidig bedeutete ihr, die Stimme zu senken, in nicht allzu großer Entfernung schlug jemand sein Wasser gegen einen Baumstamm.

Als der Mann sich wieder verzogen hatte, sagte Eidig: »Ich fürchte, wir müssen jetzt dich retten …«

»Mich? Wovor? Vor wem? Vor dem Anblick pissender Plumpssäcke?«

»Ich erzähle dir mal, was mir ein alter Russe erzählt hat, den Napoleon aus Russland bis an die Elbe mitgeschleppt hat.«

»Mich würde mehr interessieren, warum man mich retten muss und wovor?«

»Kommt gleich … Also, Napoleon hat Offiziere und gemeine Soldaten mit dem Tode bedroht, wenn sie über die Frauen und Mädchen in den russischen Dörfern und Städten herfallen. Na ja … er sorgte sich wohl nicht so sehr um die Unschuld russischer Mädchen, sondern eher um die Disziplin seiner Truppe. Und als er höchstselbst durch ein Dorf ritt, in das er Teile seiner Grande Armée einquartiert hatte, fiel ihm eine Gruppe weinender Frauen auf. Als er näher ritt, sah er blutige Röcke und zerfetzte Blusen. Er zwang die Frauen, die Übeltäter zu benennen und ließ sie auf der Stelle erschießen. Fünf an der Zahl. Einer sagte, bevor ihn die Kugeln trafen, er hätte noch einen letzten Wunsch: den, es noch einmal zu tun.«

»Schlimme Geschichte. Was willst du mir damit sa …«

»Was ich sagen will, ist einfach: Wenn die bemerken, was unter deiner Moosweste steckt, dann hält sie nichts auf. Nichts! Auch nicht meine Drohung, sie zu erschießen …«

»Warum sollte jemand … es ist doch bisher gutgegangen.«

»Wir wissen nicht, mit wie viel Glück es gutgegangen ist.« Silvia sah ratlos in die Baumkronen, so als wäre von dort ein rettender Gedanke zu erwarten. Aber da waren nur ein Pärchen Schluchtammern, das durch die Zweige schlüpfte.

Schließlich sagte Eidig: »Du erinnerst dich, dass dieser Audubon von einem Malerkollegen, gesprochen hat, von einem Mann namens Catlin? Von einem, der die Indianervölker gemalt hat. Die Bilder, die ich in New York von ihm gesehen habe, sind eindrucksvoll. Aber nicht so eindrucksvoll, wie es deine sind … wie deine sein könnten. Wenn du den Indianern, den Frauen und Kindern, bis in ihre Tipis folgen könntest, dahin, wo kein Mann kommt … es würden Bilder entstehen, die die Welt noch nicht gesehen hat.«

»Du willst mich in ein Tipi sperren?«

»Ich will dich retten.«

»Du willst Trapper davor retten, erschossen oder gehenkt zu werden!«

»Niemand würde hier draußen jemanden erschießen oder hängen, weil er über eine Frau herfällt, die sich als Mann verkleidet hat.«

»Und all das fällt dir heute ein, am … ich weiß nicht am wievielten Tag unserer Reise?«

»Es ist mir, hoffentlich, noch früh genug eingefallen.«

Eidig verstummte. Two Leaves stand plötzlich vor ihnen. Wieder war er absolut geräuschlos erschienen. Er sprach mit gedämpfter Stimme: »Das Sommerlager der Frauen, Kinder und Alten ist zwei Tage und drei Nächte von hier. Wenn du kommst in das Sommerlager, gibst du Matan Oti, der Mutter unseres Stammes, dieses Band. Dann weiß sie, dass du von mir kommst. Sie spricht Sprache der Weißen – nicht mit vielen Worten, aber sie wird dich verstehen. Und du sie. Sag ihr, sie sollen dich wie eine Schwester zu sich nehmen in die große Mitte, bis ich komme und dich hole. Das wird sein, wenn der Schnee fort ist.«

Silvia wollte ihm ins Wort fallen, aber Two Leaves fuhr mit leicht erhobener Stimme fort: »Jetzt ist keine Zeit mehr. Der, mit dem du gehst, muss fort, ehe Sonne ist halb hoch. Das ist in der Hälfte einer kleinen runden Zeit, die ihr Stunde nennt.«

Silvias letzter Versuch auszuweichen, blieb stecken: »Das ist doch …«

»… das einzig Sichere«, fiel ihr Eidig ins Wort.

Eine halbe Stunde später verließ ein Indianerpony, geführt von einem halbwüchsigen Sioux, das Lager. Das Pony zog ein Schleppgestell, auf das ein kleiner Koffer und ein großes Malerbesteck gebunden waren. Und auf dem Pony saß die seltsamste Malergestalt, die jemals den Westen durchstreift hat. Androgyn und ein wenig wie ein verregneter Engel. Was Silvia Grünstern sang – sie sang, der stumme italienische Maler war abgelegt – was sie sang, hörte Eidig nicht mehr; und hätte er es gehört, hätte er es nicht verstanden:

… brauchen nicht den Zar zu fragen,
wollen wir die Jüd verjagen.
Setzen Feuer auf die Dachen,
kostet nur ganz kleines Lachen …

Kapitel 22

HOFSTETTER WAR VON einem beschwerlichen Ausflug in ein Kaff namens Winsen an der Luhe zurückgekehrt und räkelte sich auf einer Flechtmatten-Liege, von der aus man einen Blick auf die Elbe hatte. Aussicht, Kuchen und Kaffee waren gut, aber der Regensburger Amerikaner war missgelaunt.

In Winsen hatte er sich das Gefängnis unterhalb des Schlosses angeschaut. Von außen. Es gab nur ein vergittertes Fenster, von dem aus Eidig hätte schießen können. Hofstetter hatte die Luftlinienentfernung von der Gefängniszelle zur Wetterfahne auf der höchsten Schlosszinne abgeschätzt und dann mit zwei bis drei Zornesfalten auf der Stirn den Kopf geschüttelt: »Welch ein Blödsinn! Das sind Luftlinie hundertfünfzig Meter. Oder mehr. Es gibt kein Gewehr – und es gab damals schon dreimal keines! –, mit dem man vom Zellenfenster aus sein Monogramm in die Wetterfahne schießen kann.« Angeblich hatte Eidig mit dem Gefängnisdirektor um seine Freilassung gewettet: Sofern es ihm gelänge, seine Initialen, Schuss für Schuss, in das Blech zu gravieren, würde man ihn … versehentlich … entweichen lassen.

Und angeblich hatte er sich erst freigeschossen, um dann freigeschlossen zu werden. Und der, mit dem Hofstetter gesprochen hatte, wollte es beschwören, denn sein Bruder, ein sehr wahrheitsliebender Mensch, wisse es von einem ebenfalls verlässlichen Winsener Schlossgärtner, der damals beim Rosenschneiden die Schüsse in schneller Folge – eigenohrig! – gehört habe … Und ja, leider, die fern-signierte Wetterfahne habe ein Sammler erworben, der im hannöverschen Celle ein Eidig-Museum eröffnen wollte.

Von Winsen aus war Hofstetter quer durch die nördliche Heide bis Wesel gefahren und hatte sich im dortigen Krug eine Eidig-Reliquie zeigen lassen: einen hochschäftigen, preußischen Militärstiefel, dem ein Absatz fehlte. Den habe Eidig, so beschwor es der Bürgermeister von Wesel, der sich selbst einen Augenzeugen nannte, einem davon galoppierenden Schutzmann abgeschossen. Wohlgemerkt: der Gaul galoppierte! Hofstetter hatte sich den Stiefel genau betrachtet und das deutliche Gefühl, hier habe jemand mit passendem Werkzeug den Absatz entfernt. Er hatte dann im einem Anfall heftiger Verärgerung den Bürgermeister – der sich schwer tat mit dem Hochdeutschen – gefragt, ob dies denn wohl derselbe Eidig vollbracht habe, der bei Altona zu Fuß und nur gestützt auf den Heiland zu seiner Rechten und den Heiligen Geist zu seiner Linken über die Elbe gewandelt sei und anschließend eine abgefeuerte Kanonenkugel zwischen Daumen und Zeigefinger aufgefangen habe? Der Bürgermeister hatte offenbar kein Sensorium für Ironie und verneinte die Frage.

In Lauenburg und Lüneburg wühlte Hofstetter in alten Prozessakten und fand immerhin eine Schätzzahl, die man ihm genannt hatte, in etwa bestätigt – ungefähr anderthalb Jahre hatte Eidig hinter Gittern verbracht. Wenigstens Eidigs Geburtshaus in Klecken beeindruckte den New Yorker Journalisten: eine Fachwerk-Kate mit tiefgezogenem Dach und einem Storchennest, hinter die gekreuzten Pferdeköpfe geklemmt. Die Bewohner – die Försterei war seit einigen Jahren aufgelöst – wollten von »düssen dammichten Kerdel« nichts wissen. Und folglich auch nichts sagen.

In Hanstedt an der Schmalen Aue sprach er mit einer Frau, die mit Mädchenname Putensen hieß, aber großen Wert darauf legte, eine verheiratete Matthies zu sein. Sie gab Hofstetter schroff zu verstehen, dass jenes rothaarige kleine Mädchen, das er soeben mit Sahnedrops anzufüttern versucht hatte, das Kind ihres Gatten, Ehrenfried Matthies, sei. Punktum! Hofstetter warf einen Seufzer-Blick auf das dunkelbraune Haar der Mutter und das tiefschwarze des Vaters und einen letzten auf das rotschopfige Mädchen, machte dann eine Kehrtwende auf der Türschwelle und verschwand. Grußlos.

In Hittfeld hatte er tags darauf einen Totalschaden: durchgehende Pferde, Achsenbruch, Blessuren an Stirn und Wange, kindskopfgroßer Bluterguss in Höhe der linken falschen Rippen. Er erholte und kurierte sich eine Woche im Haus des Schwagers seines Regensburger Cousins, aß Hamburger Aalsuppe und Jorker Apfeltorte, trank spanischen Rotwein und holländischen Genever, las in den *Altonaer Nachrichten* – mit einigem professionellen Respekt – eine Artikelserie über die Untaten einer überführten Giftmörderin, sah und hörte im Theater am Gänsemarkt ein Singspiel mit dem Titel »Napoleon, der Wüterich«, das fast ausschließlich einen singenden Riesen – Mon Dieu! Napoleon war eher klein! – zu Wort und Gesang kommen ließ und zeigte, wie er an den Gitterstäben seines Gefängnisse auf St. Helena rüttelte, bis er die Bühnenrequisite – versehentlich! – zerlegte. Das war die einzige Szene, die mit heftigem Beifall bedacht wurde.

Als sich der Bluterguss an seiner Seite zu entfärben begann, beschloss Hofstetter die Weiterfahrt nach Regensburg anzutreten. Der hilfreiche Schwager des Cousins – Großimporteur und Handelsbeauftragter für dänischen Tabak – bestand darauf, ihm Kutsche und Kutscher auszuleihen. Hofstetter willigte dankend ein. Es war hoher Sommer und Hamburg verzichtete vorübergehend auf »dieses Wetter«; weiße Wolken schwammen von der Nordsee südostwärts ins Land, vielleicht nur deshalb, weil sie sich auf diese Weise in der Elbe spiegeln konnten.

Es war nicht wenig, was Hofstetter in zwei Kladden geschrieben hatte. Aber er zweifelte daran, dass es tauglich sein könnte und dass es reichen würde, um die ersten zwei, drei Kapitel von »Der Mann, der den Teufel erschoss« zu füllen … zu füllen ohne zu langweilen, wohlgemerkt. Andererseits würde in Manhattan niemand nachprüfen können, ob denn nun in Wirklichkeit … Na ja, es gab schöpferische Grauzonen. Und hatte nicht der vor einigen Jahren verstorbene Geheimrat Goethe den originalen Doktor Faustus bis zur Unkenntlichkeit überformt und neu geschaffen?

Hofstetter inspizierte die Kutsche – für einen weiteren Achsenbruch im Galopp fehlte ihm der Humor – und fand sie solide und gut in Schuss. Die Polster schienen ihm sogar besser zu sein als irgendetwas Vergleichbares auf der anderen Seite des Atlantik. Das bemerkte er mit einem wohlgefälligen Grinsen, hatte er sich doch daran gewöhnt, dass drüben von allem Handelsgut behauptet wurde, es sei der Altwelt-Konkurrenz himmelweit überlegen.

Schließlich begann Hofstetter, sich auf Regensburg und die Donau zu freuen. Ungefähr hundertfünfzig Chausseekilometer lang zermarterte er sein Hirn darüber, wie eine heiß begehrte Leckerei seiner Regensburger Kinder- und Jugendzeit hieß … er konnte sie schmecken, seine Geschmacksknospen begannen zu halluzinieren, ihm lief das Mundwasser zusammen … und endlich, eine viertel Tagesetappe vor Hannover brüllte er es lustvoll in den Tag: »Kipferl!«

Kapitel 23

ES WAR FAST STILL GEWORDEN im Fork-Lager. Die meisten Mountain Men, Scouts und Trossmänner waren unter Führung von Pegleg und als Kontraktoren von William Ashleys *Rocky Mountain Fur Company* abgezogen. Die Huren hatten schon am Vortag ein Dampfboot mit dem schönen Namen *Virgin Mary* bestiegen, das sie zurück nach St. Louis brachte. Auch die Musikanten waren fort. Die Claim-Bänder hingen noch da, wo sie an Pfählen im Boden befestigt worden waren. Von den riesigen Fellbergen war das meiste schon in den vorangegangenen Tagen südwärts abgeflossen. Die große Fell-Auktion unter offenen Himmel zählte Eidig zu den besseren Lehrstunden seines Lebens, ihn verblüffte die Schnelligkeit und Sicherheit, mit der Aufkäufer aus allen Staaten und Distrikten Qualitäten erkannten, Preise kalkulierten, Rabatte herausschlugen ... und einander übers Ohr hauten. Es gab eine Schiedsstelle für offensichtliche oder vermeintliche Betrugsfälle, der zeitweise ein echter Friedensrichter vorsaß. Ein Aufkäufer aus Philadelphia bekam Recht: Man hatte ihm einen Stapel minderwertiger, schlecht gegerbter Felle verkauft, der in den oberen Lagen mit Fellen höchster Qualität getarnt war.

Gegen Ende des »Rendezvous« kamen schließlich auch die letzten hoch aufgeschichteten Berge ins Abschmelzen und Rutschen. Viele hundert Meilen flussabwärts würden sich die Hallen von Jeff the Storeman rasch füllen, und von dort würde ein erheblicher Teil der schon in Fork bezahlten Ware weiter flussabwärts treiben, auf größeren Kähnen, bis New Orleans. Büffelzungen würden den kürzesten Überlandweg nach Boston und New York nehmen. Für Pökelfleisch, so die allgemeine Klage, gab es zwar Nachfrage, aber noch keine erprobten Abflusskanäle.

Eidig bemerkte die Stille: Es waren wieder Vogelstimmen zu hören. Und er bemerkte die Leere. Silvia war fort. Er hatte Ärger und Trennungsschmerz mit Whiskey betäubt, was ihm einen Tag mit Kopfschmerz und Magenkrämpfen eingebracht hatte. Sie war fort. Das war schlimm. Aber sie war in Sicherheit. Das war gut.

Im Lager waren nur wenige geblieben. Genau genommen nur drei Trupps, alles Männer, die sich für kleine Gruppen entschieden hatten. Zwei der Trupps hatten indianische Scouts, einer scharte sich um einen Waldläufer, der aus sehr offensichtlichem Grund »White Hair« genannt wurde und von dem erzählt wurde, dass er die erste Hälfte seines Lebens als weißer Indianer gelebt habe … weit oben im Norden, dort, wo das Land noch keine englischen oder französischen Namen hat.

Am Abend vor der letzten Nacht im Lager beorderte Black Cheek alle Männer seines Trupps an sein Lagerfeuer. Jeden begrüßte er per Schlag auf die Schulter, für Eidig hatte er nur einen angedeuteten Wischer übrig, einen halben Schlag, etwa so, wie ihn ein Faustkämpfer mit der Führhand andeutet, um gleich darauf mit der Schlaghand nachzusetzen.

Two Leaves saß abseits und schnitzte an einem Pfeifenstiel.

Cheek sprach leise, wie um alle zum genauen Zuhören zu zwingen: »Männer, genug gesoffen, genug Weiber gestoßen, genug getanzt. Morgen geht's den Big Muddy aufwärts, aber nicht bequem im Boot, sondern im Sattel. Nach einer Woche sind wir an der Cheyenne-Mündung. Von da an nach Westen. Und nach zwei, drei Wochen können wir die verdammten Büffel schon riechen.

Two Leaves sagt, die ersten hundert Meilen cheyenneaufwärts werden wir auf keine Indianer stoßen, die von uns etwas anderes wollen, als das hier …«, er schüttelte eine halb volle Whiskey-Flasche, »… davon haben wir genug dabei, um alle Fische des Cheyenne besoffen zu machen. Aber die Buffalo Plains sind Streifgebiet der Stoney Sioux. Das macht es nicht leichter. Die Stoney arbeiten zwar auch mit den großen Fur Companies zusammen. Aber wenn Weiße in ihrem Stammgebiet jagen, werden sie sehr grimmig. Besonders die Stoneys-von-den-großen-Flüssen. Wir werden versuchen ihnen auszuweichen. Wer seinen privaten Indianerkrieg haben will, der kann ihn haben. Aber als Solotänzer. Noch Fragen?«

Einer fragte nach der Quote. »Wie immer. Jedes zweite Fell ist für den großen Haufen, der von allen aufgefüllt und für alle verkauft wird. Was ihr sonst kriegt, geht in eure eigenen Taschen. Two Leaves und mich bezahlt ihr am Ende aus eurem Reingewinn. Ich bekomme fünf Prozent von jedem, Two Leaves ein Prozent. Aber weil ihr Holzköpfe es mit dem Prozentrechnen nicht so habt, werde ich euch das Rechnen abnehmen … Eidig!«

Eidig schob sich die Pelzmütze aus der Stirn und schaute Cheek an: »Was ist?«

»Hast du alles verstanden?«

»Hab' ich.«

»Du fährst den Proviantwagen. Das ist sicherer. Ich möchte nicht, dass du uns aus dem Sattel kippst, Deutscher.«

Eidig wusste, wie mit Zorn und Wut umzugehen war. Wasser half. Er tat, was er in ähnlicher Gemütslage vielfach an Flüssen, Teichen, Bächen getan hatte: Er hockte sich ans Ufer und schaute ins Wasser, sah Wirbel, die das Sonnenlicht schmolzen und verteilten, sah nickende Gräser, die von der Flut bewegt wurden, sah Libellen, die rückwärts flogen, so als könnten sie die Zeitachse abwärtsgleiten. Er saß am Ufer des Big Muddy, der hier gar nicht schlammig war, und warf seine Gedanke und Gefühle in die Flut, sah Frauengesichter, am deutlichsten das der Frau, die auf einem Indianerpony durch ein Gräsermeer ritt. Sie sang, von ihm abgewandt, ein Lied; und obwohl er nur ihren Rücken sah, erkannte er ihr Gesicht. Schmerzhaft überdeutlich.

Dann war da ein Katzenwels, gut armlang, der auf langen Barteln im seichten Uferwasser stand. Eidig spürte die Regung, den großen Fisch mit einem gezielten Messerwurf zu erbeuten, aber die Neigung, ihn ruhig zu betrachten, war stärker. Die hoch aufgerichtete Rückflosse ragte aus dem Wasser, der Fisch schien ihm zuzuwinken. Die Fische seiner Kindheit, die Fische der Heidebäche und Marschgräben, gesellten sich dazu: Bachforellen, Nasen, Koppen, Schlammpeizger. Fische, gegen die man gern verlor, wenn man versuchte, sie mit flinken Kinderfingern zu greifen.

Kapitel 24

DIE ELBE WAR EINE GROSSE LIEBE. Der East River hatte ihn kalt gelassen, für den Missouri konnte er sich immerhin erwärmen. Und jetzt der Cheyenne!

Als sie die Stelle erreichten, an der der Cheyenne auf den Missouri trifft, schwenkte Eidig seine Fellmütze und rief ein sehr deutsches »Willkommen, mein Freund!« Andere teilten seine Emotion. Es wurde in die Luft geschossen, und ein gewisser Don Ruby, der als Kanadier mit Eidig den Status des »Non« – Non-American – teilte, stimmte ein Lied an, das Eidig wegen der undeutlichen Artikulation des Sängers nur annähernd verstand … irgendetwas mit:

Tränen der Rocky Mountains
rinnen zu Tal … Cheyenne, Cheyenne
nimm mich mit … Cheyenne, Cheyenne

Two Leaves verhielt sich still, fast stiller noch als sonst. Eidig beobachte, wie er sich aus dem Sattel beugte, Cheyenne-Wasser schöpfte, sich damit die Stirn und die Augen benetzte und schließlich das Herz.

Ein paar Meilen cheyenneaufwärts wurde gerastet und Eidig fragte, ob das Wassersprenkeln so etwas wie Taufe sei. Two Leaves dachte lange nach, so lange, dass Eidig schon keine Antwort mehr erwartete. Dann sagte er: »Man hat mir gesagt, der Gott des weißen Mannes will, dass man die ganz kleinen Kinder mit Wasser besprenkelt, damit sie ihr Leben lang das tun, was ihm, was Gott gefällt. Aber ich zweifele, dass es etwas nützt, dieses Taufen. Denn wenn der Gott der Weißen ein guter Gott ist, dann kann es ihm nicht gefallen, was die Weißen tun, die getauft sind.«

»Und warum hast du Wasser auf Augen und Brust tropfen lassen?«

»Weil ich etwas von seiner Kraft haben will.«
»Was ist das … die Cheyenne-Kraft?«
»Du wirst sie spüren.«

Als Two Leaves Stunden später neben Eidig ritt, der auf dem Kutschbock des großen Proviantwagens saß, sagte er etwas, das Eidig verwirrte: »Ich habe deine Frage verstanden.«
»Welche Frage? Ich habe nicht gefragt.«
»Nicht mit den Lippen, mit dem Herz.«
»Was also ist die Antwort?«
»Es geht ihr gut.«

Kapitel 25

DER FÜNFTE CHEYENNE-TAG war Jagdtag, und irgendein lokaler Jagdgott, der über Jagdlust und Jagdfrust zu entscheiden hatte, hatte es so gewollte, dass Cheek mit nur einem Waldmurmeltier, dazu noch einem reichlich untermaßigen, von der »Fleisch-Jagd« zurückkam, während fast alle anderen reichlich Beute gemacht hatten. Cheek schleuderte den kleinen toten Körper in den Fluss und sagte etwas, das Eidig beunruhigt hätte, wenn es bis an sein Ohr gedrungen wäre.

Und als der Kanadier Don Ruby – der dazu neigte, lieber eine Freundschaft als eine Pointe zu verschenken – noch vorschlug, Cheek ab sofort mit seinem wahren indianischen Namen »Der-auf-sehr-kleine-Woodchucks-Schießende« anzusprechen, schlug der Verspottete tiefe Basssaiten an und dröhnte: »Wir sind hier, um den Büffeln die Felle abzuziehen und um Büffelzungen abzuschneiden. Aber es könnte passieren, dass ich schon mal an einer Menschenzunge Maß nehme.«

Kapitel 26

HOFSTETTER WAR SELIG. Sicherlich: Regensburg hatte sich verändert. Aber die Donau floss noch immer in die gleiche Richtung unter der großen Steinernen Brücke hindurch, von der aus sie als Knaben mit kleinen Schleudern weich gekaute Papierkugeln auf Hindurchfahrende geschossen hatten.

Die Kipferl schmeckten wie damals, oder – vielleicht, weil er diese Sensation schon so lange nicht mehr auf der Zunge hatte – noch besser als in Kindertagen. Sein Geburts-, Kindheits- und Jugendhaus war nach dem Tod seines Bruders in familienferne Hände gegangen; die Fassade und vermutlich auch das Innere – Hofstetter verzichtete auf eine Besichtigung – schienen ihm stark verändert zu sein. Nur ein inzwischen eingewachsenes Brett in einem Kastanienbaum vor dem Haus erinnerte ihn daran, dass er diesen Baum einmal bewohnt hatte.

Im Dom verbrachte er Stunde um Stunde, bis ihm die Kühle durchs Futter seiner Weste kroch. »Mein Gott, Amerika hat viel, aber es ist bitter arm ohne Gotik und deutsche Wurst«, seufzte er, und dachte dann wieder an baumstammdicke brennende Kerzen, Weihrauch und an die Angst vor dem Fegefeuer, die ihm in dieser großen Halle von murmelnden Greisen in langen Röcken eingetrichtert worden war. »Gut aber ist«, befand er abschließend beim Verlassen des Doms – und er notierte es sich für mögliche Verwendung in anderen journalistischen Zusammenhängen –, »dass der bayerische Barock, dieser entsetzliche Schwulst, dieses haltlose Gekringel, dieser gotteslästerliche, blattgoldige Verrat am armen Mann aus Nazareth, den Sprung über den Großen Teich nie geschafft hat.«

Irgendwie – wie genau war nicht zu erkennen – hatte es sich herumgesprochen, dass ein Regensburger als gemachter Mann aus dem fernen Amerika zurückgekehrt war. Er wurde an allen Ecken und Enden der Stadt – sogar an der Pinkelrinne eines Gasthauses mit Wurstbraterei – mit Fragen bedrängt: Ob es denn der Wahrheit entspreche, dass der König in den USA »Präsident« heiße, und ob es denn Präsident der Erste, Präsident der Zweite und so weiter gebe, so wie es bei den bayerischen und deutschen Majestäten immer durchnummerierte Ludwigs und Heinrichs gebe. Einer wollte wissen, ob Indianer am ganzen Körper rot seien, und ob es denn ein rosiges Rot sei, wie man es bei abgebrühten Sauen sehen könne oder ob es so ein schmutziges Rot sei, wie man es auf der Haut von schweren Trinkern sehen könne. Einer schien gut informiert zu sein und fragte nach dem großen New Yorker Feuer vom Dezember 35 und wollte dann noch wissen, ob man es sich größer vorstellen müsse als den Brand von London 1666 – eine Frage, die Hofstetter mit dem Hinweis zurückwies, er sei damals in London nicht dabei gewesen.

An seinem vorletzten Abend traf er den Regensburger Bürgermeister Gottlieb von Thon-Dittmer. Er begegnete ihm nicht ganz zufällig: Dittmer hatte Erkundigungen über Hofstetter eingezogen und passte ihn beim Bratwurstessen im Beisel an der Brücke ab. Thon-Dittmer sprach über ein vorzügliches Bier hinweg, und er sprach viel und schnell. Er selbst sei in den frühen Zwanzigern, »als mir der Bart noch nicht richtig sprießen wollte«, um der Freiheit willen als Mitglied der Alten Würzburger Burschenschaft zu kurzer, aber strenger Kerkerhaft verurteilt worden, habe damals »sehr heftig« die Auswanderung in die USA erwogen, sei aber – »der Liebe und der Pflicht wegen« – geblieben. Ja ja … um der Liebe willen und ein wenig auch, weil er »den Ruf verspürte, das Bayerische Vaterland zu bessern«, ein Plan, den er nun als Haupt der Stadt Regensburg zu vollenden gedächte, sofern man ihn nicht, was nicht unwahrscheinlich sei, an den Hof nach München abberufen würde.

Dittmer sprach nicht nur, er war auch ein unermüdlicher Frager: Wie es denn nun wirklich mit der Freiheit im »Land der Freien« stehe, versuchte er in mehreren Anläufen zu eruieren.

Hofstetter gab sein Bestes, lobte die Volksherrschaft »bei uns drüben« und tadelte die »Verlotterung der Sitten«, die im Wesentlichen daher rühre, dass man dem Geld im Amerika mehr gestatte als irgendwo sonst.

Hofstetter wurde, samt seinem Cousin – der sich im übrigen als langweilig und körperlich wie geistig unbeweglich erwies –, zu einem Diner in die Stadtresidenz eingeladen. Es gab vorzügliche Knödel und Entenbraten, der – so lobte Hofstetter in einer kurzen Dankesrede – so »überirdisch herrlich« schmecke, dass er, der verlorene Sohn, fast schon eine Rückkehr nach Bayern erwöge … eine Rückkehr, die aber in seinem Fall … leider, leider … und so weiter … und so weiter »… und weiterhin gesegneten Appetit …«

In einem zweiten Toast lobte er das Regensburger Bier – speziell, in einem dritten die deutsche Kunst – pauschal. Dass er dabei Rembrandt zu einem deutschen Maler machte und Klopstock zu einem bedeutenden Sohn des Bayernlandes, fiel nicht auf oder wurde geflissentlich überhört. Hofstetter machte die interessante Erfahrung, dass es effektvoller ist, in einer Sprache, der man entwöhnt ist, zu parlieren als in der vertrauten. Allein schon die Anstrengung der Wortfindung verlieh seiner Rede ein Gepräge von Bedeutsamkeit.

In den Gassen hinterm Dom fragte er nach einer Josephine Kastelmair – seiner ersten, weitgehend unerfüllten Liebe – und erfuhr, dass sie als verehelichte Josphine Huber und Brauereibesitzersgattin an Kindsbettfieber verstorben war, nach Geburt ihres fünften Kindes und ersten Sohnes, des lang ersehnten Huber-Bräu-Erben. Hofstetter suchte und fand ihren Grabstein und ärgerte sich, dass ihm keine Träne gelingen wollte.

Einen Tag, bevor er die Stadt seiner frühen Jahre wieder Richtung Hamburg verließ, wären ihm fast seine Kladden mit den Eidig-Notizen abhandengekommen. Eine Putzmagd im Gasthaus

Kaiser Mark Aurel, wo der Amerikaner komfortabel und preiswert nächtigte, hatte sie dem »G'lump« zugeordnet und abgeräumt.

Hofstetter erschrak – auch ein Beinahe-Verlust erschreckt –, fragte sich dann aber, ob es wirklich ein Verlust gewesen wäre. Er verließ Regensburg satt. Im Magen und im Kopf.

Kapitel 27

ES WAR EINE LUST zu leben! Wobei Leben und Jagen für Eidig waren wie Grundform und Superlativ. Cheeks Trupp hatte zwar Freude am Schießen, vor allem am Besser-Schießen-als-andere. Aber bewaffnet durch nasses Unterholz zu streichen und dann Fleisch auf der Schulter zum Feuer zu tragen, war nicht beliebt. Eidig füllte die Lücke und damit zugleich die Lücken in den Mägen. Sein Ansehen bei dem kleinen Trupp von Mountain Men stieg mit jeder Weißwedelkalb-Keule, mit jedem Waldmurmeltier-Braten, mit jedem gerösteten wilden Truthahn. Zwei-, dreimal versuchte er sich mit dem Bogen. Ohne Erfolg. Two Leaves zeigte ihm, was an essbarem Gemüse in den Wäldern und an den Ufersäumen des Cheyenne zu finden war. Als besonders schmackhaft erwies sich die Knolle einer unscheinbaren Blume, die der Indianer »Die-am-Abend-duftet« nannte.

Stunden, die nicht mit Küchenarbeit und Ordnen des Proviant- und Materialwagens angefüllt waren, verbrachte er in den Wäldern. Oft allein, oft in Gesellschaft des Sioux, der – obwohl kein schlechter Gewehrschütze – fast immer mit Pfeil und Bogen jagte. Einmal hob Two Leaves einen bis zur Unkenntlichkeit verwitterten Pfeil aus der Laubstreu. »Stoney«, sagte er, »… vor fünf oder sechs Monden …«

»Und …?«

»Sie sind sehr böse, wenn man ihre Tiere nimmt.«

»Sind es denn ihre Tiere?«

»Es sind die Tiere des Großen Geistes, und er schickt sie den Menschen. Die Stoney sagen, er schickt sie ihnen, solange wie die Menschen gut sind zum Land.«

Es gab eine Reihe von Sängerstimmen, die Two Leaves so täuschend nachahmen konnte, dass die Vögel auf Sichtweite heran kamen. Eine Wanderdrossel verließ ihre Deckung im Kupferfelsbirnen-Gestrüpp und näherte sich dem flügellosen, übergroßen Rivalen auf drei Schritt. »Wäre Silvia da, würde ich ihr eine wunderbare Zeichenvorlagen besorgen«, dachte Eidig. Und der Gedanke an die Entfernte tat weh.

Two Leaves wusste, wo und wie man Steinreusen anlegen konnte: kleine Dämme aus Lesesteinen, die im Flachwasserbereich ein weniges an Strömung abzweigten und Fische in sehr flache kleine Mulden leiteten, in denen sie leicht mit Händen zu greifen waren. Aber leicht war relativ. Two Leaves zeigte Eidig, dass man mit einem Stecken hinter oder neben dem Fisch ins Flachwasser schlagen musste, um ihn dann genau in seiner Fluchtrichtung abfangen zu können. Es war ein wenig so wie beim Fliegenfangen mit der Hand: Es gelingt nur, wenn man die Fluchtrichtung einkalkuliert.

Und Two Leaves wusste auch zu berichten, dass die alten Männer und Frauen seines Volkes, deren Hände nicht mehr schnell waren, eine Wurzel kannten; kochte man sie und träufelte den Sud ins Flachwasser, verlören die Fische ihre Beweglichkeit und ließen sich leicht fangen.

Eidig fragte sich, ob oder warum denn daheim nie jemand auf diese Fischfangtechnik gekommen war. Die Reusen, die er von Elbe, Aller und Weser kannte, waren aus Flechtwerk und man hatte keinen Einfluss darauf, ob oder wie viele Fische sich darin verfingen.

Eidig schoss fast nur, wenn keiner der Mountain Men in Sichtweite war, denn er traf mit dem Langgewehr aus der Hüfte sehr viel präziser als irgendjemand im Trupp mit aufgelegtem oder angebacktem Gewehr. Peglegs Warnung vor »Schussneid« und dessen mögliche Folgen nahm er ernst.

Am sechsten Cheyenne-Tag sah er auf mittlere Entfernung einen Bären. Er schien ihm nicht besonders groß zu sein, war schwarz und ungemein schnell auf den Tatzen. Der Bär hob windend den Kopf, fixierte ihn. Eidig fasste die Langbüchse etwas fester … und ging langsam Schritt für Schritt davon, ohne den Bären aus den Augen zu lassen.

Vor Anbruch des zehnten Cheyenne-Tages stand Two Leaves an Eidigs Schlafmatte, weckte ihn mit Handauflegen auf seine Brust und forderte ihn auf, ihm zu folgen. Eidig stakste noch recht steifbeinig durch den Bodennebel, der das erste Sonnenlicht verflüssigte. Nach wenigen Minuten deutete der Sioux auf etwas, das in Kopfhöhe in die Stammspalte eines Hickory drapiert war.

»Was ist das?«

»Eine Warnung.« Eidig trat näher und erkannte einen skelettierten Unterarm, der – offenbar um ihn besser wahrnehmbar zu machen – mit roter Farbe überzogen war. In Höhe der Handwurzelknochen klebte ein Stoffrest, der wie ein Uniformfetzen aussah. Two Leaves deutet auf eine Stelle, die Eidig womöglich nicht aufgefallen wäre: Elle und Speiche waren angebrochen. »Sie wollen sagen, wer hier weitergeht, dessen Arm und dessen Leben wird zerbrochen.«

»Wer ist … die?«

»Ich denke: Stoney-von-den-großen-Flüssen. Aber ich kann es nicht sagen. Nicht sicher. Aber der gebrochene Arm sagt: Geht nicht weiter. Wenn doch weiter, dann Leben gebrochen wie dieser Arm von totem Mann.«

Kapitel 28

TWO LEAVES SPRACH WENIG, und schon deshalb hatte er die Aufmerksamkeit aller, wenn er die Stimme hob. Nein, er erhob sie nicht, er sprach mit gleichförmigem Atem: »Hier ist der Ort der zwei Wege. Wir müssen wissen, welchen Weg wir gehen. Den Weg am Fluss oder den Weg der vielen Windungen, die Hügel hinauf.«

Cheek knurrte: »Heute mal keine Indianer-Gequatsche. Was ist Sache?«

Two Leaves glitt von seiner Reitmatte zu Boden – er ritt als einziger sattellos –, nahm sich einen Stecken, strich ein kleines Stück sandigen Bodens glatt und zeichnete eine Schlinge: »Der Cheyenne nimmt sich viel Zeit. Er umfließt ein Land, das die Fluss-Stoney das Land-des-Vogels-der-unter-Wasser-fliegt nennen. Der Weiße Mann nennt den Vogel Fischdieb und Kormoran.« – »Was ist mit diesem Land, ist es nicht sicher … rote Männer auf dem Kriegspfad?«

Cheek hatte seine Zornesfalte hoch aufgesteilt. Seit Tagen hatte er das Gefühl, sich zu langsam durchs Land zu bewegen. Mit dem Wintereinbruch sollte man da sein, wo die Büffel waren, die Büffel, die dann ihre Winterroben trugen, also jenes Fell, das den Beutezug erst lohnend machte. Doch es sollte nicht der hohe Winter sein, wenn Blizzards einem Sicht und Jagdchancen nehmen, besser wäre der frühe Winter, wenn sich die Büffel schon umgezogen haben, das Land rundum aber noch nicht erstarrt ist und einem der strenge Frost die Luft zum Atmen nahmen. Und diese Zeit, verdammt noch mal, rückte näher. So gesehen war eigentlich keine Zeit mehr für lange Wege … Obwohl hier noch alles nach Indianersommer aussah, konnte der erste Schnee nicht mehr allzu weit sein. Die Nächte waren schon kalt, die Sonne brauchte lange, um die Flussnebel zu verdampfen.

Two Leaves sprach weiter, ohne die Stimme zu heben: »Im Unterwasser-Vogel-Land kann man den Fluss gegen sich haben. Wenn es oben in den großen Bergen so stark regnet, dass der Tag nicht heller wird wie das Ende der Nacht, dann ist das Unterwasser-Vogel-Land in nur einem halben Tag überflutet. Aber wenn der Cheyenne in seinem Bett bleibt, ist der Weg der kürzere und der bessere.«

»Und wie viele Tage verlieren wir, wenn wir den längeren Weg nehmen?«

»Drei oder vier.«

Cheek schaute in die Runde, zu der die Mountain Men aufgeritten waren: »Also, wie ist die Stimmung, Männer? Den kurzen Weg und eventuell nasse Füße bis zum Hals. Oder den trockenen Weg und vier Tage länger?«

Don Ruby, der Frankokanadier, hielt ein flammendes Plädoyer für den Unterwasser-Vogel-Trail, eine von Einwürfen in französischer Sprache durchsetzte Rede, die in den Worten gipfelte: »Was kann uns passieren? Mon Dieu! Solange den Pferden das Wasser nur bis zum Bauch reicht und Two Leaves die Richtung weiß, besteht keine Gefahr. Wir haben nichts zu verlieren. Und vier Tage zu gewinnen! D'accord?

Ein anderer, den Eidig als besonnenen Mann zu schätzen gelernt hatte, wandte ein: »Was ist mit den Wagen? Wenn das Wasser Pferdebauch-Höhe hat und die Strömung dann auch noch stark ist, sind die Wagen nicht zu halten. Ich habe das mal erlebt, im Herbst 33, drüben in Wyoming …«

Es gab ein gut einstündiges Palaver, das Cheek schließlich beendete, indem er abstimmen ließ. Two Leaves war nicht stimmberechtigt. Eidig stimmte für den Umweg und begründete es in knappen Worten. Cheek schien bis zuletzt unsicher, hob dann aber die Hand für die Route über die hohe gebirgige Schulter des Cheyenne. Es gab eine Mehrheit für diese, für die längere, für die trockene Variante.

Don Ruby, der Mann vom Lorenz Strom, brach daraufhin in

eine Art Wutgeheul aus: Man möge doch bedenken, dass man schon jetzt spät dran sei. Und wenn man die Büffel bei Wintereinbruch treffen wolle, dann sei es schon jetzt hoch an der Zeit …

Cheek schlug ihm kräftig zwischen die Schulterblätter, so dass der Rest von Rubys Wutrede in Husten überging: »Spar deinen Atem. Alter. Es wird steil.«

Es wurde steil. Streckenweise mussten Reitpferde die Zugpferde unterstützen. An einer extrem engen Kehre, in der die Fahrspur noch dazu abschüssig verlief, drohte der größere der beiden Wagen abzustürzen. Eidig konnte die Situation retten, indem er Cheeks Befehl – »Anhalten, ihr Idioten!« – ignorierte und die Pferde mit Peitschenknall dazu brachte, sich mit äußerster Kraft ins Leder zu stemmen und das schwankende Gefährt am Abrutschen zu hindern.

Cheek ritt fortan neben den Kutscherbock: um »weitere Ungeschicklichkeiten zu verhindern«, wie er schnaubend verkündete. Aber fast jeder hatte gesehen, dass ein Unglück nur und gerade deshalb ausgeblieben war, weil in der entscheidenden Sekunde entgegen Cheeks Kommando gehandelt worden war.

Ruby sang, mindestens nach jeder bewältigten Meile, ein ironisches Loblied auf die ebene, einfache, vermutlich trockene, herrlich kurze und gefahrlose Durchfahrt durchs Unterwasser-Vogel-Land. In unregelmäßigen Abständen fügte er auf Französisch Beschimpfungen gegen Gott und die Welt hinzu.

Wenn es das Gelände erlaubte, ließ Eidig die Zugpferde an langer Leine gehen und beobachtete Truthahngeier, die sich im Wärmestau der Steilwände fast mit umgekehrter Fallgeschwindigkeit aufwärts tragen ließen. Sie waren sicherlich die einzigen, die den verhinderten Absturz bedauerten. Eidig sah, dass die Felsen in allen Farben von Grau bis feuerrot changierten, und er dachte an Silvia, die dieser Anblick unweigerlich an ihren Malkasten gezogen hätte. Er stellte sie sich in weiches Hirschleder gekleidet vor … sehr detailreich … und er dachte daran, ob die Gastfreundschaft für einen langen Winter wohl gegenleistungsfrei sein würde. Im kurzen Herbst, der jetzt begann, würde sich das Dorf wieder mit jungen Männern füllen, mit Männern, die den Sommer in den Ebenen zugebracht hatten, teils im Auftrag der Fur Companies, teils in Freiheit.

An einer Stelle, die leicht morastigen Grund aufwies, zeigte Two Leaves auf eine Spur. Er nannte einen indianischen Namen. Eidig hatte nie zuvor eine Bärenspur gesehen, war sich aber sicher, wer hier sein Siegel in den Boden gedrückt hatte. Er zog seine Langbüchse, die er unterhalb des Kutschbocks befestigt hatte, dichter zu sich heran. Two Leaves, der das bemerkt hatte, winkte ab … und fast schien es Eidig so, als lächelte er dabei.

In der ersten Nacht – der ersten, die er seit Tagen abseits des Flusses verbrachte – träumte er schwer und hartnäckig.

Er war wieder Flüchtling, der – die Gendarmerie und Soldaten im Genick – durch Wälder lief. Aber seltsamerweise waren es nicht die Buchen-, Eichen- und Birkenwälder südlich der Elbe, sondern Wälder mit amerikanischen Baumgestalten. Und als er sich, atemlos und verzweifelt, ergeben wollte, hechtete einer auf ihn zu, der sich eine Art Dolch auf den rechten Zeigefinger gesetzt hatte. Aber es war nicht Ryan, sondern … Cheek.

Eidig erwachte von einem leichten Druck auf seiner Stirn und spürte Two Leaves' Hand: »Was ist, Two Leaves … habe ich … geschrien?«

»Du hast die Geräusche der schnellen Flucht gemacht. Die Geräusche, die Krieger im Schlaf machen, wenn sie vor den Männern davonlaufen, die sie getötet haben. Waren es viele?«

»Nein, einer.«

»Nur einer? Dann bleibe stehen und töte ihn noch einmal!«

Two Leaves war dem Jäger Eidig ebenbürtig, überlegen war er ihm im Fährtenlesen. »Kojote«, sagte er während einer Pirsch auf Truthähne und deutet auf etwas, das als Tierkot nicht mehr zu erkennen war, weil schon fast zu Erde geworden. Eine unscheinbare Schramme an der Rinde einer Hemlocktanne verriet ihm den Prankenschlag eines Schwarzbären und mehr noch: die Größe des Bären und die Richtung, in die er gewandert war.

Und als über den zwei Jägern aus zwei Welten zwei Raben gegenläufige Kreise zogen, sagte der Sioux: »Der Vogel von großer Kraft für meine Leute.« Eidig war entzückt und er harkte all seine englischen Worte zusammen; weil sie aber nicht sehr weit reichten, sprach er deutsch: »Ich muss, bevor ich Mensch war, ein Rabe gewesen sein. Und wenn ich die Wahl habe, will ich wieder Rabe werden. Ich will wieder auf dem Wind reiten, wie auf einem Pferderücken. Ich will wieder Federn an meinen Armknochen haben. Ich will, bevor ich Liebe mache, meine Schöne dreihundert Meter hoch, vom Waldboden bis in die Wolken hinauf, umtanzen. Verdammt und Hosianna, ich will endlich wieder Rabe sein!«

Eidig breitete die Arme aus und umtanzte den roten Mann. Der lachte und flog den Kreis zu einer Acht aus. Sie flogen bis zur Atemlosigkeit und ließen sich dann ins Moos fallen, schwindelig vom Luftrausch.

Kapitel 29

ALS SICH DER BERG-TRAIL schon wieder dem Fluss annäherte, sah Eidig zwei schafartige, muskulöse Gestalten, die mit einer unfasslichen Behändigkeit den nackten Fels überquerten.

»Nichts schmeckt besser als Bighorn. Shit … zu weit!«, sagte Ruby, der gern neben dem Kutschbock des Proviantwagens ritt.

»Sehr weit, aber nicht zu weit«, sagte Eidig, legte seine Langbüchse am Begrenzungsbrett des Kutschbocks an und schoss.

Und noch während das kleinere Tier einknickte und abzustürzen begann, wusste Eidig, dass er einen Fehler gemacht hatte.

Cheeks Gesicht – jetzt von zwei Wutfalten gefurcht – tauchte neben Eidig auf, wie ein Mond aus einem zornigen Himmel voller Wolkenfetzen: »Hier wird nur geschossen, wenn ich es sage. Und hier ist keiner, der für deine Saloon-Aufschneiderei auch nur einen Cent bezahlt! Noch sowas, und ich brech' dir den Abzugsfinger.«

Sein Gepolter hinderte Cheek nicht daran, einen der gebratenen Bighorn-Schlegel für sich allein zu reklamieren. Hatte es nicht geheißen, im »Land der Freien« gebe es keine Privilegien an Lagerfeuern?

Da war dieses Schild, dieses Vorrechte anzeigende Schild, das Eidig so hasste. Der hochmögende Inhaber der Hochwildjagd, der Bischof zu Verden an der Aller, hatte es an der dorfseitigen Grenze seines Jagdreviers aufstellen lassen. Und wohl wissend, dass die meisten Wilderer-aus-Hunger nicht lesen konnten, hatte er die Botschaft nicht in Buchstaben, sondern in Bildsprache abfassen lassen: ein Hirsch, davor ein Männchen mit Gewehr im Anschlag, beide durchgestrichen. Daneben ein stilisiertes Gefängnisgitter. In einer ausreichend dunklen Spätsommernacht hatte Eidig das Schild abgenommen und durch eines ersetzt, das ihm ein befreundeter, kunstsinniger Handwerker gefertigt hatte: Es zeigte einen angeschossen dahinsinkenden Hirsch mit dem Kreuz des Heiligen Hubertus zwischen den Geweihstangen. Und rundherum stilisierte, grinsende Bauerngesichter.

Eidig fand so einen Weg, die Auseinandersetzung in der Sprache der Zeichen fortzusetzen. Am großen Erntedankfest war der Altar des Verdener Doms mit Ähren, Obst und kunstvoll gedrehten Teigzöpfen geschmückt. Inmitten dieser symbolischen Füllhorn-Ausschüttung stand ein hölzerner, segnender Jesus und nahm ein Stück Wildbret gewissermaßen in Besitz: Eidig war – ohne Gewalt – nächtens in den Dom eingedrungen und hatte einen aufgebrochenen, mächtigen Kronenhirsch an Jesu Seite gelehnt.

Der Verdener Bischof war der erste, der die Botschaft las und verstand. Aber es war zu spät. Die Kirche hatte sich schon zum Erntedank-Gottesdienst gefüllt, und aller Augen hingen an dem mächtigen Geweih, wie es nur ein reicher, ein adeliger oder ein kirchlicher Jagdherr erbeuten darf. Das Kirchenschiff war voll Gewisper und der Bischof von Verden malte mit den Backenknochen, so als müsse er einen unchristlichen Fluch zerkauen, um ihn herunterschlucken zu können.

Als dann das allseits beliebte geistliche Sommerlied des Paul Gerhard gesungen wurde »Geh aus mein Herz und suche Freud« – das große Gotteslob, das traditionell zum Erntedank ertönte –, sprang jemand zu Beginn der vierten Strophe auf und sang mit tiefer Verbeugung Richtung Jesus und Hirsch:

… den schnellen Hirsch, das leichte Reh
schenkt uns der Herr aus seiner Höh';
des sei ihm Dank gesungen
des sei ihm Da-ha-hank gesungen.

Eidig verließ den Gottesdienst, nachdem er die strophischen Wiederholung von »… des sei ihm Dank gesungen« geschmettert hatte, und machte sich davon in die Auwälder an der Aller.

Kapitel 30

»ES GILT ZU BITTEN UND DANK zu sagen! Wer fromm ist, darf jetzt niederknien und ein Bittgebet sprechen: Oh Herr, lass Büffel aus dem Boden wachsen und schick sie auf geradem Wege vor unsere Gewehrläufe! Amen!« Cheek machte eine ausufernde Armbewegung, so als wolle er das ganze große Grasland des Buffalo Gap zu sich heranziehen … oder segnen. Es kniete keiner nieder, nur einer bekreuzigte sich.

Eidig schaute über die grünen Wogen, über die in fast regelmäßigen Abständen dunkelgrüne Inseln drifteten: Wolkenschatten. Nur auf dem Atlantik hatte er vergleichbare Weite gesehen. Aber diese Weite war betretbar … bejagbar. Wasser war Wüste. Das hier aber: Himmel.

Two Leaves hockte abseits auf seinem Schecken, schwieg und Eidig schien es, als weinte er. Er ritt näher heran: Aber der Scout weinte nicht. Seine Augen tränten leicht, weil er das Gesicht unverwandt gegen den Wind gerichtet hielt.

»Was ist … sind wir falsch?«, fragte Eidig. Two Leaves antwortete nicht, und tippte sich nur mit dem Finger auf seine Nase. Eidig verstand nicht: »Was ist?«

»Du riechst nichts?«

»Nein.«

»Geruch von Tod.«

Kapitel 31

AUF DER RÜCKREISE von Regensburg nach Hamburg konnte sich Hofstetter nicht genug wundern über das Gewirr von Grenzen und über Schlagbaumwälder – Deutschland, ein Flickenteppich! Und er fragte sich, ob es wohl zwischen Donau und Elbe einen Berg oder Hügel geben mochte, von dem aus man per Rundumblick »unbegrenzt« ins Land schauen konnte.

In einer Hamburger Kaschemme traf Hofstetter einen Kollegen, der – das jedenfalls behauptete er – viel über Wilddieberei wusste. Der Mann hieß Rolf Pilz und ließ schon bei seiner Vorstellung verlauten, dass er sich den Namen »Giftpilz« – verliehen wegen seiner spitzen, kritischen Feder – als Ehrentitel anrechnete. Nachdem Hofstetter einiges, nicht alles, über Eidig und das Ende des irischen Teufels erzählt hatte, öffnete der Giftpilz seine eigene, gut gefüllte Eidig-Kiste: Inzwischen, so sagte er, bedaure die Obrigkeit ihren Handel – auch die Leute, die Eidig ausgekauft und nach drüben verschifft hatten. Die Eidig-Bande nämlich hatte sich, kaum, dass sie führerlos geworden war, zur Räuberhorde entwickelt. Diebstahl, Überfall, Misshandlung von Bauern seien unter Eidig nicht vorgekommen … na ja, jedenfalls nicht soweit bekannt. Die Eidig-Leute und andere, auf die Eidig Einfluss hatte, seien schon bald nach Verschwinden des Leithammels zur norddeutschen Landplage geworden. Und »vor diesem Hintergrund höchst unangenehmer Zustände« beginne etwas, das man »profane Heiligsprechung« nennen könnte: Er, Rolf Pilz, warte eigentlich nur auf den ersten Eidig-Altar, über irgendeinem Tresen in irgendeiner Dorfschenke. Oder irgendwo tief im Wald … mit einem Stall und mit Bethlehems Stern sowie Reh und Hirsch an der Krippe statt Ochs und Esel: »Hosianna und heil dir, unser aller Freischärler!«

Hofstetter überlegte, ob er dem Giftpilz von etwas berichten sollte – er selbst hatte es von Lydia Gruenstern gehört, die es aus einem belauschten Gespräch zwischen Eidig und ihrem Mann erfahren hatte – ob er davon berichten sollte, dass es offenbar den Auftrag gegeben hatte, »diesen Freischärler« während seiner Überfahrt zu ermorden. Er entschloss sich, den Redefluss des Giftpilzes nicht zu unterbrechen.

Rolf Pilz fuhr fort, Eidig-Legenden aufzutischen und sie sogleich wieder – bildlich gesprochen – mit einem Ruck am Tischtuch in Scherben gehen zu lassen. Hofstetter hörte zu, sagte wenig, kommentierte knapp und machte sich Notizen in einer eigenartigen Schnellschrift, die sich in Kringeln, Wellen und Strichen über das Papier ausbreitete.

Rolf, der Giftpilz, kippte Korn in sein Bier und sagte schließlich: »Also, wir Deutschen tun uns schwer mit Helden. Im Teutoburger Wald will man ein deutsches Nationaldenkmal aufstellen. Aber wen, bitte schön, soll es denn darstellen? Karl den Großen? Barbarossa? Die Monarchisten würden zustimmen, die Freiheitlichen würden Sturm laufen. Blücher vielleicht? … den Bezwinger Napoleons? Zu preußisch! Da gäbe es Streit mit allen südlichen Gauen. Wen also dann?«

Er machte eine Pause, als erwarte er einen Vorschlag von Hofstetter, und als der nicht kam, fuhr er fort: »Man wird sich auf einen einigen, über den man am wenigsten weiß. Aus einem einfachen Grund: So einem kann man am meisten in die Schuhe oder in die Sandalen schieben.«

»Und der wäre?«

»Arminius, Hermann der Cherusker.«

»Ah ja …? Ist das nicht der Gatte der Thusnelda, der die römischen Legionen des Quintilius Varus verprügelt hat?«

»Sie kennen ihn …? Ja, genau der wird's werden. Hermann!«

»Und Eidig …?« Hofstetter hatte die Frage eher als spöttischen Einwurf gemeint, aber die Antwort kam bierernst: »Womöglich geeignet! Denkmalstauglich! Denn: Was weiß man schon genau? Das

Wenige … Sie werden es mir bestätigen, Sie waren ja in Lüneburg und haben Akten gewälzt … also, das Wenige liegt bald unter einem Rasen von Gerüchten und Anekdoten begraben. Und damit wäre Eidig hoch qualifiziert für ein Denkmal. Denkmäler werden nicht den Toten zugemessen, sondern dem Bild, das sich die Nachwelt von ihnen macht. Oder ist das drüben bei euch anders?«

»Eidig lebt womöglich noch«, wandte Hofstetter ein.

»Das macht nichts, und das ist ja auch schnell geändert!«

Kapitel 32

ALS CHEEKS TRUPP ein wenig weiter nordwärts schwenkte und der Wind aus der Prärie sie aus einem anderen Winkel traf, rochen es alle. Es war der Gestank des Todes, den jeder kennt, der schon einmal in der Nähe eines Kadavers eingeatmet hat. Genau dieser Gestank … nur hundertfach verstärkt. Und dann sahen sie es: ein Schlachtfeld voller aufgedunsener Leichen. Büffelleichen. Einige Leiber waren aufgesprungen, Gedärm war ins Freie gefetzt, wie von einer Explosion verteilt. Über den Toten schwebten und flatterten Vögel, Truthahngeier und Raben.

»Oh heilige Scheiße … wir hätten nicht den beschissenen Weg über die Berge nehmen dürfen, ich habe es euch ja gesagt … Pegleg und seine Hundert waren vor uns da … oh heilige Scheiße!« Don Rubys Stimme glitt in ein Jammer-Falsett ab, während er wie ein angeschossener Kojote auf einen der Kadaver zurumpelte: »Fils de putain! Sie haben nur die Zungen mitgenommen … seulement les langues … und uns den ganzen stinkenden Rest gelassen. Die Felle sind nicht brauchbar. Noch halb Sommer- und erst halb Winterfell. Merde!«

Eidig hatte über Tausende von Meilen, darunter viele Seemeilen, von einem Meer aus wogenden Büffelrücken geträumt. Dies hier war das Tote Meer, war ein ausgetrockneter Teich mit Fischleichen. Er schlief schlecht in dieser Nacht.

»Schnee!«, sagte Two Leaves und elf Augenpaaren starrten ihn an: … Schnee …? »Two Leaves weiß …« Er deutete nach oben: »Das ist der Diese-Nacht-kommt-Schnee-Himmel. Besser zurück zum kleinen Fluss mit dem kleinen Wald.«

Die Männer starrten ihn an, starrten einander an, dann den

Himmel und schüttelten die Köpfe. Die Prärie dehnte sich wie all die Tage zuvor, das Gras, von der tief stehenden Sonne gestreift, zeigte flirrend rote Farbspuren. Und die Luft war milde, keinesfalls herbstlich herb.

»Viel Schnee und sehr großer Sturm«, beharrte Two Leaves und wies mit lang ausgestreckter erhobener Linken zum Horizont, wo als schwacher dunkler Streifen das Uferwäldchen des kleinen Flusses zu ahnen war, an dem sie vor etlichen Stunden die Pferde getränkt hatten.

Cheek suchte den Himmel nach Zeichen und Vorzeichen ab und schüttelte den Kopf: Da war nichts, verdammt noch mal. Schließlich wurde er laut: »Das wäre das erste Mal, dass jemand mitten im schönsten September vor Schnee flüchtet. Ayyy! Ich mach' mich nicht lächerlich. Mein Vater, der beste Büffelschütze seiner Tage, verliert das ewige Leben, weil er sich totlachen muss oben im Himmel … ja, totlachen über seinen Sohn, wenn er von seiner Aussichtswolke mit ansehen muss, wie sein Sohn bei Bullenhitze vor Schnee in Deckung geht. Lächerlich! Zurück zum Fluss mit dem kleinen Wald …? Das kostet uns wieder einen Tag oder mehr. Wir hauen uns hier hin, und morgen geht es mit dem ersten Licht weiter. Ist das klar?«

Die meisten nickten.

Gegen Morgen weckte ein Heulen alle Männer gleichzeitig – bis auf zwei, die schon eine Weile wach waren. Two Leaves war schon gut eine halbe Stunde auf den Beinen. Er hatte mit Eidigs Hilfe die Schutzplanen vom Proviantwagen gewuchtet, einige der mitgeführten Pfähle eingerammt und einen Windschutz aus Segeltuch gespannt. Das war nur auf einer dreifach mannslangen Strecke gelungen, dort wo der Sturm im spitzen Winkel auftraf.

Als sich Cheeks Mountain Men aufrichteten, schlug ihnen eine eisnadelgespickte Faust in die Gesichter. Die an den Vorderfesseln zusammengebundenen Pferde hatten sich mit den Hinterteilen gegen den aufziehenden Blizzard gestellt. Die Proviantwagen waren schon räderlos, eine Schneewelle war angebrandet und überspülte sie bis zu den Ladeborden.

Cheek schaffte es irgendwie, mit seiner Stimme einen kleinen Keil in den Blizzard zu schlagen. Aber der war zu klein, um von mehr als den zwei, drei Männern in seiner unmittelbaren Nähe wahrgenommen zu werden. Außerdem hätte der Keil nichts bewirkt.

Sie hockten schweigend zusammengekauert in dem kleinen Oval, das von der Plane leidlich vor Wind und Schnee geschützt war. Die Sonne stand schon halbhoch am Himmel – wo genau war im Schneegewimmel nicht auszumachen. Es war kalt, einigen war der Rotz in den Bärten gefroren, einige massierten ihre nackten Zehen. Aber immerhin, der Kaffee war heiß.

Ruby begann ein französisches Lied zu singen und schlug dabei den Takt auf das Segeltuch, das der Wind straffte – wie ein Besansegel bei achterlichem Wind.

Cheek schmiss erst mit Dolchblicken um sich, dann donnerte er: »Ich kann auch etwas Französisch verstehen, Ruby, du Scheißkerl. Was singst du da? Halt die Fresse!« Ruby sang noch die Strophe zu Ende und übersetzte dann, mit gekünstelt französischem Akzent, ins Englische: »Ein Weihnachtslied von den lieblichen Gestaden des Lorenz-Stromes:

Kommt liebe weiße Flocken, all …
ach, kommt zu mir getanzet …
und kündet von der Heil'gen Zeit.
Der Heiland ist geboren!«

Cheek hatte jetzt die Rechte erhoben, so als wollte er tatsächlich zuschlagen: »Halt dein dreckiges Maul, Ruby. Das mit dem Schneesturm war nicht vorauszusehen.«

»Oh doch!« Eidig, der sich bisher stumm die Hände am Feuer gewärmt hatte, wies mit dem Finger auf Two Leaves: »Er hat es gesagt, als noch genug Zeit war, sich zum Flüsschen mit dem Uferwald zurückzuziehen und den Blizzard da in aller Ruhe abzuwarten und auszusitzen! Da wäre guter Schneeschutz gewesen …«

Cheek stand einen Moment da wie festgefroren. Dann schwenkte er ruckartig um die eigene Achse und richtete die Mündung seiner Langbüchse auf Eidig. »Was willst du damit sagen, Deutscher?« Cheek fauchte den Satz heraus und imitierte dabei Eidigs deutschen Akzent. »Seit du mit uns Mountain Men reitest, gibt es nichts als Ärger. Deinetwegen hätten wir fast den Proviantwagen verloren. Du hast uns davon abgehalten, den kurzen Weg am Fluss zu nehmen. Hätten wir ihn genommen, wären wir jetzt schon im Schutz der Bäume an den Foot Hills der Rockies. Schneesturmsicher! Du schießt auf Bighorn, das ich nicht freigegeben habe. Ich denke, ich sollte da mal was ein für allemal klarstellen.« Cheek ließ den Hahn seiner Büchse klackend einrasten und zielte aus der Hüfte auf Eidigs Kopf.

Kapitel 33

NUR DER INDIANER – nicht Cheek und auch kein anderer der Mountain Men – hatte bemerkt, wie sich Eidig bewegte, wie er die Pistole zog.

Cheek sah nur das Mündungsfeuer und spürte einen Schlag gegen seine Rechte, die die Langbüchse hielt. Dann raste ein Schmerz den Arm hoch und explodierte im Kopf. Sein Schrei und das Echo des Pistolenkrachens waren eins.

Es gab ein Standgericht. »Ruhe, Ruuuhe! Cheek, auf den geschossen wurde, ist Betroffener und kann deshalb nicht Richter sein. Ich bin der Älteste.« Ruby hatte sich auf eine Proviantkiste gestellt und sein wichtigstes Gesicht aufgezogen. Es stand ihm nicht gut, aber er hielt es für angemessen. Cheek, dem zwei Finger an seiner rechten Hand fehlten, saß blass und mit durchblutetem Verband am Feuer. Two Leaves stand regungslos neben dem Proviantwagen und schaute in eine Ferne, die nicht auszumachen war. Eidig lag gefesselt im Schnee. Es war kalt, obwohl der Sturm sich selbst zurückgepfiffen hatte und nur noch als Wind umher schlingerte, ohne Schnee überland zu tragen.

»Ruuuhe, verdammt noch mal! Die Regel, die ihr alle kennt, sagt: Wer einen im Trupp gewaltsam angreift, wird gehängt oder erschossen. Und der Chef des Trupps ist nicht nur irgendeiner. Wer ihn angreift, muss doppelt und dreifach des Todes sein … einerseits.« Ruby machte eine Pause, die er überdehnte wie ein Schauspieler, der Höchstgewicht auf die folgenden Worte legen will. Dann räusperte er sich und fuhr fort: »Andererseits … andererseits hat Cheek die Waffe auf Eidig gerichtet. Er hat den Hahn knacken lassen. Jeder von uns … und natürlich auch Eidig, auf den die

Waffe gerichtet war … jeder hat damit gerechnet, dass Cheek schießen wird … oder schießen könnte.«

Cheek machte Anstalten zu intervenieren. Aber Ruby, im Vollbesitz seiner Richter-Autorität, sprach mit erhobener Stimme weiter: »Wenn ich einerseits und andererseits zusammennehme, komme ich zu folgendem Urteil, so hört denn her: Das Urteil, gesprochen in den Schneesturm, anno 1836 im September, daselbst jenseits der Black Hills, von keinem Geringeren verkündet als von mir, Don Ruby: Der Deutsche wird nicht gehängt und nicht erschossen, nicht geteert und gefedert … schon aus Mangel an Teer und Federn nicht … und er wird auch nicht hinter galoppierenden Pferden hergeschleift, was einen sehr großen Eindruck macht, aber für den auf diese Weise Behandelten bis auf den Tod schädlich ist.

So höret denn, Männer: Dies also ist mein Urteil. ER MUSS GEHEN! Ohne seine Waffen, ohne Pferd. Mit Proviant für zehn Tage.

Und so höret denn die Begründung des Urteils: Würde er bleiben, wären die ersten Toten an unserem Weg nicht Büffel, sondern einer von uns. Denn wie sagt schon die Heilige Schrift: Auge um Auge, Zahn um Zahn. Aber ohne Augen verpassen wir sogar eine tausendköpfige Büffelherde; und ohne Zahn fehlt es am rechten Biss. Habe ich wahr und weise und gerecht gesprochen, wie der König Salomon?« Allgemeines, teils mürrisches Knurren.

»Rotbart, nimmst du das Urteil an, oder bevorzugst du eine schnellere Lösung?« Eidig schaute um sich, suchte Blickkontakt zu Two Leaves, konnte dessen Gesicht aber nicht lesen; der Sioux hatte sich abgewandt. Und Eidig dachte an einen kalten Februartag … als ihm nur die Wahl blieb, sich zu ergeben oder in die schnell fließende Schmale Aue zu springen. Damals war die Wahl leicht.

Eidig entledigte sich aller Dinge, die zu tragen einem Mann ohne Pferd schwer werden könnten, und übergab sie Two Leaves. Darunter auch eine flache, silberne Trinkflasche.

Der Trupp setzte sich in Bewegung, und Eidig schaute ihm nach, bis die schwarzen Punkte im diffusen Licht zu flirren begannen.

Als er aufschaute, sah er, dass er nicht allein war. Es waren Raben in der Luft. Raben von der Art, wie er sie daheim, jenseits des Atlantik tanzen gesehen hatte, am Ahrberg bei Hanstedt über dem Februarschnee. Und er dachte an ein Lied, das seine Mutter gesungen hatte, wenn er fiebrig war und nicht einschlafen konnte:

Dee swatten Vogels flücht int Häven,
Und du, lütt Kerdl, schallst mi läven.

Die Raben seh' ich aufwärts streben;
und du, mein Kleiner, du sollst leben.

Kapitel 34

DIE RABEN BLIEBEN; mal zogen sie hohe, weite Kreise über ihm, mal senkten sie sich weit vor ihm in den Schnee, den der Wind zu einem weißbraunen Flickenteppich verzupft hatte.

»Sie werden die ersten sein, die bei mir sind, wenn ich nicht weiter kann«, dachte Eidig und erinnerte sich an die Legende, dass die Raben der Lüneburger Heide sterbendem Wild oder verendenden Heidschnucken das Augenlicht nehmen.

Eidig ging seinen langen Schritt, den Schritt für große Distanzen.

Sein Gepäck war leicht, kein Gewehr, das im Gehen ausbalanciert werden musste, sein Proviantsack war nicht einmal zur Hälfte gefüllt, eine grobe Filzdecke trug er zusammengezurrt auf dem Rücken. Ein kalter Wind lief über die Ebene, ließ den Atemdampf in seinem Bart gefrieren. Das war nicht anders als auf der großen Wilsede Heide im Februar …

Die Ebene, die er unter den Sohlen hatte, senkte sich kaum spürbar … wohl zum Cheyenne? Jedenfalls sollte dort, wo die Ebene aufhörte sich abzusenken, ein Fluss sein. Wenn nicht der Cheyenne, dann ein Nebenfluss. Und am Lauf der Flüsse würden sich Menschen orientieren, sei es, dass sie allein oder in Trupps über Land zogen.

Das war es, was Eidig durch den Kopf ging.

Zu seiner eigenen Verwunderung dachte er nicht oder doch nur flüchtig an die Geschehnisse der letzten Stunden: an die Gewehrmündung, die sich langsam gegen ihn hob, den Blutfleck, dort wo gerade noch zwei Finger einer Hand waren, an Don Rubys Schnellgericht …Das alles war so, als gehörte es nicht demselben Tag an, sondern einer längst vergangenen Zeit.

Die Nacht verbrachte er in einer Senke, über die der Wind strich. Die Filzmatte schützte ihn vor der Kälte, die in sternklaren Nächten vom Himmel fällt. Über ihm war das Firmament, das er kannte. Der Große Wagen stand auf der Deichsel.

Eidig fokussierte seinen Blick auf Alkor – den kleinen Stern über dem höchsten Deichselstern. Er konnte ihn klar erkennen. Die alten Germanen, so hatte es ihm Pastor Mahlfeld erzählt, nahmen das flimmernde Doppelsternchen als Kriterium für Kriegstüchtigkeit: Wer Alkor sehen konnte, durfte … oder musste … unter Waffen gehen.

»Ach, Mahlfeld, mein Freitagslehrer …« Schmerzlich genau sah er die Gestalt des Pastors, hörte die Stimme. »Ach, diese Stimme …« Waren es drei Jahre oder mehr, die der Seelenhirte mit seinem Vater gerungen hatte … gekämpft um den »hellsten Kopfes rund um Hittfelds Gemarkung«. Noch am Tag, als Eidig – mehr Knabe als Mann – seine wenigen Habseligkeiten zusammenpackte, um die Lehrstelle als Gärtner in der Nachbargemeinde anzutreten, und selbst noch als er alles auf ein Handwagen verlud, hatte sein Freitagslehrer vor dem Forsthaus gestanden, die gefalteten Hände zum Himmel erhoben, und seinen Förstervater beschworen: »Es ist Sünde vor Gott, das, was der Höchste dem eigenen Sohn mitgegeben hat, verdorren zu lassen. Man schickt keinen Ochsen zum Spinnen und keine Spinne zum Wagenziehen … «

War es nun gut oder schlecht, dass es Mahlfeld nicht gelungen war, ihn vom kurzen Weg in die Gärten und vom langen Weg in die Wälder abzudrängen? Mein Gott, welche Wege! Privatschüler eines rundum Gebildeten, Gärtner, Förster, Wildschütz, vogelfreier Abschusskandidat, Auswanderer. Und dann in der Neuen Welt fast auf den Tod verwundet … und nun vielleicht nur noch ein paar Tagesmärsche bis zum Ende aller Reisen.

Eidig schüttelte sich, so als ließen sich die Gedanken und Bilder abschütteln, die sich ihm in den Weg stellten. Aber sie blieben, er musste durch die Bilder hindurchgehen, um sie hinter sich zu lassen.

Den folgenden Tag ging er zügig voran; die Luft war kalt, aber ohne den beißenden Wind des Vortages und weit weniger winterlich als der Schneesturm-Angriff, der seiner Verurteilung vorausgegangen war. Er hatte es gelernt, die Richtung zu halten, brauchte keinen Kompass, nur den Stand der Sonne. Die Raben waren über ihm, und Eidig mochte nicht entscheiden, ob sie ihm vorausflogen oder folgten.

Die zweite Nacht rollte er sich in einem Kolk zusammen, einer Halbhöhle, die ein Bach gegraben hatte, der schon lange kein Wasser mehr führte. Er aß von dem Trockenfleisch, schmolz etwas Schnee, trank, starrte in den Himmel, fiel in einen unruhigen Schlaf und war plötzlich nicht mehr allein: Eidig spürte die Frau hinter dem spanischen Lippenbart, die Frau im Segeltuch-Versteck an Bord der *Ganges*, die Frau, die sich zu ihm legte, ohne sich zu unterwerfen, die Frau, die über ihn lachte, ohne ihn auszulachen, die Frau, die den Tod nicht über die Türschwelle hatte kommen lassen in David Gruensterns Blockhaus. Als er gut eine Stunde vor Morgendämmerung die Augen aufschlug, bemerkte er, dass er mit einem Lächeln auf dem Gesicht erwacht war. Ungewöhnlich. Ungewöhnlich für die Umstände. Aber nicht unerklärlich.

Mit dem ersten Licht brach er auf. Die Raben waren schon auf den Flügeln, mussten irgendwo gewartet haben, bis er sich regte.

Es war eine Ahnung von künftigem Schnee in der Luft. Vielleicht könnte man den Cheyenne erreichen, dachte er, bevor der Winter seinem ersten Vorstoß eine Landnahme folgen ließe.

Eidig spähte angestrengt zum Horizont; wenn sich da ein größerer Fluss durch die Ebene schob, sollte man eine Verfärbung des Himmels sehen können: das Ausatmen des Stromes, da, wo das noch spätsommerwarme Wasser die herbstliche Luft berührt.

Dann sah er, wie hoch über ihm die Raben abschwenkten, sah an der Art, wie sie synchron davonpfeilten, dass sie sich etwas anderem zuwenden würden. Und nur ein paar Herzschläge später hörte er es. Ein dumpfes Rauschen. Zugleich begann die Erde unter ihm zu beben. Ein Schleier von aufgerührtem Schneepulver trieb auf ihn zu, und aus dem Schleier lösten sich seine Traumgestalten: schneegepuderte, gehörnte Riesen, Eisbänder im Brustfell. Raureif-Ringe um die Nüstern.

Eidig zählte auf fünfzig, schätzte auf zweihundert, auf fünfhundert, hörte bei tausend auf zu zählschätzen. Dann ließ er sich auf die Knie fallen, sah nichts als wogende Leiber, die an ihm vorüberpflügten, ihm nicht weiter auswichen, als vielleicht einem Felsbrocken oder einer Krüppelkiefer, rieb sich Schneestaub aus den Augen, sah in das große schwarze Auge eines Giganten, der ihn fast mit einem Horn streifte, sah in der Pupille den Anfang aller Zeit und das Aufblitzten der Zeitsplitter, die ihm noch blieben.

Eidig lachte, weinte und schrie. Schrie, bis die Woge aus Fell, Muskeln und Schneepulver vorübergerollt war und ihn wie einen Angespülten liegen ließ.

»Hans ist happy. Hans is happy«, brüllte er. Solange, bis das Zittern des Bodens nicht mehr zu spüren war und sich der Schneestaub gesenkt hatte.

Kapitel 35

DER WINTER 1836/37 LAG lange festgefroren auf den Weiten am oberen Missouri nördlich des Cheyenne und in den Fußbergen der Rockies. Und weil der Handel mit Biberpelzen stark rückläufig war, hatten sich viele berittene Trupps – deutlich mehr als in den Vorjahren – zu den Büffeln aufgemacht. Unter ihnen viele Trapper – Fallensteller, die in aller Regel gut zu Fuß, aber schlecht im Sattel und nur mäßig gut mit dem Gewehr waren. Fast alle schlechte Büffeljäger!

Die Winterroben brachten gutes Geld. Büffelzungen, aber noch mehr. Und so gab es immer mehr Trupps, die sich darauf beschränkten, den dahingestreckten Tieren nur die Zungen herauszuschneiden und sich die schwere Arbeit des Entpelzens zu sparen.

Zwei Tage, nachdem der letzte Schnee geschmolzen war – im Monat, den die Sioux »Die Zeit, da der Samen sprießt« nennen – erreichte Two Leaves sein Dorf – den Ort, der für diesen Sonnenstand als Treffpunkt vereinbart war. Er kam mit mehr Geld und weniger Hoffnung, als er seine Menschen verlassen hatte. Von weitem sah er die Spitzhüte der Tipis. Er lachte, er schrie die Wolken an, er konnte, wie die meisten seines Stammes, unbenannt zählen, musste sich nicht eins ... zwei ... drei ... vier im Geiste vorsprechen und den Finger hüpfen lassen, er erkannte mit einem Blick das, was ihn beruhigte.

Der Gedanke, dass keine oder nur wenige gefiederte Spitzen in den Himmel ragen könnten, hatte ihn die letzten dreihundert Meilen gequält, war wie mit Messers Schneide in seinen Schlaf gefahren. Es war keine fünf Winter her, dass ein Bruder aus dem großen Grasland zurückkam und nur noch verkohlte Stangen und verschmortes Fell fand. Und im Totempfahl steckten Projektile, wie sie die Kavallerie verschießt.

Alles, was auf Pferden sitzen konnte, kam ihm entgegengeritten, alles was schon oder noch auf zwei Beinen gehen konnte, rannte, humpelte, stolperte. Auf einem rotscheckigen Pony saß Eidigs Squaw, in weißes Leder gehüllt, von der Art, wie es nur noch die alten Frauen schaben konnten. Das Haar war so schwarzblau, wie das der anderen Frauen, die Haut weiß.

Silvia blieb zurück, als sie bemerkte, dass Two Leaves allein heimgekehrt war. Er reichte ihr ein Bündel, in das eine silbrige, flache Trinkflasche eingeschnürt war. Sie schwiegen sich an, zwanzig oder dreißig Herzschläge lang. Schließlich sagte die Jüdin aus Altona: »Er ist tot?«

»Er ist allein weiter gezogen.« Von den Umständen sagte er nichts.

Sie fragte nicht.

Silvia wartete noch bis zum Beginn des hohen Sommers. Dann ließ sie sich nach Point Fork bringen und wartete auf eines der unregelmäßig verkehrenden Dampfboote, die zwischen Point Fork und St. Louis verkehrten.

Auf der total überfüllten *Steamy Day* fühlte sie sich allein. Allein als einzige Frau unter stinkenden, dampfenden, tatschenden Männern. Der Bootsführer der Steamy Day, ein gut siebzigjähriger Veteran der Rotröcke, der nach Abzug der Engländer im »Land der Freien« geblieben war, bot ihr seinen Verschlag hinter dem Steuerrad an – leidlich außer Griffweite klebriger Pranken.

Sie dachte immer wieder an die Erzählung ihrer Großtante Lea. Deren Verlobter hatte sich von den Napoleonischen anwerben lassen und war mit der Grande Armée nach Russland gezogen. Sie, die Wartende, hatte die Todesstunde des Geliebten gespürt: Achtzehnter Oktober 1812, Schlacht bei Tarutino, gegen Mittag. Tag und Stunde hatte sie gespürt, wie ihr später von einem jüdischen Kameraden des Gefallenen bestätigt wurde, einem aus dem Rest des Großen Heeres, der den Marsch auf Moskau und den Rückzug überlebt hatte.

Silvia hatte nichts gespürt. Nichts dergleichen. Den langen Winter nicht und den halben Sommer nicht. In guten Stunden war ihr das ein Trost.

Kapitel 36

IM JULI 1841 BESUCHTE SILVIA GRÜNSTERN die alte Heimat. Sie kam mit knapp fünfhundert Zeichnungen, Aquarellen und einigen Ölbildern im Gepäck nach Altona. Die *Purple Cloud*, ein Dampfsegler neuester Bauart, kam ohne Unterstützung von Wind und Tidestrom bis in den Hamburger Hafen, und Silvia sah, wie sich am Ufer winkende Menschen sammelten. Einer Dame, die sich, schon als die *Purple Cloud* New York verließ, als Reisebegleitung an ihre Seite gestellt hatte, sagte sie: »Schauen Sie, die Menschen begrüßen nicht das Schiff, sondern den Dampf … so als wenn sie sich freuen … so als wenn der Dampf aus Wolken gemacht wäre, die jemand vom Himmel geholt hat … *Purple Cloud*!«

Von Backbord aus sah Silvia im Vorübergleiten das große Grünstern-Haus und sie erkannte Möwen, die es umflatterten. »Mittagszeit … wahrscheinlich bringt die alte Emi gerade Fischreste zum Bach, damit er alles zur Elbe trägt. Oh Gott, lass alles so sein wie es war!«

Die *Purple Cloud* – in deren Bauch sich zu Silvias großer Freude Eisenräder drehten, die in großen Schuppen ihres Bruders gegossen worden waren – war leicht in der Lage, ohne Hilfe von Land aus und ohne Unterstützung von Bugsier-Schleppern anzulegen. Auch das schien bemerkt zu werden. Auf dem breiten Anlegesteg drängten sich Menschen, einige klatschten Beifall, als sich die Schraube nach kurzem Stillstand rückwärts zu drehen begannen und den langen, schwarzen Schiffsleib wie von Zauberhand und auf Handlänge genau zum Halten brachte.

Silvia ging von Bord und spürte etwas wie Beklemmung: Wie, wenn alles ungut geworden wäre? Wie, wenn viele der Lieben gestorben wären? Und waren nicht immer wieder Juden verjagt worden …? Das Wiedersehen, das Weinen, das Umarmen, all das sollte in Altona geschehen, nicht am Überseekai in Hamburg. Am besten im Garten, der jetzt blühte. Am allerbesten in der halbmondförmigen Blumenrabatte, die sich Jahr für Jahr von Schneeglockenweiß auf Himmelsschlüsselgelb auf Hyazinthenblau auf Rosenrot verfärbte.

Sie bot ihrer Zufallsbekanntschaft und Reisebegleiterin eine erholsame Reisepause in Altona an. Aber die Frau dankte und sagte etwas, von dem sie die vier Wochen unter Segeln und Dampf geschwiegen hatte: In Berlin warte jemand mit letzter Kraft auf sie, einer, der nicht länger warten könne. Und sie bete zu Gott, dass sie noch nicht zu spät …

Sie umarmten sich und verloren einander schnell aus den Augen.

Silvia wartete zwei Stunden, bis ihr Gepäck über ein blank gescheuertes breites Brett an Land gezurrt wurde. Das Wichtigste, das in Segeltuch verschnürte Bündel mit ihren Bildern, dirigierte sie laut rufend bis zu den Flachwagen, auf die das Seegepäck verladen wurde.

Es gab eine feierliche, vielstündige Begrüßung, es wurden Mohnblüten gestreut und es gab Babka-Hefezöpfe, wie sonst nur an den hohen Feiertagen. Alle waren sie gekommen: Cousins und Cousinen mit Kindern, Tanten, Onkel und eine Vielzahl von Menschen, die Silvia nicht kannte oder deren Gesichter sie vergessen hatte.

Sie musste zuallererst versichern, dass Onkel Habakuk vor nun mehr sechs Jahren sanft entschlafen sei und seither in geweihter Erde ruhe. Beides konnte sie nicht bezeugen, versicherte es aber glaubhaft und mit angemessenem Tränenfluss.

Ihre Bilder blieben anfangs unbeachtet. Und ihre Ahnung, dass eine Frau – eine Jüdin noch dazu – unter gar keinen Umständen ihre Bilder als ihre Bilder würde ausstellen können, fand sich schon am zweiten Tag nach ihrer Ankunft bestätigt. Eine Großtante und zwei Cousins redeten mit sanfter Härte auf sie ein: eine Grünstern, die malt und zeichnet wie ein Mann und sich damit auch noch in die Öffentlichkeit stellen will. »Ummiglekh … unmöglich!« Der Skandal, so insistierte die Verwandtschaft, würde von der Art sein, wie ihn »… aundzer hoys ken nischt shteyn« – wie ihn unser Haus nicht ertragen könnte.

Silvia versuchte ohne echte Hoffnung auf Erfolg, dagegenzuhalten; sie wandte ein, dass die hoch angesehene Marie-Gabrielle Capet schon vor mehr als einem halben Jahrhundert große Säle mit ihren Bildern gefüllt hatte. Aber der Hinweis verstärkte nur das Nein. Eine Cousine, gut zehn Jahre älter als Silvia und die Gattin eines Lübecker Schiffsmaklers, hämmerte auf sie ein: »Nein, nein, Cousinchen … das war eine Französin! Bei den Franzosen gibt es keinen Anstand … nein, nein, nein … nit mit aundz … nicht bei uns … nicht bei uns …«

Der Grünstern'sche Groß-Familienrat einigte sich schließlich darauf, dass die Bilder als das Werk ihres Bruders, David Gruenstern, ausgestellt werden könnten: Bilder, die seine Schwester im Auftrag des Künstlers den weiten Weg in die alte Heimat gebracht hatte, auf dass sie dort einem großen Publikum zur Ansicht gebracht würden.

Es existierten im Grünstern'schen Familienbesitz noch einige frühe Skizzen von Davids Hand – Schiffe aller Art und ein paar Skizzen fliegender Möwen. Das würde die Geschichte vom ausgewanderten, malenden Sohn des Hauses Grünstern, der nun mithilfe seiner Schwester seine Amerika-Bilder in Europa präsentieren wollte, glaubhaft erscheinen lassen. Die wenigen Original-David-Zeichnungen aus dessen Jugendtagen wollte man zur Tarnung dazu stellen: … schon der junge Grünstern zeigte Talent!

Die Verschleierung war machbar, zumal Silvia nicht mit ihrem Namen signiert hatte, sondern mit einem geschwungenen G, das in einen stilisierten Stern auslief.

Nach einem Tag und zwei Nächten voller Wut und Bitterkeit

tröstete sie sich damit, dass ein Gutteil der Blätter nicht von Silvia, sondern von einem gewissen Silvio geschaffen worden waren. Das wusste keiner der Altonaer Grünsterns, aber ihr half es, schließlich allen Ärger und Schmerz wegzulachen.

Die Bilder, besonders die Indianerbilder, verursachten Menschenschlangen in und vor der Ausstellung. In die Empfangshalle von *Grünstern und Grünstern* drängten zeitweise mehr Menschen als man Einlass gewähren konnte. Es kamen Menschen in sauber gewaschenen Lumpen und in edlem englischen Zwirn, Frauen mit Dienstmädchen-Schürzen und Damen in Brokatkleidern mit Krägen aus Brüsseler Spitzen, es drängten sich Greise und rotznäsige Straßenkinder durch die geöffnete Flügeltür des Stammhauses.

Der bürgerlich-jüdische und der hanseatisch-protestantische Lokal-Adel waren erschienen. Es kam der Bürgermeister von Altona, ein Deutsch-Däne von erstaunlicher Kunstsinnigkeit. Und es kamen Ratsherren aus Hamburg. Reeder standen neben Obstbauern aus dem Alten Land. Ein Handelsattaché des dänischen Königs – erschienen ausdrücklich als Repräsentant der Kopenhagener Krone – und machte die Honneurs. Und auch der hoch berühmte Kaufmann und Wohltäter Salomon Heine gab sich die Ehre, einer, von dem es hieß, er habe einen noch berühmteren Neffen, einen Poeten namens Heinrich Heine, einen Großmeister der Feder, der leider nicht kommen könne, da gerade in akuten Heirats- und Duell-Vorbereitungen und wegen beider Angelegenheiten in Paris befindlich. Silvia überlegte, was das für ein Mann sein könnte, der zugleich Ehestand und das eigene Ableben plant …

Silvia erzählte – nicht ausschließlich aber meistenteils – von Indianern, was nicht ohne Tücke war, weil sie den Eindruck aufrechterhalten musste, sie berichte, was ihr Bruder David, »der Schöpfer all dieser wunderbaren Impressionen«, ihr erzählt hatte.

Einem Pastor, der alles über das Menschenbild und das Gottesbild »dieser Wilden« wissen wollte, »die noch nicht der Gnade des Evangeliums teilhaftig werden konnten«, sagte sie: »Die Cheyenne nennen sich Tsitsista. Das heißt: Menschen. Sie nennen sich nicht Cheyenne oder Sioux, so wie wir uns Juden oder Christen, Deutsche oder Spanier nennen. Sie nennen sich Tsitsista: Menschen.«

Der Pastor nickte und ermunterte Silvia fortzufahren. »Ihr Gott heißt Großer Geist. Er lebt in allem, was lebt. Und es hat ihnen nichts ausgemacht, dass ich … äh, dass mein Bruder, der unter ihnen gelebt hat … einen anderen Gott hat: Adonai, den Gott Abrahams. Und sie sagen, das Lebensglück, das sie in ihrer wunderbaren Sprache das Lächeln-das-einem-in-den-Schlaf-folgt nennen, dieses Glück kommt zu einem, wenn man es nicht zurückweist.«

Was das heißen möchte, wollte der Geistliche wissen, und ob diese Rothäute an göttliche Fügung oder eher an das Glück des Tüchtigen glaubten.

»Ich habe erlebt … halt nein, mein Bruder, der es erlebt hat, er hat mir davon berichtet … dass ein großer Sturm, größer und wilder als unsere Stürme, in ein Dorf der Cheyenne-Sioux gefahren ist. Zwei Tipis wurden auf Nimmerwiedersehen davongeweht. Die anderen dreißig standen so unberührt wie Felsen, die dem Sturm widerstehen. Wie das?«

»Glück?«, versuchte es der Pastor und hoffte insgeheim auf eine geistlichere Erklärung.

»Die Luft vor dem Sturm hatte allen im Dorf gesagt, dass ein Unwetter aufzieht. Aber zwei Tipis wurden nicht geschlossen. Der Wind fuhr hinein und hatte leichtes Spiel. Die darin gewohnt hatten, waren allen Schutzes beraubt, sie hatten kein Glück, weil sie die Zeichen nicht erkennen wollten. Aber die Zeichen lagen ja in der Luft.«

»Ah ja, das bedeutet also …?«, sagte der Pastor und formte etwas Ganzheitliches mit beiden Händen vor sich in der Luft.

Silvia nutzte die Gelegenheit zur Flucht vor weiteren Unerklärlichkeiten, indem sie sich von einem Kind vor eines ihrer Bilder fortziehen ließ: »Warum hängen an einer so langen Tabakpfeife Bänder?«, wollte die Tochter einer Cousine wissen.

»Unsere heimgekehrte Tochter aus Amerika« – Silvias beide Tanten intonierten die Worte wie einen Adelstitel – sprach mit vielen, sprach fast unentwegt, sprach, bis ihr der Hals rau wurde. Meist entzündeten sich Fragen an ihren Bildern. Einige wollten die Namen porträtierter Vögel wissen, andere fragten nach, ob die Häuser denn wirklich dreimal höher aufragten als die höchsten Bäume … und wer der bärtige Mann sei, der seine Büchse aus der Hüfte abfeuerte. »Ein Freund des Künstlers, meines Bruders«, sagte sie, und das entsprach der Wahrheit. Die allermeisten Fragen aber richteten sich auf die abgebildeten »Wilden«.

Doch Silvia sprach auch mit einem nervös auf und ab trippelnden Mann, dessen Interesse an ihren Bildern erkennbar vorgeschoben war. Der Mann nannte sich »Giftpilz« und überraschte sie mit der Frage, ob es denn wahr sei, dass sie und der hochgeschätzte verblichene Habakuk Grünstern mit demselben Schiff Deutschland verlassen hätten wie ein gewisser Eidig. Nachdem der Giftpilz sich als jemand vorgestellt hatte, der sehr an Leben und Schicksal Hans Eidigs interessiert sei und an einem Traktat über den »großen Sohn der Heide« arbeitet, zeigte ihm Silvia ein verknittertes Papier, das ihre Handschrift trug.

»Wollen Sie es abschreiben? Eidig hat es mir auf der Überfahrt diktiert.« Der Giftpilz beeilte sich, bestand doch die Gefahr, dass sich die Dame anders besinnen könnte.

Die Regeln der gerechten Jagd

~ Die Kreaturen der Wälder gehören sich selbst, gehören ihrem Schöpfer und schließlich dem, der sie fängt oder schießt. ~ Es gibt kein Recht an ihnen als das Recht, welches ein Mann mit einem guten Schuß erwirbt. ~ Nimmt das Wild dergestalt an Zahl zu, dass der Unterwuchs der Wälder verbissen ist, daß also dem Wald die grüne Jugend stirbt oder daß den Bauern die Felder verheert werden, darf ein jeder, der einen Schaden trägt, mit Gewehr oder Schlinge Abhilfe schaffen. ~ Ein Mann der Wälder und ein Ehrenmann ist nur der, der das Wild nicht nur schießt, sondern auch

zur rechten Zeit schont. Das gilt auch für die Kreaturen, die man leichthin schädlich nennt, wie den Fuchs, den Marder und die Krummschnäbel, den Habicht, den Sperber, den Bussard. ❧ *Es kann kein Jagdherr – sei er adelig oder sonstwie von hohem Stand – Rechte in Wald, Wiese und Feld ausüben, so diese nicht die seinen sind.* ❧ *Ein jeglicher Mann, der nicht auf vierzig Schritt Entfernung einen Hut, gemacht für einen Männerkopf mittlerer Größe, vom Pfahl schießen kann, soll des Rechtes auf Jagd verlustig sein. Das ist, damit nicht all überall Wild krankgeschossen wird von denen, die ungeübt sind mit Pulver und Blei.* ❧ *Die üble Lustjagd mit Hundemeute und berittenen Schützen darf nicht mehr sein. Wie auch das Zusammentreiben des Roten Wildes, auf daß es wie in einem Römischen Circus zum Pläsier geschlachtet wird, darf nicht länger geschehen.* ❧

Der Giftpilz war mit seiner Beute kaum verschwunden, als jemand erschien, der sich »ein künstlerischer Anverwandter des verehrten Herrn Bruders« nannte. Der Mann hieß Otto Speckter, und er meinte, auf zwei der ausgestellten Skizzen den sagenhaften Eidig erkannt zu haben, den er selbst, im Frühsommer 1835, unmittelbar vor seiner allenfalls halb freiwilligen Flucht übers Meer, porträtiert habe. Speckter lobte die Grünstern-Bilder, sagte, er bewundere die männlich kraftvolle Hand, und gebändigte Kraft sei ja bekanntlich das Agens für große Kunst. Silvia bedankte sich und versicherte, ihrem Bruder das Lob eines so bekannten Künstlers der Heimat zu überbringen, besonders das mit der männlichen Hand werde sie ausrichten.

Ein Rabbi, der vier Tage und vier Nächte lang in einer altertümlichen Kleinkutsche ohne Federung aus dem fernen Göttingen angereist kam – Silvia fragte sich, aber nicht ihn, wie er von ihrer Ankunft an der Elbe erfahren haben könnte –, wollte allerlei darüber wissen, wie »unsere Brüder in Amerika« den Sabbath begehen. Silvia mochte den Mann und sie mochte ihn nicht enttäuschen: Sie erzählte mehr als sie wusste.

Nachdem alle Verwandten besucht waren und auch die Verwandten der Verwandten und deren Freunde, verpackte Silvia den Großteil der Bilder für die Rückreise und verbrachte ihre letzten Tage in Deutschland damit zu erklären, dass sie … wirklich, wirklich, wirklich … nicht in der Heimat bleiben wolle. Es gab eine Zeitungsnotiz, die letzte Zweifel an ihrem Entschluss – hätte sie denn Zweifel gehabt – beseitigt hätte; eine unscheinbare Notiz im »Gesellschafts-Theil«.

Auf zum Altonaer Sängerfest!

Wir feiern in diesem Jahr am ersten Sonntag im August am Elbufer. Sänger herzlich willkommen! Vaterländisches, christliches Liedgut erwünscht!

Die Jüdische Liedertafel von 1801 hat – nach Rücksprache mit deren künstlerischen Leiter, Magister Jeremias Noah Dahlmann und auf dessen Anraten – davon Abstand genommen, ihre Sänger an den Elbstrand zu entsenden …

Am vorletzten Tag, bevor der Dampfsegler *Red Rover* die Leinen loswarf und mit ihr an Bord Kurs auf Southampton und New York nahm, ließ sich Silvia Grünstern über die Große Elbe setzen. In einer altertümlichen Ruder-Barkasse ging es dann die Süderelbe eine gute Meile stromaufwärts bis Moorburg. Von dort nahm sie per Schnellkutsche den kurzen, aber ungemein staubigen Weg bis Hanstedt an der Schmalen Aue.

Es war ein heißer Tag. Sie ließ die Fensterscheiben an breiten Lederlaschen beiderseits herab, um sich vom Fahrtwind kühlen zu lassen. Ein Pfauenauge wurde vom Luftzug ins Kutscheninnere gesogen; Silvia erwog, den Schmetterling einzufangen, um ihn später zu skizzieren, verwarf die Idee aber sogleich, der Zerbrechliche würde die Gefangenschaft womöglich nicht überleben. Sie entließ ihn wieder ins Freie.

Dort, wo die Harburger Berge an die Seeve-Niederung stoßen, waren Greifvögel in der Luft. Und die Reisende dachte an den, der jetzt, ohne ein Fernrohr ansetzen zu müssen, sagen könnte, ob es sich um schwarze oder rote Milane handelte. Oder um Wiesen-, Korn- oder Rohrweihen. Bei Schierhorn hatte die Heide schon einen Vorschimmer, war im Begriff, sich ihren berühmten lila Mantel überzustreifen. Bei Dierkshausen-auf-der-Höhe ließ Silvia Grünstern halten und schaute lange ins Tal der Schmalen Aue, hinüber zum Garlstorfer Wald: Eidigland!

In Hanstedt wurde ihre Kutsche von zwei hoch mit Korngarben beladenen Leiterwagen eingekeilt. Silvia nutzte die Verzögerung, um nach dem Weg zu fragen. Ein Mann mit mehr Bart als Gesicht schaute die Erscheinung im taillierten Reisekleid von seinem Kutscherbock herab an und tippte dann mit der Peitsche die Kopfsteinstraße abwärts. »Putensen …? Do'a vöörn. Dat Huus inne Biege!« Sie fand das Haus in der Kurve, das ihr Eidig beschrieben hatte – beschrieben in einer Nacht im Mittleren Westen, in der sie noch spanischen Oberlippenbart trug.

Im Vorgarten war eine Neun-, vielleicht Zehnjährige damit beschäftigt, einem Spitz das Platznehmen und wieder Aufstehen beizubringen. Silvia Grünstern sah die rotbraunen Haare, und sie sah einen Leberfleck an einer gewissen Stelle des Gesichts. Das Gesicht war nicht besonders hübsch, aber auch nicht hässlich. Es war in einer Weise besonders, wie Knospen besonders sind: Verstecke aufkommender Blüte.

»Ich denke, du heißt Margarete«, sagte sie über den Lattenzaun hinweg und zwischen Sonnenblumen hindurch. Margarete erschrak. Der Hund bemerkte ihr Erschrecken und knurrte. »Ich habe etwas für dich, hier!« Sie reichte eine flache Silberflasche über den Zaun. In das weit gereiste Gefäß war das Sternbild des Großen Jägers eingraviert und die Umrisse eines springenden Keilers. Und dann war da noch eine breite Schramme, die das Bild des Orion auszustreichen schien.

Historische Personen

Hans Eidig, viel gejagter und selten gefasster Wildschütz (Wilderer) der Lüneburger Heide, wurde am 29. Januar 1804 in Klein Klecken geboren, circa 20 Kilometer von der heutigen südlichen Stadtgrenze Hamburg entfernt. Er tauchte im Sommer 1835 in New York auf und verschwand 1836 oder 1837. Ob nach einem Messerstich in New York abrupt und endgültig oder spurlos im Mittleren Westen, ist unter Eidig-Biographen strittig. Eine Variante – auch sie ist nicht belegt – besagt, dass Eidig nach einigen Jahren im Mittleren Westen inkognito nach Hamburg zurückkehrte.

Otto Speckter (1807–1871) war ein erfolgreicher Hamburger Grafiker. »Otto Speckter's Fable Book« erlangte internationale Reputation. Speckters Illustrationen zu Luthers *Kleinem Katechismus* lagen im 19. Jahrhundert häufig neben Haus-Bibeln. Speckter skizzierte Eidig unmittelbar vor dessen Abreise in die Neue Welt im Mai 1835 und schuf damit das einzige Portrait Eidigs, das zu dessen Lebzeiten entstand.

John James Audubon (1785–1851) ist noch heute das Maß aller Dinge, wenn es um gezeichnete und gemalte Vogelportraits geht.

Die Tappan-Brüder, Arthur (1786–1865) und **Lewis** (1788–1863), waren erfolgreiche New Yorker Kaufleute und prominente Abolitionisten, Kämpfer für die Abschaffung (to abolish) der Sklaverei. Im Jahr 1833 gründete Arthur Tappan gemeinsam mit Theodore Weld die *American Anti-Slavery Society*. Beide Tappans wurden mehrfach körperlich attackiert.

David Ruggles (1810–1849), Geschäftsmann und afro-amerikanischer Abolitionist, Mitbegründer des *Committee of Vigilance to aud Runaway Slaves and to resist Slave Catchers*, unterstützte entlaufene Sklaven dabei, sklavereifreie US-Staaten zu erreichen. Nach seinen eigenen Angaben gelang ihm das in mehr als 600 Fällen.

David (»Davy«) Crockett (1786–1836), Politiker, Vertreter des State of Franklin (heute Tennessee), starb im texanisch-mexikanischen Krieg beim erfolglosen Versuch, eine alte Festung namens Alamo gegen die Truppen des mexikanischen Präsidenten Santa Anna zu verteidigen.

Thomas Long (»Pegleg«) Smith (1801–1866), Mountain Man, Expeditionsführer, Goldsucher, Pferdedieb, Legende schon zu Lebzeiten.

William Ashley (1778–1838) war ein Großunternehmer, dessen *Rocky Mountain Fur Company* zeitweise den Handel im weiten Einzugsgebiet des Missouri und seiner Quellflüsse dominierte. Er organisierte die marktähnlichen, jährlichen Großtreffen (»Rendezvous«) der Mountain Men. In seinen letzten Lebensjahren war er demokratischer Abgeordneter im US Repräsentantenhaus.

Freiherr Gottlieb von Thon-Dittmer (1802–1853) war revolutionärer Burschenschaftler, reformfreudiger Bürgermeister von Regensburg und ab März 1848 für einige Monate bayerischer Innenminister. Während seiner kurzen Amtszeit in München erarbeitete er die politisch rechtlichen Grundlagen zur »Bauernbefreiung« und war derjenige, der Lola Montez, die Mätresse des Königs, verhaften ließ.

Was man über den historischen Eidig weiß, findet sich kompakt bei: J.F. Heinrich Müller, Hans Eidig – Der Wildschütz. Buchholz (Nordheide) 2001

Über den Autor

Claus-Peter Lieckfeld ist preisgekrönter Romanautor (Deutscher Science Fiction Preis) und bekannter Journalist. Er hat für ZEIT, SPIEGEL, STERN, SZ-Magazin, mare u.a.m. geschrieben. Er war Gründungsmitglied des Umweltmagazins Natur. Er ist Hörspielautor und schrieb Theater- und Kabarett-Texte – unter anderem für Lore Lorentz und Dieter Hildebrands *Scheibenwischer.* Sein Roman »Der Anwalt der Hexen« über Pater Spee, der im Dreißigjährigen Krieg gegen den Hexenwahn aufstand, erhielt die Höchstwertung (fünf Sterne) der Illustrierten STERN. Zuletzt erschienen von ihm die Sachbücher *Tatort Wald* und *Wandlungskünstler* (gemeinsam mit Veronika Straaß).

Bildnachweis

Seite 473: Jagdrevier – H. Buggenthin, aus: Müller, Hans Eidig (siehe Literaturhinweis)
S. 472: Kurfürstentum Hannover – Preuszen seit 1806, www.bielski.de
S. 472: Atlantik – J. N. Bellin. Karte von dem Abendlaendischen Ocean 1746, Götzfried Antique Maps - www.vintage-maps.com
S. 474: New York - H.D.Burr, Map of New York and its Vivinity 1734
S. 475: Nordamerika – A new map of North Amerika 1797 - www.weltkarte.com

Kurfürstentum Hannover

Nordatlantik, Karte von 1746

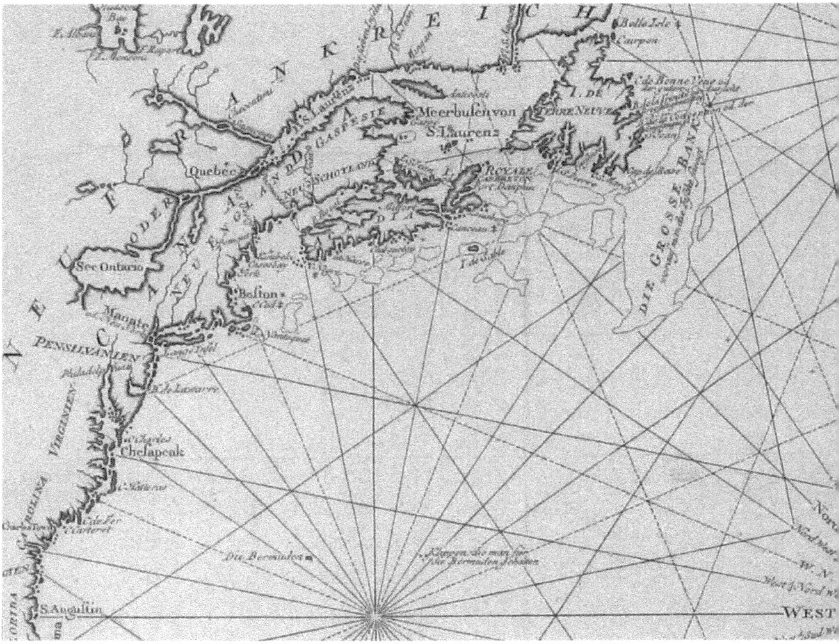

Eidigs Jagdgebiet

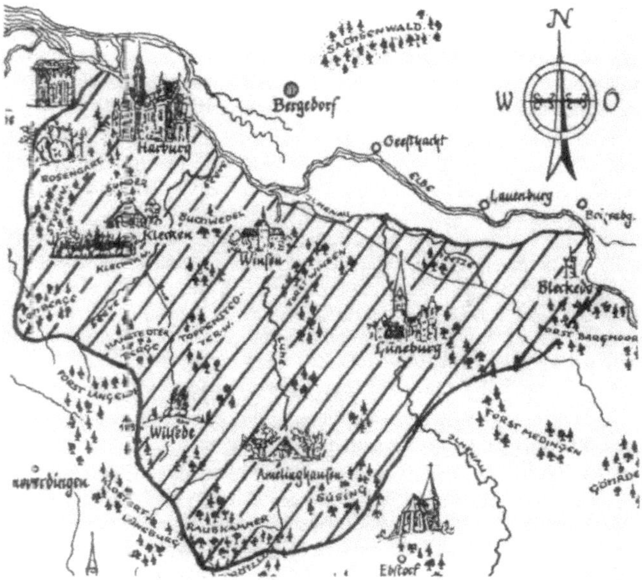

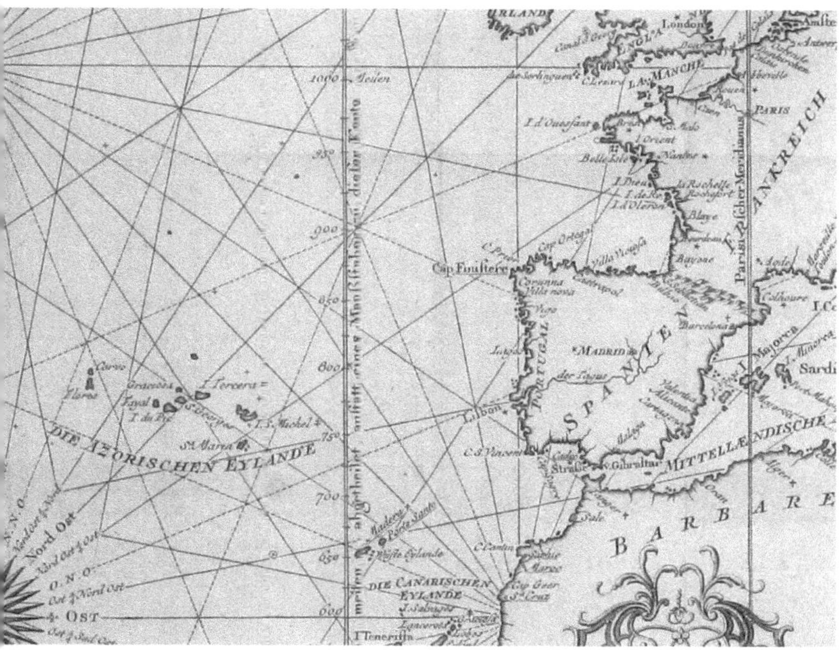

New York, Karte von 1734

Nordamerika, Karte von 1797

ÜBER DIESES BUCH

Claus-Peter Lieckfeld
Die Flucht des großen Jägers
Über das Meer in ein neues Land
Roman

»Ich sollte davon. Sollte weg sein. Möglichst weit. Hier werde ich nicht glücklich.«

Hans Eidig ist der Robin Hood der Lüneburger Heide. Geboren 1804 im Dorf Klecken bei Hamburg war er Wildschütz, Volksheld – und jenseits aller Legenden – ein unfassbar guter Schütze. Schwer zu fassen war er, weil ihn die Bauern versteckten. Besonders jene Bauern, deren Äcker er gegen das Hochwild der allein zur Jagd berechtigten Adeligen verteidigte. Gendarmerie und Militär blieben Eidig auf den Fersen. Einige Jahre lang gelang es ihn, seinen Häschern jeweils über die Elbe – von Dänemark in die Lüneburger Heide oder umgekehrt – zu entkommen. Doch als er für vogelfrei erklärt wird, willigt ein, sein Revier für immer zu verlassen. Er bricht an Bord der Brigg *Ganges* nach New York auf.

DIE FLUCHT DES GROSSEN JÄGERS schildert die Überfahrt Eidigs auf der *Ganges* – immer wieder durchbrochen von aufflammenden Erinnerungen an seine Fluchten durch Heide, Wälder und die Elbe. Eine Seefahrt ist etwas vollkommen Neues für den Jäger; seine Vertrautheit mit der Natur hilft ihm, Wind ist sein Element - gegen den Wind konnte er sich den Wildschweinrotten nähern. Tiere gibt es auch hier auf See zu beobachten: Vögel, Fische, Wale. Und Menschen! An Bord gibt es Leute, die dafür gedungen wurden, ihn im Atlantik zu ertränken. Die Jagd auf Eidig ist auch jetzt noch nicht vorbei … Zu seinen Mitreisenden gehören der Altonaer Verleger Grünstern und seine Nichte Silvia. Habakuk Grünstern ist auf dem Weg zu dem weltberühmten Tiermaler Audubon, um ihn als Illustrator für »Die Vögel Europas« zu gewinnen. Eidig kommt Grünstern gerade recht: Könnte er nicht mit Audubon durch Europa ziehen, um für ihn die Vögel zu schießen, die es zu zeichnen gilt? Doch Eidig hat eigene Pläne – die sich allerdings nicht sogleich erfüllen. Als er im Sommer 1835 New York erreicht, gerät er zwischen die Kampflinien mafiös organisierter Sklavenschmuggler. Und er sieht New York brennen. Schließlich zieht es Eidig dahin, wo er den Himmel der freien Jagd wähnt. Zu seinem Sehnsuchtshorizont, gen Westen, in die weiten Jagdgründe der Indianer und zu den Büffelherden. Mit ihm zieht Silvia Grünstern, verkleidet und verstellt als stummer Mann. Eine Weile geht ihre Maskerade gut, doch dann gilt es sehr schnell, ihr Überleben im Wilden Westen zu sichern … Was wir von Eidig schon fast am Schluss des Romans sehen, ist seine kleiner werdende Gestalt im Schnee, unter dem Orion, dem Sternbild des Großen Jägers. In der Nähe der großen, in der Kälte dampfenden Büffelherden.

Claus-Peter Lieckfeld
Anwalt der Hexen
Pater Spee
Roman

Einer der mutigsten Männer des Dreißigjährigen Krieges stand an der Seite der Gefolterten und Todgeweihten; Friedrich Spee von Langenfelde trat in Wort und Tat der wahnhaften Verfolgung sogenannter »Hexen« entgegen. Die ereignisreichsten Jahre im Leben des Jesuiten, Dichters, theologischen Philosophen und »Beichtvaters der Frauen« schildert ein Roman, der auch die wendungsreiche Geschichte des gescheiterten Spee-Attentäters ausleuchtet.
Anwalt der Hexen erhielt die Höchstwertung des STERN (fünf Sterne).

Vedra Verlag ISBN 978-3-939356233
oder direkt: Lieckfeld.Straass@t-online.de

KJM **MARITIM** & *Abenteuer*

Jan van der Bank
Die Farbe der See
Roman. 376 Seiten,
großformatiges Paperback,
mit Abbildungen
15,00 € (D),
ISBN 978-3-945465-36-3

Jan van der Bank
In den Sturm
Roman. 336 Seiten,
großformatiges Paperback,
mit Abbildungen
15,00 € (D),
ISBN 978-3-96194-048-6

Ronald Holst
Totgeglaubt
Die mörderische Reise der Comet
1862–1867
Novelle. 192 Seiten, geb. mit Schutzumschlag, mit einigen Abbildungen
17,00 € (D),
ISBN 978-3-945465-11-0

Ronald Holst
Gerettet
Die abenteuerliche Weltreise der
Ceres 1868–1871
Novelle. 240 Seiten, geb. mit Schutzumschlag, mit vielen Abbildungen
17,00 € (D),
ISBN 978-3-945465-33-

KJM Buchverlag

KJM Buchverlag

www.hamburgparadies.de